मन के रिश्ते

राजीव रंजन

notionpress.com

INDIA • SINGAPORE • MALAYSIA

ISBN
Paperback 979-8-89744-657-5
Hardcase 979-8-89777-280-3

Cover Design
Asai

Photo Credit
Ashu & Umesh

हमारे

देश के

अनाथालय के बच्चों

और

वृद्धाश्रम के बुज़ुर्गों

को

समर्पित

भूमिका

यह कहानी अविनाश और सरस्वती की है। उनके कोई पूर्व जन्म के या इस जन्म के मन के रिश्ते की कहानी। एक अनाथालय से निकले अनाथ युवा अविनाश की कहानी, जिसने आगे बढ़कर वृद्धाश्रम में रहने वाली सरस्वती को अपनी माँ मान कर अपने घर में जगह दी। उनके खून के रिश्ते ने उन्हें बेसहारा छोड़ा और मन के रिश्ते ने उनका हाथ थामा।

यह कहानी उस अनाथालय की है, जहां अविनाश और नंदिनी को उनके बाबा और उनकी बड़ी अम्माँ मिलीं। दो अनाथ बच्चों की कहानी, जिन्हें पैदा होते ही अनाथालय की शरण में दे दिया गया था, लेकिन वहाँ खून के रिश्तों से ज्यादा मन के रिश्ते ने उन्हें लाड़ और दुलार से पाला।

यह कहानी अविनाश के अनाथालय और सरकारी स्कूल में विषम परिस्थिति में भी आगे बढ़ कर जीवन में कुछ बड़ा हासिल करने की है। उसके जीवन के उतार-चढ़ाव, दिल के रिश्तों और समाज में मील के पत्थर गाड़ने जैसे उदाहरण की है।

खून के रिश्तों से बढ़कर, मन के रिश्तों से जुड़े लोगों की सच्ची कहानी है....मन के रिश्ते।

हमने अपने समाज में अनाथालयों और वृद्धाश्रमों के बारे में अक्सर सुना है। ज़्यादातर लोग इन संस्थानों से दूर रहते हैं। हमने उनके बारे में कभी जानने की कोशिश नहीं की। उन्हें जानने वालों में कुछ मुट्ठी भर संस्थान रहे, जो गाहे-बगाहे वहाँ जाकर कुछ दान देकर अपना नाम कमाते रहे। बहुत कम लोगों ने कभी जाकर वहाँ रहने वाले वृद्ध लोगों या बच्चों से बात की या उनके मन के अंदर की इच्छा, पीड़ा जानने की कोशिश की।

इन में से बहुत से ऐसे सरकारी अनाथालयों और वृद्धाश्रमों की हालत बद से बदतर होती जा रही है। इसके बावजूद मजबूरी में लोग वहाँ रह रहे हैं। हाल के दिनों में बड़े शहरों में कुछ गैर-सरकारी संस्थाओं ने नए ढंग के ऐसे वृद्धाश्रम बनाए हैं, जहां घर से बेघर हुए लोग या अकेले रहने वाले दंपत्ति, सालाना अच्छे पैसे देकर वहाँ रह रहे हैं। लेकिन आज भी हमारे देश के छोटे शहरों में बड़ी संख्या में ऐसे लोग भी हैं, जिनके पास ऐसे गैर-सरकारी संस्थानों में रहने के पैसे नहीं हैं। ये हारकर उन्हीं सरकारी संस्थानों के नर्क में जाकर अपना जीवन बिता रहे हैं।

वैसे देश में कुछ ऐसे लोग भी हैं, जिनका निःस्वार्थ सेवा करने का जज्बा अभी भी बाकी है। ऐसे लोगों ने कुछ ऐसी संस्थाएं बनाई हैं, जहां आमलोग और आम बच्चे भी अच्छी जिंदगी बिता रहे हैं, लेकिन ऐसी संस्थाएं मुट्ठी भर हैं।

समस्या अनाथालयों और वृद्धाश्रमों के अच्छे या बुरे होने की नहीं है। समस्या है कि आखिर हमें इस तरह के संस्थानों की जरूरत क्यों है। क्या हम इस नए युग में समाज को जागरूक नहीं कर सकते हैं, जिससे फिर कोई माँ अपने बच्चे अविनाश या नंदिनी को या फिर कोई बेटा अपनी माँ सरस्वती को इन संस्थानों के हवाले न करे। देश को आज समाज को जागरूक करने वाले ऐसे एनजीओ या समाज सेवी संस्थानों की जरूरत है, जो हर तरह के माध्यम से

प्रचार कर समाज में बढ़ते हुए इस कोढ़ को ठीक करने की कोशिश करें। एक अविनाश ने अगर यह संभव कर दिया तो फिर हम और आप भी कर सकते हैं।

अपने व्यस्त समय से कुछ वक़्त निकालकर कभी इन संस्थानों में जाकर देखिये। अगर आप के मन में दया की भावना है, तो उन्हें देख कर आपका मन भी द्रवित हो जाएगा। एक बार अपने अन्तर्मन से चाहकर उनकी मदद करने की कोशिश करिए, मन को सुकून मिलेगा।

आभार

कोयला उद्योग में लगभग अड़तीस वर्ष की नौकरी के बाद 2020 के अंत में मेरी सेवानिवृति हुई। इस नौकरी में आने के पूर्व मैं पत्रकारिता से जुड़ा हुआ था, जहां लेखन मेरा प्रमुख कार्य था। हालाकि, कोयला उद्योग की नौकरी के दौरान लेखन कहीं पीछे छूट गया। कई बार कोशिश की, लेकिन समय नहीं मिल पाया।

मेरा आखिरी कार्यकाल वेस्टर्न कोलफील्ड्स लिमिटेड (वेकोलि) का था, जहां मैंने छह वर्षों में कई तरह के प्रयोग किए। सेवानिवृत्ति से कुछ पहले मेरे अंदर का लेखक जागृत हुआ और वेकोलि के उन प्रयोग की पूरी यात्रा पर मैंने 'असंभव संभव' किताब लिखी। वह किताब एक तरह से संस्मरण के रूप में थी। किताब को काफी लोकप्रियता मिली। मात्र चौबीस घंटे के अंदर वह किताब अमेज़न की बेस्टसेलर बन गयी। इसकी सफलता और सेवानिवृत्ति के बाद के खाली समय ने मुझे दूसरी किताब लिखने की प्रेरणा दी। उस वक़्त कोरोना की दूसरी और भयावह लहर देश में आई थी। लॉकडाउन में घर के अंदर बंद रह कर, मैंने कोयला उद्योग के कोयला कर्मियों की जीवनी के ऊपर अपनी दूसरी किताब 'आसमां में सुराख' लिखी। यह भी किताब अमेज़न की बेस्टसेलर बनी। कोयला उद्योग की शृंखला की मेरी तीसरी और अंतिम किताब थी 'अंधेर उजाला', जो कोयला कर्मवीरों की कहानी थी। इस किताब को भी बहुत लोकप्रियता मिली।

उसके बाद लगभग एक वर्ष से ज्यादा तक मेरी लेखनी रुक गयी। कई विषय दिमाग में आए, लेकिन मन को संतुष्टि नहीं मिल रही थी। इसी बीच एक दिन खाली समय में अपनी पुरानी डायरी को देखते-देखते मुझे मेरे एक मित्र की कही हुई सच्ची कहानी याद आई। कुछ वर्ष पूर्व उन्होंने मुझे एक लड़की की आधी-अधूरी कहानी सुनाई थी। उन्हें उस कहानी का अंत नहीं पता था। फिर भी जितनी कहानी उन्होंने मुझे सुनाई थी, वह मुझे अंदर तक झकझोर गयी थी। वह कहानी मेरे जेहन में इस कदर बैठ गयी कि मैं हर बार सोचता कि इस पर एक किताब लिखूँ। यह किताब उपन्यास की तरह होना था, लेकिन कभी उपन्यास लिखने के बारे में दिमाग में विचार नहीं आया था। कभी सोचा भी नहीं था कि लिख पाऊँगा, क्योंकि उपन्यास लिखना कोई आसान काम नहीं था। फिर भी कोशिश हुई और 2023 के अंत में 'कमली' उपन्यास का प्रकाशन हुआ। इसे भी अमेज़न पर बेस्टसेलर बनने का सौभाग्य प्राप्त हुआ।

एक वर्ष बीतते-बीतते कुछ फिर लिखने की इच्छा हुई। एक बार फिर अपनी पुरानी डायरी के पन्ने पलटे। अचानक मुझे नौकरी के सिलिसिले में नागपुर प्रवास के दौरान एक वृद्धाश्रम में कई बार जाने की बात लिखी मिली। मैं उन छह वर्षों में नागपुर के कई अनाथालयों और वृद्धाश्रमों में गया था। मैं वहाँ जाकर, वहाँ के रहने वालों से घंटों बैठ कर बातें करता था। मुझे उनके मन की तकलीफ देखी नहीं जाती थी। अपनी तरफ से मैंने उन्हें हर संभव सहायता करने की कोशिश की। मुझे उन्हीं में से एक वृद्धाश्रम से जुड़ी हुई एक सच्ची घटना याद आई, जिसे उसके संचालक ने मुझे सुनाई थी। बहुत ही अद्भुत और कारुणिक कहानी थी। दरअसल, उस वृद्धाश्रम में एक दिन एक युवा जोड़े ने आकर वहाँ के संचालक से एक वृद्ध महिला और एक पुरुष को अपने घर अपने माता-पिता बना कर ले जाने की मांग कर डाली थी। बस इतनी ही बात उस संचालक ने मुझे बताई

थी। इसी से प्रेरित होकर मैंने अपने अगले उपन्यास की नींव रखी और इस तरह इस उपन्यास 'मन के रिश्ते' का जन्म हुआ।

यह उपन्यास एक अनाथालय से जुड़े बच्चों और एक वृद्धाश्रम से जुड़े बुजुर्गों के बीच मन के रिश्ते की कहानी है। मैंने इस उपन्यास को हमारे देश के अनाथालय के बच्चों और वृद्धाश्रम के बुजुर्गों को समर्पित किया है। बड़ी ही रोचक और मार्मिक कहानी है। आपको पढ़कर मन को सुकून मिलेगा।

हर बार की तरह मेरे वेकोलि के पुराने सहकर्मी श्री शेखर रायपोरोलु का इस उपन्यास के प्रकाशन में विशेष योगदान रहा। आशीष मिश्र ने अपनी कंपनी 'असाई' के माध्यम से कवर की डिज़ाइन में मुख्य भूमिका निभाई। उपन्यास के ऊपर और पीछे के कवर की तस्वीर आशु और उमेश ने मिलकर आर्टिफ़िशियल इंटेलिजेंस के प्रयोग से बनाई।

इस उपन्यास के लेखन में मैं लगभग तीन महीने बहुत व्यस्त रहा। मेरी पत्नी अनीता ने इसमें मेरा सहयोग किया। उपन्यास लेखन की यात्रा में जिनका भी सहयोग प्रत्यक्ष या अप्रत्यक्ष रूप से मिला, उन सब का मैं आभारी हूँ। इसके अलावा अपने पूरे परिवार का आभारी हूँ, सभी ने मेरी पिछली चार किताबों को सराहा, जिससे आगे लेखन जारी रखने का मुझे प्रोत्साहन मिला। साथ ही कुछ सुधि पाठकों को विशेष धन्यवाद देना चाहूँगा, जिन्होंने अपनी प्रतिक्रिया भेज कर मेरा उत्साह बढ़ाया।

अंत में लेखन क्षेत्र के अपने गुरु, मेरे बड़े भैया और आध्यात्म क्षेत्र के गुरु, मेरे साईं को सादर नमन।

- राजीव रंजन

एक

पटना से नई दिल्ली जाने वाली कोलकाता राजधानी एक्सप्रेस ट्रेन रात के अंधेरे को चीरती हुई तेज रफ्तार से आगे बढ़ रही थी। अभी पटना से निकले ट्रेन को कुल दस मिनट हुए होंगे, इसी दौरान उसने अपनी पूरी रफ्तार पकड़ ली थी। ट्रेन के सेकेंड एसी की ए वन बोगी की चौबीस नंबर वाली निचली सीट पर वह खिड़की पर सिर टिकाये बैठा था। रात के अंधेरे में भी उसकी खिड़की के पर्दे एक तरफ खुले थे और वह बाहर अंधेरे में आँखें गड़ाकर देखने की कोशिश कर रहा था। शहर से ट्रेन को निकले अभी कुछ देर हुए थे, इसलिए बाहर कुछ रौशनी अभी भी नजर आ रही थी। बीच-बीच में अंधेरा हो जाता। वैसे चाँदनी रात होने के कारण बाहर दूधिया रोशनी में आँख गड़ाने पर अंधेरे में भी खेत-खलिहान नजर आ रहे थे, लेकिन बरसात का मौसम होने के कारण बीच-बीच में चाँद बादल से ढँक जा रहा था।

वह अविनाश था, अविनाश आनंद। गोरा, चिट्टा, लंबी कद का। सलेटी रंग की पैंट पर उसने काले रंग की टी शर्ट पहन रखी थी। पैर में काले रंग के जूते, काले रंग का छोटा जुराब, कमर में काली बेल्ट और आँखों पर काले फ्रेम का चश्मा। चेहरे पर हल्की दाढ़ी और मूंछ। कुल मिलाकर एक स्मार्ट और पढ़ाकू विद्यार्थी की तरह नज़र आ रहा था। उम्र बाईस वर्ष। उसके सामान में एक बड़ा सूटकेस, जो

निचली सीट के नीचे सलीके से रखा था और ऊपर बगल में पीठ पर लटकाने का बैग। कुल जमा यही समान था, उसका। ट्रेन से मिली पानी की बोतल, उसके सामने की छोटी मेज़ पर रखी थी। रात के नौ बज कर चालीस मिनट पर पटना से छूटने के कारण, राजधानी एक्सप्रेस में रात का खाना नहीं दिया गया था।

नीचे वाली सीट पर अविनाश अकेला बैठा था। उसकी ऊपर वाली सीट का यात्री ट्रेन खुलने के पहले अपनी सीट पर जा कर लंबी तान चुका था। ट्रेन के चलने की हल्की आवाज़ के बावजूद ऊपर वाली सीट से अब हल्के खर्राटे की आवाज़ नीचे सुनाई दे रही थी। अविनाश के सामने वाली सीट पर एक मियां, बीबी और उनका एक छोटा बच्चा था। पुरुष और महिला, दोनों की उम्र तीस के पार थी। बच्चे की उम्र लगभग पाँच वर्ष की थी। दुबला, पतला थोड़ा साँवले रंग का, जबकि दोनों मियां, बीबी, बहुत गोरे थे। उम्र के हिसाब से बच्चा बहुत शांत था। लगातार सिर झुकाकर कॉमिक्स की कोई किताब पढ़ रहा था। रात ज्यादा होने के कारण वह बीच-बीच में ऊँघने लगता।

अविनाश ने तिरछी नज़र से देखा, महिला ने सीट के नीचे से कपड़े का एक बड़ा थैला निकाला। इस बीच पुरुष और बच्चा सीट पर आमने-सामने पालथी मार कर बैठ गए। बच्चे के दोनों हाथ महिला ने तौलिये से पोंछ दिये। दोनों के सामने महिला ने अखबार का एक-एक पन्ना बिछा दिया और उस पर एक-एक कागज की प्लेट रख दी। बैग से स्टील के दो-तीन डब्बे बाहर निकालकर, महिला ने दोनों सीट की बीच वाली छोटी मेज़ पर रख दिया। अब खाना परोसने की बारी थी। तभी पुरुष ने अविनाश की तरफ मुड़ कर कहा-

'भाई साहब, आप भी हमलोगों के साथ थोड़ा कुछ ले लें'।

अविनाश चूंकि कुछ सोच में डूबा में था, इसलिए उसने सामने वाले की बात ठीक से नहीं सुनी। फिर भी उसे लगा, उससे कुछ कहा गया है। उसने आगे झुक कर सामने वाले पुरुष से कहा-

'आपने कुछ कहा, मुझसे'।

सामने वाले ने अविनाश की तरफ थोड़ा झुककर कहा-

'मैंने कहा, आप भी भोजन में हमलोगों का साथ दीजिये, घर का बना है'।

अविनाश ने थोड़ा मुस्कुराते हुए कहा-

'अरे नहीं, धन्यवाद, मैं रात का खाना खाकर आया हूँ'।

सामने वाली महिला तब तक भोजन परोसने के लिए खड़ी हो गयी थी। उसके दोनों हाथों में स्टील का एक बड़ा डब्बा था। उसने डब्बे को खोल कर अविनाश को दिखाते हुए कहा-

'भाई साहब, देखिये, घर की बनी लिट्टी है और साथ में चने की सूखी घुघनी और बैंगन का चोखा। हमलोग राजधानी एक्सप्रेस में भी घर का खाना लेकर आते हैं। ट्रेन का खाना वैसे अब अच्छा मिलने लगा है, लेकिन हमलोगों को पसंद नहीं है। आप थोड़ा ले लीजिये, हम लोगों का मन रह जाएगा'।

अविनाश ने थोड़ा रुककर झिझकते हुए कहा-

'बहन जी, आप इतना कह रही हैं, तो मैं एक लिट्टी इस डब्बे से ले लेता हूँ'।

ऐसा कहते हुए अविनाश ने डब्बे की तरफ हाथ बढ़ाया। तभी महिला ने अपना हाथ पीछे खींचते हुए कहा-

'अरे भाई साहब, ऐसे सूखी लिट्टी का मजा नहीं आएगा, मैं प्लेट में घी के साथ लिट्टी और उसके साथ घुघनी और चोखा भी देती हूँ, तभी आपको असली स्वाद मिलेगा'।

अविनाश ने सिर झुकाते हुए कहा-

'ठीक है, मुझे एक लिट्टी प्लेट में निकाल कर दे दीजिये'।

महिला ने तपाक से कहा-

'भाई साहब, एक तो दुश्मन को दिया जाता है। आप दो लीजिये और उसके बाद भी अच्छी लगे, तो और ले लेंगे। कोई संकोच नहीं करेंगे, मैं बहुत सारी लिट्टी बना कर लायी हूँ, सुबह नाश्ते में भी चलेगी'।

अविनाश ने सिर झुकाकर हामी भरी। महिला ने अखबार का एक पन्ना निकाला और अविनाश की ओर बढ़ाया। सामने वाली मेज़ पर अविनाश ने पानी की बोतल को एक किनारे कर, पन्ने को आधा मोड़कर बिछा दिया। जब तक महिला खाना निकाल रही थी, अविनाश ने सामने वाले पुरुष से पूछा-

'आप, पटना के रहने वाले हैं'।

सामने वाले ने जवाब दिया-

'जी, और आप'।

अविनाश ने कहा-

'मैं भी यहीं का हूँ, आप दिल्ली में नौकरी करते हैं'।

सामने वाले ने कहा-

'जी नहीं, दिल्ली में मेरा ससुराल है। तीन-चार दिनों की छुट्टी में हमलोग वहीं जा रहे हैं। मेरा नाम अतुल प्रकाश है, मैं बिहार सरकार में फिलहाल डिप्टी कलेक्टर के पद पर पटना सचिवालय में पदस्थापित हूँ, और आप'।

अविनाश ने तपाक से जवाब दिया-

'जी, मैं अविनाश आनंद। आपसे मिलकर बहुत खुशी हुई। आपने बीपीएससी कंपीट किया है न'।

अतुल ने जवाब दिया-

'जी हाँ, चाहता तो था, सिविल सर्विस इम्तहान पास करना, एक बार मेंस भी दे चुका हूँ, लेकिन दो बार क्लियर नहीं होने के बाद, तीसरी बार बीपीएससी से ही संतोष करना पड़ा। तीन वर्ष हो गए, मुझे इस नौकरी में आए। आप दिल्ली पढ़ाई के सिलसिले में जा रहे हैं'।

अविनाश ने जवाब दिया-

'मैंने अभी-अभी सिविल सर्विसेस का इम्तहान पास किया है। ट्रेनिंग के लिए मसूरी जा रहा हूँ'।

अतुल ने अचानक मुड़ते हुए अविनाश की तरफ हाथ बढ़ाया और उससे हाथ मिलाते हुए कहा-

'अरे वाह, शानदार, हमारी बधाई, कितना रैंक आया'।

अविनाश ने मुस्कुराते हुए कहा-

'जी, रैंक चालीस है'।

अतुल ने उसी मुद्रा में अविनाश की ओर देख कर हँसते हुए कहा-

'क्या बात है, आपने तो मैदान मार लिया, बिलकुल छुपे रुस्तम निकले। आईएएस और अपने राज्य का कैडर भी। भई वाह, सुनकर मजा आ गया। अभी भी बिहार के लोगों की सिविल सर्विस में धाक बरकरार है। क्या-क्या विषय था, आपका। मेरा हिस्ट्री और पॉलिटिकल साइन्स था। हिस्ट्री में नंबर अच्छा था, लेकिन पॉलिटिकल साइन्स और निबंध में मार खा गया'।

अविनाश ने हँसते हुए कहा-

'मेरा भी हिस्ट्री और पॉलिटिकल साइन्स था। पहली बार प्रेलिम्स में भी नहीं हुआ था, दूसरी बार में सभी क्लियर हुआ'।

अतुल ने कहा-

'इस बार की तैयारी आपकी अच्छी रही होगी, तभी इतना अच्छा रैंक आया है। मुझे वाकई बहुत खुशी हुई और साथ में गर्व भी हुआ कि पटना में हमारे नजदीक का कोई देश में यूपीएससी में चालीसवाँ रैंक लाया है। मुझे अच्छी तरह पता है, कितनी मुश्किल है सिविल सर्विस के इम्तहान की तैयारी। आपने वाकई मन खुश कर दिया। अच्छा, आप कल सुबह सीधे मसूरी जाएँगे'।

अविनाश ने जवाब दिया-

'जी, स्टेशन के पास के एक गेस्ट हाउस में व्यवस्था हुई है। वहाँ से तैयार होकर टैक्सी से सीधे मसूरी निकल जाऊंगा। करीब छह घंटे लगेंगे। दोपहर बाद शाम पाँच बजे तक भी पहुँच जाऊँगा, तो काम हो जाएगा। दो दिनों के बाद, ट्रेनिंग की शुरुआत है'।

इस बीच महिला ने अविनाश के सामने कागज की प्लेट में घी से चुपड़ी दो लिट्टी, घुघनी और बैंगन का चोखा रख दिया। अतुल और उसके बेटे के सामने भी उसी तरह खाना परोस दिया गया। अतुल ने अपनी पत्नी की तरफ इशारा कर कहा-

'ये वीणा प्रकाश हैं, मेरी पत्नी और यह हमारा बेटा है, आर्यन। देखो, अविनाश जी ने बिहार का नाम रौशन कर दिया है। सिविल सर्विस में चालीसवें स्थान पर आए हैं। अब तो इन्हें मुझे सर कहना पड़ेगा, कुछ साल बाद, ये मेरे बॉस बनकर आ जाएँगे'।

अविनाश ने झेंपते हुए कहा-

'अरे नहीं, आप भी तब तक ऊंचे ओहदे पर चले जाएँगे और मेरा अभी बहुत लंबा सफर है'।

अतुल ने जवाब दिया-

'अरे नहीं, मुझे पता है। अगले सात-आठ साल में आप जिला कलक्टर जरूर बन जाएँगे। तब तक मैं डिप्टी कलक्टर ही रहूँगा। शायद किसी जिले में हम साथ काम करें। उस वक़्त आप मेरे बॉस रहेंगे। अच्छा खैर, ये सब बात छोड़िए, खाना खाया जाये'।

अविनाश ने खाना शुरू किया। लिट्टी का पहला कौर लेते ही उसने वाणी की तरफ देखकर कहा-

'बहुत बढ़िया बनी है लिट्टी और उसके साथ शुद्ध घी स्वाद को और भी बढ़ा रहा है। वाकई, अगर नहीं खाता, तो अफसोस होता। आप भी खाना ले लीजिये'।

वाणी ने मुस्कुराते हुए कहा-

'धन्यवाद भाई साहब। मैंने कहा था न, मेरे हाथ की बनी लिट्टी अच्छी होती है। वैसे भी बिहार की बनी लिट्टी का कोई जवाब नहीं। सब उसमें डाले गए मसालों का कमाल है। आप लोग पहले खा लें, फिर मैं ले लूँगी'।

अविनाश ने खाते-खाते बात आगे बढ़ाई और अतुल से पूछा-

'पटना में, आप कहाँ रहते हैं'।

अतुल ने जवाब दिया-

'हमलोग राजेन्द्रनगर के रोड नंबर छह में रहते हैं। मेरे पिताजी का अपना मकान है। वे बिहार सरकार में डिप्टी कलक्टर होकर रिटायर हुए। मेरे दो बड़े भाई पटना यूनिवर्सिटी में प्रोफेसर हैं। एक छोटी बहन है, जिसकी शादी दिल्ली में हुई है। दिल्ली में मेरा ससुराल नोएडा में है। मेरे बहनोई भी पास की सोसाइटी में रहते हैं। बहन और बहनोई, दोनों मल्टी नेशनल कंपनी में जॉब करते हैं'।

थोड़ा रुककर अतुल ने अविनाश से पूछा-

'आप कहाँ रहते हैं, पटना में'।

'मैं आपके घर के बिलकुल पास, विश्वविद्यालय के एक हॉस्टल में रहता था। एमए में पढ़ते हुए, वहीं रहकर मैंने सिविल सर्विस की तैयारी की। आज ही मैंने हॉस्टल छोड़ा है और अपना सामान, एक परिचित के यहाँ रख दिया है'।

अतुल ने तुरंत पूछा-

'आपके माता-पिता कहाँ रहते हैं।

अविनाश इस प्रश्न को सुनकर थोड़ा झिझका। उसने ऐसा दिखाया, जैसे उसने अतुल की बात न सुनी हो।

थोड़ी देर में तीनों का खाना खत्म हो गया। खाना खाते-खाते अतुल का बेटा आर्यन लगभग सोने लगा था। अतुल ने उठकर अखबार को समेटा और जल्दी से निचले बर्थ पर बिस्तर लगा दिया। उसने आर्यन को एक तरफ कंबल ओढ़ाकर सुला दिया। वह खुद खिड़की के पास अविनाश के सामने अपने बर्थ पर बैठ गया। वाणी बर्थ की दूसरी छोर पर अखबार डालकर अपना खाना निकालने लगी। अविनाश ने भी अपने बर्थ पर बिस्तर लगा लिया। उसने अपनी कलाई घड़ी देखी। रात के ग्यारह बज चुके थे। बात करने में समय का पता नहीं चला।

अविनाश फिर खिड़की के पर्दे को हटाकर बाहर देखने लगा। ट्रेन तेज गति से जा रही थी। इस ट्रेन का अगला पड़ाव रात के पौने एक बजे मुगलसराय होना था, इसलिए ट्रेन की रफ्तार में कोई कमी नहीं थी। वैसे भी राजधानी एक्सप्रेस गति के मामले में मशहूर है। अविनाश ने खिड़की पर वापस पर्दा लगा दिया और तकिये का टेक लगाकर सीट पर पालथी मार कर बैठ गया। एसी तेज होने

के कारण थोड़ी ठंढक महसूस हो रही थी, इसलिए उसने कंबल को खोलकर अपने पैरों पर रख लिया। वह अभी भी अतुल के प्रश्न से थोड़ा विचलित था।

सामने की सीट पर अविनाश की तरह ही अतुल बैठ गया था। वाणी अपने मोबाइल फोन देख रही थी। तभी अतुल ने आगे बढ़ कर अविनाश से कहा-

'आप सोना चाहते हैं तो सो जाएँ, हमलोगों को देर रात तक जागने की आदत है'।

अविनाश ने जवाब दिया-

'सिविल सर्विस की तैयारी के कारण मैं भी रात के एक-दो बजे सो पाता था। अब वह आदत-सी पड़ गयी है'।

अतुल ने ऊपर वाली लाइट बंद कर बर्थ के कोने की लाइट जला ली। अब उसके पीछे की रोशनी ठीक अविनाश पर पड़ने लगी थी। अविनाश ने आगे बढ़ कर कहा-

'आपके परिवार के लोग, खासकर आपके माता-पिता, आपकी इस सफलता पर बहुत खुश हुए होंगे। बात ही खुशी की है। कैसा लगा उन सब को, जब आपने अपना रिज़ल्ट सुनाया। मेरा जब बीपीएससी में हुआ था, तब मेरे माता-पिता के चेहरे की खुशी देखते बनती थी। मैं उन्हें पकड़ कर रो पड़ा था। आपके साथ भी जरूर ऐसा हुआ होगा'।

अविनाश थोड़ा रुका, फिर उसने कहा-

'ऐसा कुछ भी नहीं हुआ, भाई साहब। मेरे रिज़ल्ट को सुनने वाले मेरे अपने माता-पिता और परिवार के लोग नहीं थे। छोड़िए, कुछ और बातें करते हैं'।

अविनाश ने अतुल की बात को टालने की कोशिश की। हालाकि, ऐसा कहते हुए अविनाश फिर विचलित हुआ और उसकी

आँखें नम हो गईं। अतुल अविनाश की आँखों को गौर से नहीं देख पाया, फिर भी वह थोड़े विस्मय के साथ बोला-

'आप नहीं बताना चाहते हैं तो ठीक है, लेकिन मुझे उत्सुकता हो रही है कि जब मैं आपके रिज़ल्ट को सुनकार इतना उत्साहित हूँ, तब आपके लोग कितने खुश हुए होंगे। क्या वे पटना से कहीं दूर रहते हैं या आप अबतक, उन्हें अपना रिज़ल्ट बता नहीं पाये'।

अविनाश का गला अब तक भर चुका था। उसकी आँखें और ज्यादा नम हो चुकी थीं। थोड़ा रुक कर उसने कहा-

'अब मैं क्या कहूँ, वे मुझसे बहुत दूर जा चुके हैं। मेरा अपना सगा कोई परिवार नहीं है। मैं अनाथ हूँ। मेरी परवरिश पटना के एक अनाथालय 'सेवाश्रम' में हुई है। वहाँ के लोग और एक वृद्धाश्रम के लोग, अब मेरे परिवार हैं। मैंने अपने रिज़ल्ट की खुशी उन्हीं के साथ बांटी और वे बिल्कुल अपनों की तरह खुश हुए'।

अविनाश के जवाब सुनकर अतुल अपनी सीट से तेजी से उठा। वह आगे आकर अविनाश के नजदीक उसकी सीट पर आ गया। उसने अविनाश की आँखों में तब जाकर आँसू देखे। वाणी ने भी अविनाश की बातें सुन ली थीं। उसने अवाक होकर पहले अतुल की ओर देखा, फिर अविनाश को गौर से देखने लगी। तभी अचानक अतुल ने अविनाश को पकड़ कर झिझकते हुए कहा-

'माफ कीजिएगा भाई साहब, मेरा मकसद आपके दिल को दुखाने का नहीं था। हमें यह मालूम नहीं था। हमें क्षमा करेंगे'।

अविनाश ने अतुल का हाथ पकड़ कर कहा-

'अरे, इसमें क्षमा मांगने वाली कोई बात नहीं है। आप लोगों को क्या पता था। लेकिन वास्तविकता यही है। मुझे नहीं मालूम मेरे माता-पिता कौन हैं, कहाँ हैं। मुझे उनके बारे में या उनकी सूरत भी

याद नहीं। सुना है, पैदा होने के कुछ महीनों बाद मुझे अनाथाश्रम में छोड़ दिया गया था। 'सेवाश्रम' में होश संभाला। वहीं के लोगों ने मेरा पालन-पोषण किया और वहाँ के रहने वाले ही मेरे दोस्त, मेरे परिवार का अंग बने'।

अतुल की आँखें भी भर आई थीं। उसने घूमकर वाणी की ओर देखा। वाणी की आँखों में भी आँसू थे। अतुल ने अविनाश से कहा-

'हमें आप पर गर्व है। ऐसी स्थिति में रहते हुए भी, आपने अपनी पढ़ाई की लगन को नहीं छोड़ा। भगवान सब देखते हैं। मनुष्य के जीवन की एक कमी दूसरे तरीके से पूरी करते हैं। आप अनाथ नहीं हैं। हम सब आपके परिवार हैं। अब जिस पद पर आप जा रहे हैं, वहाँ आपको अपने वृहद परिवार से मुलाक़ात होगी'।

अविनाश ने अपने आप को संभालते हुए कहा-

'माफ कीजिएगा, कभी-कभी यह दर्द मेरे बाहर आ जाता है, आप अन्यथा न लें'।

अतुल अविनाश की सीट से उठ कर वापस अपनी जगह आ गया। उसने वाणी की ओर देखा। वाणी ने फिर सीट पर सो रहे बच्चे की ओर देखा। वाणी की आँखों में अभी भी आँसू थे। उसने अतुल की ओर देख कर हाँ में सिर हिलाया। अतुल ने अविनाश की ओर देख कर पूछा-

'अगर बुरा न मानें तो क्या यह पूछ सकता हूँ, यह सेवाश्रम पटना में कहाँ है'।

अविनाश थोड़ी देर के लिए अतुल को देखता रहा। फिर उसने वाणी की ओर देखा। वाणी जैसे उसके जवाब का इंतज़ार कर रही हो। अतुल ने जवाब दिया-

'भिखना पहाड़ी में है, मेरे हॉस्टल के बिलकुल नजदीक'।

अतुल ने वाणी की तरफ देखा, फिर अपने बच्चे की ओर देख कर अविनाश से कहा-

'पता नहीं, हम दोनों के साथ यह कैसा संयोग है, जो हम इस तरह साथ मिले। आपको जान कर आश्चर्य होगा कि मेरा आर्यन भी उसी सेवाश्रम का है, जहां आप रहे हैं। हमने करीब चार वर्ष पहले उसे गोद लिया था'।

अविनाश अचानक अपनी सीट से आगे निकलकर पैर नीचे लटकाकर बैठ गया। उसने सीट पर कंबल ओढ़कर बेसुध सो रहे बच्चे की ओर देखा। उसकी आँखें एक बार फिर भर आयीं थीं। अतुल और वाणी उसे गौर से देख रहे थे। अचानक अविनाश ने कहा-

'क्या, मैं इस बच्चे को छू सकता हूँ'।

अतुल ने अविनाश का हाथ पकड़ कर उसे खड़ा किया और कहा-

'कैसी बातें कर रहे हैं, आप उसके पास जाकर बैठिए'।

यह सुनकर वाणी अपनी जगह से खड़ी हो गयी और अविनाश वाली सीट पर किनारे बैठ गयी। अविनाश धीरे से वाणी की जगह अतुल की सीट पर बैठ गया। उसने आहिस्ते से बच्चे के शरीर को छुआ, फिर उसके सिर पर हाथ फेरने लगा। इतना करते हुए उसकी आँखों से आँसू टपक रहे थे। उसने अतुल की तरफ देख कर कहा-

'ऐसा लग रहा है, जैसे कोई मेरा अपना बहुत दिनों बाद मिला हो। आर्यन खुशकिस्मत है कि उसे आप जैसे माता-पिता मिले। अनाथाश्रम का हर बच्चा इसके जितना भाग्यशाली नहीं होता है। पता नहीं क्यों लोग अपने मासूम को इस तरह अनाथ छोड़ कर चले जाते हैं। हमें अपने समाज को जागरूक करने की जरूरत है'।

अविनाश ने एक बार फिर आर्यन के सिर पर हाथ फेरा और वापस अपनी जगह आ गया। वाणी भी अविनाश की सीट से उठ कर अपनी जगह वापस आ गयी।

अविनाश ने अतुल से कहा-

'अगर आप लोगों को बुरा न लगे, तो मैं आर्यन के सेवाश्रम से आपके पास आने के बारे में जानना चाहूँगा'।

अतुल ने एक बार वाणी की तरफ देखा। वाणी ने आँख बंद कर हामी भरी। अतुल ने तब कुछ रुककर अविनाश से कहा-

'सात वर्ष हो गए, हमारी शादी के। हमारा लव मैरेज था। उस समय मैं एमबीए करने के बाद पटना में एक कंपनी में नौकरी कर रहा था। दो साल की नौकरी के दौरान मेरी वाणी से अचानक मुलाक़ात हुई। इन्होंने सोशल वेल्फेयर में एमए किया है। उसके बाद इन्होंने अपने पिता की मदद से एक एनजीओ की शुरुआत की, जो अनाथ बच्चों की शिक्षा और उनके स्वास्थ्य की देखभाल का काम करती है। पटना के कई सरकारी अनाथाश्रम में इनका जाना होता है। इसके अलावा ये वैसे झुग्गियों में पलने वाले बच्चों की भी मदद करती हैं, जिनके पास पढ़ाई और बीमारी के इलाज के लिए पैसे नहीं होते हैं। मेरी कंपनी ने भी इनके एनजीओ की मदद की है। इसी सिलसिले में ये मुझसे मिलती रहीं। मुझे इनका स्वभाव और इनका काम अच्छा लगा।

एक साल तक हमारा मिलना-जुलना चलता रहा। उसके बाद हमने शादी कर ली। दो बार सिविल सर्विस क्लियर नहीं होने के कारण, मैं निराश हो गया था। तब मेरी पत्नी ने मेरा हौसला बढ़ाया। मैंने सिविल सर्विस को छोड़ बीपीएससी की तैयारी शुरू कर दी। पहली बार में ही मैं पास हो गया। इम्तहान की तैयारी में इनका भी

बहुत योगदान रहा। इन्होंने अब तक लगभग एक हज़ार अनाथ और बेसहारा बच्चों की अपने एनजीओ की ओर से मदद की है'।

अविनाश बहुत ध्यान से अतुल की बातें सुन रहा था। अतुल ने आगे बताया-

'शादी के दो साल बाद हमलोगों ने परिवार बढ़ाने की सोची। इस सिलसिले में पहले इन्हें डॉक्टर से दिखाने ले गया। वहाँ पूरी जांच करने पर पता चला, इनके गर्भाशय में कोई दिक्कत है, जिसका इलाज ऑपरेशन से संभव है। इस ऑपरेशन के लिए मैं इन्हें दिल्ली अपने ससुराल लेकर आया। यहाँ भी डॉक्टर ने पटना के डॉक्टर के बात की पुष्टि की। दिल्ली के एक बड़े अस्पताल में इनका ऑपरेशन किया गया, लेकिन सफल नहीं हो सका। डॉक्टर ने बताया कि यह एक रेयर केस है। इसके बाद डॉक्टर ने सब रिपोर्ट देख कर कहा कि वाणी कभी गर्भ धारण नहीं कर सकती। यह सुनकर हम दोनों को बहुत सदमा लगा। ऐसा लगा जैसे आगे जीवन का कोई मकसद नहीं रहा।

मैं कुछ दिनों तक अपने ससुराल में वाणी के साथ रहा। फिर नौकरी वाली बात थी, अकेले पटना वापस आ गया। मैं रोज दो बार वाणी से फोन पर बात किया करता था। वाणी बिलकुल घर के अंदर बंद हो गयी थी। गुमसुम रहती थी। न कहीं बाहर जाती, न किसी से मिलना चाहती थी। धीरे-धीरे मैंने और परिवार वालों ने इसे समझाया। उसे इस सदमे से उबरने में तीन महीने लगे। मैं दिल्ली जाकर वापस उसे अपने घर ले आया। धीरे-धीरे वह अपने काम पर जाने लगी।

उस ऑपरेशन के लगभग एक साल बाद एक दिन वाणी अपने काम निपटाकर घर पहुंची। मैं भी ऑफिस से वापस आया था। मैंने महसूस किया उस दिन वाणी के चेहरे पर एक अजीब-सी चमक थी। बहुत दिनों बाद वह बहुत खुश दिखाई पड़ रही थी। मैंने सोचा शायद

एनजीओ के काम के सिलसिले में उसे कोई बड़ी सफलता मिली है। मैंने उससे पूछा-

'क्या बात है, आज तुम बहुत दिनों के बाद खुश लग रही हो। तुम्हारी यह मुस्कुराहट को देखे, मुझे बहुत दिन हो गए थे'।

वाणी खिलखिलाकर हंस पड़ी और कहा-

'आज कुछ ऐसा हुआ है कि मैं अंदर से बहुत खुश हूँ, आज मुझे अपने जीने का मकसद मिल गया है'।

मैंने उसका हाथ पकड़ते हुए पूछा-

'ऐसा क्या हुआ कि अचानक तुममें इतना बड़ा परिवर्तन हुआ है, कोई लॉटरी लग गयी है'।

वाणी ने कहा-

'हाँ, समझ लीजिये एक तरह की लॉटरी लगी है, लेकिन, इसके बाद, सब आप पर निर्भर करता है'।

मैंने कहा-

'अब ज्यादा पहेलियाँ न बुझाओ, मुझे असली बात जानने की उत्सुकता हो रही है।

वाणी ने मुझे बेडरूम के एक कोने में रखे सोफा पर हाथ पकड़कर बिठाया। खुद सामने के सोफ़े पर बैठ गयी। उसने मेरी हथेली अपने हाथों में ली और कहा-

'आपने अबतक मुझे जीवन की सारी खुशियाँ दी हैं। मुझे किसी चीज की कमी नहीं है। फिर भी पता नहीं क्यों एक खालीपन का एहसास होता है। जैसे जीवन में कुछ चीज़ रह गयी हो। आज मैं आपसे अपनी उस चीज़, उन खुशियों को मांगना चाहती हूँ। मुझे पता है, आप ना नहीं कहेंगे'।

वाणी ने आगे कहा-

'आज मैं काम के सिलसिले में एक सरकारी अनाथालय गई थी। उसके बगल में एक बहुत बढ़िया अनाथालय सेवाश्रम के बारे में पता चला। लोगों ने बताया, वह किसी ट्रस्ट के द्वारा चलाया जा रहा है और वहाँ बच्चों को बिलकुल घर की तरह रखा जाता है। उनकी उचित देखभाल और पढ़ाई-लिखाई भी होती है। मुझे सेवाश्रम देखने की उत्सुकता हुई। मैं वहाँ गयी। उनके लोगों से मिली। पता चला वहाँ बच्चों को गोद भी लिया जा सकता है। हालाकि, वहाँ से एक-दो बच्चों को ही अब तक गोद लिया गया था। वहाँ जब मैं बच्चों से मिल रही थी, तब मुझे एक साल के एक बच्चे पर नजर पड़ी। मैंने लोगों से पूछा कि ये यहाँ कब आया। लोगों ने बताया कि उसे छह महीने पहले कोई वहाँ छोड़ गया था। उसे बाकी बच्चों से अलग रखा जाता था। आज पहली बार उसे बड़े बच्चों के बीच लाया गया था। मैंने उस बच्चे को देखा। मुझे लगा जैसे वह मुझे देख कर मुस्कुराया। उसने मेरी गोद में आने के लिए मेरी तरफ हाथ बढ़ाया। मुझे लगा जैसे कोई मेरा अपना मुझे बुला रहा है। मैंने जल्दी से आगे बढ़ कर उसे अपनी गोद में उठाया। जैसे ही मैंने उसे अपने कलेजे से चिपकाया, मुझे पता नहीं क्यों एक सुकून का अनुभव हुआ। मैंने लोगों से उसका नाम पूछा। लोगों ने बताया कि प्यार से लोग उसे मुन्नू कहते हैं। मैंने अनाथाश्रम के लोगों से पूछा कि क्या मैं इसे हमेशा के लिए गोद ले सकती हूँ। मेरी बात सुनकर वह सहर्ष तैयार हो गए। मैं अगले दिन आने की बात कहकर वहाँ से चली आई। मुझे मुन्नू में अपना बच्चा दिखने लगा है। आपसे मुझे जीवन की ये खुशी चाहिए'।

वाणी यह कहते हुए रोने लगी। मैंने उठकर उसके सिर को सहलाया और उसे चुप कराया। यह एक बड़ा निर्णय था। मैं अपने माता-पिता के साथ रहता था। मुझे उनकी भी रजामंदी चाहिए थी। फिर भी मैंने वाणी से कहा-

'हमारा मुन्नू जरूर हमारे घर आएगा, मुझे एक बार माँ और पापा से बात कर लेने दो'।

वाणी मेरी बात सुनकर फिर रोने लगी। उसने कहा-

'अगर माँ-पापा नहीं माने, तब'।

मैंने उसे चुप कराते हुए कहा-

'तुम चिंता नहीं करो, मैं अभी जाकर उनसे बात करता हूँ, वे जरूर मान जाएँगे'।

मैं उसी क्षण कमरे से बाहर निकला। बाहर ड्राइंग रूम में माँ-पापा टीवी देख रहे थे। मैं माँ के पास जाकर बैठ गया। मैंने उन्हें वाणी की पूरी बात बताई। माँ सुनकर बहुत खुश हुईं। उन्होंने पापा की तरफ देखा। पापा ने भी मेरी बात सुन ली थी। उन्होंने थोड़ी देर सोचा, फिर हामी भर दी। मैं वापस अपने कमरे में लौटा। मैंने जान बूझ कर अपना चेहरा नीचे किया हुआ था। मुझे देखकर वाणी की आँखे फिर डबडबाने लगीं, लेकिन इसके पहले कि वह फिर रोती, मैं मुस्कुराया और उससे कहा-

'दोनों मान गए हैं। हम कल सुबह ही चलकर, अपने मुन्नू को घर ले आएंगे'।

वाणी मुझे पकड़ कर नाचने लगी और फिर रोने लगी। इस बार उसकी आँखों में खुशी के आँसू थे।

हमलोग अगले दिन सेवाश्रम गए। वहाँ का माहौल देख कर मुझे बहुत अच्छा लगा। गोद लेने की औपचारिकता लगभग दो घंटे में पूरी हो गयी, तब तक वाणी ने मुन्नू को लगातार अपनी गोद में लिया हुआ था। मैंने भी उसे देखा। मुझे उसे देख कर मोह जागा। लगभग तीन घंटे के बाद हम दोनों मुन्नू को लेकर घर आ गए। घर पर माँ-पापा और मेरे दो भाईयों ने ड्राइंग रूम का कमरा आनन-

फानन में सजा दिया था। घर के दरवाजे पर माँ आरती की थाल लेकर खड़ी थीं। मुन्नू का विधिवत घर पर स्वागत किया गया। घर पर आकर पापा ने मुन्नू का नामकरण करने के लिए कहा। सबसे बड़े भाई ने आर्यन नाम सुझाया, जो सबको पसंद था। इस तरह आर्यन हमारे घर का अंग बन गया। वाणी के लिए पूरी दुनिया बदल चुकी थी। आर्यन उसके लिए अब सब कुछ था। हम लोगों ने उसके घर का नाम मुन्नू ही रखा।

अविनाश अतुल की कहानी बड़े ध्यान से सुन रहा था। अतुल की बात पूरी होने पर उसने कहा-

'लगता है, मेरे सेवाश्रम से निकलने के बाद, यह वहाँ आया होगा। आर्यन की तरह सभी बच्चे भाग्यवान नहीं होते हैं। आप लोगों की महानता है कि आपने एक अनाथ बच्चे को इतना प्यार दिया'।

अतुल ने कहा-

'कभी वक़्त मिला, तब आपकी कहानी भी जरूर सुनूंगा। अब साढ़े बारह का वक़्त हो चुका है। हमें सोना चाहिए'।

अविनाश ने घड़ी में वक़्त देखा, वाकई बहुत रात हो चुकी थी। इस बीच अतुल अपनी सीट से उठा। वह सोने के पहले वाशरूम गया और दस मिनट में बिस्तर लगाकर ऊपर वाली सीट पर सोने चला गया। सोने के पहले उसने अविनाश से कहा-

'गुड नाइट भाई साहब, अब कल सुबह फिर मुलाक़ात होगी'।

अविनाश ने भी उसे जवाब में गुड नाइट कहा। वाणी अपनी सीट पर आर्यन के साथ सोने की मुद्रा में आ चुकी थी। अतुल की नीचे की सीट की बत्ती बुझा दी गयी थी। अब वहाँ सिर्फ नाइट लैंप की नीली रोशनी थी। अविनाश ने एक बार फिर अपनी खिड़की के परदे को खिसकाकर बाहर देखा। कुछ रोशनी दिख रही थी। ट्रेन की

रफ्तार भी धीरे होने लगी थी। शायद कोई स्टेशन आने वाला था। अविनाश ने उसी नीली रोशनी में घड़ी देखी। रात के बारह बजकर पैंतीस मिनट हुए थे। ट्रेन का अगला पड़ाव मुगलसराय आने वाला था। अविनाश को अभी भी नींद नहीं आ रही थी। खासकर सेवाश्रम की चर्चा के बाद वह कुछ विचलित था।

थोड़ी देर में ट्रेन एक झटके के साथ रुक गयी। खिड़की से बाहर देखने पर अविनाश को प्लैटफ़ार्म नज़र आया। सामने चाय का एक स्टॉल भी दिखाई पड़ा। उसने नीचे प्लैटफ़ार्म पर उतर कर चाय पीने की सोची। वैसे भी मुग़लसराय में ट्रेन दस मिनट रुकती थी और पाँच मिनट पहले पहुँचने के कारण अब पंद्रह मिनट रुकने वाली थी। अविनाश अपनी सीट से उठकर बाहर गेट की ओर गया। बोगी में लगभग सभी सो रहे थे। वह प्लैटफ़ार्म पर उतर कर चाय के स्टॉल पर गया। उसने एक चाय ली और उसकी चुस्की लेने लगा। रात के उस वक़्त प्लैटफ़ार्म पर ज्यादा भीड़ नहीं थी। कुछ लोग चादर बिछा कर सो रहे थे। अविनाश ने चाय पीते-पीते इधर-उधर नज़र दौड़ाई। उसने पास में प्लैटफ़ार्म पर एक किनारे लगभग दस साल के एक लड़के को जमीन पर बैठा देखा। वह मैले-कुचैले कपड़ों में था और चारों-तरफ देख रहा था। अविनाश ने अंदाज़ किया, उसकी आँखों से आँसू निकल रहे थे। अविनाश ने कुछ पल उसे गौर से देखा, फिर उसके नजदीक गया। पास जाकर उसने लड़के से पूछा-

‘तुम रो क्यों रहे हो’।

लड़का थोड़ा हिचकिचाया। उसने कोई जवाब नहीं दिया। अविनाश उसके नजदीक जमीन पर बैठ गया। उसने लड़के के सिर को सहलाकर एक बार फिर पूछा-

‘डरो नहीं, क्या बात है, बताओ’।

लड़के ने तब बताया-

'मैं अकेला हूँ, मेरा कोई नहीं है। मेरा कोई घर भी नहीं है। दिन भर यहीं प्लैटफ़ार्म पर रहता हूँ, कुछ भीख मांगकर खा लेता हूँ और रात में यहीं सो जाता हूँ'।

अविनाश ने तब पूछा-

'फिर, रो क्यों रहे हो'।

लड़के ने रोते-रोते जवाब दिया-

'एक लड़के ने मेरे बीस रुपये छीन लिए। अभी मेरे पास कोई पैसे नहीं हैं। मुझे बहुत भूख लगी है, कुछ खाने को नहीं मिला'।

अविनाश उस लड़के की बात सुनकर द्रवित हो गया। उसने लड़के के अगल-बगल देखा, फिर उसको उठाते हुए कहा-

'चलो, मैं तुम्हें खाने के लिए कुछ देता हूँ'।

वह उसे चाय के स्टॉल पर ले आया। स्टॉल वाले ने गौर से उस लड़के को देखा। उसने अविनाश से कहा-

'साहब, आप क्यों इन सब के चक्कर में पड़ते हैं। ये ऐसे ही लोगों से नाटक कर पैसे मांगते हैं'।

अविनाश ने लड़के की तरफ देखकर कहा-

'ऐसी बात नहीं है, यह वाकई भूखा लग रहा है, तुम मेरी फिक्र मत करो'।

उसके बाद अविनाश ने उसे वहीं बैठने के लिए कहा। उसने स्टॉल से ब्रेड, केक और बिस्किट के पैकेट खरीदकर लड़के को दिये। लड़के ने सबसे पहले ब्रेड के पैकेट को खोलकर खाना शुरू किया। वह इतनी जल्दी-जल्दी खा रहा था, जैसे कई दिनों का भूखा हो। कुछ ब्रेड खाने के बाद लड़के के चेहरे पर थोड़ी शांति दिखी। उसने केक

के पैकेट को भी खोलकर खाना शुरू किया। अविनाश उसे टकटकी लगाए देख रहा था। वह समझ गया कि लड़का वाकई भूखा था। उसने लड़के को उसी हालत में बांह से पकड़कर बगल के चबूतरे पर बिठाया। अपने पॉकेट के पर्स से खुले सौ रुपये निकाले। उन रुपयों को उसने लड़के की फटी हुई शर्ट की ऊपरी जेब में रखते हुए कहा-

'ये कुछ पैसे रखो। एक-दो दिन तुम इन पैसों से खा सकोगे'।

लड़के ने अविनाश की ओर कातर नजरों से देखा। उसकी आँखों में फिर आँसू थे। उसने झुककर अविनाश के पैर छुए। अविनाश ने उसे अपने से चिपका लिया। उसकी आँखें भी डबडबा गयी थीं। इन सब बातों में अविनाश को पता नहीं चला, कब पंद्रह मिनट निकल गए। ट्रेन ने सीटी मारी। अविनाश ने एक बार फिर उसका सिर सहलाया और अपनी बोगी की तरफ लपका। बच्चा भी उसके पीछे-पीछे आया। अविनाश बोगी के दरवाजे पर खड़ा हो गया। ट्रेन खिसकने लगी। लड़के ने अविनाश का हाथ पकड़ने की कोशिश की, लेकिन तब तक ट्रेन की रफ्तार बढ़ गयी थी। बच्चा दौड़ता हुआ अविनाश को हाथ हिला रहा था। अविनाश भी हाथ हिलाकर उसे एक जगह रुकने का इशारा कर रहा था। जब तक वह लड़का अविनाश की आँखों से ओझल नहीं हो गया, तब तक वह उसे देखता रहा।

पता नहीं क्यों अविनाश की आँखें फिर डबडबा गयी थीं, उसे ऐसा लग रहा था जैसे उसका कोई अपना छूट रहा हो। वह वापस बोगी के अंदर अंधेरे में अंदाज से अपनी सीट पर आ गया। थोड़ी देर तक वह सिर झुकाये बैठा रहा। उसकी आँखों में नींद नहीं थी। वह खिड़की के पास टेक लगाकर बैठ गया। वह अनाथ बच्चों के बारे में सोचने लगा। देश में न जाने ऐसे कितने बच्चे होंगे, जो इस तरह का जीवन गुजार रहे होंगे। उन्हें भी वाणी की तरह कोई एनजीओ की जरूरत थी।

अविनाश ने आँखें मूँद लीं। उस लड़के का चेहरा उसकी आँखों के सामने था। वह उस लड़के में अपनी सूरत देख रहा था। उसकी आँखों से अब आँसू बहने लगे थे। वह अपने बचपन के बारे में सोचने लगा। सोचते-सोचते वह यादों में अपनी पुरानी जगह सेवाश्रम पहुँच गया।

दो

'वाह अविनाश, आज सुबह ड्रिल करने के बाद इतनी ठंढ में भी तुम बहुत जल्दी नहा-धो कर स्कूल के लिए तैयार हो गए। क्या बात है, आज कुछ खास दिन है'।

ऊनी टोपी और बदन पर कंबल लपेटे घनश्याम बाबू ने अपने कमरे की खिड़की से झाँकते हुए कहा-

अविनाश ने खिड़की के अंदर झुककर देखते हुए कहा-

'बाबा, आप भूल गए, आज नंदी का जन्मदिन है, मुझे उसके लिए फूल तोड़ कर बड़ा गुलदस्ता बनाना है। कल रात से वह मुझसे नाराज है, मैं उसे एक अच्छा गुलदस्ता देकर मनाना चाहता हूँ, प्रार्थना करने में सिर्फ आधा घंटा बचा है, आप भी जल्दी तैयार हो लीजिये, थोड़ी देर में, बाकी बच्चे भी बाहर आ जाएँगे'।

घनश्याम बाबू ने मुस्कुराते हुए कहा-

'तुम दोनों फिर से लड़ बैठे, तुम दोनों का बचपना कब जाएगा। अब दोनों बड़े हो गए हो'।

अविनाश ने बाहर जाते हुए कहा-

'हमें छोटा ही बने रहने दीजिये, बाबा और फिर आपलोगों के सामने तो हम बच्चे ही हैं'।

घनश्याम बाबू ने ज़ोर से हँसते हुए कहा-

'बच्चा बनना चाहता है और बड़ों जैसी बातें करने लगा है, जा जल्दी से गुलदस्ता तैयार कर दे, नंदिनी तैयार होकर, नीचे आती ही होगी'।

यह पटना शहर के भिखना पहाड़ी स्थित अनाथालय 'सेवाश्रम' की एक सुबह थी। सेवाश्रम की स्थापना आज से चालीस वर्ष पूर्व हुई थी। पहले यह अनाथालय यहाँ से लगभग पाँच किलोमीटर दूर एक छोटे से घर में हुआ करता था। वहाँ के बड़े-बुजुर्ग बताते हैं, उस वक़्त भिखना पहाड़ी में सर्वेश्वर सिंह नाम के एक जमींदार हुआ करते थे, जिनकी वहाँ एक आलीशान कोठी थी। दो तल्ले की उस कोठी में कुल मिलाकर दस कमरे थे। नौकर-चाकर के रहने के लिए कोठी के पीछे अलग व्यवस्था थी। वे पटना के नजदीक नालंदा जिले के रहने वाले थे, जहां उनकी कई एकड़ जमीन थी। उनकी शान-शौकत का बोलबाला उस इलाके में था। वे वहाँ के सबसे सम्पन्न जमींदार थे। उन्होंने पटना के भिखना पहाड़ी इलाके में वर्षों पहले ज़मीन लेकर कोठी बनवाई थी।

शादी के लगभग दस वर्षों बाद, बड़ी मन्नत करने पर, उन्हें एक बेटा हुआ था। दोनों पति-पत्नी ने उसे बड़े लाड़-प्यार से पाला। बड़े होने पर बेटे को अच्छी पढ़ाई के लिए पटना के संत ज़ेवियर स्कूल में दाखिल कराया था। पत्नी और बेटा पटना की कोठी में रहते थे। सिंह साहब का गाँव में भी बड़ा मकान था, जहां वे ज़्यादातर रह कर खेती-बाड़ी देखा करते थे और महीने में दो-तीन बार पटना आ जाया करते थे। उनकी पत्नी भी अपने बेटे के साथ कभी महीने के किसी शनिवार, रविवार को एक-दो दिनों के लिए गाँव चली जाती

थीं। पत्नी और लड़के के लिए अलग गाड़ी और सिंह साहब की अलग जीप हुआ करती थी। उनके कुछ रिश्तेदार अमेरिका में रहते थे। उन्होंने अपने रिश्तेदारों के नजदीक अमेरिका के बोस्टन शहर में एक फ्लैट ले रखा था, जहां वे अपनी पत्नी और बेटे के साथ साल में एक बार गर्मी की छुट्टियों में जाया करते थे। सब कुछ बहुत अच्छा चल रहा था।

कई वर्ष बीत गए। सिंह साहब का बेटा अब बड़ा हो गया था। वह चौथी क्लास में पढ़ता था। एक दिन सिंह साहब गाँव गए हुए थे। उनकी पत्नी ने हर रोज की तरह अपने बेटे को तैयार कर स्कूल भेजा। ड्राईवर सुबह स्कूल छोड़ आता था और शाम में फिर ले आता था। उस दिन शाम में ड्राईवर स्कूल की छुट्टी के वक़्त लड़के को लेने गया। स्श्चूल के नजदीक पहुँचने पर उसने देखा, स्कूल के सामने से एक लंबा जुलूस गुजर रहा था। अमूमन, ड्राईवर स्कूल की बिल्डिंग के बगल में गाड़ी खड़ी करता था, जिससे लड़के को सड़क पार नहीं करना पड़े। उस दिन जुलूस के कारण गाड़ी खड़ी करने की जगह सड़क की दूसरी तरफ मिली। स्कूल की छुट्टी हो गयी थी। लड़का स्कूल से बाहर आया। उसे पहले बगल में अपनी गाड़ी नहीं दिखी। उसने चारों ओर नज़र दौड़ाई। सड़क के उस पार खड़ी अपनी गाड़ी उसने दूर से पहचान ली। सामने जुलूस की भीड़ थी। वह जुलूस के बीच से निकलकर सड़क पार करने की कोशिश करने लगा, लेकिन संभव नहीं हो पाया। ड्राईवर ने उसे देख कर उसे हाथ से इशारा कर रोक दिया। जैसे ही जुलूस का आखिरी हिस्सा निकला, लड़के ने दौड़ कर सड़क पार करनी चाही। इस बीच ट्रैफिक बहुत देर तक रुकी रहने के कारण गाडियाँ एक साथ तेजी से निकलने लगीं। उनमें सबसे पहले एक स्कूल बस निकली। उस भीड़-भाड़ में बस वाले को ज्यादा कुछ समझ में नहीं आया। लड़के ने भी आती हुई बस नहीं देखी। जब तक उसकी नजर बस पर पड़ती, तब तक देर हो चुकी थी। वह बस की चपेट में आ चुका था। ड्राईवर जब तक दौड़ कर लड़के को बस

के नीचे दबने से बचाने की कोशिश करता, बस का पहिया लड़के के पेट पर से गुजर चुका था।

लोगों के शोर मचाने पर बस रुक गई। सिंह साहब का ड्राईवर दौड़कर बस के नजदीक पहुंचा और किसी तरह घसीट कर लड़के को बाहर निकाला। उसके पेट और नीचे का हिस्सा पूरी तरह दब गया था। हालाकि, उसकी सांसें धीरे-धीरे चल रही थीं। चारों ओर खून फैला था। वहाँ भीड़ इकट्ठी हो गयी थी। सब लोगों ने मिलकर लड़के को किसी तरह गाड़ी में पीछे की सीट पर लिटाया। ड्राईवर उसे लेकर अस्पताल की ओर भागा। उसने रास्ते में पीछे मुड़कर देखा, लड़के की सांस उखड़ रही थी। अचानक लड़के का सिर एक तरफ लुढ़क गया। अस्पताल पहुँचने में दस मिनट का वक़्त लगा। ड्राईवर लड़के को गोद में लेकर अस्पताल के अंदर दौड़ता हुआ गया। वहाँ एमर्जेंसी में डॉक्टर ने लड़के को देखा। कुछ देर जांच करने के बाद उसे मृत घोषित कर दिया गया। यह सुनकर ड्राईवर घबड़ाहट में रोने लगा। उसकी समझ में कुछ नहीं आ रहा था। जल्दी से बाहर निकलकर वहीं एक टेलीफ़ोन बूथ से उसने सिंह साहब की पत्नी को फोन किया।

आधे घंटे के भीतर सिंह साहब की पत्नी रोती-बिलखती अस्पताल पहुँच गईं। उन्होंने घर से सिंह साहब को गाँव पर यह मनहूस खबर दे दी थी। वे भी तुरंत गाँव से पटना के लिए निकल गए थे। अस्पताल में अपने बच्चे का शव देख कर सिंह साहब की पत्नी दहाड़ मार कर रोने लगीं। किसी तरह ड्राईवर और आस-पास के लोगों ने उन्हें संभाला। सिंह साहब का इंतज़ार न करते हुए, ड्राईवर तुरंत अपनी गाड़ी में लड़के के शव को लेकर घर की ओर रवाना हो गया। पीछे की सीट पर शव के साथ बैठी लड़के की माँ रोती-बिलखती घर पहुँचीं।

लगभग दो घंटे में सिंह साहब घर पहुंचे। अपने बेटे का शव देख कर वे अपने ऊपर काबू नहीं रख सके। वह दहाड़ मार कर रोने लगे। तब तक आस-पड़ोस के लोग घर पर जमा हो गए थे। खबर ही ऐसी थी कि सभी की आँखों में आँसू थे। किसी तरह सिंह साहब को संभाला गया। तब तक रात हो चुकी थी। शव को रात भर घर पर रखा गया। अगले दिन सुबह विधि-विधान से सिंह साहब ने अपने लाडले बेटे का अंतिम संस्कार किया।

अपने एकलौते बेटे के जाने के बाद दोनों मियां-बीबी एकदम टूट गए। सिंह साहब की पत्नी की हालत और भी बुरी थी। उन्हें गहरा मानसिक आघात लगा था। रात में उठ कर वह अपने बेटे का नाम लेकर घर से बाहर निकल जाती थीं। सिंह साहब ने बहुत इलाज कराया, पर वे ठीक नहीं हो सकीं। बार-बार वह कहतीं-

'तुम कहाँ चले गए, बेटा, कोई मेरे बेटे को ला दो'।

एक साल का समय बीत गया। सिंह साहब बेटे के जाने का दुख और अपनी पत्नी की गिरती हुई हालत को लेकर परेशान रहते थे। उन्होंने गाँव जाना भी कम कर दिया था। उनका अब अपने घर में मन नहीं लगता था। ऐसा लगता था, जैसे घर काट रहा हो।

सिंह साहब के एक घनिष्ठ मित्र, डॉक्टर थे, जो उनकी पत्नी का इलाज भी कर रहे थे। एक दिन उन्होंने सिंह साहब को कहा कि उनकी पत्नी तभी ठीक हो सकती हैं, यदि घर में कोई और बच्चा आ जाए। इस हालत में सिंह साहब की पत्नी का नौ महीने तक गर्भ धारण करना संभव नहीं था। डॉक्टर साहब ने सिंह साहब को सलाह दी कि वे एक बच्चे को गोद ले लें। सिंह साहब शुरू में तैयार नहीं हुए। उन्होंने अपनी पत्नी की इच्छा जाननी चाही। एक दिन मौका देख कर उन्होंने अपनी पत्नी से इस बात की चर्चा की। बच्चे की

बात सुनकर पत्नी खुश हो गईं। डॉक्टर साहब ने पता किया, पास में ही एक अनाथालय था, जहां बच्चे को गोद लेने की सुविधा थी।

अगले दिन डॉक्टर साहब दोनों पति-पत्नी को लेकर अनाथालय गए। कुल चार कमरों का वह अनाथालय था, जहां कुल तीस बच्चे रहते थे। वहाँ छह महीने से लेकर पंद्रह वर्ष के बच्चे थे। वहाँ के रहने की सुविधा देख कर सिंह साहब को बहुत दया आई। एक तीन वर्ष के बच्चे को दोनों ने गोद लिया। सिंह साहब की पत्नी उसे लगातार अपनी गोद में रखी रहीं। घर आकर बच्चे का वही नाम रखा गया, जो उनके बेटे का था। बेटे के आने की खुशी में सिंह साहब ने एक बड़ी पार्टी दी।

गोद लिया हुआ बेटा, कुछ दिनों में अपनी माँ के साथ घुल-मिल गया। उसकी पसंद के हर तरह के सामान सिंह साहब ने लाकर दिये। उनकी पत्नी अपने बेटे में रम गयी थीं। लेकिन अपने असली बेटे के जाने के बाद उस घर में सिंह साहब का मन नहीं लग रहा था। उन्हें गाँव की खेती-बाड़ी से भी कम लगाव रह गया था।

एक दिन उन्होंने एक बड़ा फैसला लिया। उन्होंने निर्णय लिया कि अब वे इस घर में नहीं रहेंगे और न ही गाँव जाएँगे। उन्होंने देश छोड़ कर अमेरिका के अपने फ्लैट में बसने का निर्णय लिया। एक महीने के भीतर उन्होंने गाँव की बहुत-सी ज़मीन बेच डाली। कुछ ज़मीन को बटाई पर खेती के लिए छोड़ दी। गाँव वाले मकान की रखवाली के लिए पहले से लोग मौजूद थे।

पटना वाली कोठी के लिए उन्होंने डॉक्टर साहब से बात की। सिंह साहब अनाथालय की हालत देख कर परेशान हुए थे। उन्होंने डॉक्टर साहब से कहा कि वे पटना वाली कोठी उस अनाथालय को दान करना चाहते हैं, जहां अनाथ बच्चों की सही तरह से सेवा और लालन-पालन हो सके। उनका मन था, अनाथालय को नए सिरे से

इस कोठी में बसाया जाये और उसका नाम 'सेवाश्रम' रखा जाये। इसमें न केवल बच्चों का लालन-पालन होगा, बल्कि एक खास उम्र तक उनकी अच्छे स्कूल में पढ़ाई की सुविधा होगी, जिससे आगे चलकर वे अपने पैरों पर खड़े हो सकें। इसके लिए सिंह साहब ने एक ट्रस्ट की स्थापना की, जिसमें एक बड़ी रकम डाली गयी। उस ट्रस्ट का जिम्मा उन्होंने डॉक्टर साहब को सौंपा। पटना वाले घर में सब-कुछ देखभाल करने वाले घनश्याम बाबू और उनकी पत्नी लक्ष्मी को सेवाश्रम चलाने का जिम्मा दिया गया। घनश्याम बाबू के कोई संतान नहीं थी। वे स्नातक तक पढे हुए भी थे। उनकी पत्नी ने भी मैट्रिक तक की पढ़ाई की हुई थी।

इस फैसले के एक महीने के बाद सिंह साहब अपनी पत्नी और गोद लिए हुए लड़के को लेकर अमेरिका चले गए। उन्होंने पत्नी और लड़के के साथ वाली गाड़ी बेच दी और खुद की जीप को गाँव में इस्तेमाल के लिए छोड़ दिया। कोठी का नए सिरे से रंग-रोगन हुआ। पुराने घर से अनाथालय को कोठी में लाया गया। पुराने अनाथालय चलाने वाले ने अपने स्वास्थ्य के कारण आगे काम करने में अपनी असमर्थता जताई। कोठी के ऊपर के कमरों में लड़कियों को रखा गया और नीचे का हिस्सा लड़कों को दिया गया। सभी बच्चों के लिए एक सिंगल पलंग, एक टेबल, एक कुर्सी, एक छोटी अलमारी की व्यवस्था की गयी, जिससे बच्चों को अनाथालय हॉस्टल की तरह लगे। कोठी पर 'सेवाश्रम' का बोर्ड लगा दिया गया।

घनश्याम बाबू और उनकी पत्नी का कोठी के सामने के बरामदे से लगा दो कमरे का घर यथावत रहा। पीछे रसोईघर के साथ नौकर-चाकर के रहने के भी कमरे थे। नीचे के सामने वाले कमरे में सेवाश्रम का दफ्तर बनाया गया, जिसमें दिनभर घनश्याम बाबू बैठने लगे। उसी में उन्होंने अपने और लक्ष्मी के लिए चारपाई भी लगा दी थी, जिसका इस्तेमाल दिन के वक़्त कभी-कभी आराम करने के लिए

होता था। कोठी के सामने बाहर की बड़ी जगह को सेवाश्रम के बच्चों की सुबह की प्रार्थना और खेलकूद के लिए तैयार किया गया। कोठी में काम करने वाले रसोईया गणेश और दो नौकरों गंगा और श्रवण को भी सेवाश्रम में रख लिया गया। बच्चों को नए कपड़े दिए गए। पास के सरकारी स्कूल के साथ डॉक्टर साहब ने बात कर बड़े बच्चों का दाखिला करा दिया। इस प्रकार नए कलेवर और नई सुविधाओं और व्यवस्था के साथ सेवाश्रम की विधिवत शुरुआत हुई।

पिछले दस वर्षों से सेवाश्रम नई कोठी में चलाया जा रहा है। वहाँ बच्चों की संख्या अब चालीस के करीब है। कुछ पुराने बच्चे बड़े होकर और अपनी पढ़ाई पूरी कर अपने पैरों पर खड़े हैं। उनकी जगह नए बच्चे आ गए हैं। इन दस वर्षों में सेवाश्रम में कोशिश रही कि बच्चों की संख्या चालीस से ज्यादा नहीं हो। स्कूल ड्रेस के अलावा साल में दो बार बच्चों के लिए नई ड्रेस खरीदी जाती है। इसके अलावा सर्दी के दिनों में स्वेटर, कोट, कंबल आदि भी दिये जाते हैं। सभी त्योहार सेवाश्रम में धूम-धाम से मनाया जाता है।

लड़कियों की देखभाल का खास जिम्मा घनश्याम बाबू की पत्नी लक्ष्मी का है। वैसे वे लड़कों की भी देखभाल करती हैं। उनके साथ-साथ गंगा और श्रवण भी लगे रहते हैं। घनश्याम बाबू को सभी बच्चे बाबा और लक्ष्मी को बड़ी अम्माँ कहते हैं। बाकी तीनों लोगों को काका या काकी कहते हैं। सेवाश्रम के बच्चे पास के सरकारी स्कूल जाते हैं। स्कूल का वक़्त सुबह नौ बजे से शाम चार बजे तक है, जिसमें दोपहर में एक से दो बजे तक खाने का समय होता है। स्कूल पास होने के कारण, सभी बच्चे दोपहर का खाना सेवाश्रम में आकर खा लेते हैं।

सेवाश्रम के दिन की शुरुआत सुबह साढ़े पाँच बजे से होती है, जब वहाँ का एक कर्मचारी पुराने तरह के घंटे को बजाता है। घंटे की

आवाज सेवाश्रम के दोनों तल्लों के रूम में साफ-साफ सुनाई देती है। ये समय बच्चों के जागने का है। ऊपर के तल्ले पर चार और नीचे के तल्ले पर चार बाथरूम हैं। सभी बच्चों को छह बजे नीचे कोठी के सामने के मैदान में जमा हो जाना पड़ता है, जहां एक पीटी के टीचर उन्हें व्यायाम कराते हैं। आधे घंटे के व्यायाम के बाद सभी को दो घंटे के लिए छोड़ दिया जाता है, जिसमें वे पढ़ाई करते हैं और नहा-धोकर सवा आठ बजे समूहिक प्रार्थना के लिए नीचे फिर मैदान में आ जाते हैं। पाँच मिनट की प्रार्थना के बाद सभी को नाश्ता दिया जाता है। नौ बजने में दस मिनट बाकी रहने पर सभी स्कूल चले जाते हैं। रविवार या अन्य छुट्टियों के दिन बच्चों को खेलकूद का समय दिया जाता है। कुछ छुट्टियों के दिन बच्चों को सेवाश्रम की टीवी पर अच्छी फिल्म दिखाई जाती है। बच्चों के खेलने के लिए दो कैरम बोर्ड और दो चेस बोर्ड भी हैं। शाम में चार बजे स्कूल से लौटने पर हल्का नाश्ता, थोड़ा आराम और उसके बाद सामने मैदान में एक घंटे के लिए खेलने की छुट्टी। मैदान में एक वॉलीबॉल और एक बैडमिंटन कोर्ट है। शाम छह से साढ़े आठ बजे तक पढ़ाई, उसके बाद रात का खाना और फिर साढ़े नौ बजे तक सो जाना।

डॉक्टर साहब ट्रस्ट के पैसे के सूद से इस सेवाश्रम को अच्छी तरह चला रहे हैं। उन्हें बीच-बीच में सरकार तथा अन्य संस्थानों से आर्थिक मदद मिलती रही है, जिसका उपयोग वे सेवाश्रम में सुविधाओं को बेहतर करने में लगे रहते हैं। उन्होंने बच्चों के भविष्य के लिए एक और अच्छा कदम उठाया है। बड़े बच्चों के बैंक अकाउंट खोल दिये गए हैं, जिसमें हर महीने पाँच सौ रुपये जमा होते हैं। बच्चों को अपनी-अपनी जरूरत के हिसाब से हाथ खर्च के लिए महीने का एक या दो सौ रुपया, उस अकाउंट से निकाल कर दिया जाता है। सभी खर्चों का हिसाब बच्चों को देना पड़ता है। छोटे बच्चों के लिए दो सौ रुपये प्रतिमाह एक अलग अकाउंट में जमा होते हैं। दस साल

में यह रकम इतनी हो जाती है कि वह बच्चे के आगे के भविष्य के लिए काम आ सके।

अविनाश इसी सेवाश्रम में रहने वाला एक अनाथ लड़का है। सेवाश्रम के पहले के अनाथालय में जब वह एक वर्ष का रहा होगा, तब कोई उसे वहाँ छोड़ गया था। वहाँ एक साल रहने के बाद बाकी बच्चों के साथ वह सेवाश्रम आ गया। अब वह पंद्रह साल का हो चुका है और दसवीं कक्षा का छात्र है।

नंदिनी भी पुराने वाले अनाथालय से सेवाश्रम में आई थी। वह भी अविनाश की उम्र की है और उसके साथ उसी की क्लास में पढ़ती है। अविनाश उसे नंदी कह कर बुलाता है। दोनों के नाम पुराने अनाथालय के केयरटेकर ने रखे थे। अमूमन सभी छोटे अनाथ बच्चों का नामांकरण अनाथालय में ही किया जाता है।

पिछले अनाथालय में अविनाश और नंदिनी दोनों लगभग साथ आए थे। दोनों की उम्र लगभग एक वर्ष की थी। वहाँ कोई महिला पूरे समय के लिए नहीं रहती थी। दिन में सिर्फ दो घंटे के लिए आती थी। सेवाश्रम में गंगा काकी इनके साथ लगातार रहती हैं। दोनों को अपनी असली माँ याद नहीं, इसलिए दोनों को गंगा काकी अपनी माँ लगती हैं। गंगा काकी ने भी दोनों को माँ का प्यार दिया है।

सेवाश्रम में इन दोनों के अलावा, इनसे उम्र में छोटे या हमउम्र कई बच्चे हैं, जैसे अविनाश का जिगरी दोस्त राकेश और नंदिनी की सहेलियों में पुष्पा, रागिनी आदि। लड़कियों की संख्या अठारह और लड़कों की संख्या बाईस है। सबसे बड़े बच्चे दसवीं क्लास में पढ़ते हैं। इनमें चार ऐसे बच्चे हैं, जो लगभग एक या दो साल के हैं। इन्हें एक अलग कमरे में गंगा काकी के हवाले रखा जाता है। वही इनकी देखभाल करती हैं। बड़े बच्चे भी छोटे बच्चों का ध्यान रखते हैं। सभी बच्चों के नाम के आगे आनंद लगा दिया जाता है। यह सेवाश्रम के

संस्थापक सिंह साहब का मन था। जैसे अविनाश आनंद या नंदिनी आनंद।

अविनाश की नंदिनी से बहुत पटती है। बाकी बच्चों से दोनों पढ़ाई में बहुत तेज हैं। दोनों में क्लास में अव्वल आने की होड़ रहती है। नंदिनी खेलकूद में भी बहुत आगे है। छुट्टियों के दिन जब शाम में उसके साथ की लड़कियां आपस में बैडमिंटन खेलती हैं, नंदिनी लड़कों के साथ वॉलीबॉल खेलती है। उससे बैडमिंटन में भी कुछ ही लड़के जीत पाते हैं। वह अपने स्कूल की बैडमिंटन और वॉलीबॉल टीम की कैप्टन है। वहीं अविनाश खेलकूद में सामान्य है। वह वाद-विवाद या निबंध आदि में अपने स्कूल के अलावा पूरे जिले के स्तर पर पुरस्कार पा चुका है।

शाम में पढ़ाई के वक़्त अविनाश और नंदिनी ज़्यादातर साथ-साथ नीचे तल्ले के एक बड़े कमरे में पढ़ते हैं, जहां कुछ और बच्चे भी आकर पढ़ाई करते हैं। उनमें राकेश भी शामिल रहता है। हालाकि, पढ़ाई या किसी विषय को लेकर अविनाश और नंदिनी के बीच कभी-कभी नोक-झोंक भी होती है। नंदिनी को जल्दी गुस्सा आ जाता है। गुस्से में वह किताब, कॉपी पटककर, ऊपर अपने कमरे में जाकर सो जाती है। तब लक्ष्मी बीच-बचाव करती हैं। वे दोनों को बैठा कर समझाती हैं, फिर दोनों में दोस्ती हो जाती है। लक्ष्मी बाकी बच्चों के झगड़ों को भी सुलझाती हैं। घनश्याम बाबू इन सब से अलग सेवाश्रम को सुचारु रूप से चलाने में व्यस्त रहते हैं। अविनाश बाकी बच्चों से बहुत अच्छा गाता है, इसलिए ज़्यादातर सुबह की प्रार्थना वह गाता है। इसके अलावा कभी नंदिनी या राकेश भी गाते हैं।

अनाथालय में बच्चों के जन्मदिन और साल वहाँ के करता-धर्ता के द्वारा तय किए जाते हैं। स्कूल में दाखिले के वक़्त अंदाज़ से जन्मदिन और साल लिखा दिया जाता है। पिता के नाम की जगह

या तो अनाथालय के केयरटेकर का नाम होता है या उसे खाली छोड़ दिया जाता है। अविनाश और नंदिनी का जन्मदिन और साल पिछले अनाथालय में तय कर दिया गया था। सेवाश्रम में किसी भी बच्चे के जन्मदिन के दिन प्रार्थना के वक़्त उसे फूलों का गुलदस्ता दिया जाता है और उसके द्वारा कोठी के मैदान की क्यारी में एक पौधा लगाया जाता है। शाम के वक़्त खेलकूद के बाद केक काटा जाता है और सेवाश्रम की तरफ से एक छोटा-सा तोहफा दिया जाता है। तोहफे में ज़्यादातर उसके पसंद की किताब, पेन या स्कूल बैग देने की परंपरा है।

तय किए गए जन्मदिन के हिसाब से नंदिनी का आज जन्मदिन है। अविनाश को दो दिन पहले से याद था। लेकिन पिछली शाम में फिर पढ़ाई के वक़्त उसकी नंदिनी से झड़प हो गयी। बात नंदिनी के पसंद की गिफ्ट की हुई कि उसे जन्मदिन पर क्या तोहफा चाहिए। नंदिनी किताब लेना चाहती थी और अविनाश नए स्कूल बैग की बात कर रहा था, क्योंकि नंदिनी का बैग थोड़ा फट गया था। जब राकेश ने भी बैग की बात कही, तब नंदिनी गुस्से से उठ कर अपने कमरे में चली गयी। उसके बाद अविनाश की उससे कोई बात नहीं हुई।

अविनाश भागते हुए मैदान के किनारे की क्यारी में फूल तोड़ने गया। उसके साथ राकेश भी था। पहले से बातचीत होने के कारण दोनों ने चुन कर गुलाब के फूल ज्यादा तोड़े। साथ में गेंदे के बड़े फूल और कुछ छोटे फूल। यह सब लेकर दोनों कोठी के पीछे सेवाश्रम में काम करने वाले श्रवण काका के रूम की ओर भागते हुए गए। श्रवण काका सेवाश्रम में फूल-पौधों की देखभाल करते थे, साथ में सफाई का काम भी देखते थे। वे अविनाश को अपने कमरे के बाहर ही मिल गए। वहाँ पर अलाव जला था और काका गमले में कुछ नए पौधे लगा रहे थे। अविनाश ने हाँफते हुए उनसे कहा-

'काका, देखिये, मैं कितने सारे फूल तोड़ कर लाया हूँ। आप जल्दी से इसका एक बड़ा गुलदस्ता बना दीजिये, मुझे नंदिनी को देना है, आज उसका जन्मदिन है'।

सेवाश्रम में काम करने वाले प्रायः सभी लोग अविनाश और नंदिनी की नोक-झोंक से वाकिफ थे। श्रवण काका ने मुस्कुराते कहा-

'क्या बात है अविनाश, अब फिर नंदिनी से तुम्हारी लड़ाई हो गयी है'।

अविनाश ने उनसे मुंह चुराते हुए राकेश की ओर देखते हुए कहा-

'क्या कहूँ काका, वह कभी मेरी बात मानती ही नहीं है और उसपर खुद जल्दी गुस्सा भी हो जाती है। आप राकेश से पूछ लीजिये। कल शाम भी बेकार में वह हम दोनों पर नाराज हो गयी। बिलकुल छोटी-सी बात थी। लेकिन आपके हाथों के बने बड़े गुलदस्ते को देख कर उसका गुस्सा जरूर शांत हो जाएगा। आपके हाथों के बनाए गुलदस्ते का जवाब नहीं। जब तक आप गुलदस्ता बना रहे हैं, तब तक, मैं इन गमलों में पौधे लगा देता हूँ'।

श्रवण काका ने ज़ोर से हँसते हुए कहा-

'बिलकुल बड़ों की तरह मक्खन लगाना सीख गए हो तुम सब और खास कर तुम दोनों। गमलों को तू रहने ही दे। फूल ला, मैं गुलदस्ता तुरंत बना देता हूँ'।

अविनाश ने डलिये के सारे फूल श्रवण काका के सामने उंडेल दिये। इस तरह के गुलदस्ते की लगभग हर महीने जरूरत होती थी, क्योंकि किसी न किसी का जन्मदिन हरेक महीने होता था। श्रवण काका हर महीने सेवाश्रम के बगीचे के फूल से गुलदस्ता बनाया करते हैं। वैसे बाकी जन्मदिन में गुलदस्ते का आकार छोटा होता था,

लेकिन आज अविनाश ने फूल ज्यादा तोड़ रखे थे। श्रवण काका ने फूलों को देख कर कहा-

'तुम लोगों ने तो गुलदस्ते के लिए बगीचे के सारे फूल तोड़ लिए हैं। लगता है, नंदिनी आज ज्यादा गुस्से में है'।

अविनाश ने झेंपते हुए कहा-

'आप तो जानते हैं काका, उसे फूल बहुत पसंद हैं। बस अच्छे फूलों का गुलदस्ता ही एक उपाय है, उसके गुस्से को शांत करना'।

श्रवण काका अपने कमरे से जाकर कैंची और गुलदस्ता बनाने के लिए और जरूरी समान ले आए। उन्होंने जल्दी-जल्दी गुलदस्ता बनाना शुरू किया। अविनाश और राकेश अलाव के पास बैठकर गौर से उन्हें देख रहे थे। बस पाँच मिनट में श्रवण काका ने उन फूलों से एक बड़ा और सुंदर गुलदस्ता तैयार कर दिया। गुलदस्ते के बीच में लाल और पीले गुलाब के फूल थे, जो नंदिनी को बहुत पसंद थे। अविनाश ने गुलदस्ते को एक अखबार के पन्ने में लपेट लिया, जिससे किसी को दिखाई न पड़े। दोनों गुलदस्ता लेकर जल्दी से प्रार्थना की जगह भागे। कुछ बच्चे वहाँ जमा हो चुके थे, लेकिन नंदिनी अभी नहीं आई थी। अविनाश ने राहत की सांस ली।

गणेश काका ने बच्चों को मैदान में आने के लिए घंटी बजाई। घनश्याम बाबू अपने ऑफिस से बाहर निकले। उन्होंने अविनाश को इशारे से अपने पास बुलाया। अविनाश हाथ में फूलों का गुलदस्ता लिया उनके पास गया। घनश्याम बाबू ने अविनाश को कहा-

'आज तुम्हारी बारी है, प्रार्थना कराने की'।

अविनाश ने घनश्याम बाबू से कहा-

'बाबा आज नंदिनी का जन्मदिन है, प्रार्थना उसे गाने दीजिये'।

घनश्याम बाबू ने कहा-

'तो फिर ठीक है, आज तुम दोनों साथ प्रार्थना गाओगे'।

अविनाश मुस्कुराकर घनश्याम बाबू को देखने लगा। राकेश मैदान में चला गया। तभी बरामदे के किनारे की सीढ़ी से अविनाश ने नंदिनी को उतरते देखा। उसके साथ दो और लड़कियां थीं। नंदिनी ने आज नया स्कूल ड्रेस पहना था। उसने शायद पिछली बार मिली ड्रेस को अपने जन्मदिन के लिए बचा कर रखा था। ठंढ के कारण सूट के ऊपर उसने ऊनी ब्लू स्वेटर पहन रखा था। उसने दो चोटी की हुई थी, जिसमें वह बिलकुल बच्ची और बहुत सुंदर लग रही थी। अविनाश जल्दी से गुलदस्ते को लेकर खंभे की ओट में खड़ा हो गया और चुपचाप नंदिनी को बाहर मैदान में आते हुए देखता रहा।

मैदान में लड़के, लड़कियां सभी एक साथ लाइन बनाकर खड़े हो जाते थे। उनके सामने एक टेबल रखा होता था, जिसके पीछे से कोई लड़की या लड़का प्रार्थना के गीत को गाता था। साथ में घनश्याम बाबू और लक्ष्मी के अलावा सेवाश्रम के बाकी तीन लोग भी खड़े होते थे। बाकी सभी बच्चे साथ मे गीत गाते थे।

अविनाश ने देखा, हमेशा की तरह नंदिनी ने मैदान में आते ही वहाँ खड़े घनश्याम बाबू के पैर छुए। घनश्याम बाबू ने उससे कहा-

'जीती रहो बेटी, जन्मदिन की बहुत शुभकामना'।

उसके बाद नंदिनी ने एक-एक कर लक्ष्मी और बाकी तीन लोगों के पैर छुए। उसके बाद वह बच्चों के बीच जाने लगी, तब घनश्याम बाबू ने उसे पीछे से आवाज़ देकर कहा-

'नंदिनी सुनो, आज तुम्हारा जन्मदिन है, तुम अविनाश के साथ प्रार्थना करोगी। नंदिनी ने मुड़ कर देखा। वह अविनाश को ढूंढ रही थी। तभी खंभे के पीछे से अविनाश अपने पीठ के पीछे गुलदस्ता

लिया हुआ सामने आने लगा। वह सीढ़ियाँ उतरते-उतरते डगमगाने लगा। नंदिनी ज़ोर से हंस पड़ी। बाकी बच्चे भी अविनाश को देख कर हंसने लगे। घनश्याम बाबू ने पीछे मुड़ कर अविनाश को टेबल के पास जल्दी आने का इशारा किया। अविनाश वहाँ आया। उसने कागज में लपटे गुलदस्ते को टेबल पर रखा और नंदिनी की तरफ देख कर कहा-

'हैप्पी बर्थडे, नंदी'।

नंदिनी उसे देख कर मुस्कुराई। अविनाश ने समझ लिया कि नंदिनी का गुस्सा शांत हो गया है। वह उसके साथ टेबल के पास आया और दोनों ने मिलकर प्रार्थना का गीत गाना शुरू किया।

'इतनी शक्ति हमें देना दाता, मन का विश्वास कमजोर हो ना...........'

सभी उन दोनों के सुर में सुर मिलाने लगे। अविनाश वैसे भी अच्छा गाता था, लेकिन आज नंदिनी भी उसके साथ बहुत सुरीला गा रही थी। लगभग पाँच मिनट में प्रार्थना खत्म हुई। गाना समाप्त कर अविनाश ने टेबल पर पड़े गुलदस्ते को उठा कर घनश्याम बाबू की तरफ बढ़ाया। घनश्याम बाबू ने मुस्कुराते हुए कहा-

'तुमने सुबह से इस गुलदस्ते को बनाने में इतनी मेहनत की है, नंदिनी को गुलदस्ता तुम ही दो। मैं उसे गिफ्ट दे दूंगा'।

नंदिनी घनश्याम बाबू की बात सुनकर मुस्कुराने लगी। अविनाश ने गुलदस्ते के ऊपर से कागज को हटाया और आगे बढ़ कर उसने नंदिनी को दिया। बाकी सभी लोगों ने भी ज़ोर से कहा-

'हैप्पी बर्थडे, नंदिनी'।

नंदिनी ने गुलदस्ते को गौर से देखा। उसने अविनाश को कहा-

'अविनाश, तुमने बहुत अच्छा गुलदस्ता बनवाया है, खास कर गुलाब के फूल, मुझे बहुत अच्छे लगे'।

अविनाश को संतोष हुआ कि कम से कम नंदिनी को गुलदस्ता पसंद आया। घनश्याम बाबू ने नंदिनी को एक किताब गिफ्ट में दी। किताब देखकर नंदिनी बहुत खुश हुई और अविनाश की तरफ इशारा कर बोली-

'देखा अविनाश, बाबा मेरी पसंद जानते हैं'।

अविनाश मुस्कुराकर रह गया। प्रार्थना का कार्यक्रम खत्म कर नंदिनी ने सेवाश्रम की क्यारी में एक गुलाब का पौधा लगाया। उसके बाद सभी नाश्ते के लिए नीचे के बड़े कमरे में आ गए। सबका खाना-पीना उसी कमरे में होता था। प्लेट में सभी का नाश्ता लगा था। सभी ने जल्दी-जल्दी नाश्ता किया और नौ बजने के पहले स्कूल के लिए निकल गए। अविनाश राकेश के साथ थोड़ा आगे लपक कर बढ़ा। दोनों को स्कूल में वार्षिक खेलकूद प्रतियोगिता की तैयारी करनी थी।

अविनाश खेलकूद में उतना तेज नहीं था, लेकिन समारोह के आयोजन में उसका अच्छा अनुभव था। जाड़ों की छुट्टियों के तुरंत बाद प्रतियोगिता का आयोजन होना था। आज जाड़ों की छुट्टी के पहले स्कूल का आखिरी दिन था। इसलिए छुट्टी पर जाने के पहले टीचर की ओर से सभी बच्चों को काम बांटा जा रहा था। प्रतियोगिता के एक महीने के बाद दसवीं कक्षा की परीक्षा होनी थी। उसकी भी पढ़ाई करनी थी।

नंदिनी और अविनाश दोनों क्लास में पढ़ने में बहुत तेज़ थे। इस कारण से साल के छह महीने क्लास का मॉनिटर अविनाश हुआ करता था और बाकी के समय नंदिनी। चूंकि दसवीं की क्लास में अब सिर्फ एक महीना बाकी था, इसलिए अभी नंदिनी की बारी चल रही थी। दोनों एक ही सेक्शन में थे। राकेश भी उन्हीं की सेक्शन में

था। दसवीं क्लास के दो सेक्शन थे। सभी टीचर ने दसवीं का कोर्स लगभग पूरा कर दिया था। अब बच्चों को रिविज़न करने के लिए कहा गया था। जिसे कुछ समझने में परेशानी होती, वह टीचर से पूछ लेता था। दोनों सेक्शन के ज़्यादातर बच्चे अविनाश और नंदिनी से ही पढ़ाई की अपनी दिक्कत के बारे में बात करते थे।

आज की पहली क्लास उस सेक्शन की क्लास टीचर की थी। वह हिन्दी पढ़ाया करती थी। उसने आकर बताया कि हर बार की तरह दसवीं के इम्तहान में स्कूल में टॉप करने वाले बच्चे को शील्ड और दस हज़ार रुपये की राशि दी जाएगी। यह सुनकर क्लास में आपस में बातचीत शुरू हो गयी। लड़कियों ने एक आवाज़ में कहा-

'हमारी नंदिनी इस बार दसवीं में टॉप करेगी'।

उसके जवाब में लड़कों ने और ज़ोर से आवाज़ लगाई-

'हमारा अविनाश, जिंदाबाद'।

क्लास टीचर ने सबको शांत कराया और कहा-

'ये अच्छी बात है कि अविनाश और नंदिनी को तुम लोग उनकी पढ़ाई और काबलियत के लिए प्यार करते हो, लेकिन और बच्चों को भी पढ़ाई में आगे आना चाहिए। देखो ये दोनों न केवल पढ़ाई में, बल्कि एक खेलकूद में और दूसरा वाद-विवाद और भाषण में भी कितना आगे है। इनसे कुछ सीखो। अब आज के बाद जाड़े की छुट्टियाँ शुरू हो रही हैं। स्कूल अब अगले साल सात जनवरी को खुलेगा। उसके दो दिन बाद वार्षिक खेलकूद समारोह होंगे और फिर फरवरी में तुम्हारा इम्तहान। तुम सब पूरी तरह पढ़ाई में जुट जाओ। दसवीं की परीक्षा बहुत महत्वपूर्ण है'।

दोपहर बाद स्कूल की छुट्टी हो गयी। सभी बच्चों में जाड़े की लंबी छुट्टी की खुशी थी। वे सब कुछ देर के लिए आपस में बैठ

कर गपशप करते रहे। दसवीं के बच्चे ज़्यादातर इम्तहान के बारे में बातें कर रहे थे। वे नंदिनी को घेर कर बैठे हुए थे। नंदिनी सभी के सवाल ध्यान से सुनकर जवाब दे रही थी। अविनाश भी स्पोर्ट्स टीचर के साथ प्रतियोगिता की तैयारी के बारे में बात करने में व्यस्त था। लगभग दो बजते-बजते तक सेवाश्रम के सभी बच्चे वापस आ गए। राकेश नंदिनी के साथ वापस लौटा।

दिन का खाना खा कर छोटे बच्चे मैदान में खेलकूद में लग गए। कई महीनों के बाद उन्हें लंबी छुट्टी का मौका मिला था। अविनाश, नंदिनी और राकेश, खाने के बाद कुछ देर तक साथ बैठे। उन्होंने इम्तहान की तैयारी के बारे में बात की। नंदिनी ने अविनाश और राकेश से पूछा-

'दसवीं के बाद बारहवीं के लिए तुम दोनों क्या लोगे, साइन्स, आर्ट्स या कॉमर्स'

अविनाश ने कुछ सोच कर कहा-

'साइन्स ले भी लेता, लेकिन उसके बाद इंजीनियरिंग करने के लिए पैसे कहाँ से आएंगे। वही हाल राकेश का भी है। इसलिए मैंने सोचा है, मैं आर्ट्स लूँगा और ग्रैजुएशन करके आईएएस की तैयारी करूंगा'।

राकेश ने कहा-

'मुझे साइन्स में वैसे भी रुचि नहीं है। मैं भी आर्ट्स लूँगा। वैसे मैं जानता हूँ कि मुझसे अविनाश की तरह आईएएस की तैयारी नहीं हो सकेगी, इसलिए आगे की बाद में सोचूंगा'।

अविनाश ने नंदिनी की तरफ देख कर पूछा-

'तुमने क्या सोचा है'

नंदिनी ने मुस्कुराते हुए कहा-

'मैं भी आर्ट्स लूँगी और आगे एमबीए करने की सोचूँगी'।

अविनाश ने उठते हुए कहा-

'अभी ये सब बातें छोड़ो, अभी दसवीं की परीक्षा में मन लगाना है। मैं पढ़ने जा रहा हूँ। तुम दोनों भी जाओ'।

इतना कहकर अविनाश वहाँ से उठ कर चला गया। राकेश ने नंदिनी से कहा-

'मैंने तैयारी तो की है, लेकिन साइन्स में अभी भी दिक्कत है। तुमने अगर कुछ नोट्स बनाए होंगे, तो मुझे देना'।

नंदिनी ने जवाब दिया-

'मैं रिवीजन करती जाऊँगी और तुम मेरे नोट्स लेते जाना'।

राकेश ने मुस्कुराते हुए जवाब दिया-

'नंदिनी, तुम वाकई बहुत अच्छी हो'।

नंदिनी मुस्कुराकर उठ खड़ी हुई। राकेश भी उठ गया। दोनों अपने-अपने कमरे में पढ़ाई के लिए चले गए।

तीन

पूरे जाड़े की छुट्टियों के दौरान सेवाश्रम के दसवीं क्लास के बच्चों ने ज़ोर-शोर से पढ़ाई की। अविनाश और नंदिनी ने भी कोई कसर नहीं छोड़ी। दोनों कभी अकेले-अकेले या कभी एक दूसरे के साथ या राकेश के साथ मिलकर पढ़ाई करते रहे। दोनों को पता था कि जनवरी में स्कूल खुलते ही स्पोर्ट्स होंगे, जिसमें नंदिनी कई खेलों में भाग लेने वाली थी और अविनाश को आयोजन की तैयारी में भिड़ना था। ऐसी हालत में लगभग एक हफ्ते पढ़ाई नहीं हो पाती। उसकी कसर वे छुट्टियों में पूरी कर रहे थे।

पढ़ाई के कारण नए साल का भी जश्न बहुत शांति से मनाया गया। साल के आखिरी दिन घनश्याम बाबू बच्चों के लिए कुछ फुलझड़ियाँ और मिठाई वगैरह ले आए थे। रात को खाने में एक दो खास व्यंजन बने थे। अमूमन बच्चे बारह बजे रात का इंतज़ार नहीं करते थे। रूटीन के हिसाब से आठ बजे रात में बच्चों ने फुलझड़ियाँ जलायीं और दस बजते-बजते तक खाना खा कर सो गए। हर साल एक जनवरी को सेवाश्रम में सुबह विशेष पूजा होती थी और उसके बाद हवन होता था। इस बार भी सभी बच्चे सुबह-सुबह पूजा और हवन में शामिल हुए।

सात जनवरी को स्कूल खुलने के दो दिन बाद वार्षिक खेलकूद प्रतियोगिता का आयोजन था। नंदिनी स्कूल खुलने के पहले दिन से ही लगातार मैदान में जाकर प्रैक्टिस करती रही। वह चूंकि शरीर से मजबूत और लंबी थी और शुरू से स्पोर्ट्स में हिस्सा लेती आ रही थी, इसलिए उसे देख कर यह नहीं लगता था कि कोई पंद्रह वर्ष की लड़की दौड़ लगा रही है। वह पहली बार अपनी उम्र से ज्यादा बड़ी लड़कियों से खेलकूद में टक्कर लेने वाली थी। अविनाश और राकेश भी आयोजन की तैयारी में व्यस्त रहे। सारी तैयारी के बाद दो दिन की प्रतियोगिता शुरू हुई।

कई खेलों के अलग-अलग वर्ग के कारण प्रतियोगिता को एक दिन में आयोजित करना मुश्किल था। लड़के-लड़कियों के अलग वर्ग के अलावा विभिन्न कक्षा वर्ग के भी खेल थे। सभी खेलों में प्रथम, द्वितीय और तृतीय पुरस्कारों के अलावा सभी खेलों के आधार पर स्कूल के चैम्पियन का एक पुरस्कार था। कक्षा एक से तीन तक एक ग्रुप था। उसके बाद कक्षा छह से नौ तक और अंत में कक्षा दस से बारह तक का ग्रुप था। हरेक वर्ग में अलग-अलग स्पर्धाओं के लड़के और लड़कियों के अलग पुरस्कार थे। केवल दसवीं से बारहवीं के ग्रुप में लड़के और लड़कियों के लिए ओवर ऑल चैम्पियन की ट्रॉफी थी। नंदिनी ने सभी दौड़ों के अलावा, विभिन्न कूदों, डिस्कस और जैवलिन थ्रो मिलाकर कुल आठ खेलों में हिस्सा लिया था। पिछले वर्ष नंदिनी ने कक्षा छह से नौ के ग्रुप में भाग लिया था और जितनी स्पर्धाओं में भाग लिया, उसमें वह अव्वल रही। चूंकि उस ग्रुप में चैम्पियन की ट्रॉफी का प्रावधान नहीं था, इसलिए वह अपनी स्पर्धाओं के पुरस्कारों तक ही सीमित रही। इसका उसको मलाल था। इस वर्ष उसने पूरी तैयारी कर रखी थी। उसे हर हाल में ज्यादा से ज्यादा वर्ग में पहला स्थान लाना था। हालाकि, उसका मुक़ाबला अपने से वरीय उम्र की लड़कियों से था।

प्रतियोगिता के पहले दिन स्पर्धा शुरू होने में आधा घंटा का वक़्त था। अविनाश ने नंदिनी के जोश को बढ़ाने के लिए सारे सेवाश्रम के बच्चों को एक जगह बिठा दिया, जिससे कि नंदिनी जब किसी खेल में हिस्सा ले, तब सारे बच्चे उसका नाम ज़ोरों से लें। अविनाश मन से चाहता था, नंदिनी इस बार चैम्पियन बने। इधर नंदिनी स्पर्धा के पहले थोड़ी वर्जिश करने लगी थी। प्रतियोगिता की पहली स्पर्धा बड़ी लड़कियों की चार सौ मीटर की दौड़ की थी। इसमें दमखम की जरूरत थी, क्योंकि मैदान के पूरे दो चक्कर लगाने थे। आयोजन की तैयारी पूरी कर अविनाश नंदिनी के पास चला गया। नंदिनी ने उसको देख कर कहा-

'अविनाश, पता नहीं क्यों हर बार पहली दौड़ के पहले मैं घबड़ा जाती हूँ। इस बार वैसे भी बारहवीं की एक लड़की रूपा ने बहुत प्रैक्टिस की है। मुझे लगता है वह इस बार चैम्पियन बनेगी और मैं फिर पिछड़ जाऊँगी'।

अविनाश ने नंदिनी के कंधे पर हाथ रख कर कहा-

'नंदी, तुम बेवजह घबड़ा रही हो, वह लड़की रूपा तुम्हारा मुक़ाबला कभी नहीं कर पायेगी। वह तुमसे कद में भी छोटी है। इस बार सेवाश्रम के सारे बच्चे तुम्हारा हौसला बढ़ाने के लिए तैयार हैं। तुम बस अपनी दौड़ पर फोकस करो, सब ठीक रहेगा। मैं राकेश को यहाँ छोड़ जाता हूँ, कोई जरूरत होने पर उसे बताना, तब तक मैं दौड़ की शुरुआत करने की तैयारी करता हूँ'।

इतना कहकर अविनाश नंदिनी के पास से निकल गया। दौड़ के लिए पहली सीटी बज चुकी थी। लाउडस्पीकर पर भी लड़कियों को अपनी-अपनी जगह पर आने के लिए कहा जा रहा था। नंदिनी जल्दी से मैदान की ओर दौड़ी। स्टार्ट लाइन पर दौड़ में भाग लेने वाली लड़कियां जमा होने लगीं। नंदिनी ने देखा, कुल बारह लड़कियां

थीं। पाँच दसवीं की, तीन ग्यारहवीं की और चार बारहवीं कक्षा की। सभी को अपने-अपने स्थान पर खड़ी होने के लिए कहा गया। लाइन की एक तरफ अविनाश झण्डा लेकर खड़ा था। नंदिनी ने उसकी ओर देखा। अविनाश ने मुट्ठी भींच कर उसका हौसला बढ़ाया।

दौड़ की दूसरी सीटी बजी। लड़कियां अपने स्थान पर झुककर दौड़ के लिए तैयार हो गईं। नंदिनी ने अपने गले में पड़ी दुर्गा माँ की लॉकेट को बाहर निकालकर एक बार माथे से लगाया। तीसरी सीटी के साथ अविनाश ने झण्डा हिलाया और सभी लड़कियां दौड़ पड़ीं। मैदान में शोर मचना शुरू हो गया। नंदिनी ने शुरुआत धीमी की, चूंकि मैदान के दो चक्कर लगाने थे, इसलिए इसमें शुरू में ज्यादा तेज भागने पर सांस जल्दी फूल जाती। तब तक उससे आगे पाँच लड़कियां निकल चुकी थीं। उनमें रूपा भी थी, जिसका जिक्र नंदिनी ने अविनाश से किया था। हालाकि, रूपा नंदिनी से डील-डौल में कम थी। सेवाश्रम के बच्चों ने नंदिनी-नंदिनी चिल्लाना शुरू कर दिया।

लगभग बीस सेकंड के बाद नंदिनी ने अपनी रफ्तार तेज़ की। वह अभी भी तीन लड़कियों से पीछे थी। वह इसी तरह अगले दस सेकंड तक दौड़ती रही। उसके बाद उसने अपनी रफ्तार बढ़ानी शुरू की। करीब चालीस सेकंड के पहले मैदान का एक चक्कर पूरा हो गया। अब वह दूसरे नंबर पर थी। वह अपनी रफ्तार तेज करती जा रही थी। उसके आगे रूपा भी तेज भाग रही थी। अब मैदान का सिर्फ आधा चक्कर बाकी था। बच्चे पूरे जोश में चिल्ला रहे थे। रूपा नंदिनी से कुछ ज्यादा आगे निकल गयी थी। एक सेकंड में अचानक नंदिनी ने जैसे गियर बदली, वह दुगुनी रफ्तार से आगे बढ़ने लगी। फिनिश लाइन अब सिर्फ पचास मीटर दूर थी। नंदिनी धीरे-धीरे रूपा के बराबर आ गयी। अंतिम बीस मीटर में उसने मानो अपनी सारी ताकत झोंक दी और सबसे आगे निकलकर दौड़ में अव्वल हो गयी।

जब नंदिनी ने फिनिश लाइन को छुआ, अविनाश आखिरी छोर पर मौजूद था। नंदिनी दौड़ के बाद जमीन पर बैठ गयी। उसकी सांस फूल रही थी। अविनाश लपक कर उसके पास गया। नंदिनी सिर झुकाकर तेज-तेज सांस ले रही थी। अविनाश ने उससे कहा-

'वाह नंदी, तुमने कमाल कर दिया, तुम ठीक हो'।

नंदिनी ने हाँ में सिर हिलाया, फिर ऊपर अविनाश को देख कर हाँफते हुए बोली-

'मैं ठीक हूँ। थोड़ी सांस फूल रही है। बहुत दिनों के बाद इतनी लंबी दौड़ हुई है, लेकिन मैं बिलकुल ठीक हूँ'।

अविनाश ने उसे बांह से उठाते हुए कहा-

'चलो, मैदान के बाहर कुर्सी पर बैठ कर थोड़ा आराम कर लो'।

नंदिनी खड़ी हो गयी। तब तक उसकी कुछ सहेलियाँ आ गईं। राकेश भी उनके साथ था। सबने नंदिनी को बधाई दी। नंदिनी उन सब के साथ मैदान से बाहर चली गयी। अब उसे एक घंटे के बाद लंबी कूद की प्रतियोगिता में भाग लेना था। अविनाश अगली दौड़ की तैयारी के लिए दूसरी ओर चला गया।

अगले एक घंटे में दूसरे वर्गों की दौड़ होती रही। मैदान में बच्चों का शोर दौड़ के शुरू होने से बढ़ जाता था। नंदिनी ने मैदान के बाहर जाकर थोड़ा आराम किया। राकेश लगातार उसके साथ रहा। वह उसका ख्याल रख रहा था। उसने नंदिनी को एक ग्लास पानी में चीनी, नमक और नींबू निचोड़कर पीने के लिए दिया। इसे पीने के असर से थोड़ी देर बाद नंदिनी फिर उठ खड़ी होकर लंबी कूद की तैयारी करने लगी।

अविनाश फिर एक बार मैदान की तैयारी से समय निकाल कर नंदिनी के पास आया। उसने उसे देख कर कहा-

'जानती हो नंदिनी, तुम्हारी चार सौ मीटर की दौड़ में अंतिम में तुम्हें भागते देख, मैदान में तैयारी करने वाले सारे लोग कह रहे थे, इस बार की चैम्पियन तुम ही होगी। क्या दौड़ लगाई तुमने, वाकई कमाल किया तुमने'।

नंदिनी ने मुस्कुराते हुए कहा-

'सिर्फ एक खेल से तुम लोग फैसला मत लो, अभी कई बाकी हैं। अपने सामने वाले को मैं कभी कमजोर नहीं मानती, वैसे अंत तक कोशिश करूंगी'।

लंबी कूद के लिए अब लड़कियां मैदान के एक कोने में इकट्ठी हो गयी थीं। हर एक लड़की को तीन मौके मिलने थे। कुल आठ लड़कियां, इस स्पर्धा में हिस्सा ले रही थीं। पहली लड़की की पहली बार की छलांग रद्द कर दी गयी। अगली ने अच्छी छलांग लगाते हुए साढ़े तीन मीटर की दूरी तय की। अगला नंबर नंदिनी का था। उसकी पहली छलांग चार मीटर के बराबर थी, लेकिन उसने भी कूदने के समय लाइन को क्रॉस कर दिया था, इसलिए उसकी पहली कूद रद्द हुई। अब पिछले वर्ष की इस कूद में पहले स्थान पर आने वाली लड़की की बारी थी। उसने बहुत नपे-तुले कदमों से छलांग लगाई और लगभग चार मीटर की दूरी तय कर ली। यह अब तक की सबसे अच्छी कूद थी। उसके बाद की पाँच लड़कियों ने साढ़े तीन या पौने चार मीटर की कूद लगाई। अब नंदिनी की दूसरी बारी थी। उसने अपने आप को एकाग्र किया और कूदने के लिए दौड़ पड़ी। लेकिन ठीक आखिरी लाइन पर वह गिर पड़ी और उसकी कूद फिर गलत हुई। अविनाश यह सब देख रहा था। उसने नंदिनी को अलग ले जाकर कहा-

'तुम फिर नर्वस हो रही हो। तुम रिज़ल्ट की चिंता मत करो। बिलकुल नॉर्मल तरीके से दौड़ो और छलांग लगाओ'।

अब सभी की आखिरी बारी थी। इस बार लगभग चार मीटर कूदने वाली लड़की की कूद में गलती हुई। अब नंदिनी की बारी आई। उसके लिए इस बार गलती करने की कोई गुंजाइश नहीं थी। यह उसका आखिरी मौका था। वह कुछ घबड़ाई हुई जरूर थी, लेकिन तब उसने अविनाश की कही बात को ध्यान में रखा और फिर अपनी लॉकेट को निकालकर अपने माथे से लगाया। वह अपने नॉर्मल तरीके से दौड़ी। लाइन के पीछे से उसने ज़ोर से छलांग लगाई और लहराते हुए बालू से भरे गड्ढे में गिरी। उसकी छलांग बहुत अच्छी रही। मापने पर पता चला, वह चार मीटर की दूरी को पार कर गयी थी। स्पर्धा समाप्त होने पर उसे पहला स्थान मिला। पहले दिन की प्रतियोगिता की समाप्ति के पहले नंदिनी की जैवलिन थ्रो की स्पर्धा थी, जिसमें वह द्वितीय स्थान पर रही।

सभी स्पर्धा के समाप्त हो जाने पर शाम चार बजे तक बच्चे सेवाश्रम वापस आ गए। नंदिनी के पैरों में दर्द हो रहा था। रात में लक्ष्मी ने गरम तेल से नंदिनी के पैरों की मालिश की। उसके बाद नंदिनी ने आराम किया। अविनाश ऊपर जाकर एक बार नंदिनी का हाल पूछ आया।

प्रतियोगिता के दूसरे दिन सुबह नंदिनी तरोताजा हो गयी थी। स्कूल के लिए जाते वक़्त उसने घनश्याम बाबू और लक्ष्मी के पैर छू कर कहा-

'बाबा, बड़ी अम्माँ, आप सब मुझे आशीर्वाद दें, मैं विजयी होकर लौटूँ'।

घनश्याम बाबू ने उसके सिर पर हाथ रखते हुए कहा-

'बेटा, तुम्हारी लगन तुम्हें अवश्य विजयी बनाएगी। हम लोग तुम्हारी चैम्पियन की ट्रॉफी के साथ तुम्हारा यहाँ स्वागत करेंगे'।

समय पर सभी बच्चे स्कूल चले गए। दूसरे दिन की शुरुआत बड़ी लड़कियों की दो सौ मीटर की दौड़ से हुई। नंदिनी को इसमें पहला स्थान मिला। दिन में हुई डिस्कस थ्रो स्पर्धा में भी नंदिनी पहले स्थान पर रही, लेकिन ऊंची कूद में उसे दूसरे स्थान से संतोष करना पड़ा। सौ मीटर की तैयारी के कारण उसने रिले रेस में हिस्सा नहीं लिया। अब उसे चैम्पियन बनने के लिए सौ मीटर की दौड़ में हर हालत में पहला स्थान लाना था। रूपा को भी इसी स्पर्धा में जीत की जरूरत थी। उसने बाकी स्पर्धाओं में अच्छा अंक अर्जित कर लिया था।

प्रतियोगिता की अंतिम दो स्पर्धाएँ बड़ी लड़कियों और लड़कों की सौ मीटर की दौड़ की थीं। अविनाश तैयारी में से समय निकाल कर एक बार फिर नंदिनी के पास गया। उसे पता था, अब यह अंतिम स्पर्धा नंदिनी के लिए कितनी महत्वपूर्ण थी। अविनाश ने उसका हौसला बढ़ाया और दौड़ के लिए भेजा।

एक बार फिर सभी दस लड़कियां अपनी-अपनी जगह खड़ी हो चुकी थीं। रेफरी ने सीटी मारी और दौड़ शुरू हो गयी। इस बार नंदिनी ने शुरू से अपनी रफ्तार तेज रखी। हालाकि, वह शुरू में तीसरे नंबर पर थी। लेकिन आधी दौड़ तक वह दूसरे स्थान पर आ गयी। रुपा पहले स्थान पर थी। उसे पता था कि नंदिनी आखिरी समय में रफ्तार तेज करेगी, इसलिए वह लगातार अपनी बढ़त बनाए हुई थी। मैदान में सेवाश्रम के बच्चे फिर से नंदिनी-नंदिनी का शोर कर रहे थे। कुछ बच्चे रूपा-रूपा भी चिल्ला रहे थे।

अब अंतिम लाइन पर लगा लाल टेप बिलकुल सामने और नजदीक था। नंदिनी ने उसे एक बार देखा। इस बीच रूपा ने एक बार पीछे मुड़ कर नंदिनी को देखा। इस कारण से उसकी रफ्तार थोड़ी कम हुई। बस, इसी मौके को नंदिनी ने नहीं गंवाया। उसने अपनी

आँखें बंद कीं और पिछली बार की तरह अपनी रफ्तार अचानक तेज कर दी। वह रूपा के बराबर हो गयी। दोनों के दौड़ने की रफ्तार बहुत तेज थी। चैम्पियन बनने के लिए दोनों के लिए यह रेस जीतना जरूरी था। रूपा ने भी अपनी रफ्तार थोड़ी बढ़ाई, लेकिन नंदिनी की रफ्तार उससे ज्यादा तेज निकली। लाल टेप तक पहुँचते-पहुँचते वह कुछ इंच से आगे हुई और अचानक अपनी गर्दन झुकाकर लाल टेप को पार कर गयी। लगभग दो इंच से नंदिनी ने इस स्पर्धा को जीत ली।

मैदान में जबर्दस्त शोर हुआ। नंदिनी रेस पूरी कर सामने जमीन पर फिर एक बार बैठ गयी। शायद उसके पैर जवाब दे गए थे। उसकी सहेलियाँ भागती हुई उसके पास आयीं। अविनाश और राकेश भी उसके नजदीक गए। सहेलियों ने नंदिनी को सहारा दे कर उठाया। अविनाश ने पानी की छोटी बोतल उसे पीने के लिए दी और कहा-

'वाह चैम्पियन, मज़ा आ गया। तुमने आखिर साबित कर दिया कि वाकई तुम चैम्पियन हो। अब धीरे-धीरे वहाँ कुर्सी तक चलो और थोड़ा आराम कर लो'।

नंदिनी ने खड़ी होकर अपनी लॉकेट को फिर एक बार अपने माथे से लगाया और अपनी दो सहेलियों के साथ आगे बढ़ने लगी। वह कुर्सियों के पास लगी दरी पर जाकर लेट गई। दोनों सहेलियाँ उसके पैरों की मालिश करने लगीं। थोड़ी देर में नंदिनी उठ कर बैठ गयी।

अब प्रतियोगिता के पुरस्कार वितरण समारोह का वक़्त आ गया था। मुख्य अतिथि के तौर पर स्कूल के पुराने प्रिन्सिपल को बुलाया गया था। साथ में स्थानीय वार्ड काउंसिलर भी थे। सभी बच्चों को स्टेज के सामने लगी कुर्सियों पर बिठा दिया गया। स्टेज के एक किनारे टेबल लगाकर उसपर पुरस्कार के मेडल, सर्टिफिकेट और ट्रॉफी रखे गए। पुरस्कार को सिलसिलेवार ढंग से बांटने का काम एक टीचर

और राकेश के जिम्मे था। मंच से कार्यक्रम के संचालन का काम एक महिला टीचर के साथ अविनाश का था।

पहले छोटे बच्चों के ग्रुप को प्राइज़ दिये गए। उसके बाद बड़े बच्चों के ग्रुप की बारी आई। नंदिनी को आठ खेलों में पुरस्कार मिले। जब भी वह स्टेज पर पुरस्कार लेने जाती, सेवाश्रम के बच्चे उसका नाम लेकर शोर मचाते। अंत में पहले लड़कियों के ग्रुप के चैम्पियन की घोषणा हुई। उद्घोषक ने नंदिनी का नाम पुकारते हुए कहा, इस स्कूल में पहली बार हुआ है कि किसी दसवीं की लड़की या लड़के ने सीनियर ग्रुप में भाग लेकर चैम्पियन की ट्रॉफी जीती हो। इस पर सारे बच्चों और मंच पर बैठे अतिथियों ने ताली बजाई। नंदिनी ने मुख्य अतिथि से चैम्पियन ट्रॉफी ग्रहण की। उसने उस ट्रॉफी को अपने सिर के ऊपर ले जाकर बच्चों को दिखाया। बहुत देर तक बच्चों का शोर चलता रहा। उसके बाद लड़कों के वर्ग के चैम्पियन को ट्रॉफी दी गयी। यह ट्रॉफी बारहवीं कक्षा के राहुल नाम के एक लड़के को मिली।

सेवाश्रम के सभी बच्चे खेलकूद के कार्यक्रम के बाद वापस हो गए। सेवाश्रम के गेट से ही बच्चों ने नंदिनी-नंदिनी का शोर मचाना शुरू कर दिया। नंदिनी की चैम्पियन की ट्रॉफी अविनाश ने अपने हाथों में ली हुई थी। बच्चों का शोर सुनकर घनश्याम बाबू और बाकी सभी बाहर आ गए। नंदिनी ने आगे बढ़ कर सभी के पैर छुए। अविनाश ने ट्रॉफी घनश्याम बाबू के हाथों में दी। लक्ष्मी थाली में दीपक लेकर आयीं। उन्होंने नंदिनी की आरती उतारी और उसके माथे पर तिलक लगाया। उसके बाद उसे फूलों का माला पहनाया गया। गणेश काका ने प्लेट में लाकर सभी बच्चों को मिठाइयाँ दीं।

घनश्याम बाबू ने नंदिनी को देख कर कहा-

'बेटा तुमने न केवल अपना, बल्कि पूरे सेवाश्रम का नाम रौशन कर दिया। तुम्हें मन से बधाई देता हूँ। जीवन में और आगे बढ़ो।

अब अगला इम्तहान दसवीं की परीक्षा है। एक-दो दिन के विश्राम के बाद उसकी तैयारी भी शुरू करो'।

जीत की इस खुशी और सेवाश्रम में हुए उसके स्वागत से नंदिनी की आँखों में आँसू थे। यह उसके लिए जीवन का पहला अनुभव था। वह लक्ष्मी से लिपटकर रोने लगी। लक्ष्मी ने उससे कहा-

'अरे पगली, खुशी के मौके पर रोया नहीं करते। तुमने हम सब का इतना नाम किया है। अब जा खा-पीकर आराम कर ले। मैं रात में तेरे पैर की फिर से मालिश कर दूँगी। दौड़-दौड़ कर तेरे पाँव दुख रहे होंगे'।

नंदिनी एक बार फिर लक्ष्मी से लिपट गयी। थोड़ी देर में सभी बच्चे अपने-अपने कमरे में चले गए।

अब दसवीं के इम्तहान में सिर्फ पंद्रह दिन बाकी थे। स्कूल की छुट्टी हो चुकी थी, इसलिए सेवाश्रम में रहने वाले दसवीं के सभी बच्चे पढ़ाई में पूरी तरह डूब गए थे। वादे के मुताबिक नंदिनी ने राकेश को अपने नोट्स दे दिये थे। राकेश बीच-बीच में नंदिनी के साथ बैठ कर पढ़ाई करता रहा। चूंकि अविनाश पढ़ने में बहुत तेज था, इसलिए नंदिनी भी उससे कुछ-कुछ विषय समझती थी।

इम्तहान में जब पाँच दिन बचे, तब नंदिनी को जोरों का बुखार हुआ। दरअसल वह दो दिन पहले कुछ सामान लेने के लिए अपनी सहेली के साथ पास के बाज़ार गयी थी। उस दिन ठंढ बहुत थी। नंदिनी ने कोई गरम कपड़ा नहीं पहना था। उस ठंड के असर से उसे तेज जुकाम हुआ और दो दिन बाद उसे खांसी के साथ बुखार भी हो गया। अविनाश को लक्ष्मी से नंदिनी के बुखार का पता चला। रात में थोड़ा बुखार होने पर लक्ष्मी ने उसे तुलसी का काढ़ा दे दिया था, लेकिन सुबह होते-होते नंदिनी का बुखार बढ़ गया। वैसे बुखार होना ज्यादा चिंता का विषय नहीं था, लेकिन ठीक इम्तहान के पाँच दिन

पहले होने से घनश्याम बाबू भी चिंतित हुए। अविनाश ने ऊपर जाकर नंदिनी को देखा। राकेश उसके सिर पर ठंडे पानी की पट्टी डाल रहा था। अविनाश ने नंदिनी के हाथ को छू कर देखा। उसका बदन गरम था। वह लगातार खाँस रही थी।

घनश्याम बाबू ने डॉक्टर साहब को फोन कर दिया। थोड़ी देर में वे आ गए। उन्होंने नंदिनी की जांच की। सब कुछ देख कर कहा-

'इसे वाइरल बुखार हुआ है, साथ में गले में खराश है। मैं दवाई भेज देता हूँ, तीन दिनों में ठीक हो जाएगी। थोड़ी कमजोरी रह सकती है। वैसे चिंता की कोई बात नहीं है'।

डॉक्टर साहब ने घनश्याम बाबू से सेवाश्रम के बारे में थोड़ी बातचीत की और उसके बाद वे वापस चले गए। लक्ष्मी ने नंदिनी के नजदीक बैठे राकेश से कहा-

'नंदिनी के ज्यादा नजदीक नहीं रहो, तुम्हें भी जुकाम हो जाएगा। अभी तुम सब का इम्तहान है। तुम लोग इससे दो दिन दूर रहो। मैं गंगा के साथ इसकी देखभाल कर लूँगी'।

राकेश ने जवाब दिया-

'मैं भीतर से बहुत मजबूत हूँ, बड़ी अम्माँ। मुझे कुछ नहीं होगा। फिर आपको और भी बच्चों को देखना है। आप चिंता न करें, मैं नंदिनी की देखभाल कर लूँगा। मेरे साथ पुष्पा रहेगी, दोनों मिलकर देख लेंगे'।

नंदिनी ने करवट लेते हुए कहा-

'तुम लोग मेरी ज्यादा चिंता न करो। मैं ठीक हूँ। बस मेरी किताबें लाकर मेरे पास रख दो। डॉक्टर साहब की दवा खाकर जब बुखार थोड़ा कम होगा, तब मैं कुछ पढ़ाई कर लूँगी'।

लक्ष्मी ने जवाब दिया-

'दोपहर के खाने तक तुम बिलकुल आराम करोगी, उसके बाद मन होगा, तब पढ़ाई कर लेना'।

राकेश ने कहा-

'बड़ी अम्माँ ठीक कहती हैं, तुम अभी आराम करो। दोपहर बाद आकर मैं दो-तीन विषयों के रिविज़न करा दूँगा'।

राकेश कमरे से बाहर चला गया। डॉक्टर साहब ने दवाइयाँ भेज दी थीं। लक्ष्मी ने नंदिनी को पहले बुखार उतरने की दवा दी, उसके बाद खांसी कम करने की गोली। दवा खाकर नंदिनी सो गयी।

दोपहर बाद राकेश नंदिनी के पास गया। वह उसके और पुष्पा के साथ बैठ कर पढ़ाई करने लगा। दो-तीन घंटे की पढ़ाई के बाद शाम में नंदिनी ने पढ़ते-पढ़ते राकेश से पूछा-

'अविनाश कहाँ है। मेरा हाल जानने नहीं आया। शायद पढ़ाई कर रहा होगा। उसे बुला दो'।

राकेश ने कहा-

'क्या बात है नंदिनी, तुम मुझसे बताओ। अविनाश शायद पढ़ाई कर रहा है'।

नंदिनी ने कहा-

'नहीं राकेश, ये सवाल अविनाश ही हल कर पाएगा, उसे बुला दो'।

राकेश थोड़ा मायूस हुआ। फिर भी वह उठ कर नीचे अविनाश को बुलाने चला गया। थोड़ी देर में वह अविनाश को लेकर आया। अविनाश को देखकर नंदिनी मुस्कुराई। उसने कहा-

'क्या बात है अविनाश बाबू। पढ़ाई में इतना डूब गए हो कि मुझे देखने भी नहीं आ सके'।

अविनाश ने कहा-

'मैं सुबह तुम्हें देखने आया था। उस समय तुम्हें तेज बुखार था, इसलिए तुम्हें पता नहीं चला। फिर राकेश ने कहा कि वह तुम्हारे साथ पढ़ाई करेगा, इसलिए मैंने तुम दोनों को डिस्टर्ब करना नहीं चाहा। अब कैसी तबीयत है'।

नंदिनी ने कहा-

'डॉक्टर साहब की दवा के बाद अब बेहतर महसूस कर रही हूँ। पढ़ते-पढ़ते एक सवाल पर अटक गयी थी, इसलिए तुम्हें बुलाया। इसे मुझे समझाओ'।

अविनाश बिस्तर पर उसके बगल में बैठ गया और सवाल समझने लगा। पूरा पढ़ने के बाद उसने कहा-

'अरे, इतना आसान सवाल है। इसका जवाब प्रश्न में ही है। ध्यान से प्रश्न को पढ़ोगी, तब तुम्हें भी समझ में आ जाएगा'।

नंदिनी ने सवाल को ध्यान से पढ़ा और मुस्कुराकर बोली-

'यही अंतर है बाकी सब और तुममें। तुम किसी भी सवाल को बहुत आसानी से हल कर देते हो। तुम्हारा इस बार टॉप करना पक्का है। मैं तुम्हारे नजदीक तक भी नहीं आ पाऊँगी'।

अविनाश ने कहा-

'बुखार की आड़ लेकर तुम ज्यादा नाटक मत करो। मुझे पता है, तुम्हें इस सवाल का हल मालूम था, फिर भी तुमने मुझे बुलाया'।

नंदिनी ने झेंपते हुए कहा-

'दरअसल सुबह से मैंने तुम्हें नहीं देखा था, इसलिए तुम्हें बुला भेजा'।

इस जवाब से अविनाश खीझता हुआ वहाँ से उठ खड़ा हुआ, लेकिन राकेश के चेहरे पर मायूसी थी। अविनाश ने जाते-जाते कहा-

'बहुत देर तक तुमने पढ़ाई कर ली, अब थोड़ा आराम कर लो। जल्दी ठीक हो जाओ, इम्तहान में अब चार दिन ही बाकी हैं। मैं नीचे पढ़ने जा रहा हूँ। राकेश, अगर तुम्हारा काम हो गया हो, तब तुम भी नीचे आ जाओ और नंदिनी को थोड़ा आराम करने दो'।

राकेश को अविनाश की बात बहुत अच्छी नहीं लगी। वह ज्यादा से ज्यादा नंदिनी के पास बैठना चाहता था, लेकिन अविनाश की हिदायत के बाद नंदिनी ने किताब एक तरफ रख दी और बिस्तर पर लेट गयी। राकेश मन मसोस कर वहाँ से निकल गया।

दो दिनों तक नंदिनी का बुखार जारी रहा। हालाकि, उसकी खांसी में कमी आई थी और बुखार अब ज्यादा ऊपर नहीं जा रहा था। इन सब से उसे थोड़ी कमजोरी महसूस होने लगी थी। वह ज़्यादातर बिस्तर पर लेटी रहती थी। राकेश दिन भर में दो-तीन बार उसके साथ कुछ देर बैठ कर पढ़ा करता था। अविनाश भी सुबह शाम उसका हाल-चाल ले लिया करता था।

दसवीं बोर्ड की परीक्षा का पहला दिन था। कुल दस विषयों के लिए परीक्षा लगभग बीस दिनों से ज्यादा चलनी थी। विषयों के बीच दो से पाँच दिनों का अंतराल था। पहले दिन संस्कृत का पेपर था। एक रात पहले घनश्याम बाबू ने दसवीं के सारे बच्चों को नंदिनी के कमरे में बुलाकर कहा-

'कल से तुम सब की परीक्षा शुरू हो रही है। तुम्हें खुद पता है, यह तुम लोगों के जीवन के लिए कितना महत्वपूर्ण है। लेकिन तुम

सब को घबड़ाना नहीं है और न ही तनाव में रहना है। जितनी पढ़ाई की है वह बहुत है। दो विषयों के बीच के समय का भी रिविज़न कर उपयोग में लाओ। हम सब की शुभकामना तुम सबके साथ हैं'।

इसके बाद सभी बच्चे अपने-अपने कमरे में सोने चले गए। अविनाश थोड़ी देर तक बिस्तर पर लेट कर पढ़ता रहा।

नंदिनी सुबह पाँच बजे उठ गयी। उसकी तबीयत अब ठीक लग रही थी। उसने दो घंटे की पढ़ाई की और फिर तैयार होने चली गयी। अविनाश, राकेश और बाकी सब लड़के-लड़कियां भी तैयार होकर नीचे प्रार्थना के लिए आ गए। इम्तहान साढ़े दस बजे से होना था।

प्रार्थना के बाद नाश्ता हुआ और उसके बाद सभी परीक्षार्थी एक साथ बैठे। अविनाश ने सबसे पूछ लिया कि उन्हें विषय में कोई दिक्कत तो नहीं है। लगभग आधे घंटे तक वे बातें करते रहे, फिर स्कूल के लिए निकल पड़े।

स्कूल में परीक्षा की गहमा-गहमी थी। बच्चे झुंड बना कर आपस में बातें कर रहे थे। फिर घंटी बजी और सभी हाल के अंदर चले गए। अविनाश की सीट सबसे आगे पड़ी थी। नंदिनी और राकेश पीछे नजदीक बैठे थे। पहला पेपर शुरू हुआ। सभी तन्मयता से लिखने में लगे रहे। अविनाश ने समय से आधे घंटे पहले पेपर पूरा कर लिया। परीक्षा समाप्त होने की घंटी बजी। सभी बच्चों ने अपनी कॉपी जमा की और क्लास से बाहर निकल गए। अविनाश लपक कर नंदिनी के पास गया। वह राकेश से बातें कर रही थी। अविनाश ने उससे पूछा-

'कैसा हुआ तुम दोनों का पेपर'।

नंदिनी ने जवाब दिया-

'मेरा और राकेश का पेपर अच्छा हुआ है, और तुम्हारा'।

अविनाश ने जवाब दिया-

'मेरा भी ठीक गया'।

उसके बाद तीनों सेवाश्रम के लिए निकल गए। घनश्याम बाबू और लक्ष्मी बाहर बरामदे में खड़े थे। इन्हें आता देख घनश्याम बाबू ने पूछा-

'उम्मीद है, तुम सबका आज पेपर अच्छा गया होगा। वैसे संस्कृत का पेपर आसान होता है'।

अविनाश ने जवाब दिया-

'बाबा, आपको चूंकि संस्कृत का ज्ञान है, इसलिए आपके लिए यह आसान है। वैसे, हम लोगों ने भी अच्छी पढ़ाई की थी, इसलिए पेपर सभी का अच्छा गया'।

इतना कह कर अविनाश भीतर चला गया। सभी बच्चे अपने-अपने कमरे में चले गए।

संस्कृत के बाद के दो पेपर हिन्दी और इंग्लिश के थे, जो कमोबेश सभी के ठीक हुए। बीच में एक पेपर साइन्स का था, जो किसी-किसी के लिए कठिन रहा, खासकर राकेश का। सबसे ज्यादा परेशानी गणित में हुई। राकेश इस विषय में शुरू से कमजोर रहा था। अविनाश को छोड़ बाकी सभी के लिए यह विषय भारी था। नंदिनी भी इससे घबड़ाती थी। हालाकि, उसका गणित का पेपर अच्छा गया। राकेश ने लगभग सत्तर अंक के प्रश्न हल किए। इसी तरह के उतार-चढ़ाव के साथ बीस दिनों में दसवीं की परीक्षा समाप्त हुई।

अंतिम पेपर के बाद वापस सेवाश्रम आकर बच्चों ने बहुत धमा-चौकड़ी मचाई। वे मैदान में देर शाम तक खेलते रहे। घनश्याम बाबू ने भी इसकी आजादी उन्हें दे दी थी। उन्होंने शाम में सभी को बिठा कर कहा-

'जिन बच्चों ने दसवीं की परीक्षा दी है, वे सब तैयार रहें। अगले दो दिनों के बाद इन छुट्टियों में पटना शहर के एक सरकारी अनाथालय में जाना है। हमारे ट्रस्टी डॉक्टर साहब ने उस दिन आकर कहा था कि वे ट्रस्ट की तरफ से एक-दो सरकारी अनाथालय को आर्थिक मदद करना चाहते हैं, जिससे वहाँ रहने वाले बच्चों का भी जीवन सेवाश्रम के बच्चों की तरह हो जाये। अभी उन अनाथालयों में कई बच्चे स्कूल नहीं जा पा रहे हैं। उन्हें कोई बताने वाला भी नहीं है। तुम लोग मेघावी बच्चे हो। तुम्हें वहाँ जाकर उन्हें देखना होगा और उन्हें गाइड भी करना होगा। डॉक्टर साहब अपनी टीम भी लेकर जाएँगे, जिसमें डॉक्टर भी होंगे, जो बच्चों की जांच कर उनका मुफ्त इलाज़ करेंगे और मुफ्त दवाइयाँ भी देंगे। यह सब सेवाश्रम ट्रस्ट की ओर से अनाथालयों के विकास के लिए किया जाएगा। तुम सब तैयारी कर लो। तुम दस लोग हो, अविनाश पूरे ग्रुप को संभालेगा।

घनश्याम बाबू की बात सुनकर बच्चे बहुत खुश हुए। उनमें आपस में बात होने लगी कि वहाँ जाकर क्या करना है।

दो दिनों बाद सुबह आठ बजे सभी बच्चे नाश्ता कर तैयार हो गए। अविनाश ने बच्चों की कमान संभाली। तब तक डॉक्टर साहब और उनकी टीम एक छोटी बस लेकर आ गए थे। सभी बच्चे बस में सवार हुए। बच्चों में बहुत उत्साह था। बस में डॉक्टर साहब के अलावा, एक अतिरिक्त डॉक्टर और दो सफाई कर्मचारी भी थे।

आधे घंटे में सभी उस अनाथालय में पहुंचे। एक बहुत ही पुराने और जर्जर मकान में अनाथालय था। चारदीवारी के अंदर बड़े-बड़े घास उगे हुए थे और गंदगी बहुत थी। बगल से एक नाला बह रहा था, जिसके किनारे प्लास्टिक का कचरा फेंका हुआ था। वहाँ की चारदीवारी टूटी हुई थी। आस-पास के छोटे-छोटे बच्चे, कुछ नंग-धड़ंग और कुछ मैले-कुचैले कपड़े पहने उस नाले के किनारे मिट्टी में खेल रहे थे। अनाथालय के भी कुछ बच्चे उनके साथ थे।

अविनाश सभी बच्चों को लेकर डॉक्टर साहब के साथ अनाथालय के अंदर गया। मकान एक तल्ला था और कुल छह कमरे थे। उसी में पचास लड़के-लड़कियां रह रहे थे। एक-एक छोटे कमरे में आठ-आठ लोग थे। उनके सोने की व्यवस्था गद्‌दी लगाकर जमीन पर थी। पचास बच्चों में सिर्फ चार बाथरूम थे। दो लड़कियों के और दो लड़कों के। मकान के अंदर भी गंदगी थी। एक अजीब-सी बदबू आ रही थी।

डॉक्टर साहब के कहने पर अनाथालय के संचालक ने सभी बच्चों को कमरे से बाहर निकालकर बीच के आँगन में आने का निर्देश दिया। बच्चों के कपड़े भी ढंग के नहीं थे। उनकी उम्र पाँच से लेकर चौदह वर्ष तक की थी। उनमें बीस लड़कियां और तीस लड़के थे। कुछ बच्चे कमरे में ही थे। वे बीमार थे।

अविनाश को वहाँ की हालत देख कर बहुत बुरा लगा। उसने सोचा कि वे लोग सेवाश्रम में स्वर्ग जैसी स्थिति में रहते हैं। कुछ बड़ी उम्र के लड़कों से अविनाश ने बात की। कुछ पास के एक स्कूल में जाते थे, लेकिन ज़्यादातर बच्चे पढ़ने नहीं जाते थे। लड़कियों में से कोई भी स्कूल नहीं जाती थीं।

संचालक ने डॉक्टर साहब को बताया कि सरकारी सुविधा बहुत कम मिलती है। इसमें सिर्फ बच्चों का दो वक़्त का खाना हो पाता है। बाकी काम कुछ चंदे से होता है। उनके पास साफ-सफाई के लिए लोग रखने के भी पैसे नहीं थे। उतने बच्चों के खाना बनाने के लिए बस एक महिला थी, जिसके साथ अनाथालय की लड़कियां जुट कर खाना बनाया करती थीं।

सबसे पहले डॉक्टर साहब ने सफाई के लोगों को काम पर लगाया। बाहर अहाते में कुछ जगह साफ कर कुर्सी, टेबल लगाकर डॉक्टर के बैठने की व्यवस्था की गयी। बच्चों की जांच शुरू की गयी। अविनाश ने नंदिनी को लड़कियों से बात करने के लिए कहा और खुद

लड़कों के साथ बैठ गया। उनसे बात करने पर पता चला कि सभी पढ़ना चाहते हैं, लेकिन कोई सुविधा नहीं थी।

डॉक्टर साहब ने संचालक के साथ बैठ कर बच्चों की पढ़ाई, उनके कपड़े, उनका अच्छा खाना आदि का महीने का हिसाब लिया। उसके हिसाब से सरकारी कोष से उन्हें सिर्फ चालीस प्रतिशत पैसे मिलते थे। डॉक्टर साहब ने बाकी पैसों को अपने ट्रस्ट से देने की हामी भरी। उन्होंने शर्त रखी कि हर महीने उनके ट्रस्ट से कोई आदमी आकर हिसाब-किताब देखेगा और खर्च सही हो रहा है या नहीं, इसकी जानकारी लेगा। बच्चों के पढ़ने के लिए पास के सरकारी स्कूल से बात करने के लिए कहा गया। डॉक्टर साहब ने अविनाश की टीम के एक दो बड़े बच्चों से भी हर तीन महीने में आकर बच्चों की पढ़ाई की प्रगति के बारे में जानने के लिए कहा। इस बीच डॉक्टर साहब ने वहाँ दिन के वक़्त पढ़ाने के लिए एक टीचर की भी व्यवस्था करा दी।

वहाँ चार घंटे बिताने के बाद दोपहर दो बजे तक सभी वापस सेवाश्रम आ गए।

घनश्याम बाबू बाहर बच्चों की आगवानी के लिए खड़े थे। नंदिनी ने घनश्याम बाबू से कहा-

'बाबा, हम सब को आज अनोखा अनुभव हुआ। मैंने उस अनाथालय वाले बच्चों को देख कर सोचा कि हम सब अनाथ होते हुए भी, आपने हमें कितनी सुविधा दी हुई हैं। मुझे अफसोस हो रहा है कि इस तरह की सुविधा सरकारी अनाथालय में रहने वाले बच्चों को नहीं मिल रही है। उन सब की स्थिति देख कर, मुझे बहुत दुख हुआ'।

घनश्याम बाबू ने नंदिनी की बात का जवाब देते हुए कहा-

'बेटा, सबसे पहले तुम सब अनाथ नहीं हो। हम दोनों तुम सबके माता-पिता हैं। वैसे इस सेवाश्रम के जनक सर्वेश्वर सिंह साहब

को गरीब और अनाथ लोगों की बहुत फिक्र थी। तभी उन्होंने सेवाश्रम बनाया और एक ट्रस्ट बनाकर गरीबों की मदद की पहल की। अब तक हमलोगों से जितना बन पाया है, हमने और डॉक्टर साहब ने किया है। आगे भी करते रहेंगे। मैं तुम लोगों को उनकी ज़िदगी दिखाना चाहता था, जिससे तुम सब में भी समाज के इन लोगों की मदद करने का जज्बा जागे'।

अगले दिन सुबह आठ बजे फिर सेवाश्रम की टीम अनाथालय गयी। बची हुई सफाई का काम किया गया। मेडिकल कैंप में बाकी बचे हुए बच्चों की जांच की गयी। उन्हें सफाई करने के बारे में सिखाया गया। नई टीचर की पहचान कराई गयी। उसने छोटे बच्चों को पढ़ाना शुरू किया। सभी बच्चों को मुफ्त में कॉपी, किताब, पेंसिल वगैरह सामान दिये गए। टीम अपना काम पूरा कर दोपहर तक वापस आ गयी।

दसवीं की परीक्षा के रिज़ल्ट के एक दिन बाद आने का ऐलान हो गया था। सेवाश्रम के दसवीं के बच्चों का मानसिक तनाव चरम पर था। उस दिन शाम में जब सब मैदान में खेलकूद कर रहे थे, नंदिनी बरामदे में एक कोने में चुपचाप बैठी थी। अविनाश ने मैदान में खेलते हुए उसे दूर से देखा। वह खेल छोड़कर उसके नजदीक गया। नंदिनी सोच में इतनी डूबी हुई थी कि उसने अविनाश को अपने नजदीक आते हुए नहीं देखा। अविनाश उसके पास जाकर बोला-

'क्या बात है नंदी, रिज़ल्ट को लेकर क्यों इतनी परेशान हो, अब जो हो चुका है, उसके बारे में इतना क्या सोचना'।

नंदिनी ने मुड़कर अविनाश से कहा-

'तुममें और मुझमें यही बड़ा फर्क है, अविनाश। तुम ज्यादा सोचते नहीं हो, लेकिन मैं ऐसी नहीं हूँ। मैं कल के रिज़ल्ट के अलावा, आगे के बारे में भी सोच रही हूँ'।

अविनाश उसके नजदीक बैठ गया और उसके हाथ को अपने हाथ में लेकर बोला-

'इतना मत सोचा करो। बाबा कहते हैं, तुमने अपना काम कर दिया, बाकी ऊपर वाले के हाथ में छोड़ दो। मैं भी वैसा ही सोचता हूँ। अब कल जो होगा देखा जाएगा'।

राकेश दूर से इन दोनों को बात करते हुए देख रहा था। वह थोड़ी देर सोचता रहा, फिर खेलकूद में शामिल हो गया।

अगले दिन रिज़ल्ट आए। अविनाश ने पूरे जिले में टॉप किया था। उसका राज्य में पाँचवाँ स्थान था। नंदिनी जिले में तीसरे स्थान पर थी और राकेश बारहवें। सेवाश्रम में उत्सव का माहौल था। घनश्याम बाबू ने सभी पास हुए बच्चों का माला पहना कर स्वागत किया। अविनाश को सभी बच्चों ने मिलकर बड़ा माला पहनाया। सभी के बीच मिठाइयाँ बांटी गईं। अविनाश से मिलने अखबार और चैनल के लोग भी आए। वह दिन भर इन कार्यक्रम में व्यस्त रहा। नंदिनी अपने से ज्यादा अविनाश के रिज़ल्ट से खुश थी।

अगले दिन के अखबार में बाकी अव्वल आए हुए बच्चों के साथ अविनाश की भी तस्वीर छपी थी। घनश्याम बाबू ने सुबह के सभी अखबार खरीद लिए थे और बच्चों को दिखा रहे थे। सुबह की प्रार्थना के बाद उन्होंने बच्चों से कहा-

'यह पहला मौका है, जब सेवाश्रम के किसी बच्चे ने इतना अच्छा रिज़ल्ट किया है। मुझे सभी बच्चों पर गर्व है, खासकर अविनाश, नंदिनी और राकेश पर। तीनों ने हमारा मान बढ़ाया है'।

सभी बच्चों ने ताली बजाकर एक बार फिर से अविनाश, नंदिनी और राकेश का स्वागत किया। तीनों ने जाकर बारी-बारी से घनश्याम बाबू, लक्ष्मी और बाकी बड़े लोगों के पैर छुए।

घनश्याम बाबू ने कहा-

'अब अगली परीक्षा दो साल बाद की है, जब तुमलोग बारहवीं का इम्तहान दोगे। लेकिन तुमलोगों की असली परीक्षा अभी बाकी है। अब तक हमलोग तुम्हारे साथ हैं, हमलोग हर समय तुम्हारी देखभाल किया करते हैं, लेकिन दो साल बाद जब तुम सब सेवाश्रम छोड़ कर बाहर की दुनिया में जाओगे, तब तुम्हारी असली परीक्षा शुरू होगी'।

ऐसा कहते-कहते घनश्याम बाबू की आँखें भर आयीं। नंदिनी भी उनकी बात सुनकर रो पड़ी। वह दौड़ कर सामने खड़ी लक्ष्मी से जाकर लिपट गयी। उसने कहा-

'मैं आपलोगों को छोड़ कर कहीं नहीं जाऊँगी। आपलोग ही कहते हो न कि आप हमारी माँ और बाबा हमारे पिता हैं, फिर अपनी माँ और अपने पिता को छोड़ कर कोई कैसे जा सकता है'।

घनश्याम बाबू ने स्थिति को भाँपते हुए कहा-

'अरे अभी से तुमलोग ये सब बातें नहीं सोचो। अभी बहुत वक़्त है। तुम सब अब अपनी पढ़ाई पर ध्यान दो। बारहवीं की परीक्षा बहुत कठिन होती है। सब मन लगा कर पढ़ो'।

घनश्याम बाबू के बोलने के कुछ देर बाद सभी बच्चे अपने-अपने काम में लग गए।

कुछ दिनों बाद अविनाश और नंदिनी की टीम ने एक बार फिर एक छुट्टी के दिन उस अनाथालय का दौरा किया, जहां वे कुछ दिनों पहले गए थे। इस बार उन्हें बहुत परिवर्तन नज़र आया। संचालक ने सफाई के लिए आदमी रख लिया था, जिससे अनाथालय का परिसर साफ दिख रहा था। स्कूल नहीं जाने वाले बच्चों का पास के सरकारी स्कूल में एड्मिशन हो गया था। अब अनाथालय में पढ़ाने वाली टीचर शाम में दो घंटे के लिए आया करती थीं। खाना बनाने के लिए भी

दो और लोग रख लिए गए थे। अविनाश और नंदिनी ने भी बच्चों को पढ़ाई में गाइड किया।

वापस लौटकर अविनाश ने घनश्याम बाबू को वहाँ की प्रगति के बारे में बताया। घनश्याम बाबू ने कहा-

'उस अनाथालय के बाद डॉक्टर साहब ने एक और अनाथालय का इस बीच जिम्मा ले लिया है। उनका लक्ष्य कम से कम पाँच ऐसे सरकारी अनाथालयों का उद्धार करना है'।

अविनाश ने जवाब दिया-

'यह बहुत अच्छा काम हो रहा है, बाबा। मैं भी जब कमाने लगूँगा या उस लायक बन जाऊंगा, तब ऐसे बच्चों के लिए कुछ न कुछ जरूर करूंगा'।

चार

दो वर्ष का समय निकल गया। अब अविनाश और नंदिनी दोनों सत्रह वर्ष के हो चुके थे। दोनों बारहवीं कक्षा में थे। राकेश भी उनके साथ था। ग्यारहवीं में भी अविनाश और नंदिनी ने अच्छे नंबर लाये थे। सभी ने आर्ट्स विषय लिए थे। अविनाश ने पहले से तय कर लिया था कि वह बारहवीं के बाद ग्रैजुएशन करके सिविल सर्विस की तैयारी करेगा। नंदिनी और राकेश ने अभी आगे के बारे में नहीं सोचा था।

तीनों के बीच एक अजीब रिश्ता बनने लगा था। उम्र की इस दहलीज के आकर्षण के कारण नंदिनी ज्यादा से ज्यादा अविनाश के साथ बैठ कर बातें करना चाहती थी। उसे अविनाश का संग अब अच्छा लगने लगा था। दूसरी ओर अविनाश इन सब से अनभिज्ञ था। उसका एक ही मकसद था, पढ़ाई करना। वह नंदिनी के साथ बैठता जरूर था, लेकिन सिर्फ पढ़ाई के कारण। वह नंदिनी को अपना एक अच्छा दोस्त भर मानता था और उससे ज्यादा कुछ नहीं। इधर राकेश की स्थिति अलग थी। उसे नंदिनी शुरू से अच्छी लगती थी और उसका आकर्षण नंदिनी के प्रति पिछले एक वर्ष में और ज्यादा बढ़ गया था। हालांकि, वह जानता था कि नंदिनी अविनाश से ज्यादा करीब है, लेकिन वह यह भी देख चुका था कि अविनाश को इन सब

चीजों से बिलकुल मतलब नहीं था। इसलिए वह नंदिनी के ज्यादा से ज्यादा करीब आने की कोशिश करता था। इधर नंदिनी राकेश को बस अपना दोस्त भर मानती थी। तीनों के इस अनाम रिश्ते के साथ समय आगे बढ़ रहा था।

सेवाश्रम में बारहवीं के बच्चों का आखिरी साल था। इसके बाद इन्हें अपना जुगाड़ खुद करना था। इस कारण से वर्ष के सभी त्योहारों को बच्चों ने बहुत धूमधाम से मनाया। वर्ष की शुरुआत वसंत पंचमी के दिन सरस्वती पूजा से हुई। सेवाश्रम में शुरू से यह पूजा होती थी। सरस्वती माँ की प्रतिमा खरीद कर लायी जाती थी और बच्चे तीन दिनों तक पूजा के रंग में डूबे रहते थे। सारी सजावट बच्चों के हाथों होती थी। इसके बाद होली का त्योहार आया। बच्चों ने इस दिन भी रंगों के साथ धमाचौकड़ी मचाई। नंदिनी ने अविनाश के साथ जमकर होली खेली। बच्चों ने घनश्याम बाबू, लक्ष्मी और बाकी तीनों लोगों को भी नहीं छोड़ा। उन्हें भी रंग और गुलाल से सराबोर किया। हर त्योहार में घनश्याम बाबू यह कोशिश करते थे कि बच्चों को घर की कमी महसूस न हो। वे सभी बच्चों के लिए नए कपड़े, फल और मिठाईयाँ लाकर दिया करते थे।

गर्मी की छुट्टियों के पहले बारहवीं के बच्चों की क्लास टेस्ट हुई। उसमें अविनाश और नंदिनी के अलावा राकेश को भी बहुत अच्छे नंबर आए। वह लगभग नंदिनी के नंबर के करीब आ गया था। हालाकि, अविनाश उन दोनों से बहुत आगे था। राकेश ने दोनों से प्रोत्साहित होकर पिछले एक साल में बहुत मेहनत की थी। वैसे भी दसवीं के साइन्स और गणित से छुटकारा मिलने के बाद, वह थोड़ा आश्वस्त हुआ था।

गर्मी की छुट्टियों में बारहवीं के बच्चे कहीं बाहर नहीं गए। सबने सेवाश्रम में रहकर दिन-रात पढ़ाई की। अक्टूबर और नवम्बर में

दुर्गा पूजा और दिवाली का त्योहार बच्चों ने अच्छी तरह से मनाया। नवंबर में ही बारहवीं के प्री-बोर्ड के इम्तहान हुए। आश्चर्य की बात रही कि इस इम्तहान में अविनाश ने पहला स्थान पाया और दूसरे स्थान पर राकेश रहा। नंदिनी तीसरे नंबर पर रही। रिज़ल्ट के बाद अविनाश, नंदिनी और राकेश अपने क्लास के बाहर बरामदे में कुछ देर के लिए बैठे थे। तब अविनाश ने राकेश से पूछा-

'क्या बात है भाई, तुम तो बिलकुल रॉकेट की तरह सबको पीछे छोड़ कर आगे बढ़ रहे हो। आखिर ये सब कैसे हो रहा है'।

राकेश ने नंदिनी की तरफ देख कर मुस्कुराते हुए कहा-

'यह सब नंदिनी की देन है। एक तो उसके नोट्स इतने अच्छे हैं और दूसरे इसके पढ़ने के तरीके को मैंने पिछले एक साल ध्यान से देखा। मैंने उसी तरह पढ़ाई की और फिर दसवीं की तरह अब साइन्स और गणित नहीं हैं, जिसमें मैं कम नंबर लाता था और तुमलोगों से पीछे रह जाता था। इसलिए मैं इस सफलता के लिए नंदिनी को धन्यवाद दूँगा'।

राकेश की बात सुनकर नंदिनी थोड़ी झेंप गयी और कहा-

'अरे राकेश, तुम बेकार में अपनी पढ़ाई का श्रेय मुझे दे रहे हो। मैंने पिछले एक साल में तुम्हें गौर से देखा है। तुमने वाकई बहुत मेहनत की है। इसके कारण आज तुम्हारा रिज़ल्ट इतना अच्छा हुआ है। अब तो मुझे और खास कर अविनाश को तुमसे डर लगने लगा है कि तुम फ़ाइनल में हमारी पहले और दूसरे नंबर की कुर्सी न छीन लो। वैसे मैं मज़ाक कर रही हूँ। मैं चाहती हूँ कि तुम अविनाश को पहले पोजीशन के लिए जबर्दस्त टक्कर दो। अभी भी दो महीने का वक़्त बाकी है'।

नंदिनी की बात पर अविनाश ने कहा-

'अरे, मैं ऊपर रहूँ या मेरा भाई ऊपर रहे, इससे कोई फर्क नहीं पड़ता। चुनौती तो उसके बाद की है, जब हम सब एक साथ कॉलेज में जाएँगे। वहाँ हमें हर जगह के टॉपर का सामना करना होगा'।

राकेश ने कहा-

'पता नहीं आगे क्या होगा, कॉलेज की फीस और रहने के खर्चे का क्या होगा'।

अविनाश ने इस पर जवाब दिया-

'मैंने तो सोच लिया है, कोई जुगाड़ नहीं हुआ तो छोटे-छोटे बच्चों को पढ़ा कर कमाई कर लूँगा। तुम दोनों भी साथ आ जाओगे, तब हमारा पढ़ाने का काम चल निकलेगा। अभी से उसकी चिंता मत करो, कुछ न कुछ जुगाड़ हो जाएगा'।

नंदिनी ने दोनों की बात सुनकर कहा-

'मुझे सबसे ज्यादा अफसोस सेवाश्रम को छोड़ने का होगा। बाबा और बड़ी अम्माँ और बाकी सब के बिना मैं अकेले कैसे रह पाऊँगी। बचपन का साथ, एक पल में छूट जाएगा। यह सब सोच कर भी मुझे रोना आ जाता है'।

अविनाश ने नंदिनी के कंधे पर हाथ रखते हुए कहा-

'देखो नंदी, आज कल परिवार में अपने माँ-बाप, भाई-बहन के बीच रहने वाले बच्चों को भी पढ़ाई के लिए उनसे दूर, दूसरे बड़े शहरों में जाना पड़ता है। लेकिन वे छुट्टियों में अपने घर आ जाते हैं। हम सब तो यहीं तीन साल कॉलेज में रहेंगे। जब मन होगा बाबा, बड़ी अम्माँ और बाकी लोगों से मिल सकते हैं। फिर हमें अब अकेले रह कर जीवन जीने की आदत डालनी होगी। कब तक सेवाश्रम पर आश्रित रहेंगे। उन लोगों ने अब तक जितना किया, वह हद से ज्यादा है'।

नंदिनी ने अविनाश की तरफ देख कर हँसते हुए कहा-

'तुम्हारे समझाने का तरीका अनोखा है, अविनाश। इसलिए मैं तुम्हारी फैन हूँ। हालाकि, तुम अपनी फैन का अब हालचाल ज्यादा नहीं लेते हो, सिर्फ पढ़ाई में जुटे रहते हो'।

नंदिनी की इन इशारों भरी बात सुनकर राकेश ने अपना सिर झुका लिया। अविनाश ने तब कहा-

'ऐसी बात नहीं है नंदी, मैं तुम्हारा ख्याल रखता हूँ, लेकिन पढ़ाई के वक़्त मैं यह सब भूल जाता हूँ। क्या करूँ, मैं ऐसा ही हूँ। मुझे काम की बातों के अलावा और कुछ सूझता ही नहीं है। फिर राकेश है न, वह तुम्हारा ज्यादा ख्याल रखता है, तभी तो पिछले एक साल में तुम्हें देखकर, आज इसने अच्छा रिज़ल्ट किया है। अब तुम भी राकेश पर नज़र रखो, नहीं तो फ़ाइनल में वह तुम्हारे अलावा, मुझे भी पटखनी दे देगा'।

अविनाश की बात सुनकर नंदिनी ने राकेश की तरफ देख कर कहा-

'चलो राकेश, सेवाश्रम चलते हैं। अब अविनाश बाबू पढ़ाई के सिवा अगर कोई बात नहीं करेंगे, तब मैं यहाँ बैठ कर क्या करूंगी'।

नंदिनी की बात सुनकर अविनाश मुस्कुराकर वहाँ से उठकर चलने लगा। चलते-चलते उसने कहा-

'अरे, आज रिज़ल्ट के दिन मुझे कोई पढ़ाई नहीं करनी है। चलो थोड़ा बाज़ार घूमने चलते हैं, मजा आएगा'।

तीनों स्कूल से निकलकर बाज़ार की ओर बढ़ गए। एक घंटे के बाद वे वापस सेवाश्रम आ गए।

नंदिनी का अविनाश के प्रति लगाव जारी रहा। वह चाहती थी कि अविनाश उससे इधर-उधर की खूब बातें करे और वह उसके साथ

घंटों बैठी रहे। यह एक आकर्षण था, जो इस उम्र की पहचान थी। वहीं राकेश भी इसी आकर्षण में नंदिनी के पीछे लगा रहा। वह भी नंदिनी की तरह चाहता था कि नंदिनी उसपर ध्यान दे। अविनाश इन सब से अनभिज्ञ अपनी पढ़ाई और अपने में मस्त था।

बारहवीं की परीक्षा की तारीख जारी हो गयी थी। फरवरी महीने के मध्य से मार्च के आखिर तक इम्तहान थे। लगभग डेढ़ महीने इम्तहान चलने थे। यह एक लंबा समय था। हालाकि, कुल नौ विषयों के लिए यह वक़्त काफी था। बारहवीं के सारे बच्चे पूरी तरह पढ़ाई में लगे थे। घनश्याम बाबू और लक्ष्मी का इन बच्चों पर विशेष ध्यान था। इनके खाने-पीने की भी उन्होंने विशेष व्यवस्था की थी। सामान्य खाना के अलावा नाश्ते में अंडा और दूध, दिन में फल और रात में फिर एक ग्लास दूध उन्हें दिया जा रहा था। सुबह उनकी बड़ी अम्माँ उन्हें पढ़ने के लिए चार बजे उठा दिया करती थीं। रात में उन्हें नौ बजे तक सो जाना होता था। उन बच्चों के लिए घनश्याम बाबू ने पूरा घर जैसा माहौल बना दिया था।

इम्तहान शुरू हुए। पहले दिन बच्चों को थोड़ी घबड़ाहट हुई, लेकिन उसके बाद के पेपर में वे सामान्य रहे। एक-एक कर पेपर निकलते जा रहे थे। लगभग सभी बच्चों का अब तक का इम्तहान अच्छा गया था। अविनाश केवल स्कूल जाते और आते वक़्त नंदिनी से एक-दो मिनट के लिए मिल पा रहा था। सेवाश्रम आकर वह अपनी पढ़ाई में लग जाता। वह खाना खाते वक़्त भी अपने में मस्त रहता। इसके लिए भी नंदिनी परेशान रहती थी, लेकिन इम्तहान के दबाव के कारण वह अविनाश से कुछ कह नहीं पाती थी। इस के विपरीत राकेश नंदिनी के साथ-साथ दिखाई देता था।

मार्च के आखिरी दिन सारे पेपर समाप्त हुए। डेढ़ महीने तक पढ़ते-पढ़ते और इम्तहान के तनाव से बच्चों का बुरा हाल हो गया था। अंतिम दिन उनके चेहरे की खुशी देखने लायक थी। ऐसा लगता

था, मानो उन्हें आज़ादी मिल गयी हो। किसी-किसी बच्चे का इम्तहान उतना अच्छा नहीं गया था, इसलिए वे थोड़े मायूस थे।

आखिरी पेपर के बाद क्लास से बाहर निकलते वक़्त नंदिनी ने अविनाश को ढूंढा। वह फिर और दिन की तरह आगे-आगे निकल रहा था। नंदिनी भीड़ में रास्ता निकालती हुई उसके नजदीक पहुंची और उसने ज़ोर की आवाज लगाई-

'अविनाश, रुको'।

अविनाश ने नंदिनी की आवाज़ सुन ली। वह एक जगह खड़ा हो गया। नंदिनी ने उसके पास जाकर कहा-

'अरे अविनाश बाबू, अब तो इम्तहान खत्म हुए, अब तो अपने चाहने वालों के लिए समय निकालिए, हमसे ढंग से बातें करिए। देखिये मैं और राकेश आपसे बात करने के लिए इतने दिनों से तरस गए हैं'।

अविनाश मुस्कुराया। वह आगे बढ़ कर बरामदे की सीढ़ियों पर जाकर बैठ गया। बच्चों का बहुत शोर हो रहा था। नंदिनी और राकेश भी उसके पास जाकर बैठ गए। एक बार फिर नंदिनी ने अविनाश की चुटकी ली-

'क्या बात है, अभी भी इम्तहान के मूड में हैं, लेकिन अब कोई पेपर नहीं बचा, अब तो अपना मुंह हम लोगों के लिए खोलिए'।

अविनाश नंदिनी की बात सुनकर ज़ोर से हंसा। उसने कहा-

'अरे नंदी, तुमने तो बहुत अच्छा बोलना सीख लिया है। तुम्हें लोगों की टांग खींचना भी आ गया है। आज तुम मेरे पीछे क्यों हाथ धोकर पड़ी हो। मैं इम्तहान के समय ऐसे भी ज्यादा बातें नहीं करता हूँ और तुम तो जानती हो मुझे ज्यादा बात करने की वैसे भी आदत नहीं है। लेकिन इसका मतलब ये नहीं हुआ कि मुझे तुमलोगों से

कोई नाराजगी है। आज से मैं फ्री हो गया, अब तुम्हें मुझसे जितनी बातें करनी हैं, करो, मैं सुनूंगा'।

नंदिनी ने जवाब दिया-

'बात एक तरफा नहीं होती है, अविनाश। तुम्हें भी हमारी बातों में शामिल होना होगा। तुम करके देखो, तुम्हें अच्छा लगेगा। अभी सबसे पहले तुम हमें आइसक्रीम खिलाने ले चलोगे। उसके बाद सेवाश्रम चलेंगे, वहाँ बैठ कर मुझे तुमसे बहुत-सी बातें करनी हैं'।

अविनाश ने खड़े होकर अपना सिर झुकाते हुए कहा-

'जैसी आज्ञा हुजूर, चलिये आज मैं आपको शहर की सबसे अच्छी कुल्फी खिलाता हूँ। उसके पहले समोसा-चाट भी खाना पड़ेगा। मैंने कल ही बैंक से कुछ पैसे निकाले हैं'।

अविनाश की बात पर नंदिनी खिलखिलाकर हंस पड़ी। राकेश दोनों की बातें बड़े ध्यान से सुन रहा था। उसे नंदिनी की खिलखिलाहट अच्छी लगी, लेकिन उसका अविनाश से इस तरह बातें करना कुछ अच्छा नहीं लगा। उसने अचानक नंदिनी से कहा-

'तुम दोनों चले जाओ, मुझे दूसरी तरफ के बाज़ार में कुछ काम है'।

अविनाश ने राकेश की बात पर कहा-

'अरे, कुल्फी खाकर लौटने पर तुम अपना काम कर लेना। आज से वैसे भी हमारी छुट्टी है'।

राकेश ने जवाब दिया-

'नहीं अविनाश, वहाँ से लौटकर आते-आते शाम हो जाएगी। तुम दोनों चले जाओ'।

नंदिनी ने तब बीच में टोकते हुए राकेश से कहा-

'बाज़ार से ऐसा क्या जरूरी सामान खरीदना है, जो तुम्हें आज ही चाहिए। कल भी ले सकते हो। सब साथ चलेंगे तो अच्छा लगेगा'।

नंदिनी की बात पर राकेश ने कहा-

'तुम ऐसा कह रही हो, तब मैं भी तुम लोगों के साथ चलता हूँ'।

इस पर अविनाश ने राकेश की चुटकी लेते हुए कहा-

'भाई मैं कह रहा था, तब तुम राजी नहीं हुए, लेकिन नंदी के कहने पर तुरंत तैयार हो गए। बात क्या है। कोई चक्कर है क्या'।

राकेश ने झेंपते हुए कहा-

'ऐसा कुछ भी नहीं है। तुम बेकार की बातें कर रहे हो। चलो मैं भी तुमलोगों के साथ चलता हूँ'।

तीनों स्कूल से बाहर निकल गए। उन्होंने एक ऑटोरिक्शा को हाथ देकर रोका और उसपर सवार होकर मार्केट की तरफ हो लिए। वहाँ तीनों ने अगले दो घंटे तक जमकर मस्ती की, उसके बाद वापस सेवाश्रम आ गए।

सेवाश्रम के बारहवीं के बच्चों के अप्रैल का महीना यूं ही खेलते-कूदते गुजर गया। नंदिनी अपनी सहेलियों के साथ कई बार बाज़ार गयी। उसने अपने लिए कुछ नई ड्रेस ली, जो शायद उसे कॉलेज जाने के काम में आती। ड्रेस ज्यादा महंगी नहीं थी।

सेवाश्रम में अपने आखिरी साल में वह लक्ष्मी का साथ छोड़ना नहीं चाहती थी। स्कूल की छुट्टियों के कारण वह दिन भर उनके साथ रहने की कोशिश करती। रात में सोने के पहले वह थोड़ी देर लक्ष्मी के बिस्तर पर उनके साथ लेट जाती। वह उनसे देर तक बातें करती। लक्ष्मी भी उसे जीवन में आगे बढ़ने के गुणों के बारे में बताती रहती थीं।

नंदिनी लक्ष्मी के अलावा गंगा काकी, गणेश और श्रवण काका के साथ भी बैठा करती। वह रसोई में रोज एक घंटे गणेश काका का हाथ बँटाती। उसने श्रवण काका के साथ मिलकर फूलों की क्यारी में नए फूल भी लगाए थे। सुबह उठ कर पूजा के लिए वह फूल चुनकर लाती थी। उसे हर वक़्त ऐसा लगता, जैसे उसका यह सब छूट रहा हो। वह बीच-बीच में अपने कमरे में जाकर अकेले में रोने लगती। इस बीच वह कई बार लक्ष्मी से लिपट कर रोई थी। एक बार उसे रोता देख लक्ष्मी ने हँसते हुए कहा था-

'अरे पगली, तू तो ऐसे रो रही है, जैस तू अपने ससुराल जा रही है। इतना नहीं सोचते। तुम सब यहीं आस-पास रहोगे, जब जी में आएगा, आकर हम सब से मिल लिया करना'।

नंदिनी लक्ष्मी की बात सुनकर शांत हो जाती।

राकेश शाम के वक़्त नंदिनी के साथ बैठ कर बातें करता। उसने कई बार चाहा कि वह नंदिनी को बता सके कि वह उसे अच्छी लगती है और शायद वह उसे चाहने लगा था। लेकिन जब भी कभी उसे मौका मिला, नंदिनी ने अविनाश का जिक्र छेड़ दिया। राकेश को अब महसूस हो गया था कि नंदिनी वाकई में अविनाश को पसंद करने लगी थी। हालाकि, इसका आभास उसे पहले से था, लेकिन अब उसे पक्का विश्वास हो गया था कि नंदिनी सिर्फ उसे अपना दोस्त मानती है और कुछ नहीं।

अविनाश को इस बीच योग, प्राणायाम करने का जोश जग गया था। वह नीचे बड़े कमरे में लगे टीवी में सुबह-सुबह योग का कार्यक्रम लगा देता और उसे देख कर खुद योग किया करता था। उसने नंदिनी और राकेश को भी योग करने के लिए कहा था, लेकिन उन दोनों की इसमें दिलचस्पी नहीं थी। इसके अलावा वह किताबें पढ़ता रहता। शाम में वह थोड़ी देर बच्चों के साथ खेलता। नंदिनी

बरामदे में बैठ कर उसे देखा करती। खेलकूद कर वह नंदिनी के पास थोड़ी देर बैठता, फिर अपने कमरे में जाकर किताब पढ़ने में मशगूल हो जाता।

मई महीने के मध्य में बारहवीं के रिज़ल्ट आने थे। रिज़ल्ट के एक दिन पहले बच्चों के बीच फिर से गहमा-गहमी शुरू हो गयी थी। कुछ बच्चे डरे हुए थे। सभी को उत्सुकता थी। घनश्याम बाबू के ऑफिस में लगे कम्प्युटर पर अगली सुबह आठ बजे से रिज़ल्ट देखा जाना था। घनश्याम बाबू ने सभी को कह दिया था कि अगले दिन रिज़ल्ट देखने के बाद साढ़े आठ बजे प्रार्थना होगी। सभी बच्चे रात में जल्दी खाना खा कर सोने चले गए। कई की आँखों में नींद नहीं थी। वैसे अविनाश और नंदिनी आश्वस्त और बहुत सामान्य थे।

सुबह अविनाश को जागने में देर हो गयी। घड़ी में साढ़े सात का वक़्त हो गया था। वह जल्दी-जल्दी तैयार होने चला गया। वह बिलकुल भूल गया कि आज रिज़ल्ट निकलने वाला था। नहाने के लिए बाथरूम में लाइन होने के कारण उसे थोड़ी और देर हो गयी। वह लगभग आठ बजे नहाने घुस पाया। दस मिनट के बाद उसने बच्चों का बहुत तेज का शोर सुना। बाथरूम में पानी की तेज धार की आवाज के बावजूद शोर की आवाज साफ सुनाई दे रही थी। जब तक वह नहाना खत्म करता, तब तक बाथरूम के दरवाजे को किसी ने ज़ोर-ज़ोर से भड़भड़ाना शुरू कर दिया। अविनाश ने अंदर से आवाज लगाई-

'अरे आ रहा हूँ, क्यों दरवाजा तोड़ रहे हो। क्या बात है'।

किसी बच्चे ने कहा-

'जल्दी से दरवाजा खोलिए, बाबा आपको तुरंत बुला रहे हैं'।

उसे लगा कुछ गड़बड़ हुआ है, तभी बच्चे दरवाजा पीट रहे हैं। वह किसी तरह जल्दी-जल्दी नहाकर, कपड़े बदल कर, बाहर निकला।

बाहर राकेश और कुछ और बड़े लड़के खड़े थे। अविनाश के बाहर निकलते ही उन्होंने शोर मचाना शुरू किया और अविनाश को चार बच्चों ने मिलकर गोद में उठा लिया। वे सब आवाज लगा रहे थे-

'अविनाश भईया जिंदाबाद'।

अविनाश थोड़ी देर के लिए चौंका, उसे पता नहीं लग पा रहा था कि आखिर माजरा क्या है। उसी हो-हल्ले में राकेश ने उसके कान में कहा-

'रिज़ल्ट आ गया है, बाबा बुला रहे हैं'।

बच्चे उसे गोद में लिए घनश्याम बाबू के ऑफिस तक ले गए। वह किसी तरह वहाँ उनकी गोद से नीचे उतरा और जल्दी से अपने कमरे की ओर दौड़ा। उसके बाल अभी भी गीले थे। एक हाथ में तौलिया और कुछ भींगे कपड़े थे। वह अपने कमरे में गया और भींगे कपड़े वहाँ रख कर उसी अवस्था में बाहर घनश्याम बाबू के ऑफिस की तरफ लपका। ऑफिस के बाहर घनश्याम बाबू और बाकी सब लोग इकट्ठा थे। अविनाश को देखते ही बच्चों न फिर शोर मचाना शुरू किया। घनश्याम बाबू ने हाथ में फूलों की माला ली हुई थी। उन्होंने आगे बढ़ कर अविनाश को माला पहनाया। अविनाश ने उनसे पूछा-

'बाबा, क्या हुआ रिज़ल्ट का'।

घनश्याम बाबू ने उसे बाहों में भरते हुए कहा-

'अरे बेटा तुमने कमाल कर दिया। तुमने न केवल जिले और राज्य में टॉप किया है, बल्कि तुम पूरे देश में तीसरे स्थान पर आए हो। तुम्हें संतानवे प्रतिशत नंबर आए हैं'।

घनश्याम बाबू की बात सुनकर अविनाश एक पल के लिए अवाक रह गया। उसे कुछ नहीं सूझा। उसने जल्दी से झुक कर घनश्याम बाबू और वहाँ खड़े बड़ों के पैर छुए। फिर उसने मुड़ कर

नंदिनी को ढूंढा। नंदिनी उसके पीछे खड़ी थी। अविनाश ने घूमकर नंदिनी से पूछा-

'तुम्हारा और राकेश के रिज़ल्ट का क्या हुआ'।

इससे पहले कि वह बोलती, घनश्याम बाबू ने कहा-

'उन दोनों ने भी कमाल कर दिया है। तुम्हारे बाद जिले में दूसरा स्थान राकेश का है और तीसरे पर नंदिनी है। राज्य में राकेश चौथे और नंदिनी पांचवें स्थान पर है और देश में राकेश दसवें और नंदिनी सोलहवें स्थान पर है। राकेश को चौरानवे और नंदिनी को तिरानवे प्रतिशत नंबर आए हैं'।

राकेश और नंदिनी दोनों साथ खड़े थे। अविनाश ने आगे बढ़ कर दोनों को गले लगा लिया। उसने नंदिनी से हँसते हुए कहा-

'मैं कहता था न नंदी, यह राकेश छुपा रुस्तम है, इससे बच कर रहना। देखो एक साल तक तुमसे ही सीख कर, आज यह तुमसे आगे निकल गया'।

नंदिनी ने मुस्कुराते हुए कहा-

'सबसे पहले तुम्हें बहुत बधाई अविनाश। तुमने रिकॉर्ड बना दिया। दरअसल रिज़ल्ट कल देर रात को ही आ गए थे, इसलिए सुबह तक जिले और राज्य के पोजीशन का भी पता चल गया। राकेश के जज्बे को मैं सलाम करती हूँ। इसने साबित कर दिया, कड़ी मेहनत से कुछ भी हासिल किया जा सकता है'।

अविनाश ने दोनों को बधाई दी। राकेश ने भी अविनाश को बधाई दी। बाकी पास हुए बच्चों को इन लोगों ने आपस में बधाई दी।

अचानक सेवाश्रम के गेट पर दो-तीन गाडियाँ आकर रुकीं और कुछ लोग बाहर निकलते दिखाई पड़े। उनके हाथ में कैमरा था।

घनश्याम बाबू के कहने पर श्रवण काका ने गेट खोल दिया। सभी लोग अंदर आ गए। घनश्याम बाबू बाहर बरामदे पर ही खड़े रहे। उनमें से एक ने आकर अविनाश के बारे में पूछा। घनश्याम बाबू ने अविनाश को बुलाया। अविनाश बाहर से आए उनलोगों के नजदीक गया। उन्होंने बताया कि कुछ लोग दैनिक अखबार से आए है और कुछ लोग चैनल की तरफ से। चैनल में स्थानीय और राष्ट्रीय स्तर के लोग थे। उसमें खासकर राष्ट्रीय स्तर के "खबर तक" चैनल के तीन लोग थे।

अविनाश के सामने आते ही चैनल वालों ने अपने माइक अविनाश के सामने कर दिये, उसके बाद प्रश्नों की शुरुआत हुई। एक ने पूछा-

'आप एक अनाथ हैं और अनाथाश्रम में रह कर भी इतना कुछ कैसे कर पाये'।

अविनाश ने जवाब दिया-

'यह अनाथाश्रम नहीं, बल्कि मेरा घर है। मेरे बाबा हैं, मेरी बड़ी अम्माँ हैं और ये सारे बच्चे मेरे परिवार का हिस्सा हैं। मैं अनाथ कहाँ हूँ'।

चैनल वालों की तरफ से एक पत्रकार ने पूछा-

'आपने किस तरह से पढ़ाई की, जिससे आप इतने सफल हुए। आपके प्रेरणास्रोत कौन हैं'।

अविनाश ने तुरंत जवाब दिया-

'मैं अपनी पढ़ाई पर लगातार फोकस करता रहा। पूरे साल मैंने पढ़ाई की, लेकिन कुछ खास तरह की पढ़ाई नहीं की। मैंने बचपन से बाबा को देखा है। वे जिस तरह से नियम के अनुसार अपनी जिंदगी जीते हैं, वह सब को सीखनी चाहिए'।

अखबार के एक पत्रकार ने पूछा-

'आगे आप क्या करना चाहेंगे'।

अविनाश ने जवाब दिया-

'मैं आगे ग्रैजुएशन करूंगा और साथ में सिविल सर्विस की तैयारी करूंगा'।

एक ने पूछा-

'आप ये सब अकेले अपने बल-बूते पर कैसे करेंगे। सिविल सर्विस के लिए आपको कोचिंग लेनी पड़ेगी, उसके लिए पैसे कहाँ से आएंगे'।

अविनाश ने कुछ सोच कर जवाब दिया-

'सेवाश्रम की तरफ से बचपन से इतने सालों तक मिले पैसे, मेरे अकाउंट में जमा हैं। पहले एड्मिशन वगैरह में खर्च होंगे। बाकी यदि कोचिंग नहीं भी हुआ, तब भी मैं खुद पढ़ाई कर सिविल सर्विस की परीक्षा दूँगा'।

अविनाश से बातचीत के बाद उनलोगों ने राकेश और नंदिनी का भी इंटरव्यू लिया। अविनाश से पूछे गए सवालों की तरह उनसे भी सवाल किए गए। उन लोगों ने तीनों की तस्वीरें खींची। थोड़ी देर बाद वे लोग वापस चले गए। हालाकि उसके बाद लगभग दिन भर किसी न किसी अखबार या किसी चैनल के लोगों का आना जारी रहा। सबके सवाल लगभग एक जैसे रहे। अविनाश, नंदिनी और राकेश को दिन के खाने की भी फुर्सत नहीं मिली।

इसी बीच उन्हें स्कूल के किसी टीचर ने आकर खबर दी कि अगले दिन दोपहर में स्कूल में एक कार्यक्रम रखा गया है, जिसमें अविनाश, राकेश और नंदिनी के अलावा और बच्चों को सम्मानित किया जाएगा।

लोगों के आने जाने का सिलसिला दोपहर बाद खत्म हुआ, उसके बाद तीनों ने दोपहर का खाना खाया। तीनों थक कर चूर हो गए थे। इसके बावजूद वे खाना खाने के बाद बाहर बारामदे में एक साथ बैठे। अविनाश को अभी भी विश्वास नहीं हो रहा था कि उसने बारहवीं में राज्य में टॉप किया है। उसने नंदिनी से कहा-

'नंदी, ये सब मुझे सपना-सा लग रहा है। वाकई क्या ये सब सच है'।

नंदिनी ने जवाब दिया-

'अविनाश तुम्हें अंदाज़ा नहीं है, तुमने क्या कर दिया है। पिछले चार सालों से तुम अपने आप में सिमट कर पढ़ाई करते रहे, जिसका नतीजा तुम्हें मिला है। यह आसान बात नहीं है कि सेवाश्रम में रह कर और एक सरकारी स्कूल में पढ़कर, तुमने इतना नंबर लाया'।

अविनाश ने जवाब दिया-

'नंदी, मैं तो अपने आपमें सिमट गया था, लेकिन तुम दोनों ने तो हँसते-खेलते पढ़ाई कर ली और इतने नंबर ले आए। इसमें तुम लोगों की विशेषता है'।

नंदिनी ने कहा-

'हम सब का स्वभाव अलग-अलग है। तुम थोड़े गंभीर हो, लेकिन मुझसे ज्यादा देर गंभीर नहीं रहा जाता। राकेश भी ऐसा ही है। चलो जो भी है, बहुत अच्छा हुआ। अब आगे की सोचनी है'।

शाम में अविनाश, नंदिनी, राकेश और बाकी बच्चों से मिलने डॉक्टर साहब आए। वे अपने साथ मिठाइयाँ, फल और गिफ्ट लाये थे। अविनाश से मिलकर उन्होंने कहा-

'तुम लोगों ने सेवाश्रम का नाम रौशन कर दिया। मैंने अमेरिका में सिंह साहब को भी इसकी खबर दी। उन्होंने कहा कि तुमलोगों की आगे की पढ़ाई के लिए जो भी जरूरत होगी, वे करेंगे। वे बहुत खुश थे। तुम तीनों कॉलेज में एड्मिशन के लिए फॉर्म भरो। तुम लोग अपनी फीस वगैरह के लिए चिंता नहीं करना, ग्रैजुएशन तक वह सेवाश्रम के ट्रस्ट से दिया जाएगा'।

अविनाश, नंदिनी और राकेश ने डॉक्टर साहब के पैर छूकर उन्हें धन्यवाद दिया। डॉक्टर साहब थोड़ी देर घनश्याम बाबू के साथ ऑफिस में बैठ कर वापस चले गए। उनके जाने के बाद अविनाश ने नंदिनी और राकेश से कहा-

'देखो, मैंने कहा था न कोई न कोई रास्ता जरूर निकलेगा। भगवान ने हमें सिंह साहब और डॉक्टर साहब के माध्यम से मदद भेजी है'।

अगले दिन स्कूल में सम्मान समारोह था। अविनाश, नंदिनी और राकेश के साथ बारहवीं पास हुए सभी बच्चे गए। वहाँ हॉल में व्यवस्था की गयी थी। मुख्य अतिथि के रूप में शहर के मेयर को बुलाया गया था। हॉल बच्चों से खचाखच भरा था। आगे की पंक्ति में मुख्य अतिथि के अलावा स्कूल के शिक्षक बैठे थे। दूसरी पंक्ति में बच्चों के अभिभावक बैठे थे। उसके बाद तीसरी पंक्ति से बच्चों के बैठने की व्यवस्था थी। सभी बच्चों के अभिभावक को देखकर अविनाश थोड़ा भावुक हुआ। उसे घनश्याम बाबू और लक्ष्मी की कमी महसूस हुई।

मंच से उद्घोषणा के बाद मुख्य अतिथि और स्कूल के प्रधानाध्यापक मंच पर बैठे। जिले में स्थान प्राप्त बच्चों को एक-एक कर मंच पर बुला कर सम्मानित किया गया। उस क्रम में आखिर में पहले नंदिनी, फिर राकेश को बुलाया गया। उन्हें शाल के अलावा

ट्रॉफी दी गयी। इनके मंच पर जाते समय बच्चों ने ज़ोर का शोर मचाया। आखिर में जब अविनाश का नाम आया, तब सभी बच्चे खड़े होकर तालियाँ बजाने लगे। मंच पर बैठे लोग भी खड़े होकर तालियाँ बजाने लगे। अविनाश अपनी जगह से उठ कर मंच पर गया। उसे मुख्य अतिथि ने शाल ओढ़ाया और एक बड़ी ट्रॉफी दी। हॉल में तालियाँ लगातार बजती रहीं। मुख्य अतिथि ने अपने सम्बोधन में सभी को बधाई दी। प्रधानाध्यापक ने मंच से कहा कि अगले दिन बारहवीं में राज्य स्तर पर पोजीशन लाने वालों को राज्य के शिक्षा मंत्री पुरस्कृत करेंगे।

स्कूल का समारोह समाप्त हुआ। उसके बाद भी पत्रकारों ने अविनाश, नंदिनी और राकेश को घेर लिया। उनसे ढेरों सवाल पूछे। तीनों ने अपने हिसाब से उन सवालों के जवाब दिये। उसके बाद स्कूल के बच्चों और मुख्य अतिथि के साथ इन सब की ग्रुप तस्वीर ली गयी।

एक दिन बाद दोपहर के वक़्त शहर के एक बड़े सभागार में बारहवीं के टॉपर्स का सम्मान समारोह रखा गया था। अविनाश ने सुबह प्रार्थना के समय घनश्याम बाबू से कहा-

'बाबा, आज हमारे जीवन का फिर बहुत बड़ा दिन है। राज्य स्तर पर हम सबको सम्मानित किया जाएगा। मैं चाहता हूँ कि इस समारोह में आप और बड़ी अम्माँ भी साथ चलें। इसके अलावा आप हमलोगों की तरफ से डॉक्टर साहब को भी निवेदन करें, वे भी इसमें शामिल हों'।

घनश्याम बाबू ने हँसते हुए जवाब दिया-

'अरे बेटा, हमलोग वहाँ कहाँ जाएँगे। वहाँ बड़े-बड़े लोग होंगे। तुम कहते हो, तब मैं डॉक्टर साहब से एक बार पूछता हूँ। अगर वे तैयार हो जाएँ, फिर उन्हें ही ले जाना'।

अविनाश ने घनश्याम बाबू का हाथ पकड़ कर कहा-

'बाबा, मैंने पिछले समारोह में देखा, ज़्यादातर बच्चे अपने माँ-बाप या अभिभावक के साथ गए थे। मैं भी उस समारोह में अपनी माँ और अपने पिता को ढूंढ रहा था। आपलोगों की कमी मुझे बहुत खली थी। हमलोगों के लिए आप ही पिता हैं और बड़ी अम्माँ ही हमारी माँ हैं। आप दोनों अगर नहीं जाएँगे, फिर हमलोग भी नहीं जाएँगे'।

अविनाश की बात सुनकर वहाँ खड़ी लक्ष्मी ने घनश्याम बाबू से कहा-

'अविनाश ठीक ही कह रहा है, हम ही दोनों इनके माता-पिता हैं। जब ये इतना कह रहा है, तो हमें चलना चाहिए'।

घनश्याम बाबू ने पहले डॉक्टर साहब को फोन लगाया। उनसे बात करने पर पता चला कि वे शहर से बाहर हैं। यह जानकर उन्होंने कहा-

'ठीक है, डॉक्टर साहब भी नहीं हैं, हम दोनों चलेंगे'।

घनश्याम बाबू ने पांच लोगों के जाने के लिए एक बड़ा टेम्पो बुला लिया। सभी सम्मान समारोह में गए। वहाँ अंदर बड़े से सभागार में बच्चे और उनके माता-पिता बैठे थे। पुरस्कृत होने वाले बच्चों के बैठने की अलग व्यवस्था थी। अविनाश ने जगह देख कर घनश्याम बाबू और लक्ष्मी को आगे की लाइन में बिठा दिया। मंच बहुत सुंदर सजा था। कार्यक्रम शुरू होने में लगभग आधा घंटा था। इस बीच सभी पुरस्कृत होने वाले बच्चों के सिर पर लाल और पीले रंग की पगड़ी बांध दी गयी।

धीरे-धीरे हॉल पूरा भर गया। अब मंच पर मुख्य अतिथि का आना बाकी था। मंच पर चार कुर्सियाँ लगी थीं और बगल में टेबल पर बच्चों को दिये जाने वाले पुरस्कार रखे थे। मंच के पीछे एक बैनर

लगा था, जिस पर सिर्फ "सम्मान समारोह" लिखा था। मंच के दोनों तरफ लगाई गयी स्क्रीन पर हॉल के अंदर की तस्वीर आ रही थी।

थोड़ी देर में हॉल में हलचल हुई। मुख्य अतिथि आ गए थे। उद्घोषक ने माइक पर पहले सभी का स्वागत किया और फिर एक-एक कर अतिथियों को मंच पर बुलाया। मुख्य अतिथि के रूप में राज्य के शिक्षा मंत्री के अलावा सीबीएसई बोर्ड के अधिकारी, स्थानीय सांसद और "खबर तक" अखबार और चैनल के मालिक अरुण खन्ना मंच पर आसीन हुए।

सबसे पहले बोर्ड के अधिकारी ने मंच पर आसीन सभी अतिथियों का फूलों का गुलदस्ता देकर स्वागत किया। उसके बाद उन्होंने अपने स्वागत भाषण में इस वर्ष हुई बारहवीं बोर्ड की परीक्षा के बारे में विस्तार से बताया। उसके बाद बाकी लोगों के भाषण के पहले पुरस्कारों की घोषणा होनी थी। उद्घोषक ने बताया कि राज्य में पहले दस स्थान पर आए लोगों को यहाँ पुरस्कृत किया जाएगा। सभी अतिथि पुरस्कार देने के लिए खड़े हो गए।

सबसे पहले दसवें नंबर के छात्र से शुरुआत की गयी। पुरस्कार में गुलदस्ता, शाल, एक सर्टिफिकेट और एक ट्रॉफी दी गयी। सभी बच्चों ने ज़ोर से ताली बजाई। उसके बाद धीरे-धीरे छह नंबर तक के बच्चों को पुरस्कृत कर दिया गया। अब एक बार उद्घोषक ने फिर कहा-

'अब बारी है पहले पाँच बच्चों की, जिन्होंने नब्बे प्रतिशत से ज्यादा नंबर लाये हैं'।

हॉल में ज़ोर की ताली बजी। पांचवें स्थान के लिए नंदिनी का नाम पुकारा गया। बच्चों ने बहुत शोर मचाया। घनश्याम बाबू और लक्ष्मी जोश में अपनी कुर्सी से उठ कर ताली बजाने लगे। नंदिनी मंच पर गयी। उसे पुरस्कृत किया गया। मंच पर उपस्थित खन्ना साहब

नंदिनी को लगातार बहुत गौर से देख रहे थे। नंदिनी ने पुरस्कार लेकर हॉल में बैठे सभी लोगों को झुककर प्रणाम किया और मंच की दूसरी ओर से नीचे उतर गयी।

इसके बाद राकेश का नंबर आया। उसके मंच पर जाने पर भी बच्चों ने बहुत शोर मचाया। तीसरे और दूसरे स्थान पर आए बच्चों के माता-पिता उनके साथ आए थे। सभी के लिए बच्चों ने ताली बजाई। उनके माता-पिता ने भी खड़े होकर ताली बजाई।

अब पहले स्थान की बारी थी। इसके पहले की उद्घोषक मंच से पहले स्थान के लिए घोषणा करे, हॉल में बैठे सभी लोग खड़े हो गए। इसके बाद अविनाश का नाम पुकारा गया। ताली बजनी शुरू हुई। अविनाश उठ कर स्टेज पर गया। ताली लगातार बज रही थी। उद्घोषक ने बताया कि अविनाश ने न केवल राज्य में टॉप किया है, बल्कि पूरे देश में तीसरा स्थान पाया है। अविनाश ने मंच पर जाकर सभी अतिथियों का झुककर अभिवादन किया। उसके बाद वह दर्शकों की तरफ मुड़ा और उसने फिर झुक कर हाथ जोड़ कर प्रणाम किया। वह भीड़ में अपने बाबा और बड़ी अम्माँ को देख रहा था। वे ताली बजाने के साथ-साथ खिलखिलाकर हंस रहे थे। अविनाश ने उन्हें ऐसे हँसते हुए कम देखा था। इससे पहले कि उसे पुरस्कार दिया जाता, उसने जाकर मुख्य अतिथि से कुछ कहा। उसके बाद वह उद्घोषक की जगह माइक पर आ गया। उसने बोलना शुरू किया-

'बहुत-बहुत धन्यवाद। सबसे पहले आप सब अपनी जगह पर बैठ जाएँ। मैं मंच पर बैठे सारे अतिथियों को प्रणाम करता हूँ। साथ ही इस सभागार में उपस्थित सभी लोगों को धन्यवाद देना चाहता हूँ कि आपने हमलोगों को इतना प्यार और सम्मान दिया। मैं मुख्य अतिथि से क्षमा चाहता हूँ कि पुरस्कार लेने के पहले मैंने कुछ बोलना चाहा। दरअसल, मैं यहाँ आज के दिन पुरस्कार लेने वाल कुछ लोगों

के बारे में आप सबको बताना चाहता हूँ। आपने पांचवें स्थान पर आई नंदिनी और चौथे स्थान पर आए राकेश को देखा। अब मुझे देख रहे हैं। आपको शायद यह नहीं पता कि हम तीनों कहाँ से आए हैं। दरअसल, हम तीनों सेवाश्रम नामक अनाथाश्रम के बच्चे हैं'।

इतना कहते हुए अविनाश की आँखें भर आई थीं, उसने आगे कहा-

'हमें एक साल की उम्र में हमारे परिवार के लोगों ने अनाथाश्रम में बेसहारा छोड़ दिया था। सभी बच्चों के साथ हम भी पलने लगे। एक साल के बाद एक धर्मात्मा ने हम सब की सुध ली और हम तीनों बाकी बच्चों के साथ सेवाश्रम आ गए। हमारा अब तक का सफर वहीं बीता है। हमने अपनी माँ और अपने पिता को नहीं देखा। लेकिन सेवाश्रम में माता-पिता के रूप में हमें भगवान मिले। सामने बैठे हमारे बाबा और हमारी बड़ी अम्माँ ने हमें यह कभी एहसास नहीं होने दिया कि हम अनाथ हैं। हमें आज तक वहाँ घर से ज्यादा सुख इन दोनों ने दिया। आज हम लोग जो कुछ भी हैं, इनकी बदौलत हैं। इसके अलावा सेवाश्रम ट्रस्ट चलाने वाले डॉक्टर साहब और सिंह साहब जैसे धर्मात्मा की वजह से हमारी स्नातक तक की पढ़ाई के लिए भी व्यवस्था कर दी गयी है। मुझे सेवाश्रम में नंदिनी और राकेश का अभूतपूर्व सहयोग मिला। ये मेरे सबसे करीबी दोस्त हैं। आज इस पुरस्कार का हकदार मैं अकेले नहीं हूँ। इसलिए मैं अपनी बड़ी अम्माँ और अपने बाबा को मंच पर जाकर लाना चाहूँगा। साथ में मैं नंदिनी और राकेश से भी आग्रह करूंगा कि वे भी मंच पर आयें'।

इतना कहकर वह मंच से नीचे आया और घनश्याम बाबू तथा लक्ष्मी के पास गया। वहाँ जाकर उसने दोनों के पैर छुए और फिर उनका हाथ पकड़ कर धीरे-धीरे मंच की ओर ले जाने लगा। लक्ष्मी मंच पर जाने में संकोच कर रही थीं, लेकिन लोगों ने जब एक बार

फिर खड़े होकर तालियाँ बजानी शुरू कीं, तब वह भी घनश्याम बाबू के साथ अविनाश का हाथ पकड़ कर ऊपर मंच पर गयी। नंदिनी और राकेश भी आ गए।

मुख्य अतिथि ने अविनाश को पुरस्कार देने के पहले घनश्याम बाबू और लक्ष्मी को शाल, श्रीफल और फूलों का गुलदस्ता देकर सम्मानित किया। जब अविनाश को मेडल पहनाया, तब उसने उसे उतार कर लक्ष्मी को पहना दिया। उसी तरह अविनाश ने अपनी ट्रॉफी घनश्याम बाबू के साथ साझा की। ट्रॉफी लेते वक़्त उसके अगल-बगल नंदिनी और राकेश भी थे। लक्ष्मी यह सब देख कर रोने लगी थीं। उन्होंने ऐसा माहौल पहले कभी नहीं देखा था। उन्होंने आगे बढ़ कर अविनाश, नंदिनी और राकेश का माथा बारी-बारी से चूमा। मंच के सारे अतिथि यह दृश्य देख कर अवाक थे। थोड़ी देर में अतिथियों को छोड़ कर बाकी सभी मंच से नीचे आ गए।

इसके बाद मंच पर बैठे स्थानीय सांसद के बोलने की बारी थी। उन्होंने सभी बच्चों को बधाई देते हुए कहा कि उनकी तरफ से स्नातक या अन्य डिग्री लेने तक पहले दस बच्चों को वे अपने कोष से प्रति महीने एक हज़ार रुपये की राशि छात्रवृति के रूप में देंगे। इस पर सभागार में ज़ोर से तालियाँ बजीं।

अगले वक्ता के रूप में "खबर तक" के मालिक खन्ना साहब ने कहा कि वे अविनाश, नंदिनी और राकेश की स्नातक के बाद की पढ़ाई का तब तक जिम्मा लेंगे, जब तक वे अपने पैरों पर खड़े नहीं होते।

अब बारी मुख्य अतिथि की थी। उन्होंने कहा-

'मैं अविनाश की बातों से सचमुच में भावुक हो गया हूँ। एक अनाथाश्रम में पलने वाले इन बच्चों ने साबित कर दिया कि मेहनत से हर कुछ पाया जा सकता है। खासकर अविनाश के बाबा और बड़ी

अम्माँ ने इन बच्चों के माता-पिता बनकर जो लालन-पालन किया है, उसके लिए मैं उनको सलाम करता हूँ। मैंने कई अनाथाश्रम देखे हैं, लेकिन सेवाश्रम ने एक मिसाल कायम कर दी है। मैं अपनी तरफ से सेवाश्रम को दस लाख रुपये की राशि देता हूँ। साथ ही मैं पहले स्थान पर आए अविनाश को एक लाख रुपये, बाकी के पाँचवीं स्थान तक आए बच्चों को पचास-पचास हज़ार रुपये और शेष बचे दसवें स्थान तक के बच्चों को पच्चीस-पच्चीस हज़ार रुपये पुरस्कार स्वरूप देने की घोषणा करता हूँ। ये राशि कल तक इनके अकाउंट में चली जाएगी'।

मुख्य अतिथि की इस घोषणा से सभागार एक बार फिर तालियों से गूंज उठा। सभी दस बच्चों ने खड़े होकर हाथ जोड़ा और मुख्य अतिथि का अभिवादन किया। इसके साथ ही कार्यक्रम की समाप्ति की घोषणा हुई।

अविनाश, नंदिनी और राकेश, घनश्याम बाबू और लक्ष्मी को लेकर भीड़ से बाहर निकले। अगले आधे घंटे में वे वापस सेवाश्रम पहुँच गए थे। वहाँ पहुँच कर लक्ष्मी और घनश्याम बाबू ने तीनों को एक बार फिर गले लगाया। सभी की आँखें नम थीं।

पाँच

पटना विश्वविद्यालय में बीए में एड्मिशन के लिए अखबारों में सूचना जारी हो गयी थी। सभी को इसके लिए ऑनलाइन आवेदन देना था। अविनाश ने बैठ कर सभी का फार्म भर दिया था और घनश्याम बाबू ने एड्मिशन फीस भी जमा कर दी थी। पंद्रह दिनों के बाद विभिन्न कॉलेज के एड्मिशन का लिस्ट जारी हुआ। अविनाश, नंदिनी और राकेश के अच्छे नंबर होने के कारण, उन्हें पटना कॉलेज में एड्मिशन मिला।

एक हफ्ते में एड्मिशन का दिन आ गया। तीनों एक साथ कॉलेज गए। पहली बार कॉलेज का माहौल उन्हें अच्छा लगा। एड्मिशन का काम दो घंटे में पूरा हो गया। तीनों ने हॉस्टल के लिए आवेदन दे दिया। उनसे कहा गया कि पढ़ाई के लिए अगले दस दिनों में कॉलेज खुलने पर मेरिट के हिसाब से हॉस्टल दिया जाएगा।

अपनी इच्छा के अनुसार अविनाश को इतिहास में आनर्स लेना था, जबकि नंदिनी को पॉलिटिकल साइन्स और राकेश को इक्नामिक्स में रुचि थी। एड्मिशन के वक़्त कॉलेज से मिली लिस्ट के हिसाब से तीनों ने अगले दो दिनों में किताब, कॉपी बाज़ार से खरीद ली। इसके लिए घनश्याम बाबू ने पैसे दिये थे। पुरस्कार राशि से तीनों ने बाज़ार जाकर कुछ नए सस्ते ड्रेस और जूते लिए, जिसे

पहन कर कॉलेज जा सकें। इसके अलावा तीनों ने घनश्याम बाबू से पूछ कर एक-एक सामान्य कीमत का मोबाइल फोन खरीदा, जिसकी जरूरत उन्हें कॉलेज में पड़ती। इसके साथ वहाँ दुकान से उन्होंने सिम कार्ड भी खरीदा। तीनों ने अपने नंबर घनश्याम बाबू को दिये।

दो सप्ताह के बाद कॉलेज खुल गए। सुबह नौ बजे से शाम के चार बजे तक का क्लास था। अविनाश, नंदिनी और राकेश ने सेवाश्रम से निकलते वक़्त सभी बड़ों को पैर छू कर प्रणाम किया। लक्ष्मी ने उन्हें माथे पर तिलक लगा दिया। तीनों नए ड्रेस में कॉलेज गए। कॉलेज सेवाश्रम से सिर्फ दो किलोमीटर की दूरी पर था, इसलिए तीनों पैदल गए।

पहले दिन के कॉलेज का रोमांच थोड़ा अलग था। स्कूल के बाद यह सभी के लिए एक नयी दुनिया होती है। इन तीनों के लिए भी ऐसा ही कुछ था। नए एड्मिशन वाले लड़के और लड़कियां क्लास रूम के बाहर झुंड बनाकर बातें कर रहे थे। लोगों का आपस में परिचय भी हो रहा था। नंदिनी लड़कियों की झुंड में चली गयी और अविनाश और राकेश लड़कों के ग्रुप में।

लड़कों के ग्रुप में एक दुबला-पतला लड़का था। जब अविनाश ने उसे अपना परिचय दिया, तब वह अविनाश से बहुत उत्साह से मिला। उसने कहा-

'मेरा नाम अमित है। मैं यहीं पटना का रहने वाला हूँ। मुझे तुम से मिलकर बहुत खुशी हुई। तुमने राज्य में पहला स्थान पाया है, जानकर गर्व हुआ। मैं उस दिन तुम्हारे सम्मान समारोह में दर्शकों में बैठा था। तुम्हारे बारे में सुनकर मुझे बहुत अच्छा लगा कि तुमने ऐसी हालत में भी मेहनत से अपना करियर बनाया है। मुझे अच्छा लग रहा है कि मैं तुम्हारे साथ एक ही क्लास में पढ़ूँगा। मुझे और भी खुशी है कि राकेश और नंदिनी भी इसी क्लास में पढ़ेंगे। मैं आज

जाकर अपने परिवार के लोगों को यह बात बताऊंगा। क्या तुम मेरे दोस्त बनोगे। तुम अपना मोबाइल नंबर मुझे दो। जब भी जरूरत होगी, मैं तुमसे बात करता रहूँगा। मैं अपने मम्मी-पापा से भी तुम्हारी बात कराऊंगा। वे बहुत खुश होंगे'।

अविनाश ने अपना मोबाइल नंबर उसे दिया और कहा-

'मुझे भी तुमसे मिलकर बहुत खुशी हुई। अब हमलोग दोस्त बन गए हैं'।

थोड़ी देर बाद पहला क्लास शुरू हुआ। अविनाश का रोल नंबर एक था। उसके बाद के तीन टौपर ने वहाँ एड्मिशन नहीं लिया था, इसलिए राकेश का रोल नंबर दो और नंदिनी का तीन था। पहला क्लास ज़्यादातर कॉलेज के परिचय का था।

लगातार तीन क्लास के बाद एक घंटे का लंच था। क्लास से बाहर आने पर पता चला कि हॉस्टल के आवंटन की लिस्ट जारी हो गयी है। अविनाश ने जा कर नोटिस बोर्ड पर लिस्ट देखी। उसे और राकेश को हॉस्टल मिल गया था और एक ही कमरे में दोनों को रहना था। नंदिनी को भी गर्ल्स हॉस्टल में कमरा मिल गया था। उसके साथ कोई दूसरी लड़की थी, जो साइन्स कॉलेज की थी। हॉस्टल की फीस सालाना साढ़े तीन हज़ार थी और खाने के तीन हज़ार एक सौ रुपेए प्रति महीने देने थे। अविनाश ने नंदिनी और राकेश को जाकर बता दिया। तीनों कॉलेज के बाहर जाकर रोड के किनारे एक होटल में खाना खाने के लिए चले गए। वहाँ स्टूडेंट्स की भीड़ थी। इतने सालों में यह पहली बार था, जब तीनों ने सेवाश्रम के अलावा कहीं बाहर होटल में बैठकर एक साथ खाना खाया हो। खाना खाते वक़्त नंदिनी थोड़ी मायूस थी। अविनाश ने उसे देख कर पूछा-

'क्या हुआ नंदी, आज कॉलेज के पहले दिन, तुम इतनी मायूस क्यों हो'।

नंदिनी ने कुछ जवाब नहीं दिया। तब राकेश ने कहा-

'मैं जानता हूँ ये क्यों मायूस है। अब हॉस्टल मिल जाने के कारण इसे फिर सेवाश्रम छोड़ने का दुख हो रहा है'।

नंदिनी की आँखों में आँसू थे। अविनाश ने उसे देख कर कहा-

'मैं जानता हूँ तुम्हें दुख हो रहा है। हमें भी सेवाश्रम छोड़ने का बहुत दुख होगा, लेकिन हमें अब आगे का अपना सफर भी तय करना है। वैसे भी बारहवीं क्लास पास होने के बाद, अब हमारी वहाँ रहने की कोई जगह नहीं होगी। एक उपाय है, हम यह तय कर लें कि समय निकालकर हम बीच-बीच में वहाँ जाएँगे। हॉस्टल से ज्यादा दूर भी नहीं होगा'।

नंदिनी ने दोनों की बात सुनकर जवाब दिया-

'सेवाश्रम के साथ-साथ अब तुम दोनों का भी साथ छूट जाएगा। मैं अलग हॉस्टल में और तुम दोनों अलग। पता नहीं मेरा मन कैसे लगेगा'।

अविनाश ने नंदिनी के कंधे पर हाथ रख कर कहा-

'नंदी, तुम अब नए परिवेश में जीने की आदत डालो। कितना अच्छा लगेगा तुम्हें, जब तुम्हारी नयी सहेलियाँ मिलेंगीं। वैसे भी, इतने साल हम दोनों को देख कर तुम ऊब गयी होगी'।

अविनाश की बात सुनकर नंदिनी के चेहरे पर थोड़ी मुस्कान आई। तीनों ने जल्दी से खाना खाया और फिर कॉलेज में क्लासरूम की तरफ चल पड़े। पहला दिन होने के कारण क्लास तीन बजे तक खत्म हो गए। तीनों सेवाश्रम की ओर पैदल निकल गए। अगले तीन दिनों में इन्हें हॉस्टल में शिफ्ट होना था।

सेवाश्रम पहुँच कर अविनाश ने घनश्याम बाबू को हॉस्टल मिलने की बात बताई। घनश्याम बाबू ने हॉस्टल में काम आने वाली

चीजों की लिस्ट बनाई, जो तीनों के लिए जरूरी थी। शाम पाँच बजे वे अविनाश, नंदिनी और राकेश के साथ बाज़ार गए और वहाँ से सबके लिए एक-एक गद्दा, दो चादर, तकिया, कंबल, मच्छरदानी, तौलिया, बाल्टी, मग, साबुनदानी, साबुन, तेल, कंघी, हैंगर, टेबल लैम्प आदि खरीदा। इसके अलावा कपड़े रखने के लिए एक-एक सूटकेस और एक एयर बैग भी खरीदा। यह ख़रीदारी सेवाश्रम ट्रस्ट की तरफ से थी। इसके अलावा तीनों ने अपने पैसे से हवाई चप्पल, क्रीम, पाउडर, रुमाल और कुछ और जरूरी समान खरीदे।

अगले दिन कॉलेज जाना था, उसके बाद दो दिनों की छुट्टी थी। फिर सोमवार से कॉलेज खुलना था। घनश्याम बाबू ने तीनों के हॉस्टल की एक साल की फीस और खाने की हर महीने की एक साल की राशि जोड़ कर अविनाश को दे दी। अगले दिन अविनाश ने यह राशि तीनों के लिए कॉलेज में जमा करा दी। तय हुआ कि रविवार को तीनों सेवाश्रम से अपने हॉस्टल चले जाएँगे।

एक दिन पहले से अपने सामान को ठीक करते हुए नंदिनी का रो-रो कर बुरा हाल था। वह अपने कमरे में बीच-बीच में जाकर रोने लगती। अविनाश और राकेश ने भी अपने सामान बांधने शुरू कर दिये थे।

रविवार को सुबह प्रार्थना हुई। सभी का नाश्ता हुआ और उसके बाद अविनाश, नंदिनी और राकेश के हॉस्टल जाने का टाइम हो गया। घनश्याम बाबू ने तीनों के लिए एक टैक्सी बुला ली थी, जिसमें पीछे समान रखने के साथ-साथ सामने की सीट पर भी सामान रखा गया। आज पहली बार घनश्याम बाबू की आँखों में भी आँसू थे। नंदिनी जब उनसे मिलने आई, तब वे उससे लिपटकर रोने लगे। साथ में नंदिनी भी रोने लगी। घनश्याम बाबू ने कहा-

‘आज लग रहा है, जैसे मैं अपनी बेटी को ससुराल विदा कर रहा हूँ। बस तुमलोग हमें याद रखना और इतने सालों में जो कुछ

भी हमसे भूल-चूक हुई हो, उसके लिए हमें क्षमा करना। अगर रोज आ न सको, तब भी फोन पर बात जरूर करती रहना। तुम दोनों को भी कह रहा हूँ'।

घनश्याम बाबू की इस बात पर अविनाश और राकेश भी उन्हें पकड़ कर रोने लगे। लक्ष्मी का अलग रो-रो कर बुरा हाल था। इसके साथ गंगा काकी, श्रवण और गणेश काका की भी आँखों में आँसू थे। दरअसल सेवाश्रम के ये तीनों बहुत प्यारे बच्चे रहे थे और इनसे बिछड़ना वहाँ के लोगों को अच्छा नहीं लग रहा था। इसके पहले बारहवीं पास हुए बच्चे एक दिन पहले वहाँ से निकल गए थे। अब सेवाश्रम में कम ही बच्चे बचे थे, जो ज़्यादातर छोटे थे।

इसी रोने-धोने के क्रम में सभी तीनों को गेट तक छोड़ने आए। गाड़ी में बैठने के पहले नंदिनी एक बार फिर लक्ष्मी से लिपटकर रोई। उसके बाद तीनों गाड़ी में बैठ कर सभी को हाथ हिलाते हुए निकल गए।

सबसे पहले अविनाश गाड़ी को नंदिनी के हॉस्टल लेकर गया। वहाँ हॉस्टल के पहले तल्ले पर नंदिनी का कमरा था। नीचे मौजूद स्टाफ से अविनाश ने नंदिनी का रूम नंबर जाना। अभी नंदिनी के साथ की लड़की नहीं आई थी। हॉस्टल के अंदर लड़कों के जाने की मनाही थी। सिर्फ समान रखने के लिए अविनाश को छूट मिली। कमरे में दो पलंग, दो टेबल, दो कुर्सी और कपड़े रखने की दो लकड़ी की अलमारी थी। किताब रखने के लिए दोनों टेबल के ऊपर छोटी अलमारी थी। अविनाश ने साथ लाये गद्दे को नंदिनी से पूछ कर जल्दी से वहाँ रखे एक पलंग पर बिछा दिया। उसपर चादर, तकिया और कंबल रख कर पहले सोने की व्यवस्था कर ली गयी। उसके बाद उसने नंदिनी के सूटकेस और एयरबैग को अलमारी में रख दी। नंदिनी उसे गौर से देख रही थी। जब काम पूरा कर अविनाश बाहर

निकलने को हुआ, तब अचानक नंदिनी उससे लिपट गई। उसकी आँखों में आँसू थे। अविनाश एक पल के लिए अवाक रह गया। उसने नंदिनी को थोड़ी देर उसी तरह छोड़ दिया, फिर धीरे से उसने उसे अपने से अलग करते हुए कहा-

'ये क्या नंदी, तुम तो बिलकुल बच्चों जैसी रो रही हो। इसमें रोने की क्या बात है। नयी जगह आई हो, नया माहौल है और फिर इतना बढ़िया हॉस्टल है, तुम्हें तो खुश होना चाहिए'।

'मुझे तुमसे अचानक दूर होने में अजीब महसूस हो रहा है। मैं तुमसे दूर नहीं रह सकती, अविनाश। तुम अभी नहीं समझोगे, लेकिन बाद में तुम्हें समझ आएगा। तुम्हें भी मेरी कमी महसूस होगी। तुम वादा करो कॉलेज के अलावा हम हर रोज शाम में मिलेंगे'।

नंदिनी की बात सुनकर अविनाश की आँखें भी डबडबा गईं, लेकिन उसने नंदिनी को जाहिर नहीं होने दिया। उसने कहा-

'मैं जानता हूँ, मुझे भी तुम्हारी कमी खलेगी, लेकिन एक दो दिनों में सब ठीक हो जाएगा, नंदी। हम रोज शाम में मिलेंगे और साथ में सेवाश्रम भी जाएँगे, तुम बिलकुल फिक्र मत करो'।

इतना कहकर अविनाश कमरे से निकल कर चला गया। नंदिंनी कमरे से बाहर आकर उसे बहुत देर तक देखती रही। इसके बाद अविनाश और राकेश अपने हॉस्टल गए और वहाँ अपने कमरे में सामान ठीक किया। उनके कमरे की भी व्यवस्था नंदिनी के जैसी थी। उसके बाद दोनों ने हॉस्टल में ही दिन का खाना खाया।

शाम में अविनाश और राकेश नंदिनी के हॉस्टल गए। उसका हॉस्टल अविनाश के हॉस्टल से एक किलोमीटर पर था। नीचे स्टाफ ने नंदिनी को खबर भेजी। नंदिनी एक मिनट में भागती हुई नीचे आई। वह दोनों को देख कर बहुत खुश हुई और कहा-

'मैं बहुत देर से तैयार होकर तुम दोनों का इंतज़ार कर रही थी। कल से ज्यादा देर मत करना। रात आठ बजे के बाद हॉस्टल में घुसना मना है। साढ़े आठ बजे खाना मिलता है और उसके बाद सभी को अपने-अपने रूम में जाना होता है'।

नंदिनी ने आगे कहा-

'सबसे पहले बाबा को फोन कर बता दो कि हॉस्टल में सब इंतजाम हो गया है और हमलोग कल शाम सेवाश्रम आएंगे'।

अविनाश ने तुरंत अपना फोन निकाला और घनश्याम बाबू को लगाया। उधर से घनश्याम बाबू ने कहा-

'हाँ अविनाश बेटा, मैं तुमलोगों के ही फोन का इंतज़ार कर रहा था। तुम लोग ठीक से व्यवस्थित हो गए हो न। नंदिनी शांत हुई या नहीं'।

अविनाश ने जवाब दिया-

जी बाबा, हम तीनों हॉस्टल में जम गए हैं। नंदी भी ठीक है, आप खुद उससे बात कर लीजिये'।

अविनाश ने फोन नंदिनी को दिया। नंदिनी ने फोन लेकर कहा-

'बाबा, मैं अब कुछ ठीक हूँ, लेकिन आप लोगों की याद आ रही है। हमलोग कल शाम में मिलने आएंगे'।

उधर से घनश्याम बाबू ने जवाब दिया-

'बेटा, तुम सब के जाने के बाद सेवाश्रम सूना हो गया है। खासकर तुम्हारी बहुत याद आ रही है। कल शाम में तुमलोग जरूर आना'।

घनश्याम बाबू की बातें सुनकर नंदिनी की आँखों में फिर आँसू आ गए। उसने कहा-

'ठीक है बाबा, कल मिलती हूँ'।

इसके बाद नंदिनी ने फोन काट दिया। वह थोड़ी देर के लिए फिर भावुक हो गयी।

उस समय शाम के छह बजे थे। तीनों के पास साथ घूमने के लिए दो घंटे का वक़्त था। तीनों ऑटो रिक्शा कर पटना मार्केट की तरफ निकल गए। वहाँ उनलोगों ने घूमते हुए डेढ़ घंटे बिताए। सभी ने चाट और आइसक्रीम खाई। कुछ जरूरी सामान खरीदे और पौने आठ बजे तक नंदिनी के हॉस्टल पहुँच गए। उसे छोड़ कर वे दोनों अपने हॉस्टल चले गए।

नंदिनी अपने कमरे में गयी। वहाँ उसने देखा उसके साथ रहने वाली लड़की आ चुकी थी। नंदिनी ने उससे परिचय किया। उसका नाम अनुराधा था। उससे बात करने पर पता चला, उसने भी साइन्स में पूरे राज्य में पाँचवाँ स्थान प्राप्त किया था। उसका एड्मिशन साइन्स कॉलेज में हुआ था। वह गया की रहने वाली थी। उसके पिता वहाँ बिहार सरकार के सिंचाई विभाग में इंजीनियर थे। देखने और बात करने में वह नंदिनी को अच्छी लगी। वह थोड़ी चुलबुली थी। उसके आने से नंदिनी आश्वस्त हुई, उसे रात में कमरे में अकेले नहीं सोना पड़ेगा। वैसे भी सेवाश्रम के बाद पहली बार कहीं बाहर रात में सोने का नंदिनी का पहला अनुभव था।

अनुराधा ने अपना समान पहले से ठीक कर रखा था। दोनों साथ-साथ खाने के लिए नीचे गईं। दोनों लगातार बातें कर रही थीं। वापस कमरे में आने के बाद नंदिनी को लगा जैसे वह तरोताजा हो गयी थी। उसे अविनाश की बात सही लगी कि उसे इसी नए माहौल में रहना सीखना होगा। अविनाश की बात सोच कर वह मन ही मन मुस्कुराई।

रात होते-होते तक अविनाश और राकेश भी अपने कमरे में सामान को ठीक कर व्यवस्थित हो गए। अगले दिन से कॉलेज में पढ़ाई ज़ोर-शोर से शुरू हो गयी। अविनाश की नंदिनी से क्लास में भेंट हुई। नंदिनी अब कुछ हद तक सामान्य लग रही थी। अमित क्लास में अविनाश के साथ बैठ गया। वह बीच-बीच में उससे गप्पें लड़ाने लगता। लंच के समय तीनों अपने हॉस्टल में खाने के लिए चले गए। तीनों ने आपस में बात कर ली थी, क्लास के बाद सीधे सेवाश्रम जाना है। उसी के अनुसार चार बजे क्लास खत्म होने के बाद तीनों पैदल सेवाश्रम के लिए निकल गए। नंदिनी मन ही मन बहुत खुश थी।

सेवाश्रम के गेट को देख कर तीनों खुश हो गए। वे तेज चाल में गेट खोलकर अंदर गए। बाहर बरामदे में घनश्याम बाबू और लक्ष्मी कुर्सी लगाकर मानो इन्हीं का इंतज़ार कर रहे थे। तीनों को देखते ही दोनों उठ कर खड़े हो गए। नंदिनी दौड़ कर लक्ष्मी से जाकर लिपट गयी। अविनाश और राकेश ने दोनों के पैर छुए। नंदिनी ने भी लक्ष्मी से अलग होकर उनके और घनश्याम बाबू के पैर छुए। घनश्याम बाबू ने कहा-

'कैसे हो तुम सब बच्चों। कैसा लग रहा है हॉस्टल में। कॉलेज के क्या हाल हैं'।

अविनाश ने जवाब दिया-

'सब ठीक है बाबा। थोड़ा वक़्त लगेगा हॉस्टल में सामान्य होने में, लेकिन तीनों को कोई दिक्कत नहीं है। आपने सब सामान हमें दे दिया था, इसलिए कोई मुश्किल नहीं है'।

नंदिनी ने कहा-

'मैं रात भर सपने में आप दोनों को ही देखती रही। मुझे बड़ी अम्माँ की बहुत याद आ रही थी। शाम में मेरे कमरे में एक और लड़की आ गयी। उससे बातें करने पर थोड़ी राहत महसूस हुई'।

घनश्याम बाबू ने कहा-

'कुछ दिन में हमलोगों के बिना रहने की आदत पड़ जाएगी। यह प्रकृति का नियम है, समय सब कुछ ठीक कर देता है। चलो तुमलोगों के लिए गणेश काका ने पोहा और हलवा बनाया है। नंदिनी को पोहा बहुत पसंद है। अंदर चलकर पहले कुछ खा लो फिर बैठ कर बातें करेंगे'।

सभी सेवाश्रम के अंदर गए। वहाँ के और बच्चे उनसे मिलने आए। नंदिनी को अजीब लग रहा था। उसे महसूस हो रहा था, जैसे वह मेहमान बनकर आई है। उसने गंगा काकी और श्रवण काका से मुलाक़ात की। उनके पैर छुए। थोड़ी देर में गणेश काका प्लेट में पोहा और मिठाई लेकर आए। अविनाश गणेश काका से लिपट गया। तीनों ने उनके भी पैर छुए। नाश्ता करते वक़्त घनश्याम बाबू ने अविनाश से कहा-

'कल तुमलोगों के जाने के बाद अरुण खन्ना साहब का फोन आया था। वही "खबर तक" वाले, जो उस दिन कार्यक्रम में मंच पर बैठे थे। वे तुमलोगों से बात करना चाहते हैं। तुम एक बार उनसे फोन पर बात कर लो'।

अविनाश ने घनश्याम बाबू से खन्ना साहब का नंबर लिया और उन्हें फोन लगाया। कुछ देर रिंग होने के बाद उधर से खन्ना साहब ने फोन उठाया। अविनाश ने कहा-

'नमस्ते अंकल, मैं अविनाश बोल रहा हूँ, सेवाश्रम से'।

उधर से खन्ना साहब ने कहा-

'अरे हाँ अविनाश, कैसे हो बेटे। नंदिनी और राकेश कैसे हैं। कल घनश्याम बाबू से पता चला, तुम लोग कल ही अपने हॉस्टल चले गए। कैसा लग रहा है और कॉलेज का माहौल कैसा है'।

अविनाश ने जवाब दिया-

'सब ठीक है अंकल। कुछ वक़्त लगेगा हमें वहाँ के माहौल में रमने में'।

खन्ना साहब ने उधर से कहा-

'दरअसल मैं तुमलोगों से मिलना चाहता था और खासकर नंदिनी से। तुम ऐसा क्यों नहीं करते, अगले रविवार को तीनों मेरे घर पर आ जाओ। दिन में साथ लंच करेंगे और तुम सब से बात भी हो जाएगी। मैं अपने घर का लोकेशन तुम्हें भेज देता हूँ। तुम लोगों के हॉस्टल से मेरा घर नजदीक है। थोड़ा जल्दी आना, बैठ कर बातें करेंगे'।

अविनाश ने इधर से जवाब दिया-

'ठीक है अंकल, हम लोग बारह बजे तक आ जाएँगे'।

उसके बाद खन्ना साहब ने फोन रख दिया। अविनाश ने घनश्याम बाबू को खन्ना साहब से हुई बात बताई। घनश्याम बाबू ने कहा-

'वे बहुत बड़े लोग हैं। उनके कई बिज़नेस हैं। तभी तो उन्होंने तुम तीनों की बीए के बाद पढ़ाई की जिम्मेवारी ली है। अच्छा है, तुम तीनों उनसे एक बार मिल लो'।

पोहा और मिठाई खाने के बाद तीनों वहाँ शाम के सात बजे तक रहे। उसके बाद सभी को प्रणाम कर उनसे विदा ली। नंदिनी ने जाते-जाते कहा-

'गणेश काका, मैं रोज शाम में यहाँ आया करूंगी और आपके हाथ का बना पोहा खा कर जाऊँगी'।

नंदिनी की बात सुनकर गणेश काका की हंसी निकल गयी। बाकी सब भी मुस्कुराए बिना नहीं रह सके। तीनों वहाँ से निकले।

साढ़े सात बजे तक अविनाश ने नदिनी को उसके हॉस्टल छोड़ दिया और राकेश के साथ अपने हॉस्टल की ओर निकल गया।

दिन में कॉलेज और शाम में सेवाश्रम जाने का क्रम चलता रहा। चार दिन तक लगातार जाने के बाद घनश्याम बाबू ने एक दिन अविनाश से कहा कि अब शाम में पढ़ाई भी करनी होगी, इसलिए अब सेवाश्रम सप्ताह में एक या दो बार आना ठीक रहेगा। सभी को घनश्याम बाबू की यह सलाह ठीक लगी।

अगले रविवार को अविनाश, नंदिनी और राकेश, तय समय के अनुसार खन्ना साहब के घर गए। जाने के पहले अविनाश ने उन्हें मेसेज कर दिया था। खन्ना साहब का मकान दूर से चमक रहा था। । पुराने ढर्रे पर बनाई गयी कोठी को दुबारा आधुनिक रंग दिया गया था। गेट पर गार्ड था। उसे जब अविनाश ने अपना नाम बताया, तब उसने अविनाश को सलाम किया और तुरंत गेट खोल दिया। गेट के अंदर घुसने पर बड़ा-सा सुंदर गार्डेन था। किनारे-किनारे रंग-बिरंगे फूल के पौधे लगे थे। अंदर में दो गाडियाँ लगी थीं। दूर से बाहर बरामदे में खन्ना साहब खड़े दिखाई दिये। तीनों तेज कदम से चलते हुए बरामदे के पास पहुंचे। तीनों ने खन्ना साहब को हाथ जोड़ कर प्रणाम किया। खन्ना साहब ने आगे बढ़ कर कहा-

'नमस्ते, आओ, मैं तुम ही लोगों का इंतज़ार कर रहा था'।

सभी मकान के अंदर गए। घुसते ही एक बड़ा भव्य ड्राइंग रूम था, जिसमें तीन सेट सोफ़े लगे थे। ऊपर ऊंची छत के साथ एक बड़ा झूमर लटक रहा था। चारों तरफ जमीन पर कार्पेट बिछी थी। दीवारों पर बड़ी-बड़ी पेंटिंग लगी थी। एक पेंटिंग एक छोटी बच्ची की थी। वह देखने में नंदिनी का छोटा रूप लग रही थी। कोने में टेबल पर फूलों के बड़े-बड़े गुलदस्ते थे। बीच की बड़ी टेबल पर भी एक बड़ा गुलदस्ता करीने से रखा था। ड्राइंग रूम के बगल में एक बड़ा रूम

दिखा, जिसमें एक लंबा डाइनिंग टेबल लगा था, जिसमें बारह लोगों के बैठने की व्यवस्था थी। ऐसा लग रहा था, इस घर में बहुत लोग रहते हों।

खन्ना साहब ने सभी को बैठने के लिए कहा। अविनाश ने बैठते ही कहा-

'अंकल, आपका घर बहुत सुंदर है और बड़े सलीके से सजाया गया है'।

तब तक डाइनिंग रूम से एक महिला बाहर निकलीं। अविनाश वगैरह उनको देख कर खड़े हो गए। खन्ना साहब ने कहा-

'ये मेरी पत्नी निर्मला जी हैं। यह सब सजावट इनकी देखरेख में हुई है'।

अविनाश, नंदिनी और राकेश ने उन्हें हाथ जोड़कर प्रणाम किया। वे भी आकर खन्ना साहब के बगल के सोफ़े पर बैठ गईं। वे नंदिनी को लगातार देख रही थीं। इसके बाद खन्ना साहब ने अपनी पत्नी को देख कर कहा-

'मैंने इन्हीं तीनों बच्चों के बारे में तुम्हें बताया था। तीनों ने बारहवीं में बेहतरीन रिज़ल्ट किए हैं, अविनाश राज्य में अव्वल आया है'।

खन्ना साहब की पत्नी निर्मला जी नंदिनी और भी गौर से देखने लगी थीं। उन्होंने कहा-

'उस दिन के प्रोग्राम के बाद ये तुम तीनों के दीवाने हो गए हैं। इन्होंने तुमलोगों की इतनी तारीफ की है कि मैं भी तुम लोगों से मिलने के लिए उत्सुक थी, खासकर नंदिनी से।

इतना कह कर निर्मला जी ने नंदिनी को अपने पास बुला कर बिठा लिया और कहा-

'बेटा, तुम्हारे बारे में खन्ना साहब ने खास कर कहा कि तुम बहुत ही सीधी हो और बिलकुल मेरी बेटी जैसी दिखती हो। तुम सब में बहुत संस्कार भरे हैं। मुझे जानकर बहुत अच्छा लगा। तुम वाकई मेरी बेटी की तरह दिखती हो'।

नंदिनी ने सकुचाते हुए पूछा-

'आपकी बेटी कहाँ है। उससे मिलवाइए हमें। मुझे अच्छा लगेगा। यह घर भी बहुत बड़ा है। इसमें कई लोग रहते होंगे'।

नंदिनी की बात पर निर्मला जी की आँखें डबडबा गईं। उन्होंने खन्ना साहब की तरफ थोड़ी देर के लिए देखा और फिर सिर झुका लिया। नंदिनी थोड़ा घबड़ा गयी। कहीं उसने कोई गलत सवाल तो नहीं पूछ लिया था। तब तक खन्ना साहब ने दीवार पर टंगी बच्ची की पैंटिंग की तरफ इशारा कर कहा-

'वह हमारी बेटी है। हमारी शिखा। अब इस दुनिया में नहीं है। आज से सात साल पहले सिर्फ दस साल की उम्र में, वह हमें अकेला छोड़ कर चली गयी। उसे ब्लड कैंसर था। हमलोगों ने उसे बचाने की बहुत कोशिश की। हम उसे लेकर अमेरिका तक गए, लेकिन शायद उसका और हमलोगों का साथ सिर्फ दस साल का ही था। उसके जाने के बाद दो साल तक निर्मला बिलकुल टूट गईं। मुझे भी काम में मन नहीं लगता था। धीरे-धीरे समय ने सब कुछ बदला। आज नंदिनी को देख कर हमें हमारी बेटी की फिर याद आ गयी। बिलकुल इसके जैसी दिखती थी, मानो इसकी जुड़वां बहन हो। हमारी एक ही औलाद थी। उसके जाने के बाद इस बड़े से मकान में सिर्फ हम दोनों ही रहते हैं'।

पूरी बात कहते-कहते खन्ना साहब की आँखों में आँसू थे। निर्मला जी भी सिर झुकाकर रो रही थीं। भारी माहौल था। अचानक निर्मला जी ने उठ कर नंदिनी को गले से लगा लिया और ज़ोर-ज़ोर से रोने लगीं। नंदिनी पहले थोड़ी घबड़ाई, फिर उसने निर्मला जी को

अपने दोनों हाथों से पकड़ कर सोफ़े पर बिठाया। पास में टेबल पर रखे पानी के ग्लास को उठाकर उन्हें पीने के लिए दिया। उन्होंने पानी पिया और थोड़ी देर में शांत हो गईं।

खन्ना साहब ने तब कहा-

'माफ करना बच्चों, हमलोग अपनी कहानी ले बैठे। तुम लोग सुनाओ आगे क्या करना है। मुझे अच्छा लगता है, जब बच्चे मेहनत से पढ़ाई कर अच्छा रिज़ल्ट लाते हैं। मैंने पहले भी ऐसे बच्चों की मदद की है। आज वे अपने पैरों पर खड़े हैं और जीवन में अच्छा कर रहे हैं'।

अविनाश ने कहा-

'हमें आपकी बिटिया के बारे में सुनकर बहुत बुरा लगा। नंदिनी ने उत्साह में आंटी से बिटिया के बारे में पूछ लिया था। हमें क्षमा करेंगे। हम आपको धन्यवाद देना चाहते हैं कि आपने आगे बढ़ कर हमारी बीए के बाद की पढ़ाई का जिम्मा लिया। यह हमलोगों के लिए बहुत बड़ी बात है'।

अविनाश ने आगे कहा-

'जहां तक मेरा सवाल है, मैंने हिस्ट्री औनर्स लिया है। मैं सिविल सर्विस की तैयारी करना चाहता हूँ'।

राकेश ने बताया-

'मैंने इक्नामिक्स औनर्स लिया है और बीए के बाद का मैंने अभी नहीं सोचा है'।

अब बारी नंदिनी की थी। उसने कहा-

'मैंने पॉलिटिकल साइन्स औनर्स लिया है। मैंने बीए के बाद एमबीए करने की सोची है। अभी विषय नहीं सोचा है, लेकिन मुझे

मीडिया के क्षेत्र में काम करने का मन है। वह लाइन मुझे आकर्षित करती है'।

नंदिनी के जवाब पर खन्ना साहब ने एक बार निर्मला जी की ओर देखा फिर कहा-

'यह कैसा संयोग है। मेरी बेटी भी जब नौ साल की हुई, तब वह कहा करती थी कि उसे बड़ी होकर मीडिया लाइन में जाना है। तुम सबने ठीक सोचा है। मैं नंदिनी के लिए सलाह दूँगा कि यदि उसे मीडिया के क्षेत्र में काम करना है, तब उसे मास मीडिया में एमबीए करनी चाहिए। राकेश का भी अगर उधर झुकाव हो, तब वह भी इसके बारे में आगे सोच सकता है। आज इस लाइन में आगे बढ़ने के अच्छे मौके हैं।

खन्ना साहब ने आगे बताया-

'मेरा भी मीडिया के लाइन में बिज़नेस है। मैं अपने पिता की एकलौती संतान हूँ। देश के बँटवारे के समय मेरे पिता, मेरे दादाजी के साथ यहाँ आए। मेरे दादाजी ने यहाँ आने के कुछ दिनों के बाद अखबार निकालने का काम शुरू किया। यह काम चल निकला। इसके कारण मेरे पिता भी उसमें शामिल हो गए। दादाजी के जाने के बाद उन्होंने कारोबार को बड़ा किया। मैं उस समय पढ़ रहा था। लेकिन बीए करने के बाद मेरे पिता ने मुझे भी इस कारोबार में लगा दिया। मैंने अखबार के अलावा यहाँ "खबर तक" चैनल खोलने का काम किया। बाद में मैंने दिल्ली में दो और बिज़नेस चैनल खोले। आज मेरे अखबार के अलावा मेरे यहाँ और दिल्ली को मिलाकर तीन चैनल हैं। अकेले होने के कारण मैंने काम के लिए बहुत लोग रखे हुए हैं। फिर भी मुझे कारोबार देखने के लिए बीच-बीच में दिल्ली जाना पड़ता है। यह मकान मेरे पिता का बनवाया हुआ है। इसमें हाल में हमलोगों ने कुछ नए बदलाव किए हैं। अगर नंदिनी और राकेश चाहें

तब तीन साल में बीए के बाद ही वे यहाँ के “खबर तक” चैनल को जॉइन कर सकते हैं और उसके साथ-साथ वे अपनी एमबीए की पढ़ाई भी पूरी कर सकते हैं। ऐसे में उन्हें पढ़ाई के साथ-साथ अनुभव भी मिलता रहेगा'।

खन्ना साहब ने थोड़ा रुककर नंदिनी की तरफ देख कर कहा-

'मैं तो कहूँगा नंदिनी हॉस्टल की जगह मेरे घर में रह कर पढ़ाई करे। इससे मुझे और निर्मला जी को अच्छा लगेगा और इसके आने से हमारा घर भी फिर से भर जाएगा। मैं नंदिनी पर कोई दबाव नहीं दे रहा हूँ, लेकिन इसके बारे में तुमलोग सोच सकते हो'।

निर्मला जी ने खन्ना साहब की बात पर नंदिनी के हाथ को पकड़ कर कहा-

'हाँ बेटा, खन्ना साहब ठीक कह रहे हैं, तुम यहाँ आ जाओगी तो हमें भी मन लगेगा। मुझे तो लगेगा, जैसे मेरी बेटी मुझे वापस मिल गयी हो'।

नंदिनी अचानक इस बात के लिए तैयार नहीं थी। वह थोड़ी असहज हुई, लेकिन उसने जाहिर नहीं होने दिया। उसने कहा-

'आंटी, मैं आपकी बात समझ सकती हूँ। मुझे भी आपके साथ रहने में अच्छा लगेगा, लेकिन मैं अभी-अभी हॉस्टल में गयी हूँ। मैं वहाँ एक-दो साल रहना चाहती हूँ। वैसे मैं आपसे बीच-बीच में आकर मिलती रहूँगी। मेरा हॉस्टल भी यहाँ से ज्यादा दूर नहीं है'।

नंदिनी की बात पर खन्ना साहब ने कहा-

'नंदिनी ठीक कह रही है। हमलोगों ने भी आवेग में आकर इससे पहली मुलाक़ात में ही यहाँ रहने के लिए कह दिया। बेटा, तुम अभी हॉस्टल में ही रहो। जब तुम्हारा वहाँ मन न लगे, तब हमारा घर तुम्हारे लिए खुला है। वैसे तुम बीच-बीच में निर्मला जी से मिलती

रहना। इसे अच्छा लगेगा। वैसे मैं एक बात कहूँ, मैंने उस प्रोग्राम के बाद ही आकर निर्मला जी को कहा था कि नंदिनी को एक दिन हम अपने घर ले आएंगे'।

निर्मला जी ने कहा-

'हाँ, इन्होंने यह बात उसी दिन आकर कही थी, मैंने ही कहा था कि पहले मुझे नंदिनी को देखने तो दो। लेकिन आज तुम्हें देखने के बाद मैं भी भावुक हो गयी। खैर, तुम चिंता मत करो। यह हमलोगों की भावना थी, जो हमने तुम सबको कहा। अब खाना खाने के पहले चलो, तुम सबको अपना घर दिखाती हूँ'।

सभी उठ कर घर देखने गए। नीचे में ड्राइंग रूम और डाइनिंग रूम के अलावा, रसोई और दो बेडरूम थे। पीछे बहुत बड़ा आँगन था और उसके बगल में क्यारी में सब्जियाँ लगी हुई थीं। उसके बाद सभी ऊपर के तल्ले में गए। वहाँ भी एक ड्राइंग रूम था और उसके साथ तीन कमरे। निर्मला जी ने ऊपर के कमरों में एक कमरे को खोल कर कहा-

'ये मेरी बेटी का कमरा है और उसके बगल में हम दोनों का कमरा है। तुम अगर यहाँ रहने आओगी, तब तुम्हारा यही कमरा रहेगा'।

निर्मला जी की बेटी का कमरा बिलकुल सजा हुआ था। बड़ा बेड, अलमारी, टीवी, सोफा के अलावा दीवारों पर कई पेंटिंग लगी थीं। कमरे से सटे एक बरामदा भी था, जिससे सामने का गार्डेन पूरा दिखता था। कमरा बहुत भव्य लग रहा था।

तीसरे कमरे को खोलने पर अविनाश वगैरह अवाक रह गए। कमरे में दीवारों और जमीन पर करीब सौ पेंटिंग थीं। एक बड़े बोर्ड में एक अधूरी पेंटिंग थी और बगल में ब्रश और पेंट रखे थे। नंदिनी ने निर्मला जी से पूछा-

'ये पेंटिंग कौन करता है'।

इसपर निर्मला जी की जगह खन्ना साहब ने जवाब दिया-

ये सारी पेंटिंग निर्मला जी ने बनाई हैं। ये बहुत अच्छी आर्टिस्ट हैं। नीचे दीवार पर लगी सारी पेंटिंग भी इन्होंने ही बनाई है। इनकी पेंटिंग के कई एग्जीविशन लगे हैं। ये अच्छी इंटीरियर डेकोरेटर भी हैं। इस घर को रिमॉडल करने की डिज़ाइन इन्होंने ही बनाई थी'।

नंदिनी ने मुस्कुराते हुए कहा-

'आंटी, मुझे भी आपसे डेकोरेशन और पेंटिंग सीखनी होगी। मुझे बहुत पसंद है'।

उसके बाद सभी घर की छत पर गए। थोड़ी देर वहाँ रहने के बाद वे वापस नीचे आ गए। इसके बाद सभी ने दिन का खाना खाया। कई तरह के पकवान बने थे। निर्मला जी ने नंदिनी को ज़ोर देकर ज्यादा खिलाया। खाने के बाद नंदिनी ने कहा-

'आंटी, इतना खाना मैंने बहुत दिनों बाद खाया है। बहुत स्वादिष्ट लगा। वैसे ऐसे खाने से मैं बहुत जल्दी मोटी भी हो जाऊँगी'।

खाना खाने के बाद थोड़ी देर और गपशप हुई उसके बाद अविनाश ने कहा-

'अब हमें चलना चाहिए'।

निर्मला जी ने फिर कहा-

'पता नहीं क्यों मुझे नंदिनी को छोड़ने का मन नहीं कर रहा है। तुम लोग बीच-बीच में आते रहना'।

इसके बाद निर्मला जी अचानक उठ कर बगल के कमरे में गईं और अंदर से तीन पैकेट लेकर बाहर आयीं। उन्होंने एक-एक पैकेट सबको पकड़ाते हुए कहा-

'मैंने अंदाज़ से तुमलोगों के लिए कपड़े खरीदे हैं। उम्मीद है पसंद आएगा'।

इस पर नंदिनी ने कहा-

'इन सब की क्या जरूरत थी, आंटी। ऐसा लग रहा है जैसे हम मेहमान आए हैं'।

निर्मला जी ने जवाब दिया-

'बच्चों को कपड़े देने का पुराना रिवाज है। तुम तीनों हमारे बच्चों की तरह हो, इसे रख लो'।

तीनों खन्ना साहब और निर्मला जी के पैर छूकर गेट से बाहर निकल आए। रास्ते में अविनाश ने नंदिनी से कहा-

'तुम्हें तो बैठे बिठाए माता-पिता मिल गए हैं, नंदी। बहुत अच्छे लोग हैं और वाकई यह संयोग है कि उनकी बेटी की शक्ल तुमसे मिलती है। तुम देख लो, उन लोगों का ऑफर बुरा नहीं है। अगर तुम्हें हॉस्टल में अकेलापन महसूस हुआ, तब तुम वहाँ जाने के बारे में सोच सकती हो'।

नंदिनी ने जवाब दिया-

'मुझे भी वहाँ जाकर अच्छा लगा। वाकई बहुत प्यारे लोग हैं। आंटी बहुत अच्छी हैं। मैं भी उनकी बात सुनकर दुविधा में हूँ। लेकिन अभी हॉस्टल से निकलना ठीक नहीं होगा। साल-दो साल बाद देखा जाएगा। वैसे बाबा और बड़ी अम्माँ से भी हमें राय लेनी चाहिए'।

राकेश ने बीच में कहा-

'मुझे अंकल की बात जंच गयी। हमलोग बीए के बाद उनकी कंपनी में काम कर सकते हैं। कुछ सीखने को मिलेगा। अब मैं भी

सोचता हूँ कि नंदिनी के साथ मास मीडिया में एमबीए कर लूँ, बैठे बिठाये नौकरी मिल जाएगी'।

अविनाश ने कहा-

'वैसे भी अंकल ने बीए के बाद के पढ़ाई की जिम्मेवारी ली है। इससे अच्छा और क्या होगा'।

नंदिनी करीब चार बजे शाम में अपने हॉस्टल पहुँच गयी। अविनाश और राकेश भी चले गए। रूम में जाने पर अनुराधा तैयार बैठी थी। नंदिनी ने उससे पूछा-

'कहीं बाहर जा रही हो'।

अनुराधा ने जवाब दिया-

'मुझे बाहर जाने का मन था, इसलिए तैयार हो गयी। लेकिन अकेले जाने की हिम्मत नहीं हुई, इसलिए तुम्हारा इंतज़ार कर रही थी। चलो मार्केट चलते हैं। मुझे कुछ ड्रेस लेनी है'।

नंदिनी थोड़ी थक गयी थी, फिर भी अनुराधा ने पहली बार उसे बाहर चलने के लिए कहा था, इसलिए वह राजी हो गयी। दोनों बाज़ार की ओर निकल गईं। लगभग दो घंटे तक दोनों ने बहुत मस्ती की। अनुराधा ने अपने सामान खरीदे। नंदिनी ने भी अपने लिए कुछ कपड़े लिए। शाम साढ़े सात बजे तक दोनों हॉस्टल वापस आ गईं।

रात में खाना खाने के बाद बिस्तर पर लेट कर नंदिनी बहुत देर निर्मला जी और खन्ना साहब के बारे में सोचती रही। उसके लिए आज का अनुभव अजीब था। अचानक उसे अपनी जिंदगी बदलती हुई दिखाई दे रही थी। एक तरफ इतने सालों तक घनश्याम बाबू और लक्ष्मी को माँ-बाप समझना और अचानक दो नए लोग, जिनसे वह आज पहली बार मिली थी, वे उसमें अपनी बेटी ढूंढने लगे थे। उनके यहाँ जाकर हमेशा के लिए रहने की बात पर भी नंदिनी पशोपेश में

थी। पता नहीं नया परिवेश कैसा होगा। उसने सोचा, अगले दिन ही शाम में जाकर वह सेवाश्रम जाकर बात करेगी। यह सब सोचते-सोचते उसे नींद आ गयी।

अगले दिन नंदिनी ने अविनाश को कॉलेज में कह दिया था कि शाम में सभी को सेवाश्रम चलना है। क्लास खत्म होने के बाद वे तीनों सीधे सेवाश्रम के लिए निकल गए। चार दिनों के बाद घनश्याम बाबू इन्हें देख कर बहुत खुश हुए। नंदिनी ने उन्हें देख कर पूछा-

'कैसे हो बाबा, बड़ी अम्माँ कैसी हैं, क्या बात है बाहर दिखाई नहीं दे रही हैं'।

घनश्याम बाबू ने जवाब दिया-

'मैं तो ठीक हूँ बेटा, लेकिन तुम्हारी बड़ी अम्माँ दो दिनों से बिस्तर पर पड़ी हैं। उसे बुखार हो गया है। दो दिनों के बाद आज कुछ कम है। घर में अंदर कमरे में लेटी हुई है, जाकर मिल ले। तीनों जल्दी से उनके घर के अंदर कमरे में गए। लक्ष्मी उन्हें देख कर बहुत खुश हुईं। नंदिनी ने पूछा-

'क्या हुआ बड़ी अम्माँ, हम लोगों के जाते ही आप बीमार पड़ गईं। आप तो बहुत कम बीमार पड़ती हैं। क्या हुआ है आपको'।

लक्ष्मी ने जवाब दिया-

'अरे कुछ नहीं बेटा, दो दिन तक थोड़ा बुखार हुआ, उसी पर तुम्हारे बाबा ने मुझे बिस्तर पर लेटने का आदेश दे दिया। कुछ जुकाम भी था, आज मैं ठीक हूँ। अच्छा हुआ तुमलोग आ गए, अब मैं बिस्तर से उठ सकती हूँ'।

नंदिनी ने उन्हें पकड़ कर उठाया। उनके सिर पर हाथ रख कर देखा। बुखार नहीं था। घनश्याम बाबू तब तक कमरे में आ गए

थे। वे एक कुर्सी लेकर बैठ गए। तीनों जमीन पर बैठने लगे, तब लक्ष्मी ने कहा-

'अरे तुमलोग जमीन पर नहीं बैठो। आओ, मेरे साथ पलंग पर ही बैठ जाओ'।

सभी पलंग पर बैठ गए। नंदिनी ने अपनी बाहों से लक्ष्मी को पकड़ा हुआ था। वह बीच-बीच में उनकी गोद में अपना सिर रख देती। लक्ष्मी भी तब उसके बाल सहलाने लगतीं।

घनश्याम बाबू ने गणेश काका को आवाज देकर कहा-

'गणेश, देखो नंदिनी आ गयी है। जल्दी से इनके लिए पोहा बना दो'।

उसके बाद घनश्याम बाबू ने तीनों से पूछा-

'कैसा चल रहा है, तुमलोगों का। कोई परेशानी तो नहीं है। तुमलोग खन्ना साहब से मिलने गए थे या नहीं। क्या बातें हुईं उनसे'।

अविनाश ने जवाब दिया-

'आपलोगों के आशीर्वाद से हमलोगों का सब ठीक चल रहा है। कॉलेज में भी ज़ोर-शोर से पढ़ाई चल रही है। हमलोग पिछले रविवार को खन्ना अंकल के यहाँ गए थे। वहाँ के बारे में आपलोगों को नंदिनी बताएगी'।

नंदिनी अविनाश को देख कर मुस्कुराई फिर कहा-

'बाबा, वहाँ जाकर हमें बहुत अच्छा लगा। बहुत अच्छे लोग हैं। लेकिन हमें वहाँ एक अजीब अनुभव हुआ'।

उसके बाद नंदिनी ने वहाँ हुई हर बात घनश्याम बाबू को बताई। घनश्याम बाबू बड़े ध्यान से नंदिनी की बातों को सुनते रहे।

जब नंदिनी ने बोलना बंद किया, तब घनश्याम बाबू थोड़ी देर के लिए शांत हो गए, फिर उन्होंने नंदिनी से कहा-

'बड़ा अजीब संयोग है कि उनकी स्वर्गवासी बेटी की शक्ल तुमसे मिलती है। वे तुममें अपनी बेटी ढूंढ रहे हैं। बेटा, यह बहुत संवेदनशील और मार्मिक विषय है। इसे बहुत ध्यान से समझना पड़ेगा। खन्ना साहब ने तुम लोगों के भविष्य की भी जिम्मेवारी अपने ऊपर ली है और फिर उन्होंने वैसे भी तुम्हें और राकेश को अपनी कंपनी से जोड़ने की बात कही है। साथ में अब वे चाहते हैं कि तुम हॉस्टल की जगह उनके घर चली आओ। वैसे भी तुमलोग अब सेवाश्रम में नहीं रहते हो। अभी तुम हॉस्टल में अकेली रह रही हो। उनके यहाँ तुम्हें हम जैसे दो अभिभावक मिलेंगे, सारी सुख-सुविधाएं मिलेंगी। मुझे इसमें कोई हर्ज़ नहीं दिखता है। वैसे अब तुमलोग भी समझदार हो गए हो, आपस में सोच समझ कर एक निर्णय ले लो'।

नंदिनी ने कुछ सोच कर जवाब दिया-

'बाबा, हमलोगों के लिए आप दोनों ही हमारे माता-पिता हैं। आप दोनों की जगह कोई नहीं ले सकता है। मैं आपकी बात समझती हूँ, लेकिन अचानक किसी के घर में उठ कर उसकी बेटी के रूप में चली जाना कुछ अटपटा-सा लग रहा है। फिर आपने इतनी मुश्किल से हॉस्टल की फीस जमा की है और मेरे साथ रहने वाली लड़की भी बहुत मिलनसार है। मुझे अभी हॉस्टल में कोई दिक्कत नहीं है। मैं चाहती हूँ कि कम से कम एक-दो साल वहाँ रहूँ, उसके बाद निर्णय लूँगी'।

घनश्याम बाबू ने हँसते हुए कहा-

'अरे बेटा, तुमलोगों ने कृष्ण भगवान के बारे में पढ़ा होगा। उन्हें जन्म किसी ने दिया और पाला किसी और ने। उनका दोनों से नाता हमेशा के लिए बना रहा। वे दोनों को माँ कहते थे। समझ लो

हमलोगों ने तुम्हें जन्म दिया और अब उनके यहाँ जाकर तुम्हें उन्हें माँ-बाप समझना है। लेकिन इसका मतलब ये नहीं होगा कि तुम हमलोगों से रिश्ता तोड़ लोगी। हमारा रिश्ता जिंदगी भर के लिए बना रहेगा। तुम हमेशा हम लोगों से मिलने आती रहना। इसमें इतना सोचने और कोई परेशानी की कोई बात नहीं है'।

घनश्याम बाबू की बात सुनकर नंदिनी की आँखें डबडबा गईं। उसने कहा-

'ठीक है बाबा, अभी बहुत देर है। मुझे हॉस्टल में भी एक-दो साल पूरा कर लेने दें, फिर मैं आपसे बात कर निर्णय ले लूँगी'।

इस बीच गणेश काका तीनों के लिए पोहा और मिठाई लेकर आ गए। साथ में गरम चाय भी थी। सभी ने साथ मिलकर नाश्ता किया। थोड़ी देर बाद तीनों अपने हॉस्टल के लिए निकल गए।

छह

अविनाश के कॉलेज में एडमिशन हुए दो वर्ष का समय पूरा होने को चला था। इस बीच बीए के पहले साल का दो सेमेस्टर और दूसरे साल के आखिरी सेमेस्टर का इम्तहान दो दिन पहले पूरा हुआ था। पहले साल के दोनों सेमेस्टर में अविनाश का क्लास में पाँचवाँ स्थान था। दूसरे साल में भी वह पहले सेमेस्टर में चौथा स्थान ला पाया था। उसकी पढ़ाई में पहले साल में सेवाश्रम से निकल कर आने और बाकी भाग-दौड़ के कारण बाधा हुई थी। दूसरे साल की शुरुआत में वह कॉलेज के सांस्कृतिक मंच में शामिल हो गया था, जहां वाद-विवाद और नाटक के अलावा वर्ष की सांस्कृतिक प्रतियोगिता का आयोजन हुआ करता था। इन सब में उलझने के कारण उसका दूसरे साल का पहला सेमेस्टर भी अच्छा नहीं हुआ। खासकर उसका हिस्ट्री औनर्स का पेपर अच्छा नहीं गया था। इसके अलावा वह इन दिनों नंदिनी से भी रोज नहीं मिल पा रहा था। कभी सप्ताह में एक या दो दिन उससे बात हो पाती थी। सेवाश्रम भी अब तीनों सप्ताह में एक दिन ही जा पा रहे थे।

इस दौरान क्लास के दोस्त अमित की इन दो वर्षों में अविनाश से बहुत जबर्दस्त दोस्ती हो गयी थी। वह भी सांस्कृतिक मंच में शामिल हो गया था। वह अब अविनाश के हॉस्टल भी आने लगा था

और उसके साथ प्रतियोगिता की तैयारी में जुटा रहता। अविनाश के कारण वह नंदिनी और राकेश का भी अच्छा दोस्त बन गया था।

राकेश ने इस बीच अपने आप को पढ़ाई से जोड़ कर रखा था। उसका इक्नामिक्स औनर्स नया विषय था, इसलिए वह कॉलेज से लौटकर बस थोड़ी देर के लिए नंदिनी से मिलने जाता, उसके बाद वह बिलकुल पढ़ाई में लगा रहता। इसके कारण पहले साल उसने अच्छा रिज़ल्ट किया। अविनाश के साथ रहते हुए भी वह शाम में उसका साथ नहीं दे पा रहा था। इस कारण अविनाश खुद ही अकेले कहीं टहलने निकल जाता था।

इधर नंदिनी अलग परेशान थी। उसके साथ रहने वाली लड़की अनुराधा हॉस्टल छोड़ कर जाने वाली थी। उसके पिता का ट्रान्सफर गया से पटना हो रहा था, इसलिए, अब वह अपने माता-पिता के साथ रहने वाली थी। वह दूसरे सेमेस्टर के कुछ दिनों बाद दूसरा साल पूरा कर हॉस्टल छोड़ने वाली थी। नंदिनी के भी पहले और दूसरे साल के सेमेस्टर के रिज़ल्ट अच्छे नहीं हुए थे। उसे सेवाश्रम से निकलने के बाद कुछ दिनों तक पढ़ाई में मन नहीं लगा और उसके बाद खन्ना साहब के यहाँ की बातों ने उसे परेशान कर रखा था। वर्तमान सेमेस्टर में भी उसे अच्छे रिज़ल्ट का भरोसा नहीं था। इसके अलावा अब उसे अकेले रहने का भय सता रहा था।

पहले साल की छुट्टियों में तीनों कहीं बाहर घूमने नहीं जा सके थे। वे केवल तीन दिनों के लिए सेवाश्रम जाकर रहे थे, उसके बाद हॉस्टल में ही पढ़ाई करते रहे। इस साल फिर दूसरे सेमेस्टर के रिज़ल्ट के बाद गर्मी की छुट्टियाँ होने वाली थीं। कॉलेज पंद्रह दिनों के लिए बंद होने वाला था। चूंकि ये तीनों रोज नहीं मिल पा रहे थे, इसलिए नंदिनी इनसे अपने मन की ज्यादा बात नहीं कर पा रही थी। अविनाश भी दो साल के रिज़ल्ट के बाद थोड़ा उखड़ा-उखड़ा रह

रहा था। वह नंदिनी के साथ बैठने के बावजूद उससे कम बातें करता था। राकेश ही नंदिनी से बातों में लगा रहता, जबकि नंदिनी चाहती थी कि अविनाश उससे छोटी-छोटी बातें करे। इन सब के कारण वह कभी-कभी मायूस हो जाया करती थी।

खन्ना साहब बीच-बीच में सभी से फोन से बात कर लिया करते थे। नंदिनी की निर्मला जी से बातें होती थी। पहली मुलाक़ात के बाद निर्मला जी ने नंदिनी को कभी अपने घर में रहने के लिए नहीं कहा।

नंदिनी कई दिनों से सेवाश्रम जाना चाहती थी। उसे घनश्याम बाबू से बातें करनी थी। उसकी अविनाश और राकेश के साथ भी कई दिनों से मुलाक़ात नहीं हुई थी। उसने अविनाश को फोन कर बुलाया। थोड़ी देर में अविनाश के साथ राकेश भी आ गया। नंदिनी ने उन्हें देख कर कहा-

'तुम लोग इतने व्यस्त हो गए हो कि मुझसे मिलने का भी वक़्त नहीं है। मैं यहाँ परेशान हूँ और तुम लोगों को कोई मतलब नहीं है'।

अविनाश ने मुस्कुराते हुए पूछा-

'क्या बात है नंदी, इतनी नाराज क्यों हो रही हो'।

नंदिनी ने जवाब दिया-

'मैंने तुमलोगों को बताया था कि मेरे साथ में रहने वाली लड़की अनुराधा अब कभी भी हॉस्टल छोड़ कर जा सकती है। इसके बाद पता नहीं मुझे अकेले रहना पड़ेगा या कोई दूसरी लड़की आएगी। मुझे यहाँ अकेले नहीं रहना है। मुझे समझ नहीं आ रहा है, मैं क्या करूँ। इसलिए मैं बाबा से मिलना चाहती हूँ। वही कोई इसका हल निकाल सकते हैं'।

अविनाश ने कहा-

'चलो, उनके पास चलते हैं'।

उसके बाद तीनों सेवाश्रम चले गए। कई दिन बाद भेंट होने पर घनश्याम बाबू और लक्ष्मी इन्हें देख कर खुश हुए। उन्होंने कहा-

'क्या बात है, तुमलोग अब सेवाश्रम को भूलने लगे हो। मैं बहुत दिन से तुम लोगों का इंतज़ार कर रहा था। तुमलोगों का दूसरा सेमेस्टर कैसा गया'।

नंदिनी ने कहा-

'नहीं बाबा हम आपको भूले नहीं है, मैं तो कब से यहाँ आने का इंतज़ार कर रही थी, लेकिन ये दोनों व्यस्त थे। हमारे इम्तहान उतने अच्छे नहीं गए, लेकिन अगले साल से हम फिर अच्छे पोजिशन पर आएंगे'।

अविनाश ने कहा-

'बाबा हम भी यहाँ आने की कोशिश कर रहे थे, लेकिन कुछ न कुछ कॉलेज में लगा रहा। अब गर्मी की छुट्टी हो गयी है। अब हम दोनों तो ठीक हैं, लेकिन नंदिनी परेशान है'।

घनश्याम बाबू ने नंदिनी की तरफ देख कर कहा-

'अब क्या परेशानी हो गयी है, तुमको'।

नंदिनी ने हॉस्टल की सारी बात घनश्याम बाबू को बताई।

घनश्याम बाबू ने कुछ सोच कर कहा-

'बेटा अब वह समय आ गया है, जब तुम्हें निर्णय लेना होगा। मुझे लगता है अब तुम्हें खन्ना साहब के घर जाना चाहिए। वैसे भी तुमने पिछली बार एक-दो साल की मोहलत मांगी थी। अब

उन्हें फोन कर बुला लो और उनसे बात कर वहाँ चली जाओ। वह भी घर अविनाश के हॉस्टल और सेवाश्रम से नजदीक है। तुम्हें कोई फर्क नहीं लगेगा। बल्कि तुम वहाँ उन लोगों के बीच ज्यादा सुरक्षित रहोगी। हम लोग भी तुम्हारी तरफ से निश्चिंत रहेंगे। ऐसे में बेकार में तुम्हारों चिंता हम सबको लगी रहती है'।

नंदिनी ने घनश्याम बाबू से कहा-

'बाबा अगर आपको यही ठीक लगता है, फिर मैं वहाँ जाने के लिए तैयार हूँ'।

अविनाश ने बाबा से कहा-

'बाबा, आप फोन पर खन्ना साहब से बात कर लीजिये। वही बेहतर होगा'।

घनश्याम बाबू ने खन्ना साहब को फोन मिलाया। उन्होंने तुरंत फोन उठाया। बाबा ने कहा-

'कैस हैं सर, बहुत दिनों से आपसे बात नहीं हुई थी। उम्मीद करता हूँ आप दोनों प्रसन्न होंगे। पिछली बार बच्चे आपकी और आपके घर की बहुत तारीफ कर रहे थे। नंदिनी ने निर्मला जी की कही बात का भी जिक्र किया था। उसने आपलोगों से एक-दो वर्ष का समय लिया था। अब मुझे लगता है, वह वक़्त आ गया है। आप उसे हॉस्टल से अपने घर ले जा सकते है, मैंने उससे बात की है, वह तैयार है'।

घनश्याम बाबू की बात सुनकर खन्ना साहब बहुत खुश हुए और कहा-

'इससे अच्छी बात और क्या हो सकती है। मैं कल सुबह ही नंदिनी को हॉस्टल से लेने आ जाऊंगा। आप निश्चिंत रहिए, आप दोनों ही उसके असली माता-पिता रहेंगे। हम दोनों सिर्फ उसकी परवरिश में मदद करेंगे'।

घनश्याम बाबू ने फोन रखकर नंदिनी से कहा-

'देखो बेटा, तुम अपने जीवन के दूसरे दौर में प्रवेश करने जा रही हो। तुम्हें बहुत धैर्य और हिम्मत रखनी होगी। वहाँ तुम्हारा नया जीवन होगा, नए लोग होंगे, नया रिश्ता होगा। इन सबको तुम्हें अकेले संभालना होगा। साथ में तुम्हें अपनी पढ़ाई भी करनी होगी। यह तुम्हारे लिए एक कठिन परीक्षा का समय है। मुझे पूरी उम्मीद है तुम इसमें खरी उतरोगी। सिर्फ वहाँ जा कर अपने दोस्तों और हमें मत भूल जाना। बीच-बीच में हमसे मिलने आती रहना। हम भी तुमसे मिलने तुम्हारे नए घर में जाएँगे, यह देखने के लिए की हमारी बिटिया वहाँ कैसे रह रही है। पता नहीं एक बार फिर मुझे क्यों लग रहा है, जैसे मेरी बिटिया मायके छोड़, ससुराल जा रही हो'।

घनश्याम बाबू की बात सुनकर नंदिनी लक्ष्मी को पकड़ कर रोने लगी। थोड़ी देर बाद उसने कहा-

'चाहे जो हो जाये, मैं आप दोनों को जिंदगी भर नहीं भूल सकती हूँ। मैं हमेशा आप सब से मिलती रहूँगी'।

वे लोग लगभग तीन घंटे सेवाश्रम में रहे। खाया-पिया और वापस अपने हॉस्टल की तरफ निकल गए। राकेश को कुछ जरूरी काम था। वह अलग निकल गया। अविनाश और नंदिनी साथ वापस लौटे। हॉस्टल के पहले नंदिनी ने अविनाश से कहा-

'चलो पास के पार्क में बैठ कर बातें करते हैं'।

अविनाश तैयार हो गया। दोनों पैदल पार्क तक गए। गर्मी बहुत ज्यादा थी, इसलिए एक पेड़ की छाँव में लगी बेंच पर बैठ गए। चूंकि दोपहर के बाद का समय था, इसलिए पार्क लगभग सुनसान था। थोड़ी देर दोनों चुपचाप बैठे रहे। उसके बाद नंदिनी ने बात छेड़ी-

'क्या बात है अविनाश, आजकल तुम कुछ उखड़े-उखड़े रहते हो। तुम्हें मेरे साथ रहना पसंद नहीं है'।

अविनाश ने आश्चर्य की मुद्रा में नंदिनी की तरफ देख कर कहा-

'तुम ऐसा क्यों सोचती हो नंदी, ऐसी कोई बात नहीं है। मैं अपने सेमेस्टर के रिज़ल्ट के कारण थोड़ा परेशान था। अभी सिविल सर्विस की तैयारी शुरू करनी बाकी है। इन सब उलझनों के कारण मैं थोड़ा अपने आप में सिमटा हुआ था'।

नंदिनी ने अविनाश का हाथ पकड़ कर कहा-

'अविनाश तुम नहीं जानते हो, मुझे तुम्हारा साथ कितना अच्छा लगता है। तुम एक दिन मुझसे नहीं मिलते हो, तब मैं बेचैन हो जाती हूँ। पता नहीं तुम्हें देख कर मुझे क्या हो जाता है, लेकिन सच यही है। अब कल से हमलोगों के बीच की दूरी और बढ़ जाएगी। शायद हम रोज-रोज नहीं मिल सकें। लेकिन सप्ताह में एक दिन हमें आपस में मिलने का समय रखना होगा'।

अविनाश ने जवाब दिया-

'नंदिनी, अभी इस वक़्त हम अपनी जिंदगी के ऐसे मोड पर खड़े हैं, जहां हमें सिर्फ अपनी पढ़ाई और अपने भविष्य के बारे में सोचना है। इसके सिवा कुछ भी नहीं। तुम भी एक नए परिवेश में जा रही हो। अभी इन सब बातों पर ध्यान लगाओ। मैंने सोच लिया है, मैं कॉलेज की सांस्कृतिक संस्थान में नहीं रहूँगा। मुझे सिविल सर्विस की तैयारी करनी है। मैं तुमसे बीच-बीच में मिलता रहूँगा। फिर राकेश तो शायद तुमसे रोज मिलता है। तुम उसे अपने मन की बात बताओ'।

नंदिनी ने कहा-

'अविनाश तुम अभी नहीं समझोगे। हर किसी से अपने मन की बात नहीं की जाती है। जिस तरह मैं तुमसे फ्री हूँ, उस तरह मैं राकेश से नहीं हूँ। वह बस मेरा एक अच्छा दोस्त है और कुछ नहीं'।

इसके बाद नंदिनी ने अविनाश के नजदीक आकर अपना सिर उसके कंधे पर रख दिया। दोनों उसी तरह कुछ देर बैठे रहे। थोड़ी देर बाद अविनाश ने कहा-

'अब तुम हॉस्टल जाओ, तुम्हें अपना समान ठीक करना होगा। कल सुबह खन्ना अंकल आ जाएँगे। मैं भी आ जाऊंगा और तुम्हें तुम्हारे नए घर तक छोड़ के आऊँगा। मैं राकेश को भी कहूँगा, वो अगर फ्री हो तब साथ चले'।

नंदिनी अविनाश की बात सुनकर खड़ी हो गयी। अविनाश उसे हॉस्टल तक छोड़ने के लिए गया, फिर वापस अपने हॉस्टल आ गया। राकेश तब तक आ चुका था।

अगले दिन सुबह दस बजे खन्ना साहब नंदिनी के हॉस्टल पहुँच गए। थोड़ी देर में अविनाश भी आ गया। राकेश अपने किसी काम के कारण नहीं आ पाया था। खन्ना साहब बड़ी गाड़ी लेकर आए थे। साथ में सामान उठाने के लिए एक आदमी भी साथ लाये थे। नंदिनी का सामान उस आदमी ने गाड़ी के पीछे वाली जगह में रख दिया। उसमें नंदिनी का सारा सामान आ गया। उसने अपनी सहेली अनुराधा से विदा ली। खन्ना साहब के चेहरे से प्रसन्नता झलक रही थी। उन्होंने चलने के पहले नंदिनी से कहा-

'बेटा तुम सोच नहीं सकती हो, निर्मला जी कितनी खुश हैं। वे दो दिनों से तुम्हारे आने की तैयारी कर रही हैं'।

नंदिनी ने अविनाश की तरफ देखा और मुस्कुराकर रह गयी। हॉस्टल से निकल कर वे लोग दस मिनट में गाड़ी से खन्ना साहब के घर पहुँच गए। वहाँ का दृश्य देख कर अविनाश और नंदिनी अवाक रह गए। गेट फूलों से सजा था। गाड़ी जब अंदर गयी, तब बरामदा भी फूलों से सजा दिखा। सभी गाड़ी से उतरे। निर्मला जी बरामदे में

आरती की थाली लेकर खड़ी थीं। नंदिनी यह सब देख कर संकोच में थी। उसने खन्ना साहब से कहा-

'अंकल, ये सब इतनी सजावट क्यों है'।

खन्ना साहब नंदिनी के नजदीक आए और उसके कंधे पर हाथ रख कर कहा-

'बहुत सालों बाद हमारे घर में लक्ष्मी रहने आई हैं, यह सब तुम्हारे स्वागत के लिए है बेटा'।

नंदिनी आगे बढ़ कर बरामदे में खड़ी निर्मला जी के नजदीक गयी। उन्होंने नंदिनी की पहले आरती उतारी, उसके बाद माथे पर तिलक लगाया और उसके सिर पर चावल के अक्षत और फूल डाले। नंदिनी ने झुककर उनके पैर छुए। निर्मला जी ने उसे उठा कर गले से लगाया। उनकी आँखों में आँसू थे। उन्होंने कहा-

'आज हमारी बेटी फिर अपने घर वापस आ गयी'।

नंदिनी को यह सब अजीब लग रहा था। उसे बिलकुल अंदाज़ा नहीं था कि उसका इस तरह स्वागत किया जाएगा। उसने अविनाश को अपने पास बुला लिया। निर्मला जी दोनों को लेकर घर के अंदर गईं। खन्ना साहब भी पीछे-पीछे आए। सभी ड्राइंग रूम में सोफ़े पर बैठ गए। नंदिनी ने बैठ कर निर्मला जी से कहा-

'आंटी, मैंने सपने भी नहीं सोचा था कि आपलोग इस तरह मेरा स्वागत करेंगी। मैं तो सोच कर आई थी कि मैं बस हॉस्टल से निकलकर यहाँ रहने आई हूँ'।

निर्मला जी ने उठकर नंदिनी के सिर पर हाथ रखा और कहा-

'बेटा मैं तो यह सोच रही हूँ कि सात साल बाद मेरी बेटी फिर वापस आ गयी है। आज वह जिंदा होती तो तुम्हारे बराबर की होती।

ये एक माँ का प्यार है बेटा। तुम सोच नहीं सकती हो, आज मैं इतने सालों के बाद कितनी खुश हूँ। खन्ना साहब भी पिछले दो दिनों से बाजार से तरह-तरह के खाने के सामान लेकर आ रहे हैं, तुम्हें खिलाने के लिए। उनकी खुशी का भी ठिकाना नहीं है। तुम सोच सकती हो अपनी बच्ची को खोना कितना मुश्किल होता है। इन सात वर्षों में शायद ही कोई दिन होगा, जब हमने उसको याद नहीं किया हो। मैं तो भगवान से कहती थी कि किसी तरह हमारी बेटी को वापस कर दो। शायद भगवान ने हमारी सुन ली और तुम उसके रूप में यहाँ आ गयी। इसे अपना ही घर समझो और तुम जैसा चाहती हो वैसे रहो। हम लोग की तरफ से तुम पर कोई बंदिश नहीं होगी। हम लोग तो तुम्हें अपनी बेटी मान चुके हैं, अब तुम कितनी जल्दी हमें अपना मानती हो, यह तुम पर छोड़ती हूँ'।

निर्मला जी की बात सुनकर नंदिनी भी भावुक हो गयी। उसने हाथ जोड़कर कहा-

'आपलोगों ने एक अनाथ बच्ची के लिए इतना किया है, यह सोच कर मुझे रोना आता है। मैंने सुना था माँ-बाप धरती पर भगवान का रूप होते हैं। अब तक हमने बाबा और बड़ी अम्माँ को देखा और आज आप दोनों को देख रही हूँ। मैं आपकी बेटी की जगह लेने लायक तो नहीं हूँ, लेकिन कोशिश करूंगी कि आपलोगों की नज़र में खरी उतरूँ'।

इस बीच नाश्ता आ गया। कम से कम दस तरह के व्यंजन थे, साथ में फल, मिठाई आदि। निर्मला जी ने कहा-

'हमें पता नहीं था, तुम्हें क्या खाना पसंद है, इसलिए हर तरह का नाश्ता थोड़ा-थोड़ा बनाया है। अब तुम आ गयी हो, तो तुम अपनी पसंद हमें बता देना, खाना उसी तरह का बना करेगा'।

नंदिनी ने जवाब दिया-

'आंटी, मुझे हर तरह का खाना पसंद है। लेकिन मैं कम खाती हूँ, आपने इतना सारा नाश्ता बनाया है'।

निर्मला जी ने कहा-

'हाँ बेटा, मैंने तुम्हारे, अविनाश और राकेश का सोच कर बनाया था। अब तुम्हें और अविनाश को यह सब खत्म करना होगा। तुम भी कोई संकोच नहीं करो अविनाश, ये तुम्हारा भी घर है'।

अविनाश ने जवाब दिया-

'आंटी, मैं तो सोच भी नहीं सकता था कि आपलोग नंदिनी को इतना प्यार देंगी। अपने माँ-बाप को तो हमलोगों ने नहीं देखा, लेकिन आप लोगों को देखकर लगता है कि सभी माँ-बाप ऐसे ही होते होंगे। नंदिनी के लिए ये माहौल अभी नया है। कुछ दिनों में वह यहाँ व्यवस्थित हो जाएगी'।

इसके आगे अविनाश ने मुस्कुराते हुए कहा-

'वैसे एक खास बात है, नंदिनी के बारे में। ये बहुत सीधी और भावुक है। इसके आँसू हमेशा बाहर निकलने के लिए तैयार रहते हैं। हमारा साथ बचपन से है। इसलिए मैं इसे अच्छी तरह जानता हूँ। बस कुछ बातों में यह जल्दी रूठ जाती है और फिर थोड़ी देर में खिलखिलाने भी लगती है। बाबा और बड़ी अम्माँ ने इसे बड़े लाड़-प्यार से पाला है। ये उनकी सबसे अच्छी बिटिया रही है'।

घनश्याम बाबू और लक्ष्मी का जिक्र सुनकर एक बार फिर नंदिनी की आँखें भर आयीं। इस पर अविनाश ने कहा-

'देखिये, बाबा और बड़ी अम्माँ को याद कर, ये फिर रोने लगी'।

नंदिनी ने मुस्कुराकर कहा-

'क्या अविनाश, तुम तो मेरे पीछे ही पड़ गए हो। तुम लड़की नहीं हो न। ज़्यादातर लड़कियां ऐसी ही भावुक होती हैं'।

नाश्ता खत्म होने के बाद निर्मला जी ने कहा-

'बेटा, चलो मैं तुम्हें तुम्हारे कमरे में ले चलती हूँ। अविनाश बेटा, तुम भी चलो'।

सभी पहले तल्ले पर खन्ना साहब की लड़की के रूम में गए। अंदर घुसने पर नंदिनी को कमरे का स्वरूप बदला हुआ नजर आया। निर्मला जी की बेटी की कोई तस्वीर अब उस कमरे की दीवारों पर नहीं थी। बल्कि एक दीवार पर नंदिनी की बड़ी तस्वीर थी, जिसमें वह शिक्षा मंत्री से पुरस्कार ले रही है। दूसरी दीवार पर भी उसकी एक हँसते हुए तस्वीर थी। ये सभी तस्वीरें सम्मान समारोह के दिन की थीं।

निर्मला जी ने उन तस्वीरों को देखते हुए कहा-

'तुम्हारे अंकल ने ये सभी तस्वीरें खोज-खोज कर पिछले दो दिनों में खुद लगाई हैं'।

नंदिनी ने देखा कमरे में पलंग पर महंगी चादर बिछी थी और फर्श पर भी महंगी कालीन थी। हॉस्टल से लाया गया उसका सामान कमरे के अंदर के ड्रेसिंग रूम में रखा जा चुका था। यह सब देख कर उसने कहा-

'इस तरह से सजे कमरे में रहने का मुझे अभ्यास करना पड़ेगा। अपने जीवन में पहली बार ऐसी सजावट वाला कमरा देखा है'।

अविनाश ने घड़ी देखी, उन्हें वहाँ आए अब दो घंटे होने जा रहे थे। उसने नंदिनी को कहा-

'नंदी, अब मुझे चलना चाहिए। तुम अब अपने नए घर में एडजस्ट होने की कोशिश शुरू कर दो'।

सभी अविनाश को नीचे बाहर तक छोड़ने आए। नंदिनी ने उससे कहा-

'मेरे यहाँ आ जाने का ये मतलब नहीं है कि तुम अब मुझसे मिलने कम आया करोगे। मैंने जो कहा है वह याद रखना। कम से कम सप्ताह में एक दिन तुम्हें यहाँ शाम के वक़्त आना ही होगा। तुम्हारे साथ ही मैं सेवाश्रम जाकर बाबा और बड़ी अम्माँ को यहाँ आने के बारे में बताऊँगी'।

निर्मला जी ने अविनाश से कहा-

'बेटा, नंदिनी ठीक कह रही है, इसे यहाँ कुछ दिनों तक अकेलापन महसूस नहीं हो, इसलिए तुम और राकेश यहाँ हर सप्ताह आते रहना। वैसे मैं कोशिश करूंगी कि नंदिनी यहाँ अपने आप को अकेली महसूस नहीं करे'।

अविनाश चला गया और नंदिनी निर्मला जी के साथ घर के अंदर आ गयी। अंदर आकर निर्मला जी ने कहा-

'चलो मैं तुम्हें अपनी रसोई दिखाती हूँ और घर में काम करने वाले लोगों से मिलवाती हूँ'।

नंदिनी ने सबसे मुलाक़ात की। उसके बाद निर्मला जी ने कहा-

'बेटा, अब जाकर अपने कमरे में थोड़ी देर आराम कर लो। थोड़ी देर में मैं तुम्हारे सामान को सूटकेस से निकालकर अलमारी में सजा दूँगी'।

नंदिनी ने जवाब दिया-

'नहीं आंटी, मैं समान खुद ठीक कर लूँगी। आप भी जाकर थोड़ा आराम कर लीजिये'।

नंदिनी अपने कमरे में आ गयी। पलंग पर लेटने पर उसे अजीब महसूस हो रहा था। वह उठ कर अपने सूटकेस से अपना सामान निकालकर ड्रेसिंग रूम की अलमारी में रखने लगी। किताब, कॉपी के लिए रूम में अलग अलमारी थी और साथ में पढ़ाई करने के लिए एक महंगी टेबल और गद्देदार कुर्सी थी। इसके अलावा कमरे में एक तरफ एक सोफा सेट लगा था। साथ में एक आराम कुर्सी भी थी। नंदिनी उस आराम कुर्सी पर बैठ कर झूलने लगी और धीरे-धीरे उसे नींद आ गयी।

अविनाश वापस अपने हॉस्टल लौटा। वहाँ उसने कमरे में राकेश को अमित से बात करते देखा। अमित कई दिनी के बाद आया था। अविनाश ने उसे देखते ही कहा-

'अरे भाई, कहाँ थे इतने दिनों तक, दिखाई नहीं दिये। अब तो गर्मी की छुट्टियाँ भी खत्म होने को चलीं और हम सेकंड इयर में जाने वाले हैं। छुट्टियों में कहीं बाहर गए थे'।

अमित ने हँसते हुए कहा-

'ऐसी कोई बात नहीं है भाई, मैं कहीं बाहर नहीं गया था। दरअसल, मैं अपनी बड़ी बहन की शादी की तैयारी में लगा था, इसलिए तुमलोगों से इतने दिनों मिल नहीं पाया'।

अविनाश ने उससे पूछा-

'कब है शादी'।

अमित ने जवाब दिया-

'अगले हफ्ते शनिवार को शादी है और इसलिए मैं तुम सबको निमंत्रण देने आया हूँ'।

इतना कह कर उसने अपने बैग से तीन कार्ड निकाले। एक कार्ड उसने राकेश को दिया और दूसरा अविनाश को। फिर कहा-

'अगले शनिवार की शादी है। शहर के बाहर एक बड़ा रिज़ॉर्ट है, उसे बुक किया है। हम सब दो दिन पहले वहीं चले जाएँगे। तीन दिनों का कार्यक्रम है। शादी के दो दिन पहले मेहंदी और संगीत है, उसके अगले दिन हल्दी-मंडप और शनिवार को शादी। रविवार की सुबह विदाई है। उसके बाद सोमवार से हमलोगों के कॉलेज खुल जाएँगे। तुम सब को तीन दिनों के लिए वहाँ रहना होगा, हमलोगों के साथ। मेरे पापा ने तुम लोगों को खास बुलाया है और फिर तुम तीनों से ज्यादा जिगरी और कोई नहीं है मेरा। तुम तीनों को गुरुवार की दोपहर तक वहाँ आ जाना होगा। दिन का खाना हम साथ खाएँगे। उसके बाद तुम शनिवार तक रुककर, रविवार को विदाई के बाद वापस लौट सकते हो'।

अविनाश ने कार्ड खोलकर पढ़ा। उसने कहा-

'हम दोनों तो आ जाएँगे, लेकिन नंदिनी'।

अमित ने कहा-

'मुझे अभी राकेश से पता चला कि नंदिनी खन्ना अंकल के यहाँ शिफ्ट हो गयी है। तुम मुझे उसका पता दो, मैं आज ही जाकर उसे कार्ड दूँगा और उसे चलने के लिए कहूँगा। तुम तीनों के लिए मैंने अलग से गाड़ी कर दी है'।

अविनाश ने अमित को नंदिनी के घर का पता दिया। अमित थोड़ी देर तक वहाँ रहा, उसके बाद वह नंदिनी को कार्ड देने निकल गया।

अगले दिन सोमवार था। वैसे गर्मी की छुट्टियाँ अभी भी चल रही थीं, लेकिन पता चला कि सेमेस्टर के रिज़ल्ट नोटिस बोर्ड पर लगा दिये गए हैं। अविनाश ने नंदिनी को फोन कर बताया। वह राकेश के साथ कॉलेज गया। थोड़ी देर में नंदिनी गाड़ी से कॉलेज

आई। इस बार अविनाश और नंदिनी के नंबर पिछले सेमेस्टर से थोड़ा ज्यादा आए। अविनाश को क्लास में तीसरा स्थान मिला। राकेश ने इस बार अपने ग्रुप में टॉप किया। नंदिनी को अपने ग्रुप में पाँचवाँ स्थान मिला। रिज़ल्ट के बाद तीनों ने सेवाश्रम जाने का प्लान बनाया। तीनों नंदिनी की गाड़ी में बैठे। अविनाश ने बैठते हुए कहा-

'नंदी, तेरे तो एक दिन में ठाठ हो गए हैं। कहाँ हम पैदल और टेम्पो से चला करते थे और कहाँ अचानक एक दिन में इतनी महंगी गाड़ी में बैठ कर जा रहे हैं। इसी को भाग्य पलटना कहते हैं। तू तो अमीर हो गयी'।

नंदिनी ने मुस्कुराते हुए कहा-

'बस तुम्हें एक मौका चाहिए, अविनाश। तुम चुटकी लेने से कभी चूकते नहीं हो। मैं अभी भी वही नंदिनी हूँ और आगे भी रहूँगी। बस तुम दोनों आगे चलकर बदल मत जाना'।

अविनाश ने नंदिनी से पूछा-

'अमित ने तुमसे मुलाक़ात की या नहीं'।

नंदिनी ने जवाब दिया-

'हाँ, वह कल आया था, अपनी बड़ी बहन की शादी का कार्ड लेकर। उसने हमें तीन दिनों के लिए किसी रिज़ॉर्ट में बुलाया है, जहां से शादी के सारे कार्यक्रम होने वाले हैं। मैंने आंटी से पूछा। उन्होंने जाने के लिए कहा है। वे तो मुझे अपनी गाड़ी ले जाने के लिए कह रही थीं, लेकिन मैंने कहा कि गाड़ी का इंतजाम अमित कर रहा है और तुम दोनों भी साथ में जाओगे। अब तुमलोग बताओ कब चलना है। तुमलोग गाड़ी लेकर मेरे पास आ जाना मैं साथ चलूँगी। बड़ा मजा आएगा'।

राकेश ने कहा-

'हाँ ये हमलोगों का पहला अनुभव होगा। तीन दिनों तक हमलोग मजा करेंगे'।

थोड़ी देर में तीनों सेवाश्रम पहुंचे। अविनाश ने जान-बूझ कर गाड़ी को गेट के अंदर लगवाया। घनश्याम बाबू कमरे से निकलकर बाहर बरामदे में आ गए थे। उन्होंने दूर से पहले गाड़ी देखी, फिर तीनों को उसमें से निकलते देख मुस्कुराए। नंदिनी दौड़ती हुई उनके पास गयी और उनके पैर छुए। घनश्याम बाबू ने कहा-

'खुश रहो बेटा। आज गाड़ी से तुम्हें उतरते देख, मुझे बहुत खुशी हो रही हो। तुम एक अच्छे घर में गयी हो, जहां तुम्हें माता-पिता का सदैव प्यार मिलता रहेगा'।

नंदिनी ने जवाब दिया-

'बाबा, मैं कहीं भी रहूँ, आप दोनों ही मेरे असली माता-पिता रहेंगे। वैसे अंकल और आंटी मेरा बहुत ख्याल रख रहे हैं और प्यार भी बहुत कर रहे हैं'।

घनश्याम बाबू ने कहा-

'अब जब उन लोगों ने तुम्हें अपनी बेटी बना लिया है, तब तुम उन्हें अंकल-आंटी कह कर नहीं बुलाया करो। उन्हें अंदर से दुख होता होगा। इसमें क्या हर्ज है कि तुम उन्हें माँ और पापा बुलाओ। वे तुम्हारे माँ-पापा रहेंगे और हम दोनों बाबा और बड़ी अम्माँ'।

नंदिनी ने चुपचाप घनश्याम बाबू की बातें सुन लीं। अविनाश और राकेश ने अपने-अपने रिज़ल्ट के बारे में घनश्याम बाबू को बताया। उन्होंने अविनाश से कहा-

'अविनाश, तुम्हें पढ़ाई में अब और मेहनत करनी होगी। अब तुम्हें बीए की पढ़ाई के साथ-साथ सिविल सर्विस की तैयारी भी शुरू करनी है। देखो राकेश ने अपनी लाइन पकड़ ली है'।

अविनाश ने जवाब दिया-

'हाँ बाबा, मैं पूरी कोशिश कर रहा हूँ, पर पता नहीं क्यों इन दिनों मन स्थिर नहीं हो पा रहा है। थोड़ी देर की पढ़ाई के बाद मन उचाट हो जाता है'।

घनश्याम बाबू ने जवाब दिया-

'इस उम्र में ये सबको होता है। अभी मन की एकाग्रता की जरूरत है। तुम्हारे हॉस्टल के किनारे गंगा नदी के कई घाट हैं। शाम में थोड़ी देर के लिए वहाँ अकेले चले जाया करो और चुपचाप थोड़ी देर आँखें बंद कर बैठा करो। मैंने भी इस उम्र में ऐसा ही किया था। इससे तुम्हें सुकून भी मिलेगा और पढ़ाई में तुम्हारी एकाग्रता भी बढ़ेगी'।

अविनाश ने जवाब दिया-

'आपने ठीक कहा बाबा, मैं कल से ही वहाँ जाना शुरू करता हूँ'।

थोड़ी देर वहाँ रुकने के बाद तीनों वहाँ से निकल गए। नंदिनी अपने घर पहुंची। उसे घनश्याम बाबू की कही हुई बात याद थी। उसे देख कर निर्मला जी ने कहा-

'कैसा रहा तुम्हारा रिज़ल्ट'।

नंदिनी ने जवाब दिया-

'पिछली बार से अच्छा हुआ, लेकिन अभी और अच्छा करना है। उसके बाद हमलोग सेवाश्रम चले गए। बाबा और बड़ी अम्माँ से मिलकर आई हूँ, माँ'।

नंदिनी के मुंह से पहली बार माँ सुनकर निर्मला जी थोड़ी चौंकी, फिर उन्होंने नंदिनी से पूछा-

'क्या कहा तुमने, बेटा'।

नंदिनी ने मुस्कुराकर जवाब दिया-

'मैंने आपको माँ कहा'।

निर्मला जी अचानक नंदिनी से लिपट गईं। उनकी आँखों में आँसू थे। उन्होंने कहा-

'पिछले सात साल से मैं इस शब्द को सुनने के लिए तरस गयी थी, बेटा। तुमने बिलकुल वैसे ही माँ कहा, जैसे मेरी बेटी बोला करती थी। जीती रहो बेटा। आज मुझे तुम्हारे पहली बार घर आने से ज्यादा खुशी हुई'।

इस बीच खन्ना साहब भी वहाँ आ गए। निर्मला जी ने उन्हें देखकर डबडबाई आँखों से कहा-

'आज हमारी बेटी सचमुच वापस आ गयी। जानते हैं नंदिनी ने मुझे आज माँ कह कर पुकारा'।

खन्ना साहब ने चमकती आँखों से नंदिनी से पूछा-

'सही में बेटा'।

नंदिनी ने जवाब दिया-

'हाँ पापा, मैंने माँ को माँ कहा और अब से मैं आपको भी पापा कह कर बुलाऊंगी'।

खन्ना साहब ने भावुक होकर नंदिनी को गले से लगा लिया और कहा-

'सच है निर्मला जी, भगवान के घर देर है अंधेर नहीं। आज सही में हमारी बेटी हमें वापस मिल गयी। भगवान तुमने हमलोगों की विनती सुन ली'।

नंदिनी भी दोनों की बातें सुनकर भावुक हो गयी। तीनों साथ में बैठ कर बहुत देर तक बातें करते रहे। खन्ना साहब ने कहा-

'बेटा, अब जब तुम बीए के अंतिम वर्ष में आ गयी हो, मैं सोचता हूँ, तुम्हें थोड़ी-थोड़ी मीडिया की ट्रेनिंग दिलाना शुरू कर दूँ। इससे तुम्हें आगे एमबीए करने में सहूलियत होगी। अगर तुम तैयार हो तो मैं जल्द ही शाम के वक़्त ट्रेनिंग की शुरुआत करा देता हूँ। कॉलेज से आकर कुछ देर आराम करने के बाद शाम छह से सात बजे तक तुम पहले ऑनलाइन ट्रेनिंग लेना, उसके बाद तुम्हें अखबार और चैनल के काम बताएँगे'।

नंदिनी ने जवाब दिया-

'हाँ पापा, शाम में मैं पढ़ाई से एक घंटे इसके लिए निकाल लूँगी। आप ट्रेनिंग शुरू कर दें'।

दोनों पति-पत्नी आज बहुत दिनों के बाद बहुत खुश और संतुष्ट दिखाई पड़ रहे थे।

इधर अविनाश घनश्याम बाबू की सलाह पर शाम के पाँच बजे अपने हॉस्टल के पास गंगा के घाट पर गया। वहाँ चौड़े घाट थे, जिसमें सबसे ऊपर में बैठने के लिए पत्थर की कुर्सियाँ लगी थीं। नीचे आगे बढ़ कर लगभग दस-पंद्रह सीढ़ियों के बाद गंगा नदी बहती थीं। गर्मी के कारण नदी का पानी काफी नीचे चला गया था, वरना बरसात में पानी कुर्सियों तक लबालब भरा रहता है।

अविनाश कई कुर्सियों में बीच वाली कुर्सी पर जाकर बैठ गया। पहले उसने गंगा के पानी को देखा। शाम होने से गर्मी थोड़ी कम हो गयी थी। वहाँ पर एक बड़ा पेड़ होने के कारण उसकी छाँव थी। हवा भी अच्छी चल रही थी। उसने ज़ोर से सांस लेकर हवा को अंदर भरी, फिर उसने सांस छोड़ी। ऐसा एक-दो बार करने पर उसने अपनी

आँखें बंद कर लीं। वह अपने बारे में सोचने लगा। पढ़ाई कैसे करनी है, सिविल सर्विस की तैयारी कैसे होगी, आदि, आदि। उसके मन में एक पर एक ख्याल आ रहे थे और वह इसी में कुछ देर तक खोया रहा। वह कुछ-कुछ अपने में बड़बड़ा भी रहा था।

थोड़ी देर बाद जब उसने आँख खोली, तब उसे महसूस हुआ कि उस पत्थर की कुर्सी की दूसरी छोर पर कोई बैठा है। उसने नजर घुमा कर देखी। एक बुजुर्ग महिला को उसने वहाँ बैठी हुई देखा। उन्होंने भी अविनाश को देखा और मुस्कुराईं। अविनाश ने सिर झुकाकर उनका अभिवादन किया। थोड़ी देर तक दोनों चुप रहे। अविनाश ने फिर अपनी आँखें बंद कर लीं। उसे फिर अजीब से ख्याल आने लगे। उसने अपनी आँखें खोल दीं। वह परेशान हो गया। उसे लगा वह एक जगह अपना ध्यान नहीं लगा पा रहा है। तभी बगल में बैठी महिला ने अविनाश से कहा-

'बेटा, कुछ परेशान नजर आ रहे हो, क्या मैं पूछ सकती हूँ बात क्या है'।

पहले अविनाश ने सोचा कि वह क्यों किसी अंजान को अपने मन की बात बताए। उसने कुछ नहीं कहा और चुपचाप बैठा रहा। महिला ने थोड़ी देर के बाद फिर कहा-

'मुझे लगता है तुम अपना ध्यान लगाने की कोशिश कर रहे हो और वह तुमसे हो नहीं रहा है। तुम एक काम करो, आँखें बंद कर अपनी साँसों पर ध्यान दो और सौ से वापस उल्टी गिनती करनी शुरू करो, देखो थोड़ी देर में ध्यान लग जाएगा'।

अविनाश ने उन महिला की तरफ देखा। उन महिला के चेहरे पर चमक थी, जो अविनाश को अपनी ओर खींच रही थी। महिला ने आँख मूँद कर अविनाश को हाँ कहा। अविनाश ने फिर अपनी आँखें बंद कीं और महिला के कहे के मुताबिक अपनी साँसों की ओर ध्यान

देने लगा। थोड़ी देर बाद उसने उल्टी गिनती भी शुरू की। कुछ ही देर में अविनाश को अच्छा लगने लगा। वह अपने विचारों से मुक्त होने लगा। ऐसी अवस्था में वह पता नहीं कितने वक़्त तक रहा। उसने आँखें खोल कर महिला को धन्यवाद देना चाहा, लेकिन वह वहाँ नहीं थीं। अविनाश सकते में आ गया। अचानक वह महिला कहाँ चली गईं। उसने देखा धूप गायब हो चुकी थी। उसने अपनी घड़ी देखी। शाम के पौने छह बजने वाले थे। इसका मतलब अविनाश आधे घंटे तक ध्यान की अवस्था में रहा। उसे यह सोच कर बहुत सुकून मिला, लेकिन वह अब भी नहीं सोच पा रहा था कि आखिर वह महिला कब और कहाँ चली गईं। उसने उठ कर आसपास देखा, लेकिन वह कहीं नहीं मिलीं। वह वापस अपने हॉस्टल आ गया। रास्ते भर उसे महिला के चेहरे की चमक याद आती रही। उसने सोचा वह अगले दिन फिर उसी समय जाकर देखेगा, शायद वह महिला उसे मिल जाएँ, जिससे वह उन्हें धन्यवाद दे सके।

वह वापस हॉस्टल आकर अपनी किताबें ठीक करने लगा। अब उसे सिविल सर्विस की तैयारी शुरू करनी थी। उसने देखा कुछ किताबें अभी उसके पास नहीं थीं, जो तैयारी के लिए जरूरी थीं। उसने राकेश को बाज़ार चलने के लिए कहा। राकेश अपनी पढ़ाई में लगा था। अविनाश अकेले बाज़ार चला गया। उसने तीन किताबें खरीदीं। एक किताब उसे नहीं मिल पायी। वह वापस हॉस्टल आ गया। राकेश ने उससे किताबों के बारे में पूछा-

'क्या हुआ, तुम्हें सब किताबें मिल गईं'।

अविनाश ने जवाब दिया-

'हिस्ट्री की एक किताब नहीं मिली'।

चूंकि राकेश का एक विषय हिस्ट्री था और उसने उसकी सभी किताबें पिछले साल ले ली थीं, इसलिए उसने अविनाश से कहा-

'देखो, मेरे पास ये किताब है, क्या इससे तुम्हारा काम हो जाएगा'।

अविनाश ने किताब देखी। यह वही किताब थी, जिसे अविनाश खोज रहा था। उसने कहा-

'अरे, मैं यही किताब ढूंढ रहा था। अच्छा है तुम्हारे पास है। अगर तुम पढ़ नहीं रहे हो तो, मैं इससे अभी पढ़ाई कर लेता हूँ'।

अविनाश ने पहले एक कागज पर रोज पढ़ने की एक रूटीन बनाई, जिसे उसने अपने टेबल के ऊपर दीवार पर लगा दी। अब आज से उसे सिविल सर्विस की पढ़ाई शुरू करनी थी। उसने सोच लिया था कि वह खुद तैयारी करेगा, इसके लिए वह किसी कोचिंग क्लास में नहीं जाएगा। उसने राकेश की दी हुई किताब से पढ़ने की शुरुआत की। जब उसने किताब के पन्नों को पलटा, तब उसमें से एक तस्वीर नीचे जमीन पर गिर पड़ी। उसने झुककर तस्वीर उठानी चाही, तब तक राकेश ने उसे देख लिया। उसने बिजली की फुर्ती से आकर उस तस्वीर को उठा ली। अविनाश ने उससे पूछा-

'क्या बात है अविनाश, किसकी तस्वीर है, जिसे तुमने इतनी तेजी से उठा ली। कोई खास है क्या। कोई बात नहीं, शायद कॉलेज में कोई मिल गयी होगी। मुझे भी दिखाओ न'।

राकेश संकोच में था। उसने कहा-

'नहीं ये मेरा अपना मामला है। तुम तस्वीर देख कर क्या करोगे'।

अविनाश ने कहा-

'अरे भाई, अब कबसे तुम्हारा कोई अपना मामला हो गया। इतने साल हम दोनों ने एक दूसरे से कुछ नहीं छुपाया। लगता है कोई खास तस्वीर है, इसलिए तुम मुझे दिखाना नहीं चाहते हो। किताब

में चुपचाप उसे देखते रहते हो। अब तो पक्का हो गया कि यह मेरे राकेश बाबू की नयो गर्ल फ्रेंड की तस्वीर है। प्लीज दिखाओ न, मैं किसी को नहीं कहूँगा। प्लीज'।

अविनाश के बहुत कहने पर राकेश ने तस्वीर उसे पकड़ा दी। अविनाश ने पलट कर तस्वीर देखी। थोड़ी देर के लिए वह अचंभित रह गया। वह नंदिनी की तस्वीर थी। सम्मान समारोह में शायद राकेश ने उसकी हँसती हुई तस्वीर अपने मोबाइल फोन से खींची थी। उसके बाद राकेश ने उसका प्रिंट निकलवाया होगा। अविनाश थोड़ी देर तक यूं ही खड़ा रहा, फिर उसने राकेश से पूछा-

'तुम्हें नंदिनी पसंद है। मैं तो समझता था, वह तुम्हारी बस दोस्त है।

राकेश चुप रहा। अविनाश ने फिर उससे पूछा। तब राकेश ने कहा-

'हाँ अविनाश, नंदिनी मुझे अच्छी लगती है, लेकिन वह ज़्यादातर तुम्हारे साथ रहना चाहती है। मैं उससे अपने दिल की बात कह नहीं पाता हूँ'।

अविनाश ने थोड़ा रुक कर कहा-

'अरे इतनी सी बात है, मैं कल ही नंदिनी से बात करता हूँ'।

राकेश ने पलट कर जवाब दिया-

'नहीं अविनाश, तुम्हें मेरी कसम है, तुम उससे कुछ नहीं कहोगे। जब वह खुद समझेगी, तब देखा जाएगा'।

अविनाश चुप हो गया। उसने फोटो राकेश को वापस कर दी। वापस अपनी कुर्सी पर बैठ कर वह सोचता रहा, वाकई नंदिनी उसके नजदीक रहना चाहती है। लेकिन अविनाश ने मन में उसके प्रति

कभी दूसरे विचार नहीं आए। वह उसे बस अपने बचपन का दोस्त समझता रहा था।

अगले दिन अविनाश लगातार पढ़ता रहा। बीच-बीच में उसे नंदिनी की तस्वीर की बात याद आ जाती। शाम के पाँच बजे के पहले वह उठा और तैयार होकर गंगा घाट की ओर निकल गया। उसे उम्मीद थी कि शायद उसे उन महिला से फिर से मुलाक़ात हो जाये, जिससे वह उन्हें धन्यवाद दे सके। वह घाट पर पहुँच कर उसी कुर्सी पर बैठ गया। तब तक वहाँ इक्के-दुक्के लोग थे। उसने आँख बंद कर फिर से अपनी साँसों पर ध्यान लगाया। लगभग दस मिनट के बाद जब उसने आँखें खोली, वह महिला उसके बगल में बैठी थीं। अविनाश उन्हें देख कर चौंक गया और कहा-

'कल अचानक आप कहाँ चली गयी थीं, मैंने आपको बहुत ढूंढा'।

अविनाश की बात पर महिला ने मुस्कुराते हुए कहा-

'तुम बहुत देर तक ध्यान में लगे रहे, इसलिए मैं जाते वक़्त तुम्हें टोकना नहीं चाहती थी। मैं यहाँ बस आधे घंटे के लिए आती हूँ, फिर वापस चली जाती हूँ'।

अविनाश ने उनसे पूछा-

'आप पास में ही रहती हैं'।

महिला ने जवाब दिया-

'हाँ मैं पास के ही एक आश्रम में रहती हूँ। वैसे तुम्हारा नाम क्या है, बेटा'।

अविनाश ने कहा-

'जी, मेरा नाम अविनाश है। मैं भी पास में एक हॉस्टल में रहता हूँ। बीए की पढ़ाई कर रहा हूँ'।

महिला ने कहा-

'ठीक है, बातों की जगह तुम ध्यान लगाओ, मैं थोड़ी देर के बाद यहाँ से चली जाऊँगी'।

अविनाश थोड़ा रुका। वह उस महिला के बारे में और कुछ जानना चाहता था। उसने सोचा दस मिनट और ध्यान लगाकर वह फिर उनसे पूछेगा। उसने अपनी आँखें बंद की और अपनी साँसों पर ध्यान लगाया। थोड़ी देर के बाद उसने जल्दी से आँखें खोलीं और बगल में देखा। वह महिला जा चुकी थीं। अविनाश को आश्चर्य हुआ। उसने फिर घड़ी देखी। उसने बीस मिनट से ज्यादा का ध्यान लगाया था। उसने चारों तरफ निगाह दौड़ाई, लेकिन वह महिला नहीं दिखीं। वह आश्चर्य में डूबा हुआ हॉस्टल वापस आ गया। उसने ठान ली कि अगली मुलाक़ात में वह उस महिला की गुत्थी सुलझा कर रहेगा। उसे अगले तीन दिनों के लिए अमित के बहन की शादी में जाना था।

सात

अमित ने अपनी बहन की शादी में जाने के लिए अविनाश के हॉस्टल में सुबह दस बजे एक बड़ी गाड़ी भेज दी थी। अविनाश और राकेश ने एक दिन पहले रात में अपने सामान ठीक कर लिए थे। अविनाश ने नंदिनी को फोन कर साढ़े दस बजे तक तैयार रहने के लिए कह दिया था। ठीक दस बजे अविनाश राकेश के साथ गाड़ी लेकर नंदिनी के घर के लिए निकला। दस मिनट में दोनों उसके यहाँ पहुँच गए। अविनाश ने निर्मला जी और खन्ना साहब से मुलाक़ात की। खन्ना साहब ने अविनाश से कहा-

'तुम लोगों को वहाँ कोई भी जरूरत महसूस हो, तो मुझे फोन करना। उस रिज़ॉर्ट का मालिक मेरा दोस्त है। मैंने उसे तुमलोगों के बारे में बता दिया है। तुमलोगों को वहाँ कोई दिक्कत होनी नहीं चाहिए'।

अविनाश ने खन्ना साहब को धन्यवाद दिया। नंदिनी ने बहुत अच्छी ड्रेस सलवार सूट पहनी थी। अविनाश ने उसे देख कर कहा-

'ये ड्रेस तुम्हारे ऊपर फब रही है'।

नंदिनी ने जवाब दिया-

'शादी में जाने की बात जानकर माँ ने पिछले दो दिनों में मेरी ड्रेस की बहुत ख़रीदारी की है। अभी तुमने क्या देखा है। वहाँ के लिए एक से एक ड्रेस लेकर जा रही हूँ'।

अविनाश मुस्कुराकर रह गया। निर्मला जी ने नंदिनी को कहा-

'बेटा, तुमलोग वहाँ पहुँच कर फोन कर देना और बीच-बीच में भी फोन पर बात कर लेना'।

नंदिनी ने जवाब दिया-

'ठीक है माँ'।

तीनों गाड़ी में बैठने लगे। अविनाश ने राकेश को कहा-

'मुझे आगे की सीट पर बैठने में आराम मिलता है, तू नंदिनी के साथ पीछे की सीट पर बैठ जा'।

नंदिनी ने अविनाश की बात पर जवाब दिया-

'हमें कौन सी लंबी यात्रा करनी है। एक डेढ़ घंटे में पहुँच जाएँगे, फिर आराम की क्या बात है। तुम्हें अगर आराम चाहिए, तो तुम पीछे की सीट पर मेरे साथ भी बैठ सकते हो'।

नंदिनी की बात सुनकर राकेश ने कहा-

'नंदिनी ठीक कह रही है, अविनाश। तुम्हें पीछे की सीट पर आराम मिलेगा और फिर नंदिनी तुम्हारे साथ बैठकर बातें करना चाहती है। मैं आगे की सीट पर बैठ जाता हूँ'।

अविनाश राकेश की बात मान गया, पर उसने राकेश के चेहरे पर मायूसी साफ देखी, जो नंदिनी नहीं देख पायी। रास्ते में नंदिनी लगातार अपने घर के बारे में अविनाश से बातें करती रही। पूरे सफर में राकेश चुप रहा। एक बार नंदिनी ने उसके चुप होने का कारण भी

पूछा, पर वह बात को टाल गया। बीच में नंदिनी को नींद आने लगी, तब उसने अविनाश के कंधे पर अपना सिर रख दिया। अविनाश को थोड़ा अजीब लगा। उसने झटके देकर नंदिनी को जगा दिया। लगभग दो घंटे में में वे रिज़ॉर्ट पहुँच गए।

गेट पर एक कॉटेज था, जिसमें रिसेप्शन था। वहाँ तीनों का स्वागत माला पहना कर और माथे पर तिलक लगा कर हुआ। तब तक अमित भी आ गया। वह तीनों को देख कर बहुत खुश हुआ। वह सभी को लेकर अंदर अपने माता-पिता से मिलवाने ले गया। अमित के पिता ने अविनाश को देख कर कहा-

'मैंने तुमलोगों को पिछले सम्मान समारोह में देखा था। जिस दिन से तुमलोग अमित के क्लास में आए, मैं तभी से तुमलोगों से मिलना चाहता था। हमें बहुत खुशी है कि तुम हमारे निमंत्रण पर यहाँ आए। अमित कल से मायूस बैठा था, उसके कोई दोस्त यहाँ नहीं थे। अब तुमलोग आ गए हो, इसे अच्छा लगेगा। तुमलोगों को अमित तुम्हारा कॉटेज दिखा देगा। तुमलोग फ्रेश हो जाओ, उसके बाद हम सब साथ खाना खाएँगे। खाना खाने के बाद मेहंदी की रस्म है और शाम में संगीत। कल मंडप और हल्दी का कार्यक्रम होगा'।

अमित तीनों को लेकर कॉटेज की तरफ गया। तीन कॉटेज एक कोने में उसने अलग से अपने दोस्तों के लिए रखवा दिये थे। इनके सामने एक बड़ा-सा गार्डेन भी था, जिसमें गोल करके कुर्सियाँ लगी थीं। तीन कॉटेज में बीच वाला नंदिनी को दिया गया और उसके अगल बगल में राकेश और अविनाश। अमित लगातार अविनाश के साथ रहा। थोड़ी देर में तीनों फ्रेश हो गए और उसके बाद बाहर गार्डेन में कुर्सी पर आकर बैठ गए। इस बीच नंदिनी ने अपनी माँ से फोन पर बात कर ली। वेटर फ्रूट जूस और बियर लेकर आया। अमित ने अविनाश से कहा-

'चलो एक-एक बियर जल्दी से मार कर खाना खाने चलते हैं। उसके बाद नंदिनी को मेहंदी भी लगवानी होगी'।

नंदिनी ने हँसते हुए कहा-

'मुझे बचपन में एक बार बड़ी अम्माँ ने मेहंदी लगाई थी। उसके बाद मैंने कभी नहीं लगाई। मुझे मेहंदी बहुत पसंद है। मैं दोनों हथेलियों में हाथों तक आज मेहंदी लगवाऊंगी'।

अविनाश ने अमित से कहा-

'भाई मैंने अभी बियर लेना शुरू नहीं किया है। मैं फ्रूट जूस ले लूँगा। शायद नंदिनी भी नहीं लेगी। तुम राकेश से पूछ लो'।

अविनाश की बात सुनकर राकेश ने कहा-

'इस मौके पर मैं तो बियर लूँगा। अमित के यहाँ मजे करने आए हैं। मैं तो कहता हूँ, अविनाश भी एक बियर लेकर शुरुआत करे'।

अविनाश ने कहा-

'मैं नहीं लूँगा, लेकिन तुमने ये सब कब से लेना शुरू कर दिया'।

राकेश ने जवाब दिया-

'यार, अब हमलोग सेवाश्रम के बच्चे नहीं रह गए। बीए में पढ़ रहे हैं। मैं तो कभी-कभी अपने दोस्तों के साथ बियर ले लेता हूँ'।

वेटर ने राकेश और अमित को एक-एक बियर की बोतल खोल कर दी और बाकी दोनों को फ्रूट जूस। साथ में खाने के लिए सलाद और मूँगफली के दाने थे। आधे घंटे में उनलोगों ने पीना खत्म किया और खाना खाने के लिए चले गए।

डाइनिंग रूम में लंबी-सी टेबल पर सभी के खाने का इंतजाम था। कई तरह के व्यंजन बने थे। सभी ने खाना खाया। अमित की

बहन नंदिनी को लेकर मेहंदी लगवाने चली गयी। अमित भी अविनाश और राकेश को वहाँ ले गया। तीनों नंदिनी को मेहंदी लगवाते हुए देखते रहे। वाकई में, नंदिनी ने जोश में अपनी हथेलियों के साथ-साथ ऊपर हाथों तक मेहंदी लगवानी शुरू की। अमित की बड़ी बहन को भी मेहंदी लगाई गयी। घर की औरतें उस समय गीत गा रही थीं। नंदिनी ने अपनी मेहंदी लगे हाथ अविनाश को दिखाये। वह बहुत खुश थी। अविनाश ने नंदिनी से पूछा-

'तुम्हारे दोनों हाथों में मेहंदी लगी है, नंदी, अब तुम शाम में तैयार कैसे होगी'।

नंदिनी ने मुस्कुराते हुए कहा-

'अभी दो घंटे के बाद ये सूख जाएँगे, तब मैं धो लूँगी। तब तक कुछ जरूरत हुई, तो मैं तुम्हें बुला लूँगी'।

उसके बाद अमित ने तीनों को कॉटेज में आराम करने के लिए भेज दिया। शाम में सात बजे से संगीत का कार्यक्रम था।

शाम में तीनों सात बजे तक तैयार हो गए थे। नंदिनी के हाथों की मेहंदी का रंग सुर्ख लाल हो गया था, जो उसके गोरे हाथों पर अच्छा लग रहा था। उसने लहंगा पहना था, जिसमें वह और भी अच्छी लग रही थी। अविनाश और राकेश सामान्य पैंट और शर्ट में थे। अविनाश ने नंदिनी के लहेंगे को देख कर कहा-

'बहुत सुंदर लग रही हो। तुमने ठीक कहा था, बहुत अच्छी ड्रेस की ख़रीदारी हुई है'।

नंदिनी मुस्कुराकर रह गयी। अमित भी तैयार होकर कॉटेज में आ गया था। उसने तीनों से कहा-

'संगीत में नाचने के लिए तैयार रहो। खूब धमाल होगा। पीने-पिलाने का भी इंतजाम है'।

बाहर गार्डेन में संगीत के लिए खास इंतजाम किया गया था। डीजे भी था। सामने कुर्सियाँ लगी थीं और उसके सामने जमीन पर गद्दे लगाकर बैठने का भी इंतजाम था। कुछ महिलाएं जमीन पर ढोलक लेकर गाना गा रही थीं और कुछ उनके सामने गाने की धुन पर नाच रही थीं। अमित की बड़ी बहन को भी महिलाओं ने नाचने के लिए बुला लिया था। नंदिनी, अविनाश और राकेश ने वहाँ बनाए गए बार से अपने-अपने पीने के लिए ड्रिंक्स ले लिए। राकेश ने फिर बियर ली। तीनों एक जगह खड़े होकर ढोलक की थाप पर महिलाओं को नाचते हुए देख रहे थे। नंदिनी ने कहा-

'शायद हम तीनों पहली बार किसी शादी में आए हैं। सब कुछ बहुत अच्छा लग रहा है। हम लोगों ने कभी ये दुनिया नहीं देखी। कोई अपना ही नहीं था'।

अविनाश ने कहा-

'ठीक कहती हो नंदी, कभी परिवार नहीं देखा, बस बाबा और बड़ी अम्माँ। वैसे तुम्हें अब तुम्हारे माँ-पापा मिल गए हैं, तुम्हें इन सब का अनुभव आगे भी मिलता रहेगा'।

थोड़ी देर में डीजे ने गाना बजाना शुरू किया। छोटे बच्चे डांस करने लगे। अमित ने आकर इन तीनों को भी डांस स्टेज पर खींच लिया। अविनाश और नंदिनी किसी तरह गाने की धुन पर थिरकने लगे। राकेश हाथ में बियर की बोतल लिए हुए था। उसने जल्दी-जल्दी करके दूसरी बोतल शुरू कर दी थी। वह थोड़ा जोश में लग रहा था। नाचते-नाचते वह नंदिनी के पास आ जाता और उसके हाथ पकड़ कर नाचने लगता। नंदिनी उससे अपना हाथ छुड़ा लेती थी। थोड़ी देर में और लोग भी डांस स्टेज पर आ गए। अविनाश और नंदिनी स्टेज से बाहर आ गए। राकेश ने दूसरी बोतल को खत्म कर तीसरी उठा ली थी। अमित भी लगातार पी रहा था।

अविनाश ने राकेश के पास जाकर कहा-

'राकेश, तुम ज्यादा पी रहे हो, जरा ध्यान से'।

राकेश ने नशे में कहा-

'अरे अविनाश, मैं अपने दोस्त अमित का साथ दे रहा हूँ, तुम मुझे मत रोको। जब ज्यादा हो जाएगा, तब मैं खुद पीना छोड़ दूँगा। तुम नंदिनी के पास जाकर बैठो। देखो वह तुम्हें ढूंढ रही है'।

अविनाश ने कहा-

'तुम भी तो नंदिनी के साथ बैठ सकते हो। मैं तब तक यहाँ इधर-उधर घूम लेता हूँ'।

राकेश अचानक बिफर गया और कहा-

'अरे भाई, तुम तो जानते हो, नंदिनी मेरे साथ बैठना नहीं चाहती है, नाचना नहीं चाहती है। वह तुम्हारा साथ पसंद करती है। क्यों मेरी बेइज्जती कराने पर तुले हो। तुम जाओ और उसके साथ डांस करो, मैं यहाँ ठीक हूँ'।

अविनाश समझ गया, राकेश को चढ़ गयी है। वह उसे छोड़ कर नंदिनी के पास आ गया। थोड़ी देर में अमित फिर उन्हें नाचने के लिए ले गया। दोनों फिर डांस स्टेज पर सबके साथ नाचने लगे। नंदिनी ने अविनाश का हाथ पकड़ कर डांस करना शुरू किया। तब तक दूसरी तरफ से लड़खड़ाते कदमों से राकेश आया। उसने नंदिनी का हाथ पकड़ कर ज़ोर से कहा-

'अरे डार्लिंग, मेरे साथ भी हाथ पकड़ कर डांस करो। तुम तो हमेशा अविनाश के पीछे-पीछे रहती हो'।

अचानक इस तरह की बात से अविनाश और नंदिनी सकते में आ गए। बाकी लोग भी उन्हें देखने लगे। नंदिनी स्टेज से उतर कर

गार्डेन के कोने में चली गयी। उसकी आँखों में आँसू थे। अविनाश भी उसके पीछे गया। राकेश हाथ में बियर की बोतल लिए वहीं डांस करने लगा। अविनाश ने नंदिनी से कहा-

'क्या हुआ नंदी, तुम ठीक हो'।

नंदिनी ने जवाब दिया-

'ये राकेश को आज क्या हो गया। कैसी बहकी-बहकी बातें कर रहा था। मैं उसकी बातें सुनकर हैरान रह गयी। वह भी मेरा अच्छा दोस्त है, लेकिन इसका ये मतलब नहीं है कि वह कुछ भी बोल दे और वह भी सब के सामने। हाँ, मैं तुम्हारे साथ रहना पसंद करती हूँ, क्योंकि तुम मुझे अच्छे लगते हो। आखिर इसमें बुराई क्या है। इससे राकेश को क्यों जलन होती है'।

नंदिनी ने आगे कहा-

'मैंने तुमसे कहा था न कि मैं अपने मन की बातें राकेश से नहीं बता पाती हूँ, क्योंकि मैं उसे अभी तक समझ नहीं सकी हूँ, उस पर भरोसा नहीं कर पाती हूँ। मैं सिर्फ तुम्हें समझती हूँ, इसलिए तुमसे खुल कर बात करती हूँ'।

अविनाश सकते में था। एक तरफ राकेश नंदिनी को चाहता है और दूसरी तरफ नंदिनी उसपर भरोसा नहीं करती और उसे अविनाश अच्छा लगता है। उसे लगा कि नंदिनी को राकेश की पसंद बता देनी चाहिए। उसने गोलमोल तरीके से कहा-

'लेकिन नंदिनी, राकेश अभी नशे में ये बातें बोल गया। वैसे वह बहुत अच्छा लड़का है और तुम्हारी बहुत इज्जत करता है, तुम उसे अच्छी भी लगती हो'।

नंदिनी ने जवाब दिया-

'मैं उसे अच्छी लगती हूँ, लेकिन मुझे वह अच्छा लगता है या नहीं, ये भी उसे जानना जरूरी है'।

अविनाश ने कहा-

'इसके लिए तुम्हें उसे भी समय देना पड़ेगा, उसके साथ बैठना होगा, उससे बातें करनी होंगी'।

नंदिनी ने कहा-

'छोड़ो इन बातों को, मैं अब कॉटेज जा रही हूँ। बहुत थक गयी हूँ, जल्दी सो जाऊँगी'।

अविनाश ने कहा-

'ऐसे पार्टी छोड़ कर नहीं जाते, अमित को बुरा लगेगा। थोड़ी देर में खाना खा कर चली जाना'।

नंदिनी ने अविनाश की बात मान ली। थोड़ी देर में खाना लग गया। अविनाश और नंदिनी ने प्लेट में खाना ले लिया। राकेश अभी भी बार के पास खड़ा था। अमित उसे लेकर खाने के स्टॉल के पास आया। उसके कदम लड़खड़ा रहे थे। वह दूर खड़ा था। अमित ने उसे प्लेट में खाना दिया। वह खड़े होकर खाना खाने की स्थिति में नहीं था। उसे एक कुर्सी पर बिठा कर सामने एक दूसरी कुर्सी पर प्लेट रखा गया। नंदिनी उससे मुंह फेर कर खड़ी थी। अविनाश लगातार राकेश को देख रहा था। थोड़ी देर में वह उसके पास गया। तब तक राकेश ने किसी तरह थोड़ा खाना खा लिया था। अविनाश और अमित उसे पकड़ा कर कॉटेज तक ले गए और उसे बेड पर सुला दिया। उसने कपड़े भी नहीं बदले थे। नंदिनी भी खाना खत्म कर अपने कॉटेज में चली गयी।

अगले दिन सुबह अविनाश जल्दी उठ गया। वह बाहर निकलकर गार्डेन में टहलने लगा। तब तक वेटर ने आकर उसे चाय दे दी। वह

वहाँ कुर्सी पर बैठ कर चाय पीने लगा। अमित भी वहाँ आ गया। दोनों साथ में बैठ कर बातें करने लगे। अविनाश ने जाकर देखा, राकेश अभी भी सो रहा था। उसने उसे जगाया। राकेश उठा और उसने अपना सिर पकड़ लिया। अविनाश ने उससे पूछा-

'क्या हुआ राकेश। तू ठीक तो है न'।

राकेश ने सिर पकड़े हुए कहा-

'सिर में दर्द हो रहा है'।

अविनाश ने कहा-

'कल मैंने मना किया था तुझे कि तू ज्यादा मत पी, लेकिन तू माना नहीं। उठ कर चाय पी ले, सिर दर्द ठीक हो जाएगा'।

अविनाश ने उसे लाकर चाय का प्याला दिया। उसने पूछा-

'नंदिनी उठ गयी'।

अविनाश ने कहा-

'पता नहीं, वह बाहर नहीं निकली है। लेकिन वह कल रात की तुम्हारी हरकत से नाराज है'।

राकेश ने चौंक कर अविनाश को देखा और पूछा-

'मैंने कल रात क्या किया'।

अविनाश ने उसे पूरी बात बताई। उसकी बात सुनकर राकेश फिर सिर पकड़ कर बैठ गया। उसने कहा-

'ये मैंने नशे में क्या कर दिया। सच कहता हूँ, मुझे कुछ याद नहीं और मैंने जानबूझ कर कुछ नहीं किया'।

अविनाश ने कहा-

'मुझे पता है, तू नशे में था, लेकिन इतनी क्यों पी ली कि तुम्हें अपने ऊपर कंट्रोल नहीं रहा'।

राकेश ने सिर झुकाकर कहा-

'मैं आज के बाद नंदिनी के सामने कभी शराब नहीं पीऊँगा। मैं अभी जाकर उससे माफी मांगता हूँ। ये मैंने क्या कर दिया उसके साथ'।

अविनाश ने कहा-

'तू घबड़ा मत। रात गयी, बात गयी। नंदिनी जब बाहर निकलेगी, तब तुम उससे बात कर लेना। अभी तू हाथ मुंह धो कर कपड़े बदल ले। तू रात की ड्रेस में ही सो गया था'।

अविनाश बाहर आ गया। तब तक नंदिनी भी बाहर आ चुकी थी और अमित के साथ बैठ कर बातें कर रही थी। अविनाश भी वहाँ जाकर बैठ गया। अमित कुछ देर में उठ कर चला गया। इसके बाद राकेश अपने कॉटेज से बाहर आया। वह अविनाश और नंदिनी के नजदीक आकर सिर झुकाकर खड़ा हो गया। नंदिनी ने उसे देख कर अपना मुंह फेर लिया। तब राकेश ने हाथ जोड़ कर नंदिनी से कहा-

'नंदिनी मुझसे नशे की हालत में बहुत बड़ी गलती हो गयी। हो सके तो मुझे माफ कर दो। मुझे कुछ याद नहीं कि कल रात मैंने क्या किया। आज के बाद तुम्हारे सामने शराब नहीं पीऊँगा। मुझे प्लीज माफ कर दो'।

नंदिनी ने कोई जवाब नहीं दिया, बस सिर को हाँ में हिलाया। राकेश मुंह झुकाये वापस अपने कॉटेज में चला गया।

अमित ने बताया था कि दोपहर में कोई रिज़ॉर्ट में कार्यक्रम नहीं है, इसलिए पास में गंगा नदी के किनारे रिज़ॉर्ट वालों ने खाने

का इंतजाम किया है, पिकनिक की तरह। वहाँ पर भी नाचने-गाने का प्रोग्राम है। ग्यारह बजे दिन तक वहाँ के लिए निकलना था।

सभी तैयार होकर साढ़े ग्यारह बजे तक नदी के किनारे पहुँच आए। वहाँ बैठने और खाने के लिए एक बड़ा टेंट लगा था। अमित अविनाश, नंदिनी और राकेश को लेकर नदी के किनारे जाकर बैठ गया। राकेश थोड़ा अलग-थलग था। अविनाश ने उसे पास बुलाकर बिठाया। नंदिनी ने उसे देख कर कहा-

'राकेश, इस उम्र में थोड़ा-बहुत मनोरंजन के लिए कभी-कभी दोस्तों के साथ बियर पीना फिर भी चलता है, लेकिन कल तुमने हद से ज्यादा कर दी थी। तुम्हें अपने ऊपर बिलकुल कंट्रोल नहीं था। नशे की हालत में तुम क्या कह रहे थे, इसका तुम्हें अंदाज़ा भी नहीं था। लेकिन सामने वाले को इससे ठेस पहुँचती है। लोग भी देख रहे थे। मुझे भी बहुत बुरा लगा, लेकिन चूंकि तुम्हें तुम्हारी गलती का एहसास हो गया है, इसलिए ठीक है।

नंदिनी ने आगे कहा-

'तुमसे और एक बात कहनी थी। दोस्ती एक बात होती है और किसी के साथ मन मिलना अलग होता है। तुम और अविनाश और अब अमित, सब मेरे अच्छे दोस्त हो, लेकिन मैं अविनाश से कोई बात कहने में संकोच नहीं करती हूँ। इसलिए मैं ज्यादा उसके साथ रहती हूँ। शायद तुम्हारे साथ भी धीरे-धीरे वह बात हो जाये। इसलिए इसमें बुरा मानने या कुछ मन में रखने की जरूरत नहीं है'।

राकेश बस नंदिनी की बात सुनता रहा। उसने कोई जवाब नहीं दिया। थोड़ी देर में वे पंडाल में आ गए। तब तक वहाँ नाच-गाना शुरू हो गया था। अमित के साथ अविनाश और नंदिनी ने डांस किया, लेकिन राकेश को कई बार कहने पर भी उसने डांस नहीं किया। वह

एक कोने में बैठा रहा। खाने-पीने के बाद सभी चार बजे तक वापस रिज़ॉर्ट आ गए।

शाम में हल्दी का कार्यक्रम हुआ। नंदिनी ने साड़ी पहनी। अविनाश और राकेश ने कुर्ता-पैजामा पहना। सभी बड़ों ने अमित की बड़ी बहन को हल्दी लगाई। उन्हीं में से कुछ महिलाओं ने अविनाश, राकेश और नंदिनी को भी मुंह में हल्दी लगा दी। वहाँ भी पीने-पिलाने का कार्यक्रम था, लेकिन राकेश ने कुछ नहीं पिया। रात दस बजे तक कार्यक्रम समाप्त हो गया।

अगले दिन शादी थी। सुबह से रिज़ॉर्ट में गहमा-गहमी थी। पूरे रिज़ॉर्ट को दुल्हन की तरह सजाया गया था। बारात शाम सात बजे आ गयी। दूल्हा बहुत सुंदर था। जयमाल के समय नंदिनी स्टेज पर अमित की बहन के साथ-साथ रही। इधर बरातियों और अन्य अतिथियों के खाने का कार्यक्रम शुरू हो गया। अविनाश, नंदिनी और राकेश के साथ एक किनारे बैठ गया।

करीब रात नौ बजे से शादी की रस्म शुरू हुई। तीनों मंडप के पास बैठ कर गौर से सारी रस्में देख रहे थे। लगभग बारह बजे तक शादी का कार्यक्रम सम्पन्न हो गया। उसके थोड़ी देर बाद ये तीनों अपने-अपने कॉटेज में सोने चले गए। अगली सुबह इन्हें वापस लौटना था।

अगले दिन जल्दी उठ कर सुबह आठ बजे तक सभी तैयार हो गए। नौ बजे विदाई हुई और उसके बाद नाश्ता कर तीनों वापस घर के लिए रवाना हो गए। अमित की माँ ने तीनों के लिए कई गिफ्ट, मिठाई के डब्बे और फल दिये थे। अविनाश ने पहले नंदिनी को उसके घर पर छोड़ा, फिर राकेश के साथ हॉस्टल आ गया। अगेले दिन से कॉलेज खुलने वाले थे।

गर्मी की छुट्टियों के बाद कॉलेज के पहले दिन सेकंड इयर के दूसरे सेमेस्टर का रिज़ल्ट निकल गया था। अविनाश को अपने ग्रुप में तीसरा स्थान मिला था। राकेश इस बार दूसरे स्थान पर था, जबकि नंदिनी चौथे नंबर पर थी। अविनाश को यह समझ में नहीं आ रहा था कि उससे पढ़ाई में चूक कहाँ हो रही थी। उसने अब सिविल सर्विस की तैयारी के लिए भी पढ़ाई शुरू कर दी थी। पिछली बार खन्ना साहब ने उससे पूछा था कि अगर उसे कोचिंग की जरूरत पड़े, तब वे किसी अच्छी कोचिंग क्लास में उसका दाखिला करा देंगे। लेकिन अविनाश को अपने ऊपर भरोसा था। उसने उनसे कह दिया कि अगर उसे जरूरत महसूस होगी, तब वह उनसे कहेगा।

अब अविनाश ने सुबह जल्दी उठकर पढ़ाई करनी शुरू कर दी थी। दो घंटे की पढ़ाई के बाद वह तैयार होकर कॉलेज चला जाता और शाम में फिर छह से ग्यारह बजे रात तक पढ़ाई होती।

अमित के बहन की शादी से लौटने के दो दिन बाद अविनाश फिर नदी के किनारे शाम पाँच बजे गया। उसे उन महिला की याद थी। उसने सोचा कि अगर आज उनसे मुलाक़ात होगी, तब ध्यान की जगह, वह उनसे बातें करेगा। वहाँ पहुँचने पर वह उसी बेंच पर जाकर बैठ गया। तब तक वह महिला नहीं आई थीं। अविनाश ने चारों तरफ देखते हुए उनका इंतज़ार किया। अचानक वह पीछे से आयीं और अविनाश से कहा-

'बेटा, कहीं बाहर चले गए थे, कई दिनों से तुम्हें नहीं देखा, कैसे हो तुम'।

अविनाश ने जवाब दिया-

'मैं ठीक हूँ, आंटी। दोस्त की बहन की शादी में बाहर चला गया था। परसों वापस लौटा हूँ। आप कैसी हैं'।

महिला ने जवाब दिया-

'मैं बिलकुल ठीक हूँ। आज ध्यान नहीं करोगे'।

अविनाश ने जवाब दिया-

'आंटी, मैंने सोचा, आप रोज मिलती हैं, लेकिन आपसे कुछ बातें नहीं हो पाती, इसलिए आज सिर्फ आपसे बातें करने के लिए आया हूँ'।

महिला ने जवाब दिया-

'मैंने तुम्हें बताया था न, मैं पास के एक आश्रम में रहती हूँ। मेरा नाम सरस्वती है। तुम अपने बारे में बताओ, तुम्हारा नाम क्या है और तुम्हारे परिवार में कौन लोग हैं'।

अविनाश ने कहा-

'आंटी, मेरा नाम अविनाश है। मैंने आपको बताया था, मैं पास के हॉस्टल में अपने दोस्त के साथ रहता हूँ। बीए के आखिरी साल में हूँ। मुझे मेरे परिवार के बारे में नहीं पता है। मैं अनाथ हूँ। मेरी परवरिश यहीं के सेवाश्रम में हुई। वहीं मुझे मेरे बाबा और मेरी बड़ी अम्माँ मिलीं। उन्होंने ही मेरा पालन-पोषण किया। अब वे और सेवाश्रम के बच्चे ही मेरा परिवार हैं।

अविनाश ने रुक कर सरस्वती से पूछा-

'आप बताइये आंटी, आप क्यों आश्रम में रहती हैं, आपका परिवार कहाँ है'।

सरस्वती ने कुछ सोच कर जवाब दिया-

'मैं भी तुम जैसी हूँ बेटा। फर्क ये है कि तुम्हारा अपना कोई सगा नहीं है, मेरे दो बेटे हैं, इस शहर से थोड़ी दूर पर, फुलवारीशरीफ़

में। लेकिन मैं वृद्धाश्रम में रहती हूँ। वे मुझे अपने साथ नहीं रखना चाहते थे। मेरे पति की मौत पाँच वर्ष पहले एक बीमारी से हो गयी थी। दो वर्ष पहले मेरे बेटे मुझे यहाँ छोड़ कर चले गए'।

अविनाश सरस्वती की बात सुनकर आश्चर्य से भर गया। उसने पूछा-

'आपके बेटे क्या करते हैं और आपका ये हाल कैसे हो गया'।

सरस्वती ने जवाब दिया-

'अरे बेटा, मेरी लंबी कहानी सुनकर क्या करोगे, वक़्त भी बहुत लगेगा'।

अविनाश ने कहा-

'कोई बात नहीं आंटी, आप बताइये, मैं आपको आपके आश्रम छोड़ दूंगा'।

सरस्वती ने अपनी कहानी बताई-

'हमलोग फुलवारीशरीफ़ में रहते थे। मेरे पति राज्य सरकार की नौकरी में थे। नौकरी के दौरान ही उन्होंने लोन लेकर वहीं एक तल्ले का दो कमरों का मकान बनाया। उसके सामने दो कट्ठे की और ज़मीन भी थी। उनके रिटायर होने तक मकान का लोन चुक नहीं पाया। बाद में जो भी पैसा मिला, उससे लोन को चुकाया। उन्हें पेंशन मिलता था।

मेरे दो बेटे हैं। बिनोद और राजेश। दोनों ज्यादा पढ़ नहीं पाये। बड़े लड़के ने कुछ पैसे उधार लेकर रबड़ के सामान बनाने का कारोबार शुरू किया। कुछ दिनों में वह बिज़नेस थोड़ा चलने लगा। बड़े लड़के ने छोटे लड़के को भी अपने कारोबार में लगा लिया। उसके बाद आगे-पीछे दोनों की शादी हुई। हम सभी उसी घर में रहने लगे। लेकिन

परिवार बढ़ने से घर छोटा पड़ने लगा। उसी छोटे घर को घेर कर दोनों बेटों के परिवार के रहने के लिए जगह बनाई गयी। कुछ दिनों बाद दोनों बेटों ने बिज़नस से पैसा निकाल कर ऊपर दो कमरे का तल्ला बनाया। उसमें मेरे पति ने भी पैसा लगाया। बड़ा बेटा अपने परिवार के साथ ऊपर रहने चला गया। वैसे खाना सब का एक साथ बनता था। सब ठीक चलने लगा। अचानक मेरे पति को रिटायर होने के एक साल के अंदर हार्ट की बीमारी हो गयी, जो बढ़ती चली गयी। बहुत इलाज़ कराया। अस्पताल और डॉक्टर की फीस में बहुत पैसे निकल गए। उसके लिए भी कर्ज़ लेना पड़ा। मेरे पति को जब यह लगने लगा कि वे ज्यादा दिन जिंदा नहीं रहेंगे, तब उन्होंने एक वकील को बुलाकर अपनी वसीयत बनवाई। उसमें मकान को दो हिस्सों में कर, एक हिस्सा मुझे और एक हिस्सा बड़े लड़के को दिया। सामने की दो कट्ठा जमीन छोटे बेटे के हिस्से में गयी।

सरस्वती ने आगे बताया-

छह महीने के अंदर मेरे पति की मौत हो गयी। मेरे ऊपर तो जैसे पहाड़ टूट पड़ा। एक ही साथी था, जिससे सुख-दुख बाँट लिया करती थी, वह भी चला गया। किसी तरह अपने आप को संभाला। मुझे कुछ पेंशन मिलने लगा। बीमारी में लिए गए कर्ज की राशि का भुगतान करना मुश्किल हो गया। अंत में सामने की जमीन को बेचना पड़ा। मेरे हिस्से के मकान को मुझे छोटे बेटे के नाम करना पड़ा। इसी के बाद परेशानी शुरू हुई। मैं नीचे छोटे बेटे के साथ रहने लगी। उसके बच्चे बड़े होने शुरू हुए। उनके लिए अलग कमरा चाहिए था। तब मुझे स्टोर रूम में जगह दी गयी। वहाँ मेरा दम घुटता था, लेकिन क्या करती, कहाँ जाती।

सरस्वती ने रोते हुए आगे कहा-

'एक दिन मैंने छोटे बेटे को बड़े बेटे से कहते सुना कि वह मुझे अपने साथ ऊपर के तल्ले में रखे। बड़े बेटे ने साफ मना कर दिया।

तब छोटे बेटे ने कहा कि वह मुझे किसी वृद्धाश्रम में भेज देगा। उसने मुझसे भी कहा। मुझे बहुत दुख हुआ। मैंने उससे हाथ जोड़ कर कहा कि वह मुझे स्टोर में ही रहने दे। लेकिन उसने कहा कि उसे स्टोर में सामान रखना है। उसके दस दिन बाद छोटा बेटा मुझे यहाँ वृद्धाश्रम छोड़ गया। तब से मैं यहीं रहती हूँ। पिछले दो साल में सिर्फ एक बार बड़ा बेटा मिलने आया है, वह भी किसी कागज पर मेरे दस्तखत की जरूरत थी'।

इतना कहते-कहते सरस्वती ज़ोर से रोने लगीं। अविनाश उनके नजदीक जाकर उनके कंधे पर हाथ रख कर कहा-

'आंटी, आप प्लीज मत रोईए। मैं आपका दर्द समझ सकता हूँ। अजीब दुनिया बनाई है, भगवान ने। मैं अपनी माँ के लिए तरस रहा हूँ और कोई अपनी माँ को छोड़ कर चला गया है। आप बिलकुल न रोएँ आंटी। मैं रोज आपसे मिलने आऊँगा। मैं आपके साथ आपके आश्रम भी चलूँगा। आप आज से मुझे अपने बेटे जैसा समझिए'।

अविनाश की बात सुनकर सरस्वती और रोने लगीं और अविनाश के गले लग गईं। उन्होंने कहा-

'बेटा, चूंकि तुम्हें माँ नहीं मिली, इसलिए तुम एक माँ की कीमत समझ रहे हो। तुम्हारी तरह की औलाद हर किसी को मिले। मेरी औलाद तुम जैसी नहीं निकली। मैं किसी दिन तुम्हें अपने वृद्धाश्रम ले चलूँगी। वहाँ मुझ जैसे और भी कई लोग रहते हैं'।

अविनाश ने कहा-

'चलिये आंटी, मैं आपको छोड़ देता हूँ'।

सरस्वती ने कहा-

'नहीं बेटा, मैं चली जाऊँगी'।

अविनाश ने कहा-

'नहीं आंटी, अंधेरा होने को चला है। मैं आपको छोड़ देता हूँ। इसी बहाने मैं आपका आश्रम भी देख लूँगा और किसी दिन आकर वहाँ लोगों से मिलूंगा'।

दोनों वहाँ से उठ कर बाहर निकल गए। गंगा घाट से आश्रम दस मिनट की दूरी पर था। अविनाश ने देखा। एक पुरानी हवेली की तरह एक तल्ले का मकान था, जिसके बाहर आश्रम लिखा था। अविनाश ने सरस्वती को आश्रम के गेट तक छोड़ दिया। सरस्वती ने कहा-

'मैं तुम्हें आज ही अंदर ले जाती, लेकिन रात होने को है। तुम भी अपने हॉस्टल चले जाओ'।

अविनाश उन्हें छोड़ कर वापस अपने हॉस्टल आ गया। रात में पढ़ने के दौरान वह सरस्वती के बारे में सोचता रहा। कैसी तकलीफ हुई होगी उन्हें, जब उनके लड़कों ने उन्हें घर से बेदखल कर वृद्धाश्रम में छोड़ दिया होगा। उसे मन हो रहा था कि वह जाकर उनके बेटों से इस बात के लिए लड़ाई करे।

अविनाश ने अब सिविल सर्विस की तैयारी ज़ोर-शोर से शुरू कर दी थी। उसने हिस्ट्री और पॉलिटिकल साइन्स विषय चुना था। उसे हिस्ट्री में मेहनत करनी थी। वह बाज़ार से कुछ और किताबें खरीद कर ले आया था। रूटीन के हिसाब से वह रात के ग्यारह बजे तक पढ़ने लगा था। सुबह पाँच बजे उठ जाता था।

दो दिन बाद शनिवार को कॉलेज की छुट्टी थी। अविनाश ने सरस्वती के आश्रम जाने की सोची। वह लगभग ग्यारह बजे दिन में वहाँ गया। जैसा उसने उस दिन देखा था, एक बड़े कैम्पस में पुराना अंग्रेजों के जमाने का मकान रहा होगा, जिसे थोड़ा ठीक कर आश्रम

बनाया गया था। देख कर लगता था कि इसमें कई कमरे होंगे। अंदर घुसने पर बाहर एक छोटा-सा कमरा था, जिसमें टेबल लगाकर एक बुजुर्ग व्यक्ति बैठे थे। अविनाश ने उनसे कहा-

'मुझे सरस्वती जी से मिलना है'।

उन व्यक्ति ने कहा-

'आप कहाँ से आए हैं'।

अविनाश ने जवाब दिया-

'मैं पास में ही रहता हूँ। वो मुझे जानती हैं। आप कहिएगा, अविनाश आया है'।

उन व्यक्ति ने कहा-

'ठीक है, आप बैठ जाइए, मैं उनको बुला देता हूँ'।

थोड़ी देर में सरस्वती बाहर आ गईं। अविनाश ने पहली बार उनके पैर छू कर प्रणाम किए। उन्होंने कहा-

'अरे बेटा, बस हो गया। आओ मैं तुम्हें अंदर ले चलती हूँ'।

अविनाश उनके साथ अंदर गया। अंदर घुसते ही एक बड़ा-सा आँगन था। उसके तीन तरफ बरामदे थे, जिससे सटे कमरे बने थे। आँगन में कुछ लोग कुर्सी और खटिया लगाकर बैठे थे। कुछ लोग बरामदे में थे। सरस्वती ने कहा-

'यहाँ बाईं तरफ पाँच और दायीं तरफ पाँच कमरे हैं। बाईं तरफ में महिलाएं रहती हैं और दायीं तरफ में पुरुष। सामने एक तरफ रसोई है और उसके बगल में अंदर जाकर दोनों तरफ महिलाओं और पुरुषों के लिए अलग-अलग बाथरूम हैं। यहाँ कुल तीस लोग रहते हैं। एक कमरे में तीन लोग। सभी महिला और पुरुष अलग-अलग परिवार के

हैं, सिर्फ एक पति और पत्नी हैं, जो एक कमरे में रहते हैं। यहाँ हमें महीने के दो हज़ार रुपये देने होते हैं, जो मैं अपने पेंशन से देती हूँ। बाकी इंतजाम सरकारी मदद से होता है। चलो मैं तुम्हें कुछ लोगों से मिलवाती हूँ'।

दायीं तरफ के बरामदे के शुरू में एक कमरे में सरस्वती अविनाश को ले गईं। वहाँ उन्होंने एक दंपत्ति गोपाल जी और सरला से मिलवाया। सरस्वती ने अविनाश का सरला से परिचय कराते हुए कहा-

'सरला, इससे मिलो, यह अविनाश है, यहीं पास में रहता है। मैंने इसी के बारे में तुम्हें बताया था। बिलकुल हमलोगों के बेटे जैसा है। इसे बहुत इच्छा थी, यहाँ आश्रम के लोगों से मिलने की, इसीलिए मैं इसे यहाँ ले आई'।

अविनाश ने गोपाल जी और सरला को हाथ जोड़कर प्रणाम किया। सरस्वती ने आगे कहा-

'अविनाश, सरला यहाँ मेरी सबसे अच्छी दोस्त है। बिलकुल मेरी छोटी बहन की तरह। गोपाल बहुत मज़ाकिया इंसान हैं। दिनभर हमलोगों का मनोरंजन करते रहते हैं'।

अविनाश ने सरला से पूछा-

'आंटी, आपलोग यहाँ कब आए और क्यों'।

सरला की जगह गोपाल जी ने हँसते हुए जवाब दिया-

'हमलोग मस्ती करना चाहते थे, इसलिए यहाँ आ गए। वैसे इस तरह के आश्रम में वही लोग आते हैं, जो या तो बिना संतान के बुढ़ापे में अकेले हो जाते हैं या जिन्हें उनकी संतान ने अकेला यहाँ छोड़ दिया। हमलोग पहले वर्ग में आते हैं। ऊपर वाले ने हमें संतान का सुख नहीं दिया। नौकरी की, किराए के मकान में रहे। कई सालों

की नौकरी के बाद मन उचाट हो गया। एक दिन नौकरी छोड़ दी। देश भ्रमण किया। दोस्त ज्यादा नहीं बन पाये। रिश्तेदार ज़्यादातर मतलबी निकले। एक दिन तय कर लिया, किसी वृद्धाश्रम में आगे की जिंदगी गुजारनी है, सो यहाँ चले आए। पिछले तीन वर्ष से हम यहाँ हैं और अपने मन की जिंदगी जी रहे हैं। संतान न होने का एक मलाल था, वह भी यहाँ आकर खत्म हो गया, जब कई संतान वालों को भी अंत में यहीं अपने साथ पाया। यहाँ नए दोस्त मिले, जिनके साथ बाकी की जिंदगी हँसते-गाते कट जाएगी। दरअसल, मैं यहाँ आकर अपने आप को ज्यादा जवान महसूस करता हूँ। तुम भी अपने बारे में हमें बताओ'।

अविनाश ने गोपाल जी से कहा-

'जैसा आंटी ने बताया, आप वाकई बेहद ज़िंदादिल इंसान हैं। मैं यहाँ के पटना कॉलेज में बीए की पढ़ाई कर रहा हूँ। मेरी परवरिश एक अनाथाश्रम में हुई है'।

गोपाल जी ने हँसते हुए कहा-

'अरे ये तो बहुत अच्छा है, हमारी कोई संतान नहीं है और तुम्हारे माता-पिता नहीं हैं। हम लोगों की अच्छी जमेगी। चलो कुछ देर बैठ कर और सब बातें करते हैं। मुझे लोगों से बातें करना अच्छा लगता है'।

गोपाल जी की बात पर सरस्वती ने टोका-

'गोपाल, मुझे इसे यहाँ के और लोगों से भी मिलवाना है और इसे हॉस्टल जाकर पढ़ाई भी करनी है। किसी छुट्टी के दिन ये आपके साथ बैठ जाएगा'।

इसके बाद सरस्वती अविनाश को आँगन में ले गईं। वहाँ कोने में एक कुर्सी पर एक सज्जन बैठ कर अखबार पढ़ रहे थे। चेहरा उनका रोबीला था। सरस्वती उनके पास गईं और उनसे कहा-

'इससे मिलिये, ये अविनाश है। यहाँ पास के हॉस्टल में रहता है'।

उन सज्जन ने अखबार से नजर हटाकर नाक पर के चश्मे के ऊपर से अविनाश को देखा और कहा-

'ये वही लड़का है, जिसकी आप कुछ दिनों से जिक्र करती हैं। आओ बैठो'।

उनके सामने लगी बेंच पर सरस्वती और अविनाश बैठ गए। सरस्वती ने तब अविनाश से कहा-

'बेटा, ये सुरेन्द्र जी हैं। पहले फौज में थे। बाद में युद्ध के दौरान इनके पैर में चोट लगने के कारण, इन्होंने फौज छोड़ दी। बहुत अच्छे इंसान हैं। मैं, सरला और गोपाल के अलावा इनसे अपना सुख-दुख बांटती हूँ'।

अविनाश ने उन्हें प्रणाम करने के बाद पूछा-

'अंकल, फौज में रहने के बाद भी आप यहाँ'।

सुरेन्द्र जी ने जवाब दिया-

'बेटे, मजबूरी मुझे यहाँ ले आई। मेरी पत्नी और मेरी इकलौती बेटी की एक सड़क दुर्घटना में मौत हो गयी। मैं बिलकुल टूट गया। पैर की चोट के कारण मुझे अकेले रहने में दिक्कत होने लगी। एक फौजी होकर मैं नहीं चाहता था कि मैं यहाँ आकर रहूँ, लेकिन एक दिन मैं अकेले जब अपने घर में सीढ़ियों से गिर पड़ा, तब मैंने सोच लिया कि मुझे इस जैसे एक आश्रम का सहारा लेना पड़ेगा, जहां मेरी देखभाल हो सके। यहाँ मैं भी दो साल पहले आया। सभी ने मेरा बहुत अच्छा साथ दिया, लेकिन सरस्वती जी ने मेरी बहुत सेवा की। ये मेरे परिवार की न होकर भी मेरे पैरों की रोज़ मालिश करती रही

हैं। इससे मेरे पैर बहुत अच्छे हो गए हैं और मैं अब अच्छी तरह चल-फिर सकता हूँ'।

सुरेन्द्र जी की बात पर सरस्वती ने कहा-

'बेटा, क्या कहूँ, जब ये यहाँ आए थे, तब बिना सहारा के चल भी नहीं सकते थे। उस वक़्त इनकी देखभाल करने वाला यहाँ कोई नहीं था। सबकी अपनी-अपनी दिक्कतें थीं। मैं इन्हें ऐसी हालत में देख नहीं पायी। एक डॉक्टर को दिखाया, जिसने इन्हें खाने के लिए दवा दी और इनके पैरों की मालिश और एक्सर्साइज़ की सलाह दी। मैंने मानवता के ख्याल से इनकी मदद की'।

अविनाश ने कहा-

'मुझे यहाँ आकर बहुत अच्छा लग रहा है। आपलोग बिलकुल एक परिवार की तरह यहाँ रहते हैं और एक दूसरे के सुख-दुख में मदद करते हैं। मैं यहाँ अब समय-समय पर आया करूंगा। अभी और लोगों से भी मिलना है'।

सरस्वती ने कहा-

'अब आज के लिए शायद मिलना काफी होगा। हमलोगों के दिन के खाने का वक़्त होने जा रहा है। तुम भी आज हमारे साथ खाना खाकर जाओ। तब तक मैं तुम्हें इस आश्रम के केयर टेकर मदनमोहन जी से मिलवा देती हूँ। वे भी बहुत अच्छे इंसान हैं'।

सरस्वती अविनाश को लेकर बाहर आश्रम के ऑफिस के कमरे में ले गईं। वहाँ वही व्यक्ति बैठे मिले, जिनसे अविनाश ने आश्रम में घुसते वक़्त मुलाक़ात की थी। सरस्वती ने अविनाश का उनसे परिचय कराया। मदनमोहन जी ने अविनाश से कहा-

'बेटा, मैं भी यहाँ बहुत साल पहले अपने घर से निकलकर आ गया और अब यही मेरा घर है और यहाँ के लोग ही मेरे परिवार के

सदस्य हैं। उम्र में सबसे बड़ा होने के कारण आश्रम को चलाने वालों ने मुझे रोज के काम की जिम्मेवारी दे दी, बस उसी में व्यस्त रहता हूँ। काम ज्यादा हो जाता है, तब इनमें से किसी की मदद ले लेता हूँ। आज के जमाने में तुम जैसी उम्र के बच्चे इस आश्रम में कम आते हैं। तुम यहाँ खुद सबसे मिलने आए हो, जानकर अच्छा लगा। समय मिले तब बीच-बीच में यहाँ आते रहा करो, इन लोगों से मिला करो, इन्हें अच्छा लगेगा। चलो हमारे साथ दोपहर का भोजन करो'।

सरस्वती अविनाश को खाने के कमरे में ले गईं। वहाँ एक लंबी टेबल लगी थी, जिसमें चालीस लोगों के एक साथ बैठ कर खाने की व्यवस्था थी। खाना एक तरफ टेबल पर लगा था। सभी को अपनी प्लेट लेकर खाना निकालकर टेबल पर बैठ कर खाना था। अविनाश ने भी अपना खाना निकाल लिया और सरस्वती के बगल में बैठ गया। खाना शुरू करने के पहले सरस्वती ने सबको ज़ोर से आवाज देकर कहा-

'आज हमारे साथ अविनाश खाने के लिए आया है। मैंने आज इसे कुछ लोगों से मिलवाया है। अगली बार एक-एक कर बाकी लोगों से भी मिलवा दूँगी'।

सभी ने हाथ हिलाकर अविनाश का अभिवादन किया। अविनाश ने भी हाथ जोड़ कर सबको प्रणाम किया। थोड़ी देर में सबके साथ खाना खाकर अविनाश वहाँ से अपने हॉस्टल के लिए निकल गया।

आठ

नंदिनी अब धीरे-धीरे नए वातावरण में व्यवस्थित हो गयी थी। उसे खन्ना साहब और निर्मला जी का भरपूर प्यार मिल रहा था। अब नंदिनी अपनी माँ के साथ रसोई में जाकर खाना बनाना सीख रही थी। दोनों माँ-बेटी साथ-साथ बाज़ार जाकर ख़रीदारी किया करतीं। नंदिनी के लिए निर्मला जी ने ढेर सारे नए ड्रेस खरीदे थे। नंदिनी की मीडिया में ट्रेनिंग शुरू हो गयी थी। वह शाम में कॉलेज से लौटकर ऑनलाइन ट्रेनिंग लिया करती।

राकेश ज़्यादातर अपनी पढ़ाई और अपनी धुन में लगा रहता। वह बीच-बीच में नंदिनी से मिलने उसके घर चला जाया करता था। नंदिनी ने अपने पापा से कह कर शाम की मीडिया ट्रेनिंग में राकेश को भी शामिल कर लिया था।

अविनाश हर तीन-चार दिन बाद शाम के समय आश्रम चला जाया करता था और वहाँ के लोगों से बातें करता। वह बीच-बीच में आश्रम के काम में मदनमोहन जी की मदद भी कर दिया करता था। वहाँ सरस्वती ने उसकी पहचान एक और महिला दोस्त रेखा जी से कराई। सरस्वती ज़्यादातर सरला और रेखा जी के साथ आश्रम में गप्पें लड़ाया करती थीं। रेखा जी का भी इस दुनिया में कोई अपना नहीं था। उनकी कोई संतान नहीं थी और उनके पति की मौत कई

साल पहले हो चुकी थी। वे भी सरस्वती के साथ दो वर्ष पूर्व आश्रम में आई थीं। अविनाश जब भी आश्रम जाता, वह सरस्वती के साथ बैठ कर लंबी बातें किया करता। वह उन्हें अपनी पढ़ाई, नंदिनी, राकेश, सेवाश्रम और साथ-साथ सिविल सर्विस की तैयारी के बारे में भी बताता। कभी-कभी सुरेन्द्र जी इन दोनों के साथ बातचीत में भाग ले लिया करते थे।

बीए के अंतिम वर्ष के आखिरी छह महीने बच गए थे। अविनाश को बीए के इम्तहान की तैयारी के साथ-साथ सिविल सर्विस की भी तैयारी करनी पड़ रही थी। वह ज़्यादातर रात में देर तक पढ़ाई करता। चूंकि उसने कोई कोचिंग क्लास जॉइन नहीं की थी, इसलिए उसे सारी तैयारी खुद के भरोसे करनी थी। वह नंदिनी से भी कम मिल पाता था। हालाकि, उसने नंदिनी से आश्रम जाने और सरस्वती से मिलने की बात बताई थी। वह सेवाश्रम भी अब पंद्रह दिनों में एक बार जाया करता था। अब तीनों एक साथ कम जा पाते थे। नंदिनी दस दिनों में एक बार जाती थी और राकेश महीने में एक बार जा पाता था। एक बार लक्ष्मी के ज्यादा बीमार होने पर तीनों एक साथ वहाँ गए थे। डॉक्टर साहब ने लक्ष्मी को अस्पताल में भर्ती करा दिया था। वहाँ उनकी देखभाल के लिए बारी-बारी से तीनों को दिन और रात में रुकना पड़ा था।

नंदिनी का बीसवाँ जन्मदिन सात दिनों बाद था। खन्ना साहब के यहाँ जाने पर उसका यह पहला जन्मदिन था। खन्ना साहब और निर्मला जी नंदिनी का जन्मदिन धूमधाम से मनाना चाहते थे। उनकी शहर में अच्छी जान-पहचान थी, इसलिए वे अपने सभी पहचान वालों को बुलाना चाहते थे। इस बारे में खन्ना साहब ने नंदिनी की राय भी जाननी चाही। उन्होंने नंदिनी को बुलाकर कहा-

'बेटा, यहाँ आने के बाद ये तुम्हारा पहले जन्मदिन है। हमलोग इसे बहुत धूम-धाम से मनाना चाहते हैं। मुझे समाज को बताना भी

है कि हमारी बेटी हमें वापस मिल गयी है। तुम्हें भी अपने दोस्तों को बुलाना होगा। तुम्हारी क्या राय है'।

नंदिनी ने कुछ सोच कर जवाब दिया-

'पापा, इतने बड़े रूप में जन्मदिन मनाना क्या उचित रहेगा। फिर भी अगर आप चाहते हैं, तो मुझे कोई ऐतराज नहीं होगा, लेकिन मेरी एक इच्छा है'।

निर्मला जी ने कहा-

'बताओ बेटा, क्या चाहिए तुम्हें'।

नंदिनी ने जवाब दिया-

'मुझे कुछ नहीं चाहिए, आप लोगों ने मुझे बहुत दिया है। बस मेरा मन था कि मेरे जन्मदिन की पार्टी में सेवाश्रम से सभी लोग आयें। मुझे बहुत अच्छा लगेगा'।

खन्ना साहब ने जवाब दिया-

'बेटा, इसमें कौन सी बड़ी बात है। हम उन्हें जरूर बुलाएँगे। मैं उनके आने-जाने के लिए बस की व्यवस्था कर दूँगा। तुम जाकर उन्हें निमंत्रण दे देना। मैं भी फोन से घनश्याम बाबू को सबके साथ आने का निमंत्रण दे दूँगा'।

जन्मदिन के चार दिन पहले नंदिनी ने अविनाश को फोन कर अपने घर बुलाया। वह चाहती थी कि जब वह निमंत्रण देने के लिए सेवाश्रम जाये, तब अविनाश भी उसके साथ रहे। दोनों साथ-साथ सेवाश्रम गए। नंदिनी को कई दिनों बाद देखकर घनश्याम बाबू और लक्ष्मी बहुत खुश हुए। नंदिनी ने घनश्याम बाबू से कहा-

'बाबा, मैं आपलोगों को अपने जन्मदिन की पार्टी में आने के लिए निमंत्रण देने आई हूँ। आपको यहाँ के लोगों, बड़ी अम्माँ, गंगा

काकी, गणेश काका, श्रवण काका और सभी बच्चों को लेकर आना है। पापा ने आपलोगों के जाने और आने के लिए बस का इंतजाम कर दिया है'।

घनश्याम बाबू ने हँसते हुए जवाब दिया-

'अरे बेटा, वहाँ पार्टी में शहर के बड़े-बड़े लोग होंगे, उसमें हम सबको क्यों बुला रही हो। तुम बाद में किसी दिन आकर अपना जन्मदिन यहीं मना लेना'।

नंदिनी ने जवाब दिया-

'बाबा, आपलोगों से बड़ा मेरा इस दुनिया में कौन है। आपलोग नहीं होते, तब हमारा क्या हुआ होता। आज हम जो कुछ भी हैं, आपके और बड़ी अम्माँ की परवरिश के कारण हैं। आपलोग अगर नहीं आएंगे, तब मैं अपना जन्मदिन नहीं मनाऊंगी। आपलोगों को आना ही होगा। जहां तक यहाँ जन्मदिन मनाने की बात है, मैं उस दिन सुबह प्रार्थना के वक़्त यहाँ आ जाऊँगी और पहले आपलोगों के साथ अपना जन्मदिन मनाऊंगी। मैं डॉक्टर अंकल को भी निमंत्रण देने जाऊँगी'।

घनश्याम बाबू ने कहा-

'ठीक है बेटा, तुम इतना ज़ोर दे रही हो, हमलोग जरूर आएंगे'।

थोड़ी देर बैठने के बाद नंदिनी अविनाश के साथ निकल गयी। रास्ते में उसने अविनाश से कहा-

'अविनाश, मैं तुम्हारे साथ अपने जन्मदिन के ड्रेस की शॉपिंग करना चाहती हूँ'।

अविनाश तैयार हो गया। दोनों पास के एक मॉल में गए। नंदिनी ने कई ड्रेस खरीदे। एक दुकान के बाहर उसे एक लड़कों का ड्रेस दिखा, जो बहुत सुंदर था। उसने अविनाश से कहा-

'अविनाश मैं तुम्हारे लिए ये कपड़े खरीदना चाहती हूँ। तुम पर खूब जचेंगे। वैसे भी जाड़ों का मौसम है। इसमें जैकेट के साथ यह ड्रेस बहुत जम रहा है'।

अविनाश ने कहा-

'नंदी, मेरे पास बहुत ड्रेस हैं। बेकार में पैसे खर्च करने की जरूरत नहीं है। मैं कोई भी ड्रेस पहन कर तुम्हारी पार्टी में आ जाऊंगा'।

नंदिनी ने पलटकर जवाब दिया-

'कम से कम मेरा मन रखने के लिए, मुझे ये ड्रेस खरीदने दो'।

दोनों दुकान के अंदर गए। अविनाश ने ड्रेस पहन कर देखा। वह उस पर बहुत जम रहा था। नंदिनी ने अपने फोन से उसकी तस्वीर ली और कहा-

'मैं चाहती हूँ कि तुम यही ड्रेस पहनकर पार्टी में आओ। यह ड्रेस मेरे ड्रेस के रंग से मेल खाता है। हमारी जोड़ी अच्छी लगेगी'।

अविनाश ने हँसते हुए कहा-

'ठीक है यार, तुम जैसा ठीक समझो'।

मॉल में ही दोनों ने साथ बैठ कर खाना खाया। उसके बाद नंदिनी ने राकेश, अमित और अपनी कुछ और दोस्तों को फोन कर जन्मदिन की पार्टी के लिए आमंत्रित किया।

चार दिनों बाद नंदिनी का जन्मदिन आया। सुबह वह जल्दी उठ गयी और आठ बजने के पहले सेवाश्रम पहुँच गयी। वहाँ अविनाश पहले से मौजूद था। सारे बच्चे बाहर प्रार्थना के लिए लाइन में खड़े थे। घनश्याम बाबू ने नंदिनी और अविनाश को प्रार्थना गाने के लिए

कहा। दस मिनट में प्रार्थना खत्म हुई। उसके बाद अविनाश ने श्रवण काका के हाथों का बनाया हुआ गुलदस्ता नंदिनी को देकर कहा-

'देख नंदी, तुम्हारे जन्मदिन पर कितने सालों के बाद श्रवण काका ने उसी तरह का गुलदस्ता बनाया है, जैसा तुम्हें पहले बना कर दिया करते थे। एक बार फिर जन्मदिन की बधाई'।

सभी बच्चों ने भी एक बार ज़ोर की आवाज़ में नंदिनी को हैप्पी बर्थडे कहा। नंदिनी ने पहले सभी बड़ों के पैर छुए, उसके बाद उसने गाड़ी से मिठाई का पैकेट निकाला, जिसे उसने सभी बच्चों में बाँट दिया। लक्ष्मी ने नंदिनी को गले लगाते हुए कहा-

'बेटा, इसी तरह अपने हरेक जन्मदिन में यहाँ आ जाया करो, हमें और बच्चों को भी अच्छा लगेगा'।

घनश्याम बाबू ने कहा-

'हमारी नंदिनी बड़े घर जरूर चली गयी है, लेकिन उसका स्वभाव बिलकुल नहीं बदला है। बस इसी तरह अपने बाबा और अपनी बड़ी अम्माँ को याद करती रहना'।

नंदिनी ने जवाब दिया-

'बाबा, मैं इस जिंदगी में आपलोगों को कभी नहीं भूल पाऊँगी। चाहे कहीं भी रहूँ, अपने जन्मदिन पर अब मैं यहाँ हर साल आया करूंगी'।

नाश्ते के समय घनश्याम बाबू ने केक काटने का इंतजाम कर दिया था। नंदिनी ने केक काटा। घनश्याम बाबू ने उसे फिर एक किताब भेंट में दी। नंदिनी ने हर बार की तरह सेवाश्रम की फुलवारी में गुलाब का एक पौधा लगाया। थोड़ी देर में सबके साथ नाश्ता कर नंदिनी वापस अपने घर चली गयी। जाते-जाते उसने सभी को शाम में आने का निमंत्रण दिया।

शाम में नंदिनी का घर और बाहर का गार्डेन दुल्हन की तरह सजा हुआ था। पूरे गार्डेन में जगह-जगह पर छोटे शामियाने लगाए गए थे, जिसमें ठंड के कारण हीटर की भी व्यवस्था थी। खन्ना साहब के परिचित और सेवाश्रम आदि मिलाकर लगभग पाँच सौ मेहमान के आने की आशा थी। खाने-पीने के अलग स्टॉल लगाए गए थे। गाने-बजाने का भी कार्यक्रम था। बीच में एक टेबल पर एक बड़ा सा केक रखा था, जिसे नंदिनी को काटना था।

नंदिनी ने पीले और लाल रंग का लहंगा पहना था। अविनाश और राकेश जल्दी पहुँच गए थे। अविनाश ने नंदिनी का खरीदा हुआ ड्रेस पहना था। धीरे-धीरे मेहमानों के आने का सिलीसिला शुरू हो गया। नंदिनी वैसे अविनाश और राकेश के साथ-साथ थी, लेकिन बीच-बीच में खन्ना साहब अपने परिचितों से उसे मिलवा रहे थे। थोड़ी देर में सेवाश्रम से आई हुई बस गेट पर रुकी। नंदिनी दौड़ कर बाहर गयी। सभी बस से उतर कर अंदर की तरफ आने लगे। नंदिनी ने सेवाश्रम के लोगों के लिए एक अलग शामियाने का इंतजाम करवा दिया था। अविनाश और राकेश की मदद से उसने सभी बच्चों और बड़ों को शामियाने में बिठाया। खन्ना साहब भी वहाँ आए और उन्होंने घनश्याम बाबू से कहा-

'हमें बहुत खुशी है, आप सभी लोग यहाँ नंदिनी को आशीर्वाद देने के लिए आए। दरअसल नंदिनी पर पहला हक, आप ही लोगों का है। आपलोग बिलकुल संकोच नहीं करेंगे, ये आपका ही घर है। सभी खाना खा कर जाएँगे'।

अविनाश और राकेश सेवाश्रम के लोगों की देखभाल कर रहे थे। निर्मला जी अपने मेहमानों से नंदिनी का परिचय करा रही थीं। थोड़ी देर बाद सभी मेहमानों को गार्डेन में केक वाली टेबल के पास इकट्ठा किया गया। अब जन्मदिन के केक काटने का समय हो गया

था। खन्ना साहब नंदिनी को लेकर टेबल के पास आ गए। निर्मला जी भी उनके साथ थीं। खन्ना साहब ने नंदिनी को केक काटने का इशारा किया। नंदिनी ने एक बार नज़र घुमा कर देखा और सेवाश्रम के शामियाने की ओर बढ़ी। तब तक उसे घनश्याम बाबू और लक्ष्मी नज़र आ गए। उसने दोनों का हाथ पकड़ा और उन्हें लेकर केक के टेबल के पास ले आई। अब नंदिनी की एक तरफ खन्ना साहब और निर्मला जी और दूसरी तरफ लक्ष्मी और घनश्याम बाबू थे। उसने अविनाश, राकेश, अमित और अपनी दोस्तों को भी आवाज़ देकर सामने बुला लिया।

नंदिनी ने केक काटा। सभी ने मिलकर जन्मदिन का गाना गया। नंदिनी ने केक में से एक टुकड़ा लेकर पहले लक्ष्मी को और उसके बाद अपनी माँ को खिलाया। वहाँ खड़े ज़्यादातर लोग यह सोच रहे थे कि आखिर नंदिनी के बगल में खड़े दो बुजुर्ग कौन हैं।

केक काटने के बाद खन्ना साहब ने माइक अपने हाथ में लिया और कहा-

'आप सभी आज यहाँ नंदिनी के जन्मदिन में आए, आप सभी का शुक्रिया। आप सोच रहे होंगे कि केक काटते समय नंदिनी के बगल में कौन खड़े थे। मैं बताना चाहूँगा कि घनश्याम बाबू नंदिनी के बाबा हैं और लक्ष्मी जी नंदिनी की बड़ी अम्माँ हैं। ये दोनों वर्षों से सेवाश्रम चलाते हैं और नंदिनी की परवरिश वहीं हुई। इसकी शक्ल मेरी बेटी से मिलती है। इसको जब मैंने पहली बार देखा, उसी वक़्त मैंने सोच लिया था कि मैं इसे अपनी बेटी बना कर अपने घर लाऊँगा। आखिर नंदिनी आ गयी और हमें हमारी खोई हुई बेटी वापस मिल गयी।

इसके बाद खन्ना साहब ने निर्मला जी के साथ मिलकर फूलों का बड़ा गुलदस्ता नंदिनी को दिया। उसके बाद निर्मला जी ने नंदिनी

की आरती उतार कर उसके माथे पर तिलक और अक्षत लगाया। सभी मेहमानों ने ताली बजाकर नंदिनी का अभिवादन किया। नंदिनी ने खन्ना साहब और निर्मला जी को पैर छू कर प्रणाम किया। उसने घनश्याम बाबू और लक्ष्मी के भी पैर छुए। घनश्याम बाबू ने कहा-

'बेटा, आज मेरा बहुत दिनों का सपना पूरा हुआ। तू जब छोटी थी, तब से मैं सोचा करता था कि कोई बड़े घर वाला परिवार तुम्हें गोद ले ले। बचपन में तो यह संभव नहीं हो सका, लेकिन आज कम से कम गोद लेना न सही, खन्ना साहब के परिवार की तुम बेटी बन गयी हो। मेरी तमन्ना पूरी हो गयी। सदा सुखी रहो'।

इसके बाद सभी मेहमान खाना खाने के लिए चले गए। नंदिनी ने खास तौर पर सेवाश्रम के बच्चों का खाना खाते समय ध्यान रखा। अविनाश लगातार घनश्याम बाबू, लक्ष्मी और सेवाश्रम के अन्य लोगों के साथ रहा। रात दस बजे तक समारोह सम्पन्न हो गया।

इधर कॉलेज के अंतिम वर्ष के अब चंद महीने बचे थे। जनवरी का महीना खत्म होने को चला था और अप्रैल में फ़ाइनल इम्तहान होने थे। अविनाश को उसके बाद सिविल सर्विस के प्रेलिम्स देने थे और नंदिनी तथा राकेश को एमबीए का एंट्रैन्स इम्तहान देना था। अविनाश दिन-रात एक कर पढ़ाई में जुटा था। वह कॉलेज कम जाता था। वैसे भी अब कुछ क्लास बचे थे, जो फरवरी में खत्म हो जाने थे। वह आश्रम भी कम जा पा रहा था।

नंदिनी और राकेश भी फ़ाइनल इम्तहान की तैयारी के अलावा एंट्रेन्स टेस्ट की भी तैयारी में जुटे थे। इस बीच उनकी कॉलेज के बाद की ऑनलाइन मीडिया ट्रेनिंग लगातार जारी रही। वैसे अब यह ट्रेनिंग समाप्ति की ओर थी। दोनों को मीडिया के बारे में सामान्य ज्ञान हो गया था। इम्तहान के बाद उन्हें अखबार और चैनल के दफ्तर में जाकर ट्रेनिंग दी जानी थी। ऑनलाइन ट्रेनिंग के अंत में

उन्हें किसी एक ज्वलंत विषय पर अखबार के लिए लेख तैयार करने के लिए कहा गया। पढ़ाई से समय निकालकर, दोनों को साथ-साथ जाकर लोगों से मिलना था और उसके बाद रिपोर्ट तैयार करनी थी। नंदिनी की समझ में नहीं आ रहा था कि वह किस विषय को चुने, जिसमें लोगों से बात हो सके। उसने राकेश से भी बात की, लेकिन कोई ठोस विषय सामने नहीं आया। नंदिनी ने तब अविनाश की मदद ली। उसने फोन पर अविनाश से कोई विषय सोचने के लिए कहा। अविनाश ने एक दिन का समय मांगा।

अगले दिन कॉलेज में तीनों मिले। नंदिनी ने अविनाश से पूछा-

'कोई विषय तुम्हारी जेहन में आया'।

अविनाश ने जवाब दिया-

'नंदी, सबसे अच्छा विषय तो हमलोगों का है। हम अनाथ लोगों की सेवाश्रम में परवरिश और वहाँ की ज़िंदगी। लेकिन इसमें हम सब के नाम लाने होंगे, जो मैं नहीं चाहता। वैसे मैं पिछले कुछ महीने से पास के एक वृद्धाश्रम में जाता हूँ। वहाँ मेरे बहुत से लोग जान-पहचान के हैं। मैंने उनके जीवन की कहानी सुनी है और मुझे लगता है कि यह विषय तुमलोगों के लिए अच्छा रहेगा। तुमलोग चाहो तो मैं तुम दोनों को कल दिन में वहाँ ले चलूँगा, तुमलोग खुद कुछ लोगों से मिल लेना'।

नंदिनी को अविनाश की राय पसंद आई। उसने कहा-

'ठीक कहतो हो अविनाश। बुजुर्गों की इस तरह की जिंदगी पर लिखा जा सकता है। हमलोग कल वहाँ चलेंगे'।

अगले दिन ग्यारह बजे अविनाश उन्हें आश्रम लेकर गया। सबसे पहले उसने मदनमोहन जी से बात की। वे इस प्रस्ताव के लिए

तैयार हो गए। उसके बाद अविनाश नंदिनी और राकेश को सरस्वती से मिलाने गया। सरस्वती और सुरेन्द्र जी आँगन में बैठकर बातें कर रहे थे। अविनाश उनके पास गया और उसने सरस्वती से कहा-

'आंटी, ये नंदिनी और राकेश हैं। मैंने इनके बारे में आपको कई बार बताया है। दोनों मेरे साथ के हैं। ये भी सेवाश्रम में मेरे साथ पले-बढ़े हैं। अभी ये मीडिया रिपोर्टिंग की ट्रेनिंग ले रहे हैं, जिसमें इन्हें किसी विषय पर रिपोर्ट लिखनी है। मैं इन्हें आश्रम ले आया, आप लोगों से बात करने के लिए। ये आपलोगों के ऊपर एक लेख लिखेंगे, जो अखबार में छपेगा। आपलोगों को इसमें कोई ऐतराज तो नहीं होगा'।

सरस्वती ने नंदिनी और राकेश की तरफ देखा। दोनों ने उन्हें हाथ जोड़ कर प्रणाम किया। सरस्वती ने तब नंदिनी से कहा-

'बेटे, तुम अविनाश के साथ आई हो, इसलिए तुम पर हमें भरोसा है कि तुम सही बातें लिखोगी। अविनाश को हमलोगों के बारे में सबकुछ पता है। फिर भी मैं तुम्हें कुछ लोगों से आज मिलवा देती हूँ, तुम खुद उनसे बात कर लो। बेहतर होगा तुम दोनों अलग-अलग बातें करो, जिससे कम समय में ज्यादा लोगों से बात हो सके'।

सरस्वती की बात पर अविनाश ने कहा-

'आप ही से इन्हें शुरुआत करने दीजिये। नंदिनी आपसे बात कर लेगी और राकेश सुरेन्द्र अंकल से'।

सरस्वती और सुरेन्द्र जी अविनाश की बात पर राजी हो गए। राकेश वहीं आँगन में सुरेन्द्र जी के पास बैठ गया और सरस्वती नंदिनी और अविनाश को लेकर अपने कमरे में आ गईं। नंदिनी उनसे बात करने लगी और अविनाश बैठ कर सुनता रहा। नंदिनी उनकी कही बात को एक डायरी में नोट करती जा रही थी। वह बीच-बीच में

अविनाश को देख कर मुस्कुरा देती। तभी सरस्वती ने बीच में रुकते हुए नंदिनी से कहा-

'अच्छा बेटा, थोड़ी देर के लिए अपनी बात की जगह, मैं तुमसे कुछ पूछना चाहती हूँ। अब तक मैंने अविनाश के बारे में उसके मुंह से सुना है। अब तुम बताओ ये कैसा है'।

नंदिनी अचानक पूछे गए इस सवाल के लिए तैयार नहीं थी, लेकिन उसने अविनाश की ओर देख कर मुस्कुराते हुए जवाब दिया-

'आंटी, ये बाहर से बहुत गंभीर दिखता है, लेकिन भीतर से बहुत भोला है। असल में अब तक की जिंदगी में ये मेरा सबसे अच्छा दोस्त और गाइड रहा है। मैंने इससे बहुत कुछ सीखा है। हमारे लड़ाई-झगड़े भी होते रहे हैं, लेकिन वो सब बचपन की बात है। बस एक ही दिक्कत है, शुरू से ये पढ़ाई के चक्कर में मुझे भूल जाता है। मैं इसके पीछे लगी रहती हूँ, लेकिन ये अपनी ही दुनिया में खोया रहता है'।

नंदिनी की बात सुनकर सरस्वती मुस्कुराई और कहा-

'बेटा, कभी-कभी इंसान जुबान से ज्यादा नहीं कह पाता है, लेकिन इसका ये मतलब नहीं है कि यह तुम्हारी कद्र नहीं करता। ये मुझसे हमेशा तुम्हारी चर्चा करता रहता है'।

फिर सरस्वती ने कहा-

'तुम्हें भी पढ़ाई के साथ-साथ अपने दोस्तों से मेल-मिलाप बनाए रखना है। देखो कितनी अच्छी और कितनी समझदार है नंदिनी। बेटा, अविनाश की तरह जब भी तुम्हें मौका मिले, यहाँ आ जाया करो, हमें अच्छा लगेगा। वैसे अभी तुमलोगों के इम्तहान नजदीक हैं। पहले उसे देखो और उसके बाद आना'।

नंदिनी ने कहा-

'आंटी, मुझे भी आपसे मिलकर बहुत अच्छा लगा। अविनाश अक्सर आपकी जिक्र करता है। वह तो आपको अपनी माँ समझने लगा है'।

सरस्वती ने अविनाश को देख कर कहा-

'बिलकुल, मैं इसकी माँ जैसी तो हूँ'।

थोड़ी देर बात करने के बाद सरस्वती ने नंदिनी को सरला से बात करने के लिए भेज दिया। राकेश भी गोपाल जी से बात करने लगा। लगभग डेढ़ घंटे में चार लोगों से बात खत्म कर अविनाश ने उनसे कहा-

'आज के लिए इतना काफी है। अब हमें निकलना चाहिए। इनके खाने का वक़्त हो चला है'।

सरस्वती ने तीनों को खाने के लिए रोका, लेकिन वे पढ़ाई का बहाना कर वहाँ से निकल लिए।

अगले एक सप्ताह तक नंदिनी और राकेश आश्रम में जाकर सरस्वती की मदद से वहाँ के लोगों से मिलते रहे। इतने दिनों में नंदिनी सरस्वती के बहुत करीब हो गयी थी। सरस्वती उससे हमेशा अविनाश के बारे में पूछती थी। राकेश भी वहाँ के लोगों से करीब हो गया था। वह वैसे भी बीच-बीच में वहाँ जाने लगा था। खासकर रेखा जी के साथ बैठ कर वह बातें करता। उनके और सुरेन्द्र जी के बारे में उसने अपने लेख में विस्तार से लिखा था।

एक महीने के भीतर नंदिनी और राकेश का लिखा हुआ लेख अखबार में छप गया। दोनों ने अखबार की कई सारी प्रतियाँ आश्रम में जाकर लोगों को पढ़ने के लिए दीं। इस लेख की बहुत तारीफ हुई। लेख के साथ खासकर सरस्वती, सुरेन्द्र जी, रेखा जी, गोपाल जी और

सरला की तस्वीरें भी छपी थीं। आश्रम के सभी लोग लेख पढ़ कर बहुत खुश हुए।

अब फ़ाइनल इम्तहान में एक महीने का समय बचा था। अविनाश, नंदिनी और राकेश ने अपने-अपने ऑनर्स विषय और अन्य विषयों की तैयारी कर ली थी, लेकिन इस बार तीनों के मन में विश्वविद्यालय में टॉप करने का था। अविनाश और राकेश जैसे हॉस्टल में नजरबंद हो गए थे। दोनों सिर्फ तीन से चार घंटे सोते थे और दिन-रात पढ़ाई में जुटे थे। बीच-बीच में कभी थोड़ी देर के लिए अमित आ जाता, लेकिन कुछ बातें कर तुरंत चला जाता। इधर नंदिनी भी पूरी तरह पढ़ाई में लगी थी। उसकी माँ उसका खास ख्याल रख रही थीं। वह सुबह चार बजे जग कर पढ़ाई शुरू कर देती, जो रात के ग्यारह बजे तक चलती। नंदिनी खाना भी कमरे में खा रही थी। तीनों ने अपने विषय को कई बार दुहरा लिया था।

बीए का फ़ाइनल इम्तहान शुरू हो गया। अविनाश के साथ-साथ नंदिनी और राकेश के पर्चे अच्छे जा रहे थे। लगभग बीस दिनों तक इम्तहान चला। तीनों इम्तहान देकर बहुत संतुष्ट नज़र आ रहे थे। तीनों ने आपस में बात भी की थी और अंदाज़न अपने-अपने नंबर का आंकलन कर लिया था। फ़ाइनल इम्तहान के तुरंत बाद अविनाश का प्रेलिम्स का इम्तहान भी था। उसने इस इम्तहान के दौरान भी अपने आपको हॉस्टल के कमरे में बंद कर लिया था। वैसे प्रेलिम्स वाले दिन वह थोड़ा नर्वस था। बीए की तरह उसे अपने आप पर भरोसा नहीं था। फिर भी उसने इम्तहान दिया। वह बहुत संतुष्ट नहीं था। दरअसल वह प्रश्न के लंबे जवाब लिखने में तेज था, लेकिन प्रेलिम्स में छोटे सवाल और एक जवाब देना था। इसकी तैयारी में अविनाश को कठिनाई हुई थी। वह बीए के रिज़ल्ट को लेकर आश्वस्त था, लेकिन प्रेलिम्स के लिए वह शंका में था।

इम्तहान के एक महीने बाद पहले प्रेलिम्स का रिज़ल्ट निकला। अविनाश की शंका के मुताबिक वह पास नहीं हुआ। अंदर से वह बहुत दुखी हुआ। उसने सोच रखा था कि यदि उसका प्रेलिम्स में हो जाता, तब वह मेंस में अच्छे नंबर ले आता। चूंकि उसने अपने बलबूते पूरी तैयारी की थी, इसलिए वह सिविल सर्विस के इम्तहान के गुर नहीं समझ सका। उसे एहसास हुआ कि उसे कोचिंग लेनी चाहिए थी। उसने सुन रखा था कि स्टूडेंट्स सिविल सर्विस की तैयारी के लिए दिल्ली चले जाते हैं और वहाँ कोचिंग लेकर इम्तहान देते हैं। वह शुरू में इसके बारे में नहीं सोच सका।

प्रेलिम्स के रिज़ल्ट के बारे में जानकर नंदिनी अविनाश से हॉस्टल में मिलने आई। उसने अविनाश से कहा-

'मैं तुम्हारा दुख समझ सकती हूँ, लेकिन ऐसा बहुतों के साथ होता है। तुमने अपनी तरफ से पूरी कोशिश की। मैं तुम्हें एक सलाह देना चाहूंगी। वैसे भी पापा ने तुम्हारे और राकेश की आगे की पढ़ाई का जिम्मा लिया हुआ है। तुम्हारे पास दो रास्ते हैं, या तो तुम एक साल के लिए दिल्ली जाकर किसी अच्छे कोचिंग इंस्टीट्यूट में दाखिला ले लो या अगर तुम्हें अपने ऊपर भरोसा है, तब यहाँ के सबसे अच्छे इंस्टीट्यूट में एक साल तक पढ़ाई करो। मैं पापा से बात कर तुम्हें एक अच्छी कोचिंग क्लास में एक साल के लिए दाखिल करवा सकती हूँ। तुम्हारी मेहनत और कोचिंग के तरीके से देखना, अगले साल तुम जरूर पास हो जाओगे। अगर यहीं रह कर क्लास करनी है, तब तुम एक साल के लिए एमए में यहीं एड्मिशन ले लो और सिर्फ सिविल सर्विस की तैयारी करो'।

अविनाश को नंदिनी की बात जंच गयी। वह अगले दिन नंदिनी के घर खन्ना साहब से मिलने गया। खन्ना साहब ने भी उसे बहुत समझाया। अविनाश ने उनसे पटना के कोचिंग क्लास की

बात की। खन्ना साहब ने तुरंत किसी को फोन लगाया और शहर के सबसे अच्छे कोचिंग क्लास की जानकारी मांगी। थोड़ी देर में उधर से फोन आया। अविनाश के कॉलेज के पास ही एक अच्छे कोचिंग इंस्टीट्यूट का पता चला। खन्ना साहब ने अविनाश को अगले दिन उस इंस्टीट्यूट में जाकर बात करने के लिए कहा।

अगले दिन अविनाश ने कोचिंग इंस्टीट्यूट जाकर बात कर ली। पंद्रह दिनों बाद अगले बैच की क्लास शुरू होनी थी। एक साल की कोचिंग की फीस सवा लाख रुपये थी। अविनाश ने खन्ना साहब से बात कर फीस जमा करवा दी।

प्रेलिम्स में नहीं होने का मलाल अविनाश को बहुत था। वह सोच नहीं सकता था कि वह पास नहीं करेगा। अपने मन को स्थिर करने के लिए वह आश्रम में सरस्वती से मिलने गया। सरस्वती को शायद नंदिनी ने फोन पर अविनाश के रिज़ल्ट के बारे में बता दिया था। अविनाश को देखते ही सरस्वती ने कहा-

'मुझे सब पता चल गया है। कोई बात नहीं है। मेरा मन कहता है, इस साल न सही, अगले साल तुम जरूर पास हो जाओगे। तुम अपना मन छोटा नहीं करो। जो बात बीत गयी, उसके बारे में ज्यादा नहीं सोचनी चाहिए'।

अविनाश ने सरस्वती के सामने जमीन पर बैठ कर अपना सिर उनकी गोद में रख दिया। उसकी आँखों में आँसू थे। उसने कहा-

'आंटी, आज तक मैं किसी इम्तहान में फ़ेल नहीं हुआ। इसी बात का मुझे बहुत दुख है और मेरा मन कहीं नहीं लग रहा है'।

सरस्वती ने अविनाश के बाल सहलाते हुए कहा-

'बेटे, अभी तुमने जीवन की शुरुआत भर की है। ऐसे कई वक़्त आएंगे, जब तुम्हें लगेगा कि तुम हार रहे हो। ऐसे में बस तुम्हें

आँख बंद कर ध्यान करना है। कुछ दिनों में तुम्हें खुद रास्ता मिल जाएगा। चलो अभी मैं तुम्हें गंगा घाट ले चलती हूँ। तुमने इन दिनों वहाँ जाना छोड़ दिया है। मैं अब रोज तुम्हें वहाँ ले कर चलूँगी और तुमसे वहाँ बैठ कर ध्यान लगवाऊंगी। वैसे भी अब तुम्हें अपनी पढ़ाई के साथ-साथ कोचिंग की पढ़ाई भी करनी है। अपने मन को तुम्हें मजबूत बनाना होगा और वह मैं कर दूँगी। बस तुम रोज शाम में मुझे लेकर गंगा घाट चला करो'।

अविनाश उठ कर खड़ा हो गया। दोनों आश्रम से निकलकर गंगा घाट की ओर चल पड़े। वहाँ पहुँच कर उसी बेंच पर दोनों बैठे, जहां पहले अविनाश रोज बैठा करता था। सरस्वती ने अविनाश को आँख मूँद कर ध्यान करने के लिए कहा। अविनाश ने आँख मूँदी, लेकिन कुछ पल में विचलित होकर उसने आँखें खोल दीं। उसे देख कर सरस्वती ने उसका एक हाथ अपने हाथ में ले लिया और उसके बाद उसे ध्यान लगाने के लिए कहा। इस बार अविनाश लगभग दस मिनट तक ध्यान की मुद्रा में शांत बैठा रहा। जब उसने आँखें खोलीं तब सरस्वती ने उससे पूछा-

'बताओ, कैसा लग रहा है'।

अविनाश ने कहा-

'पहले से थोड़ा बेहतर महसूस कर रहा हूँ। थोड़ा लंबा ध्यान करना ठीक होगा'।

अविनाश ने उसी अवस्था में फिर आँखें बंद कर लीं। इस बार वह आधे घंटे तक शांत बैठा रहा। इस दौरान सरस्वती ने उसका हाथ पकड़ा रहा। आधे घंटे के बाद अविनाश ने जब आँख खोली, तब उसने मुस्कुराकर सरस्वती को देखा और कहा-

'आंटी, ध्यान के साथ, आपके हाथ का स्पर्श मुझे ज्यादा काम आया। ऐसा लगा जैसे मेरी माँ ने मुझे अपने हाथों से पकड़ रखा है'।

सरस्वती ने अविनाश से कहा-

'मैं तेरी माँ जैसी ही हूँ बेटा, बस तू इसी तरह रोज मेरे साथ यहाँ आकर बैठा कर। दो-चार दिनों में तेरा मन बिलकुल हल्का हो जाएगा'।

अविनाश ने सरस्वती की गोद में अपना सिर रख दिया और कहा-

'मुझे मेरी माँ याद नहीं, लेकिन अगर आज होती, तब बिलकुल आपके जैसी होती'।

दोनों उसी अवस्था में बातें करते रहे। आधे घंटे के बाद अंधेरा होने लगा, तब अविनाश ने सरस्वती को चलने के लिए कहा। उसने उन्हें आश्रम में छोड़ा और अपने हॉस्टल वापस आ गया। आज उसे बहुत सुकून मिल रहा था।

दो दिनों बाद बीए फ़ाइनल का रिज़ल्ट आ गया। अविनाश, नंदिनी और राकेश ने कमाल कर दिया था। तीनों ने अपने-अपने ग्रुप में टॉप किया था। सबसे पहले कॉलेज जाकर रिज़ल्ट राकेश ने देखा था और उसी ने अविनाश और नंदिनी को फोन किया। दोनों नंदिनी के यहाँ गए। वहाँ उनलोगों ने खन्ना साहब और निर्मला जी के साथ मिलकर पार्टी की। अविनाश की खुशी वापस लौट आई थी। दोनों देर रात अपने हॉस्टल वापस लौटे।

अगले सोमवार से अविनाश की कोचिंग क्लास शुरू हो गयी। उसने हिस्ट्री में एमए में एड्मिशन का फॉर्म भी भर दिया। नंदिनी और राकेश ने विश्वविद्यालय से ही एमबीए करने का फैसला किया। दोनों उसके एंट्रेन्स इम्तहान में बैठे और पास करने के बाद उनका मास मीडिया के लिए एड्मिशन हो गया। यह दो वर्ष का कोर्स था। अब फिर से तीनों विश्वविद्यालय से जुड़ गए थे। अविनाश और

राकेश को दूसरे हॉस्टल में जाना पड़ा, जहां उन्हें अलग से एक-एक रूम मिल गया। अब अविनाश को अकेले में पढ़ने में ज्यादा आसानी होने लगी थी।

अविनाश रोजाना शाम के चार बजे आश्रम जाकर, सरस्वती के साथ गंगा घाट चला जाया करता था। वहाँ दोनों लगभग एक घंटा बैठा करते। उसके बाद अविनाश सरस्वती को लेकर आश्रम आता, जहां सब साथ मिलकर शाम की चाय पीते थे। अविनाश, गोविंद जी और सरला के साथ भी बैठा करता। इस बीच अविनाश आश्रम के हिसाब-किताब में मदनमोहन जी के हाथ भी बंटा दिया करता था। इसके कारण वह सरस्वती के साथ ज्यादा देर तक रह पाता था। राकेश और नंदिनी भी बीच-बीच में आश्रम चले जाया करते थे। नंदिनी भी सरस्वती के साथ बैठ कर लंबी बातें किया करती। राकेश का ज्यादा समय रेखा जी के साथ बीतता था। वह उन्हें कहीं-कहीं की कहानियाँ सुनाया करता।

अगले छह महीने में अविनाश को कोचिंग क्लास करने का फायदा नज़र आने लगा। उसके मन से अब प्रेलिम्स का भय लगभग खत्म हो गया था। वह पूरी तरह तैयारी में जुटा था। सप्ताह में चार दिन वह कॉलेज चला जाता, जिससे सेमेस्टर इम्तहान में बैठने में उसे दिक्कत न हो।

नंदिनी और राकेश को मास मीडिया में ट्रेनिंग के लिए तीन महीने किसी मीडिया के दफ्तर में काम करना था। उन्हें एक पत्रकार के रूप में रिपोर्टिंग करनी थी। खन्ना साहब ने दोनों को अपनी मीडिया "खबर तक" के दफ्तर में ट्रेनिंग की व्यवस्था कर दी। उन्हें समाज के हर क्षेत्र जैसे राजनीति, हिंसा, क्राइम, शहर, खेलकूद, सिनेमा, विदेश आदि से संबन्धित खबर के लिए इन विभागों में बारी-बारी से काम करना था। विभाग के हिसाब से दिन भर में उनका

काम कैमरामैन को लेकर बाहर जाकर खबर एकट्ठी करना और उसे लिखकर अखबार में छपने के लिए या चैनल में दिखाने के लिए देना था। इस काम के कारण दोनों दिन भर व्यस्त रहते थे। कभी-कभी रात की पाली में भी काम करना पड़ता था।

एमबीए साथ करने और अब मीडिया में साथ काम करने के कारण राकेश ज्यादा समय नंदिनी के साथ रहता था। उसने नंदिनी को इशारों और बातों में फिर कई बार बताना चाहा कि वह उसे पसंद करता है। लेकिन नंदिनी अभी भी अविनाश से ज्यादा नहीं मिलने के बावजूद, उसी के गुण गाती रहती थी। इससे राकेश झुँझलाकर नंदिनी से कम बातें करने लगा था। वह उससे अब दूर-दूर रहता था।

इस बीच नंदिनी के व्यवहार के कारण साथ पढ़ने वाली लड़की रश्मि के प्रति राकेश का आकर्षण बढ़ा था। वह क्लास में राकेश के साथ बैठा करती और कैम्पस में भी उसके साथ रहने की कोशिश करती। राकेश को भी उससे बातें करने में अच्छा लगता था। नंदिनी को इस बात का एहसास था। रश्मि की ट्रेनिंग पहले दूसरे मीडिया हाउस में हो रही थी, लेकिन राकेश ने नंदिनी से कह कर उसके पापा के मीडिया चैनल में ही उसकी ट्रेनिंग शुरू करा दी थी। अब राकेश रश्मि के साथ ज्यादा रहता था। नंदिनी अकेले भी बाहर चली जाया करती थी। उसे अकेले काम करने में ज्यादा मजा आ रहा था।

छह महीने का वक़्त और निकल गया। अविनाश के प्रेलिम्स के इम्तहान फिर से नजदीक आ गए। वह इस बार कोई कसर छोड़ना नहीं चाहता था। उसने बहुत मन लगा कर पढ़ाई की थी। मई के महीने में प्रेलिम्स हुए और जून में रिज़ल्ट निकला। अविनाश ने इस बार बाजी मार ली थी। वह पहले से आश्वस्त था कि इस बार वह जरूर पास हो जाएगा। सबसे पहले उसने रिज़ल्ट के बारे में सरस्वती को बताया। सरस्वती बहुत खुश हुई। उसके बाद अविनाश ने सेवाश्रम

जाकर घनश्याम बाबू और लक्ष्मी का आशीर्वाद लिया। नंदिनी भी उसके रिज़ल्ट से बहुत खुश हुई। अविनाश को अब मेंस के इम्तहान की तैयारी करनी थी। वैसे उसे मेंस के पर्चे से ज्यादा डर नहीं लग रहा था। उसने हिस्ट्री के अलावा पॉलिटिकल साइन्स विषय लिया था। पॉलिटिकल साइन्स की तैयारी के लिए वह बीच-बीच में नंदिनी के साथ उसके घर पर बैठ कर पढ़ाई करता। नंदिनी ने अपनी सारी किताबें उसे दे दी थीं।

नंदिनी को वैसे भी अविनाश के साथ उठना-बैठना अच्छा लगता था। उसने बातों-बातों में अपनी माँ को अपनी पसंद के बारे में बता दिया था। निर्मला जी भी अविनाश के घर आने पर उसका खास ख्याल रखती थीं। उन्होंने खन्ना साहब को ये बात बता दी थी। खन्ना साहब को भी अविनाश बहुत पसंद था। वे अविनाश और नंदिनी को बिठा कर बात करने के लिए माकूल समय का इंतज़ार कर रहे थे। वे नहीं चाहते थे कि करियर के इस मोड़ पर वे बच्चों पर कुछ और दवाब दें। नंदिनी की पसंद का भान सरस्वती को भी था। वह बीच-बीच में अविनाश को इस बात के लिए कुरेदा करती थी। लेकिन अविनाश इन सब से अनभिज्ञ, अपनी धुन और सिविल सर्विस की तैयारी में डूबा रहता था।

तीन महीने के बाद मेंस के इम्तहान हुए। अविनाश इम्तहान से बहुत संतुष्ट था। उसने नंदिनी को कह दिया था कि वह मेंस जरूर क्लियर कर लेगा। दो महीने के बाद रिज़ल्ट भी उसकी सोच के अनुसार हुआ। वह मेंस में क्वालिफ़ाई कर गया। उसकी खुशी का ठिकाना नहीं था। उसे इंटरव्यू का लेटर मिल गया था। एक महीने के बाद उसे दिल्ली जाकर इंटरव्यू देना था।

अविनाश की सफलता से नंदिनी सबसे ज्यादा खुश थी। उसने इंटरव्यू में पहनने के लिए सूट की ख़रीदारी अविनाश को कराई।

इसके अलावा और भी ड्रेस खरीदे। वह खुद अविनाश के साथ बैठ कर इंटरव्यू की तैयारी कराती। कोचिंग इंस्टीट्यूट ने भी अविनाश का मौक इंटरव्यू लिया था और उसमें अविनाश ने बहुत अच्छा किया था।

इंटरव्यू के लिए खन्ना साहब ने अविनाश के दिल्ली में रहने की व्यवस्था कर दी थी। वह पहली बार पटना से बाहर इतनी दूर जा रहा था। उसका रिज़र्वेशन एक सुपरफास्ट ट्रेन में हुआ था। वह इस यात्रा के लिए उत्सुक था। निर्मला जी ने रास्ते के लिए खाने-पीने का सामान दे दिया था। वह दो दिन पहले वहाँ पहुँच गया। ट्रेन में उसने लगभग रात भर पढ़ाई की। उसने इंटरव्यू से जुड़े कई विषयों की एक किताब ले रखी थी।

पहली बार वह दिल्ली पहुंचा था। खन्ना साहब ने उसके ठहरने का इंतजाम अपने चैनल के गेस्ट हाउस में कर दिया था। उसके स्टेशन से गेस्ट हाउस जाने के लिए उन्होंने गाड़ी की भी व्यवस्था कर दी थी। वह गेस्ट हाउस में जाकर नहा-धोकर पढ़ने बैठ गया। शाम में वह थोड़ी देर के लिए आस-पास के मार्केट गया।

दो दिन बाद उसका इंटरव्यू था। वह समय से पहले यूपीएससी पहुँच गया। उस दिन लगभग पचास लोगों का इंटरव्यू था। वह कई लोगों से मिला। कई लोगों का यह आखिरी मौका था। कई लोग आईपीएस में चुने जाने के बाद फिर से आईएएस के लिए आए थे। उनसे बात कर उसे थोड़ी घबडाहट भी हुई। लेकिन वह बीच-बीच में सरस्वती का ख्याल कर चुपचाप आँख बंद कर ध्यान लगाने लगता था। उसका इंटरव्यू लंच के तुरंत बाद था। वहाँ सबको लंच के पैकेट दिये गए। उसने जल्दी-जल्दी खाना खाया।

दो बजे उसे इंटरव्यू हाल के सामने बैठने के लिए कहा गया। वह इंतज़ार करने लगा। पाँच मिनट के बाद उसे अंदर बुलाया गया। वह अपने कोट के बटन को ठीक करता हुआ अंदर गया। भीतर

एक गोल मेज़ की चारों तरफ पाँच लोग बैठे थे। पहले उसने सब का अभिवादन किया। उसे सामने की एक खाली कुर्सी पर बैठने के लिए कहा गया। सबसे पहले उसके सामने बैठे व्यक्ति ने उससे अपना परिचय देने के लिए कहा। उसने थोड़ा रुक कर विस्तार से अपना परिचय दिया। उसने अपने पटना विश्वविद्यालय से हिस्ट्री में स्नातक होने की बात बताई। उसके बाद एक-एक कर बाकी लोगों ने उससे प्रश्न किए। प्रश्नों का सिलसिला चलता रहा। ज़्यादातर प्रश्न सम-सामयिक विषय के थे, जिसकी तैयारी अविनाश ने की थी। एक-दो लोगों ने उससे पॉलिटिकल साइन्स और हिस्ट्री के प्रश्न पूछे। वह लगभग सभी प्रश्नों का जवाब देता गया। उसके जवाब से सामने वाले लोग संतुष्ट दिखे। पांचवें व्यक्ति के प्रश्न के बाद उसे जाने के लिए कहा गया। उसने फिर सिर झुकाकर सबका अभिवादन किया और कमरे से बाहर आ गया। उसके हिसाब से उसका इंटरव्यू अच्छा गया था। आधे घंटे के इंटरव्यू में उसने लगभग सभी प्रश्नों का अच्छा जवाब दिया था।

इंटरव्यू से बाहर आकर वह पास में कनाट प्लेस के मार्केट घूमने निकल गया। उसका मन अब हल्का लग रहा था। शाम में वह गेस्ट हाउस आ गया और जल्दी खाना खाकर सो गया। अगले दिन वह सुबह से लेकर दो बजे दिन तक दिल्ली की सड़कों पर घूमता रहा। उसने नंदिनी और राकेश के लिए कुछ गिफ्ट भी खरीदे। दिन का खाना उसने बाहर होटल में खाया। उसकी शाम के पाँच बजे की वापसी की ट्रेन थी। उसने गेस्ट हाउस से सामान उठाया और टैक्सी से स्टेशन आ गया। अगले दिन सुबह वह पटना पहुँच गया था।

दिल्ली से इंटरव्यू देने के बाद लौटकर अविनाश के सिर से पढ़ाई का बोझ उतर गया था। वह अब दिनभर घूमता रहता। उसका ज्यादा वक़्त आश्रम में बीतता था। वह घंटों सरस्वती, सुरेन्द्र जी, गोपाल जी और सरला के साथ बैठ कर बातें किया करता। वह बीच-

बीच में नंदिनी के यहाँ भी जाया करता। एक दो बार खन्ना साहब के कहने पर वह रात में नंदिनी के घर भी रुक गया था। दोनों पति-पत्नी उसका खास ख्याल रखते थे।

नंदिनी का भी एमबीए में एक साल पूरा हो गया था। अब उसे मीडिया की अच्छी जानकारी हो गयी थी। उसकी रिपोर्टिंग की प्रशंसा उसके कॉलेज में होती थी। खासकर वह राजनीति और हिंसा के विषय की एक्सपर्ट बन रही थी।

राकेश अब ज़्यादातर रश्मि के साथ कॉलेज में रहता था। हालाकि, वह कभी-कभी नंदिनी के साथ भी किसी प्रोजेक्ट पर काम करता था। नंदिनी कोशिश करती कि वह रश्मि को भी अपने साथ रखे, जिससे वह राकेश के संपर्क में रहे। रश्मि अपने मन की बात नंदिनी को पहले बता चुकी थी।

रिज़ल्ट वाले दिन नंदिनी ने अविनाश को अपने घर बुला लिया। दोनों एक साथ लैपटॉप खोलकर बैठे थे। खन्ना साहब और निर्मला जी भी बीच-बीच में रिज़ल्ट के बारे में जानकारी ले रहे थे। आखिर में रिज़ल्ट आ गया। अविनाश ने न केवल सिविल सर्विस क्लियर कर लिया था, बल्कि उसे चालीसवाँ स्थान मिला। रिज़ल्ट देख कर नंदिनी अपने पापा और अपनी माँ के सामने अविनाश से लिपट गयी। वह अविनाश को लेकर नाचने लगी। खुशी के मारे वह बोल नहीं पा रही थी। अविनाश भी रिज़ल्ट देख कर अवाक था। उसने नहीं सोचा था कि उसे इतना अच्छा रैंक मिलेगा। खन्ना साहब ने अविनाश को बधाई देते हुए कहा-

'बधाई हो कलक्टर साहब। इस रैंक पर न केवल तुम्हें आईएएस मिलेगा, बल्कि बिहार कैडर भी'।

अविनाश ने नंदिनी की माँ और उसके पापा को पैर छू कर प्रणाम किया। उसे अब इस रिज़ल्ट के बारे में सरस्वती और सेवाश्रम

में जल्दी से जल्दी बताना था। वह थोड़ी देर में नंदिनी के घर से निकल गया। सबसे पहले वह सरस्वती के पास गया। वह मंद-मंद मुस्कुरा रहा था। सरस्वती अपने कमरे में बिस्तर पर बैठी थीं। उसने उनके पैर छूकर कहा-

'देखिये, आपका ध्यान लगाने का जादू काम कर गया। आपका बेटा पास कर गया'।

सरस्वती जोश में उठ खड़ी होकर अविनाश को गले से लगाया और कहा-

'मेरा मन कहता था, इस बार मेरा बेटा जरूर पास हो जाएगा। भगवान ने भी मेरी सुन ली'।

उसके बाद वह अविनाश को लेकर आँगन में आ गईं। उन्होंने ज़ोर से सभी को आवाज देकर बाहर बुलाया और कहा-

'देखो, हमारा बेटा अविनाश आईएएस बन गया'।

इतना कह कर सरस्वती फिर अविनाश के गले लगकर रोने लगीं। सभी ने अविनाश को बारी-बारी से बधाई दी। मदनमोहन जी ने तब तक मिठाई मँगवा ली थी। अविनाश ने सभी के साथ मिठाई खाई। वह बड़ी देर तक सरस्वती के साथ रहा। अचानक उसने सरस्वती को कहा-

'मैं आज से आपको माँ कह कर बुलाऊंगा'।

सरस्वती फिर एक बार रोते हुए अविनाश के गले लग गईं। वे उसके माथे को चूम रही थीं और कहती जा रही थीं-

'मेरा बेटा आ गया, देखो मुझे मेरा बेटा मिल गया'।

दोनों बहुत देर तक एक दूसरे को गले लगा कर खड़े रहे। उसके बाद सरस्वती ने कहा-

'तू मुझे माँ तब कह रहा है, जब तू मुझसे दूर जा रहा है'।

अविनाश ने कहा-

'नहीं माँ, बस दो साल मैं ट्रेनिंग में बाहर रहूँगा। उस दौरान भी मैं यहाँ आपसे मिलने आता रहूँगा। उसके बाद मुझे बिहार में ही रहना है। इस बीच नंदिनी आपका ख्याल रखेगी। आप चिंता नहीं करें, मैं आपसे रोज फोन पर बात करता रहूँगा'।

थोड़ी देर आश्रम में रहने के बाद अविनाश वहाँ से सेवाश्रम के लिए निकल गया। वहाँ उसने घनश्याम बाबू और लक्ष्मी को रिज़ल्ट के बारे में बताया। वहाँ भी सभी ने उसे बधाई दी। लक्ष्मी ने उसे मिठाई खिलाई। घनश्याम बाबू ने उससे पूछा-

'ट्रेनिंग के लिए कब तक जाना होगा'।

अविनाश ने जवाब दिया-

'चिट्ठी जल्दी आ जाएगी और शायद अगले पंद्रह दिन में ट्रेनिंग के लिए मसूरी जाना होगा'।

वह वहाँ कुछ देर रहा, फिर वापस अपने हॉस्टल आ गया। कोचिंग इंस्टीट्यूट की तरफ से भी उसे बधाई के फोन आए। राकेश ने भी उसे बधाई दी। दोनों ने साथ बैठकर देर रात तक पार्टी की।

अगस्त महीने की एक तारीख को अविनाश को ट्रेनिंग की चिट्ठी मिल गयी। अट्ठाईस अगस्त से उसके तीन महीने का फ़ाउंडेशन कोर्स शुरू होना था। उसे छब्बीस की शाम या सत्ताईस तारीख के दिन तक मसूरी पहुँच जाना था। उसके पहले उसे ऑनलाइन, कई महत्वपूर्ण विवरण भरने थे। साथ में वहाँ पहनने के लिए निर्धारित ड्रेस भी खरीदने थे, जिसमें बंद गले का कोट और उसके साथ पैंट जरूरी था। मसूरी में ठंड होने के कारण उसे गरम कपड़े साथ में ले जाने थे। कुछ ड्रेस अविनाश को वहाँ मसूरी में संस्थान द्वारा दिये जाने थे।

उसने राकेश और नंदिनी के साथ मिलकर जाने की तैयारी शुरू कर दी। कई बार बाज़ार जाकर ख़रीदारी की गयी। खन्ना साहब ने सलाह दी कि अविनाश ट्रेन से पच्चीस अगस्त की शाम को दिल्ली के लिए रवाना हो जाये और वहाँ सुबह उतरकर टैक्सी से मसूरी जाये। उसी हिसाब से ट्रेन का टिकट कट गया। खन्ना साहब ने अपने चैनल के गेस्ट हाउस में अविनाश के सुबह ट्रेन से उतरने के बाद तैयार होने की व्यवस्था करवा दी थी। गेस्ट हाउस स्टेशन के बिलकुल पास था। उन्होंने अपने चैनल के ही व्यक्ति से कह कर अविनाश के लिए नई दिल्ली स्टेशन से मसूरी तक के लिए टैक्सी भी ठीक कर दी थी।

ट्रेनिंग की चिट्ठी में यह स्पष्ट लिखा था कि फ़ाउंडेशन कोर्स के दौरान अविनाश को पटना आने की छुट्टी नहीं मिलेगी। इस कारण से नंदिनी अब अविनाश के साथ ज्यादा समय बिताना चाह रही थी। इसके अलावा अविनाश के दो वर्ष बाहर रहने की सोच कर वह मायूस हो गयी थी। अविनाश ने उसे कई बार समझाया।

मसूरी निकलने के दो दिन पहले अविनाश ने हॉस्टल छोड़ने का प्लान कर लिया। खन्ना साहब ने उससे कहा कि वह अपना सामान उनके यहाँ छोड़ कर जा सकता है। अविनाश ने अपना सारा सामान नंदिनी के घर जाकर रख दिया। नंदिनी ने उससे दो दिन के लिए घर में ही रुकने के लिए कहा, लेकिन अविनाश राकेश के साथ उसके कमरे में रुकना चाहता था। अगले दो दिन दोनों एक ही कमरे में जमीन पर बिस्तर डाल कर रहे।

मसूरी जाने का दिन आ गया। अविनाश ने कलकत्ता राजधानी एक्सप्रेस ट्रेन का टिकट लिया था, जो रात को नौ बजकर पच्चीस मिनट पर आकर नौ बजकर चालीस मिनट पर पटना जंक्शन से छूटती थी। स्टेशन जाने के पहले अविनाश ने आश्रम में सरस्वती से मुलाक़ात की। सरस्वती उसे गले लगाकर भावुक हो रही थीं। अविनाश

ने उन्हें समझाया। आश्रम के सभी लोग अविनाश को गेट तक छोड़ने आए। उसके बाद अविनाश सेवाश्रम गया। वहाँ भी लक्ष्मी उससे लिपट कर रोने लगी थीं। घनश्याम बाबू ने उसे बीच-बीच में फोन से खबर देते रहने की हिदायत दी।

अंत में अविनाश नंदिनी के घर पहुंचा। खन्ना साहब की गाड़ी से उसके साथ नंदिनी और राकेश स्टेशन छोड़ने के लिए निकले। पहले से तय था कि एक घंटे पहले निकलकर तीनों किसी अच्छे होटल में रात का खाना खा लेंगे। होटल में खाना खाने के दौरान नंदिनी लगातार गुमसुम रही। अविनाश ने राकेश को उसका ख्याल रखने की सलाह दी।

तीनों खा-पीकर नौ बजे तक स्टेशन पहुँच गए। ट्रेन सही समय से पाँच मिनट पहले आने वाली थी। तब तक तीनों ने गप्पें लड़ाईं। नंदिनी लगातार अविनाश की बांह पकड़ कर खड़ी रही। वह उसे बीच-बीच में फोन से बात करने की हिदायत भी दे रही थी। अविनाश ने नंदिनी और राकेश को बीच-बीच में सेवाश्रम और आश्रम जाने की हिदायत दी।

ट्रेन आ गयी। अविनाश के सामान में एक बड़ा सूटकेस और एक पीठ पर लटकाने का बैग था। वह अपनी बोगी में अपनी सीट पर सामान रख कर बाहर आ गया। थोड़ी देर बात करने के बाद ट्रेन ने सीटी दे दी। अचानक नंदिनी अविनाश से लिपट कर रोने लगी। अविनाश ने उसे समझाया। ट्रेन अब धीरे-धीरे चलने लगी। अविनाश दौड़ कर अपनी बोगी में चढ़ गया। गेट पर खड़े होकर वह नंदिनी और राकेश को तब तक हाथ हिलाता रहा, जब तक वे उसकी आँखों से ओझल नहीं हो गए। उसके बाद वह बोगी के अंदर अपनी सीट पर जाकर बैठ गया।

नौ

'भाई साहब, सुबह हो गयी, अब उठ जाइए, थोड़ी देर में चाय आ रही है'।

अतुल ने अविनाश के नजदीक जाकर कहा।

अविनाश रात में बहुत देर से सोया था। वह लगातार अपने बीते जीवन के बारे में सोचता रहा था। इसके कारण उसे नींद नहीं आ रही थी। अंदाजन वह दो बजे रात के बाद सोया था। अतुल की आवाज़ पर उसकी नींद खुल गयी। वह अंगड़ाई लेता हुआ उठा और अपनी सीट पर बैठ गया।

अतुल ने कहा-

'लगता है आप बहुत देर से सोये। मैंने आपको बेकार जगा दिया, लेकिन अभी ट्रेन की चाय आने वाली है। मैंने सोचा साथ बैठ कर चाय पीएंगे। सुबह के सात बज चुके हैं'।

अविनाश ने मुस्कुराते हुए कहा-

'कोई बात नहीं, मैं वैसे भी अब उठने ही वाला था। मैं जल्दी से फ्रेश होकर आ जाता हूँ'।

सबके लिए ट्रेन की चाय आ गयी। अविनाश भी मुंह-हाथ धोकर अपनी सीट पर बैठ गया था। अतुल का बच्चा, आर्यन अभी भी सो रहा था। उसकी पत्नी सीट के दूसरे किनारे पर बैठी थी। अविनाश ने फिर आर्यन को गौर से देखा। अतुल ने कहा-

'मैं कल रात बहुत देर तक आपके बारे में सोचता रहा। बहुत हिम्मत और जज्बा है आपमें। आपकी परिस्थिति में इतने कष्ट सह कर सिविल सर्विस में इतना अच्छा रैंक लाना सब के बस की बात नहीं है। आप वाकई अगली पीढ़ी के लिए एक उदाहरण होंगे'।

अविनाश बस मुस्कुराकर रह गया। वाणी लिट्टी का डब्बा खोलकर अविनाश के पास ले गयी और कहा-

'भाई साहब, चाय के साथ बासी लिट्टी का स्वाद अच्छा लगता है। आप खाकर देखिये'।

अविनाश ने डिब्बे से एक लिट्टी निकाल ली और कहा-

'आपने वाकई बहुत अच्छी लिट्टी बनाई है'।

उसने वाणी से आगे कहा-

'आप गरीब और अनाथ बच्चों के लिए अच्छा काम कर रही हैं। इसके बारे में लोगों को पता होना चाहिए। मेरी दोस्त मीडिया चैनल में है, मैं उससे कहूँगा, वह पटना में आपसे मिलकर आपके बारे में अखबार में लिखेगी'।

वाणी ने जवाब दिया-

'मैं भी कोशिश कर रही हूँ कि ज्यादा से ज्यादा सरकारी अनाथालय, सेवाश्रम की तरह बच्चों की देखभाल करें। दरअसल उनके पास पैसे की किल्लत रहती है। आप जानते हैं, सरकारी मदद किस तरह मिलती है। फिर भी मैंने दो तीन अनाथालय को एक साथ

जोड़कर अपने एनजीओ की तरफ से आर्थिक मदद देने की कोशिश की है'।

इस बीच आर्यन नींद से उठकर बैठ गया। वाणी उसे लेकर वाशरूम गयी और थोड़ी देर में उसके मुंह-हाथ धोकर वापस ले आई। अविनाश उसे देखने लगा और उठ कर उसे गोद में लेकर अपनी सीट की खिड़की पर ले आया। वहीं आर्यन ने बिस्किट खाई। अविनाश उससे बात करने की कोशिश करता रहा, लेकिन वह ज्यादा नहीं बोल पाया। अविनाश को उसके साथ बैठना अच्छा लग रहा था। अतुल भी दोनों को देख कर मुस्कुरा रहा था। उसने अविनाश से कहा-

'ट्रेनिंग के बीच में छुट्टी में जब आप पटना आयें, तब मुझे जरूर फोन कीजिएगा। मैं आपको अपने घर ले जाकर अपने माता-पिता से मिलवाऊँगा। वे आपसे मिलकर बहुत खुश होंगे'।

अविनाश ने जवाब दिया-

'अभी फ़ाउंडेशन कोर्स में अगले तीन महीने तक मुझे कोई छुट्टी नहीं मिलेगी। उसके बाद की छुट्टी मिलने के बारे में मुझे अभी नहीं मालूम है। फिर भी पटना आने पर मैं आपलोगों से जरूर मिलूंगा'।

लगभग नौ बजे नाश्ता आ गया। ट्रेन के नाश्ते के अलावा वाणी ने अविनाश को फिर लिट्टी खाने के लिए दी। तीनों में लगातार यहाँ-वहाँ की बातें होती रहीं। ट्रेन समय से पहले चल रही थी। बाहर बारिश हो रही थी। साढ़े नौ बजे तक गाजियाबाद स्टेशन निकल चुका था। सभी ने अपने-अपने सामान ठीक कर लिए। ठीक दस बजे ट्रेन नई दिल्ली स्टेशन पहुँच गयी। बारिश अब रुक गयी थी। ट्रेन से उतरकर अविनाश ने अतुल और वाणी से विदा ली। जाने के पहले उसने आर्यन को एक बार गोद में लेकर प्यार किया। उसके बाद अविनाश सामान लेकर जल्दी-जल्दी बाहर गेट की तरफ बढ़ गया।

बाहर उसके नाम का प्लेट लेकर टैक्सी का ड्राईवर खड़ा था। अविनाश ने उसे इशारा किया। उसने अविनाश का सूटकेस अपने हाथ में ले लिया। अविनाश आगे बढ़कर टैक्सी में बैठ कर गेस्ट हाउस के लिए निकल गया। अगले पंद्रह मिनट में वह वहाँ पहुँच गया। वह पहले भी इंटरव्यू के समय इस गेस्ट हाउस में आया था।

अविनाश वहाँ पहुँच कर जल्दी से तैयार होने चला गया। तब तक उसने नाश्ता लगाने के लिए कह दिया। वह पौने ग्यारह बजे तक तैयार हो गया। नाश्ता में उसने पराठा सब्जी खाई, जिससे उसे फिर दिन के खाने की जरूरत न पड़े। नाश्ता खत्म करते-करते घड़ी में दिन के ग्यारह बज चुके थे। वह जल्दी से अपना सामान लेकर टैक्सी से मसूरी के लिए निकल गया। ट्रेनिंग की चिट्ठी के अनुसार उसे किसी हालत में मसूरी छह बजे के पहले पहुँच जाना था। उसके बाद संस्थान के अंदर जाने की मनाही थी। रास्ते में उसने नंदिनी से बात कर अपने सकुशल दिल्ली पहुँचने की खबर दे दी। उसने कहा, वह उससे मसूरी पहुँच कर बाकी बात करेगा।

दिल्ली से आगे की अविनाश की यह पहली यात्रा थी। उसने किताब में हरिद्वार, देहरादून और मसूरी के बारे में पढ़ा था। आज वह उन शहरों को अपनी आँखों से देखने वाला था।

लगभग तीन बजे वह बिना रुके हरिद्वार पहुँच गया। बरसात के मौसम के कारण हल्की बारिश हो रही थी। गंगा के किनारे हर की पौड़ी से गुजरते हुए उसने हाथ जोड़कर प्रणाम किया। गंगा नदी अपने पूरे उफान पर थीं। उसका मन वहाँ रुककर गंगा के घाट पर जाने का था, लेकिन देर होने के कारण वह रुक नहीं सका। अगले ढाई घंटे में वह देहारादून होते हुए मसूरी पहुँच गया। लाल बहादुर शास्त्री अकादमी का परिसर मसूरी शहर में थोड़ी ऊंचाई पर है। इसे वहाँ के लोग “लबासना” कहते हैं। वह अपने फोन के गूगल मैप को

देखते हुए ठीक साढ़े पाँच बजे अकादमी के परिसर के गेट पर पहुंच गया। बाहर गार्ड को उसने अपनी ट्रेनिंग की चिट्ठी दिखाई। वहाँ गार्ड ने पहले से बनाया हुआ उसका परिचय पत्र दिया। उसने अविनाश को अंदर एक भवन में जाने के लिए कहा। परिसर में सामने के भवन में टेबल लगाकर दो लोग बैठे थे। उन्होंने अविनाश को कुछ फार्म भरने के लिए दिये। फार्म भरने के बाद उसे हॉस्टल के रूम की चाभी दे दी गयी। उसका हॉस्टल भवन के बगल से नीचे सीढ़ियों से जाकर था। छह बजे शाम तक अविनाश हॉस्टल के अपने रूम में था।

हॉस्टल में कुछ लोग पहले आ चुके थे और कुछ अगले दिन आने वाले थे। एक रूम में दो ट्रेनी के रहने की व्यवस्था थी। अविनाश के कमरे में उसके साथ रहने वाला ट्रेनी उसी दिन दोपहर में आ चुका था। वह रूम के अंदर ही था। अविनाश ने उससे परिचय किया। उसका नाम रवि था, रवि कान्त मिश्रा। उसका घर बिहार में था। वह भागलपुर का रहने वाला था। उसने सिविल सर्विस की तैयारी दिल्ली रह कर की थी। उसका दो बार के असफल प्रयास के बाद तीसरी बार में इम्तहान क्लियर हुआ था।

रवि ने बताया कि ट्रेनी के लिए वहाँ तीन हॉस्टल हैं, गंगा, कावेरी और नर्मदा। अविनाश को गंगा हॉस्टल में जगह मिली थी। उसमें अठहत्तर कमरे थे। वह तीन तल्ले की लंबी इमारत थी। पहाड़ी जगह होने के कारण कुछ ट्रेनिंग सेंटर की इमारतें ऊपर और ज़्यादातर हॉस्टल की इमारतें नीचे लेवेल पर थीं। हॉस्टल में नीचे डाइनिंग हाल और लाउंज वगैरह की व्यवस्था थी।

अविनाश का कमरा एक अच्छे दो बेड वाले हॉस्टल की तरह था, जिसमें मूलभूत सुविधाएं थीं। कमरे में टीवी भी लगी थी। उसके रूम में पहले से एक फोल्डर में अट्ठाईस तारीख से ट्रेनिंग का टाइम टेबल रखा था। साथ में दो वर्ष की पूरी ट्रेनिंग का प्रोग्राम था।

एक दिन बाद से अविनाश का तीन महीने का फ़ाउंडेशन कोर्स शुरू होना था, जिसमें उसे देश की राजनीति, इतिहास, अर्थव्यवस्था और वर्तमान में हो रही घटनाएँ और उनके प्रभाव के बारे में बताया जाना था। इस फ़ाउंडेशन कोर्स में आईएएस के अलावा आईपीएस और सिविल सर्विस के अन्य ब्रांच के लोग एक साथ ट्रेनिंग लेते हैं। उसके बाद अविनाश को सात हफ्तों के लिए भारत दर्शन पर जाना था। इसमें सिर्फ आईएएस के लिए चुने गए ट्रेनी ही जाते हैं। भारत दर्शन में उन्हें भारतीय सेना, निजी और सार्वजनिक क्षेत्र, जन-जातीय क्षेत्र, एनजीओ और विभिन्न नगर निकायों के साथ रह कर सीखना था। भारत दर्शन में पूरे देश में लगभग बीस हज़ार किलोमीटर की यात्रा करनी होती है। इसके बाद एक हफ्ते की छुट्टी मिलती है, जिस दौरान अगर ट्रेनी चाहें, तो अपने घर जा सकते हैं।

इसके बाद बारह हफ्तों की फिर से लबासना में ही फेज एक की ट्रेनिंग शुरू होती है। इसमें कानून, अर्थशास्त्र, भारतीय संविधान, मानव प्रबंधन, लोक प्रसाशन, कम्प्युटर और क्षेत्रीय भाषाओं के बारे में पढ़ाया जाता है। इसके साथ-साथ अन्य गतिविधियां जैसे पहाड़ चढ़ना, साहित्यिक समारोह, थियेटर वर्कशॉप, फिल्म फेस्टिवल, आदि में भी शामिल होना होता है। इन गतिविधियों में आपस में प्रतियोगिताएँ भी होती हैं।

फेज एक के बाद उनके निर्धारित राज्य के जिलों में एक वर्ष की ट्रेनिंग होनी है। इसमें उन्हें राज्य के लगभग सभी विभागों, जिला, तहसील आदि में जाकर वहाँ प्रशासन के तौर तरीके जानने हैं। जिला की ट्रेनिंग से लौटकर फिर लबासना में दो महीने के लिए फेज दो की ट्रेनिंग होनी है, जिसमें सेमिनार, शारीरिक क्षमता की परीक्षा, विदेश भ्रमण आदि होने हैं।

फेज दो के बाद कुछ महीनों के लिए दिल्ली के केंद्रीय सचिवालय में ट्रेनिंग होनी है। इस तरह पूरे दो साल निकलने हैं।

इन दो वर्षों में ट्रेनी का चार सेमेस्टर में टेस्ट होना है और उसके बाद ट्रेनिंग के अंत में हरेक ट्रेनी को एक फ़ाइनल इम्तहान देना है, जिसमें पास करना जरूरी है। उस इम्तहान के पास करने के बाद ट्रेनी को जवाहर लाल नेहरू विश्वविद्यालय से मान्यता प्राप्त पब्लिक एड्मिनिसट्रेशन की मास्टर्स डिग्री मिलती है।

दो वर्ष की ट्रेनिंग में भारत दर्शन के बाद मिली एक हफ्ते की छुट्टी के बाद दो फेज के बीच में चंद दिनों की ही छुट्टी मिलनी है, जिसमें मसूरी से दूर राज्यों में रहने वालों का घर जाना संभव नहीं होता है। पूरे टाइम टेबल पढ़ने के बाद अविनाश को ज्ञान हुआ कि वह अगले दो साल में सिर्फ कुछ दिनों के लिए पटना जा सकेगा। इसके अलावा घर जाने की उसकी एक और संभावना थी, जब उसकी बिहार में जिला ट्रेनिंग होगी। उसमें कुछ भाग की ट्रेनिंग पटना में होगी।

उसने सारी जानकारी नंदिनी को देनी चाही। वह कमरे से बाहर बरामदे में निकला। रात हो जाने के कारण वहाँ ठंड हो गयी थी। नंदिनी ने उसके सामान में एक गरम जैकेट खरीद कर रख दी थी। अविनाश ने जैकेट पहन ली थी। बाहर निकलकर उसने नंदिनी को फोन लगाया। उधर से नंदिनी ने तुरंत फोन उठा लिया और कहा-

'मैं बहुत देर से तुम्हारे फोन का इंतज़ार कर रही थी। ठीक-ठाक पहुँच गए न'।

अविनाश ने जवाब दिया-

'बिलकुल ठीक-ठाक पहुँच गया और अपने हॉस्टल के कमरे में आ गया हूँ। यहाँ ठंढ है। तुमने जो जैकेट रखी थी, वही पहन कर तुमसे बात कर रहा हूँ। मेरे रूम में एक और लड़का है और वह भी बिहार का है। हॉस्टल अच्छा है और रूम में भी सुविधा दी गयी है'।

नंदिनी ने उधर से कहा-

'जानते हो अविनाश, तुम्हारे ट्रेन से चले जाने के बाद मैं स्टेशन पर खड़ी होकर बहुत रोई। राकेश ने मुझे संभाला। घर आकर भी तुम्हें याद कर कई बार रोना आ गया। इतने वर्षों में तुम कभी मुझसे दूर नहीं गए थे। अब सब के साथ रहते हुए भी कल रात से मुझे खालीपन महसूस हो रहा है। पता नहीं तुम्हें कब छुट्टी मिलेगी और तुमसे भेंट होगी'।

अविनाश ने जवाब दिया-

'अरे नंदी, मैं हमेशा के लिए नहीं आया हूँ, बस दो साल की बात है। उसके बाद मेरी पोस्टिंग बिहार में ही होगी। फिर, बीच में कुछ महीनों के लिए मेरी ट्रेनिंग बिहार के ही जिलों में होगी। तुम इतना मत सोचो। यहाँ आकर मैंने अपनी ट्रेनिंग के बारे में जाना है। अभी छुट्टी मिलनी वाकई में मुश्किल होगी। पहली छुट्टी लगभग पाँच महीने के बाद होगी, जिसमें मैं कुछ दिनों के लिए ही आ सकूँगा। लेकिन ये ट्रेनिंग भी जरूरी है। मैं रोज तुमसे विडियो कॉल पर बात कर लिया करूंगा, तुम चिंता मत करो'।

नंदिनी ने कहा-

'मेरे लिए तुम परेशान मत होना अविनाश। कुछ दिनों में मैं नॉर्मल हो जाऊँगी। तुम्हें मन लगाकर ट्रेनिंग करनी है। तुम ठीक कहते हो, दो साल का समय जल्दी निकल जाएगा'।

अविनाश ने कहा-

'तुम आश्रम और सेवाश्रम जाती रहना। मैं बाबा से भी अभी फोन कर बात कर लूँगा'।

नंदिनी से फोन पर बात करने के बाद अविनाश ने पहले सरस्वती और फिर घनश्याम बाबू से बात की। ट्रेनिंग की रूटीन देखने पर मालूम हुआ कि सप्ताह में छह दिन तक सुबह छह बजे से रात

के नौ बजे तक ट्रेनी को विभिन्न कार्यों में लगा रहना पड़ेगा। सुबह छह से सात बजे तक एक्सर्साइज़ और ड्रिल। उसके बाद नहा-धोकर तैयार होना, नाश्ता करना और फिर सुबह नौ बजे से शाम पाँच बजे तक क्लास। शाम पाँच से साढ़े सात बजे तक खेलकूद आदि। रात आठ से नौ बजे तक सांस्कृतिक कार्यक्रम और उसके बाद खाना और सोना। रात के खाने या उसके बाद ही ट्रेनी को आपस में बातें करने का वक़्त मिलने वाला था।

अविनाश अगली सुबह जल्दी उठ गया। वह रवि के साथ परिसर में घूमने निकल गया। बाहर अच्छी ठंड थी। बादल होने के कारण धूप नहीं निकली थी, इससे ठंड का एहसास और ज्यादा हो रहा था। अविनाश ने देखा, वहाँ कई हॉस्टल थे। ज़्यादातर हॉस्टल में लोग आ गए थे। कुछ देहारादून होते हुए दिन तक मसूरी पहुँचने वाले थे। पूरा परिसर बहुत खूबसूरत था। चारों तरफ ऊंचे-ऊंचे चीड़ के पेड़ थे। गेट पर ही लबासना का दीवार पर बड़ा-सा लोगो बना था, जिसके नीचे "शीलं परम भूषणम" लिखा था। अविनाश ने वहाँ खड़े होकर अपनी तस्वीर खिंचवाई।

दिन के ग्यारह बजे तक बहुत से ट्रेनी पहुँच गए थे। अविनाश और रवि ने संस्थान के काउंटर से जाकर सुबह के एक्सर्साइज़ के लिए ट्रैक सूट लिया। वहीं उनके एक सूट और पैंट का नाप भी लिया गया। बाहर गार्डेन में तब तक बहुत से ट्रेनी तैयार होकर घूम रहे थे। अविनाश ने कई लोगों से परिचय किया। उनमें कई लड़कियां भी थीं। सभी ने आपस में बातें कीं। सब एक दूसरे से उनके गृह राज्य और रैंक के बारे में पूछ रहे थे। एकतालीस रैंक पर आने वाली स्मिता से भी अविनाश की मुलाक़ात हुई। वह दिल्ली की रहने वाली थी। उसने भी पॉलिटिकल साइन्स और हिस्ट्री विषय लिया था। अविनाश उससे काफी देर तक गार्डेन में बैठ कर बातें करता रहा। इसके अलावा बिहार और झारखंड के कई ट्रेनी से भी अविनाश मिला।

दोपहर के खाने के बाद अविनाश कमरे में थोड़ीं देर के लिया सो गया। शाम में वह रवि के साथ बाहर मार्केट घूमने निकल गया। लबासना ऊंचाई पर स्थित है और उसके नजदीक के मार्केट नीचे जाकर थे। मार्केट में रौनक थी। हालाकि, बीच-बीच में हल्की बारिश हो जा रही थी। अविनाश ने कुछ जरूरी सामान खरीदे, कुछ खाया-पीया और शाम छह बजे तक वापस हॉस्टल आ गया। सुबह जल्दी उठने के इरादे से वह रात का खाना जल्दी खाकर सो गया।

सुबह अलार्म के हिसाब से उसकी नींद साढ़े पाँच बजे खुल गयी। जल्दी से फ्रेश होकर उसने ट्रैक सूट और जौगिंग शू पहना। छह बजने में दस मिनट बाकी रहने पर वह रवि के साथ एक्सर्साइज़ के लिए मैदान में पहुँच गया। ठंड बहुत ज्यादा थी, इसलिए अविनाश ने दस मिनट तक मैदान की दौड़ लगाई। इससे देह में कुछ गर्मी आ गयी। मैदान काफी बड़ा था और पाँच सौ से ज्यादा लोग भी थे। अलग-अलग ग्रुप बनाए गए। कुछ को एक्सर्साइज़ के लिए भेजा गया और कुछ लोग घुड़सवारी की ट्रेनिंग के लिए गए। अविनाश और रवि एक साथ एक्सर्साइज़ और ड्रिल के ग्रुप में गए। इनमें लड़कियां भी शामिल थीं। एक घंटे तक कार्यक्रम चला। उतनी ठंड में भी सभी को पसीने आ रहे थे।

सात बजे ड्रिल खत्म हुआ। उसके बाद दो घंटे का वक़्त था, क्लास शुरू होने में। अविनाश कुछ लड़के-लड़कियों के साथ वहाँ मैदान में कुछ देर तक बातें करता रहा। सभी वापस हॉस्टल लौटे। सवा आठ बजे तक सभी नाश्ते के लिए डाइनिंग हाल में आ गए। नाश्ता करते हुए भी आपस में गप्पें जारी थीं।

ठीक सुबह नौ बजे से क्लास शुरू हुए। सभी लड़के बंद गले के नीले सूट और लड़कियां साड़ी और शाल में थीं। अविनाश की सीट स्मिता के बगल में थी। दोनों ने एक दूसरे को मुस्कुराकर अभिवादन

किया। सबसे पहले लबासना के डाइरेक्टर ने आकर संस्थान और ट्रेनिंग की जानकारी दी। उनका ज़ोर अनुसाशन और समय की पाबंदी पर था। एक-एक क्लास पचास से पचपन मिनट का था। क्लास के बीच में ट्रेनी बाहर बरामदे में निकलकर एक दूसरे से बातें कर रहे थे। अविनाश भी क्लास के बाहर निकलना चाहता था, लेकिन अचानक स्मिता ने अविनाश के उठते-उठते बात छेड़ दी। उसने अविनाश से कहा-

'इतनी भीड़ में बाहर निकलने से बेहतर है, हम यहीं बैठ कर बातें करें। इसके अगले क्लास के बाद जब चाय के लिए ब्रेक होगा, तब बाहर चलेंगे'।

इसके आगे स्मिता ने अविनाश से पूछा-

'तुमने कहाँ रह कर पढ़ाई की'।

अविनाश ने जवाब दिया-

'मैं पहली बार के इम्तहान के बाद दिल्ली आकर कोचिंग लेने की सोच रहा था, लेकिन मुझे पटना में ही एक अच्छा इंस्टीट्यूट मिल गया। वहीं रहकर मैंने पढ़ाई की। मैं पटना से पहली बार इंटरव्यू के वक़्त दिल्ली आया था। अब तक कभी मुझे वहां से बाहर निकलने का मौका नहीं मिला'।

स्मिता ने अविनाश से पूछा-

'क्यों तुम्हारे पापा-मम्मी, तुम्हें कहीं बाहर घुमाने नहीं ले जाते थे'।

अविनाश मुस्कुराया और थोड़ी देर रुक कर उसने कहा-

'छोड़ो इन बातों को, तुम अपने बारे में कुछ बताओ'।

स्मिता ने कहा-

'मैं अपने बारे में भी तुम्हें बताऊँगी, लेकिन पहले तुम अपने मम्मी-पापा के बारे में बताओ'।

अविनाश ने झुँझलाकर कहा-

'मैं अनाथाश्रम में पला-बढ़ा हूँ, स्मिता। वहीं रह कर मैंने बारहवीं तक की पढ़ाई की। उसके बाद पटना से ही हॉस्टल में रहकर मैंने बीए की डिग्री, हिस्ट्री ऑनर्स में ली। मेरे नसीब में कहीं बाहर जाना नहीं था। अनाथालय ही मेरी दुनिया रही'।

अविनाश की बात सुनकर स्मिता थोड़ी देर के लिए असहज हुई। जब तक वह आगे कुछ कह पाती, तब तक बाकी ट्रेनी और अगले क्लास के टीचर अंदर आ गए।

दूसरे क्लास के खत्म होने के बाद चाय के लिए पंद्रह मिनट का वक़्त था। सभी क्लासरूम से बाहर बरामदे में आ गए। वहीं चाय और साथ में बिस्किट वगैरह की व्यवस्था थी। अविनाश बाहर निकलकर रवि और बाकी लड़कों के झुंड में चला गया। अचानक चाय पीते-पीते उसने स्मिता को अपने पीछे खड़ा देखा। वह लड़कों के बीच से निकल कर उसकी तरफ मुड़ गया। स्मिता ने चाय पीते-पीते कहा-

'बड़ी दिलचस्प है, तुम्हारी कहानी। मैं कब से सोच रही थी, आखिर तुमने कितनी मेहनत की होगी, इस लेवेल पर आने की। मैं तुम्हारे बारे में और भी जानना चाहती हूँ। तुम पर तो एक अच्छी किताब लिखी जा सकती है। मुझे वैसे भी लिखने का बहुत शौक है। इसी तरह की सच्ची घटनाओं पर मैंने ग्रैजुएशन के वक़्त दो किताबें लिखी हैं। सिविल सर्विस की पढ़ाई के कारण ज्यादा नहीं लिख पायी, लेकिन अब जब कुछ वक़्त मिलेगा, तब फिर से कुछ लिखूँगी। तुमसे बीच-बीच में बात कर, पहले तुम्हारे अब तक के जीवन के बारे में जानने की कोशिश करूंगी और उसके बाद इसपर लिखने की कोशिश करूंगी। उम्मीद है तुम्हें इसमें कोई आपत्ति नहीं होगी'।

अविनाश अचानक इस तरह स्मिता की बातें सुनकर थोड़ा अशांत हो गया। उसे लगा कि एक दिन की मुलाक़ात में स्मिता उसके बारे में सब कुछ जानना चाहती है। लेकिन उसके लिखने के शौक के कारण वह ज्यादा कुछ नहीं सोच पाया। उसने कहा-

'ऐसी कोई खास बात नहीं है, मेरी कहानी में, जो तुम इसपर किताब लिखने में अपना वक़्त बर्बाद करो। वैसे मैं कभी आराम से बैठकर तुम्हें अपने बारे में बता दूँगा। उसके बाद तुम्हें जैसा उचित लगे, तुम करना'।

स्मिता ने मुस्कुराकर कहा-

'मुझे कोई जल्दी नहीं है। हम दोनों को जब भी मौका मिलेगा, साथ बैठ कर बातें कर लिया करेंगे'।

अविनाश ने स्मिता से पूछा-

'तुम्हें भी अपने बारे में बतानी चाहिए। कहाँ से पढ़ाई हुई, तुम्हारे माता-पिता के बारे में, वगैरह'।

स्मिता ने जवाब दिया-

'मेरा अबतक का जीवन बहुत सामान्य रहा है, लेकिन किसी दिन शाम में फ्री होकर हम कुछ देर बैठ जाएँगे। मैं अपने बारे में तुम्हें बताऊँगी। तुम मेरा नंबर ले लो। कभी क्लास के बाद शाम में या फिर किसी संडे को बैठ कर बातें करेंगे'।

अविनाश ने उसका नंबर लिख लिया और एक पर्ची में लिखकर, उसने अपना नंबर स्मिता को दे दिया।

अगली क्लास का वक़्त हो गया था। सभी क्लासरूम में चले गए। दिन के एक बजे लंच ब्रेक हुआ। सभी ने अपने-अपने हॉस्टल के डाइनिंग रूम में आकर खाना खाया। दो बजे से अगला क्लास होना था।

पहले दिन का क्लास शाम के पाँच बजे खत्म हो गया। उसके बाद आधे घंटे के ब्रेक के बाद सभी को स्पोर्ट्स में भाग लेना था। ट्रेनिंग का पहला दिन होने के कारण शाम सात बजे तक ट्रेनी फ्री हो गए। अविनाश रवि के साथ अपने कमरे में आ गया। मोबाइल फोन क्लास में ले जाना मना था, इसलिए सभी अपने फोन को हॉस्टल में ही छोड़ कर क्लास करने जाते थे। अविनाश ने आकर अपना फोन देखा। नंदिनी और राकेश का मिस्ड कॉल था। पहले उसने नंदिनी से बात की। उसने अविनाश का हालचाल जानने के लिए फोन किया था। अविनाश ने उसे पहले दिन के क्लास का तजुर्बा बता दिया। उसने स्मिता से हुई बातचीत के बारे में नंदिनी को नहीं बताया। उसके बाद उसकी राकेश से बात हुई। अभी वह राकेश से बात कर ही रहा था कि उसने देखा किसी और नंबर से फोन आ रहा था। राकेश से बात खत्म कर, उसने मिस्ड कॉल के नंबर को मिलाया। ऊधर से आवाज़ आई-

'कौन अविनाश, मैं स्मिता बोल रही हूँ, तुमने मेरा नंबर शायद अब तक सेव नहीं किया है'।

अविनाश ने जवाब दिया-

'हाँ, मैं रूम में आकर अपने दोस्तों से पटना बात कर रहा था। अभी तुम्हारा नंबर सेव कर लेता हूँ। बताओ क्या बात है'।

उधर से स्मिता ने कहा-

'मैं अपने रूम में आकर तुम्हारे बारे में ही सोच रही थी। मैं तुम्हारी कहानी जल्दी से जानना चाहती हूँ'।

अविनाश स्मिता की ऐसी उत्सुकता से थोड़ा परेशान हो गया। उसने कहा-

'मेरी कहानी थोड़ी लंबी है, स्मिता। इसको अच्छी तरह सुनाने में बहुत वक़्त लगेगा। बेहतर होगा, हम किसी संडे को बैठ कर आराम से बात करें। अभी तुम अपनी दोस्तों के साथ मिलो-जुलो'।

उधर से स्मिता थोड़ी देर चुप रही, फिर उसने कहा-

'ठीक है, जैसा तुम कहो'।

इतना कहकर उसने फोन रख दिया। अविनाश अपने बिस्तर पर लेटकर स्मिता के बारे में सोचने लगा। पहली नज़र में स्मिता उसे अच्छी दिखी थी। वह गोरी, लंबी और सुंदर थी। उसके तीखे नाक-नक्श थे। वह बोलने में हिन्दी के साथ-साथ अँग्रेजी शब्द का भी ज्यादा प्रयोग करती थी। वह अपनी दोस्तों से ज्यादा अँग्रेजी में ही बात करती थी। उसके अलावा भी अविनाश के बैच में और लड़कियां थीं, जो शालीन और स्मार्ट थीं। अविनाश ज़्यादातर अपनी ट्रेनिंग और पटना की सोच में रहने के कारण, इन सब पर ज्यादा ध्यान नहीं दे रहा था। वैसे लबासना में ट्रेनिंग के दौरान लड़के और लड़कियों के बीच आकर्षण और आपस में प्यार का इतिहास रहा है।

अगले दिन शाम में क्लास और स्पोर्ट्स के बाद सांस्कृतिक गोष्ठी हुई, जिसमें अविनाश ने युवा वर्ग और उनसे जुड़े विषयों पर बोला। कुछ लोगों ने अपने गिटार लेकर गाने गाये। किसी ने नाटक के कुछ अंश पेश किए। स्मिता ने अपनी पिछली किताब के कुछ पन्नों को पढ़ा। लगभग डेढ़ घंटे तक कार्यक्रम चला।

अब सुबह के वक़्त अविनाश ड्रिल की जगह घुड़सवारी सीखने लगा था। उसने पहले दिन से ही बहुत मन लगाकर अपने ट्रेनर की बात को समझा। अगले तीन-चार दिनों में वह बिना ट्रेनर के अकेले घुड़सवारी करने लगा था। अविनाश को देखकर कई लोगों ने घुड़सवारी करनी शुरू कर दी।

शनिवार की शाम में स्मिता ने अविनाश को फोन कर अगले दिन ग्यारह बजे बाहर गार्डेन में मिलने के लिए कहा। पहले अविनाश थोड़ा हिचका, लेकिन बाद में उसे लगा कि बार-बार मना करने पर कहीं स्मिता को खराब न लगे।

अगले दिन तय समय के मुताबिक अविनाश और स्मिता संस्थान के गार्डेन में मिले। स्मिता ने मिलते ही अविनाश से कहा-

'तुम्हें लगता होगा कि मैं तुम्हारी कहानी सुनने के लिए तुम्हारे पीछे ही पड़ गयी हूँ। लेकिन आज मैं पहले तुम्हें अपने बारे में बताऊँगी, तब तुमसे तुम्हारी कहानी सुनूंगी। मेरा जन्म अंबाला शहर में हुआ है। मेरे पापा फौज में थे। दो साल पहले वे रिटायर हुए हैं। बहुत साल पहले उन्होंने दिल्ली में अपना मकान बना लिया था। मैं उनकी अकेली संतान हूँ। दिल्ली में ही मैं अपनी माँ के साथ रहती रही हूँ। पापा की पोस्टिंग कभी शहर में और कभी लड़ाई के मैदान में होती रही। मेरी पढ़ाई के लिए उन्होंने मुझे माँ के साथ दिल्ली के घर में रखा था। मेरी पूरी पढ़ाई दिल्ली में हुई। दसवीं करने के बाद से मेरे पापा का मन था कि मैं भी उनकी तरह फौज में जाऊँ, लेकिन मैं सिविल सर्विस में जाना चाहती थी। मैंने उसी तरह अपनी पढ़ाई की। पहली बार मेरा भी चयन नहीं हुआ, दूसरी बार में मैंने अपना विषय बदला, तब जाकर मेरा चयन हुआ'।

स्मिता ने आगे बताया-

'मुझे दसवीं क्लास से लिखने का शौक था। स्कूल के मैगज़ीन में लिखा करती थी। बारहवीं के बाद मैंने किताब लिखने की सोची। पहली किताब मैंने अपने पापा पर लिखी। उसमें फौज के बारे में मैंने पूरी जानकारी दी थी। वह किताब बहुत बिकी। उसके बाद कॉलेज में मेरा एक दोस्त था, विवेक, जिसने बीए की पढ़ाई के दौरान ही अपना एक स्टार्ट-अप किया था। उसने बहुत मेहनत की और आज वह बहुत अच्छा और सफल बिज़नेसमैन है। विवेक की सफलता की कहानी पर मैंने अपनी दूसरी किताब लिखी। वह मेरा सबसे करीबी बॉयफ्रेंड है। वह दिल्ली में ही मेरे घर के पास में रहता है। मेरे पापा से उसकी बहुत अच्छी बनती है। दोनों सुबह-सुबह गोल्फ साथ खेलने

जाते हैं। मैंने जब उस दिन तुम्हारे बारे में जाना, तब मुझे लगा कि मैं तुम्हारी कहानी पर अपनी तीसरी किताब लिख सकती हूँ। मैं शुरू से किसी बात के पीछे पड़ जाती हूँ। मैं चाहती थी कि मैं जल्दी से तुम्हारी कहानी सुनूँ और यही से अपनी तीसरी किताब की शुरुआत कर दूँ। बस यही मेरी कहानी है। अब तुम्हारी बारी है'।

अविनाश ने अगले एक घंटे में अब तक की अपनी पूरी कहानी स्मिता को सुना दी। उसने नंदिनी और राकेश के बारे में भी उसे बताया। अविनाश के बार-बार नंदिनी की जिक्र पर स्मिता ने अविनाश से कुरेद-कुरेद कर जानना चाहा कि क्या अविनाश नंदिनी को पसंद करता है। इसपर अविनाश ने कहा-

'देखो स्मिता, नंदिनी और मैं। बचपन से एक साथ पले-बढ़े हैं। मेरे मन में नंदिनी के प्रति स्नेह है, लेकिन उसे पसंद करने की नज़र मेरी दूसरी है। वह बहुत अच्छी और भोली है। मैं चाहता हूँ उसे जीवन की सारी खुशियाँ मिले। एक लड़के की अनाथालय में परवरिश और एक लड़की की परवरिश में अंतर होता है। उसने बहुत दुख देखे हैं। आज उसे एक अच्छे और सम्पन्न माँ-बाप मिले है। वह वहाँ खुश है, यही मेरे लिए बहुत है। फिर राकेश उसका बहुत ख्याल रखता है। मैं इसी सब से संतुष्ट रहता हूँ। नंदिनी मेरी सबसे अच्छी दोस्त है और उससे ज्यादा कुछ नहीं'।

स्मिता उसके जवाब को सुनकर मुस्कुराई और कहा-

'मैं तुम्हारी बात समझ सकती हूं। मेरा भी रिश्ता विवेक के साथ कुछ इसी तरह का है। मुझे उसका आगे बढ़ना अच्छा लगता है। तुम्हारी पूरी कहानी सुनकर मुझे रोमांच हो गया। मैं इसपर जरूर किताब लिखूँगी। बीच-बीच में तुमसे इस विषय पर और विस्तार से बात करने की जरूरत महसूस होगी, तो मना मत करना'।

स्मिता से बात कर अविनाश को अच्छा लगा। उसे स्मिता बिलकुल सरल और स्पष्ट बात करने वाली लगी। अविनाश ने कहा-

'अब जब तुम मेरे जीवन पर किताब लिखने जा रही हो, तब मैं भी चाहूँगा कि तुम्हें मैं छोटी से छोटी जानकारी दूँ। तुम बेझिझक कभी भी मुझसे बात कर सकती हो'।

इसके बाद अविनाश और स्मिता लगभग एक घंटे तक अन्य विषयों पर बातें करते रहे। उसके साथ के ट्रेनी कई बार उन दोनों के पास बैठे, लेकिन इन दोनों की बातें जारी रहीं। रवि भी बहुत देर तक इन्हें एक साथ बैठ कर बातें करते हुए देख मुस्कुराकर अपने हॉस्टल के कमरे में चला गया। थोड़ी देर बाद अविनाश भी हॉस्टल वापस लौटा। उसे देख रवि ने मुस्कुराते हुए कहा-

'यार अविनाश, तुमने तो दो दिन में ही अपने बैच की सबसे सुंदर लड़कियों में से एक को अपने करीब कर लिया। पिछले दो घंटे से तुम दोनों बातें कर रहे हो। इस रफ्तार से ट्रेनिंग खत्म होने तक कहीं तुम दोनों कुछ और करने की घोषणा न कर दो। आखिर माजरा क्या है'।

अविनाश ने भी मुस्कुराते हुए जवाब दिया-

'यार ऐसा कुछ भी नहीं है। वह किताब लिखती है और अब मेरे जीवन के ऊपर किताब लिखना चाहती है। वही कहानी सुना रहा था उसे'।

'भाई मेरे, सुना है दिल्ली में पली-बढ़ी लड़कियां थोड़ी तेज होती हैं। दरअसल, उन्हें मेट्रो शहर में रहने का फायदा और अनुभव मिलता है। हमलोग बिहार से हैं। अभी लड़कियों से ज्यादा बातचीत के मामले में हम उतने एक्सपर्ट नहीं हैं'।

अविनाश ने कहा-

'नहीं रवि। वह वैसी नहीं है, जैसा तुम सोच रहे हो। वह मुझे सीधी-सादी लगी और यूं कहूँ की अच्छी लगी'।

रवि ने कहा-

'फिर क्या बात है। बस लगे रहो मुन्नाभाई। एक न एक दिन बात बन ही जाएगी'।

रवि की बात सुनकर अविनाश मुस्कुराकर रह गया। वह अपने बेड पर लेट कर स्मिता के बारे में सोचने लगा। उसकी साफ़गोई उसे पसंद आई। खासकर उसके किताब लिखने की कला से वह मोहित हो गया। अविनाश को भी लिखने-पढ़ने और भाषण देने का शौक था।

थोड़ी देर के बाद रवि की बातों से उसका सोचने का क्रम टूटा। रवि ने कहा-

'अभी से उसके सपने में खोने लगे हो। चलो लंच का वक़्त हो गया है'।

अविनाश उठकर रवि के साथ खाना खाने चला गया। दिन भर वह स्मिता के बारे में सोचता रहा। शाम में वह रवि के साथ नीचे मार्केट गया। वहाँ वह एक किताब की दुकान पर गया। वह एक हिन्दी का उपन्यास लेना चाहता था। कई किताब देखते-देखते उसे दुकान में अचानक स्मिता नज़र आई। वह अपनी एक दोस्त के साथ थी। अविनाश उसके नजदीक गया। स्मिता उसे देख कर मुस्कुराई और कहा-

'अरे तुम्हें भी किताबें पढ़ने का शौक है। मैं भी कोई किताब ढूंढने आई थी। देखो मुझे मुंशी प्रेमचंद की "गोदान" मिली है। मैं इस किताब को बहुत दिनों से ढूंढ रही थी। पढ़ कर देखती हूँ। तुम कोई दूसरी किताब ले लो। दोनों पढ़ कर एक दूसरे को दे देंगे। और हाँ, इससे मिलो, ये रेणु है। हरियाणा की रहने वाली है। इसका रैंक सत्तर

है। तुम्हारी तरह, ये भी मेरी अच्छी दोस्त बन गयी है। हम दोनों एक ही कमरे में रह रहे हैं'।

अविनाश ने बहुत ढूंढ कर अमृतलाल नागर की लिखी एक किताब निकाली। किताब खरीदने के बाद वह स्मिता के साथ ही बाहर निकला। एक चाट की दुकान पर अविनाश, रवि, स्मिता और रेणु ने चाट खाये। थोड़ी देर लबासना के बारे में बातें हुईं और उसके बाद सभी टहलते, गप्पें मारते वापस अपने-अपने हॉस्टल आ गए।

एक महीना पूरा होने पर अविनाश को पहली सैलरी मिली। उसे कुल छप्पन हज़ार रुपये प्रति महीने मिलने थे, जिसमें से हॉस्टल, खाना और ड्रेस के मद में दस हज़ार रुपये कट गए थे। उसके हाथ में छियालिस हज़ार रुपये मिले। अपनी पहली सैलरी पा कर वह बहुत खुश हुआ। उसने सबसे पहले घनश्याम बाबू को फोन किया और कहा-

'बाबा, आज मुझे अपने जीवन की कमाई की पहली सैलरी मिली है। यह सब आपलोगों के आशीर्वाद से संभव हुआ है। मैं चाहता हूँ कि इसमें से बीस हज़ार मैं आपको भेज दूँ। आप अपने लिए और बड़ी अम्माँ के साथ-साथ गंगा काकी, गणेश और श्रवण काका के लिए पहनने के कपड़े खरीद लेंगे'।

घनश्याम बाबू ने जवाब दिया-

'अरे अविनाश, इसकी क्या जरूरत है। अभी तुम्हें वहाँ पैसों की जरूरत होगी। फिर बाद में कभी देखा जाएगा'।

अविनाश ने कहा-

'बाबा, पहली सैलरी की बात कुछ और है। मैं आप की बात नहीं मानूँगा। आज ही मैं आपके अकाउंट में पैसे डाल देता हूँ'।

घनश्याम बाबू ने कहा-

'अगर तुम इतना जिद कर रहे हो, तो बस दस हज़ार भेज दो, इतने में हमलोगों का काम हो जाएगा'।

अविनाश ने कहा-

'ठीक है मैं पंद्रह हज़ार भेज देता हूँ। दस हज़ार कपड़ों के और बाकी पैसे से बच्चों के बीच मिठाई बाँट दीजिएगा'।

घनश्याम बाबू मान गए। अविनाश ने तुरंत उन्हें पैसे भेज दिये। इसके बाद उसने सरस्वती को फोन किया और कहा-

'माँ, आप सब के आशीर्वाद से तुम्हारे बेटे को पहली सैलरी मिली है। मैं तुम्हें दस हज़ार रुपये भेज रहा हूँ। तुम अपने लिए कुछ कपड़े खरीद लेना। साथ में आश्रम के लोगों को मिठाई खिला देना'।

अविनाश की बात सुनकर सरस्वती रोने लगीं। उसने रोते हुए कहा-

'बेटा, तुम नहीं समझ पाओगे, मैं आज कितनी खुश हूँ। मेरा बेटा अब बड़ा हो गया। वैसे पैसे की मुझे जरूरत नहीं है, फिर भी अगर तुम चाहते हो तो मुझे बस पाँच हज़ार रुपये भेज दो। इसी में सब काम हो जाएगा। अपना ख्याल रखना और मुझे फोन करते रहना। नंदिनी बीच-बीच में मिलने आती है। बहुत अच्छी लड़की है'।

अविनाश ने कहा-

'आप मत रोइए। मैं जल्दी पटना आकर आपसे मिलूंगा। अपना ध्यान रखिएगा'।

अविनाश ने फोन रख दिया। उसने सरस्वती को पाँच हज़ार रुपये भेज दिये।

अगले एक महीने में सांस्कृतिक मंच में अविनाश और स्मिता का वर्चस्व हो चुका था। दोनों अच्छा भाषण कर लेते थे और

साहित्यिक विषय पर बात कर लेते थे। अविनाश ट्रेनिंग के साथ-साथ अपनी पढ़ाई में भी जुटा रहता। अब क्लास के अलावा हरेक संडे को उसकी और स्मिता की लंबी बातें होती थीं। किसी किताब पर या फिर ट्रेनिंग के किसी विषय पर ज़्यादातर बातें होती थीं। अविनाश संडे का बेसब्री से इंतज़ार किया करता था। उसे अब स्मिता में दिलचस्पी हो गयी थी। मन के किसी कोने में वह उसे पसंद करने लगा था। वह कभी बातों में स्मिता को अपनी भावना कहने की कोशिश करता, लेकिन सही मौका नहीं मिल पा रहा था। दूसरी तरफ स्मिता अविनाश के साथ बिलकुल एक दोस्त की तरह व्यवहार करती थी। हालाकि, अब लबासना में दोनों की नज़दीकियों के चर्चे होने लगे थे।

अविनाश की नंदिनी से हर तीन दिन पर बात हो रही थी। वह घनश्याम बाबू के भी संपर्क में था। नंदिनी का एमबीए का आखिरी साल चल रहा था। वह अब कॉलेज के बाद ज़्यादातर समय अपने पापा के चैनल में दिया करती थी। अविनाश ने अबतक नंदिनी को स्मिता के बारे में नहीं बताया था। एक दिन नंदिनी ने उससे फोन पर आखिर पूछ ही दिया-

'सुना है अविनाश, वहाँ लड़कियां जल्दी दोस्त बन जाती हैं। तुम्हारी अबतक कोई दोस्त बनी या नहीं, सच-सच बताना'।

नंदिनी के इस तरह पूछने पर अविनाश बात को छुपा नहीं सका। उसने कहा-

'हाँ एक लड़की है, स्मिता। वह मेरे साथ ही क्लास में बैठती है। वह एक अच्छी लेखिका भी है और मेरे जीवन पर एक किताब लिखना चाहती है। उसी सिलिसिले में उससे बातें होती है। हम दोनों के शौक और ख्याल मिलते हैं, इसलिए मैं उससे बातें करता हूँ'।

नंदिनी ने चुटकी लेते हुए कहा-

'सिर्फ बैठ कर बात करने तक ही मामला है या उससे आगे भी कोई बात है। मैंने सुना है वहाँ इस तरह की जोड़ियाँ जल्दी बन जाती हैं'।

अविनाश ने जवाब दिया-

'नहीं, ऐसी कोई बात नहीं है, लेकिन उसकी बातें मुझे अच्छी लगती हैं'।

नंदिनी ने जवाब दिया-

'बातें अच्छी लगने और वो अच्छी लगने में अंतर है, अविनाश। तुम्हारी बातों से लगता है कि वो तुम्हें अच्छी लगती है। कभी उससे जानने की कोशिश की है कि उसका तुम्हारे बारे में क्या ख्याल है'।

अविनाश ने थोड़ा झुँझलाकर जवाब दिया-

'वो सब मैं नहीं जानता और मेरे पास उतना वक़्त भी नहीं है, इन सब बातों के लिए। मैंने कहा न बस वो मुझे अच्छी लगती है'।

नंदिनी ने कहा-

'मैं तुम्हें परेशान नहीं करना चाहती, लेकिन इन सब बातों में सामने वाले के मन की बात भी जाननी जरूरी है। जैसे तुम मुझे अच्छे लगते हो। मैं तुम्हें शुरू से पसंद करती हूँ, लेकिन मुझे नहीं पता कि मेरी तरह तुम मुझे पसंद करते हो या नहीं'।

अविनाश ने कहा-

'तुम भी इस बात के बिलकुल पीछे पड़ गयी। तुम भी मुझे शुरू से अच्छी लगती हो। ऐसा किसी के साथ हो सकता है, लेकिन इसका ये मतलब नहीं है कि हर पसंद आने वाले के साथ आगे भी बात बढ़ाई जाये। अभी मुझे अपने करियर के बारे में सोचना है। बाद

में इन सब के बारे में सोचूंगा'। वैसे, छोड़ो इन बातों को। क्या हाल हैं माँ के और सेवाश्रम के लोगों के'।

नंदिनी ने जवाब दिया-

'मैं सरस्वती जी से इस बीच लगातार मिलती रही हूँ। वे ठीक हैं और तुम्हें हमेशा याद करती हैं। बाबा और बड़ी अम्माँ भी ठीक हैं। मैं अब चैनल के काम में व्यस्त रहने लगी हूँ। मुझे शहर की रिपोर्टिंग का जिम्मा दिया गया है। बीच-बीच में जरूरत पड़ने पर यहाँ के कलक्टर से भी मिलना होता है। अभी हाल में यहाँ पास के एक गाँव में कोई पूजा की तैयारी के बीच सांप्रदायिक घटना हुई थी। मैं चैनल की तरफ से उसे कवर करने गयी थी। मेरी रिपोर्टिंग की बहुत सराहना की गयी'।

अविनाश ने कहा-

'तुमने अच्छा प्रोफेशन चुना है, जो तुम्हारे मन के लायक है। जब मैं वापस बिहार लौटूँगा, तब कभी-कभी तुम्हारी सहायता की जरूरत पड़ सकती है'।

थोड़ी देर और बात करने के बाद दोनों ने फोन रख दिया। नंदिनी अविनाश से बात करने के बाद थोड़ी अशांत हो गयी। उसे लगा कि अविनाश के मन में उसके बारे में दोस्ती से आगे अब तक कुछ नहीं है। वहीं उसे अविनाश की बातों से महसूस हुआ कि वह स्मिता को मन ही मन चाहने लगा है। उसे लगा कि अविनाश की उसके साथ चाहने वाली स्थिति कभी नहीं हुई। इन सब बातों को सोचते-सोचते वह बहुत देर रात तक अपने कमरे में चुपचाप अपने बेड पर लेटी रही। थोड़ी देर के बाद उसे नींद आ गयी।

दस

दिसंबर का पहला सप्ताह शुरू होने वाला था। मसूरी में कड़ाके की ठंड शुरू हो चुकी थी। आस-पास की ऊंची पहाड़ियों पर हुई बर्फबारी के कारण मसूरी का तापमान शून्य के करीब चला गया था। यह फाउंडेशन कोर्स का आखिरी सप्ताह था। सुबह के वक़्त बहुत देर तक धुंध रहती थी। धुंध के कारण आस-पास के हॉस्टल भी नहीं दिखते थे। ऐसे मौसम में सुबह के वक़्त एक्सर्साइज़ और ड्रिल के लिए पूरे गरम कपड़ों में बाहर निकलना पड़ता था। हालाकि, एक घंटे के व्यायाम के बाद बदन से पसीना निकल जाता था।

शाम में नीचे बाज़ार में सैलानियों की भीड़ भी ज्यादा हो गयी थी। लोग मसूरी के जाड़ों और बर्फबारी का लुत्फ उठाने आते थे। खासकर शनिवार और रविवार को भीड़ ज्यादा होती थी। अविनाश के लिए इस तरह के जाड़े का पहला अनुभव था। उसने इस बीच अपने लिए बाज़ार से एक और ऊनी जैकेट और स्वेटर खरीद लिया था। लबासना की ओर से ऊनी सूट मिला था, जिसके कोट के पॉकेट पर लबासना का लोगो बना था। अविनाश उस सूट को पहन कर अपने आप में गर्व महसूस करता था।

इस बीच स्मिता से उसकी दोस्ती जारी थी। स्मिता ने उसके ऊपर किताब लिखनी शुरू कर दी थी। इस संदर्भ में वह अविनाश से

लगातार मिलकर उसके जीवन की छोटी-छोटी बातें पूछा करती थी। अविनाश अभी तक उसे अपने मन की बात बता नहीं पाया था। वैसे, अपने बारे में बात करने के अलावा वह स्मिता से और विषयों पर भी बात किया करता था।

फ़ाउंडेशन कोर्स के खत्म होने के बाद आईएएस के लिए चुने गए ट्रेनी को आठ हफ्तों के भारत दर्शन पर जाना था। भारत दर्शन की शुरुआत अमूमन मसूरी में जाड़ों के शुरू होने पर होती है। इसके लिए अगले चार दिन बाद मसूरी से निकलना था। कुल दो सौ आईएएस ट्रेनी को दस ग्रुप में बांटा गया। हरेक ग्रुप में लबासना की तरफ से एक लीडर को रखा गया। हरेक ग्रुप को बारी-बारी से आर्मी, एयर फोर्स, नेवी, नक्सल क्षेत्र, एनजीओ, सार्वजनिक क्षेत्र उपक्रम, जिला प्रसाशन, वन एवं द्वीप क्षेत्र, एनएसजी, एसटीएफ, विश्वविद्यालय, आदि के कामों को नजदीक से देखना होता है। इसके बाद आखिरी में एक सप्ताह के लिए लोकसभा सचिवालय में ट्रेनिंग दी जाती है।

भारत दर्शन के विभिन्न ग्रुप के बारे में सबसे पहले क्लास के दौरान स्मिता को जानकारी मिली। दरअसल रेणु ने क्लासरूम के बाहर नोटिस बोर्ड से अपने ग्रुप के ट्रेनी का नाम लिखकर क्लास में ही स्मिता को बढ़ा दिया था। क्लास खत्म होते ही स्मिता ने बगल में बैठे अविनाश का हाथ पकड़ कर कहा-

'पता है अविनाश, संयोग से मैं, तुम, रेणु और रवि भारत दर्शन के एक ही ग्रुप में आ गए हैं। शायद उन्होंने एक रूम में रहने वालों को साथ-साथ रखने की सोची होगी। मैं बहुत खुश हूँ। एक तो हमारी पहले से दोस्ती है और आपस में बनती है, दूसरे अगले दो महीने तुम्हारे साथ रहने पर मेरी किताब का लिखना जारी रहेगा। तुम देखना मैं अगले दो महीनों में अपनी किताब पूरी कर लूँगी'।

अविनाश को खुशी हुई कि वह इसी बहाने अगले दो महीने स्मिता के नजदीक रहेगा। उसने कहा-

'तुम्हें पता है, भारत दर्शन में बहुत घूमना होता है। तुम्हें लिखने का वक़्त कब मिलेगा'।

स्मिता ने तुरंत जवाब दिया-

'मैं ज़्यादातर रात के वक़्त लिखती हूँ। वहाँ जहां भी रहूँगी, रात को सोने के पहले थोड़ा-थोड़ा लिख लिया करूंगी'।

क्लास रूम से बाहर निकलते वक़्त रवि ने अविनाश से चुटकी लेते हुए कहा-

'तुम्हारी तो मन की मुराद पूरी हो गयी, अविनाश। इसी ट्रिप में अपने प्यार का इज़हार कर देना। मैं तुम्हारी मदद करूंगा'।

रवि की बात सुनकर अविनाश बस मुस्कुराकर रह गया।

अविनाश के ग्रुप को सबसे पहले आर्मी के काम को देखने के लिए श्रीनगर जाना था। वहाँ का तापमान दिसंबर में मसूरी के बराबर रहता है। हालाकि, आर्मी के अन्य यूनिट को देखने के लिए श्रीनगर के ऊंचे इलाकों में भी जाना पड़ता है, जहां का तापमान शून्य से पाँच से दस डिग्री नीचे रहता है। सभी दस ट्रेनी को देहरादून से सुबह की फ्लाइट से श्रीनगर जाना था। लबासना की तरफ से टिकट, गाड़ी और ठहरने की व्यवस्था की जाती है।

फ़ाउंडेशन कोर्स के आखिरी दिन सभी ट्रेनी को शाम में एक साथ इकट्ठा कर हाई टी का इंतज़ाम किया गया था। आईएएस के अलावा बाकी ट्रेनी के लिए यह लबासना में आखिरी दिन था। सभी एक दूसरे से मिले। कुछ लोगों ने इस मौके पर कवितायें पढ़ीं, कुछ ने गीत गाये और शाम सात बजे तक कार्यक्रम सम्पन्न हो गया। अब अगले दिन सुबह आईएएस ट्रेनी को भारत दर्शन पर निकलना

था और सिविल सर्विस के बाकी ग्रुप के ट्रेनी को अपने-अपने सम्बद्ध संस्थानों में जाना था।

अगले दिन सुबह छह बजे लबासना से कई बसें देहरादून के लिए निकलीं। सभी ग्रुप को देहरादून से या तो फ्लाइट या ट्रेन से आगे जाना था। अविनाश के ग्रुप की श्रीनगर की फ्लाइट सुबह साढ़े नौ बजे की थी। यह ग्रुप साढ़े सात बजे तक देहरादून एयरपोर्ट पहुँच गया। वहाँ चेक इन के बाद सभी ने वहाँ के रेस्तरां में बैठ कर नाश्ता किया। अविनाश मन ही मन खुश था कि स्मिता उसके ग्रुप में थी। उसने नंदिनी को भी एक दिन पहले फोन कर भारत दर्शन के लिए जाने और ग्रुप के लोगों की बात बता दी थी।

देहारादून से श्रीनगर की फ्लाइट एक घंटे की थी। अविनाश के जीवन की यह पहली हवाई यात्रा थी। स्मिता ने उसे उसके सामान के चेक-इन, सेक्युर्टी चेक वगैरह में मदद की। वह खासकर अविनाश के साथ प्लेन में बैठी और उसे खिड़की वाली सीट पर बिठाया, जिससे वह बाहर का नज़ारा देख सके। प्लेन के उड़ते वक्त अविनाश थोड़ा नर्वस था। टेक ऑफ के समय उसने स्मिता का हाथ ज़ोर से पकड़ लिया था। थोड़ी देर के बाद वह सामान्य हो गया। अब वह खिड़की से बाहर बर्फ से ढँकी ऊंची पहाड़ियों को देखनें में लगा था। वह बीच-बीच में उत्सुकतावश स्मिता को बाहर के नज़ारे दिखाता।

लगभग पचास मिनट में फ्लाइट श्रीनगर एयरपोर्ट पर लैंड कर गयी। एयरपोर्ट पर आर्मी का एक ऑफिसर इन लोगों को लेने आया था। वहाँ से इन्हें आर्मी की बस से कैंप ले जाया गया। कैंप श्रीनगर से लगभग चालीस किलोमीटर दूर गुलमर्ग के नजदीक काफी ऊंचाई पर था। वहाँ का तापमान इन दिनों रात में शून्य से पाँच डिग्री नीच चला जाता था। अविनाश के अलावा बाकी लोगों का भी आर्मी के कैंप में जाने का पहला अनुभव था। एक घंटे में सभी कैंप पहुँच

गए। वहाँ आर्मी के बहुत सारे जवान अपने-अपने काम पर लगे थे। काफी गहमा-गहमी थी। सभी दस ट्रेनी और एक ग्रुप लीडर को टेंट में ठहराया गया। उन्हें अगले आधे घंटे में कैंप के इंचार्ज को रिपोर्ट करना था।

अविनाश और रवि एक टेंट में थे। टेंट में बाथरूम भी साथ में था। दोनों जल्दी से मुंह-हाथ धोकर बाहर निकल आए। स्मिता और रेणु का एक टेंट था। सभी को कैंप के मैदान में ले जाया गया, जहां एक ऑफिसर ने इन्हें अगले दो घंटे तक कैंप की गतिविधि, परेड, हथियार आदि के संचालन के बारे में बताया गया। एक नक्शे पर उन्हें द्रास सैक्टर के भारतीय पोस्ट की जानकारी दी गयी, जहां इन दिनों तापमान शून्य से तीस डिग्री नीचे रहता था। सभी ट्रेनी से राइफल से बारी-बारी से निशाना लगाने की कोशिश कराई गयी।

दिन के डेढ़ बजे दोपहर का खाना हुआ और उसके बाद दो से चार बजे तक उन्हें कैंप में बने क्लास रूम में आर्मी के बारे में जानकारी दी गयी। फिर शाम चार से छह बजे तक उन्हें मैदान में बाकी जवानों के साथ दौड़ने के लिए कहा गया। इसके अलावा कई कठिन एक्सर्साइज़ भी कराये गए। छह से सात बजे के एक घंटे के रेस्ट के बाद इन्हें कैंप फायर के लिए बुलाया गया।

दिन भर की भागदौड़ के कारण सभी ट्रेनी थोड़ा थक गए थे। हालाकि, एक घंटे के रेस्ट के बाद स्थिति ठीक हो गयी। कैंप फायर टेंट के पास के एक छोटे मैदान में था, जहां कैंप के सारे जवान इकट्ठा हुए। बीच में आग जल रही थी और उसके चारों तरफ कुर्सियाँ लगी थीं। एक तरफ जवान बैठे थे और दूसरी तरफ आर्मी ऑफिसर और ट्रेनी थे। बगल में एक टेबल पर खाने-पीने के समान रखे थे। पीने के लिए व्हिस्की, रम, वाइन, फ्रूट जूस की व्यवस्था थी। आग जलने के कारण ठंड कम लग रही थी, लेकिन वहाँ मसूरी से बहुत

ज्यादा ठंड थी। एक आर्मी ऑफिसर ने सभी ट्रेनी से खाने-पीने का अनुरोध किया।

रवि ने अविनाश से कहा-

'ठंड बहुत है, चलो चल कर व्हिस्की या रम लेते हैं, देह में गर्मी आ जाएगी'।

अविनाश ने कहा-

'मैंने आज तक नहीं पिया है। पता नहीं क्या असर होगा। मैं फ्रूट जूस ले लूँगा'।

रवि ने कहा-

'यार, अब हम बच्चे नहीं हैं। कभी-कभी ऐसे माहौल में थोड़ी पीने से कुछ नहीं होता। मैं तुम्हें पहले बिलकुल छोटा पेग देता हूँ। यदि अच्छा नहीं लगे, तब मत पीना'।

अभी ये दोनों बात कर ही रहे थे कि स्मिता रेणु के साथ अपनी जगह से उठी। अविनाश उसे देख रहा था। दोनों ने वहाँ जाकर रेड वाइन और साथ में प्लेट में कुछ खाने के लिए लिया। दोनों आग के पास आकर जमीन पर बैठ गईं। रवि ने स्मिता को देख कर अविनाश से कहा-

'देखो, स्मिता ने भी रेड वाइन लिया है। तुम भी चल कर एक पेग ले लो'।

रवि के कहने पर अविनाश उठकर खाने वाले टेबल की तरफ गया। रवि ने उसके लिए ग्लास में एक पेग व्हिस्की बनाई और खुद उसने रम ली। खाने के लिए कुछ चीज़ें लेकर वे भी स्मिता के पास आकर बैठ गए। अविनाश को देख कर स्मिता ने कहा-

'यहाँ ठंड बहुत है। अच्छा किया तुमने व्हिस्की ले ली। हमलोग वाइन से काम चला लेंगे'।

अविनाश ने जवाब दिया-

'मैं पहली बार ले रहा हूँ। पता नहीं कैसा लगेगा'।

स्मिता ने कहा-

'मेरे पापा फौज में रहे हैं। मेरे घर में इसका चलन था। मैंने एक बार व्हिस्की पीने की कोशिश की थी, लेकिन मुझे अच्छी नहीं लगी। तब से मैं कभी-कभी सिर्फ रेड वाइन ले लेती हूँ। तुम ले कर देखो शायद तुम्हें ठीक लगे'।

अविनाश ने पहली घूंट ली। उसे स्वाद ठीक लगा। उसके बाद उसने तुरंत दूसरी घूंट ली। इस पर रवि ने कहा-

'अरे भाई, धीरे-धीरे। अभी हमें यहाँ डेढ़-दो घंटे बैठना है। कोई जल्दीबाजी नहीं करनी है, वरना जल्दी चढ़ जाएगी'।

इस बीच कुछ जवानों ने मिलकर गाना शुरू किया। एक गिटार बजा रहा था और दूसरा गाना गा रहा था। कुछ जवान गीत की धुन पर डांस भी करने लगे थे। माहौल बहुत अच्छा था। दो घूंट पीने के बाद अविनाश के शरीर में थोड़ी गर्मी आनी शुरू हो गयी थी। उसे थोड़ा सुरूर भी चढ़ने लगा था। वह उठकर स्मिता के पास जाकर बैठ गया। रेणु रवि के साथ बैठ गयी। अविनाश ने सुरूर में स्मिता से कहा-

'मुझे अच्छा लगा कि तुम मेरे ऊपर किताब लिख रही हो। यह मेरे जीवन की सबसे बेशकीमती चीज़ होगी। मुझे तुमसे बातें करना अच्छा लगने लगा है। वाकई मुझे तुम जैसी एक अच्छी दोस्त मिल गयी है। हमारे ख्याल भी बहुत मिलते हैं'।

स्मिता ने जवाब दिया-

'सही कहते हो अविनाश, मैंने भी नहीं सोचा था कि मुझे ट्रेनिंग में तुम जैसा दोस्त मिलेगा। मैंने ट्रेनिंग में आपस में मेलजोल और एक दूसरे को दोस्त बनाने के बारे में सुना था। मुझे लगता था कि इतने कम दिनों में यह कैसे संभव हो सकता है। लेकिन वाकई में यह संभव हुआ है। मुझे भी तुमसे बातें कर मन में सुकून मिलता है। तुम देखना, तुम्हारी किताब यादगार साबित होगी'।

अविनाश ने कहा-

'इस किताब में लबासना की ट्रेनिंग के वक़्त तुम्हारे साथ हुई दोस्ती के बारे में भी जरूर जिक्र करना। देखना, हमारी दोस्ती बहुत लंबी चलेगी। पता नहीं यह आगे क्या रंग ले'।

अविनाश की बात पर स्मिता ने कहा-

'मैं हमेशा आज में जीती हूँ। मैं आगे के बारे में ज्यादा नहीं सोचती। क्या मालूम दो साल के बाद जब हम दोनों एक दूसरे से दूर हो जाएँगे और अपने-अपने कामों में व्यस्त हो जाएँगे, तब यह दोस्ती कितनी चल पाएगी, यह देखना होगा'।

अविनाश ने कहा-

'दूरी से दोस्ती कम नहीं होती। जब मैंने तुम्हें अपना दोस्त मान लिया, तब यह पूरी जिंदगी कायम रहेगी। अब यह तुम पर है कि आगे इस दोस्ती को हम किस रूप में देखेंगे। इस बीच कभी दिल्ली जाना हुआ, तब तुम्हारे पापा-मम्मी से भी मिलूंगा'।

स्मिता ने कहा-

'हाँ, तुम्हें विवेक से भी मिलवाऊंगी। उससे मिलकर तुम्हें अच्छा लगेगा'।

स्मिता के मुंह से विवेक का जिक्र सुनकर अविनाश को थोड़ी मायूसी हुई। उसे लगा कि विवेक स्मिता के जेहन में बहुत अंदर तक बैठ चुका है। उसने बात को पलटते हुए कहा-

'भारत दर्शन के बाद एक सप्ताह की छुट्टी है। मुझे अभी से उसका इंतज़ार है। बहुत दिन हुए पटना से बाहर रहे'।

स्मिता ने कहा-

'मैं भी पापा-मम्मी से बहुत दिन से दूर हूँ। एक सप्ताह वहाँ जाकर आराम करूंगी और किताब लिखूँगी'।

साढ़े आठ बजे तक कैंप फायर समाप्त हो गया। उसके बाद सभी ने खाना खाया और अपने-अपने टैंट में चले गए।

अगले दिन सभी ट्रेनी को सुबह पाँच बजे उठा दिया गया। उन्हें एक घंटे में तैयार होने के लिए कहा गया। ठीक छह बजे दो आर्मी ऑफिसर के साथ सभी दस ट्रेनी ऊपर की पहाड़ी पर स्थित भारतीय सेना के पोस्ट को देखने निकल गए। घने चीड़ के बर्फीले जंगल से पैदल ऊपर की चढ़ाई थी। बर्फ के कारण कहीं-कहीं पैर फिसल रहे थे। इसी में एक दूसरे को रस्सी से संभाले, हाथ पकड़े, सभी आगे बढ़ते रहे। लगभग दो घंटे की चढ़ाई के बाद एक जगह छोटे से मैदान में सभी रुके। वहीं ट्रेनी को सैंडविच, फल का नाश्ता दिया गया और चाय पिलाई गई।

बीस मिनट के आराम के बाद फिर से दो घंटे की चढ़ाई थी। लगभग साढ़े दस बजे सभी ऊपर बर्फ से घिरे भारतीय पोस्ट पहुँच गए। वहाँ तीन टैंट में दस जवान आधुनिक हथियारों के साथ पोस्ट की रक्षा कर रहे थे। चारों तरफ बर्फ से ढँकी पहाड़ियाँ थीं। वहीं से दूरबीन की मदद से सभी को पड़ोसी देश पाकिस्तान का पोस्ट दिखाया गया, जो लगभग बीस किलोमीटर की दूरी पर था। दोनों पोस्ट के बीच में भारत और पाकिस्तान का लाईन ऑफ कंट्रोल था।

जवानों को देख कर अविनाश को रोमांच हुआ। उसे समझ में आया कि किस मुश्किल स्थिति में हमारे देश के जवान सीमा की रक्षा करते है। अविनाश ने कुछ जवानों से वहाँ बैठ कर बात की। वैसी स्थिति में भी दो जवानों ने ट्रेनी को गाना गा कर सुनाया। सभी ने बारी-बारी से जवानों के साथ फोटो लिए। जवानों का जोश देखते बनता था। सभी ट्रेनी को वहाँ जाकर अभूतपूर्व अनुभव हुआ। वहाँ लगभग एक घंटे रुक कर सभी दो बजे दिन तक कैंप में वापस आ गए। दिन का खाना खाने के बाद सभी फिर ट्रक में बैठ कर श्रीनगर के लिए निकल गए, जहां उन्हें अगले दो दिन वेस्टर्न एयरफोर्स कमांड के श्रीनगर बेस में ट्रेनिंग लेनी थी। श्रीनगर में एक होटल में सभी ट्रेनी के रुकने का इंतजाम किया गया था।

एयरफोर्स के पहले दिन की ट्रेनिंग में क्लास में भारतीय एयर फोर्स और विभिन्न हवाई जहाजों के बारे में बताया गया। सभी ट्रेनी ने बड़े उत्साह से सभी बातों को ध्यान से सुना। उन्हें भारत और पाकिस्तान के विभिन्न युद्धों में एयरफोर्स के अफसरों की जांबाजी के बारे में बताया गया। कमांड में स्थित फोटो लाइब्रेरी को भी सभी ट्रेनी ने देखा। क्लास शाम के पाँच बजे तक चला। शाम के वक़्त सभी श्रीनगर के मार्केट घूमने निकल गए। रात का खाना भी सभी ने बाहर खाया।

अगले दिन सभी ट्रेनी को फाइटर जेट में बैठ कर उड़ना था। बारी-बारी से सभी जा रहे थे। अविनाश का अभी हाल में ही हवाई जहाज में बैठने का पहला अनुभव हुआ था। फाइटर जेट की गति ज्यादा थी। इसके अलावा बीच-बीच में हवाई जहाज़ हवा में गोते भी लगा रहा था। अविनाश को शुरू में घबडाहट हुई, लेकिन बाद में उसे मजा आने लगा। लगभग बीस मिनट की उड़ान के बाद अविनाश नीचे आ गया। जेट विमान की यात्रा सभी के लिए रोमांच से भरी थी।

अगले एक दिन रविवार की छुट्टी थी और इनकी फ्लाइट रात के वक़्त दिल्ली होते हुए विशाखापतनम की थी, जहां इन्हें ईस्टर्न नेवल कमांड में तीन दिन की ट्रेनिंग लेनी थी। रविवार की सुबह सभी जल्दी तैयार होकर श्रीनगर के आस-पास घूमे। उसके बाद दोपहर में सभी ने डल झील में शिकारे का आनंद लिया। अविनाश, स्मिता, रवि और रेणु के साथ एक शिकारे पर बैठा। उसमें भी वह खास कर स्मिता के साथ एक तरफ बैठा। उसने स्मिता से शायराना अंदाज़ में कहा-

'जानती हो स्मिता, एक तो खुद कश्मीर की खूबसूरती और उसमें एक खूबसूरत लड़की के साथ बैठ कर कश्मीर की वादियों को देखना बहुत अच्छा लग रहा है'।

स्मिता ने मुस्कुराते हुए जवाब दिया-

'तो अविनाश साहब रोमांटिक हो रहे हैं। लेकिन तुम्हें इस तरह बात करने की आदत तो नहीं है'।

अविनाश ने जवाब दिया-

'क्या करूँ, तुम्हारा साथ जो है'।

ऐसा कह कर अविनाश ने स्मिता का हाथ अपने हाथ में ले लिया। रवि इन्हें देख कर मुस्कुरा भर रहा था। अविनाश को मन ही मन महसूस हो रहा था कि शायद स्मिता के मन में भी उसके प्रति वही ख्याल है, जो अविनाश का स्मिता के प्रति है। यह सोच कर वह मंद-मंद मुस्कुरा रहा था। उसने स्मिता के साथ शिकारे में कई तस्वीर भी लीं। थोड़ी देर में वे दूसरे किनारे पर स्थित हाउस बोट पहुँच गए। वहीं उन्होंने दिन का खाना खाया। वहाँ एक घंटा रुकने के बाद चार बजे तक सभी होटल आ गए। उनकी शाम साढ़े छह बजे की फ्लाइट थी, जो दिल्ली साढ़े सात बजे पहुँचती थी और फिर वहाँ से रात साढ़े आठ बजे की विशाखापतनम की फ्लाइट थी।

सभी ट्रेनी एक रात पहले नेवी की ट्रेनिंग के लिए विशाखापतनम पहुँच चुके थे। उन्हें बताया गया कि अगले तीन दिनों तक उन्हें एक छोटे युद्धपोत पर समुद्र में ले जाया जाएगा। उसी के अनुसार वे सभी अपने सामान के साथ सुबह तैयार होकर पोर्ट पहुँचें।

कार्यक्रम के अनुसार सभी अपना-अपना सामान लेकर नौ बजे तक पोर्ट पहुँच गए। वहाँ पहले उन्हें एक क्लास में ले जाकर भारतीय नेवी के बारे में बताया गया। भारतीय बेड़े में स्थित सभी युद्ध पोतों की जानकारी दी गयी। युद्ध के समय नेवी के जवानों की जांबाजी के किस्से सुनाये गए और उन्हें फिल्म के माध्यम से दिखाया गया। दिनभर क्लास चलने के बाद शाम में उन्हें युद्धपोत पर ले जाकर उसके इस्तेमाल के बारे में बारीकी से बताया गया। रात भर सभी ट्रेनी उसी युद्ध पोत के कैबिन में सोये। एक कैबिन में ट्रेन की तरह छह बर्थ थे। हर कैबिन के सामने दो बाथरूम थे।

अगली सुबह जब सभी सोकर उठे, तब तक युद्धपोत पोर्ट से रवाना हो चुका था। सभी के लिए समुद्री यात्रा का यह पहला अवसर था। अविनाश स्मिता के साथ पोत के ऊपर की डेक पर आकर विशाल समुद्र को देख रहा था। हवा अच्छी चल रही थी और उसमें पोत धीमी गति से समुद्र में आगे बढ़ रहा था। बंगाल की खाड़ी के बीच में जाने पर कुछ ट्रेनी को समुद्र की यात्रा से जी मिचलाने की समस्या हो गयी। उन्हें दवा देकर ठीक किया गया।

सभी ट्रेनी अगले दो दिनों तक उसी पोत पर यात्रा करते रहे। दिनभर उन्हें पोत के संचालन और उसके इस्तेमाल के बारे में बताया जाता और शाम में सभी को पोत की ऊपर की मंजिल पर बैठकर गीत, संगीत द्वारा मनोरंजन कराया जाता। उस पोत पर लगभग एक सौ नेवी के जवान और ऑफिसर थे। अविनाश का भी यह पहला अनुभव था। उसे यह सब अच्छा लग रहा था। स्मिता भी खाली

समय में अपनी किताब को पूरी करने में लगी थी। उसकी इस संबंध में अविनाश से भी लगातार बातचीत हो रही थी।

पूरे पाँच दिन की नेवी ट्रेनिंग के बाद सभी ट्रेनी को देश के दो जिलों में जाकर एक-एक सप्ताह की ट्रेनिंग लेनी थी। संयोग से अविनाश के ग्रुप के लिए पटना और नागपुर जिला का कार्यक्रम रखा गया था। पटना जाने की बात सुनकर अविनाश बहुत खुश हुआ। स्मिता को भी अच्छा लगा। उसने अविनाश से कहा-

'अच्छा हुआ कि हमें तुम्हारे साथ पटना जाने का मौका मिल रहा है। मैं वहाँ जाकर तुम्हारे सेवाश्रम को भी देख लूँगी और सभी लोगों से मिल भी लूँगी। इससे मुझे अपनी किताब को पूरी करने में मदद मिलेगी'।

अविनाश ने कहा-

'हाँ, तुम लोगों से मिलकर, वे भी बहुत खुश होंगे'।

अविनाश हर दो-तीन दिन पर नंदिनी से फोन पर बात कर ले रहा था। वह अपनी ट्रेनिंग की एक-एक गतिविधि के बारे में उसे विस्तार से बताता। पटना जाने की बात जब अविनाश ने नंदिनी को बताई, तब उसने खुश होकर कहा-

'बहुत अच्छा है अविनाश, तुम्हें देखने को आँखें तरस गयी थीं। इस बहाने मेरी तुम्हारे दोस्तों और खासकर स्मिता से भी भेंट हो जाएगी'।

अविनाश ने अपने पटना आने की बात घनश्याम बाबू और सरस्वती को भी बता दी थी। उसके आने की खबर से सभी खुश थे।

सभी ट्रेनी को विशाखापतनम से कलकता होते हुए पहले पटना जाना था। वहाँ लगभग सात दिन की ट्रेनिंग के बाद, वहीं से नागपुर

के लिए निकलना था। पटना और नागपुर में सभी के रुकने का इंतजाम होटल में किया गया था।

अगले दिन दोपहर बाद तक सभी ट्रेनी पटना पहुँच गए। पटना लैंड करते वक़्त अविनाश प्लेन की खिड़की से बाहर पटना शहर को देख रहा था और रोमांच का अनुभव कर रहा था। उसे विश्वास नहीं हो रहा था कि एक अनाथाश्रम में रहने वाला लड़का आज हवाई जहाज पर बैठकर अपने घर वापस आ रहा है। उसकी आँखों में आँसू थे। उसके बगल में बैठी स्मिता ने भी उसकी आँखों में आँसू देखे, उसकी भावना को समझा। उसने अविनाश का हाथ पकड़ लिया। स्मिता के हाथ पकड़ते ही अविनाश फफक-फफक कर रोने लगा। स्मिता ने उसे समझाया। कुछ देर में वह शांत हुआ।

इधर पटना एयरपोर्ट पर अविनाश के स्वागत के लिए राकेश खड़ा था। नंदिनी कुछ जरूरी क्लास के कारण नहीं आ सकी थी। चूंकि अगले दिन से ट्रेनिंग की शुरुआत होनी थी, इसलिए अविनाश ने मन बना लिया कि वह एयरपोर्ट से होटल जाकर तुरंत सेवाश्रम जाएगा। उसके बाद वह सरस्वती से मिलेगा। अविनाश ने लैंड करने के बाद नंदिनी को फोन किया। उसने बताया कि वह एयरपोर्ट की जगह सीधे सेवाश्रम में अविनाश से मिलेगी और उसके बाद उसके साथ सरस्वती से भी मिलने जाएगी।

अविनाश ने सबसे पहले अपने दोस्तों से राकेश का परिचय कराया। समान लेकर सभी बाहर आए। बिहार सरकार द्वारा सभी ट्रेनी के लिए तीन गाड़ियों की व्यवस्था की गयी थी। सभी ट्रेनी को पटना के मौर्य होटल में ठहराया गया। यहाँ से सेवाश्रम की दूरी लगभग चार किलोमीटर की थी। अविनाश ने होटल जाने के रास्ते में स्मिता, रवि और रेणु से बात कर ली थी। सभी अविनाश के साथ सेवाश्रम जाने के लिए तैयार थे। अविनाश ने फोन पर घनश्याम बाबू

को खबर दे दी थी कि वह अपने साथ अपने तीन दोस्तों को भी लेकर आ रहा है।

लगभग चार बजे अविनाश सभी के साथ सेवाश्रम पहुंचा। बाहर घनश्याम बाबू और लक्ष्मी स्वागत के लिए खड़े थे। गेट से अंदर घुसते वक़्त अविनाश की आँखें फिर छलक पड़ीं। उसने आगे बढ़ कर घनश्याम बाबू और लक्ष्मी के पैर छुए। अविनाश को देख कर बाकी तीनों ने भी उनके पैर छुए। घनश्याम बाबू और लक्ष्मी ने सभी को माला पहनाया और उनकी आरती उतारी। घनश्याम बाबू ने कहा-

'तुम सभी का सेवाश्रम में स्वागत है। अविनाश, तुम सोच नहीं सकते हो, आज मैं कितना खुश हूँ। इस सेवाश्रम से निकलकर कोई पहली बार इतने इंचे ओहदे पर जा रहा है। हम सबको तुम पर गर्व है'।

अविनाश ने एक-एक कर स्मिता, रवि और रेणु का सबसे परिचय कराया। वहाँ सेवाश्रम के बच्चे भी खड़े थे। अविनाश अपने साथ मिठाई के पैकेट ले गया था। उसने सभी बच्चों के बीच मिठाई के पैकेट बांटे। स्मिता यह सब देख कर अवाक थी। उसने अविनाश ने कहा-

'वाकई अविनाश, यह विश्वास नहीं होता है कि तुमने यहाँ रहकर सिविल सर्विस का सपना देखा और कामयाब हुए'।

अविनाश स्मिता और बाकी दोनों को लेकर अंदर अपने कमरे को दिखाने ले गया। उसने सभी को पूरा सेवाश्रम दिखाया। वे सभी गंगा काकी, गणेश और श्रवण काका से भी मिले। सभी फिर बाहर बरामदे में बैठ कर आपस में बातें करने लगे। स्मिता ने अपनी किताब को ध्यान में रखते हुए सभी जगह के फोटो लिए। उसने घनश्याम बाबू और लक्ष्मी से अविनाश के बारे में बातें की।

इसी बीच सेवाश्रम के गेट से एक नई गाड़ी अंदर दाखिल हुई। सबने उधर नज़र उठाकर देखा। गाड़ी में से नंदिनी बाहर निकली। अविनाश अपनी कुर्सी से उठा। नंदिनी ने सबसे पहले आकर घनश्याम बाबू और लक्ष्मी के पैर छुए। उसके बाद वह दौड़ कर अविनाश से जाकर लिपट गयी। अविनाश इसके लिए तैयार नहीं था। उसने नंदिनी को अलग करने की कोशिश की, लेकिन नंदिनी उससे लिपटी रही। स्मिता भी गौर से नंदिनी की देख रही थी। रवि भी इन दोनों को देख कर मंद-मंद मुस्कुरा रहा था। कुछ पल के बाद नंदिनी अविनाश से अलग होकर बोली-

'कितने दिनों के बाद तुम्हें देख रही हूँ। ट्रेनिंग में जाकर तुम कुछ दुबले हो गए हो लेकिन चेहरे की चमक वैसी ही है। मेरे साथ ऐसा पहली बार हुआ, जब तुम मुझसे इतने दिनों तक दूर रहे। फोन पर बात करना एक बात है, लेकिन सामने मिलने की खुशी ज्यादा होती है'।

अविनाश ने नंदिनी से अलग होकर सबसे पहले स्मिता से उसका परिचय कराया। नंदिनी ने बड़े गौर से उसे देखा और उससे जाकर गले मिली। उसके बाद रवि और रेणु का उससे परिचय कराया गया। नंदिनी ने स्मिता को देख कर कहा-

'अविनाश से मैंने तुम्हारे बारे में बहुत सुना है। वाकई तुम वैसी ही हो, जैसा अविनाश ने बताया था। तुम शायद अविनाश के जीवन के ऊपर किताब भी लिख रही हो। तुम्हें पता नहीं, इसके जीवन में मेरी महत्वपूर्ण भूमिका रही है। भले अविनाश तुम्हें मेरे बारे में ज्यादा न बताए, लेकिन मैं इसके साथ साये की तरह रही हूँ। शायद मुझसे ज्यादा इसके बारे में और कोई नहीं जान सकता है'।

स्मिता ने जवाब दिया-

'ऐसा नहीं है नंदिनी, अविनाश हमेशा तुम्हारी जिक्र करता रहा है। दरअसल, मैं तुमसे मिलने के लिए बहुत उत्सुक थी। आज मैंने तुम्हें देख भी लिया कि तुम्हें अविनाश से कितना लगाव है। मैं तुमसे इसके बारे में अलग से बातें करूंगी'।

नंदिनी ने अविनाश से कहा-

'कल शाम का क्या प्रोग्राम है, तुम सबका। मैं चाहूंगी, तुम सब मेरे यहाँ रात के खाने पर आओ। वहीं बैठ कर बातें करेंगे। पापा-मम्मी भी तुम्हारा बेसब्री से इंतज़ार कर रहे हैं'।

अविनाश ने कहा-

'कल सुबह ट्रेनिंग में जाने के बाद ही पता चलेगा, शाम में कब छुट्टी मिलेगी। मैं तुम्हें दोपहर में फोन कर दूँगा। वैसे, तुम्हें तुम्हारी नयी गाड़ी के लिए बधाई। अब तो तुम बड़ी पत्रकार बन गयी हो'।

नंदिनी ने जवाब दिया-

'कोई बड़ी पत्रकार नहीं बनी, अभी मैं और राकेश पत्रकारिता सीख रहे हैं। आगे क्या होगा नहीं पता'।

थोड़ी देर सेवाश्रम में रुकने के बाद सभी सरस्वती से मिलने आश्रम निकल गए। अविनाश ने पहले सरस्वती को अपने आने के बारे में बता दिया था। अविनाश के इंतज़ार में सरस्वती आश्रम के बाहर गेट पर ही खड़ी थीं। जैसे ही गाडियाँ रुकीं, सरस्वती व्याकुल मन से अविनाश को ढूंढने लगीं। अविनाश बीच वाली गाड़ी से निकलकर सरस्वती के पास गया और उनके पैर छुए। सरस्वती ने उसे उठा कर गले से लगा लिया और रोने लगीं। सिसकियों के बीच उन्होंने कहा-

'आज मेरा बेटा कितने दिनों के बाद आया है। तू बहुत दुबला हो गया है। वहाँ खाना-वाना नहीं मिलता था। तुझे देखने को आँखें

तरस गयी थीं। तुम्हारे आने की खबर के बाद मैं रोज दिन और घंटे गिनती रही हूँ। चल, अंदर चलते हैं, सारे लोग तेरा इंतज़ार कर रहे हैं'।

अविनाश ने पहले स्मिता, रवि और रेणु का परिचय सरस्वती से कराया। सरस्वती सबसे गले मिलीं। सभी ने उनके पैर छुए। अंदर जाने पर सबसे पहले मदनमोहन जी ने अविनाश का स्वागत किया। अंदर आँगन में आश्रम के सभी लोग मौजूद थे। अविनाश के अंदर जाते ही सब ने शोर मचाकर अविनाश का स्वागत किया। अविनाश एक-एक कर सबसे मिला। उसने अपने दोस्तों का परिचय सबसे कराया। स्मिता अविनाश के इस तरह के स्वागत को देख कर हैरान थी। सबसे मिलने के बाद सभी सरस्वती के कमरे में गए। सरस्वती ने वहाँ अपने बिस्तर के सामने कुर्सियाँ लगा दी थीं। सामने टेबल पर मिठाइयाँ और नमकीन के प्लेट रखे थे। सरस्वती ने सबको बिठाया। उन्होंने स्मिता को देख कर कहा-

'अविनाश ने जैसा टेलीफ़ोन पर तुम्हारे बारे में बताया था, उससे ज्यादा सुंदर हो तुम। अच्छा है कि तुम अविनाश के जीवन पर किताब लिख रही हो। इसने अपने छोटे से जीवन में अपने स्वभाव के कारण कई रिश्ते बनाए हैं। तुम्हें किताब लिखते वक़्त उन रिश्तों को भी बारीकी से समझना होगा। जैसे अविनाश और नंदिनी का रिश्ता। मैं आजतक नहीं समझ पाई कि दोनों एक दूसरे से क्या चाहते हैं। एक ओर नंदिनी है, जो अविनाश के सबसे करीब रही, लेकिन अभी भी अविनाश उसके जज़्बात पूरी तरह समझ नहीं पाया है। एक तरफ अविनाश की बड़ी अम्माँ और मैं हूँ। हम दोनों इसकी माँ जैसी हैं, लेकिन इन रिश्तों का कोई नाम नहीं है। अब तुम अविनाश की जिंदगी में दोस्त बन कर आई हो, तुम्हें इन सभी रिश्तों को नजदीक से समय लगाकर जानना होगा'।

सरस्वती की बातों को सुनकर नंदिनी और स्मिता एक दूसरे को आपस में देखने लगीं। अब रात हो चुकी थी। थोड़ी देर वहाँ रुकने के बाद अविनाश अपने दोस्तों के साथ वापस होटल लौट आया। नंदिनी भी अपने घर चली गयी। जाते-जाते उसने अगले दिन सभी को रात के खाने का निमंत्रण एक बार फिर दे दिया। होटल के कमरे में आकर अविनाश बहुत देर तक सरस्वती की कही बातों पर सोचने लगा। उसे खुद समझ नहीं आ रहा था कि वह इन रिश्तों को कैसे सुलझाए।

अगले दिन से जिला कलक्टर के दफ्तर से सभी ट्रेनी की क्लास शुरू हो गयी। उन्हें जिला के विभिन्न विभागों के बारे में बताया गया। एक-दो विभाग में ले जाकर उन्हें वहाँ के कामकाज के बारे में समझाया गया।

शाम के वक़्त अविनाश अपने दोस्तों के साथ नंदिनी के घर गया। वहाँ खन्ना साहब और निर्मला जी ने उनका बहुत स्वागत किया। बातचीत के दौरान स्मिता नंदिनी को लेकर उसके कमरे में गयी। वह नंदिनी से अविनाश के बारे में बातचीत करना चाहती थी। कमरे के बाहर बाल्कनी में दोनों गईं। स्मिता ने नंदिनी से पूछा-

'अविनाश के बारे में तुम मुझे कुछ बताओ। तुम उसके सबसे करीब रही हो। तुम उसके प्रति अपने मन की भावना भी बता सकती हो'।

नंदिनी ने कहा-

'मैं बचपन से अविनाश के साथ रही हूँ। हम साथ-साथ खेले, बड़े हुए, पढ़ाई की और अब तक एक दूसरे के साथ जुड़े हैं। मैं अविनाश को अपना सबसे अच्छा दोस्त मानती हूँ। वह अंदर से बहुत मैच्योर है, लेकिन रिश्तों को ज्यादा गहराई से नहीं देख पाता है।

मैं उसके पीछे भागती रही हूँ, लेकिन वह मुझे आज भी वही बचपन वाली नंदिनी समझता है'।

स्मिता ने नंदिनी से सीधा प्रश्न किया-

'क्या तुम अविनाश को पसंद करती हो'।

नंदिनी ने कुछ सोच कर कहा-

'हाँ, बिलकुल, लेकिन मुझे पसंद करने का क्या फायदा है। वह मुझे पसंद करता है या नहीं, ये मुझे नहीं पता। मैं चाहती हूँ कि मैं अपना जीवन उसके साथ बिताऊँ, लेकिन उसे अभी इसकी समझ नहीं है। अब मैं तुमसे कुछ पूछना चाहती हूँ। क्या तुम भी अविनाश को पसंद करती हो'।

स्मिता ने कहा-

'देखो नंदिनी, अविनाश पिछले कुछ महीनों में मेरा अच्छा दोस्त बन गया है। हमारे ख्याल बहुत मिलते हैं। मैं किताब के सिलिसिले में उससे हमेशा बात करती रहती हूँ। लेकिन वह दोस्त के सिवा मेरे लिए और कुछ नहीं है। मेरा एक बॉयफ्रेंड दिल्ली में है, जो मुझे अच्छा लगता है। फिर कुछ महीनों के बाद मैं वैसे भी अविनाश से दूर चली जाऊँगी। मैं तो कहूँगी कि कभी तुम अपने मन की बात अविनाश से जरूर बता दो। देखो वह क्या कहता है। मुझे लगता है कि वह तुम्हारी बहुत इज्जत करता है। हमेशा मुझसे तुम्हारे बारे में बात करता रहता है'।

नंदिनी ने कहा-

'इन दिनों मुझे अविनाश की बातों से ये लगने लगा है कि वह मन ही मन शायद तुम्हें पसंद करने लगा है। वह खुल कर बोल नहीं पाता है, लेकिन ऐसा मुझे आभास होता है'।

स्मिता ने जवाब दिया-

'मेरी तरफ से ऐसा बिलकुल नहीं है। अगर वह ऐसा सोचने लगा है, तब मुझे उसे साफ-साफ बता देना होगा'।

नंदिनी ने कहा-

'नहीं, तुम अभी उससे कुछ नहीं कहना, वरना वह समझेगा कि मैंने तुम्हें कुछ कहा है। तुम भी समय का इंतज़ार करो। देखो वह तुम्हारे साथ रिश्तों में कितना आगे तक जाता है। वैसे भी एक डेढ़ साल के बाद तुम दिल्ली चली जाओगी और वह वापस बिहार आ जाएगा'।

स्मिता से बात कर नंदिनी को तसल्ली हुई। कम से कम स्मिता की तरफ से पसंद-नापसंद की कोई बात नहीं थी। दोनों थोड़ी देर के बाद नीचे आ गईं। अविनाश ने उन्हें देख कर कहा-

'क्या बातें हो रही थीं। नंदिनी ने मेरे बारे में जरूर शिकायत की होगी कि मैं उसे बहुत तंग करता हूँ'।

स्मिता ने जवाब दिया-

'नहीं अविनाश, मुझे नंदिनी तुमसे ज्यादा मैच्योर लगी। उसने तुम्हारे बारे में सारी अच्छी बातें बतायीं। अब सब से मिलकर मुझे अपनी किताब में लिखने के लिए बहुत मसाला मिल गया है'।

खन्ना साहब ने अविनाश से उसके अब तक की ट्रेनिंग के बारे में जानकारी ली। अविनाश ने भी उन्हें सारी बातें बतायीं। नंदिनी ने भी थोड़ी देर अविनाश से बात की। निर्मला जी ने रात के खाने में कई व्यंजन बनवाए थे। अविनाश अपने दोस्तों के साथ खाना खा कर देर रात होटल वापस आ गया।

अगले पाँच दिन तक जिला मुख्यालय और पास के ब्लॉक में ट्रेनिंग चलती रही। रोज शाम में नंदिनी इन लोगों के साथ आ

जाती। अविनाश पिछले पाँच दिनों में सरस्वती और घनश्याम बाबू से दो बार मिला।

पटना जिला की ट्रेनिंग खत्म कर सभी ट्रेनी कलकता होते हुए नागपुर चले गए। महाराष्ट्र सरकार में जिला स्तर पर कुछ अच्छे काम हो रहे थे। वहाँ ज़्यादातर गाँव में सिंचाई और पीने के पानी की समस्या थी। जिला और राज्य सरकार द्वारा गाँव में पानी उपलब्ध कराने के कई उपाय किए जा रहे थे। यह सभी कार्य ट्रेनी को दिखाये गए।

जिला की ट्रेनिंग के बाद वहीं नागपुर में स्थित सार्वजनिक क्षेत्र उपक्रम वेस्टर्न कोलफील्ड्स लिमिटेड में सभी ट्रेनी को दो दिन के लिए भेजा गया। कोयला खनन के अलावा कंपनी द्वारा आस-पास के लोगों के लिए कई कल्याणकारी कार्यों को भी सभी ट्रेनी ने देखा। इस दौरे में इन्होंने कोयले की एक खुली और एक भूमिगत खदान जाकर देखा। यह इनके लिए बहुत रोमांचक था।

नागपुर से सड़क के मार्ग से सभी ट्रेनी गढ़चिरोली जिले के नक्सल प्रभावित क्षेत्र को देखने गए। उन्हें अनुभव के किए सेना के जवानों के साथ बीहड़ जंगल में ले जाया गया। वहाँ सभी ट्रेनी ने पूरा एक दिन बिताया।

इस बीच नंदिनी से बात कर लौटने पर स्मिता का अविनाश के प्रति बातचीत के तरीके में थोड़ा बदलाव आया था। अविनाश भी इसे समझ रहा था। एक दिन नागपुर से राजस्थान जाने की यात्रा के दौरान अविनाश ने स्मिता से पूछा-

'क्या बात है स्मिता, तुम आजकल मुझसे ज्यादा बातें नहीं करती हो'।

स्मिता ने जवाब दिया-

'ऐसी कोई बात नहीं है, अविनाश। दरअसल, किताब के सिलसिले में तुमसे मैं अक्सर बातें कर लिया करती थी। अब मुझे पूरी किताब के लिए जो बातें जाननी थीं, वह मैं जान चुकी हूँ। अब मैं जल्दी से जल्दी किताब पूरी करना चाहती हूँ। फिर इस बीच हमारी ट्रेनिंग में भी तुमसे ज्यादा बात करने का समय नहीं मिला'।

अविनाश ने कहा-

'तो क्या हमारी दोस्ती सिर्फ किताब पूरी होने तक रहेगी'।

स्मिता ने मुस्कुराते हुए जवाब दिया-

'अरे नहीं अविनाश, तुम ऐसा क्यों सोचते हो। हम हमेशा दोस्त रहेंगे और फिर अभी जब हमलोग वापस लबासना जाएँगे, तब हमें आपस में बातें करने का पूरा वक़्त मिलेगा'।

अगले दो सप्ताह तक राजस्थान और गुजरात में बिताने के बाद सभी ट्रेनी भारत दर्शन के आखिरी भाग दिल्ली में लोक सभा सचिवालय की ट्रेनिंग के लिए आ गए। इस ट्रेनिंग के अलावा उन्हें दिल्ली में महामहिम राष्ट्रपति, उपराष्ट्रपति से भी मिलना था। स्मिता दिल्ली पहुँच कर बहुत खुश हुई। वह कई महीनों के बाद अपने घर लौटी थी। देर रात दिल्ली पहुँचने के कारण वह अपने घर नहीं जा सकी थी। सभी ट्रेनी दिल्ली के सम्राट होटल में रुके थे।

अगले दिन से लोक सभा सचिवालय में ट्रेनिंग शुरू हुई। उन्हें बजट सत्र में बैठने का भी अनुभव प्राप्त हुआ। शाम में स्मिता सबसे पहले अपने घर गयी। वह अविनाश को अगले दिन अपने घर ले जाकर लोगों से मिलाने वाली थी।

महामहिम राष्ट्रपति से मिलने का ट्रेनी का अलग अनुभव हुआ। राष्ट्रपति भवन की भव्यता देख कर वे मंत्रमुग्ध थे। महामहिम राष्ट्रपति से उनका एक-एक कर परिचय कराया गया। राष्ट्रपति

महोदय ने उन्हें संबोधित भी किया। उसके बाद उनके साथ सभी के जलपान का प्रबंध था।

राष्ट्रपति भवन से निकलकर स्मिता के प्रोग्राम के अनुसार अविनाश, रवि और रेणु स्मिता के घर गए। दिल्ली की एक बहुत समृद्ध कॉलोनी में स्मिता का घर था। दो तल्ला मकान और बड़ा-सा अहाता। घर में दो गाडियाँ लगी थीं। बाहर दरवाजे पर स्मिता के पापा ने उनका स्वागत किया। अंदर स्मिता की माँ से उनकी मुलाक़ात हुई। स्मिता ने सभी को उनसे मिलवाते हुए कहा-

'मम्मी, मैं इसी अविनाश की बात आपसे टेलीफ़ोन पर किया करती थी। इसी के ऊपर मैं अपनी अगली किताब लिख रही हूँ। स्मिता के पापा ने अविनाश से ट्रेनिंग के बारे में पूछा। इसी बीच बाहर से एक स्मार्ट व्यक्ति अंदर आया। स्मिता उसे देख कर उसके पास लपक कर गयी और उसके गले लग गयी। उसके बाद स्मिता ने उसका परिचय कराते हुए कहा-

'इससे मिलो, ये यहाँ के बहुत सफल बिज़नेसमैन, विवेक हैं। मेरा सबसे अच्छा दोस्त। मेरे कॉलेज का और मेरी दूसरी किताब का हीरो। इसके कारण मैं आज सिविल सर्विस में हूँ। इसने मेरी तैयारी में बहुत मदद की'।

अविनाश विवेक से मिला। विवेक की बातों से उसके धनी होने की बू आ रही थी। उसने कपड़े भी बहुत बेशकीमती ब्रांड के पहने थे। अविनाश को देख कर लगा कि उसकी स्मिता के पापा से भी अच्छी जमती है। स्मिता के यहाँ सभी का भारी नाश्ता हुआ, जो रात के खाने के बराबर था। स्मिता ने अविनाश को अपनी दो किताबें भेंट में दीं।

भारत दर्शन के आठ सप्ताह के दौरे के बाद सभी ट्रेनी को एक सप्ताह की छुट्टी दी गयी थी। अविनाश दिल्ली से ही वापस

पटना आ गया। अगले पाँच दिनों तक वह सरस्वती, नंदिनी और घनश्याम बाबू के यहाँ रोज जाता रहा। उसी दौरान एक दिन नंदिनी ने उससे कहा-

'अब कुछ दिनों के बाद तुम्हारी बिहार में कहीं आस-पास पोस्टिंग होगी। तुम एसडीएम बन कर आओगे। पता नहीं कहीं दूरी के कारण तुमसे ज्यादा मुलाक़ात न हो पाये। मुझे तुमसे दूर रहना अब अच्छा नहीं लगता है। तुम पास नहीं होते हो तब कुछ खालीपन लगता है और कोई काम में मन नहीं लगता है'।

अविनाश ने नंदिनी को समझाया-

'देखो नंदी, हम दोनों अभी अपने-अपने करियर के उस मोड पर खड़े हैं, जहां हमें बड़े ध्यान और संयम से आगे बढ़ना है। मैं देर-सवेर तुम्हारे नजदीक आ जाऊंगा, लेकिन दूर रहने पर भी तुम्हें कमजोर नहीं होना है। यहाँ आने के बाद भी शायद मेरी पोस्टिंग किसी दूर के जिले में हो। अभी तुम्हें पत्रकारिता में अपना नाम बनाना है और अपने पापा के चैनल को आगे बढ़ाना है। तुम इसे एक मिशन समझ कर काम करो। धीरे-धीरे सब अपने आप ठीक हो जाएगा'।

नंदिनी ने कहा-

'तुम्हारे लिए यह सब कहना आसान है, लेकिन मैं जानती हूँ कि मैं तुम्हें कितना मिस करती हूँ। दरअसल तुम मेरे अंदर इतनी गहराई तक बैठ चुके हो कि अब तुम्हें बाहर निकालना मुश्किल है। मेरी तुम्हारे प्रति चाहत ही ऐसी है कि मैं तुम्हारे बिना नहीं रह सकती'।

अविनाश नंदिनी के कहने का मतलब समझ कर भी समझना नहीं चाहता था। वह मानसिक तौर पर अभी इस रिश्ते को मानने के लिए तैयार नहीं था। अभी उसके जेहन में नंदिनी से ज्यादा स्मिता

थी। वह नंदिनी के साथ बहुत देर बैठा रहा और उसे समझाता रहा। उनके बीच स्मिता की भी बात हुई। स्मिता की बात होते ही अविनाश की आँखें चमक उठती थीं। हालाकि, नंदिनी को यह सोच कर अफसोस हो रहा था कि अविनाश उसे चाहने लगा है, लेकिन स्मिता सिर्फ उसे अपना दोस्त भर मानती है। वैसे नंदिनी के मन में स्मिता से बात करने के बाद भी डर बैठा था, क्योंकि अविनाश स्मिता के साथ अभी और कुछ महीने लबासना में रहने वाला था। इस दौरान कहीं स्मिता का अविनाश के प्रति मन न बदल जाये।

सरस्वती भी अविनाश से मिलकर बहुत भावुक हो जा रही थीं। वह अविनाश के सिर को सहलाते हुए रोने लगीं और कहा-

'काश, तुम जैसा मुझे मेरा असली बेटा हुआ होता'।

अविनाश ने कहा-

'असली और नकली क्या होता है, माँ। मैं तुम्हारा बेटा हूँ और सारी जिंदगी रहूँगा'।

सरस्वती बोली-

'तू मुझसे दूर चला जाता है, तब मुझे बिलकुल अच्छा नहीं लगता है। मन करता है, हमेशा तुम्हारे साथ रहूँ, तुमसे बातें करती रहूँ। एक बात और कहूँगी। नंदिनी बड़ी प्यारी लड़की है। वह तुम्हें बहुत मानती है। उसका दिल कभी मत दुखाना'।

अविनाश ने जवाब दिया-

'तुम ज्यादा मत सोचो माँ, मैं भी नंदिनी की बहुत इज्जत करता हूँ। वह मेरी सबसे अच्छी दोस्त है'।

अपने पटना प्रवास के अंतिम दिन अविनाश रात में अपने होटल में बैठा सोच रहा था। इन पाँच दिनों में नंदिनी और सरस्वती

की भावनाओं को जानकर वह अपने आप को दबाव में महसूस करने लगा था। दोनों अपने-अपने तरीके से अविनाश के साथ एक अजीब तरह के मन के रिश्ते से जुड़ चुकी थीं। अविनाश उनकी भावनाओं को समझ रहा था, लेकिन अभी एक तरफ उसे अपने करियर के बारे में जागरूक रहना था और दूसरी तरफ इन दोनों के अलावा अब उसके जीवन में स्मिता भी आ चुकी थी। बहुत सोचने के बाद उसने हालात को आने वाले समय के भरोसे छोड़ दिया।

ग्यारह

भारत दर्शन और एक सप्ताह की छुट्टी के बाद सभी ट्रेनी अगली फेज की ट्रेनिंग के लिए फरवरी के मध्य में वापस मसूरी पहुँच गए थे । इस बार सभी को हॉस्टल में एक-एक कमरे रहने के लिए दिया गया था। फिर से सुबह से शाम की क्लास शुरू हो गयी थी। अविनाश अब पढ़ाई में ज्यादा समय दे रहा था। हालाकि, वह स्मिता के साथ बातचीत का कोई मौका नहीं छोड़ता था। उसने इस बार कई मौकों पर स्मिता से अपने मन की बात कहने की कोशिश की, लेकिन स्मिता बात को टाल जाती थी। स्मिता ट्रेनिंग के साथ-साथ अपनी किताब पूरी करने में लगी थी। वह अविनाश को ज्यादा समय नहीं दे पाती थी। अविनाश कभी-कभी अपने दिल की बात नहीं बता पाने के कारण, परेशान हो जा रहा था।

एक रविवार को अविनाश ने स्मिता को खासकर लबासना के गार्डेन में बात करने के लिए बुलाया। दोनों के मिलने पर अविनाश ने पहले स्मिता से पूछा-

'तुम्हारी किताब कहाँ तक पहुंची। तुम पढ़ाई और किताब लिखने में इतनी ज्यादा व्यस्त हो गयी हो कि मुझे तुमसे बात करने का भी मौका नहीं मिल पा रहा है। मैंने कई बार सोचा, तुमसे अपने बारे में और आगे की बात करूँ'।

स्मिता ने मुस्कुराकर कहा-

'अभी तो हमारे सामने दो साल की ट्रेनिंग है। उसके बाद हमारी पोस्टिंग होगी। उसके बाद के बारे में अभी से क्या सोचना। वैसे, इसके अलावा तुम्हें मुझसे कुछ और बात करनी है तो, बताओ'।

अविनाश ने कुछ सोच कर कहा-

'स्मिता, मैं अपने और तुम्हारे भविष्य के बारे में बात कर रहा हूँ। तुम मुझसे यहाँ पहली बार मिली। शुरू में मैं तुमसे उतना खुल नहीं पाया था, लेकिन तुम्हारे नेचर को देख कर, तुमसे बातें करना अच्छा लगने लगा। उसके बाद तुमने मेरे ऊपर किताब लिखने की भी सोची। इतने दिनों तक साथ रहते-रहते लोगों का आपस में लगाव हो जाता है और किसी लड़का और लड़की में यह बहुत स्वाभाविक है। धीरे-धीरे तुम मुझे अच्छी लगने लगी। अब तुम्हारी हरेक बात मुझे अच्छी लगती है। मन करता है, तुम्हारे साथ घंटों बैठ कर, तुम्हें सुनता रहूँ। मुझे नहीं पता यह क्या है, लेकिन अब तुम्हारा साथ मुझे अच्छा लगता है। पता नहीं शायद मेरा मन तुम्हें चाहने लगा है'।

स्मिता जवाब देने के पहले थोड़ी देर रुकी। उसे नंदिनी की बात याद आ गयी। उसने अविनाश को गोलमटोल जवाब देने की सोची। उसने मुस्कुराकर कहा-

'तुम तो इतने दिनों में किसी शायर की तरह बातें करने लगे हो। मुझे भी तुम्हारे साथ बैठ कर बात करने में अच्छा लगता है। लेकिन शायद इसे दोस्ती कहते हैं, अविनाश। दो अच्छे दोस्त के मन भी मिल जाते हैं और वे एक दूसरे को अच्छे लगने लगते हैं। मैं भी तुम्हारी अब अच्छी दोस्त हूँ। जैसे मैं विवेक की भी अच्छी और तुमसे ज्यादा करीबी दोस्त हूँ, क्योंकि मैं उसके साथ बहुत सालों से हूँ। तुम्हारे साथ मेरी कुछ महीने की मुलाक़ात है, लेकिन तुम्हारे जीवन के बारे में सुनकर मुझे तुमसे बातें करना अच्छा लगा। मैंने

तुम्हें पहले भी कहा था, मैं ज्यादा आगे के बारे में नहीं सोचती हूँ। मैं अभी अपने करियर पर ज्यादा ध्यान दूँगी। कुछ सालों के बाद क्या होगा, यह अभी मैं नहीं जानती और उसके बारे में सोचना भी नहीं चाहती हूँ। अच्छा है, हम अभी एक दूसरे के सिर्फ अच्छे दोस्त बन कर रहें। आगे का आगे देखा जाएगा'।

अविनाश थोड़ा मायूस हुआ, फिर उसने कहा-

'कुछ दिनों के बाद हम दोनों एक दूसरे से दूर हो जाएँगे। फिर हम अपने-अपने काम में व्यस्त हो जाएँगे। मैंने सुना है, जो जोड़ियाँ यहाँ बन जाती हैं, वह आगे भी जीवन भर एक साथ रहती हैं। मैं चाहता था कि हम दोनों यहाँ से निकलने के पहले एक दूसरे पर भरोसा कर, इस रिश्ते को एक नाम देकर निकलें। मुझे भी कोई जल्दी नहीं है, लेकिन मैं भी मन से निश्चिंत होना चाहता हूँ'।

स्मिता ने जवाब दिया-

'देखो अविनाश, जैसा तुम अपने मन में सोच रहे हो, वैसा मेरे मन में अभी कुछ भी नहीं है। मैं पाँच साल आगे का निर्णय, अभी नहीं ले पाऊँगी। मुझे पता भी नहीं, आगे मेरा रिश्ता किसके साथ और कैसा रहेगा, लेकिन तुम्हारे साथ दोस्ती जरूर बरकरार रहेगी। मैं तुम्हें अंधेरे में नहीं रखना चाहती हूँ। मैं आज के दिन कोई निश्चय करने की स्थिति में नहीं हूँ। अभी आगे बढ़ते हैं, देखो भविष्य में क्या होता है'।

अविनाश ने कहा-

'मैं तुम्हारी भावना समझ रहा हूँ, लेकिन कम से कम तुम ये कह सकती हो कि आगे कभी अपने रिश्ते के बारे में सोचने पर, तुम मेरे बारे में भी सोचोगी'।

स्मिता ने कहा-

'अविनाश, तुम मेरी बात समझ नहीं रहे हो। मैंने कहा न, अभी मैं कुछ नहीं सोच सकती हूँ। वैसे भी मेरा दोस्त विवेक भी मुझे चाहता है। उसे मेरे मम्मी-पापा भी पसंद करते हैं। इस बार जब मैं दिल्ली गयी थी, तब उन्होंने विवेक के साथ रिश्ते के बारे में मेरी राय मांगी थी। मैंने उन्हें वही जवाब दिया, जो मैं आज तुमको दे रही हूँ। मैं अभी अगले चार-पाँच साल अपने करियर पर ध्यान लगाऊँगी। उसके बाद उस समय जो मेरे मन लायक होगा, वह करूंगी। अच्छा है, तब तक हम दोनों अच्छे दोस्त बन कर रहें। अब तुम इस बात को ज्यादा मत सोचो। हम दोनों जितने दिन यहाँ साथ-साथ हैं, एक दूसरे से बात कर अच्छी तरह दिन बिताएँ'।

थोड़ी देर बात कर अविनाश अपने कमरे में वापस आ गया। वह बहुत मायूस था। जीवन में पहली बार वह किसी से अपने प्यार का इज़हार करने गया था, लेकिन स्मिता ने उसे अभी सिरे से खारिज कर दिया था। अविनाश को अब बेचैनी हो रही थी। उसे पता नहीं चल रहा था कि ऐसा उसके साथ क्यों हो रहा है। इसी बीच रवि उसके कमरे में आ गया। उसने अविनाश को मायूस मुद्रा में देख कर कहा-

'क्या बात है अविनाश, तुम बहुत मायूस लग रहे हो। तुम तो स्मिता से बात करने गए थे। क्या बात हुई'।

अविनाश ने रवि को अपना दोस्त मान कर स्मिता से हुई सारी बात उसे बता दी। उसके बाद रवि ने कहा-

'मैं तुम्हारी स्थिति समझ रहा हूँ। मैं जानता हूँ पहले प्यार में ऐसी ही बेचैनी होती है। लेकिन एक तरह से देखो तो स्मिता का कहना ठीक भी है। लगता है, अभी वह इन सब बातों के लिए तैयार नहीं है। वह ऐसे भी दिमाग और दिल से बहुत सख्त लगती है। एक बार जो सोच लिया, उससे वह जल्दी पलटती नहीं है। तुम्हें उसके प्यार के लिए, अब इंतज़ार करना होगा। हालाकि, विवेक का भी एक

मसला उसके जीवन में है। पता नहीं आगे चलकर अपने परिवार के दबाव में वह विवेक के साथ न चली जाये। तुम्हें इन सब के बारे में सोच कर आगे का निर्णय लेना होगा। मैंने देखा, तुम्हारे जीवन में नंदिनी का भी बहुत बड़ा स्थान है। वह तुम्हें बहुत पसंद करती है। तुम्हें उसके बारे में भी सोचना चाहिए। फिर भी अगर तुम्हारा दिल स्मिता पर आ गया है, तब मैं तो कहूँगा, जितने दिनों तुम दोनों यहाँ साथ हो, तुम अपनी तरफ से कोशिश करते रहो। हो सकता है उसका दिल पिघल जाये'।

अविनाश ने रवि को जवाब दिया-

'देखो रवि, किसी से दोस्ती करना और किसी को प्यार करना अलग बात है। नंदिनी मेरी बहुत अच्छी दोस्त है और आगे भी रहेगी। मैं जानता हूँ कि वह मुझे पसंद करती है, लेकिन यह उसका बचपना है। वह बचपन से मुझे पसंद करती है। मेरा स्मिता के साथ अब दूसरा रिश्ता बन गया है। वह मुझे अच्छी लगती है, बहुत अनुभवी है और मैं उसके साथ अपने आगे का जीवन बिताना चाहता हूँ। मुझे तकलीफ इस बात की है कि वह मेरी भावना को समझ नहीं पा रही है। वह खुद निर्णय नहीं ले पा रही है। इससे मुझे भी परेशानी हो रही है'।

रवि ने कहा-

'मैंने कहा न, अभी इस बात को यहीं छोड़ दो और थोड़ा इंतज़ार करो। हो सकता है, अगले कुछ महीनों में स्मिता का मन बदल जाये। वह वैसे भी तुम्हारे ऊपर किताब लिख रही है। अगर दोस्ती नहीं होती, तब वह किताब नहीं लिखती'।

अविनाश ने बात वहीं खत्म कर दी और रवि के साथ बाहर निकल गया। वह उस दिन देर रात तक रवि के साथ नीचे बाज़ार

में घूमता रहा। उसे रवि की बात सही लगी थी। वह अब स्मिता के लिए इंतज़ार करना चाहता था।

पहले फेज की ट्रेनिंग के दो महीने बीत चुके थे। अविनाश इस बीच क्लास में ज़्यादातर पढ़ाई में लगा रहता। स्मिता से वह बात तो करता था, लेकिन यहाँ-वहाँ की। उसने फिर अपने और उसके रिश्ते के बारे में अपनी तरफ से कोई बात नहीं छेड़ी। स्मिता के व्यवहार में कोई परिवर्तन नहीं था। एक रविवार को जब वे गार्डेन में अचानक मिले, तब स्मिता ने अविनाश से कहा-

'मैं इस बीच छुट्टी के दिनों में तुमसे ज्यादा नहीं मिल पाई। दरअसल मैं अपनी किताब पूरी करने में लगी थी। तुम्हारी किताब अब लगभग तैयार हो गयी है। मैंने पापा से बात कर ली है। मैं इसे पब्लिशर के पास भेज रही हूँ। उम्मीद है अगले तीन महीनों में यह किताब छप कर आ जाएगी। मैं उस वक़्त ट्रेनिंग में दिल्ली में ही रहूँगी। वहाँ किताब के विमोचन के लिए एक बड़ा कार्यक्रम करेंगे। तुम्हें विशिष्ट अतिथि के रूप में बुलाऊंगी'।

अविनाश ने मुस्कुराकर कहा-

'चलो अच्छा हुआ, तुम्हारी किताब खत्म हुई। अब कम से कम अगले एक महीने तुम्हारे साथ बैठने का मौका मिलेगा। उसके बाद अगले एक साल तक, इस तरह बैठकर बात करने का समय नहीं मिल पाएगा'।

दोनों बहुत देर तक आपस में बातें करते रहे। स्मिता ने किताब की कुछ बातें अविनाश को बतायीं। किताब का नाम "अविनाश" रखा गया था। स्मिता ने अविनाश की एक बहुत सुंदर तस्वीर लबासना के गेट पर ली थी, जिसे वह किताब के मुख्य पृष्ठ पर डालने वाली थी।

एक महीना का समय बीत गया। अब ट्रेनी को अपने-अपने राज्य में जिला ट्रेनिंग के लिए अगले एक साल तक रहना था। स्मिता

को भी उसके घर और रैंक के अनुसार, दिल्ली में ट्रेनिंग लेनी थी। अविनाश ने अपने सामान की पैकिंग कर ली थी। उसकी देहारादून से दिल्ली होते हुए पटना की शाम की फ्लाइट थी। एक शाम पहले फिर सब बाहर गार्डेन में मिले। वहीं चाय और नाश्ते का इंतजाम किया गया था। सबको अपने-अपने घर जाने की जल्दी थी।

अगले दिन देर शाम, अविनाश पटना पहुँच गया। उसके रुकने का इंतजाम होटल में हुआ था। इस बार नंदिनी उसे एयरपोर्ट पर लेने आई थी। वह उसे अपने साथ अपने घर ले गयी। नंदिनी का एमबीए का फ़ाइनल इम्तहान खत्म हो गया था। अब उसके रिज़ल्ट का इंतज़ार था।

नंदिनी के घर पर इस बार अविनाश का शानदार स्वागत हुआ। खन्ना साहब और निर्मला जी ने फूलों के गुलदस्ते से उसका स्वागत किया। नंदिनी भी बहुत खुश थी। अब अविनाश अगले एक साल उसके आसपास रहने वाला था। उसने अविनाश से जी भर कर बातें कीं। उससे स्मिता के बारे में भी पूछा। नंदिनी को कहीं न कहीं लगा, इस बार अविनाश थोड़ा मायूस लग रहा था। उसने उससे जानने की कोशिश की, लेकिन अविनाश ने बात को टाल दी। नंदिनी को एक पल के लिए लगा, शायद स्मिता ने अपनी सिर्फ दोस्ती वाली बात अविनाश को कह दी हो। उसने सोचा, वह स्मिता से टेलीफ़ोन पर बात कर पूछेगी।

अगले दिन अविनाश पटना जिला के कलक्टर के ऑफिस में गया। वहाँ उसे पता चला कि अगले ढाई महीने तक उसकी ट्रेनिंग पटना के एड्मिनिस्ट्रेटिव ट्रेनिंग इंस्टीट्यूट में होगी। उसके रहने का इंतजाम एक ऑफिसर्स हॉस्टल में कर दिया गया था। उसने जाकर ट्रेनिंग इंस्टीट्यूट में अपनी उपस्थिती दर्ज की। सोमवार से शनिवार तक रोज सुबह दस बजे से शाम पाँच बजे तक की ट्रेनिंग थी।

पहले दिन के क्लास के बाद अविनाश ने होटल से अपना सामान हॉस्टल में शिफ्ट कर दिया। पटना आकर भी वह स्मिता के बारे में सोचता रहा था। उसका मन अशांत था और किसी भी काम में उसका मन नहीं लग रहा था। उसने स्मिता से पटना आने के बाद टेलीफ़ोन पर भी बात की थी। उससे बात करने के बाद अविनाश और विचलित हो गया था। रात में सोते वक़्त उसे ख्याल आया कि ऐसे ही समय में पिछली बार सरस्वती ने गंगा घाट पर बैठकर उसे ध्यान करना सिखाया था।

अगले दिन क्लास से जल्दी निकलकर वह सरस्वती से मिलने सीधा आश्रम गया। सरस्वती उससे मिलकर एक बार फिर खुश हुई। उसने गौर से अविनाश को देखा और कहा-

'क्या बात है बेटा, तुम पहले जैसे प्रसन्न नहीं दिख रहे हो'।

अविनाश ने कहा-

'आपने कैसे समझ लिया, माँ'।

सरस्वती ने जवाब दिया-

'जन्म नहीं दिया है, लेकिन मैं अब तेरी माँ हूँ। माँ अपने बच्चे के मन की बात बिना बताए जान लेती है। बात क्या है, बताओ'।

अविनाश ने गोलमटोल जवाब दिया-

'कुछ नहीं माँ, यूं ही फिर से मन थोड़ा अशांत रहने लगा है। मैं चाहता था कि एक बार आपके साथ फिर से गंगा घाट पर जाकर ध्यान लगाऊँ। आप चलेंगी मेरे साथ'।

सरस्वती ने कहा-

'इसमें पूछने वाली क्या बात है, अभी चलते हैं'।

दोनों आश्रम से निकलकर गंगा नदी के किनारे घाट की ओर गए। गर्मी के कारण सूरज देर से ढल रहा था। अभी भी घाट पर पूरी रौशनी थी। दोनों पेड़ के नीचे उसी बेंच पर बैठ गए। सरस्वती ने अविनाश का एक हाथ पकड़ लिया और उसे ध्यान लगाने के लिए कहा। अविनाश आँख मूंदकर ध्यान लगाने की कोशिश करने लगा, लेकिन थोड़ी-थोड़ी देर में उसकी आँख खुल जा रही थी। उसके बाद सरस्वती के कहने पर उसने दो-तीन गहरी सांस लेकर ध्यान लगाया। इस बार लगभग पंद्रह मिनट तक वह शांत बैठा रहा। उसके बाद आँख खोलने पर उसे कुछ अच्छा महसूस हुआ। सरस्वती उसे बहुत ध्यान से देख रही थी। अचानक उसने अविनाश से पूछा-

'कहीं, स्मिता की कोई बात तो नहीं है'।

अविनाश ने अचानक सरस्वती को देखा, लेकिन उसने कुछ जवाब नहीं दिया। सरस्वती ने आगे कहा-

'बेटा, मैं समझ सकती हूँ। इस उम्र में यह होता है। तुम जब पिछली बार स्मिता के साथ मिलने आए थे, तब मैंने तुम्हारी आँखों में उसके प्रति आकर्षण देखा था। लेकिन मुझे नहीं पता चला कि स्मिता की क्या भावना है। देखो, तुम्हारी परवरिश यहाँ सेवाश्रम में हुई है। तुम अंदर से बहुत सरल और संवेदनशील हो। हो सकता है स्मिता की परवरिश खुले विचारों के साथ हुई हो। दोनों का तालमेल जल्दी नहीं बैठ सकता। वैसे अब तुम मुझे पूरी बात बता सकते हो'।

अविनाश ने अपने मन की बात सरस्वती को बता दी। साथ ही स्मिता से हुई बातचीत के बारे में भी बताया। सरस्वती ने कहा-

'देखो बेटा, स्मिता अपनी जगह सही है। उसने अभी इन सब विषयों के बारे में नहीं सोचा है, इसलिए कुछ साल वक़्त चाहती है। तुम्हें उसकी भावना की कद्र करनी चाहिए। यह सब बातें जल्दीबाजी में नहीं होती हैं। जैसे तुम नंदिनी को सिर्फ अपना दोस्त मानते हो,

वैसे ही स्मिता भी तुम्हें अपना सिर्फ दोस्त ही मानती है। दोनों तरफ दोस्ती को प्यार में बदलने में थोड़ा वक़्त लगेगा। तुम्हें धैर्य रखना होगा। वैसे ही जैसे नंदिनी ने धैर्य रखा है'।

अविनाश ने कहा-

'माँ, मैं खुद चाहता हूँ कि इन सब बातों को अभी भूल जाऊँ और अपने काम पर ध्यान लगाऊँ। लेकिन मसूरी से लौटने के बाद, मैं कुछ ज्यादा परेशान हो गया था। दरअसल, मुझे आपकी तरह समझाने वाला कोई नहीं मिला था। मैं अकेले इन सब बातों से जूझ रहा था। अब मेरी समझ में धीरे-धीरे बात आ रही है। मुझे इंतज़ार करना होगा'।

सरस्वती ने कहा-

'एक और बात बेटा, यह कोई जरूरी नहीं है कि अगले दो या तीन साल के बाद वह तुम्हारी तरफ ही हाथ बढ़ाए। उसे कोई दूसरा साथी या विवेक मिल सकता है, जो उसका हाथ पकड़ ले। इसके लिए भी तुम्हें मानसिक तौर पर मजबूत और तैयार होना होगा। कोई नहीं जानता, भविष्य के गर्त में क्या छुपा है। क्या पता, तुम्हें अचानक किसी और या नंदिनी से ही प्यार हो जाये। वैसे भी नंदिनी बहुत अच्छी लड़की है और तुम्हें दिल से पसंद करती है। तुम शायद उसकी पसंद को अब तक समझ नहीं पा रहे हो। यह तुम्हारे लिए एक असमंजस की स्थिति है, जिसमें तुम नंदिनी की भावना को या तो समझ नहीं पा रहे हो या समझ कर अंजान बन रहे हो। तुम्हें अभी न केवल अपने मन को शांत रखना है, बल्कि अपने करियर को भी देखना है। समय के साथ सब कुछ ठीक हो जाता है'।

अविनाश ने कहा-

'मैं जब अकेला होता हूँ, तब मेरे मन में ये ऊल-जुलूल ख्याल आते हैं। काश, तुम मेरे साथ हमेशा के लिए रह सकती'।

सरस्वती ने कहा-

‘मैं हमेशा तुम्हारे साथ हूँ। जब भी जी घबड़ाये, तुम मेरे पास आश्रम चले आया करो। अब चलो, शाम होने को आई है’।

दोनों पैदल चलकर आश्रम वापस आ गए। वहाँ अविनाश ने सुरेन्द्र जी, गोपाल जी और सरला से भी मुलाक़ात की। अविनाश ने जब सरला को आंटी कह कर पुकारा, तब सरला ने अविनाश से कहा-

‘देखो अविनाश, तुम सरस्वती को माँ कह कर बुलाने लगे हो। मैं सरस्वती को दीदी कहती हूँ। इस रिश्ते से मैं तुम्हारी मौसी हुई और मेरे पति तुम्हारे मौसा हुए। अब से तुम मुझे मौसी कहकर बुलाया करो, मुझे अच्छा लगेगा। इस रिश्ते में अपनापन भरा है’।

अविनाश ने मुस्कुराकर कहा-

‘ठीक है, मैं आज से आपको मौसी और अंकल को मौसा जी कह कर बुलाया करूंगा। लगता है इस आश्रम ने जैसे मुझे अपने परिवार से मिला दिया हो। पहले माँ मिली और अब मौसा, मौसी’।

अविनाश ने सुरेन्द्र जी से भी बात की। सुरेन्द्र जी ने बताया-

‘सरस्वती जी की मदद से, अब मेरा पैर काफी अच्छा हो गया है। अब मैं छड़ी लेकर आसानी से चल लेता हूँ। हालाकि, अभी भी मालिश की जरूरत होती है। सरस्वती जी, मेरे लिए भगवान द्वारा भेजी गईं दूत हैं। मैं उन्हें जीवन भर नहीं भूल सकता हूँ’।

सरस्वती सुरेन्द्र जी का वाकई लगातार ख्याल रख रही थीं। वह दिन-रात उनकी सेवा में लगी रहती थीं। एक अजीब रिश्ता बन गया था, दोनों के बीच। दिनभर दोनों साथ-साथ रहते थे। ऐसा ख्याल कोई अपनों के लिए भी नहीं रख सकता था।

अविनाश कुछ देर उन लोगों के साथ बैठा, फिर वापस अपने हॉस्टल आ गया। अब उसे थोड़ी शांति महसूस हो रही थी।

ढाई महीने की ट्रेनिंग समाप्त होने को आई। इस बीच अविनाश सरस्वती से लगातार मिलता रहा। दोनों ने कई दिन गंगा घाट पर साथ बैठ कर ध्यान लगाया था। इससे अविनाश को बहुत फायदा हुआ था। वह इस दौरान बीच-बीच में नंदिनी से भी मिलता रहा। उसके घर जाने पर एक बार खन्ना साहब ने अविनाश से आगे शादी-ब्याह की बात छेड़ी थी, लेकिन अविनाश बात को यह कहकर टाल गया था कि अभी उसे अपने करियर के बारे में सोचना है। अविनाश सेवाश्रम में भी जाकर लोगों से मिलता रहा था। घनश्याम बाबू ने कई बार अविनाश से नंदिनी का जिक्र किया था। उन्हें भी नंदिनी की अविनाश के प्रति भावना की समझ थी। हालाकि, अविनाश ने उन्हें भी करियर का बहाना बनाकर, हर बार बात को टाल दी थी।

इस बीच नंदिनी का एमबीए का रिज़ल्ट निकल चुका था। वह और राकेश दोनों अच्छे नंबर से पास हो गए थे। नंदिनी ने अपने पिता के चैनल को अब पूरी तरह जॉइन कर लिया था। साथ में राकेश और रश्मि ने भी चैनल की नौकरी शुरू कर दी थी। अपने पिता का चैनल होने के कारण नंदिनी को रिपोर्टिंग का हेड बनाया गया था।

राकेश ने नंदिनी के घर के पास ही एक किराये का दो कमरे का मकान ले लिया था। उसकी रश्मि के साथ दोस्ती और गहरी हो गई थी। दोनों एक ही चैनल में काम करने के कारण ज़्यादातर साथ रहते थे। राकेश का नंदिनी के प्रति लगाव लगभग खत्म हो गया था। अब वह राकेश की बॉस भी बन गयी थी, इस कारण से दोनों के बीच उतनी खुली तौर पर बातचीत नहीं हो पाती थी। हालाकि, नंदिनी के राकेश और रश्मि के प्रति व्यवहार में कोई परिवर्तन नहीं हुआ था। कई मौकों पर तीनों साथ-साथ रिपोर्टिंग के लिए जाया करते थे। वह अब भी उन्हें अपना दोस्त ही मानती थी।

पटना में ट्रेनिंग खत्म होने के बाद अविनाश को अगले सात महीने के लिए पटना के बगल के जहानाबाद जिले में ट्रेनिंग लेने

के लिए भेजा गया। वहाँ उसे जिला के विभिन्न दफ्तरों में जाकर, वहाँ का कामकाज समझना था और उसकी ट्रेनिंग लेनी थी। उसे जहानाबाद शहर के सर्किट हाउस में एक कमरा दिया गया। वहाँ खाने-पीने की अच्छी व्यवस्था थी। पटना से जहानाबाद की दूरी लगभग पचास किलोमीटर थी। वहाँ से एक गाड़ी अविनाश को लेने आयी थी। उसके साथ अगले सात महीने तक ड्राईवर के साथ एक गाड़ी रहनी थी।

शुरू-शुरू में अविनाश को वहाँ ट्रेनिंग में परेशानी हुई। उसे सुदूर गाँव में जाना पड़ता था, जहां उसे ग्राम पंचायत का काम देखना था। कई-कई किलोमीटर पैदल चलना होता था। हालाकि, उसकी मदद के लिए जिला प्रसाशन ने उसके साथ एक कर्मचारी को लगा दिया था, जो वहाँ के हर गाँव के बारे में जानता था। वहाँ कानून व्यवस्था की स्थिति उतनी अच्छी नहीं थी। आए दिन वहाँ अपहरण, हत्या के मामले होते थे। इन सब के बीच अविनाश अपना संयम बना कर काम सीख रहा था। वह शनिवार की शाम में गाड़ी से पटना आ जाया करता और राकेश के घर रुकता था। अगले दिन वह नंदिनी या सरस्वती के साथ बिताता था। सोमवार की सुबह वह वापस जहानाबाद चला जाया करता था। एक दो बार वह नंदिनी के चैनल के दफ्तर भी गया था। उसने राकेश, नंदिनी और रश्मि के साथ बैठकर, खबरों की रिपोर्टिंग के तरीकों के बारे में विस्तार से जाना था। उसे लगा था कि बिहार की पोस्टिंग के दौरान इस चैनल के सहयोग की उसे जरूरत पड़ सकती है।

एक दिन नंदिनी ने अविनाश को फोन कर कहा कि अगले रविवार को वह दिनभर अविनाश के साथ पटना में बिताना चाहती है। अविनाश उसी हिसाब से रविवार की सुबह नंदिनी के यहाँ पहुंचा और अपनी गाड़ी वहीं छोड़कर, नंदिनी की गाड़ी से उसके साथ निकल गया। दोनों ने पहले मॉल में जाकर जमकर ख़रीदारी की। उसके बाद

नंदिनी जिद कर अविनाश को पिक्चर दिखाने ले गयी। पूरी पिक्चर के दौरान नंदिनी ने अविनाश की बांह पकड़ रखी थी। वह बीच-बीच में उसका हाथ अपने हाथ में ले लेती थी। अविनाश ने भी उसे मना नहीं किया। पिक्चर देखने के बाद दोनों ने एक अच्छे रेस्तरां में जाकर दिन का खाना खाया। उसके बाद अविनाश नंदिनी को गंगा घाट की उस जगह ले गया, जहां वह सरस्वती के साथ ध्यान लगाया करता था। शाम के वक़्त वहाँ बहुत शांति थी। दोनों बहुत देर तक बेंच पर साथ-साथ बैठे रहे। नंदिनी ने अविनाश के कंधे पर सिर रखते हुए कहा-

'जानते हो अविनाश, मन करता है, ऐसे ही तुम्हारे साथ बैठी रहूँ। मैं बता नहीं सकती, मुझे तुम्हारा साथ कितना अच्छा लगता है। जितना तुम मुझे अपने से अलग करने की कोशिश करते हो, उतना ही मैं तुमसे ज्यादा नजदीक आ जाती हूँ। मुझे पता नहीं, शायद इसी को प्यार कहते हैं, पर जो भी हो, मैं इतने में ही खुश हूँ कि तुम मेरे साथ हो, मेरे बारे में सोचते हो'।

अविनाश ने कहा-

'नंदी, मैं तुम्हारी भावना समझता हूँ, लेकिन पता नहीं क्यों, अभी मैं इन सब के बारे में सोचना नहीं चाहता हूँ। हालाकि, ऐसी भावना स्मिता के साथ रहते हुए हुई, पर अब मैं संभल गया हूँ और अपने करियर पर ध्यान देना चाहता हूँ। आगे क्या होगा मुझे नहीं पता। फिर भी मैं तुम्हारी बातों की कद्र करता हूँ। तुम्हें भी अभी अपने काम पर ध्यान देना चाहिए। आगे की बाद में सोचेंगे'।

दिनभर घूमने के बाद देर शाम अविनाश नंदिनी को उसके घर छोड़ने गया। नंदिनी ने उसे रात में अपने घर में रुकने की जिद कर दी। अविनाश को उसकी बात माननी पड़ी। वह रात में नंदिनी के यहाँ ही रुक गया। खन्ना साहब और निर्मला जी को भी इस बात की कोई

आपत्ति नहीं थी। उन्हें अविनाश में अपना भावी दामाद नज़र आता था। रात का खाना खाकर देर रात तक अविनाश और नंदिनी ऊपर के बरामदे में बैठ कर बातें करते रहे। सुबह जल्दी से उठकर अविनाश राकेश के यहाँ से समान उठाकर जहानाबाद के लिए निकल गया।

एक दिन रात में अविनाश को सरस्वती का फोन आया। अविनाश ने जब बात करनी चाही, तब उधर से उसे किसी दूसरी महिला की आवाज़ लगी। अविनाश ने पूछा-

'कौन बोल रहा है'

उधर से महिला ने कहा-

'बेटा मैं सरला मौसी बोल रही हूँ। दीदी चार-पाँच दिनों से बहुत बीमार हैं। उन्हें बहुत खांसी है और आज से सांस लेने में भी तकलीफ हो रही है। मदनमोहन जी ने डॉक्टर को दिखाया था। उसने बताया कि दीदी के फेफड़ों में संक्रमण हो गया है। दवा दी गयी है। लेकिन बहुत फायदा नहीं है। वे बार-बार तुम्हें याद कर रही हैं। अगर तुम्हें छुट्टी मिले, तब एक बार आकर उन्हें देख लो'।

अविनाश सरला की बात सुनकर परेशान हो गया। उसने कहा-

'मैं, कल ही सुबह आता हूँ'।

अगले दिन संयोग से शनिवार था। अविनाश अहले सुबह पटना के लिए रवाना हो गया। वह सुबह नौ बजे तक आश्रम पहुँच गया। सरस्वती अपने कमरे में बिस्तर पर लेटी थीं और सरला उनका सिर दबा रही थी। अविनाश ने सरला से पूछा-

'मौसी, अब माँ की कैसी तबीयत है'।

सरला ने जवाब दिया-

'रात से बुखार बढ़ गया है, दवा देने पर भी कम नहीं हो रहा है'।

अविनाश ने सरस्वती के बदन को छू कर देखा। वाकई बुखार बहुत ज्यादा था। वह बिलकुल बेहोशी की हालत में दिख रही थीं। सरला ने सरस्वती के कान के पास जाकर कहा-

'दीदी, देखो तुम्हारा बेटा अविनाश आया है'।

अविनाश का नाम सुनकर सरस्वती ने अपना हाथ आगे बढ़ाया। अविनाश ने उनके हाथ को पकड़ कर सहलाया। सरस्वती कुछ बोल नहीं पायीं, लेकिन उनकी आँखों से आँसू निकलने लगे थे। अविनाश भी उन्हें इस हालत में देखकर द्रवित हो गया। उसने सरला से कहा-

'मुझे आपलोगों ने पहले क्यों नहीं बताया, चलिये इन्हें अस्पताल लेकर चलते हैं, अब यहाँ आश्रम में रह कर इलाज नहीं हो पाएगा'।

अविनाश सरस्वती को सरला और गोपाल जी के साथ पास के अस्पताल ले गया। वहाँ इमरजेंसी में डॉक्टर ने सरस्वती का मुआयना किया। थोड़ी देर बाद बड़े डॉक्टर भी आ गए। सरस्वती की छाती का एक्सरे किया गया। इन सब के बाद डॉक्टर ने अविनाश को बुलाकर कहा-

'इन्हें निमोनिया हुआ है। फेफड़ों पर इसका बहुत असर हुआ है। इन्हें एक-दो दिन अस्पताल में भर्ती कर, इलाज करना होगा। उसके बाद थोड़ी ठीक होने पर ही घर जा सकती हैं'।

अविनाश ने तुरंत सरस्वती को अस्पताल में भर्ती करने के कागज बनवाए और उन्हें वहाँ भर्ती करा दिया। थोड़े ज्यादा पैसे देकर एक अलग रूम में सरस्वती को रखा गया। इलाज शुरू हो गया।

हाथ की नसों से पानी चढ़ाया जाने लगा। उसी के माध्यम से बाकी दवाएं भी दी जा रही थीं। अविनाश लगातार सरस्वती के हाथ पकड़ कर बैठा रहा।

अस्पताल में आने के लगभग आठ घंटे के बाद सरस्वती ने आँख खोलकर कुछ बोलना शुरू किया। उनका बुखार भी अब नीचे आ गया था। अविनाश को अपने बगल में बैठा देख उन्होंने सबसे पहले कहा-

'तुमने कुछ खाया बेटा। मेरे कारण सबको परेशानी हो गयी। अब मुझे कुछ ठीक लग रहा है। तुम भी थोड़ी देर आराम कर लो'।

अविनाश सरस्वती की बात सुनकर उनके हाथ पकड़ कर रोने लगा। उसे लगा कि इस हालत में भी सरस्वती को अविनाश की चिंता थी। उसे रोता देख सरस्वती अपने हाथ से उसके बालों को सहलाने लगीं। अविनाश बड़ी देर तक उसी हालत में बैठा रहा।

शाम में अविनाश ने सरला को गोपाल जी के साथ आश्रम भेज दिया था। रात में सरला को अविनाश के साथ अस्पताल में रुकना था।

दो दिनों तक अस्पताल में रहने के बाद सरस्वती की तबीयत थोड़ी ठीक हुई। बुखार अब नहीं था। डॉक्टर ने घर जाने की सलाह दे दी थी। उसने हिदायत दी थी कि सरस्वती को ठंढ से बचना होगा और दवाई नियमित लेनी होगी। अविनाश सरस्वती को आश्रम ले आया। वह वहाँ एक दिन और रुका। अगले दिन सरस्वती ने खुद उसे काम पर जाने के लिए कहा। वह अगले हफ्ते फिर आने का कह कर वापस चला गया।

अविनाश के चले जाने के बाद सरस्वती फिर से मायूस हो गईं। हालाकि, अविनाश अगले शनिवार की शाम फिर से सरस्वती

को देखने आया। इस बीच वह रोज फोन से सरस्वती के हाल लेता रहा। वह शनिवार की रात को आश्रम में ही सरस्वती के कमरे में रुक गया। रात में सरस्वती ने अविनाश से कहा-

'बेटा, पता नहीं क्यों अब मेरा मन तुम्हारे बिना नहीं लगता। तुझे देखे बिना मन में अजीब-सी बेचैनी रहती है। मुझे अपने स्वास्थ्य की ज्यादा चिंता नहीं रहती है, लेकिन तुम्हारी चिंता लगी रहती है। पता नहीं वहाँ जहानाबाद में तुम्हें अच्छा खाना मिलता भी है या नहीं। अब जल्दी से अपनी ट्रेनिंग खत्म कर, तुम वापस पटना आ जाओ, तब ही मुझे चैन मिलेगा'।

अविनाश ने जवाब दिया-

'माँ, तुम्हारा बेटा अब नौकरी करता है। मुझे पता नहीं ट्रेनिंग के बाद मेरी कहाँ पोस्टिंग होगी, लेकिन जहां भी होगी, मैं तुमसे हमेशा मिलता रहूँगा। मैं वहाँ अभी ठीक हूँ। खाना भी मन लायक मिलता है। तुम मेरी ज्यादा चिंता मत किया करो। डॉक्टर ने कहा है, तुम्हें बहुत परहेज से रहना है, समय पर दवा खानी है। मैं हर हफ्ते आकर तुमसे मिलता रहूँगा'।

सोमवार की सुबह अविनाश फिर वापस जहानाबाद चला गया। इस बीच अविनाश की स्मिता से भी फोन पर बात होती रहती थी। एक दिन स्मिता ने अविनाश को रात में फोन किया और कहा-

'बधाई हो अविनाश। तुम्हारी किताब छप कर आ गयी है। मेरे हाथ में है। कवर पेज पर तुम्हारी जबर्दस्त तस्वीर है। मैंने कहा था न कि मैं इसके विमोचन के लिए एक कार्यक्रम करना चाहती हूँ। तुम अपनी छुट्टी के हिसाब से बताओ। अगले शनिवार की शाम में एक होटल में प्रोग्राम रखती हूँ। तुम सुबह की फ्लाइट से आकर शाम में प्रोग्राम कर अगले दिन रविवार की शाम में वापस लौट सकते हो।

एक बात और, मैं चाहूंगी कि तुम्हारे साथ नंदिनी भी आए, मुझे अच्छा लगेगा। मैं उसे अभी फोन कर बता दूँगी'।

अविनाश ने कहा-

'ठीक है, तुम नंदिनी से बात कर लो, मैं कल ही फ्लाइट की टिकट ले लेता हूँ'।

स्मिता ने अविनाश से बात कर नंदिनी को फोन कर उसे अविनाश के साथ आने के लिए कहा। नंदिनी तैयार हो गयी। उसने अविनाश को फोन कर कहा कि वह दोनों के दिल्ली आने-जाने की टिकट अगले दिन ले लेगी।

अगले शनिवार की छुट्टी लेकर अविनाश नंदिनी के साथ दिल्ली पहुँच गया। एयरपोर्ट पर स्मिता मौजूद थी। उसने दोनों के रहने का इंतजाम अपने घर के पास के एक गेस्ट हाउस में किया था। गेस्ट हाउस में तैयार होकर तीनों दिल्ली शहर घूमने निकल गए। सभी ने दिन का खाना बाहर खाया।

शाम में स्मिता के घर के पास एक होटल में प्रोग्राम था। अविनाश नंदिनी के साथ समय पर पहुँच गया। वह अपनी किताब देखने के लिए बेचैन था। स्टेज के पीछे अविनाश के किताब का एक बड़ा पोस्टर लगा था, जिसमें अविनाश की बहुत अच्छी तस्वीर थी। दिल्ली के एक बड़े साहित्यकार, कार्यक्रम के मुख्य अतिथि थे। लगभग दो सौ लोग वहाँ एकत्रित थे। अविनाश को स्मिता और मुख्य अतिथि के साथ मंच पर बिठाया गया था।

कार्यक्रम की शुरुआत में स्मिता ने अपनी किताब के बारे में बताया। उसके बाद मुख्य अतिथि के हाथों किताब का विमोचन हुआ। अविनाश ने किताब देखी। लगभग चार सौ पन्नों की किताब थी, जिसकी कीमत पाँच सौ रुपये थी। अब अविनाश के बोलने का मौका

था। उसने अपनी कहानी सुनाई। उसने अन्य लोगों के अलावा नंदिनी और स्मिता का भी जिक्र किया। लोगों ने तालियाँ बजाईं। मुख्य अतिथि ने भी किताब और अविनाश की तारीफ की।

कार्यक्रम के बाद स्मिता ने नंदिनी को भी किताब की एक कॉपी दी। अगले दिन स्मिता के घर पर दिन का खाना था। शाम में अविनाश और नंदिनी फ्लाइट से वापस पटना आ गए। अविनाश नंदिनी के यहाँ रुक गया और अगले दिन सुबह-सुबह जहानाबाद के लिए रवाना हो गया।

जहानाबाद की सात महीने की ट्रेनिंग के बाद अविनाश को दो महीने के लिए वहीं ब्लॉक डेव्लपमेंट ऑफिसर के पद पर स्वतंत्र रूप से काम करने का मौका दिया गया। उस दौरान उसने बहुत मेहनत की। उसने अपने ब्लॉक के पाँच गाँव में सौर बिजली की व्यवस्था कराई। कई बार वह रात में गाँव में ही रह जाता था। उसने ग्राम पंचायत और ब्लॉक के सभी कार्यों का बारीकी से अध्ययन किया। ऊपर के अधिकारी उसके काम से बहुत खुश हुए। हालाकि, वह हर पंद्रह दिन पर पटना आकर सरस्वती से जरूर मिलता था।

जिला की आखिरी एक सप्ताह की सचिवालय ट्रेनिंग के लिए, अविनाश वापस पटना आ गया। सचिवालय में पहले दिन उसकी मुलाक़ात अतुल से हुई, जिससे अविनाश मसूरी जाते वक़्त ट्रेन में मिला था। अतुल अविनाश से मिलकर बहुत खुश हुआ। उसने कहा-

'क्या संयोग है सर, मुझे आपके साथ अगले एक सप्ताह ट्रेनिंग में रहना है, जिससे आपको कोई परेशानी न हो। मैं बहुत दिन से आपसे बात करने की सोच रहा था। अच्छा हुआ आप यहाँ मिल गए। अब आपको वादे के मुताबिक किसी दिन मेरे घर आना होगा। सभी बहुत खुश होंगे'।

अविनाश ने मुस्कुराते हुए जवाब दिया-

'अब आप जब मुझे मेरी ट्रेनिंग में मदद करने के लिए साथ में अगले सात दिन रहेंगे, तब मुझे आपकी बात माननी ही पड़ेगी। आज ही शाम में मैं आपके घर चलूँगा'।

दिन भर काम जल्दी से खत्म कर शाम में अविनाश अतुल के घर गया। वहाँ वह अतुल के माता-पिता से मिला। अतुल के पिता का पैर छूने पर उन्होंने कहा-

'खुश रहो बेटा, बहुत खुशी हुई तुमसे मिलकर। अतुल ने तुम्हारे बारे में बताया था। हम सबको तुम पर गर्व है। अब ट्रेनिंग खत्म कर जल्दी से यहाँ वापस लौटो। मैं तो चाहूँगा, एक बार तुम, पटना के कलक्टर बनो'।

अविनाश ने जवाब दिया-

'आपका इतने सालों का अनुभव मुझे काम आएगा। मैं बीच-बीच में आपसे मिलता रहूँगा'।

वाणी ने कई तरह के पकवान से अविनाश का स्वागत किया। अविनाश ने मुस्कुराकर वाणी से कहा-

'आपकी बनाई लिट्टी, मुझे अभी भी याद है। इस साल जाड़ों में आपके हाथ की बनी लिट्टी खाने आऊँगा। वैसे आपका अनाथाश्रम का काम कैसा चल रहा है। मेरे मन में कुछ प्लान है, जो मैं आपसे यहाँ आने के बाद डिस्कस करूंगा। मैं नंदिनी का नंबर आपको देता हूँ। आप उससे मिलें। वह आपके बारे में अपने चैनल के लिए लिखेगी'।

इसके बाद अविनाश ने नंदिनी को फोन कर वाणी के बारे में बताया। उसने वाणी की नंदिनी से बात भी करा दी। उसके बाद वह सारे वक़्त अतुल के बेटे आर्यन के साथ खेलता रहा। रात के खाने के बाद अविनाश वापस लौट आया।

अगले हफ्ते उसे दूसरे फेज की ट्रेनिंग के लिए वापस मसूरी जाना था। मसूरी में मई महीने के मध्य से जून तक की ट्रेनिंग के बाद चार महीने के लिए असिस्टेंट सेक्रेटरी की आखिरी ट्रेनिंग के लिए दिल्ली के केंद्रीय सचिवालय में एक संयुक्त सचिव के साथ काम करना था।

एक सप्ताह की पटना में ट्रेनिंग के बाद अविनाश ने पटना से दिल्ली होते हुए देहरादून की फ्लाइट ली और वहाँ से टैक्सी कर मसूरी पहुँच गया। इस बार उसे स्मिता से मिलने की उतनी खुशी नहीं थी। पिछली बार मसूरी में स्मिता की कही बातें उसके जेहन में अभी भी थीं। वह फिर से उन बातों को नहीं छेड़ना चाहता था। फिर भी उसके मन के किसी कोने में स्मिता के लिए अभी भी चाहत छुपी थी।

देर शाम हो जाने के कारण उसकी स्मिता से सिर्फ फोन पर बात हो सकी, लेकिन मिलना नहीं हो पाया। अगले दिन क्लास में वह स्मिता से मिला। मिलते ही स्मिता ने कहा-

'अरे, बधाई हो अविनाश। तुम्हारी किताब बेस्टसेलर हो चुकी है। एक महीने में दो हज़ार से ज्यादा किताबें बिक चुकी हैं और अभी भी बिक्री जारी है। यह किताब मेरी बाकी दो किताबों से बेहतर साबित हुई। कई लोगों ने मुझे फोन कर कहा कि वे तुमसे मिलना चाहेंगे। तुम उनके हीरो बन चुके हो'।

अविनाश ने कहा-

'सब, तुम्हारी लेखनी का कमाल है। मैंने भी किताब आधी पढ़ी है। मुझे विश्वास नहीं होता कि यह मेरी कहानी है। तुम बेकार इस जॉब में आ गयी। तुम्हें किताब लिखने का काम करना चाहिए था। तुम्हारी डिस्ट्रिक्ट की ट्रेनिंग कैसी रही'।

स्मिता ने जवाब दिया-

'तुम्हारे जीवन की कहानी ही ऐसी है कि कोई भी पढ़ कर हैरान रह जाएगा। वाकई, कभी-कभी लगता है, जैसे तुमने कोई करिश्मा कर दिया हो। कोई भी, तुमसे बहुत कुछ सीख सकता है। वैसे, मेरी ट्रेनिंग अच्छी रही, बहुत कुछ सीखा। आज शाम में कोई कार्यक्रम नहीं है, बैठ कर गप्पें मारेंगे'।

क्लास के बाद अविनाश रवि के साथ बाज़ार से कुछ जरूरत के समान खरीद लाया। करीब साढ़े छह बजे स्मिता का फोन आया। वह बाहर गार्डेन में अविनाश का इंतज़ार कर रही थी। वैसे मई का महीना चल रहा था, लेकिन मसूरी में गर्मी का नामोनिशान नहीं था। उल्टे रात में ठंढ का एहसास होता था। गार्डेन में हल्की हवा चल रही थी। अविनाश स्मिता से मिला। स्मिता ने बैठते ही पूछा-

'नंदिनी कैसी है। तुम्हें वहाँ जाकर अच्छा लगा होगा। सरस्वती माँ कैसी हैं'।

अविनाश ने जवाब दिया-

'वहाँ सभी अच्छे हैं। नंदिनी आजकल अपने चैनल के काम में ज्यादा व्यस्त हो गयी है। माँ का मेरे बिना मन नहीं लगता है। हमेशा मेरी चिंता में डूबी रहती है। तुम बताओ, तुम्हारा कैसा रहा दिल्ली रहना। विवेक कैसा है'।

स्मिता ने कहा-

'विवेक के साथ इस बार मेरी ज्यादा मुलाक़ात नहीं हो सकी। वह अपने बिज़नेस के काम से विदेश गया हुआ था। मैं ज़्यादातर अपनी किताब के प्रचार में व्यस्त रही। हाँ, किताब फिर से पढ़ते वक़्त तुम बहुत याद आए'।

अविनाश ने कहा-

'मैं भी तुम्हें रोज याद किया करता था। तुमने मेरे जीवन पर किताब लिखकर मेरे ऊपर बहुत बड़ा एहसान किया है। पिछली बार तुमने मुझे अपने बारे में बहुत कुछ समझाया था। उसे सुनकर मुझे शुरू में तकलीफ हुई थी, लेकिन बाद में लगा, तुम सही थी। अभी हमें अपने करियर के बारे में सोचना है'।

स्मिता ने कहा-

'मेरा इरादा तुम्हारा दिल दुखाना नहीं था। मैंने अपने मन की बात अपने सबसे अच्छे दोस्त से की। मुझे भी तुम्हारे साथ बातें करने में अच्छा लगता है। मैं चाहती हूँ हमारी दोस्ती इसी तरह बनी रहे। मैं तुम्हारे मन की भावना को भी अच्छी तरह समझती हूँ। मेरा मानना है, समय सब ठीक कर देगा'।

अविनाश ने कहा-

'चाहे तुम जो समझ लो, तुम्हारे प्रति मेरा आकर्षण हमेशा बना रहेगा'।

स्मिता ने मुस्कुराकर बात बदल दी और कहा-

'इस फेज के बाद हमें यहाँ से निकलना होगा। इम्तहान भी देना है। उसकी तैयारी में लगना होगा। उसके बाद असल जिंदगी शुरू होगी'।

लगभग एक घंटे तक बात करने के बाद दोनों अपने-अपने हॉस्टल चले गए। रात में अविनाश की फिर रवि से बहुत देर तक बातें हुईं। वह अविनाश से बार-बार स्मिता और नंदिनी के बारे में पूछ रहा था। अविनाश ने ज्यादा खुल कर बात नहीं की।

जून महीने का अंत होने वाला था। सभी ट्रेनी फ़ाइनल इम्तहान की तैयारी में जुट गए थे। अविनाश भी ज़्यादातर अपने हॉस्टल के

कमरे में बैठकर इम्तहान की तैयारी कर रहा था। उसकी इस बीच स्मिता से कम बातचीत हो रही थी।

फ़ाइनल इम्तहान दो दिनों का था। अविनाश इम्तहान देकर संतुष्ट था। स्मिता और उसके ग्रुप के बाकी लोगों ने भी अच्छा किया था। अब लबासना से निकलने का वक़्त हो गया था।

सब ट्रेनी चार महीने की सचिवालय ट्रेनिंग के लिए दिल्ली पहुँच गए थे। उन्हें इस बार एक बड़े हॉस्टल में ठहराया गया था। इस दौरान ट्रेनी को देश के माननीय प्रधानमंत्री से भी मिलना था। सभी ट्रेनी को अलग-अलग ग्रुप में बाँट दिया गया और एक-एक विभाग के संयुक्त सचिव के साथ जोड़ दिया गया। ट्रेनिंग में ज़्यादातर फ़ाइल पर काम करने के तरीकों और पॉलिसी निर्धारण के बारे में जानना था।

एक महीने की ट्रेनिंग के बाद वह दिन आ गया, जब सभी को माननीय प्रधानमंत्री से मिलना था। एक दिन पहले सभी को वहाँ की व्यवस्था के बारे में जानकारी दी गयी। शाम के चार बजे सभी प्रधानमंत्री आवास पर पहुंचे। बाहर गार्डेन में कुर्सियाँ लगी थीं, जहां उनके बैठने की व्यवस्था थी। थोड़ी देर के बाद माननीय प्रधानमंत्री का आगमन हुआ। सभी ट्रेनी उठकर खड़े हुए। उन्होंने हाथ जोड़ कर सभी का अभिवादन किया। उसके बाद सभी का परिचय हुआ। बाद में माननीय प्रधानमंत्री ने ट्रेनी को संबोधित किया। उन्होंने आईएएस अधिकारी के कर्तव्य, अधिकार के बारे में चर्चा की। साथ ही उन्होंने काम के दौरान मानवीय मूल्यों को ध्यान में रखने पर ज़ोर दिया।

सम्बोधन के बाद सभी के लिए चाय और जलपान का प्रबंध था। उस दौरान माननीय प्रधानमंत्री सबसे व्यक्तिगत तौर पर मिले। अविनाश ने भी उनके साथ फोटो खिंचाई। कुछ देर बाद सभी वापस अपने हॉस्टल आ गए।

अब सचिवालय ट्रेनिंग का आखिरी सप्ताह चल रहा था। लबासना का रिज़ल्ट भी आ गया था। अविनाश के ग्रुप के सभी ट्रेनी पास हो गए थे। अब सभी को अपनी फ़ाइनल पोस्टिंग के बारे में जानना था।

ट्रेनिंग के आखिरी दिन भारत सरकार की ओर से अधिसूचना जारी हुई। अविनाश को पटना जिले में ही एसडीएम, कानून-व्यवस्था के पद पर अगले एक सप्ताह के अंदर योगदान देना था। इस पद पर अविनाश को कम से कम तीन साल रहना था। स्मिता को दिल्ली सचिवालय में एसडीएम के पद पर योगदान देना था। अविनाश पटना पोस्टिंग की खबर सुनकर खुश था। कम से कम अगले तीन साल वह अपने लोगों के साथ रह सकता था।

अविनाश के पटना निकलने के एक दिन पहले स्मिता ने उसे घर पर खाने के लिए बुलाया। वहाँ बहुत देर तक दोनों आपस में बातें करते रहे। स्मिता के माता-पिता ने भी अविनाश का बहुत सम्मान किया। चलते-चलते स्मिता ने अविनाश से कहा-

'पटना जाकर काम के दबाव में मुझे भूल मत जाना। मैं तुम्हें भूल नहीं पाऊँगी। इन दो वर्षों में तुम्हारे साथ बिताए पल, मुझे हमेशा याद रहेंगे। लबासना की ट्रेनिंग ने मुझे एक अच्छा और सच्चा दोस्त दिया। अभी आगे के बारे में ज्यादा मत सोचना। समय के साथ सारी गुत्थियाँ अपने आप सुलझ जाएंगी। मुझसे फोन पर हमेशा बातें करते रहना। मैं नंदिनी से भी बात कर तुम्हारा हाल-चाल लेती रहूँगी'।

अविनाश ने जवाब दिया-

'तुम्हें भूलने का सवाल ही पैदा नहीं होता है। मैंने तुमसे जीवन में धैर्य रखना सीखा है, जो मेरे लिए बहुत जरूरी था। कुछ महीने पहले, मैं किसी बात के लिए जल्दी उतावला हो जाता था, अब ऐसा नहीं होता। हम एक दूसरे से लगातार संपर्क में रहेंगे'।

अविनाश वहाँ से वापस स्मिता के साथ हॉस्टल आ गया। देर रात तक वह इन दो वर्षों में उसके साथ हुई घटनाओं और स्मिता से हुई मुलाक़ात और दोस्ती के बारे में सोचता रहा। अगले दिन दोपहर की उसकी पटना वापसी की फ्लाइट थी, जहां उसे आगे अपनी नई जिंदगी की शुरुआत करनी थी।

बारह

नवंबर का महीना शुरू हो गया था। दिल्ली की ट्रेनिंग समाप्त कर अविनाश पटना पहुँच गया था। उसे अब दो-तीन दिनों में अपनी पहली पोस्टिंग पर योगदान देना था। उसका पटना सदर का दफ्तर पश्चिमी पटना में था।

योगदान देने के पहले उसने सबसे पहले जाकर घनश्याम बाबू और लक्ष्मी का आशीर्वाद लिया। घनश्याम बाबू अविनाश की पटना पोस्टिंग से बहुत खुश थे। उन्होंने अविनाश से कहा-

'बेटा, पटना सदर की कानून व्यवस्था की महत्वपूर्ण जिम्मेवारी तुम्हें दी गयी है। बहुत सोच समझ कर काम करना। तुम्हें बहुत मेहनत करनी होगी'।

अविनाश ने जवाब दिया-

'हाँ बाबा, बहुत जिम्मेवारी का काम है, लेकिन आप सब के आशीर्वाद और जहानाबाद के अनुभव से, उम्मीद है, मैं जरूर सफल रहूँगा'।

अविनाश सरस्वती से भी जाकर मिला। अब उनकी तबीयत पहले से ठीक थी। अविनाश ने उनसे कहा-

'माँ, जाड़े की शुरुआत हो रही है। तुम्हें ठंढ से बच कर रहना है। अपना पूरा ध्यान रखना। मैं अब यहीं हूँ। बीच-बीच में, तुमसे मिलता रहूँगा'।

सरस्वती ने कहा-

'तुम मेरी चिंता मत करो। मैं बहुत खुश हूँ, तुम यहाँ आ गए, अब मेरे मन को शांति मिली है'।

अविनाश नंदिनी के यहाँ खन्ना साहब और निर्मला जी से भी जाकर मिला। खन्ना साहब ने पटना के कलक्टर को फोन कर उसके बारे में बताया।

ड्यूटी जॉइन करने के दिन ही अविनाश को उसका नया सरकारी घर मिल गया। चूंकि पिछले एसडीएम अपने मकान में रहते थे, इसलिए क्वार्टर कुछ वर्षों से खाली था। उसका हाल में ही रंग-रोगन हुआ था। अविनाश ने जाकर देखा, उसके दफ्तर के कैम्पस में ही सरकारी क्वार्टर था, जो बहुत बड़ा था। चार कमरों का बंगला था, जिसके बाहर बहुत बड़ा गार्डेन था। गार्डेन में एक माली भी था, जिसने बहुत से फूलों के पौधे लगा रखे थे। बंगले के हरेक कमरे में पलंग, सोफा लगे थे। बाहर के बड़े ड्राइंग रूम में दो बड़े सोफा सेट लगे थे। बाहर बरामदे में और गार्डेन में भी कुर्सियों के सेट लगे थे। बगल में दो गाड़ियों के रखने का गैरेज था। बंगले में बाहर बरामदे से सटे एक छोटा-सा दफ्तर का कमरा भी था, जिसमें बैठ कर रात में या छुट्टी के दिन घर से काम किया जा सके। घर में कई टेलीफ़ोन लगे थे।

बंगले के पीछे घर में काम करने वालों के रहने की जगह थी। उसे घर के कामकाज के लिए तीन लोग मिले थे, जिनमें एक रसोईया भी था। इसके अलावा घर की साफ-सफाई के लिए दो महिला कर्मी थीं। पीछे भी बड़ी जमीन थी, जिसमें सब्जियाँ लगी हुई थीं। उसे ड्राईवर के साथ एक लाल बत्ती वाली नयी गाड़ी दी गयी थी। गाड़ी के

पीछे सीट के शीशों में पर्दे लगे थे। बंगले के बाहर गेट पर अविनाश के नाम का बोर्ड लग गया था, जिस पर लिखा था "अविनाश आनंद, भाप्रसे, एसडीएम, पटना सदर"। इन सब व्यवस्था को देख कर अविनाश का दिल भर आया था। अनाथाश्रम से यहाँ तक का सफर उसे सपने जैसा लग रहा था। इतने बड़े घर में उसे अकेला रहना था। हालाकि, काम करने वाले रात में भी बंगले के पीछे रहते थे।

अविनाश ने उसी दिन शाम में बंगले में शिफ्ट करने का प्रोग्राम बना लिया। उसने नंदिनी को फोन कर बुला लिया था। नंदिनी आधे घंटे में पहुँच गयी। बंगले को देखकर वह भी अवाक थी। उसने अविनाश से कहा-

'यह तो सपने जैसा है। सोचो अविनाश, क्या हमने सेवाश्रम में रहते हुए कभी सोचा था, तुम्हें इस जैसे बंगले में रहने का मौका मिलेगा। यह कोई सपना नहीं तो और क्या है। बहुत गर्व है मुझे तुम पर'।

अविनाश ने कहा-

'वह सब तो ठीक है, लेकिन इतने बड़े घर को मैं अकेले कैसे संभालूँगा। तुम्हें बीच-बीच में आकर, घर को व्यवस्थित करना होगा'।

नंदिनी ने चुटकी लेते हुए कहा-

'इसी लिए तो कहती हूँ, मुझसे शादी कर लो, सब कुछ व्यवस्थित कर दूँगी'।

अविनाश ने मुस्कुराते हुए कहा-

'तुम्हें अभी मज़ाक सूझ रहा है। पहले चल कर अंदर मुझे मेरा सामान ठीक करने में मदद करो। इसके साथ-साथ खाना बनाने वाले को मेरी पसंद-नापसंद के बारे में बता दो। काम करने वालों को भी

तुम्हें आज ही हिदायत देनी होगी, कल से तो मैं तो दिनभर काम में व्यस्त रहूँगा'।

नंदिनी ने पहले अविनाश का समान खोलकर उसे ठीक से रखा। उसके बाद उसने घर में काम करने वालों को हिदायत दी। बाद में दोनों ने बाहर गार्डेन में बैठ कर शाम की चाय पी। नंदिनी ने अविनाश से कहा-

'देखो अविनाश, संयोग से तुम्हें पटना सदर की विधि-व्यवस्था का जिम्मा दिया गया है और मैं भी अपने चैनल की तरफ से शहर की रिपोर्टिंग करती हूँ, जिसमें कानून- व्यवस्था शामिल है। मैं तुम्हें छोटी-छोटी खबर बताती रहूँगी। तुमसे भी मुझे अंदर की खबर मिलती रहेगी। इसके बावजूद कभी मुझे प्रशासन के विरुद्ध भी बोलना पड़ सकता है या तुम्हें मेरे चैनल को हर बात बताने की जरूरत नहीं भी है। हमें आगे इन चीजों का ख्याल रखना होगा'।

अविनाश ने जवाब दिया-

'तुम्हारी बात समझ रहा हूँ। मैं, इस बात का पूरा ध्यान रखूँगा'।

नंदिनी लगभग एक घंटे के बाद अपने घर चली गयी। अविनाश बंगले में अकेला रह गया। वह बाहर अपने दफ्तर के कमरे में बैठ कर कुछ पढ़ने लगा। साढ़े आठ बजे रसोइये ने खाना डाइनिंग टेबल पर लगा दिया था। अविनाश जल्दी खाना खाकर अपने कमरे में चला गया। उसने रात में स्मिता से फोन पर बात कर उसका हालचाल जाना। स्मिता ने भी आज ही काम शुरू किया था। अविनाश ने अपने बंगले के बारे में उसे बताया। स्मिता ने कहा-

'अब ऐश करो अविनाश। मैं तो अपने घर में ही रहूँगी, इसलिए मुझे बंगले का सुख नहीं मिल पाएगा'।

अविनाश ने कहा-

'पता नहीं, अब तुमसे कब मुलाक़ात होगी। कभी दिल्ली आना हुआ, तभी संभव होगा'।

स्मिता ने कहा-

'मैं भी कभी पटना आने की कोशिश करूंगी। तुम्हारी किताब, वहाँ कई लोगों को देनी भी है'।

फोन से बात पूरी करने के बाद अविनाश जल्दी सो गया।

अगले दिन वह पटना के कलक्टर और पुलिस अधीक्षक से जाकर मिला। उसने अपने पूरे कार्यक्षेत्र की जानकारी ली। अगले दिन ही सत्ता पक्ष के विरोधी दल की पटना के गांधी मैदान में रैली थी। अविनाश वहाँ की कानून व्यवस्था देखने के लिए निकल गया। उसने वहाँ के स्थानीय थाना के प्रभारी को वहीं मैदान में बुलाकर पुलिस व्यवस्था की पूरी जानकारी दी। अविनाश ने अपने मातहत काम करने वालों को रैली में कानून व्यवस्था बनाए रखने के लिए, आवश्यक दिशा-निर्देश दिये।

अगले दिन की रैली बहुत बड़ी थी। आधा गांधी मैदान भरा था। लोग आस-पास के शहरों से बसों में भर कर आए थे। लगभग पचास से साठ हज़ार की भीड़ थी। अविनाश सुबह से ही अपने लोगों के साथ वहाँ जमा हुआ था। थोड़ी देर में मैदान का मुआयना करने कलक्टर भी आए। अविनाश ने उन्हें भरोसा दिया कि वह स्थिति संभाल लेगा।

रैली में भाषण की शुरुआत दिन के ग्यारह बजे से हुई, जो तीन घंटे तक चली। बीच में एक दो बार भीड़ बेकाबू हुई, लेकिन अविनाश के लोगों और स्थानीय थाना की पुलिस ने स्थिति तुरंत संभाल ली। रैली को कवर करने के लिए नंदिनी के चैनल से राकेश और रश्मि आए थे। वे अविनाश से भी मिले और उससे आधिकारिक

बातें कीं। उनके साथ एक कैमरामैन भी था, जो अविनाश की बातों का विडियो ले रहा था।

रैली तीन बजे दिन में खत्म हो गयी। भीड़ को मैदान से सही तरीके से बाहर निकालने का भी काम बड़ा था। अविनाश मुख्य द्वार पर खड़ा रहा। अगले एक घंटे में सारी भीड़ निकल गयी। अविनाश ने फोन पर कलक्टर को रैली के सकुशल सम्पन्न होने की सूचना दे दी। कलक्टर ने उसे बधाई दी। पहले दो दिन के अंदर अविनाश की यह एक अच्छी उपलब्धि थी। उसके बाद अविनाश दिन का खाना खाने के लिए घर चला गया।

थोड़ी देर बाद नंदिनी ने अविनाश को फोन किया। उसने कहा-

'जल्दी से टीवी पर मेरा चैनल देखो, तुम्हारा इंटरव्यू आ रहा है'।

अविनाश ने टीवी खोलकर नंदिनी का "खबर तक" चैनल देखा। राकेश और रश्मि को रैली की व्यवस्था के बारे में बताते हुए अविनाश का विडियो चल रहा था। पहली बार अपने आप को टीवी पर देख कर उसे अच्छा लगा। थोड़ी देर में घनश्याम बाबू ने भी फोन कर अविनाश को रैली के शांतिपूर्ण तरीके से सम्पन्न होने की बधाई दी। टीवी पर देखकर अतुल ने भी अविनाश को फोन किया। बाद में नंदिनी ने फिर फोन कर अविनाश से रैली की कुछ और जानकारी ली, जिसे अगले दिन के "खबर तक" अखबार में उसने अविनाश की तस्वीर के साथ छापा।

अगले शनिवार और रविवार को छुट्टी थी। हालाकि, कानून-व्यवस्था के बंदोबस्त के लिए अविनाश को छुट्टी के दिन भी लोगों को आवश्यक निर्देश देने होते थे। फिर भी वह घर पर ही था। उसने नंदिनी से बात की। वह घनश्याम बाबू और लक्ष्मी को अपने घर दिन के खाने पर लाना चाहता था। उसने साथ में नंदिनी को भी बुला लिया था। एक दिन पहले अविनाश ने घनश्याम बाबू से फोन

पर बात कर ली थी। उसने अगले दिन उन्हें लाने के लिए गाड़ी भेज दी थी। नंदिनी उनके आने के पहले अविनाश के घर आ गयी थी।

घनश्याम बाबू और लक्ष्मी को लेकर गाड़ी आ गयी। अविनाश ने बाहर गेट पर ही उन्हें गाड़ी से उतारा। उसने दोनों के पैर छुए। घनश्याम बाबू ने गेट पर अविनाश के बोर्ड को हाथ से छुआ। उन्होंने कहा-

'मेरा सपना आज पूरा हुआ। बहुत खुशी हो रही है मुझे'।

अंदर बंगले में जाकर दोनों और भी खुश हुए। नंदिनी ने लक्ष्मी को पूरा घर घुमाया। अविनाश के कमरे में आकर नंदिनी बोली-

'देखो न बड़ी अम्माँ, अविनाश को अपना कमरा ठीक से रखने की कभी भी आदत नहीं रही। किस तरह से सामान को फैला कर रखा है। मुझे बीच-बीच में आकर इसका घर ठीक करना पड़ता है'।

लक्ष्मी ने कमरे से बाहर निकलकर अविनाश से कहा-

'अब समय आ गया है, जब तुम अपने घर की मालकिन ले आओ। आखिर नंदिनी कब तक तुम्हारी मदद करती रहेगी। मैं तो कहूँगी तुम दोनों की जोड़ी भी अच्छी है। इसे हमेशा के लिए अपने घर ले आओ'।

अविनाश ने मुस्कुराकर कहा-

'जरूर आपसे नंदिनी ने ये बात छेड़ी होगी, बड़ी अम्माँ, अभी मुझे ढंग से नौकरी शुरू किए कुछ दिन हुए हैं, अभी मैं अपने काम के बारे में सोचूँ या इसके बारे में। बाद में देखा जाएगा'।

लक्ष्मी ने कहा-

'अरे भाई, आखिर नंदिनी कब तक तुम्हारे भरोसे बैठेगी। इसके भी, अब माता-पिता हैं। उन्हें भी, इसकी आगे की जिंदगी के बारे में सोचना होगा'।

लक्ष्मी की बात पर घनश्याम बाबू ने अविनाश से कहा-

'लक्ष्मी ठीक कह रही है, अविनाश। अब तुम्हें अपने आगे के जीवन के बारे में फैसला लेना होगा। तुम समय ले सकते हो, लेकिन ज्यादा नहीं'।

अविनाश ने जवाब दिया-

'बाबा, मैं ज्यादा समय नहीं लूँगा। बस एक साल मुझे और दे दीजिये। उसके पहले मैं आपलोगों को बता दूंगा'।

नंदिनी इनकी बातों के बीच चुप रही। इसके बाद सभी ने दिन का खाना खाया। खाने के बाद बाहर गार्डेन में बहुत देर तक सब बैठे रहे। शाम होने के पहले सभी वापस चले गए।

अगले दिन अविनाश के घर सरस्वती, सुरेन्द्रजी, गोपाल जी और सरला के आने की बारी थी। उसने उन्हें लाने के लिए गाड़ी आश्रम भेज दी थी। अविनाश ने फिर नंदिनी को बुला लिया था। सभी बारह बजे दिन तक पहुँच गए। सरस्वती अविनाश का बंगला देखकर रोने लगी। उसने अविनाश को गले लगाकर उसका माथा चूमा और कहा-

'वाकई, मेरा बेटा, बड़ा आदमी बन गया। मैं बता नहीं सकती हूँ, आज मैं कितनी खुश हूँ। तुमने मेरा सपना पूरा कर दिया'।

गोपाल जी ने अविनाश की चुटकी लेते हुए कहा-

'बेटा, अगली बार जब हम यहाँ आयें, तब तुम्हारे साथ, तुम्हारी पत्नी भी होनी चाहिए'।

गोपाल जी की बात पर सरस्वती ने नंदिनी की तरफ देख कर कहा-

'लड़की तो तैयार है, लड़का ही मान नहीं रहा है'।

गोपाल जी ने कहा-

'बोलो अविनाश, हम लोग कुछ तुम्हारी मदद करें'।

अविनाश ने मुस्कुराते हुए कहा-

'कल से, आप सब लोग मेरे पीछे पड़े हैं। मैं अभी कुछ दिन काम सीखना चाहता हूँ। बाद में अगर आपलोगों की जरूरत पड़ी, तो जरूर कहूँगा'।

नंदिनी ने सरस्वती से कहा-

'छोड़िए न आंटी, इसने अपने दिमाग में बात बिठा रखी है कि इसे अभी किसी की भी नहीं सुननी है। अभी इससे बात करने का कोई फायदा नहीं है। जब इसका मन होगा यह खुद कहेगा'।

अविनाश की दो दिनों की छुट्टी का वक़्त इनलोगों के आ जाने से अच्छा बीता। वह घनश्याम बाबू और बाकी लोगों की बातें सोचने लगा। क्या वाकई उसे अब आगे का फैसला ले लेना है। वह अभी भी स्मिता को भूल नहीं पा रहा था। उसे लगता था, स्मिता एक दिन उसे फोन कर, अपनी सहमति दे देगी। अविनाश नंदिनी के बारे में भी सोचने लगा। उसे नंदिनी की कही बातें याद आने लगीं। कई मौकों पर नंदिनी ने अविनाश से दबी जुबान में ही सही, उसके प्रति अपने प्यार का इज़हार किया था। स्मिता के आगे अविनाश नंदिनी की भावना को समझ नहीं सका था। वह बहुत देर तक इन बातों को सोचता रहा।

अगले एक महिना का समय अविनाश की नौकरी में सामान्य बीता। इस बीच शहर में कोई बड़े आयोजन नहीं थे। इस समय का उपयोग कर उसने अपने पूरे कार्यक्षेत्र का एक सप्ताह में दौरा कर लिया था। उसका इलाका पटना सदर के अलावा, फुलवारीशरीफ़ और संपतचक भी था। उसने हरेक गाँव के अंदर जाकर ग्राम पंचायत स्तर

पर बैठक की थी। तीनों जगह पर अपने मातहत काम करने वाले बीडीओ और सीओ को आवश्यक निर्देश दे दिये थे। फुलवारीशरीफ़ जाते वक़्त उसे याद था कि सरस्वती पहले फुलवारीशरीफ़ में ही अपने बेटों के साथ रहती थी। हालाकि, अविनाश ने सरस्वती के बेटों को ढूंढने की कोशिश नहीं की थी। उसे उनका सही पता भी मालूम नहीं था।

दिसम्बर के अंत में पटना में ठंढ बहुत पड़ी। इसका असर सरस्वती पर भी पड़ा। आश्रम में वह गरम पानी नहीं मिलने के कारण रोज ठंढे पानी से नहा लेती थीं। वह बीमार पड़ गईं। उन्हें फिर से ज़ोरों की खांसी होने लगी और उसके साथ तेज़ बुखार, सांस लेने में तकलीफ हो रही थी। अविनाश ने डॉक्टर को दिखाया। उसने बताया कि सरस्वती को बहुत परहेज करने की जरूरत है। ठंढ के दिनों में अगर लापरवाही हुई, तब इस उम्र में यह बीमारी कभी-कभी जानलेवा भी साबित हो जाती है। अविनाश डॉक्टर की बात सुन कर घबड़ा गया, उसने सरस्वती को फिर से अस्पताल में भर्ती किया। वहाँ के सीनियर डॉक्टर ने भी बताया कि ठंढ लगने के कारण एक बार फिर से सरस्वती के फेफड़ों पर असर हुआ है। इसके कारण वह ठीक से सांस नहीं ले पा रही थी। इस बार सरस्वती को एक दिन तक ऑक्सिजन पर रखा गया। अगले दिन जाकर वह खुद से सांस लेने की स्थिति में आ पायीं। अविनाश काम से समय निकालकर लगातार सरस्वती के साथ था। इस बार सरस्वती को ठीक होने में एक सप्ताह का समय लग गया। इस बीच बीमारी से वे बहुत कमजोर भी हो गयी थीं। उन्हें किसी का सहारा लेकर चलना होता था।

अस्पताल से निकलने के एक दिन पहले अविनाश ने गोपालजी और सरला से बात की। उसने कहा-

'मौसा जी, जैसी माँ की स्थिति है, वैसे में इन्हें बहुत ज्यादा देखभाल की जरूरत है। यह आश्रम में रहकर संभव नहीं होगा। बेहतर

होगा, मैं इन्हें पूरे जाड़े तक अपने घर ले जाऊँ, जहां इनकी देखभाल, मेरी नजर के सामने अच्छी तरह से हो सके'।

अविनाश ने मदनमोहन और सुरेन्द्र जी से भी बात की। उसके बाद उसने गोपाल जी और सरला के साथ अस्पताल आकर सरस्वती से कहा-

'माँ, तुम्हें अगले दो-तीन महीने के लिए, मेरे साथ, मेरे घर चलना होगा, मैं तेरी देखभाल खुद करूंगा'।

सरस्वती ने कुछ सोच कर जवाब दिया-

'अरे बेटा, मैं आश्रम छोड़ कर कहाँ जा पाऊँगी। तुम्हें भी मेरे कारण परेशानी हो जाएगी। फिर सुरेन्द्र जी की भी देखभाल करनी है'।

अविनाश ने कहा-

'ऐसी कमजोरी की अवस्था में तुम आश्रम में रह कर किसी की मदद नहीं कर पाओगी। अभी तुम्हें ठीक होने में कम से कम दो महीने का वक़्त लगेगा। मैं वहाँ तुम्हारे लिए पूरे समय के लिए एक नर्स रख दूँगा। इसके अलावा वहाँ काम करने वाले और लोग भी हैं। मैंने सुरेन्द्र और मदनमोहन जी से भी बात कर ली है। मैं तुम्हारी अब कुछ नहीं सुनूंगा। जाड़े के बाद जब तुम बिलकुल ठीक हो जाओगी, तब आश्रम चली जाना'।

गोपाल जी और सरला ने भी सरस्वती को अविनाश के घर जाने के लिए कहा। अविनाश ने सुरेन्द्र जी से टेलीफ़ोन पर सरस्वती की बात करा दी। उन्होंने भी सरस्वती को वही सलाह दी, जो अविनाश ने कही थी। इतने लोगों के कहने पर सरस्वती मान गईं। उन्होंने सरला को आश्रम में उनका सामान तैयार करने के लिए कहा। अविनाश ने एक गाड़ी बुलाकर गोपाल जी और सरला को आगे आश्रम भेज दिया। उन्हें सरस्वती का सामान लेकर सीधे बंगले पर

पहुँचने के लिए कहा। इधर वह सरस्वती को अपनी गाड़ी में लेकर अपने घर चला आया।

गाड़ी से घर पर उतरते वक़्त अविनाश सरस्वती को कंधे का सहारा देकर उनके रहने वाले कमरे तक ले गया। वहाँ उसने सरस्वती को आराम से बिस्तर पर लिटा दिया। थोड़ी दूर चलने पर भी सरस्वती का दम फूलने लगा था। अविनाश ने उन्हें गरम पानी पिलाया और उनके हाथ सहलाने लगा। उसने सरकारी अस्पताल फोन कर तुरंत एक नर्स भेजने के लिए कहा। थोड़ी देर में गोपाल जी और सरला भी सरस्वती का समान लेकर आ गए। सरला ने सरस्वती को व्यवस्थित किया। तब तक नर्स भी पहुँच गयी। अविनाश ने सरस्वती से कहा-

'मैंने कमरे में हीटर लगा दिया है। बाथरूम में भी गीजर से गरम पानी आ रहा है। तुम्हें पानी थोड़ा गरम पीना है। तुम्हें जो भी खाने का मन है, वह रसोइये को बता दो। बस तुम्हें आराम करना है। नर्स तुम्हारी दवा और तुम्हारा पूरा ख्याल रखेगी। बस कुछ दिनों में तुम खुद से चलने-फिरने लगोगी'।

सरस्वती ने अविनाश से कहा-

'मेरे कारण तुम्हें कितनी दिक्कत हो गयी, बेटा। आश्रम में भी मैं कुछ दिनों में ठीक हो जाती। मेरे यहाँ आने से तुम्हारे काम पर भी असर पड़ेगा'।

अविनाश ने सरस्वती का हाथ पकड़कर कहा-

'एक तरफ तुम मुझे बेटा कहती हो और दूसरी तरफ संकोच कर रही हो। तुम मेरी माँ हो और माँ के घर में रहने या बीमार पड़ने से किस बेटे को तकलीफ हुई है'।

अविनाश की बात सुनकर सरस्वती की आँखों में आँसू आ गए। सरला ने सरस्वती से कहा-

'दीदी, तुमने वाकई कुछ अच्छे काम किए होंगे, जो तुम्हें अविनाश जैसा बेटा मिला। अब तुम यहाँ कुछ दिन रहकर ठीक हो जाओ, फिर आश्रम चली आना। तबतक सुरेन्द्र जी की देखभाल मैं कर लूँगी'।

थोड़ी देर और रहकर गोपाल जी और सरला आश्रम वापस चले गए। अविनाश लगातार सरस्वती के पास बैठा रहा। वह बीच-बीच में फोन से अपने ऑफिस का काम कर ले रहा था।

शाम में नंदिनी भी सरस्वती को देखने आई। उसने आकर अविनाश से कहा-

'तुमने बहुत अच्छा काम किया अविनाश, जो आंटी को यहाँ ले आए। सिर्फ इनके आने से तुम्हारा घर भरा-भरा लगने लगा है'।

अविनाश ने कहा-

'माँ आखिर माँ ही होती है, नंदी। मैं कैसे इन्हें इस हालत में कहीं और रखने की सोच सकता था। मेरा बस चले तो मैं इन्हें हमेशा के लिए यहाँ अपने साथ रख लूँ'।

नंदिनी ने कहा-

'तुम ठीक कह रहे हो। मुझे भी जब माँ का प्यार मिला, तब मैं उसका महत्व समझ पायी'।

नंदिनी ने सरस्वती से कहा-

'आंटी, अब आप किसी चीज़ की चिंता नहीं करें। मैं भी कोशिश करके आपको रोज देखने आ जाया करूंगी। आपके साथ बात करने में मुझे बहुत अच्छा लगता है'।

अगले चार दिन तक अविनाश लगातार सरस्वती की देखभाल करता रहा। उनके पैरों में ताकत लाने के लिए घर में काम करने वाली बाई तेल मालिश करती थी। वह दिन में ऑफिस जाता, फिर लंच में घर आ जाता। शाम में भी वह जल्दी घर आता था। संयोग से उसके ऑफिस में इस दौरान कोई विशेष बात नहीं हुई। नंदिनी भी हर दूसरे दिन आकर सरस्वती का हालचाल लेती रही।

पांचवे दिन से सरस्वती घर में थोड़ा चलने-फिरने लगीं। वे रसोई में भी जाकर रसोइये को अविनाश के मन का खाना बनाने के लिए कहतीं। शाम में बाहर ड्राइंग रूम में अविनाश सरस्वती के साथ बैठता और घंटों बातें करता।

इस बीच सुरेन्द्र जी ने सरस्वती को देखने की मंशा जाहिर की। अविनाश ने उनके लिए आश्रम में गाड़ी भेज दी। सुरेन्द्र जी के आने से सरस्वती बहुत खुश दिखीं। दोनों बहुत देर तक आपस में बातें करते रहे। अविनाश ने उन्हें डिस्टर्ब नहीं किया। अविनाश को महसूस हुआ कि सरस्वती को सुरेन्द्र जी से बातें किए बिना मन नहीं लगता है।

जैसे-जैसे समय निकलता गया, सरस्वती ठीक होती चली गईं। ठंढ भी अब कम हो गयी थी। वह सुबह अविनाश को ऑफिस विदा कर घर में काम करने वाले लोगों से घर की सफाई और बंगले के पीछे की जमीन में लगे सब्जी के पौधे की देखभाल माली से करवातीं। अब बंगले की क्यारी में उगी सब्जियों का घर में ज़्यादातर इस्तेमाल हो रहा था। अविनाश दिन में कभी खाने के लिए आता या घर से सरस्वती उसका टिफ़िन बनाकर भेज देतीं। नंदिनी भी गाहे-बगाहे आकर सरस्वती के साथ गप्पें लड़ाती। गोपाल, सरला और सुरेन्द्र जी इस बीच दो बार आकर सरस्वती को देख गए थे। जितना संभव हो पाता था, सरला सुरेन्द्र जी का ख्याल रखती थी। वैसे, सरस्वती

के जितना ख्याल रखना किसी के लिए भी मुश्किल था। यह बात सुरेन्द्र जी भी समझ रहे थे। सरस्वती के जाने से वे कुछ मायूस भी रहने लगे थे।

एक दिन यूं ही गप्पें मारने के क्रम में नंदिनी ने सरस्वती से कहा-

'आंटी, आपने अविनाश की गृहस्थी को अब पूरी तरह संभाल लिया है। मैं तो कहूँगी अब आप यहीं रह जाएँ। वैसे भी आश्रम के लोग आपसे बीच-बीच में आकर मिल ही लेते हैं। अविनाश को कभी माँ का सुख, उनकी ममता नहीं मिली। वह आपको बहुत मानता है और अब लगता है, वह आपके बिना नहीं रह पाएगा'।

सरस्वती ने जवाब दिया-

'सही कहती हो नंदिनी, पिछले दो महीने में अविनाश ने जो मेरी देखभाल की है, वह मेरा अपना बेटा भी नहीं करता। मुझे भी उसका मोह हो गया है। अब देखती हूँ आगे क्या होता है'।

इसी बीच अविनाश भी ऑफिस से आ गया। नंदिनी ने सरस्वती से कही बात अविनाश को दुहराई। अविनाश ने खुश होकर सरस्वती के पाँव छुए और कहा-

'इससे अच्छी बात मेरे लिए और क्या हो सकती है कि माँ हमेशा के लिए मेरे पास रहने लगें। अब तक सुना है माँ-बाप बच्चे को गोद लेते हैं, मैं आश्रम से अपनी माँ लेकर आया हूँ। माँ, आप यहाँ रहकर मेरे ऊपर बहुत बड़ा उपकार करेंगी। मैंने आप में अपनी माँ को देखा है और सुना है माँ अपने बच्चों को कभी नहीं छोड़ती है। मैं आपसे हाथ जोड़ कर कहता हूँ, आप अब यहाँ मेरे साथ रहें'।

अविनाश की बात सुनकर सरस्वती रो पड़ीं। उन्होंने कहा-

'तुमलोगों ने मुझे इतना सम्मान और प्यार दिया है कि मैं इस जन्म में इसका कर्ज नहीं उतार पाऊँगी। मुझे भी तुम दोनों के बिना मन नहीं लगता है। खासकर अविनाश को एक दिन नहीं देखती हूँ, तो मेरा मन नहीं लगता है। अगर तुम लोग यही ठीक समझते हो तो यही सही। मैं भी यहाँ से अब जाना नहीं चाहती। मुझे बस सुरेन्द्र जी की चिंता लगी रहती है। पता नहीं सरला उनका ठीक से ख्याल रख रही होगी या नहीं। उनके लिए बीच-बीच में एक-दो दिनों के लिए मुझे आश्रम जाना होगा।

सरस्वती की बात सुनकर अविनाश इतना खुश हुआ कि उसने सरस्वती को गले से लगा लिया और कहा-

'देखो नंदी, आज मुझे भी मेरी माँ मिल गयी। मैं बहुत भाग्यशाली हूँ कि मुझे इन जैसी माँ मिली'।

नंदिनी भी अविनाश के साथ सरस्वती के गले मिली। तब सरस्वती ने अविनाश से कहा-

'मैंने तुम्हारी बात मान ली, अब तुम्हें भी मेरी बात माननी होगी। मैं अकेले इतने बड़े घर को और तुम्हें नहीं संभाल सकती। अब समय आ गया है कि तुम इस घर में मेरी बहू को ला दो। मेरे दिल को चैन मिल जाएगा। अरे, हमलोगों के जीवन का क्या भरोसा, आज हूँ, कल नहीं भी रहूँगी। कम से कम अपनी बहू और अपने पोते-पोतियों का मुंह देख कर तो इस दुनिया से जाऊँ। मैं तेरी माँ हूँ, कम से कम मेरे लिए इतना तो कर ही सकता है। मेरे मन की मुराद पूरी कर दो, बेटा। मैंने तो लड़की भी पसंद कर ली है, अब तुम्हें बस हाँ कहनी है'।

सरस्वती की बात सुनकर नंदिनी मुस्कुराने लगी। अविनाश ने नंदिनी की ओर देख कर कहा-

'माँ, मैं तुम्हारी बात समझ रहा हूँ। मैं भी इस बात को जल्दी खत्म करना चाहता हूँ। मुझे बस कुछ और दिनों की मोहलत दे दो, मैं तुमलोगों को अपना फैसला जल्द बता दूँगा। सबसे पहले तुम्हारे यहाँ रहने की बात मुझे बाबा और बड़ी अम्माँ को बतानी है। वे जानकर बहुत खुश होंगे। उसके बाद एक-दो दिनों में आपके यहाँ रहने की खुशी में मुझे अपने घर में एक पूजा करानी है और एक पार्टी देनी है, जिसमें मैं अपने सभी जानने वालों को बुलाकर अपनी माँ का परिचय कराऊंगा। अभी आपलोग मुझे इस खुशी के साथ रहने दो, आपकी मुराद भी मैं जल्द पूरी कर दूंगा'।

अविनाश अगले दिन सेवाश्रम गया। उसने घनश्याम बाबू से मिलकर कहा-

'बाबा, मैं आपको एक अच्छी खबर देने आया हूँ। आपने आश्रम में सरस्वती जी के बारे में सुना था। मैंने उन्हें माँ माना है। मैं उन्हें आश्रम से अपने घर ले आया हूँ। अब वो हमेशा के लिए मेरे साथ मेरी माँ बनकर रहेंगी'।

घनश्याम बाबू ने खुशी जाहिर करते हुए कहा-

'यह तो तुमने बहुत नेक काम किया है, बेटा। मैंने पहली बार सुना है, कोई वृद्धाश्रम से किसी को अपनी माँ बना कर हमेशा के लिए अपने घर में जगह दे। इससे बड़ा पुण्य का काम और क्या हो सकता है। हमें जानकर वाकई बहुत खुशी हुई। तुम्हारा यह कदम तुम्हारी उम्र के बाकी लोगों के लिए एक बहुत बड़ी मिसाल बनेगा। खुश रहो बेटा, हमलोगों का सदा आशीर्वाद है तुम्हारे ऊपर'।

घनश्याम बाबू ने लक्ष्मी और बाकी लोगों को भी अविनाश की माँ के बारे में बताया। लक्ष्मी ने घनश्याम बाबू की बात सुनकर अविनाश को गले लगा लिया और कहा-

'बेटा, तुमने एक नई मिसाल कायम की है। सरस्वती जी का तुमको बहुत आशीर्वाद मिलेगा'।

अविनाश ने दो दिन बाद रविवार को दोपहर में पूजा और उसके बाद पार्टी की बात घनश्याम बाबू को बताई। उसने कहा-

'बाबा, आपलोगों को आना पड़ेगा। मैं गाड़ी भेज दूंगा। मुझे आपलोगों का आशीर्वाद चाहिए'।

घनश्याम बाबू ने कहा-

'हमलोग जरूर आएंगे, बेटा'।

सेवाश्रम से निकलकर, अविनाश आश्रम गया। वह सबसे पहले मदनमोहन जी से मिला। उसने सरस्वती के बारे में उन्हें बताई। मदनमोहन जी अविनाश की बात सुनकर अवाक रह गए। उन्होंने कहा-

'यह क्या कह रहे हो, बेटा। इतने सालों आश्रम में बिताने के बाद, यह पहला मौका है, आश्रम से निकलकर कोई बाहर अपने बच्चे के पास जा रहा हो। यहाँ से तो ज़्यादातर उनकी अर्थियाँ ही निकली हैं। मेरे पास शब्द नहीं हैं, तुम्हें धन्यवाद देने के लिए। तुमने सरस्वती के ऊपर बहुत बड़ा उपकार किया है। आज समाज में तुम जैसे लोगों की जरूरत है'।

अविनाश ने कहा-

'मैंने उनके ऊपर कोई उपकार नहीं किया है, बल्कि उन्होंने मेरी बात मान कर मेरे जीवन को बहुत बड़ी खुशी दी है। मैंने उनके सम्मान में परसों दिन में एक पार्टी रखी है, आपको आना होगा'।

मदनमोहन जी ने अविनाश का निमंत्रण स्वीकार कर लिया। उसके बाद अविनाश गोपालजी, सरला और सुरेन्द्र जी से मिला। सभी

ने अविनाश के कदम का स्वागत किया। अविनाश ने सभी को दो दिन बाद घर आने का निमंत्रण दिया। सरला ने कहा-

'एक तरफ मुझे खुशी हो रही है और दूसरी तरफ दीदी का साथ छूटने का दुख भी है। लेकिन वाकई, तुम्हारे इस निर्णय से हम बहुत खुश हैं। बस एक बार दीदी को कल यहाँ ले आना। हम उनकी सम्मान के साथ विदाई करना चाहते हैं'।

इतना कहते हुए सरला रोने लगी। अविनाश ने सरला के कंधे पर हाथ रख कर कहा-

'मौसी, माँ आपलोगों से कभी दूर नहीं हो सकतीं। वह बीच-बीच में यहाँ खुद आने के लिए आतुर हैं। मैं कल उन्हें यहाँ ले आऊँगा'।

सुरेन्द्र जी ने अविनाश से कहा-

'बेटा, मैं क्या कहूँ। तुम मेरी सबसे अच्छी दोस्त, मेरा ख्याल रखने वाली देवी को मुझसे दूर ले जा रह हो। लेकिन मैं स्वार्थी नहीं हूँ। उनके लिए इससे अच्छी बात नहीं हो सकती है। मेरा ख्याल रखते-रखते वह खुद बीमार हो गयी हैं। कम से कम तुम्हारे साथ रहने से उनकी तबीयत ठीक रहेगी। मेरा क्या है, मैं किसी तरह अपने आप को संभाल लूँगा'।

अविनाश ने सुरेन्द्र जी की मायूसी समझ ली। उसने कहा-

'आप चिंता नहीं करें अंकल, मैं बीच-बीच में उन्हें आपसे मिलवाने ले आऊँगा'।

अविनाश वापस घर लौट आया। वह रास्ते में सुरेन्द्र जी के बारे में सोच रहा था। सरस्वती का साथ छूटने का सुरेन्द्र जी पर असर दिख रहा था। घर आकर उसने फोन पर दो दिन बाद पूजा और पार्टी की सारी तैयारियां कर लीं। उसने अपने विभाग से भी लोगों को आमंत्रित किया, जिसमें पटना के कलक्टर और पुलिस अधीक्षक भी

शामिल थे। उसने नंदिनी के यहाँ जाकर खन्ना साहब और निर्मला जी को भी आमंत्रित किया।

अगले दिन शनिवार था। अविनाश की छुट्टी थी। उसने सुबह अपने ऑफिस में बैठकर कुछ काम निपटाया, उसके बाद वह सरस्वती को लेकर आश्रम गया। बहुत दिनों के बाद आश्रम जाने पर सरस्वती की आँखों में आँसू थे। वह अंदर जाकर सीधे सुरेन्द्र जी के पास गयी। सरस्वती को आया देख आश्रम के लगभग सभी लोग बाहर आँगन में आ गए। सरस्वती ने सभी को हाथ जोड़कर प्रणाम किया। उसने कहा-

'अब तक इतने दिनों का साथ था, मेरा आप लोगों के साथ। अब मैं अपने जीवन का नया दायित्व निभाने जा रही हूँ। मैं अपने बेटे के साथ रहने जा रही हूँ। मैं आप लोगों को कभी भूल नहीं सकती। आपलोगों से हमेशा यहाँ आकर मिलती रहूँगी'।

इतना कहते-कहते सरस्वती की आँखों से फिर आँसू बह निकले। सरला और रेखा जी भी एक कोने में खड़ी होकर रो रही थीं। ये दोनों सरस्वती की अच्छी सहेलियाँ थीं, इसलिए सरस्वती के जाने का सबसे ज्यादा दुख इन्हीं दोनों को था। सुरेन्द्र जी सिर झुकाये बैठे रहे। सरस्वती अपने कमरे में गईं। सरला ने उनका बचा हुआ सामान पहले से तैयार कर दिया था। कमरे के बिस्तर पर बैठकर सरस्वती फिर से रोने लगीं। उनके आँसू रुकने का नाम नहीं ले रहे थे। उन्हें पकड़कर सरला और रेखा भी ज़ोर-ज़ोर से रोने लगीं। माहौल ऐसा हो गया था, मानो बेटी की विदाई हो रही हो। अविनाश की भी आँखें नम हो गयी थीं।

अविनाश ने अपने ड्राईवर की मदद से सरस्वती का सामान गाड़ी में रखवा दिया। कमरे से निकलकर सरस्वती फिर आँगन में आयीं। मदनमोहन जी ने उन्हें फूलों का गुलदस्ता दिया। सरला और रेखा ने सभी की तरफ से उन्हें एक साड़ी और एक शाल दिया।

लगभग सभी की आँखें नम थीं। सरस्वती ने सबको हाथ जोड़कर प्रणाम किया। चलते समय उन्होंने सुरेन्द्र जी के कंधे पर हाथ रखा। सुरेन्द्र जी सरस्वती का हाथ पकड़कर पहली बार रोने लगे। वे खड़े होकर सरस्वती के गले लगे। सरस्वती भी उन्हें पकड़ कर रोने लगीं। सरस्वती ने सुरेन्द्र जी से कहा-

'अपना ख्याल रखिएगा, सरला भी आपका ध्यान रखेगी। मन ज्यादा घबड़ाये, तो अविनाश से कह कर घर आ जाया करेंगे। मैं भी यहाँ आती रहूँगी'।

उन्हें कुर्सी पर बिठाकर वे बाहर जाने के लिए मुड़ीं। उन्होंने सबसे हाथ जोड़कर कहा-

'मुझसे जाने-अंजाने में कोई गलती हो गयी हो या मेरे कारण किसी का दिल दुखा हो, तो मुझे माफ कर देंगे'।

इतना कहकर वे बरामदे से निकलकर बाहर आ गईं। वहाँ रुककर वे पीछे मुड़कर मकान को निहारने लगीं। बाकी सभी लोग भी उनके साथ बाहर आ गए। सरला और रेखा जी की आँखों के आँसू रुकने का नाम नहीं ले रहे थे। गाड़ी में बैठते-बैठते एक बार फिर दोनों सरस्वती को पकड़ कर रोने लगीं। सरस्वती ने उन्हें चुप कराया और गाड़ी में अविनाश के साथ बैठ गईं। गाड़ी की खिड़की से उन्होंने देखा, सबसे पीछे छड़ी लेकर सुरेन्द्र जी खड़े थे और अपनी नम आँखों से उन्हें हाथ हिला रहे थे। सरस्वती अपने आपको नहीं रोक पायीं। वे ज़ोर-ज़ोर से रोने लगीं। अविनाश ने उनके कंधे पर हाथ रखकर, उन्हें समझाया। उन्हें पीने के लिए पानी की बोतल दी। गाड़ी आगे की ओर चल पड़ी। सभी बहुत देर तक हाथ हिलाते रहे।

शाम को अविनाश ने अगले दिन की तैयारी के लिए नंदिनी को बुला लिया। पार्टी में लगभग पचास लोगों के आने की उम्मीद थी। प्रोग्राम के हिसाब से सुबह ग्यारह बजे से सत्यनारायण भगवान

की पूजा थी और एक बजे से सभी का खाना था। पूजा की व्यवस्था बाहर ड्राइंग रूम में थी। उसके लिए सोफ़े को किनारे लगा दिया गया था। बीच में पूजा के दौरान सोफ़े पर और जमीन पर गद्दी लगाकर बैठने की व्यवस्था थी। बाहर गार्डेन में एक किनारे में कैटेरर को खाने का टेबल लगाना था और बीच में कई गोल टेबल लगने थे। नंदिनी ने अविनाश के विभाग के लोगों और डेकोरेशन वाले को आवश्यक हिदायत दे दी।

सरस्वती आश्रम से लौटने के बहुत देर बाद तक सामान्य नहीं हुई थीं। वे बार-बार रोने लगतीं। अविनाश ने उन्हें बहुत समझाया। उसने यह भी कहा कि वे चाहें तो शुरू में रोज आश्रम जाकर आ सकती हैं। नंदिनी के आने के बाद सरस्वती कुछ सामान्य हुईं। तीनों बहुत देर तक बाहर गार्डेन में बैठकर बातें करते रहे। नंदिनी घर जाने के लिए तैयार हुई। अविनाश उसे गेट तक छोड़ने गया। उसने नंदिनी से कहा-

'माँ का आश्रम से बहुत ज्यादा लगाव है। यह वैसा ही है, जैसा तुम पहली बार सेवाश्रम छोड़ कर जा रही थी। खासकर सुरेन्द्र जी के लिए माँ बहुत चिंतित दिखाई पड़ीं। दोनों एक दूसरे की कमी महसूस करेंगे। इतने दिनों में आज पहली बार मैंने सुरेन्द्र जी को माँ के लिए रोते हुए देखा। उन सबको देख कर मुझे भी रोना आ गया। अभी कुछ दिन माँ को लगभग रोज आश्रम भेजना होगा, तब जाकर उन्हें शांति मिलेगी'।

नंदिनी ने कहा-

'ठीक कहते हो, अविनाश। अभी उन्हें यहाँ सामान्य होने में थोड़ा वक़्त लगेगा। लेकिन यह कुछ दिनों की ही बात है। मैं भी बीच-बीच में आंटी से मिलने आती रहूँगी और उनका मन बहलाने की कोशिश करूंगी। इसके अलावा तुम भी उन्हें समझाते रहना'।

नंदिनी अपने घर चली गयी। अविनाश सरस्वती को लेकर घर के अंदर आ गया। उसने फिर बैठकर सरस्वती को समझाया। सरस्वती ने कहा-

'बेटा, जब मुझे अपने बच्चों ने उस आश्रम में यूं ही छोड़ दिया था, तब आश्रम वालों ने मेरी मदद की थी। मुझे वहाँ भी शुरू में मन नहीं लगता था। बच्चों की याद सताती थी। उस वक़्त सरला, रेखा, गोपालजी और सुरेन्द्रजी ने मेरा हाथ पकड़ा। इतने सालों का साथ छूटने पर जो दर्द होता है, वही मुझे आज हुआ। तुम चिंता मत करो। मैं अब ठीक हूँ। तुम कल की तैयारी पर ध्यान दो'।

अगले दिन समय के मुताबिक सुबह ग्यारह बजे से पूजा शुरू हो गयी। नंदिनी सुबह नौ बजे आ गयी थी, सेवाश्रम और आश्रम से लोग साढ़े दस बजे तक आ गए थे। नंदिनी के माता-पिता भी पहुँच गए थे। अविनाश के दफ्तर के बहुत से लोग थे। अविनाश खुद पूजा पर बैठा था। सरस्वती लगातार उसके सामने बैठी रहीं। नंदिनी और राकेश बाहर की व्यवस्था देख रहे थे।

हवन वगैरह के साथ पूजा लगभग साढ़े बारह बजे समाप्त हो गयी। अविनाश ने बाहर निकलकर मेहमानों से भेंट की। सरस्वती आश्रम से आए लोगों के साथ बातें कर रही थी। अविनाश ने सभी मेहमानों को गार्डेन में एक जगह इकट्ठा किया और सरस्वती के पीछे खड़े होकर कहा-

'मैं आज आपलोगों को अपने जीवन के सबसे खुशी के मौके के बारे में बताना चाहता हूँ। मुझे मेरी माँ मिल गयी है। ये मेरी माँ हैं सरस्वती, जिन्हें मैं अपने घर ले आया हूँ। अबसे ये मेरे साथ रहेंगी। आपलोग जानते हैं, मेरा पालन-पोषण एक अनाथालय में हुआ। वहाँ मुझे बाबा और बड़ी अम्माँ का प्यार मिला। लेकिन अपनी माँ नहीं थी और न ही उसका प्यार मिला। आज मैं खुशकिस्मत हूँ, जो मुझे इनके

जैसी माँ मिली है। इसी बात को बताने के लिए मैंने अपने करीब के लोगों को आज यहाँ आमंत्रित किया था। घर में पूजा कर मैंने भगवान को साक्षी मान कर इन्हें अपनी माँ स्वीकार कर लिया है'।

इतना कहने के बाद अविनाश ने वहाँ रखा एक बड़ा फूलों का गुलदस्ता सरस्वती के हाथों में दिया। सभी लोगों ने ताली बजाकर सरस्वती का अभिनंदन किया। सरस्वती ने सभी को हाथ जोड़कर प्रणाम किया। कई लोगों ने अपने साथ लाये फूलों के गुलदस्ते सरस्वती को दिये। इसके बाद अविनाश ने सभी को खाने के लिए आमंत्रित किया। सरस्वती सभी लोगों के साथ खुश दिखाई पड़ रही थीं। खासकर वे इस दौरान आश्रम से आए लोगों के साथ ज्यादा देर तक बैठी रहीं। उनकी जान-पहचान घनश्याम बाबू और लक्ष्मी से भी कराई गयी। लक्ष्मी ने सरस्वती से मिलकर कहा-

'मुझे बहुत खुशी है कि अविनाश को आप जैसी माँ मिली है। मैंने उसे बचपन से पाला है। दिल का बहुत कोमल है। आपके आने से उसकी अपनी माँ की कमी भी पूरी हो गयी है। अब जब आप आ गयी हैं, तब अविनाश की शादी के बारे में भी सोचिएगा। हमलोगों ने कई बार उसे समझाया है, पर वह हमेशा बात को टाल जाता है। उसके लिए नंदिनी बिलकुल सही जोड़ी रहेगी। दोनों एक दूसरे को बचपन से जानते भी हैं। पता नहीं क्यों अविनाश तैयार नहीं होता है। शायद उसकी पसंद कोई दूसरी हो। पता नहीं कोई कॉलेज की पुरानी दोस्त हो या मसूरी में मिल गयी हो'।

सरस्वती ने कहा-

'हाँ बहन जी, मैंने भी कई बार इशारों में उसके सामने नंदिनी का जिक्र किया है। मुझे भी नंदिनी बहुत पसंद है, लेकिन मुझे लगता है, अविनाश अपनी मसूरी वाली दोस्त, स्मिता के इंतज़ार में है। पिछली बार जब वह मुझसे मिली थी, तब मैंने अविनाश के चेहरे

से यह अंदाज़ लगाया था। बाद में अविनाश ने मुझसे उसके बारे में बताया भी था। वह दिल्ली की रहने वाली है और मुझे कुछ नए ख्याल की लगी। उसकी जोड़ी अविनाश के साथ ठीक नहीं रहेगी। मैंने दो दिन पहले ही अविनाश पर जल्द निर्णय लेने का दबाव बनाया है। उसने मुझसे थोड़ा वक़्त मांगा है। कुछ दिनों के बाद उससे फिर कहूँगी'।

सरस्वती उनलोगों के बीच से निकलकर खन्ना साहब और निर्मला जी के पास गईं। निर्मला जी ने उनके पैर छुए। सरस्वती ने उनसे कहा-

'आपलोगों से मिलकर बहुत खुशी हुई। नंदिनी से तो मैं अक्सर मिलती रहती हूँ। बड़ी अच्छी लड़की है। आपलोग बहुत भाग्यवान हैं, जो आपको ऐसी बेटी मिली है। मैं आपसे बात करना चाहती थी। अविनाश और नंदिनी बचपन से एक साथ रहे हैं। मुझे नंदिनी बहुत पसंद है। अविनाश के साथ उसकी जोड़ी बहुत अच्छी रहेगी। आपलोग भी अविनाश से बात कर देखिये। मैंने कई बार उससे कहा है। उसने मुझसे निर्णय लेने के लिए कुछ समय मांगा है। आपलोग भी दबाव डालेंगी, तो वह तैयार हो जाएगा'।

निर्मला जी ने कहा-

'बहन जी, आप ने तो हमारे दिल की बात कह दी है। हम दोनों बहुत दिनों से चाहते हैं कि इन दोनों की जोड़ी बन जाये। नंदिनी भी अविनाश को पसंद करती है। इस बार जब अविनाश हमारे घर आएगा, तब मैं उससे बात करूंगी'।

अविनाश ने कलक्टर और पुलिस अधीक्षक से सरस्वती का परिचय कराया। लगभग तीन बजे पार्टी समाप्त हुई। सेवाश्रम और आश्रम से आए लोगों के अलावा लगभग सभी लोग वापस चले गए।

सिर्फ नंदिनी रह गयी। बाहर गार्डेन में ही अविनाश के साथ सरस्वती और नंदिनी बैठ गईं। सरस्वती ने नदिनी से कहा-

'तुम्हें कभी एक-दो दिन की छुट्टी मिले, तो यहाँ मेरे साथ रहने आ जाया करो। मुझे अच्छा लगेगा। मैं तो अविनाश से कहूँगी कि वह किसी छुट्टी के दिन बाहर घूमने का प्रोग्राम करे, जहां मैं, तुम और अविनाश साथ जा सकें।

अविनाश ने जवाब दिया-

'आपतो जानती हैं, यहाँ आस-पास घूमने के लिए ज्यादा कुछ नहीं है, फिर भी मेरा कभी अपने क्षेत्र में जाना हुआ, तब दिनभर के लिए, आप दोनों भी साथ चल सकती हैं। वहाँ, नंदिनी अपने चैनल के लिए रिपोर्टिंग भी कर लेगी'।

अविनाश की बात सुनकर नंदिनी ने कहा-

'यह बहुत अच्छा प्रोग्राम रहेगा। तुम अपने क्षेत्र में किसी दिन कोई समारोह रख लो। हम दोनों भी उसमें शामिल होंगे। मैं, राकेश और रेखा को भी, रिपोर्टिंग के लिए बुला लूँगी'।

थोड़ी देर बाद गपशप कर नंदिनी वापस अपने घर चली गयी। अविनाश को बाद में ध्यान आया कि वह पार्टी में अतुल और वाणी को बुलाना भूल गया था। दरअसल, अतुल उसके विभाग का नहीं था, इसलिए अविनाश के दिमाग से बात निकल गयी थी।

तेरह

मार्च का महीना आ गया था। अविनाश अपने काम में व्यस्त हो गया था। सरस्वती ने घर का पूरा जिम्मा संभाल लिया था। वे हर दो-तीन दिन पर एक बार आश्रम हो आया करती थीं। सुरेन्द्र जी के पैर की तकलीफ फिर बढ़ गयी थी। सरस्वती अभी भी वहाँ जाने पर उनके पैरों के मालिश कर दिया करती थीं। नंदिनी अपने चैनल की रिपोर्टिंग में ज्यादा ध्यान दे रही थी।

एक दिन अविनाश को उसके कार्यक्षेत्र फुलवारीशरीफ़ से आए लोगों ने उसे वहाँ के एक कार्यक्रम के मुख्य अतिथि के रूप में शरीक होने का निमंत्रण दिया। उस कार्यक्रम में पहले उस इलाके के बुजुर्गों को सम्मान करना था। उसके बाद उस इलाके के बिज़नेस से जुड़े लोगों को क्षेत्र में किए गए उनके उत्कृष्ट कार्य के लिए पुरस्कार देने थे। अविनाश ने पहले नंदिनी से बात की। उसने कहा-

'तुम और माँ, कुछ दिनों पहले कहीं बाहर चलने के बारे में बात कर रही थीं। इस प्रोग्राम में तुम दोनों चल सकती हो। मैं प्रोग्राम के अलावा, आस-पास के गाँव में हुई प्रशासन की अच्छी पहल भी तुम्हें दिखा दूँगा, जिसे तुम अपने चैनल के लिए कवर कर सकती हो। मैं माँ से भी बात कर लेता हूँ। परसों सुबह नौ बजे, यहाँ से निकलेंगे। शाम तक वापस आ जाएंगे'।

नंदिनी चलने के लिए तैयार हो गयी। अविनाश ने फिर माँ से बात की। फुलवारीशरीफ़ का नाम सुनकर सरस्वती थोड़ी देर सोच में पड़ गईं। अविनाश ने उनके मन की बात समझ ली। उसने कहा-

'मैं तुम्हारी भावना समझ सकता हूँ, माँ, लेकिन इसका मतलब ये नहीं हुआ कि तुम वहाँ कभी नहीं जाओगी। उन्हें अपनी दुनिया में रहने दो। हमलोग वहाँ जाकर प्रोग्राम में भाग लेंगे। उसके बाद, कुछ गाँव देखकर, वापस आ जाएँगे'।

अविनाश के समझाने पर सरस्वती तैयार हो गईं। दो दिन बाद सुबह नौ बजे अविनाश अपनी गाड़ी से फुलवारीशरीफ़ के लिए निकल गया। दूसरी गाड़ी में सरस्वती और नंदिनी बैठी थीं। एक और गाड़ी में राकेश और रेखा कैमरामैन के साथ थे। सभी प्रोग्राम स्थल पर एक घंटे में पहुँच गए। अविनाश का वहाँ भव्य स्वागत किया गया। उसने सभी से सरस्वती और नंदिनी का परिचय कराया। सरस्वती और नंदिनी को सामने की पंक्ति में सोफ़ा पर बिठाया गया। राकेश और रेखा कैमरामैन के साथ पीछे रिपोर्टिंग के लिए खड़े हो गए। कार्यक्रम में लगभग एक हज़ार लोग बैठे थे। उनमें बहुत से लोग पास के गाँव से भी आए थे। सामने की तीन पंक्तियों में विशिष्ट अतिथियों के बैठने की व्यवस्था थी। उसके पीछे की पंक्ति में पुरस्कृत लोगों को बैठना था।

कार्यक्रम की शुरुआत में सभी अतिथियों का स्वागत फूल के गुलदस्ते से किया गया। सरस्वती और नंदिनी को वहाँ बैठी महिला मण्डल की सदस्यों द्वारा शाल देकर सम्मानित किया गया। उसके बाद उस इलाके के पाँच स्वतंत्रता सेनानियों को अविनाश के हाथों सम्मान दिया गया। बीच में वहाँ के बच्चों ने गीत और नृत्य के कार्यक्रम प्रस्तुत किए। उसके बाद इलाके के सफल बिज़नेसमैन को पुरस्कार दिये जाने थे, लेकिन उसके पहले अविनाश को भाषण देने

के लिए बुलाया गया। अविनाश ने पहले वहाँ के आयोजनकर्ता को धन्यवाद देते हुए कहा-

'मुझे खुशी है कि यहाँ के प्रशासन ने एक अच्छी पहल की है। खासकर इस इलाके के स्वतंत्रता सेनानियों को सम्मानित करने का बहुत अच्छा काम किया गया है। इन बुजुर्गों के आशीर्वाद की हमें सदा जरूरत रहती है। हालाकि, आज किसी-किसी परिवार में अपने माँ-बाप की इज्जत नहीं की जाती है। उन्हें बच्चे वृद्धाश्रम भेज दे रहे हैं। मैंने ऐसे कई उदाहरण हाल के दिनों में अपनी आँखों से देखे हैं। मैं आज आपसे इस अवसर पर अपने परिवार की बात कहना चाहूँगा। वह जो सामने की पंक्ति में महिला बैठी हैं, वह मेरी माँ हैं। इन्हें इनके बच्चों ने कुछ वर्षों पहले वृद्धाश्रम में जाकर छोड़ दिया था। मैं भी अनाथालय में पला-बढ़ा हूँ। मुझे कभी अपनी माँ का प्यार नहीं मिला। मैं जब इनसे मिला, तब मैंने जाना माँ क्या होती है। ऐसी माँ को उनके बच्चों ने अकेला छोड़ दिया था। अब ये मेरे साथ रहती हैं। मैं चाहूँगा, आज की पीढ़ी इसके बारे में गंभीरता से सोचे'।

अविनाश की बात पर लोगों ने खूब तालियाँ बजाईं। उसने उस इलाके में व्यापार को बढ़ाने की भी बात कही। अविनाश के भाषण के बाद पुरस्कार वितरण का कार्यक्रम था। इसी बीच एक आयोजनकर्ता ने अविनाश के पास जाकर कुछ कहा। अविनाश ने सिर हिलाकर कुछ कहा। आयोजनकर्ता ने माइक पर आकर कहा-

'यह हमलोगों के लिए बड़े सौभाग्य की बात है कि एसडीएम साहब की माता जी यहाँ मौजूद हैं, जिनके बारे में अभी साहब ने अपने भाषण में जिक्र किया। हमलोग उन्हें स्टेज पर लाकर न केवल सम्मानित करना चाहेंगे, बल्कि साहब के साथ मिलकर वे भी पुरस्कार वितरण करेंगी। माँ को वृद्धाश्रम से घर लाने की मिसाल को देखकर यहाँ बैठे बहुत लोग प्रेरित होंगे'।

एक महिला ने सरस्वती को सहारा दिया और वह स्टेज पर गईं। अविनाश के बगल में एक कुर्सी लगाई गयी। उसपर सरस्वती को बिठाया गया। उनके स्टेज पर जाने पर लोगों ने बहुत देर ताल तालियाँ बजाईं। पुरस्कार वितरण का कार्यक्रम शुरू हुआ। अविनाश और सरस्वती अपनी-अपनी जगह खड़े हो गए। वहाँ क्षेत्र में व्यापार करने वाले वैसे लोगों को पुरस्कृत किया जा रहा था, जिनके काम से क्षेत्र का विकास हुआ था। सबसे पहले एक महिला उद्यमी को पुरस्कार के लिए बुलाया गया। उन्होंने क्षेत्र की महिलाओं को जागरूक कर ड्रेस बनाने का उद्यम लगाया, जिसमें पाँच सौ महिलाएं काम करती हैं। उन्हें अपने पैरों पर खड़ा होने का अवसर मिला।

उसके बाद क्षेत्र में रबर के उद्योग लगाने वाले दो भाई, विनोद और राजेश के नाम की घोषणा हुई। इनके उद्योग लगाने से भी क्षेत्र के युवाओं को नौकरी के अवसर मिले। इनके उद्योग में बने रबर के सामान का उपयोग सेना में भी काम आता है। घोषणा होने के कुछ देर तक कोई भी स्टेज पर नहीं आया। उद्घोषक ने दुबारा नाम पुकारा। थोड़ी देर बाद दो लोग भीड़ से निकलकर स्टेज की ओर बढ़े। स्टेज पर चढ़ते वक़्त सरस्वती की नज़र उन पर पड़ी। उन्हें देख कर वह सन्न रह गईं। एक मिनट के लिए उन्हें लगा, जैसे वह चक्कर खाकर गिर जाएंगी। अविनाश ने सरस्वती को गौर से देखा और उनके कान के पास जाकर कहा-

'क्या बात है माँ, तुम ठीक हो न'।

सरस्वती ने उन दोनों की तरफ देख कर अविनाश के कान में धीरे से कहा-

'मेरे दोनों बेटे, विनोद और राजेश'

अविनाश भी सरस्वती की बात सुनकर अवाक हो गया। दोनों सिर झुकाकर अविनाश और सरस्वती के पास आए। संयोग से

सरस्वती ने ही उन्हें पुरस्कार दिया। सभी की तस्वीर खींची गयी। उसके बाद दोनों स्टेज से नीचे उतर गए। सरस्वती थोड़ी देर के लिए कुर्सी पर बैठ गईं। अविनाश ने पीने के लिए उन्हें पानी दिया। उसके बाद सभी दस पुरस्कार दिये गए।

प्रोग्राम खत्म हुआ। अविनाश ने सरस्वती को सहारा देकर स्टेज से उतारा। थोड़ी देर में वह उन्हें और नंदिनी को लेकर गाँव के दौरे पर निकल गया। इस बार उसने सरस्वती को अपनी गाड़ी में बिठाया। नंदिनी पीछे दूसरी गाड़ी में बैठी। सरस्वती की आँखों में आँसू थे। अविनाश ने उनके कंधे पर हाथ रखकर कहा-

'मैंने कभी सपने में भी नहीं सोचा था, माँ, ऐसे आपकी आपके बेटों से मुलाक़ात होगी'।

सरस्वती ने कहा-

'भगवान क्या-क्या दिन दिखाता है, बेटा। कभी सोच भी नहीं सकती थी, ऐसा दिन भी आयेगा। उन्हें अचानक देखकर मेरा मन रोमांच से भर गया। मैं पता नहीं क्यूँ काँपने लगी। लग रहा था, जैसे वहीं स्टेज पर गिर पड़ूँगी। वो लोग मुझे चाहे जो भी समझें, मेरे मन में अभी भी उनके लिए प्यार है। मैं तो इतने साल उनके इंतज़ार में बिताए। लगता था, अब आ जाएँगे। लेकिन उनका मन नहीं बदला। जो भी हो भगवान उनका भला करे'।

गाँव में गाड़ी से उतरकर अविनाश ने स्टेज की सारी बातें नंदिनी को बतायीं। नंदिनी सरस्वती को सहारा देकर चलने लगी। गाँव के एक घर में दोनों को बिठाकर, अविनाश राकेश और रश्मि के साथ गाँव के अंदर जाएजा लेने चला गया। एक घंटे के बाद उसके लौटने पर वहीं गाँव के घर में सभी का दिन का भोजन हुआ। उसके बाद चूंकि सरस्वती थकी हुई लगने लगीं, अविनाश ने उन्हें नंदिनी

के साथ दूसरी गाड़ी से घर भेज दिया। वह खुद शाम में घर लौटा। घर पर नंदिनी सरस्वती के साथ ही थी। नंदिनी ने अविनाश से कहा-

'रास्ते भर आंटी ने अपने बेटों के बारे में बात की है। बीच-बीच में वे रोने भी लगती थीं। घर आकर मैंने उन्हें कुछ देर तक सोने दिया है। अब जाकर वह थोड़ी शांत हुई हैं'।

अविनाश ने भी सरस्वती से बात की। अब वे ठीक थीं। नंदिनी अपने घर वापस चली गयी।

अगले दिन दोपहर में अविनाश घर पर खाने के लिए आया था। सरस्वती के साथ बैठकर वह खाना खा रहा था। तभी गेट पर के अर्दली ने आकर अविनाश को एक स्लिप दी। बाहर दो लोग अविनाश से मिलना चाहते थे। अविनाश ने स्लिप पर नाम देखा। उसपर विनोद और राजेश का नाम लिखा था। उसने अर्दली को जाने के लिए कहा। वह सरस्वती के खाना खत्म करने का इंतज़ार कर रहा था। जैसे ही सरस्वती के साथ उसने खाना खत्म किया, अविनाश ने सरस्वती को विनोद और राजेश के बारे में बताया। शुरू में तो सरस्वती कुछ बोल ही नहीं पायीं। थोड़ी देर के बाद रोते हुए बोलीं-

'अब क्या करूंगी, उन से मिलकर। अब मेरी दुनिया अलग हो गयी है। मैं उन्हें पीछे छोड़ आई हूँ'।

अविनाश ने कहा-

'वे लोग उतनी दूर से आए हैं। एक बार मिलना उचित होगा। मैं उनको बिना मिले, दरवाजे से लौटा भी नहीं सकता हूँ'।

अविनाश ने अर्दली को उन्हें अंदर भेजने के लिए कहा। वह खुद बाहर गार्डेन में जाकर बैठ गया। दोनों सिर झुकाये अविनाश के पास आए। अविनाश ने उन्हें सामने रखी कुर्सी पर बैठने के लिए कहा। दोनों ने पहले हाथ जोड़े। एक ने कहा-

‘सर, मेरा नाम बिनोद है और ये राजेश है। मैं इसका बड़ा भाई हूँ। कल आपकी कही बात और माँ को इतने दिनों के बाद देखकर, हमलोगों को बहुत अफसोस हुआ। हमलोग आत्मग्लानि में डूब गए हैं। हम तो माँ से नजर मिलाने के भी काबिल नहीं हैं। आपके जैसा व्यक्ति मिलना मुश्किल होगा। हम आपके एहसान के तले दब गए हैं। कहाँ हम लोगों ने माँ को वैसे हाल में वृद्धाश्रम में छोड़ दिया था और कहाँ आपने आगे बढ़ कर उन्हें सहारा दिया। हमें आपसे कुछ नहीं चाहिए। हमलोग तो इस लायक भी नहीं हैं कि एक बार फिर से माँ को अपने घर ले जाएँ। बस एक बार माँ के पैर छूकर उनसे माफी मांगना चाहता हूँ। कल आपकी कही बात के बाद हमलोगों की आँखें खुल गईं हैं’।

अविनाश चुपचाप उनकी बात सुनता रहा, फिर उसने कहा-

‘तुम लोगों को शर्म आनी चाहिए। तुम लोगों ने जो काम किया है, उसकी कभी भी माफी नहीं हो सकती है। कल अगर तुमलोगों ने हमें वहाँ नहीं देखा होता, तब तुमलोग आज भी यहाँ नहीं आते। अपनी माँ से नहीं, लेकिन भगवान से तो कम से कम डरो। किस मुंह से तुमलोग यहाँ चले आए हो। अब वे मेरी भी माँ हैं और यहाँ बहुत खुश हैं। अब उनकी खुशी में तुम लोग खलल मत डालो। फिर भी मैं अंदर जाकर एक बार उनसे पूछता हूँ। अगर वे तुमलोगों से नहीं मिलना चाहेंगी, तब तुमलोगों को यहाँ से जाना होगा’।

अविनाश ने अंदर जाकर सरस्वती को सारी बात बताई। सरस्वती की आँख से बस आँसू निकल रहे थे। अविनाश ने कहा-

‘माँ, अगर तुम चाहो तो उन लोगों से मिल सकती हो। लेकिन मुझे उनलोगों का आना नाटकीय लग रहा है। कल अगर उन्होंने तुमको मेरे साथ वहाँ नहीं देखा होता, तब वे कभी नहीं आते। फिर भी जब आ गए हैं, तो मैं समझता हूँ कि तुम एक बार उनसे मिल लो’।

सरस्वती ने कुछ देर सोचा, फिर वह बाहर निकलने के लिए उठ खड़ी हुईं। सरस्वती के बाहर बरामदे में आते ही उसके दोनों लड़के दौड़कर उनके पैरों पर गिर पड़े और ज़ोर-ज़ोर से रोने लगे। सरस्वती भी उन्हें देख कर रोने लगीं। अविनाश ने उन्हें उठने के लिए कहा। बड़े लड़के बिनोद ने खड़े होकर हाथ जोड़े और सरस्वती से कहा-

'हमें माफ कर दो माँ, हमसे बहुत बड़ी भूल हो गयी। अब तुम जहां हो, हमें खुशी है। बस, हमलोग तुमसे आकर, माफी मांगना चाहते थे। हम किस मुंह से तुम्हें घर चलने के लिए कहें। हमने जीवन में घोर पाप किया है। बस अपना बच्चा समझकर, हमें माफ कर दो'।

सरस्वती ने अपनी आँख से आँसू पोछ कर कहा-

'बेटा, मैं तो अपना वह घर भूल चुकी हूँ। इतने साल में तो मैं तुमलोगों की शक्ल भी भूल चुकी थी। मैं तुमलोगों के बिना आश्रम में भी खुश थी और अब तो यहाँ अपने बेटे के साथ मैं बहुत खुश हूँ। लेकिन मैं माँ हूँ। अपने बच्चों से कभी भी नाराज़ नहीं हो सकती। मैं तुमलोगों से तब भी नाराज़ नहीं थी और आज भी नहीं हूँ। बस हमारा दिल टूटा था। वह भी अब आश्रम के लोगों और अविनाश ने भर दिया है। तुम लोगों की अलग दुनिया है। तुम्हें तुम्हारी दुनिया मुबारक हो, मैं अपने बेटे के साथ बाकी जिंदगी रह लूँगी'।

छोटे बेटे राजेश ने कहा-

'माँ, तुमने हमें माफ कर दिया, यही हमलोगों के लिए बहुत है। हमलोग तुम्हें और परेशान करने नहीं आए हैं। बस कल तुम्हें बहुत सालों बाद देखा, तुमसे मिलने का मन हो गया। हमलोग अब यहाँ नहीं आएंगे। कभी मौका लगा, तो तुम्हें दूर से देख कर, मन को शांत कर लिया करेंगे'।

इतना कहकर राजेश फिर रोने लगा। सरस्वती ने आगे बढ़कर उसे गले लगाया। बिनोद भी उनके गले लगा। उसके बाद दोनों सरस्वती के पैर छूकर वहाँ से बाहर निकल गए।

दोनों के जाने के बहुत देर बाद तक सरस्वती रोती रहीं। अविनाश ने उनको संभालते हुए कहा-

'माँ, अब तुम एक नए जीवन में प्रवेश कर चुकी हो। तुम्हारे बेटे तुम्हारा अतीत थे। उन्होंने आकर तुमसे माफी मांग ली, बस इसके बाद अब तुम्हें आगे बढ़ना है। जितना उनके बारे में सोचोगी, उतना दुख होगा। वे भी आज के बाद फिर तुम्हें पहले की तरह भूल जाएँगे। तुम भी बीती बातें अब भूल जाओ'।

लगभग एक घंटे के बाद सरस्वती सामान्य हुईं। अविनाश भी उन दोनों के आने से थोड़ी देर के लिए परेशान हो गया था। वह कुछ देर और रुककर ऑफिस चला गया।

नंदिनी ने अविनाश के फुलवारीशरीफ दौरे का अपने चैनल के लिए कवर किया था। उसने एक बहुत अच्छी स्टोरी बनाई, जिसमें एक वृद्धाश्रम की महिला को किसी ने अपनी माँ बना कर उन्हें अपने घर लाया। यह अपने आप में बहुत सार्थक खबर थी। नंदिनी का "खबर तक" चैनल वैसे भी बहुत लोग देखते थे। अविनाश की स्टोरी दिखाने पर उसकी बहुत प्रशंसा हुई। कई लोगों ने अविनाश को फोन और मेसेज कर उसके काम की सराहना की। अविनाश के बारे में स्थानीय अखबार ने भी लेख छापे।

अगले दिन शाम में अतुल और वाणी भी अविनाश के घर पर मिलने आए। अतुल ने अविनाश से मिलकर कहा-

'सर, आपने फिर एक झण्डा गाड़ दिया है। यह कोई मामूली बात नहीं है। आपने समाज के लिए एक नया स्टैंडर्ड सेट किया है'।

वाणी ने भी अविनाश की बहुत तारीफ की। वाणी के काम के बारे में नंदिनी ने पहले ही अपने चैनल पर रिपोर्टिंग की थी। अविनाश ने वाणी से कहा-

'मैंने आपको कहा था, मेरे पास एक प्लान है। मैं चाहता हूँ, आपका एनजीओ, एक जन आंदोलन छेड़े, जिसमें नयी पीढ़ी को अपने बूढ़े माँ-बाप की कद्र करने की शिक्षा दे। इसके साथ-साथ अनाथाश्रम के बच्चों को भी अच्छी शिक्षा देकर, उन्हें समाज की मुख्य धारा से जोड़ने की कोशिश करे'।

वाणी ने कहा-

'अब, मैं आपका उदाहरण देकर लोगों को जागरूक करने की कोशिश करूंगी'।

इस बीच अविनाश की स्मिता से भी समय-समय पर बातें हुआ करती थीं। अविनाश ने अपनी माँ के घर आने की बात स्मिता को बताई थी। स्मिता अपने काम में पूरी तरह व्यस्त रहा करती थी। वह अविनाश से ज़्यादातर अपने ऑफिस की बात करती थी। उसने बातों-बातों में बताया था कि उसके पापा की इन दिनों तबीयत खराब चल रही है। उन्हें हमेशा सिर में दर्द रहा करता है। दवा से ठीक हो जाता है, लेकिन कुछ दिनों के बाद फिर हो जाता है। डॉक्टर ने उन्हें बड़े अस्पताल में इलाज के लिए कहा है। लेकिन स्मिता के पापा इसके लिए तैयार नहीं हो रहे हैं। उन्हें लगता है कि वे यूं ही दवा से ठीक हो जाएँगे। स्मिता ने यह भी बताया कि उसके पापा आजकल उसकी शादी के बारे में भी घर में चर्चा करते हैं। हालाकि, स्मिता ने उस विषय पर अभी कोई ध्यान नहीं दिया था।

कुछ हफ्तों बाद कलक्टर ने एक दिन अविनाश को बुला कर बताया कि दिल्ली में तीन दिनों का एक सेमिनार होने वाला है, जो विभिन्न राज्यों की कानून व्यवस्था से संबन्धित है। इस सेमिनार के

लिए जिला प्रशासन की ओर से अविनाश का नाम प्रस्तावित हुआ है। सेमिनार पाँच दिन बाद सोमवार से बुधवार तक था। अविनाश ने एक दिन पहले रविवार की सुबह की दिल्ली की फ्लाइट का टिकट मँगवा लिया था। उसे अब सरस्वती के घर में अकेले रहने की चिंता थी। उसने नंदिनी को फोन कर कहा। नंदिनी दो दिनों के लिए सरस्वती के साथ रुकने के लिए तैयार हो गयी। उसे रविवार के दिन अविनाश के घर तीन दिनों तक रहने के लिए आना था।

शनिवार को ऑफिस का काम जल्द खत्म कर अविनाश घर आ गया। वह सरस्वती के साथ बैठ कर बातें करने लगा। इसी बीच उसकी मोबाइल पर स्मिता का फोन आया। अविनाश ने फोन उठाया। उधर से स्मिता की भारी आवाज़ आई। अविनाश ने पूछा-

'क्या बात है स्मिता, तुम्हारी तबीयत तो ठीक है न'।

स्मिता ने कहा-

'पापा की तबीयत सुबह अचानक बहुत खराब हो गयी। उन्हें तेज सिर दर्द के साथ पास के मैक्स अस्पताल में भर्ती किया गया। दोपहर में सिर का एमआरआई किया गया। उसमें सिर में ब्लड क्लाट मिला है। उन्हें हाइपरटेंशन भी है। शायद हाई बीपी के कारण सिर दर्द भी हुआ और ब्रेन पर भी असर हुआ है। सुबह तो वे बोलने की स्थिति में नहीं थे, लेकिन अब वे बोल पा रहे हैं। डॉक्टर ने अगले दो दिनों के लिए उन्हें हॉस्पिटल में डॉक्टर की निगरानी में रहने के लिए भर्ती किया है। उसके बाद शायद वे ब्रेन का ऑपरेशन कर ब्लड को बाहर निकालने की कोशिश करेंगे। उनके दाहिने हाथ और पैर पर भी असर हुआ है। मम्मी और विवेक अस्पताल में उनकी देखभाल कर रहे हैं। संयोग से आज शनिवार के कारण मेरे दफ्तर की छुट्टी थी। मुझे पापा के लिए चिंता हो रही है'।

अविनाश ने स्मिता से कहा-

'तुम बिलकुल चिंता मत करो। डॉक्टर की निगरानी में सब ठीक हो जाएगा। यह शायद ब्रेन स्ट्रोक का केस लगता है, ऑपरेशन से ठीक हो जाएगा। मैं भी कल सुबह, तीन दिनों के लिए दिल्ली आ रहा हूँ। मैं एयरपोर्ट से सीधे अस्पताल तुमसे मिलने आ जाऊंगा। वहीं पापा को भी देख लूँगा'।

अविनाश ने स्मिता की बात सरस्वती को भी बताई। अगली सुबह फ्लाइट के लिए जल्दी उठने के कारण अविनाश रात में जल्दी सो गया।

अगले दिन सुबह वह साढ़े आठ बजे दिल्ली लैंड कर गया। एयरपोर्ट से टैक्सी लेकर वह सीधा मैक्स हॉस्पिटल गया। स्मिता तब तक वहाँ पहुँच चुकी थी। वह स्मिता से मिला। वह बहुत घबड़ाई हुई थी। अस्पताल में ग्यारह से बारह बजे मरीज से मिलने का समय था। उस समय दिन के दस बज रहे थे। अविनाश स्मिता के साथ नीचे अस्पताल की कैंटीन में बैठ गया। स्मिता ने उसे बताया-

'पापा, कल से अजीब रट लगाए हुए हैं। कल शाम से जब उन्होंने बोलना शुरू किया है, तब से वह मेरी शादी विवेक से जल्द कराने के लिए कह रहे हैं। उन्हें लगता है, अब वे नहीं बचेंगे। मैंने उन्हें बहुत समझाया है, लेकिन वे मान नहीं रहे हैं। मेरी विवेक से भी बात हुई है। वह भी अपने मम्मी-पापा से बात किए बिना, इतनी जल्दी कोई निर्णय लेने की स्थिति में नहीं है। मैंने मम्मी को कहा है, लेकिन पापा की ऐसी हालत देखकर, वह भी कुछ सोच नहीं पा रही हैं'।

स्मिता की बात सुनकर अविनाश को धक्का लगा। उसे लगा कि अब स्मिता के जीवन में विवेक का आना लगभग पक्का हो गया था। फिर भी हिम्मत कर उसने स्मिता से कहा-

'क्या तुम पापा के दबाव में, शादी के लिए तैयार हो जाओगी'।

स्मिता ने कहा-

'दरअसल, पिछले कुछ महीनों से मैं और विवेक लगातार मिल रहे थे। विवेक ने मुझे शादी के लिए प्रपोज़ भी किया है। वह मेरी राय जानना चाहता था, तब वह अपने मम्मी-पापा को बताने वाला था। मैंने विवेक से इस पर सोचने की मोहलत मांगी थी लेकिन, इसी बीच कल पापा की तबीयत खराब हो गयी'।

अविनाश ने कहा-

'जो तुम्हारा दिल करे वो करो। अगर तुम्हारे दिल में कोई और है, तो तुम विवेक और पापा से खुलकर कह सकती हो। ये अब तुम पर निर्भर करता है कि तुम विवेक या किसी और से शादी करो'।

स्मिता ने जवाब दिया-

'देखो अविनाश, इतनी जल्दी किसी और के बारे में सोचना मुश्किल है। अभी मेरे सामने सिर्फ और सिर्फ विवेक है। मैंने बताया न, वह मुझे प्रपोज़ भी कर चुका है। मैं पापा का भी दिल दुखाना नहीं चाहती हूँ। देखते हैं आगे क्या होता है। मुझे विवेक को भी उसके घर में बात करने का समय देना होगा। अभी तो वह पापा की बीमारी में व्यस्त है। कुछ दिनों में जब उसे मौका मिलेगा, तब वह अपने घर में बात करेगा'।

स्मिता की बात सुनकर अविनाश का भ्रम टूट गया। उसे पता चल गया कि देर-सवेर स्मिता विवेक से ही शादी करने वाली है। अब उसे इन दोनों के बीच से निकल जाना चाहिए। उसे यह सब सोच कर मन में बहुत चोट पहुंची। फिर भी उसने स्मिता पर यह जाहिर नहीं होने दिया।

ग्यारह बजे अविनाश स्मिता के पापा को देखने गया। वहाँ कमरे में विवेक भी था। स्मिता के पापा ने अविनाश को पास बुलाकर कहा-

'तुम, स्मिता के अच्छे दोस्त हो। मेरा मन है कि उसकी शादी जल्दी से जल्दी विवेक से हो जाये। मेरा क्या ठिकाना। तुम उसे समझाओगे तो वह मान जाएगी'।

अविनाश ने मन ही मन सोचा कि स्मिता के पापा को क्या पता कि अविनाश भी मन ही मन स्मिता से शादी करना चाहता है। फिर भी उसने कहा-

'आप, चिंता न करें, जल्दी ठीक हो जाएँगे। फिर स्मिता की शादी भी होगी। मैं उसे जरूर समझाऊंगा'।

अविनाश ने विवेक से भी थोड़ी देर बात की। उसके बाद वह स्मिता के साथ नीचे अस्पताल की लॉबी में आ गया। स्मिता ने उससे कहा-

'देखा तुमने अविनाश, कैसे पापा मेरी शादी के पीछे पड़ गए हैं। मैं भी कल से सुन-सुनकर ऊब चुकी हूँ। अब मैं विवेक को कहूँगी, वह जल्दी से अपने घर में बात कर ले। जैसा होगा, मैं तुम्हें खबर दूँगी। अभी तो वैसे भी तुम यहाँ अगले तीन दिन रहोगे। कोशिश करना, रोज शाम में मुझसे मिल लेना। तुम मेरे सबसे अच्छे दोस्त हो। अभी मुझे तुम्हारी जरूरत है'।

थोड़ी देर रुककर अविनाश वहाँ से अपने होटल के लिए निकल गया। उसका मन भारी हो रहा था। क्या-क्या सपने देखे थे, उसने स्मिता के लिए। एक ही पल में उसके सारे सपने चूर हो गए थे। उसे अब दिल्ली में भी रुकने का मन नहीं कर रहा था। वह जल्दी से जल्दी घर वापस जाना चाहता था।

अगले दो दिनों तक वह हर शाम अस्पताल चला जाता था। स्मिता से उसकी बातें होती थीं, लेकिन उसका मन नहीं लग रहा था। उसके पापा से मिलने पर बस उनकी एक ही रट सुनने को मिलती

थी। वह यह सब सुनकर ऊब गया था। तीसरे दिन सेमिनार खत्म होने के बाद उसने स्मिता से फोन पर बात की और रात की फ्लाइट से ही पटना वापस आ गया। फ्लाइट में वह लगातार स्मिता के बारे में सोचता रहा। उसने नहीं सोचा था कि उसके प्यार का इस तरह अंत होगा। उसे बहुत भरोसा था कि एक न एक दिन स्मिता उससे अपने प्यार का इज़हार करेगी।

रात नौ बजे अविनाश घर पहुँच गया। नंदिनी वहीं थी। अविनाश ने अपने आने की खबर घर में दे दी थी। रात के खाने का वक़्त हो गया था। नंदिनी ने सभी के लिए खाना लगवाया, लेकिन अविनाश का खाने का मन नहीं था। वह अंदर से बहुत अशांत था। नंदिनी ने उसका चेहरा देख कर उससे पूछा-

'क्या बात है अविनाश, सब ठीक है न। तुम्हारे चेहरे पर ताजगी नज़र नहीं आ रही है'।

अविनाश ने बात बदलते हुए कहा-

'शायद, दिनभर की थकान का असर है। मैंने फ्लाइट में कुछ खा लिया था, अब, मुझे भूख नहीं है, तुमलोग खाना खा लो'।

सरस्वती ने कहा-

'ऐसे खाली पेट नहीं सोते हैं बेटा, थोड़ा सा खा लो'।

अविनाश ने झुँझलाकर कहा-

'मैंने कहा न मुझे भूख नहीं है, आपलोग खा लीजिये। मैं थक गया हूँ, सोने जा रहा हूँ'।

सरस्वती और नंदिनी, दोनों को अविनाश का यह बर्ताव सही नहीं लगा। फिर भी उसे किसी ने नहीं छेड़ा। अविनाश अपने कमरे में चला गया।

अगले दिन सुबह नंदिनी अपने घर जाने के पहले अविनाश से मिली। दोनों ने साथ चाय पी। नंदिनी को अभी भी अविनाश सामान्य नहीं लग रहा था। उसने पूछा-

'मुझे भी नहीं बताओगे, अविनाश। कुछ बात जरूर है। तुम कल रात से बेचैन नजर आ रहे हो। मैंने पहले तुम्हें ऐसा नहीं देखा था'।

अविनाश ने बात पलटते हुए कहा-

'ऐसी कोई बात नहीं है, नंदी। तुम अब अपने घर जाओ। मुझे भी आज जल्दी दफ्तर जाना है'।

नंदिनी अपने घर चली गयी। वह रास्ते भर अविनाश के बारे में सोचती रही। सरस्वती भी अविनाश के व्यवहार में अचानक आए बदलाव को समझ नहीं पा रही थी। उसने सोचा, वह एक-दो दिनों बाद उससे बातकर बेचैनी का कारण पूछेगी। अविनाश थोड़ी देर में नाश्ता कर ऑफिस निकल गया।

तीन दिन बाद रामनवमी थी। इसमें राज्य के विभिन्न इलाकों में जुलूस निकलता था। अविनाश के क्षेत्र में, खासकर फुलवारीशरीफ़ में, रामनवमी का विशाल जुलूस निकलता था। हर साल जुलूस के दौरान वहाँ सांप्रदायिक तनाव का माहौल हो जाता था। जुलूस का रास्ता वहाँ के अल्पसंख्यक के धार्मिक स्थल से होकर गुजरता था। इस कारण से वहाँ कानून-व्यवस्था का वृहत बंदोबस्त किया जाता था। पाँच साल पहले वहाँ इस दौरान दंगा भी हुआ था।

कलक्टर ने इसके लिए सभी अधिकारियों की बैठक की। अविनाश को उस इलाके में खास ऐतिहात बरतने के लिए कहा गया। उसे फुलवारीशरीफ़ जाकर कैंप करने के भी आदेश दिये गए। उसे अगले तीन दिन तक वहीं रहना था। अविनाश ने फिर नंदिनी को

फोन कर उसे अगले तीन दिनों तक माँ के साथ रात में रुकने के लिए कहा। नंदिनी तैयार हो गयी।

अविनाश उसी दिन दोपहर में फुलवारीशरीफ़ के लिए निकल गया। वहाँ सर्किट हाउस में रुकने का उसका इंतजाम था। शाम में उसने रामनवमी जुलूस के व्यवस्थापक और इलाके के अल्पसंख्यक समुदाय के मुखिया को बैठक के लिए बुलाया। वहाँ बैठ कर जुलूस का रास्ता तय किया गया। दोनों पक्षों ने अपनी-अपनी बात रखी। संयोग से रामनवमी शुक्रवार के दिन था। उस दिन जुम्मे की नवाज भी पढ़ी जाती थी। अविनाश ने सभी पहलू को देख कर, दोनों पक्षों को शांति बनाए रखने के लिए कहा।

इस बीच जुलूस के पूरे रास्ते पर जगह-जगह पुलिस की व्यवस्था की गयी। पूरे रास्ते पर तीन मजिस्ट्रेट की तैनाती हुई। जहां-जहां गड़बड़ी की गुंजाइश थी, वहाँ बांस के बने बैरिकेड लगा दिये गए। नंदिनी ने भी अपने चैनल से राकेश और रश्मि को वहाँ दो कैमरामैन के साथ भेज दिया था।

रामनवमी के दिन अविनाश ने सुबह जुलूस के पूरे रास्ते का जाकर खुद मुआयना किया। वह रास्ते के बीच में एक ऊंचे घर की छत पर अपनी जगह बना ली, जहां से जुलूस का बहुत भरा भाग दिख सकता था। पूजा-पाठ के बाद जुलूस बारह बजे दिन में निकला। पूरे रास्ते की लंबाई लगभग चार किलोमीटर की थी। जय श्री राम के उद्घोष के साथ लोग आगे बढ़ने लगे। धीरे-धीरे जुलूस में लगभग एक हज़ार लोग इकट्ठे हो गए। लोग-बाग अपने घरों की बाल्कनी और छत से भी जुलूस देख रहे थे। इसका समापन शहर की दूसरी छोर पर स्थित राम मंदिर में होना था।

राकेश और रश्मि ने भी एक-एक घर की छत पकड़ ली थी और वहीं से रिपोर्टिंग कर रहे थे। पुलिस चप्पे-चप्पे पर थी। लगभग

डेढ़ बजे जुम्मे की नमाज खत्म हुई। लोग अपने धार्मिक स्थल से बाहर निकलने लगे। ठीक उसी समय जुलूस वहाँ से गुजर रहा था। जुलूस में से किसी के पैर में एक पत्थर से चोट लग गयी। उसने पत्थर उठाकर बगल में फेंका। गलती से वह पत्थर धर्मस्थल से बाहर निकलते हुए किसी व्यक्ति को लगा। बस उसके बाद स्थिति बेकाबू होने लगी। थोड़ी देर में दोनों तरफ से पत्थर चलने लगे। अविनाश जिस मकान की छत पर बैठा था, वहाँ से वह स्थान दिखाई दे रहा था। वह जल्दी से नीचे आया और पुलिस फोर्स के साथ भीड़ में घुस गया। लोगों को रोकने के लिए लाठी चार्ज भी करना पड़ा। एक पत्थर अविनाश के सिर में भी लगा। उसके सिर से खून बहने लगा था। उसने अपनी रुमाल निकालकर सिर में पट्टी बांध ली।

लाठी चार्ज होने पर वहाँ भीड़ में भगदड़ मच गयी और कुछ लोग जमीन पर गिर पड़े। उन्हें देख कर भीड़ और उग्र हो गयी। अब लोग पुलिस पर भी पथराव करने लगे। भीड़ को अनियंत्रित होता देख, आँसू गैस के गोले छोड़े गए। उसी बीच किसी राइफल वाले जवान को भीड़ ने अपने काबू में करने की कोशिश की। उसने अपने बचाव में अपनी राइफल से गोली चला दी। गोली एक छोटे लड़के के कंधे में लगी और वह वहीं जमीन पर गिर गया। गोली की आवाज़ से भीड़ थोड़ी सहम गयी। अविनाश ने हाथ में माइक लेकर लोगों को शांत होने के लिए कहा। लगभग आधे घंटे की मशक्कत के बाद भीड़ पीछे हट गयी। रामनामी झंडे लिए लोगों को एक-एक कर आगे बढ़ा दिया गया। पूरे इलाके को चारों तरफ से घेर लिया गया। जमीन पर पड़े बच्चे को पुलिस बहुत मुश्किल से बाहर निकाल पायी। उसे तुरंत पास के अस्पताल भेजा गया।

इस बीच अविनाश ने घटना की जानकारी कलक्टर को दे दी। वे तुरंत फुलवारीशरीफ़ के लिए रवाना हो गए। एक घंटे में कलक्टर के वहाँ पहुँचने के पहले स्थिति थोड़ी शांत हो चुकी थी। लोग ज़्यादातर

अपने घरों में घुस गए थे। जुलूस में अब गिनती के पचास लोग बचे थे, जिन्हें तेजी से आगे बढ़ाया जा रहा था।

कलक्टर ने पूरे मामले की जानकारी अविनाश से ली। राइफल वाले जवान को वहाँ से हटा कर उसे सस्पैंड करने के लिए कहा गया। चैनल के लोग कलेक्टर से बात करना चाहते थे। अविनाश के लिए यह बहुत बुरा अनुभव था। उसे महसूस हुआ कि उसके जिम्मे जो काम था, वह अच्छी तरह पूरा नहीं कर पाया। उसने कलक्टर से इस बात की माफी भी मांगी।

नंदिनी घटना के वक़्त अविनाश के घर सरस्वती को देखने गयी थी। वह वहाँ दो-तीन घंटे रही। राकेश ने उससे फोन पर बात कर घटना को बताने की कोशिश की, लेकिन किसी कारण से नंदिनी का फोन नहीं लग पाया। बाकी चैनल वालों ने इस खबर को दिखाना शुरू कर दिया था। उसी जोश और हड़बड़ी में राकेश ने नंदिनी से पूछे बिना अपने चैनल पर इसकी खबर चला दी। उसने प्रशासन को इस हादसे का ज़िम्मेवार ठहराया।

इस बीच अविनाश को किसी ने फोन कर "खबर तक" चैनल पर दिखाई जाने वाली खबर के बारे में बताया। अविनाश ने तुरंत नंदिनी को फोन कर सारी बात बताई। नंदिनी ने भी तब तक खबर देख ली थी। उसने राकेश को फोन कर बहुत डांटा। कलक्टर को भी "खबर तक" चैनल के न्यूज़ के बारे में पता चल गया। उसने अविनाश से कहा-

'इस चैनल में तो तुम्हारी दोस्त नंदिनी है, फिर कैसे इस तरह की खबर चली गयी, तुम इतना भी नहीं संभाल सकते थे'।

अविनाश को कलेक्टर की बात का बहुत बुरा लगा। उसे लगा नंदिनी ने उसे आज कटघरे में खड़ा कर दिया था। वह भीतर-भीतर नंदिनी पर बहुत नाराज हुआ। उसने नंदिनी को फोन कर कहा-

'तुम अगर अपने चैनल और अपने रिपोर्टर को संभाल नहीं सकती, तो क्यों काम करती हो। आज तुम्हारे कारण मुझे लोगों की बात सुननी पड़ी'।

नंदिनी ने कहा-

'यकीन मानो अविनाश, राकेश ने मुझे बताए बिना यह खबर चलवा दी। मैं अभी तुरंत वहाँ आती हूँ और कलक्टर साहब का अलग से इंटरव्यू कर स्थिति को साफ करती हूँ'।

अगले एक घंटे में नंदिनी वहाँ पहुँच गयी। तब तक अस्पताल से भी खबर आ गयी कि गोली लगने वाले लड़के की स्थिति ठीक है और वह खतरे से बाहर है। शुरू में कलक्टर गुस्से में नंदिनी को इंटरव्यू देने के लिए तैयार नहीं हुए, लेकिन अविनाश के समझाने पर उन्होंने अविनाश के साथ बैठकर नंदिनी को इंटरव्यू दिया। घटना के वास्तविक कारण के बारे में बताया गया। यह भी दिखाया गया कि जुलूस उसके बाद शांतिपूर्ण ढंग से पूरा हुआ। दोनों पक्षों के लोगों को भी शांति बरतते हुए दिखाया गया। नंदिनी ने इसे आधे घंटे के अंदर अपने चैनल पर दिखाना शुरू कर दिया। उसने अपने मोबाइल पर कलक्टर को न्यूज़ दिखा दी। कुछ घंटे रुकेने के बाद कलेक्टर वापस चले गए। नंदिनी अविनाश के साथ बैठी रही। इस बीच अविनाश के सिर के चोट की मरहम-पट्टी भी की गयी।

देर शाम में अविनाश ने सर्किट हाउस में फिर दोनों पक्षों के लोगों के साथ बैठक की। स्थिति अब पूरी तरह सामान्य हो गयी थी। फिर भी अविनाश ने उस दिन वहीं रात में रुकने की सोची। नंदिनी वापस चली गयी। उसने अपने चैनल पर प्रशासन की तारीफ करते हुए खबर भी चला दी। अविनाश रात में सर्किट हाउस में ही रहा।

अगले दिन इलाके में एक बार फिर घूमकर अविनाश घर वापस लौटा। सरस्वती घटना के बारे में सुनकर चिंतित थी। उसने अविनाश के सिर पर बंधी पट्टी देखकर कहा-

'ज्यादा चोट तो नहीं लगी, बेटा। मैं अकेले बहुत घबड़ा गयी थी। जब तुम्हें शाम में फिर से टीवी पर देखा, तब मेरा मन थोड़ा शांत हुआ'।

अविनाश ने कहा-

'हल्की चोट लगी है माँ, एक दो दिनों में ठीक हो जाएगी। तुम चिंता मत करो'।

थोड़ी देर के बाद अविनाश सीधा कलक्टर के दफ्तर गया। उसने उनसे मुलाक़ात की। कलक्टर ने उसे बिठा कर कहा-

'मैं कल आवेश में तुम्हें बहुत कुछ बोल गया। मुझे पता चला, इसमें तुम्हारी कोई गलती नहीं थी। सब एक संयोग था। तुमने अपनी तरफ से बहुत अच्छी व्यवस्था की थी। तुम मेरी बात का बुरा मत मानना। हमारी नौकरी में ये सब दिन देखने पड़ते हैं। अब तुम जाकर आज आराम करो। कल से काम करना'।

अविनाश अपने दफ्तर के कुछ काम निपटाकर घर वापस आ गया। शाम में नंदिनी उससे फिर मिलने आई। अविनाश बाहर गार्डेन में उसके साथ बैठ गया और कहा-

'कल मैंने तुम्हें कुछ बुरा-भला कहा, उसका तुम बुरा मत मानना। मेरी दिमागी हालत उस समय ठीक नहीं थी। आज कलक्टर साहब से बात करने के बाद मन शांत हुआ है। हमलोग भी जब ऐसी नौकरी में नहीं रहते हैं और ऐसा कुछ दंगा वगैरह होता है, तब प्रशासन की ही लापरवाही समझते है। अंदर जाने पर पता चलता है, किसकी लापरवाही थी। कल भी अगर वह छोटा सा पत्थर वहाँ नहीं होता, तब कुछ भी नहीं हुआ होता। शायद मेरी बदकिस्मती थी, जो यह घटना हुई। अब से मुझे और सतर्क रहना होगा'।

नंदिनी ने कहा-

'इसमें बदकिस्मती की कोई बात नहीं है, बस एक संयोग था। अब तुम इस घटना को बिकुल भूल जाओ। वैसे कुछ ज्यादा हुआ भी नहीं। तुमने अपने ऊपर चोट खाकर परिस्थिति को संभाला। दरअसल तुम्हें तो इसके लिए पुरस्कार देना चाहिए था। मैंने सारी बात अपनी रिपोर्टिंग में बता दी थी'।

अविनाश ने कहा-

'तुम्हें भी मैंने इधर परेशान कर दिया है। तुम्हें बार-बार मेरे पीछे माँ के साथ रात में रहना पड़ता रहा है। तुम्हें यहाँ दिक्कत होती होगी'।

नंदिनी ने जवाब दिया-

'दिक्कत कैसी अविनाश। मैं तो इसे भी अपना घर ही समझती हूँ। इसके अलावा, आंटी के साथ गप्पें लड़ाती हूँ। मेरा समय अच्छा निकल जाता है। सिर्फ कल का अफसोस है। अगर मैं दिन में ऑफिस में होती, तब राकेश वाला न्यूज़ चैनल पर नहीं चला होता। खैर, बाद की रिपोर्टिंग ने, सभी को कवर कर लिया'।

नंदिनी ने एक बार पीछे मुड़कर बरामदे में देखा, फिर अविनाश की ओर मुड़ कर कहा-

'अविनाश, मैं कई दिन से तुमसे एक बात कहना चाह रही थी, लेकिन मेरी हिम्मत नहीं हो रही थी। मैं इस बीच दो बार आंटी के साथ रात में उनके साथ सोई। हम बहुत देर तक गप्पें लड़ाकर सोते थे। वह अपनी पुरानी बात मुझे बताया करती थीं। लेकिन एक बात है, जो मुझे तुम्हें बतानी चाहिए। वे सुरेन्द्र जी से बहुत ज्यादा जुड़ी हुई लगती हैं। उनकी ज्यादातर बातें, उनसे जुड़ी होती हैं। वह उन्हें याद कर कभी-कभी रोती भी हैं। कई बार उनकी जुबान से कहते-कहते निकला-

'काश, सुरेन्द्र जी भी यहाँ साथ में होते'।

नंदिनी ने आगे कहा-

'मैं पिछली बार ही तुम्हें बताने वाली थी। वे अंदर से उनके लिए बेचैन हो जाती हैं। उनके पास एक डायरी भी है। एक रात वे डायरी लेकर सो गयी थीं। मैंने धीरे से उनकी डायरी हटाई, तब उसमें से एक फोटो नीचे गिरा। मैंने उठाकर देखा। वह सुरेन्द्र जी की तस्वीर थी। उसके पीछे शायद उनकी ही लिखावट थी। लिखा था "आपका सुरेन्द्र"। उसके बाद उनके हस्ताक्षर थे। मैं फोटो देख कर दंग रह गयी। इसका मतलब आंटी रोज उनको याद करती हैं। पता नहीं सुरेन्द्र जी भी उन्हें याद करते हैं या नहीं। मुझे यह सब तुम्हें बताने में अच्छा नहीं लग रहा था, लेकिन मैंने सुना है इस उम्र में जब कोई अकेला हो जाता है, तब उसे एक साथी की तलाश होती है। जिससे मन की बात की जा सके। इस उम्र में शरीर की भूख नहीं होती है, बस साथ रहने की चाह होती है। तुम्हें इसके बारे में सोचना होगा'।

अविनाश थोड़ी देर चुप होकर सोचता रहा, फिर उसने नंदिनी से कहा-

'अच्छा हुआ, तुमने मुझे बता दिया। मुझे इस बात का कभी पता नहीं चलता। मैं आज ही शाम में जाकर, आश्रम में सुरेन्द्र जी से मिलता हूँ। देखता हूँ, वे कैसी स्थिति में हैं और क्या वे भी माँ को याद करते हैं। उसके बाद मैं माँ से बात करूंगा'।

शाम में अविनाश आश्रम गया। पहले उसने गोपालजी और सरला से मुलाक़ात की। उनसे सुरेन्द्र जी का हाल पूछा। सरला ने बताया-

'सुरेन्द्र जी पहले से कमजोर हो गए हैं। वैसे मैं उनका ख्याल रखती हूँ, लेकिन दीदी के जितना नहीं रख पाती हूँ। दीदी के जाने के बाद सुरेन्द्र जी ज़्यादातर गुमसुम रहते हैं। पहले की तरह किसी से ज्यादा बात नहीं करते हैं। कई बार उन्हें चुपचाप आँसू बहाते भी देखा है। मैंने एक दो बार उनसे पूछा भी, लेकिन उन्होंने कुछ नहीं

बताया। वे बीच-बीच में दीदी से फोन पर बात कर लेते हैं। ज़्यादातर दिन में बात होती है और बहुत लंबी होती है'।

अविनाश ने सरला से पूछा-

'आप तो यहाँ माँ के साथ बहुत दिनों तक रही हैं, आपको इन दोनों का रिश्ता कैसा लगता है'।

सरला ने कुछ सोच कर कहा-

'देखो बेटा, तुमसे क्या छुपाना। जब कोई इस उम्र में अकेला हो जाता है, तब उसे कोई साथी की जरूरत होती है, जिससे वह अपने सुख-दुख बाँट सके। हमलोगों ने जैसा देखा, दीदी और सुरेन्द्र जी के बीच भी वही रिश्ता बन गया है। यहाँ रहने पर दीदी ज़्यादातर अपने मन की बात उनसे किया करती थीं। दोनों घंटों बातें करते रहते थे। दीदी सुरेन्द्र जी का अपने से ज्यादा ख्याल रखती थीं। उनके पैरों की रोज दो बार मालिश, उन्हें खाना खिलाना, उनके सोने तक उनके साथ-साथ रहना। मैं यह सोच भी रही थी दीदी को तुम्हारे यहाँ बिना सुरेन्द्र जी के कैसे मन लगता होगा। सुरेन्द्र जी तो बिलकुल शांत हो गए हैं। इतने ही दिनों में उनकी उम्र पता चलने लगी है'।

अविनाश ने कहा-

'क्या यह सही होगा कि मैं सुरेन्द्र जी को भी अपने घर ले जाऊँ। दोनों साथ-साथ रहेंगे, तो अच्छा रहेगा'।

सरला ने कहा-

'इसमें कोई दिक्कत नहीं है। लेकिन तुम्हारे यहाँ बाहर के लोग भी हैं, वे क्या सोचेंगे। हमें समाज में भी रहना है'।

अविनाश ने कहा-

'मुझे समाज की परवाह नहीं है। मेरे लिए माँ की खुशी ज्यादा प्यारी है। मेरे घर में कई कमरे हैं। एक कमरे में सुरेन्द्र जी भी रह

लेंगे। लोगों को बता देंगे कि ये मेरे अंकल हैं और मेरे घर कुछ दिनों के लिए रहने आए हैं'।

सरला ने कहा-

'ये ठीक रहेगा, लेकिन तुम सुरेन्द्र जी से भी एक बार बात कर लो'।

अविनाश सुरेन्द्र जी से मिलने गया। वे अपने कमरे में बिस्तर पर लेटे हुए थे। कुछ ही दिनों में उनकी सेहत पर बहुत असर पड़ा था। पहले की अपेक्षा वह ज्यादा कमजोर लग रहे थे। अविनाश ने उनके नजदीक जाकर उनसे कहा-

'कैसी तबीयत है, आपकी'।

सुरेन्द्र जी ने कहा-

'पता नहीं क्यों, पैरों में बहुत कमजोरी लगती है। इसके कारण अब ज्यादा चल नहीं पाता हूँ'।

अविनाश ने कहा-

'आपके पैरों की मालिश तो हो रही है, फिर क्यों तकलीफ बढ़ गयी'।

सुरेन्द्र जी बहुत देर तक चुप रहे, फिर उन्होंने कहा-

'बेटा, सिर्फ मालिश से नहीं होता है। कोई बात करने वाला, दुख बांटने वाला होना चाहिए। सरस्वती जी जब थीं तब वे मेरे पैरों की रोज मालिश किया करती थीं। साथ में बैठ कर हमलोग अपने दुख-सुख की बात किया करते थे। उनके जाने के बाद मुझसे बातें करने वाला कोई नहीं है। मैं अपने आप को बिलकुल अकेला महसूस करता हूँ। इस कारण से मेरी सेहत पर भी असर पड़ा है। हालाकि, मुझे इस बात की खुशी है कि सरस्वती जी तुम्हारे यहाँ जाकर सुखी हैं'।

अविनाश ने थोड़ा रुक कर कहा-

'आप मेरे यहाँ रहने चलेंगे'।

सुरेन्द्र जी ने बड़े गौर से अविनाश को देखा। एक पल के लिए उनके चेहरे पर चमक-सी आ गयी। उन्होंने कहा-

'क्या यह संभव होगा, बेटा, लोग क्या सोचेंगे'।

अविनाश ने कहा-

'अपने अंकल को घर में रखने पर लोग क्या सोच सकते हैं। ये तो किसी के घर में हो सकता है। आप इसकी चिंता न करें। मैं कल सुबह आकर, आपको यहाँ से ले जाऊंगा, आप अपनी तैयारी कर लीजिये'।

अविनाश की बात सुनकर सुरेन्द्र जी में जैसे नए जोश का संचार हो गया। वे खुद बिस्तर से उठकर खड़े हो गए और अविनाश को गले से लगा लिया। उन्होंने कहा-

'बेटा, यह मेरे ऊपर तुम्हारा बहुत बड़ा उपकार होगा। देखना, मैं कुछ दिनों में बिलकुल ठीक हो जाऊंगा'।

अविनाश वहाँ से घर लौट आया। घर आकर वह सीधे सरस्वती के कमरे में गया। सरस्वती बिस्तर पर आराम कर रही थीं। अविनाश को देख कर वह उठकर बैठ गईं। उन्होंने कहा-

'कहाँ रह गया था, बेटा। आज आने में बड़ी देर लगा दी। सब ठीक है न। तुम जल्दी से मुंह हाथ धो लो, मैं खाना लगवाती हूँ'।

इतना कहकर सरस्वती बिस्तर से उठने लगीं। तब अविनाश ने कहा-

'थोड़ी देर बाद खाएँगे, माँ, तुमसे कुछ बात करनी है'।

सरस्वती अविनाश का मुंह देखने लगीं। अविनाश ने कहा-

'माँ, तुम दिनभर घर में अकेले रहती हो। कोई बात करने वाला भी नहीं मिलता है'।

सरस्वतो ने कहा-

'इसीलिए तो मैं कहती हूँ, तू मेरी बहू ला दे, मैं खुश हो जाऊँगी'।

अविनाश ने कहा-

'वो तो अपने समय से आ जाएगी, लेकिन मैंने एक निर्णय लिया है। मैं कल सुरेन्द्र जी को अपने घर रहने के लिए ला रहा हूँ। आज मैं उनसे मिलने गया था। वे बहुत कमजोर दिखाई पड़े। यहाँ कुछ दिन रहेंगे, तो उनका स्वास्थ्य भी ठीक होगा और तुम्हें भी मन लगेगा'।

सरस्वती अविनाश की तरफ अवाक होकर देखने लगी। उसने कहा-

'अचानक तुमने ये क्या सोच लिया। उनके यहाँ आने से तुम्हारे लोग क्या सोचेंगे। ये ठीक नहीं होगा'।

अविनाश ने कहा-

'माँ, अगर मेरे चाचा कुछ दिन तक यहाँ आकर बगल के कमरे में रहें, तो लोगों को क्या परेशानी हो सकती है। लोगों की बात के बारे में ज्यादा मत सोचो। मैंने बहुत सोच समझ कर यह निर्णय लिया है। तुम्हारी भी उनके साथ बनती है। मैं भी उनके रहने से निश्चिंत रहूँगा'।

सरस्वती ने कुछ सोच कर कहा-

'तुमने जब सोच लिया है, तब ठीक है। उन्हें भी तुम्हारा सहारा मिल जाएगा'।

अविनाश ने सरस्वती की आँखों में चमक देखी। उसने अपने कमरे में जाकर नंदिनी को सारी बात बताई।

अगले दिन सुबह अविनाश आश्रम जाकर सुरेन्द्र जी को अपने घर ले आया। उन्हें सरस्वती के सामने वाल कमरा दिया गया। अविनाश ने देखा सरस्वती बहुत खुश नज़र आ रही थीं। थोड़ी देर डाइनिंग रूम में उन लोगों के साथ बैठने के बाद अविनाश ऑफिस के लिए तैयार होने चला गया।

सुरेन्द्र जी और सरस्वती एक दूसरे से बातें करने में मशगूल हो गए। सुरेन्द्र जी ने कहा-

'आपके बिना, मुझे वहाँ आश्रम में मन नहीं लगता था। ऐसा महसूस होता था, जैसे कोई अपना छोड़ कर चला गया हो। आज मुझे बहुत सुकून मिल रहा है'।

सरस्वती ने कहा-

'मुझे भी आपका आना अच्छा लगा, लेकिन इतने ही दिनों में आप बहुत कमजोर हो गए हैं। सरला शायद आपका ठीक से ख्याल नहीं रखती थी। अब आप यहाँ आ गए हैं, तो यहाँ के लोगों से आपके पैरों की रोजाना मालिश भी हो सकेगी। देखना, आप कुछ दिनों में बिलकुल ठीक हो जाएँगे'।

कमरे से बाहर निकलते वक़्त अविनाश के कानों में उनकी बातचीत पड़ी। वह मन ही मन मुस्कुराया। उसे अपने अंदर शांति महसूस हुई।

चौदह

सुरेन्द्र जी के आने से सरस्वती और उनमें बहुत परिवर्तन दिख रहा था। दोनों बहुत खुश दिखाई पड़ते थे। दोनों कभी ड्राइंग रूम में या बाहर गार्डेन में बैठकर आपस में बातें करते रहते थे। सुरेन्द्र जी के पैरों की मालिश, बंगले के एक आदमी के हाथों की जा रही थी। अविनाश भी संतुष्ट था। एक दो बार नंदिनी भी आकर उन दोनों से मिल चुकी थी।

इस बीच स्मिता का फोन आया था। उसके पापा अस्पताल से घर जा चुके थे। वे अब पहले से ठीक थे। डॉक्टर ने उनके ब्रेन का ऑपरेशन, दो महीने बाद करने के लिए कहा था। इस बीच विवेक ने स्मिता से शादी के लिए हाँ कह दी थी। स्मिता ने बताया कि शायद जून के महीने में उसके पापा के ऑपरेशन के पहले शादी की कोई तारीख पक्की हो जाए। इस बार अविनाश को यह सब जानकर बुरा नहीं लगा। अब उसका मन शांत हो गया था।

इधर राकेश से भी उसे एक अच्छी खबर मिली। वह रश्मि के साथ शादी करने जा रहा था। रश्मि के माता-पिता उसके लिए राजी हो गए थे। शादी जून या जुलाई के महीने में होने वाली थी। राकेश की एक अच्छी बात अविनाश को लगी। वह हमेशा आश्रम जाकर लोगों से मिलता था। खासकर रेखा जी के साथ उसका वही रिश्ता हो

गया था, जैसा अविनाश का सरस्वती के साथ हुआ था। राकेश भी रेखा जी को अब माँ कहकर पुकारने लगा था।

स्मिता से रिश्ता टूटने के बाद अविनाश ने शांत मन से विचार किया। वह नंदिनी के बारे में सोचने लगा। उसने बचपन से अबतक अविनाश के साथ समय बिताया। बातों-बातों में उसने अपने मन की बात भी अविनाश को बताई। उसके बावजूद अविनाश उससे स्मिता का जिक्र करता रहा, लेकिन नंदिनी ने कभी उसका बुरा नहीं माना। कोई दूसरी होती, तो अब तक नाराज़ हो गयी होती। वाकई, नंदिनी के पास बहुत संयम था, जो अविनाश के पास कम था। उसने बुरे से बुरे वक़्त में अविनाश का साथ नहीं छोड़ा, बल्कि हमेशा उसका हौसला बढ़ाती रही।

अविनाश नंदिनी के सारे अच्छे काम को याद कर सोच रहा था कि उसने नंदिनी के साथ ठीक व्यवहार नहीं किया। वह मुंह खोल कर कहती रही कि वह उसे चाहती है, लेकिन अविनाश उसकी चाहत को समझ नहीं सका। उसने हर बार उसकी बात को मज़ाक में उड़ा दिया था। इन सब बातों को सोच कर अविनाश के मन में ग्लानि होने लगी। उसे लगा नंदिनी से अच्छी जीवन साथी और कौन हो सकती है। नंदिनी माँ को भी पसंद है और बाकी लोग भी उसे चाहते हैं। उसे लगा कि अब स्मिता से अलग होने के बाद इस मामले में देरी करना उचित नहीं होगा। नंदिनी से वह बात करेगा।

अविनाश ने तुरंत नंदिनी को फोन लगाया। नंदिनी ने तुरंत फोन उठा लिया। अविनाश ने कहा-

‘क्या हाल है, नंदी। कई दिनों से तुमसे बात नहीं हो सकी। क्या आज शाम में तुम मुझसे मिल सकती हो’।

नंदिनी ने जवाब दिया-

'मैं इस बीच थोड़ी व्यस्त हो गयी थी, आज फ्री हूँ। शाम को घर आ जाऊँगी'।

अविनाश ने कहा-

'घर नहीं। मैं किसी काम से मौर्य होटल जा रहा हूँ। हमलोग वहीं शाम के साढ़े सात बजे मिलें, साथ में वहीं डिनर ले लेंगे'।

नंदिनी ने हंस कर जवाब दिया-

'क्या बात है अविनाश बाबू, आज इतने दिनों के बाद मुझे डिनर पर इन्वाइट कर रहे हैं। कोई खास बात है क्या'।

अविनाश ने कहा-

'मैंने कहा न, मुझे एक मीटिंग के लिए वहाँ जाना है। मैं साढ़े सात बजे तक फ्री हो जाऊंगा। मेरा मन हुआ, आज कहीं बाहर खाते हैं। बस, इसीलिए तुम्हें बुला लिया'।

नंदिनी ने कहा-

'ठीक है, मैं आ जाऊँगी'।

अविनाश ने फोन रख कर सोचा, उसने मीटिंग की झूठी बात नंदिनी को कही थी, वरना वह घर आने की जिद करती। अविनाश ने होटल फोन कर टेबल रिजर्व करने के लिए कहा और उसके साथ लाल गुलाब के एक गुलदस्ते का भी ऑर्डर दे दिया।

शाम के सात बजे तक अविनाश होटल पहुँच गया। घर से निकलने के पहले उसने सरस्वती को बता दिया था कि वह बाहर से खाकर आएगा और हो सकता है आने में थोड़ी देरी हो। होटल में उसका टेबल रिजर्व था और लाल गुलाब के फूलों का बड़ा गुलदस्ता भी तैयार था। उसने गुलदस्ते को छुपा कर रखने के लिए कहा। उसने आज बड़े दिनों बाद लबासना के समय का बंद गले का नीले रंग का

कोट पहना था। उसके मन में पता नहीं क्यों, एक अजीब सी गुदगुदी हो रही थी। नंदिनी को अबतक उसने दूसरे रूप में देखा था। आज जब वह उससे अपनी चाहत का इज़हार करने जा रहा था, तब वह थोड़ा बेचैन था। उसने सोचा पहले नंदिनी को थोड़ा परेशान करेगा, फिर बाद में उसे असली बात बताएगा।

ठीक साढ़े सात बजे नंदिनी होटल के रेस्तरां में दाखिल हुई। अविनाश ने उसे देख कर इशारा किया। नंदिनी भी नीले रंग की ड्रेस में थी और बहुत सुंदर लग रही थी। वह अविनाश के पास आ गयी। अविनाश उसे देख कर खड़ा हो गया और आगे बढ़ कर उसने नंदिनी के लिए कुर्सी खींची। यह देखकर नंदिनी की हंसी छूट गयी। उसने कहा-

'क्या हो गया है, तुम्हें। आज अचानक इतने रोमांटिक क्यों हो रहे हो। कल तक तो तुम मुझे कुर्सी ऑफर नहीं करते थे, आज क्या बात है'।

अविनाश ने कहा-

'घर की बात कुछ और है। आज हम दोनों डिनर पर आए हैं। इसके कायदे-कानून अलग हैं।

नंदिनी ने मुस्कुराकर कहा-

'देख रही हूँ, अब धीरे-धीरे तुम पर इस शानदार नौकरी का असर हो रहा है। अब ज्यादा कायदे-कानून में रहने लगे हो। वैसे कुछ खास बात है क्या, वरना, तुम मुझे यहाँ इस तरह नहीं बुलाते। संयोग से, हम दोनों ने एक ही रंग का ड्रेस पहना है'।

अविनाश ने कहा-

'हाँ, ये संयोग ही है। वैसे भी, हम दोनों की पसंद बहुत मिलती है। पता नहीं मुझे लगा था, तुम नीले ड्रेस में आओगी। वैसे मज़ाक छोड़ो, तुमसे कुछ राय लेनी थी'।

नंदिनी ने पूछा-

'कैसी राय, कौन सी राय। आखिर बात क्या है'।

'मैंने तुम्हें स्मिता के बारे में बताया था न। वहाँ लबासना में रहते-रहते वह मुझे अच्छी लगने लगी थी। मैंने उससे पिछली बार दिल्ली में पूछा था, आगे उसका क्या इरादा है। उस बार उसने कुछ नहीं कहा, लेकिन अचानक, कल उसने मुझे फोन किया'।

नंदिनी ने तुरंत पूछा-

'क्या कहा, उसने'।

अविनाश ने थोड़ी देर रुक कर कहा-

'वह मान गयी है। नंदी, वह मुझसे शादी करना चाहती है। अब बताओ मैं क्या करूँ। मुझे कुछ समझ में नहीं आ रहा है'।

नंदिनी ने भी सोच कर कहा-

'इसमें समझ में नहीं आने वाली क्या बात है। तुम उसे पसंद करते हो, तुमने उससे उसकी पसंद पूछी और उसने अपनी पसंद तुम्हें बता दी। अब तुम भी उसे हाँ कह दो और दोनों शादी कर लो। इससे अच्छी बात और क्या हो सकती है, मुझे भी खुशी मिलेगी'।

अविनाश ने कहा-

'फिर, तुम्हारा क्या होगा। तुम्हें दुख नहीं होगा'।

नंदिनी ने कहा-

'मुझे क्यों दुख होगा। बल्कि उल्टा चैन मिलेगा कि आखिर तुम्हें तुम्हारी मन लायक लड़की मिल ही गयी। बहुत दिनों से तुम इस उधेड़बुन में लगे हुए थे। अब तुम भी शांत हो जाओगे। मैं भी ऑफिस के किसी लड़के से शादी कर लूँगी। मैं सोचती थी, तुम तैयार

हो जाओगे, लेकिन जब तुम स्मिता से प्यार करते हो, तब मैं क्यों बीच में आऊँ'।

अविनाश ने कहा-

'तुम, किससे शादी करोगी'।

नंदिनी ने कहा-

'मैंने कहा न, ऑफिस में कई लोग मुझ पर लाइन मारते हैं। एक अच्छा लड़का भी मैंने देखा है, तुम्हारी तरह सीधा-सादा है। कल ही मैं उससे मिलकर कह दूँगी'।

अविनाश ने कहा-

'क्या कह दोगी'

नंदिनी ने कहा-

'यही कि मैं तुम्हें पसंद करती हूँ और तुमसे शादी करना चाहती हूँ। फिर अगले एक महीने में चट मंगनी और पट ब्याह। मुझे कहीं बाहर भी नहीं जाना पड़ेगा। घर की बात घर में ही रहेगी'।

अविनाश थोड़ी देर चुप होकर नंदिनी को देख रहा था। नंदिनी के चेहरे पर अविनाश की बात का कोई खास असर नहीं दिख रहा था। अविनाश हैरान था। वह आगे कुछ कहने ही जा रहा था, तब तक ऑर्डर लेने के लिए वेटर आ गया। अविनाश ने उसे थोड़ा रुक कर आने के लिए कहा और इशारे से उसे फूलों का गुलदस्ता लाने के लिए कहा। उसके बाद उसने नंदिनी से कहा-

'लेकिन, तुम मेरे मन की बात नहीं पूछोगी। क्या मैं वाकई स्मिता से शादी करना चाहता हूँ या नहीं। तुम जानना चाहोगी, फोन पर मैंने उससे क्या कहा'।

नंदिनी ने कहा-

'तुम तो अपनी पसंद मुझे पहले बता चुके हो। तुमने जरूर उससे हाँ कहा होगा। तुम तो बहुत दिनों से उसके इंतज़ार में बैठे थे'।

अविनाश ने कहा-

'ऐसी बात नहीं है नंदी। जानती हो मैंने उससे क्या कहा। मैंने उससे साफ कह दिया कि अब मुझे उसमें कोई दिलचस्पी नहीं है। मैंने पटना में यहीं एक दूसरी लड़की देख ली है, जिसे मैं अपना जीवन साथी बनाने जा रहा हूँ'।

नंदिनी ने पूछा-

'अच्छा, फिर कौन है वो लड़की। क्या तुम्हारे ऑफिस में कोई है'।

अविनाश ने कहा-

'हाँ, मेरी पुरानी जान-पहचान की है। बहुत सुंदर है। मैं उससे जल्द ही पूछने वाला हूँ कि क्या वह मेरी जीवन साथी बनेगी'।

नंदिनी थोड़ी देर चुप हो गयी। तब तक वेटर फूलों का गुलदस्ता छुपा कर ले आया। अचानक अविनाश ने वह गुलदस्ता अपने हाथों में लिया और नंदिनी के पास जाकर घुटनों पर नीचे बैठ कर कहा-

'क्या नंदी मेरी जीवन संगिनी बनेगी'।

नंदिनी अविनाश की इस बात से अवाक रह गयी। उसने अविनाश को उठाया और फूलों का गुलदस्ता अपने हाथों में लेकर कहा-

'मैं तो कब से तैयार हूँ। तुमने कहने में देर लगा दी। हाँ मैं तैयार हूँ। अब अपनी कुर्सी पर जाकर बैठ जाओ। अगल बगल बैठे

लोग देख रहे हैं। कल ही अखबार में खबर आ जाएगी, एसडीएम साहब एक लड़की के लिए गुलदस्ता लेकर अपने घुटनों पर थे'।

अविनाश ने मुस्कुराते हुए कहा-

'लिखने दो, मुझे अब किसी की परवाह नहीं है। जब तुम राजी हो गयी हो तो मेरा मन अब शांत हो गया है। वैसे, स्मिता की कहानी झूठी थी'।

नंदिनी ने कहा-

'मुझे पता था। मेरी कल ही, स्मिता से बात हुई है। उसकी शादी जून महीने में विवेक से हो रही है'।

अविनाश ने कहा-

'फिर, तुमने इतनी अच्छी एक्टिंग कैसे कर ली'।

नंदिनी ने कहा-

'जैसे, तुमने की'।

दोनों ज़ोर से हंसने लगे।

अविनाश ने कहा-

'नंदी, तुम मुझे शुरू से अच्छी लगती थी। तुम्हारे साथ रहने पर मुझे आज भी एक सुकून का आभास होता है। ऐसा लगता है, तुमसे मुझे बल मिलता हो। मैं बीच में थोड़ा भटक गया था, इसलिए तुम्हारा सीधा इशारा भी मुझे समझ में नहीं आता था। दरअसल, मैं भ्रम में था, स्मिता ने कभी मुझे चाहा ही नहीं। वह मुझे सिर्फ अपना दोस्त मानती रही। उसके मन में शुरू से विवेक था। मैं ही बेकार में उसके पीछे पड़ा था। तुमने पिछले कुछ महीनों में मेरी आँखें खोल दीं। मुझे माफ कर दो, मैंने तुम्हारा दिल दुखाया'।

नंदिनी ने अविनाश का हाथ पकड़ कर कहा-

'जानते हो अविनाश, मुझे अपने प्यार पर पूरा भरोसा था। मैं जानती थी कि तुम वापस मेरे पास जरूर आओगे। यह मेरे प्यार की ताकत थी। तुम मेरे लिए बचपन से मेरे आदर्श रहे। मुझे पढ़ाया, समझाया, इस लायक बनाया। मैं तुमसे दूर जा ही नहीं सकती थी। दरअसल, हम दोनों शुरू से एक दूसरे के लिए बने थे। आज भगवान ने मेरे मन की पुकार सुन ली। मैं बहुत खुश हूँ। लेकिन तुम्हें पहले, मेरे पापा-मम्मी से बात करनी होगी। वे भी आंटी से मिलेंगे'।

अविनाश ने कहा-

'कल छुट्टी का दिन है। मैं कल सुबह ही तुम्हारे घर आता हूँ। वहीं तुम सबके साथ नाश्ता करूंगा और अंकल, आंटी से तुम्हारे बारे में बात भी कर लूँगा। अभी मैं माँ को जाकर यह खुशखबरी देना चाहता हूँ'।

दोनों ने वहाँ खाना खाया। चलते समय अविनाश ने नंदिनी को उसकी गाड़ी तक छोड़ा। वह उसे देख कर बहुत देर तक हाथ हिलाता रहा। रात दस बजे तक वह घर आ गया।

घर पर सरस्वती अब तक जगी हुई थीं। वे सुरेन्द्र जी के साथ बाहर ड्राइंग रूम में बातें कर रही थीं। अविनाश को देखकर उन्होंने कहा-

'कैसा रहा तुम्हारा प्रोग्राम, बेटा। खाना खाया या नहीं। हमलोगों ने तुम्हारा रास्ता देखकर थोड़ी देर पहले खाना खा लिया। किसके साथ मीटिंग थी, बेटा'।

अविनाश सरस्वती के पास बैठ गया और उनके हाथ को अपने हाथ में लेकर कहा-

'माँ, मैं तुम्हें कुछ कहना चाहता हूँ। तुम बहुत दिनों से कहती थी न कि घर में बहू ला दो। मैंने तुम्हारी बहू पसंद कर ली है। आज उसी से मिलने गया था। तुम्हारी बहू बहुत सुंदर है, तुम्हें बहुत पसंद आएगी'।

सरस्वती ने थोड़ा आश्चर्य व्यक्त करते हुए कहा-

'किसे पसंद कर लिया, बेटा। क्या स्मिता यहाँ आई है'।

अविनाश ने मुस्कुराते हुए कहा-

'नहीं माँ, स्मिता तो दिल्ली में है। यह कोई और है, लेकिन तुम्हें जरूर पसंद आएगी'।

उधर से सुरेन्द्र जी ने सरस्वती से कहा-

'अरे सरस्वती जी, ये आपको पहेलियाँ बुझा रहा है। लेकिन पहेली का जवाब, इसकी पहेली में ही छुपा है। स्मिता के अलावा आपको कौन पसंद आएगी। नंदिनी। यह नंदिनी की बात कर रहा है। क्यों बेटा, मैंने सही पकड़ा'।

अविनाश ने पहले सुरेन्द्र जी और उसके बाद सरस्वती के पैर छूकर कहा-

'हाँ माँ, अंकल ने सही कहा। आज मैं नंदिनी से मिलने गया था। मैंने उससे कह दिया, वही मेरी जीवन संगिनी बनेगी'।

सरस्वती ने तेजी से उठकर अविनाश को गले से लगा लिया और कहा-

'जीते रहो बेटा, तुमने मुझपर यह बहुत बड़ा उपकार किया है। मैं जबसे नंदिनी से मिली थी, तब से मैं उसे तुम्हारी बहू के रूप में देखती थी। इतनी सुंदर बहू को चुनने के लिए हमारा आशीर्वाद'।

अविनाश ने कहा-

'मैं कल सुबह जाकर नंदिनी के मम्मी-पापा को भी बता दूँगा। उसके बाद वे लोग तुमलोगों से मिलने आएंगे'।

अगले दिन सुबह दस बजे अविनाश नंदिनी के यहाँ पहुँच गया। नंदिनी ने अपने पापा-मम्मी को रात में ही अविनाश की पूरी बात बता दी थी। वे दोनों बहुत खुश थे। अविनाश के स्वागत के लिए बाहर बरामदे में निर्मला जी आरती की थाल लेकर खड़ी थीं और खन्ना साहब के हाथों में फूलों का गुलदस्ता था। नंदिनी उनके पीछे शरमाई हुई खड़ी थी। अविनाश ने नदिनी को इस तरह शर्माते हुए पहली बार देखा था। निर्मला जी ने अविनाश की आरती उतारी और माथे पर तिलक लगाया। खन्ना साहब ने फूलों का बड़ा गुलदस्ता देते हुए कहा-

'आओ बेटा, तुम्हारे घर में तुम्हारा स्वागत है। कल रात से ही हमलोगों की खुशी की कोई सीमा नहीं है। नंदिनी के लिए तुम जैसा जीवन साथी पाकर हमलोग बहुत खुश हैं'।

अविनाश ने दोनों के पाँव छुए और घर के अंदर गया। ड्राइंग रूम में भी टेबल पर फूलों का बड़ा गुलदस्ता लगा था। निर्मला जी ने बैठते हुए कहा-

'नंदिनी कल रात भर नहीं सोई है। हमलोग रात दो बजे तक तुम्हारी चर्चा करते रहे। उसके बाद यह सुबह पाँच बजे से उठकर घर की साफ-सफाई कर रही थी। तुम्हारे आने की खुशी में यह पागल हुई जा रही थी'।

अविनाश ने देखा, नंदिनी का चेहरा शर्म से लाल हो रहा था। वह नई दुल्हन की तरह सिर झुकाकर बैठी थी। अविनाश ने उसे देख कर कहा-

'मैंने आज पहली बार, तुम्हें इस तरह शर्माते हुए देखा है। लगता है जैसे मुझसे तुम्हारी पहली मुलाक़ात हो रही है'।

नंदिनी ने मुस्कुराकर कहा-

'पता नहीं क्यों, आज का तुम्हारा आना मेरे लिए खास था'।

अविनाश ने खन्ना साहब से कहा-

'अंकल, आपको नंदिनी ने सब कुछ बता ही दिया है। मैं खुद आपलोगों से बात करने आ गया। मैं नंदिनी को बचपन से जानता हूँ। मुझे इस पर हमेशा गर्व रहा है। यह मेरी माँ को भी अच्छी तरह जानती है। वे भी इसे बहुत पसंद करती हैं, इसलिए बस नंदिनी भी इस घर से निकलकर, अपने दूसरे घर में जाएगी। हमलोग को कोई जल्दी नहीं है। आपलोगों को भी तैयारी का वक़्त चाहिए। अब आपलोग जैसा चाहें, हमें बताएं। आप दोनों एक बार मेरी माँ से भी मिल लेंगे। उन्हें खुशी होगी'।

खन्ना साहब ने कहा-

'बहन जी से मिलने तो हमलोग जरूर आएंगे। यह दस्तूर भी है। तुम दोनों आपस में तय कर लो, शादी कब की होनी है। मुझे तैयारी के लिए बस एक महीने का वक़्त चाहिए'।

अविनाश ने कहा-

'हमें कोई जल्दी नहीं है। नंदिनी अगर चाहे, तब हम अगले महीने सगाई कर लें। शादी अगर अगले साल की शुरुआत में होगी, तो बेहतर होगा। अभी वैसे भी अक्तूबर तक शादी का मुहूर्त नहीं है। मैं जाड़ों में शादी नहीं चाहता, क्योंकि माँ को ठंढ के दिनों में तकलीफ होती है। बेहतर होगा, हम मार्च के महीने में शादी का प्लान करें'।

निर्मला जी ने कहा-

'तुमने ठीक सोचा है, बेटा। हमें बहन जी के स्वास्थ्य का भी ध्यान रखना होगा। हमलोग आज शाम में ही बहन जी से आकर मिल लेंगे और अभी सगाई की तारीख पक्की कर लेंगे'।

अविनाश ने नंदिनी से कहा-

'तुम्हारा क्या सोचना है, नंदी'।

नंदिनी ने कहा-

'तुमने ठीक सोचा है, उसी तरह प्लान किया जाएगा'।

अविनाश ने खन्ना साहब को कहा-

'अंकल एक बात का ख्याल रखेंगे। नंदिनी सिर्फ इस घर से उस घर जाएगी। भगवान ने मुझे इस लायक बनाया है कि मैं नंदिनी को जहां तक हो सके, सारे सुख दे सकूँ। इसलिए आप शादी बिलकुल सादगी से करेंगे। दहेज के नाम पर कुछ देकर, हमें शर्मिंदा नहीं करेंगे।

खन्ना साहब ने कहा-

'बेटा, हमलोग समाज में रहते हैं। मुझे शादी में अपने परिचितों को बुलाना ही होगा। हमारी एक ही संतान है। हमें सभी शौक इसी की शादी में पूरी करनी है। वैसे मैं तुम्हारी बात समझ रहा हूँ। बस शादी हमलोग धूमधाम से करेंगे'।

अविनाश ने वहाँ नाश्ता किया। उसके बाद उसने नंदिनी से कहा-

'मैं अभी तुम्हारे साथ बाबा और बड़ी अम्माँ से मिलने जाना चाहता हूँ। माँ भी तुमसे मिलने के लिए बेचैन है। तुम अगर साथ चलोगी, तो अच्छा रहेगा। सबसे मिलकर तुम शाम तक यहाँ चली आना'।

नंदिनी राजी हो गयी। वह तैयार होने के लिए अपने कमरे में चली गयी। इस बीच निर्मला जी ने अविनाश के हाथ में पैसों का लिफाफा पकड़ा दिया। अविनाश ने उसे लेने से मना किया। तब निर्मला जी ने कहा-

'बेटा, इसे शगुन कहते हैं। इसे मना मत करो। शादी की बात के बाद तुम पहली बार हमारे घर आए हो। इसे एक रस्म समझ कर रख लो'।

अविनाश ने लिफाफा रख लिया। थोड़ी देर बाद दोनों अविनाश की गाड़ी से सेवाश्रम के लिए निकल गए। रास्ते में नंदिनी ने अविनाश से कहा-

'मुझे अभी भी सब कुछ सपना जैसा लग रहा है। डर लगता है, आँख खुलने पर यह सब गलत न हो।

अविनाश ने नदिनी का हाथ पकड़ कर कहा-

'देखो नंदी, ऊपर वाले ने हम दोनों की जोड़ी बचपन में ही तय कर दी थी। बस इधर-उधर की बात के कारण, अबतक हमलोग मिल नहीं पाये। अब सब कुछ साफ है, कोई सपना नहीं है। हम दोनों का साथ अच्छा रहेगा। इससे ज्यादा एक दूसरे को कोई क्या जान सकता है। मैं तुम्हें कोई तकलीफ होने नहीं दूँगा। तुम अपने चैनल का काम जारी रखना। मैं उसमें तुम्हें डिस्टर्ब नहीं करूंगा। चिंता मत करो, हमारी जोड़ी अच्छी रहेगी'।

नंदिनी ने अविनाश के कंधे पर अपना सिर रख दिया और कहा-

'हाँ अविनाश, मैं भी जानती हूँ, तुमसे बेहतर जीवन साथी, मेरे लिए कोई और नहीं हो सकता। मैं भी तुम्हारे और आंटी के साथ खुश रहूँगी'।

दोनों सेवाश्रम पहुंचे। घनश्याम बाबू और लक्ष्मी बाहर बरामदे में ही बैठकर बातें कर रहे थे। दोनों ने उनके पैर छूकर उनका आशीर्वाद लिया। अविनाश ने नंदिनी को बोलने का इशारा किया, लेकिन नंदिनी ने सिर हिलाकर ना कह दिया। घनश्याम बाबू उन दोनों को देख रहे थे, उन्होंने कहा-

'क्या बात है अविनाश। जरूर कोई खास बात है, इसलिए तुम दोनों कहने में हिचकिचा रहे हो'।

अविनाश ने कहा-

'हाँ बाबा, कुछ खास ही है, इसलिए हम दोनों आपलोगों का आशीर्वाद लेने आए हैं। हम दोनों ने आपस में शादी के बंधन में बंधने का फैसला कर लिया है'।

अविनाश के इतना कहते ही लक्ष्मी ने कुर्सी से उठकर नंदिनी को गले से लगा लिया और कहा-

'मैं आपको कहतो थी न, चाहे जो हो जाये ये दोनों मिलकर ही रहेंगे। आज मेरी बात सच हो गयी। तुमलोगों के इस फैसले से, मैं बहुत खुश हूँ'।

घनश्याम बाबू ने कहा-

'वाकई, तुम दोनों ने यह फैसला लेकर मन खुश कर दिया। कब की तारीख सोची है'।

अविनाश ने जवाब दिया-

'अगले साल मार्च में शादी के बारे में सोचा है। उसके पहले, अगले महीने सगाई की रस्म हो जाएगी'।

घनश्याम बाबू ने तुरंत श्रवण को मिठाई लाने के लिए भेजा। गंगा और गणेश ने भी आकर अविनाश और नंदिनी को बधाई दी।

मिठाई खाकर दोनों वहाँ से निकल गए। अविनाश नंदिनी को अपने घर लेकर आया। सरस्वती बाहर बरामदे में ही बैठी हुई थीं। नंदिनी को देखते ही उन्होंने उठकर उसे गले से लगा लिया और कहा-

'तुम्हारी जैसी बहू पाकर, मैं धन्य हो गयी। अब हमारा यह घर भी भर जाएगा'।

नंदिनी ने कहा-

'मुझे भी आपलोगों के साथ रहने में अच्छा लगेगा, आंटी'।

सरस्वती ने नंदिनी को टोकते हुए कहा-

'अब तो आंटी कहना छोड़ दो, अब से मैं तेरी माँ हुई'।

नंदिनी ने हँसते हुए कहा-

'ठीक है, माँ'।

अविनाश ने सरस्वती से कहा-

'माँ, अंकल और आंटी से बात हो गयी। अगले महीने सगाई हो जाएगी, उसके बाद, अगले साल मार्च में विवाह'।

सरस्वती ने अविनाश से कहा-

'अब तुम भी आज से भाई साहब और भाभी जी को पापा-मम्मी कहना शुरू करो। अब तुम उस घर के दामाद बनने जा रहे हो'।

अविनाश ने कहा-

'ठीक है, माँ'।

सरस्वती ने भी नंदिनी के हाथ में शगुन का लिफाफा दिया।

शाम में खन्ना साहब और निर्मला जी सरस्वती से मिलने आए। वे बहुत सारी मिठाई और फल लेकर आए थे। दोनों से

अविनाश ने सुरेन्द्र जी का परिचय कराया। निर्मला जी ने सरस्वती से हाथ जोड़ते हुए कहा-

'बहन जी, बच्चों ने जो फैसला लिया है, वह हम लोगों ने सुना। आज हमलोग आपसे आपके बेटे का नंदिनी के साथ रिश्ता मांगने आए हैं। आप तो नंदिनी को अच्छी तरह जानती हैं। अविनाश भी बचपन से उसके साथ रहा है। दोनों की जोड़ी अच्छी रहेगी'।

सरस्वती ने कहा-

'बहन जी, हमारा सौभाग्य है कि अविनाश को नंदिनी जैसी लड़की मिली है। मैं बहुत खुश हूँ। आपलोग जल्दी से सगाई की तारीख पक्की कर लें'।

सरस्वती की बात पर खन्ना साहब ने कहा-

'मैं कल ही पंडित जी को बुला कर, तारीख पक्की कर लेता हूँ। मेरे हिसाब से शहर के किसी होटल में सगाई की जाये। शादी के लिए मैंने शहर के बाहर एक रिज़ॉर्ट बुक करने की सोची है। मार्च की शादी की तारीख भी कल पंडित जी से तय करा कर, आपलोगों को बता दूंगा'।

निर्मला जी ने कहा-

'शादी के दो दिन पहले मेहंदी और संगीत, फिर मंडप और हल्दी और उसके अगले दिन बारात। उसके अगली सुबह विदाई हो जाएगी। चार-पाँच दिनों के लिए हमलोग सब उसी रिज़ॉर्ट में चले जाएँगे, सभी को सुविधा होगी। इस बीच मैं अविनाश और नंदिनी से कह देती हूँ, वे दोनों सगाई की अंगूठी अपनी-अपनी पसंद की ले लें। पता नहीं, उन्हें हमारी पसंद ठीक लगेगी या नहीं'।

थोड़ी देर और बातें कर खन्ना साहब और निर्मला जी वहाँ से वापस अपने घर चले गए।

अगले दिन खन्ना साहब ने अविनाश को फोन कर सगाई की तारीख बीस जून की बताई और विवाह अगले साल छह मार्च को। अविनाश ने तुरंत पटना के सबसे अच्छे मौर्य होटल में फोन कर बीस जून की शाम को सगाई के लिए हॉल बुक करा लिया।

अविनाश ने नंदिनी के साथ ख़रीदारी करने के लिए अगले रविवार का दिन चुना। नंदिनी ग्यारह बजे दिन तक अविनाश के पास आ गयी थी। पहले दोनों ने जाकर अपने-अपने लिए सगाई की अंगूठी खरीदी। उसके बाद सगाई के दिन पहनने के ड्रेस खरीदे गए। नंदिनी की खुशी की सीमा नहीं थी। वह दिल खोलकर ख़रीदारी कर रही थी।

बाज़ार से नंदिनी को विदा कर अविनाश आश्रम गया। वहाँ वह गोपाल जी और सरला से मिला। उसने दोनों को शादी की बात बताई। दोनों सुनकर बहुत खुश हुए। तब सरला ने अविनाश को अलग ले जाकर कहा-

'बेटा, मैं तुमसे बात करने ही वाली थी। मैं एक सप्ताह पहले दीदी से मिलने तुम्हारे घर गयी थी। वहाँ सुरेन्द्र जी से भी मिली। वहाँ दीदी ने मुझसे कहा कि जब घर में कभी बहू आ जाएगी, तब उसके सामने इस तरह उनका सुरेन्द्र जी की सेवा करना, उन्हें अच्छा नहीं लगेगा। वे सोच में पड़ गयी हैं कि वे क्या करें। अब जब आज तुमने अपनी शादी की बात की, तब मुझे तुमसे बात करनी जरूरी हो गयी। मैंने यह बात अपने पति से भी की है। हम दोनों ने एक उपाय के बारे में सोचा है, लेकिन तुमसे कहने की हिम्मत नहीं हो रही है'।

तब तक गोपाल जी भी पास आ गए। अविनाश ने सरला से कहा-

'आपलोगों ने क्या सोचा है, मौसी'।

सरला ने गोपाल जी की तरफ देखा। उन्होंने कहा-

'बता दो सरला, अविनाश आज के युग का लड़का है'।

सरला ने बहुत संकोच के साथ कहा-

'तुम तो देख रहे हो, दोनों एक दूसरे के बिना नहीं रह सकते हैं। लेकिन इस तरह रहने में किसी को भी ठीक नहीं लगेगा। इससे बेहतर है दोनों को हमेशा के लिए साथ कर दिया जाये। दोनों सुखी रहेंगे। वैसे भी, वर्षों से दोनों दांपत्य जीवन के सुख से वंचित हैं। जीवन के इस पड़ाव पर, जब सुख-दुख बांटने के लिए एक साथी की जरूरत होती है, तब अकेलेपन से जूझते हुए इन दोनों को जीवन भर का साथी मिल जाएगा। मुझे यह सब तुम्हें कहने में अच्छा नहीं लग रहा है, लेकिन इसके सिवा दूसरा कोई उपाय नहीं है। मैंने उस दिन दीदी से इस बात की दबी जुबान में चर्चा की थी। लेकिन वे चुप रहीं। मैं नहीं जानती, उनकी चुप्पी का क्या मतलब था। यह चुप्पी शायद हाँ भी हो सकती है'।

सरला की बात सुनकर अविनाश सकते में आ गया। उसने कहा-

'मैं कैसे ये सब माँ से बात करूँ, मुझसे नहीं होगा। वैसे बात तो आपलोग ठीक कह रहे हैं। यह मुझे भी संभव लग रहा है, लेकिन इसके लिए आप दोनों को बीच में आना होगा। आपलोगों को माँ और अंकल से बात करनी होगी'।

सरला ने कहा-

'हमलोगों को भी समझ में नहीं आ रहा है, कैसे बात को आगे बढ़ाऊँ। अभी तुम्हारी सगाई की भी बात है। ऐसा करते हैं, सगाई के बाद इस बात को छेड़कर देखते हैं। तब तक तुम उनसे इस बारे में कोई बात नहीं करो'।

अविनाश आश्रम से वापस घर आ गया। वह रास्ते भर दुविधा में रहा। उसने सोचा, वह नंदिनी से भी इस बारे में बात करेगा।

घर आकर उसका सुरेन्द्र जी और सरस्वती को देखने का नज़रिया अब बदल गया था। उसने सरला की कही बात कभी सपने में भी नहीं सोची थी। हालाकि, यह उतना गंभीर मामला नहीं था, ऐसे कई उदाहरण पहले भी हुए हैं।

शाम के वक़्त अविनाश बाहर गार्डेन में सरस्वती और सुरेन्द्र जी के साथ बैठ गया। उसने सुरेन्द्र जी से पूछा-

'अंकल, अब आपके पैर की क्या हालत है, कुछ सुधार हुआ या नहीं'।

सुरेन्द्र जी ने जवाब दिया-

'तुमने देखा नहीं, मैं यहाँ गार्डेन में खुद छड़ी लेकर आ गया। सरस्वती जी की हाथों में जादू है। तुम्हारे यहाँ के लोगों के अलावा ये भी बीच-बीच में मेरे पैरों की मालिश कर दिया करती हैं। इसके अलावा इनकी बातों से भी मुझपर असर हुआ है। इनके यहाँ आ जाने के बाद, वहाँ आश्रम में मेरे साथ बात करने वाला भी कोई नहीं था। ये तो अच्छा किया बेटा तुमने, जो मुझे यहाँ पनाह दे दी। इनकी बातों में मैं अपने रोग भूल जाता हूँ। कुछ दिन और रहा तो मैं बिना छड़ी के भी चलने लगूँगा'।

अविनाश ने कहा-

'क्या आपको किसी डॉक्टर से दिखला दूँ'।

सुरेन्द्र जी ने जवाब दिया-

'हरेक डॉक्टर सिर्फ मालिश और चलने की बात करता है। फिर सरस्वती जी से बड़ा डॉक्टर और कौन होगा'।

सरस्वती ने कहा-

'बेटा, इनके आने से मेरा भी मन लगा रहता है। वैसे पहले तुम्हारे ऑफिस चले जाने के बाद मुझसे भी बात करने वाला कोई नहीं था। अब दिन का बिलकुल पता नहीं चलता है'।

अविनाश ने मन ही मन सोचा कि वाकई ये दोनों एक दूसरे पर आश्रित हैं और शायद एक दूसरे के लिए ही बने हैं। इनका मेल कराना ही उचित होगा।

अगले एक सप्ताह तक अविनाश अपने ऑफिस के काम में व्यस्त रहा। वह नंदिनी से भी नहीं मिल पाया था। शनिवार को अविनाश ने नंदिनी को फोन कर अगले दिन की शॉपिंग का प्रोग्राम बना लिया। उसने सोचा इसी बहाने वह माँ के बारे में भी नंदिनी से बात कर लेगा।

नंदिनी अविनाश से एक मॉल में मिली। वहाँ उनलोगों ने शॉपिंग की, उसके बाद वे वहीं मॉल के ऊपर बने फूड कोर्ट में खाने के लिए बैठ गए। अविनाश ने वहाँ नंदिनी को माँ के बारे में पूरी बात बताई। नंदिनी भी बहुत देर तक खामोश रही। कुछ देर बाद उसने कहा-

'देखो अविनाश, अब जब तुम अंकल को अपने घर ले आए हो, तब उन्हें तुम अब माँ से अलग नहीं कर सकते। हमारे पास कोई दूसरा चारा नहीं है। मैं कुछ दिन पहले से इस बारे में सोच रही थी। अच्छा हुआ तुम्हें भी इस बात के बारे में सोचने के लिए कहा गया। मेरे हिसाब से इसमें कोई बुराई नहीं है। हम इन दोनों को मिलाकर बहुत नेक काम करेंगे। इसमें सरला आंटी को पहल लेनी होगी, उसके बाद हम और तुम दोनों, माँ और अंकल से बात करेंगे'।

अविनाश ने कहा-

'इस निर्णय में, मुझे माँ के दो बेटों को भी शामिल करना होगा। उनकी भी राय जाननी होगी। अगर सब कुछ तय हो गया, तब इनकी शादी किस तरह करनी होगी'।

नंदिनी ने कहा-

'बेहतर होगा, कोर्ट मैरेज। उसके बाद हम घर में एक फंकशन कर कुछ खास-खास लोगों को बुलाकर बता देंगे। यह काम हमें सगाई के तुरंत बाद करना होगा'।

अविनाश ने कहा-

'यह भी अनुभव अजीब होगा, माँ की शादी'।

नंदिनी ने कहा-

'कुछ अजीब नहीं होगा, ऐसा बहुत घरों में होता है और बच्चे धूम-धाम से अपनी माँ या अपने पिता की शादी करते हैं। ठीक है, तुम्हारे ओहदे को देखते हुए, हम ज्यादा शोरगुल नहीं करेंगे, लेकिन घर की चारदीवारी में खुशियाँ मनाने में कोई हर्ज़ नहीं है। मुझे तो बड़ा मजा आएगा, माँ की शादी में। मैं उन्हें फिर से दुल्हन की तरह सजाऊँगी। तुम अंकल की तरफ से रहना और मैं माँ की तरफ से। जो भी हो, जिंदगी का ये अनुभव रोमांचक होगा'।

एक हफ्ते के बाद अविनाश ने मौर्य होटल जाकर सगाई के कार्यक्रम के सारे इंतजाम पक्के कर दिये। लोगों को आमंत्रित करने के लिए मोबाइल पर सगाई का कार्ड बनाया गया। उसमें सरस्वती, खन्ना साहब और निर्मला जी की तरफ से लोगों को आमंत्रित किया गया था। अविनाश ने अपने महकमे के बहुत लोगों को बुलाया था। खन्ना साहब के भी बहुत गेस्ट होने वाले थे। कुल पाँच सौ लोगों का होटल में इंतजाम किया गया था।

अविनाश ने स्मिता को अपनी शादी के फैसले के बारे में बता दिया था। वह सुनकर बहुत खुश हुई थी। उसकी शादी अविनाश की सगाई के दस दिनों बाद होनी थी। उसने अविनाश को कह दिया था कि उसे नंदिनी के साथ शादी में जरूर आना होगा। स्मिता ने नंदिनी

को भी फोन पर बधाई दे दी थी और अपनी शादी में आने का न्योता भी दे दिया था।

राकेश और रश्मि ने अविनाश और नंदिनी की सगाई के कार्यक्रम का जिम्मा ले लिया। उन दोनों की शादी जुलाई के पहले सप्ताह में होनी थी। सभी अतिथियों से फोन पर बात कर उनके आने की पुष्टि करना, सेवाश्रम, आश्रम और घर के लिए गाड़ियों का इंतजाम करना, होटल में सारी व्यवस्था करना आदि काम पर दोनों लग गए थे। सभी अतिथियों को साढ़े सात बजे शाम का वक़्त दिया गया था।

सगाई का दिन आ गया। खन्ना साहब के यहाँ इसकी बड़ी तैयारी चल रही थी। बड़ी-बड़ी टोकरियों में फल और मिठाइयों के पैकेट अच्छे से सजा कर तैयार किए गए थे। अविनाश के लिए कपड़े और सोने की चेन, सरस्वती और सुरेन्द्र जी के लिए कपड़ों का अलग बंदोबस्त किया गया था।

शाम सात बजे तक अविनाश सरस्वती और सुरेन्द्र जी को लेकर होटल पहुँच गया। उसने इस खास अवसर के लिए चूड़ीदार पैजामा और कुर्ते पर नए ढंग का जैकेट पहना था। नंदिनी भी अपने मम्मी-पापा के साथ पहुँच गई। उसने बहुत सुंदर कढ़ाई किया हुआ लहंगा पहना था। हॉल के बगल के एक कमरे में नंदिनी को बिठा दिया गया। धीरे-धीरे गेस्ट भी आने लगे। राकेश और रश्मि उनलोगों की आगवानी कर रहे थे। सेवाश्रम से घनश्याम बाबू और लक्ष्मी आए। आश्रम से गोपाल जी के साथ सरला और रेखा जी आईं।

लगभग आठ बजे तय कार्यक्रम के अनुसार अविनाश स्टेज पर गया। वहाँ पंडित जी ने पहले उससे कुछ पूजा करवाई। खन्ना साहब के यहाँ से लाये गए सभी सामान को अविनाश के हाथों में दिया गया। सरस्वती ने भी जो सामान नंदिनी और उसके मम्मी-पापा के

लिए लाया था, उसे निर्मला जी के हाथ में दिया गया। अब नंदिनी को स्टेज पर बुलाया गया। स्टेज पर दोनों के साथ सरस्वती, नंदिनी के मम्मी-पापा, घनश्याम बाबू और लक्ष्मी भी थे। दोनों ने एक दूसरे को सगाई की अंगूठी पहनाई। लोगों ने ताली बजाकर अभिनंदन किया। दोनों ने स्टेज पर खड़े सभी लोगों का पैर छू कर आशीर्वाद लिया। उसके बाद स्टेज पर कुछ देर तक फोटो सेशन चलता रहा। थोड़ी देर बाद सभी स्टेज से नीचे आ गए। अविनाश ने अपने विभाग के लोगों से नंदिनी को मिलवाया। खन्ना साहब ने भी अपने पहचान वालों से अविनाश का परिचय कराया। उसके बाद खाने-पीने का कार्यक्रम चला। रात ग्यारह बजे तक कार्यक्रम सम्पन्न हो गया।

सगाई की तैयारी के दौरान भी अविनाश के मन में लगातार सरस्वती और सुरेन्द्र जी का मसला आ रहा था। उसे समझ में नहीं आ रहा था कि इस मामले में वह कैसे पहल करे। सरला ने कहा था, सगाई के बाद इसके बारे में वे सरस्वती से बात करेंगी। इस बीच अविनाश ने सरस्वती के दोनों बेटों से बात करने की सोची। उनको घर बुलाने की जगह, उसने खुद उनसे मिलने के लिए फुलवारीशरीफ़ जाना उचित समझा।

अगले दिन वह ऑफिस का काम लेकर फुलवारीशरीफ़ गया। वहाँ कुछ देर काम करने के बाद उसने दोनों भाइयों को सर्किट हाउस में बुलवाया। दोनों तुरंत आ गए। अविनाश ने बात की शुरुआत करते हुए कहा-

'मैंने आप दोनों को एक बहुत जरूरी मसले पर राय लेने के लिए बुलाया है। माँ को जब आपलोग आश्रम में छोड़ कर चले गए थे, तब उनकी स्थिति बहुत अच्छी नहीं थी। उस वक़्त आश्रम के लोगों ने उनको सहारा दिया। उन्हीं में से एक हैं सुरेन्द्र जी, जो एक फौजी थे, लेकिन पैर में गोली लगने के बाद उनका पैर खराब हो

गया और उन्हें फौज की नौकरी से सेवानिवृति लेनी पड़ी। उसी दौरान उनकी पत्नी और बेटी का भी सड़क दुर्घटना में निधन हो गया। वे भी उसी दौरान आश्रम आ गए। माँ ने उनके पैर और उनके स्वास्थ्य की बहुत देखभाल की। जब मैं माँ को लेकर अपने घर आ गया, तब सुरेन्द्र जी वहाँ अकेले पड़ गए। कुछ दिन में उनका स्वास्थ्य गिरने लगा। माँ को भी उनकी चिंता लगी रहती थी। एक दिन मैं उनको भी लेकर अपने घर आ गया। उसके बाद से अब दोनों खुश हैं। आश्रम में उनकी करीबी सरला जी और उनके पति गोपाल बाबू से मेरी बात हुई। हमलोग चाहते हैं कि जब दोनों मेरे यहाँ एक ही छत के नीचे रह रहे हैं और आपस में मिलकर बहुत खुश हैं, तब क्यों न उनको जीवन भर के लिए मिला दिया जाये। आपलोगों को सुनने में यह थोड़ा अजीब लगेगा, लेकिन दोनों की मानसिक स्थिति देखते हुए, इसके सिवा दूसरा कोई रास्ता नजर नहीं आता है। मैंने इसी विषय पर आपकी राय जानने के लिए बुलाया है। आखिर आप दोनों भी उनकी संतान हैं, भले आपलोगों ने उन्हें भुला दिया है'।

अविनाश की बात पर बड़े लड़के बिनोद ने कहा-

'उस दिन आपलोगो से मिलने के बाद से, हम आत्मग्लानि से मरे जा रहे हैं। हमारा पूरा परिवार लज्जित है। आप ने जो माँ के लिए किया है, वह कोई और नहीं कर सकता है। यदि आप इसे सही समझते हैं, तो हमें कोई आपत्ति नहीं है। माँ की खुशी जरूरी है'।

छोटे वाले बेटे राजेश ने कहा-

'हमें संतोष है कि आपने हमें राय लेने के लिए बुलाया। हम तो अपने आप को उस लायक भी नहीं समझते हैं। उस दिन माँ से मिलने के बाद हमेशा मन करता है कि उससे जाकर फिर मिलूँ, उसके साथ बैठ कर फिर वही पुरानी बातें करूँ। लेकिन हमने शायद

ये हक खो दिया है। कभी आपका और माँ का मन करेगा, तब हमें बुला लेंगे'।

अविनाश ने कहा-

'देखिये, आप अपनी गलती पर पछता रहे हैं, यही काफी है। आप दोनों माँ के असल बेटे हैं। आपको उनसे मिलने से मैं नहीं रोक सकता हूँ, लेकिन माँ की मर्ज़ी जरूरी होगी। उनके दिल में अभी भी दुख है, लेकिन वह एक माँ भी हैं, अपने बच्चों की बड़ी से बड़ी गलती को माँ माफ कर देती है'।

अविनाश की बात सुनकर राजेश की आँखों से आँसू निकलने लगे। उसने अविनाश को हाथ जोड़ कर कहा-

'माँ को कहिएगा, हमें प्रायश्चित करने का मौका दें। हमें अपने किए पर बहुत अफसोस है। एक बार अगर थोड़ी देर के लिए भी माँ हमारे घर आ जाएँ, तब हम समझेंगे कि उन्होंने हमें माफ कर दिया'।

अविनाश ने कहा-

'मैं माँ से बात कर देखूंगा। अगर उन्होंने चाहा, तब मैं आपलोगों को बताऊंगा'।

अविनाश दोनों भाइयों से बात कर संतुष्ट हो गया था। अब सरस्वती से बात करने की सरला की बारी थी। सरला ने अविनाश से थोड़ा और वक़्त मांगा।

इस बीच स्मिता की शादी के लिए अविनाश और नंदिनी दिल्ली के लिए रवाना हो गए। सगाई के बाद पहली बार दोनों साथ-साथ बाहर निकले थे। घर पर सरस्वती के साथ रात में रहने के लिए अविनाश ने एक नर्स को बुला लिया था।

स्मिता की शादी में अविनाश के बैच के रविकान्त और पूजा को भी स्मिता ने बुलाया था। शादी का इंतजाम दिल्ली के बाहर जयपुर रोड पर एक बड़े रिज़ॉर्ट में किया गया था। अविनाश और नंदिनी का वहाँ तीन दिन रुकने का प्रोग्राम था। रवि अविनाश की सगाई की बात सुनकर बहुत खुश हुआ। हर दिन शाम में वहाँ कुछ न कुछ कार्यक्रम थे। शादी के दिन विवेक और स्मिता की जोड़ी बहुत अच्छी लग रही थी। नंदिनी और रवीकान्त ने स्मिता की बात लेकर कई बार अविनाश की चुटकी लेनी चाही, लेकिन अविनाश शांत रहा। सभी ने मिलकर तीनों दिन तक वहाँ बहुत मज़ा किया।

दिल्ली से लौटने के बाद अविनाश के पास एक दिन सरला का फोन आया। उन्होंने कहा-

'अविनाश, मैं और गोपाल जी, दीदी और सुरेन्द्र जी से बात करने के लिए कल तुम्हारे घर आना चाहते हैं। हमलोग वहाँ एक रात रुककर अगले दिन शाम में आ जाएँगे। तुम इन दो दिनों में दिनभर ऑफिस में ही रहोगे, हमें दिन के वक़्त भी दीदी से बात करने का वक़्त मिल जाएगा। तुम कल सुबह गाड़ी भेज देना'।

अगले दिन सुबह अविनाश ने सरस्वती को बता दिया कि गोपाल जी और सरला दो दिनों के लिए यहाँ आना चाहते हैं। उसने बताया कि उसे अपने इलाके में कुछ काम होगा, इसलिए वह रात में देर से लौटेगा। उसने आश्रम में गाड़ी भेज दी। वह खुद पटना से बाहर अपने इलाके के दौरे पर निकल गया।

गोपाल जी और सरला अविनाश के घर आए। गोपाल जी सुरेन्द्र जी के कमरे में बैठ गए और सरला सरस्वती के पास। सरला ने सरस्वती से कहा-

'दीदी, कई दिनों से सोच रही थी, तुमसे मिलने आऊँ। इस बार हमलोगों ने सोचा, हम दो दिन रुककर, तुमसे और सुरेन्द्र जी

से खूब बातें करेंगे। बहुत दिनों से तुमसे ठीक से बात नहीं हो पायी। सबसे पहले तुम्हें अविनाश की सगाई की बधाई। बहुत अच्छी बहू मिली है, तुम्हें। तुम भी उसे अपनी बहू बनाना चाहती थी। हमें भी वो बहुत पसंद है'।

सरस्वती ने कहा-

'ये सब बातें भाग्य से होती हैं। मैं भाग्यशाली हूँ कि मुझे ऐसी बहू मिल रही है। मेरा बहुत ख्याल रखती है'।

सरला ने पूछा-

'सुरेन्द्र जी के क्या हाल हैं'।

सरस्वती ने जवाब दिया-

'अब तो वो अच्छी तरह चलने-फिरने लगे हैं। ऐसा ही रहा, तब जल्दी ही बिना छड़ी के चल सकेंगे'।

सरला ने कहा-

'दीदी, पिछली बार तुमने सुरेन्द्र जी और अपने बारे में मुझसे कुछ कहा था। अब तो नई बहू भी आने वाली है। क्या सोचा है तुमने'।

सरस्वती ने कुछ सोच कर जवाब दिया-

'कुछ सूझ नहीं रहा है, सरला। मैं सुरेन्द्र जी को वापस आश्रम भी नहीं भेज सकती हूँ। वह मेरे पर पूरी तरह आश्रित हैं'।

सरला ने कहा-

'दीदी, अगर तुम बुरा न मानो, तब हमारे पास एक उपाय है। देखो अब तुम दोनों उम्र के ऐसे पड़ाव पर आ गयी हो, जहां तुम्हें एक साथी चाहिए। तुम्हारे और सुरेन्द्र जी में अच्छी बनती है। दोनों एक

दूसरे को बहुत दिनों से जानते हो। तुम दोनों में मन का रिश्ता बन गया है। क्यों न इस रिश्ते को तुम दोनों एक नाम दे दो। कई घरों में ऐसा हुआ है कि बच्चों ने अपनी विधवा माँ की फिर से शादी करा दी है। मैं समझती हूँ कि यह मामला थोड़ा अलग होता है, लेकिन यह पूरे परिवार के लिए अच्छा रहता है'।

सरस्वती ने कहा-

'इस उम्र में ये सब करना क्या सही रहेगा। लोग क्या कहेंगे। अविनाश और नंदिनी क्या सोचेंगे'।

सरला ने कहा-

'तुम खुद दोनों बातें कह रही हो। अभी की तरह रहने में भी तुम्हें लोक-लिहाज का डर है और जीवन साथी बनकर रहने में भी तुम्हें परेशानी है। तुम अविनाश की चिंता मत करो। हमलोगों ने उससे बात कर ली है। उसी के कहने पर आज हमलोग यहाँ आए हैं। तुमलोग बस तैयार हो जाओ, बाकी सब हो जाएगा। मैं अभी सुरेन्द्र जी से भी बात करती हूँ'।

सरला सरस्वती के कमरे से निकलकर सुरेन्द्र जी के कमरे में गयी। वहाँ गोपाल जी उनसे बातें कर रहे थे। सरला ने गोपाल जी से कहा-

'मैंने दीदी से बात कर ली है। अब आप इनसे भी बात कर लें'।

गोपाल जी ने सुरेन्द्र जी से कहा-

'दरअसल कुछ दिनों से हमलोग आपके और सरस्वती जी के बारे में सोच रहे थे। आप दोनों अब यहाँ साथ-साथ रह रहे हैं। अब आपका आश्रम लौटना भी मुश्किल होगा। घर में नयी बहू भी आने वाली है। इन सब को देखते हुए हमलोगों ने सरस्वती जी के सामने

ये प्रस्ताव रखा है कि आपलोग इस रिश्ते को एक नाम दे दें। दोनों अब जीवन साथी बन जाएँ। हमने अविनाश से भी बात कर ली है'।

सुरेन्द्र जी बहुत देर तक शांत रहे। फिर उन्होंने कहा-

'क्या ये उचित होगा। सरस्वती जी का क्या कहना है। मेरे कारण उनके पारिवारिक जीवन, उनके बेटे, बहू पर कोई असर न पड़े'।

गोपाल जी ने कहा-

'सारी बातें हो चुकी हैं, अब आपके हाँ करने की देरी है। मैं सरस्वती जी को भी यहाँ बुला लेता हूँ। कुछ देर आप दोनों अकेले में बात कर लें। हमलोग आज इस बात का फैसला करना चाहते हैं'।

सरला सरस्वती को लेकर सुरेन्द्र जी के कमरे में आ गयी और दोनों को बिठाकर गोपाल जी के साथ कमरे से बाहर हो गयी। लगभग आधे घंटे के बाद सरस्वती सुरेन्द्र जी के साथ कमरे से बाहर निकल कर ड्राइंग रूम में आयीं। वहीं चारों लोग बैठ गए। उसके बाद सरस्वती ने कहा-

'मैं चाहती हूँ, यह निर्णय हमलोग अविनाश और नंदिनी के सामने लें। शाम में नंदिनी को भी यहाँ बुला लेते हैं। अविनाश के आने पर बात हो जाएगी'।

सरला ने अविनाश को फोन कर सारी बात बता दी। उसे घर जल्दी आने के लिए कहा और नंदिनी को भी बुलाने के लिए कहा। अविनाश ने अपना काम खत्म किया और शाम छह बजे तक घर पहुँच गया। नंदिनी भी अगले पंद्रह मिनट में आ गयी।

सभी ड्राइंग रूम में बैठ गए। सरला ने बात की शुरुआत की। उसने कहा-

'मैंने दीदी से बात कर ली है। वे अविनाश और नंदिनी के सामने फैसला करना चाहती हैं। अब अविनाश तुम्हारा क्या कहना है, इसके बारे में'।

अविनाश ने कहा-

'अगर माँ और अंकल तैयार हैं, तब हमें कोई परेशानी नहीं है। मैं माँ को भी कहूँगा, वे लोगों के बारे में नहीं सोचें। जब परिवार इसके लिए तैयार है, तब फिर क्या सोचना है। मैंने इस बीच बिनोद और राजेश जी से भी बात कर ली है। उन्हें भी इस रिश्ते में कोई आपत्ति नहीं है'।

सरस्वती ने कुछ सोच कर कहा-

'अगर तुम सबको इससे कोई परेशानी नहीं है, तब हमें भी कोई आपत्ति नहीं है, लेकिन इसमें कोई तामझाम नहीं होगा। कोर्ट जाकर सबकुछ होगा और उसके बाद कुछ नहीं'।

अविनाश ने कहा-

'माँ, समाज़ के कुछ अपनों को तो बताना होगा। बेशक कोर्ट मैरेज होगा, लेकिन उसके बाद मैंने और नंदिनी ने सोचा है, घर में एक छोटा-सी पार्टी करके कुछ बिलकुल अपनों को बुला लेंगे'।

सरस्वती ने कहा-

'तुम्हारा क्या कहना है, नंदिनी'।

नंदिनी ने कहा-

'मैंने और अविनाश ने साथ मिलकर सोचा है, इस वर्ष दिवाली के बाद नवम्बर में कोर्ट में शादी हो जाएगी और उसके दो दिन बाद एक छोटी-सी पार्टी'।

सरस्वती ने कहा-

'ठीक है, जैसा तुमलोग उचित समझो'।

सरला आश्रम से आते वक़्त मिठाई लेकर आई थी। उसने सभी को मिठाई खिलाई। अविनाश को मन की शांति मिली। सुरेन्द्र जी भी प्रसन्न दिखाई पड़े। सरला वापस आश्रम जाना चाहती थी, लेकिन अविनाश ने उन्हें रात भर के लिए रोक लिया। नंदिनी कुछ देर रहकर वापस घर चली गयी।

पंद्रह

अक्तूबर महीने का का आखिरी सप्ताह चल रहा था। नवरात्र की शुरुआत हो चुकी थी। पटना में दुर्गा पूजा का त्योहार बड़ी धूम-धाम से मनाया जाता है। सप्तमी तिथि से शहर में जगह-जगह दुर्गा माँ की मूर्ति, पंडाल बनाकर बिठाई जाती है। लगभग पूरा पटना शहर सप्तमी से लेकर दशमी तक, इन पंडालों को देखने के लिए सड़क पर होता है। बड़ी संख्या में लोग सुबह से लेकर देर रात तक, पैदल या गाड़ी से घूमकर, दुर्गा माँ की मूर्ति का दर्शन करते हैं। इन चार दिनों में लोग दूर-दराज के कस्बे और गाँव से भी पटना आ जाते हैं। इस दौरान विभिन्न मोहल्लों में सड़कों पर भारी भीड़ उमड़ती है। वैसे तो पूरा त्योहार शांतिपूर्ण ढंग से सम्पन्न होता आ रहा है, लेकिन कानून-व्यवस्था पर भी प्रशासन की कड़ी नजर रहती है। अविनाश पटना के दशहरे के उत्सव में चार दिनों तक पंडाल भ्रमण की भीड़ को संभालने में लगा था। पूरे शहर के अलावा उसने बाहर के क्षेत्र में भी चौकसी बढ़ा दी थी। वह खुद दिन और रात के वक़्त गाड़ी से शहर के विभिन्न मोहल्लों में जाकर व्यवस्था की निगरानी कर रहा था।

इस बीच सरस्वती और सुरेन्द्र जी के कोर्ट मैरेज का विजयदशमी के अगले सात दिनों बाद का दिन तय हुआ था। अविनाश ने सरस्वती के दोनों बेटे बिनोद और राजेश को खबर कर दी थी। तय हुआ था

कि वे दोनों, कोर्ट मैरेज के दिन ग्यारह बजे, रजिस्ट्रार के ऑफिस में सीधा आ जाएँगे। अविनाश और नंदिनी ने उसी दिन शाम में घर पर एक छोटी-सी पार्टी रखी थी, जिसमें आश्रम, सेवाश्रम के कुछ लोग, सरस्वती के बेटों का परिवार, खन्ना साहब, निर्मला जी, राकेश और रश्मि, अतुल और वाणी के अलावा अविनाश के ऑफिस के नजदीक के लोगों को बुलाया गया था। लगभग पचास लोगों के आने की संभावना थी। राकेश और रश्मि की शादी हो गयी थी और वे हनीमून मनाकर वापस काम पर भी आ चुके थे। अविनाश ने उन्हीं दोनों को इस बार भी कोर्ट मैरेज और पार्टी की सारी व्यवस्था की जिम्मेवारी दी थी।

इधर नंदिनी लगभग रोज शाम में अविनाश के घर आ रही थी। वह इस शादी को लेकर बहुत उत्साहित थी। उसने सरस्वती और सुरेन्द्र जी को लेकर बाज़ार जाना चाहा, जिससे वे अपने ड्रेस खुद पसंद कर लें, लेकिन उन्होंने इसका सारा जिम्मा नंदिनी को दे दिया। नंदिनी ने दो-तीन दिन लगातार अविनाश के साथ बाज़ार जाकर कपड़ों की ख़रीदारी की। कोर्ट और पार्टी के लिए जयमाल की व्यवस्था की गयी।

नंदिनी, सरला और गोपाल जी शादी के एक रात पहले अविनाश के यहाँ आ गए। तीनों का वहाँ रात में रुकने का प्रोग्राम था। सरला के साथ मिलकर नंदिनी ने सरस्वती के लिए दिन के कोर्ट मैरेज और शाम के कार्यक्रम के लिए कपड़ों का चयन किया। उधर गोपाल जी ने सुरेन्द्र जी के कपड़ों की जिम्मेवारी संभाली। अविनाश राकेश के साथ टेलीफ़ोन पर बात कर अगले दिन शाम की पार्टी की तैयारी में व्यस्त था।

अगले दिन सुबह नंदिनी और सरला ने मिलकर सरस्वती को अच्छी तरह तैयार किया। सरस्वती को बहुत दिनों बाद इस तरह

तैयार होना, अजीब लग रहा था। सरला ने कोर्ट मैरेज के बाद मंदिर में शादी के रस्म के लिए भी व्यवस्था कर ली थी।

साढ़े दस बजे दो गाड़ियों से सभी मैरेज रजिस्ट्रार के दफ्तर पहुँच गए। अविनाश के पद के कारण रजिस्ट्रार पहले से सारी व्यवस्था कर तैयार थे। बिनोद और राजेश भी वहाँ पहुँच गए थे। रजिस्ट्रार ने दोनों को अपने सामने कुर्सी पर बिठाया, दोनों का नाम, पता पूछा, गवाह के तौर पर साथ में आए लोगों के बारे में जाना और उसके बाद उन्हें दस्तखत करने के लिए कहा। सरस्वती और सुरेन्द्र जी ने रजिस्टर पर दस्तखत किए। सरस्वती की ओर से बिनोद और राजेश ने तथा सुरेन्द्र जी की ओर से गोपाल जी और अविनाश ने दस्तखत किए। सभी ने ताली बजा कर उनका स्वागत किया और उन्हें बधाई दी।

रजिस्ट्रार के दफ्तर से निकल कर सभी पास के मंदिर पहुंचे। वहाँ राकेश ने पहले से पुजारी जी को तैनात कर रखा था। सरस्वती और सुरेन्द्र जी को आसन पर बिठाया गया। सरस्वती के पीछे नंदिनी और सरला बैठीं। अविनाश, गोपाल जी और बाकी लोग भी सामने बैठ गए। पंडित जी ने मंत्रोच्चारण शुरू किया। लगभग आधे घंटे की रस्म के बाद दोनों ने एक दूसरे के गले में जयमाल डाले और उसके बाद हवन कुंड के सामने फेरे लिए गए। सरला ने सुरेन्द्र जी के हाथों सरस्वती की मांग में सिंदूर दिलवाया। सिंदूरदान के समय सरस्वती की आँखों में आँसू थे। नंदिनी ने सरला के साथ मिलकर सरस्वती के बार-बार विरोध के बावजूद उन्हें बहुत सुंदर ढंग से सजाया था। सुनहरे रंग की साड़ी और चुनरी में सरस्वती मांग में सिंदूर और हाथ में लाल चूड़ियों के साथ बिल्कुल दुल्हन लग रही थीं। सुरेन्द्र जी को भी शेरवानी के साथ माथे पर साफा बांध दिया गया था। वे भी दूल्हा लग रहे थे।

विवाह सम्पन्न होने के बाद सरस्वती ने आगे बढ़ कर पहले अविनाश को गले लगाया, उसके बाद वे बिनोद और राजेश से गले मिलकर ज़ोर-ज़ोर से रोने लगीं। उनके दोनों बेटे भी साथ में रोने लगे। नंदिनी और सरला की आँखों में भी खुशी के आँसू थे। अविनाश ने आगे बढ़कर सभी को शांत किया। उसके बाद सभी ने मंदिर में चढ़े प्रसाद को ग्रहण किया। सभी ने बारी-बारी से सरस्वती और सुरेन्द्र जी को फिर से बधाई दी। सभी ने दोनों के पैर छुए। दोपहर एक बजे तक सभी घर वापस आ गए। अविनाश ने दिन के खाने पर बिनोद और राजेश को भी बुला लिया था।

घर के ड्राइंग रूम में सरस्वती और सुरेन्द्र जी को साथ-साथ बिठाया गया। बारी-बारी से सभी ने उनके साथ तस्वीरें खिचवाईं। बिनोद और राजेश को देखकर सरस्वती की आँखों में फिर एक बार आँसू छलक आए। बिनोद उनके पास आकर बैठ गया। राजेश उनके पैर के पास जमीन पर बैठा। राजेश ने अपना सिर उनकी गोद में रख कर रोते हुए कहा-

'माँ, हमें माफ कर दो। हम अंदर से बहुत लज्जित हैं। हमने बहुत बड़ा पाप किया है। इसके बावजूद अविनाश जी ने हमें आज कोर्ट की शादी में और फिर अपने घर बुलाया। अब हमसे आगे कोई गलती नहीं होगी'।

सरस्वती ने कहा-

'तुम्हारे आँसू ने, तुम्हारे पाप धो दिये हैं। मैं तुमलोगों से पहले भी नाराज नहीं थी, तुमलोगों पर बस, तरस आता था'।

बिनोद ने पास में बैठे अविनाश से कहा-

सर, पापा और हमलोगों का साथ ज्यादा दिनों का नहीं रहा। उसके बाद हमनें माँ को भी खो दिया था। अब हमारी माँ भी हैं और

हमारे बाबूजी भी हैं। अगर आपलोगों की इजाजत हो, तब हम दो-तीन दिनों के लिए दोनों को अपने घर ले जाएँ। अभी जल्दीबाजी नहीं है, कुछ दिन रुककर ले जाना चाहेंगे'।

अविनाश ने कहा-

'अगर माँ और अंकल तैयार होंगे, तो मुझे क्या आपत्ति होगी'।

बिनोद ने सरस्वती से कहा-

'शाम में, तुम्हारी बहुओं और बच्चों से भी मुलाक़ात हो जाएगी। सभी तुमसे मिलने के लिए बहुत उत्साहित हैं। बस एक बार तुम दो दिनों के लिए ही सही, अपने घर आ जाओगी, हमें चैन मिल जाएगा'।

सरस्वती ने कुछ सोचकर कहा-

'ठीक है, कुछ दिनों के बाद चलूँगी। तुमलोग आकर हमें ले जाना'।

सरस्वती की बात सुनकर बिनोद की आँखों से फिर आँसू छलक आए। उसके बाद बिनोद और राजेश सुरेन्द्र जी के साथ बैठ गए। दोनों ने उन्हें अपने बिज़नेस के बारे में बताया। सुरेन्द्र जी ने उनकी बात समझकर कहा-

'तुम लोग फौज के लिए, जो रबर के सामान बनाने का काम करते हो, उसके इस्तेमाल की मुझे भी थोड़ी जानकारी है। इसमें और आगे बढ़ने की संभावना है। मैं जब वहाँ आऊँगा, तब मुझे अपनी फ़ैक्टरी दिखाना। हो सकता है, मैं तुम्हें कुछ सुझाव दे सकूँ'।

बिनोद ने कहा-

'हमें आपके मार्गदर्शन से लाभ मिलेगा'।

दिन का खाना सबने साथ खाया। अविनाश और नंदिनी राकेश और रश्मि के साथ बाहर गार्डेन में शाम की पार्टी की तैयारी में लग गए।

शाम की पार्टी सात बजे शुरू हो गयी। सबसे पहले आने वालों में घनश्याम बाबू और लक्ष्मी थे। घनश्याम बाबू ने आकर अविनाश से कहा-

'अब तुम्हारे घर की भी जोड़ी पूरी हो गयी। मुझे खुशी है कि तुम और नंदिनी ने यह साहसिक कदम उठाया। सुरेन्द्र जी के रूप में तुम्हें एक अच्छे और समझदार अभिभावक मिले हैं'।

गोपाल जी और सरला ने आकर सरस्वती और सुरेन्द्र जी को एक बड़े फूलों का गुलदस्ता दिया। खन्ना साहब के यहाँ से फिर से फलों और मिठाई की कई टोकरी आई थी। उन्होंने इसके साथ सरस्वती जी को एक सोने की चेन और सुरेन्द्र जी को एक सोने की अंगूठी उपहार में दी। बाकी सभी अतिथि दोनों से बारी-बारी से मिले। लगभग सभी ने उन्हें फूलों का बुके दिया।

सरस्वती के बेटों का परिवार थोड़ी देर से पहुंचा। बिनोद और राजेश की पत्नियों और बच्चों को देख कर सरस्वती भावुक हो गईं। सभी ने आकर जब सरस्वती और सुरेन्द्र जी का पैर छुआ, तब सरस्वती बच्चों को गले लगाकर रोने लगी। उसने कई सालों के बाद बिनोद और राजेश के बच्चों को देखा था। इस बीच वे बड़े भी हो गए थे। बिनोद और राजेश, दोनों के एक लड़की और एक लड़का था। दोनों की लड़कियां लड़कों से बड़ी थीं। बिनोद की पत्नी ने सरस्वती से कहा-

'माँ, हमलोगों की आँखें आपको देखने के लिए तरस गयी थीं। खासकर बच्चे आपसे मिलने के लिए बहुत उत्साहित थे। हम अपने किये पर बहुत शर्मिंदा हैं। आप हमें माफ कर देंगी'।

सरस्वती ने कहा-

'तुमलोगों को अंदाजा नहीं है, मुझे आश्रम जाने में कितनी तकलीफ हुई थी। कई महीनों तक लगता था, तुमलोग मुझे आकर वापस ले जाओगे। लेकिन ऐसा नहीं हुआ। धीरे-धीरे मेरा मन टूटने लगा। उसके बाद जैसे तुमलोगों के बिना रहने की आदत पड़ गयी। अब जब तुमलोग फिर से मिले हो, तब मैं तुम्हारे साथ नहीं रह पाऊँगी। मैंने बिनोद से कहा है, मैं एक-दो दिनों के लिए वहाँ आ जाऊँगी। तुमलोग भी बच्चों के साथ मुझसे, कभी-कभी मिलने आना, मुझे अच्छा लगेगा'।

सरस्वती ने एक-एक कर अपने परिवार के लोगों से सुरेन्द्र जी का परिचय कराया। वे लोग अविनाश और नंदिनी से भी मिले। उसके बाद सभी को खाना खिलाया गया। रात दस बजे तक पार्टी समाप्त हो गयी। अविनाश ने बिनोद और राजेश को परिवार के साथ फुलवारीशरीफ़ तक छोड़ने के लिए एक गाड़ी का इंतजाम करा दिया। सरस्वती ने भावुक होकर उन सब को विदा किया। दोनों बेटों की पत्नियों ने उन्हें घर आने की कसम दिला दी।

सब को विदा कर सभी घर के अंदर आ गए। कुछ देर सभी बाहर ड्राइंग रूम में बैठ कर सुबह कोर्ट मैरेज और शाम की पार्टी की तस्वीरें देखते रहे। अपने बेटों के परिवार के साथ की तस्वीर देख कर सरस्वती की आँखों में फिर से आँसू आ गए। थोड़ी देर बाद नंदिनी अपने मम्मी-पापा के साथ घर लौट गयी। गोपाल जी और सरला रात भर के लिए अविनाश के घर ही रुक गए। सरस्वती सुरेन्द्र जी के साथ एक कमरे में रहने के लिए पहले तैयार नहीं हो रही थी। सरला ने उन्हें अकेले में बहुत समझाया। सरस्वती की जिद पर कमरे में दो सिंगल पलंग की व्यवस्था की गयी, तब जाकर सरस्वती सुरेन्द्र जी के साथ रहने के लिए तैयार हुईं। वैसे सरला और नंदिनी ने मिलकर

कमरे में जगह-जगह फूल के गुलदस्ते लगा दिये थे। पलंग पर भी रंगीन चादर बिछाई गयी थी। कोने के टेबल पर कुछ फल रख दिये गए थे।

सरस्वती और सुरेन्द्र जी के इस मिलन में एक बात अच्छी हुई, सरस्वती का फिर से उसके दोनों बेटों और उनके परिवार से मिलन हो गया। अविनाश के लिए अब एक दुविधा की स्थिति थी कि वह सुरेन्द्र जी को क्या कहकर संबोधित करे। उसकी जुबान पर पापा शब्द नहीं आ पा रहा था। उसने तबतक अंकल कह कर ही काम चलाने की सोची। अब सरस्वती को भी सबके सामने सुरेन्द्र जी के पैरों की मालिश करने में कोई झिझक नहीं थी। दोनों अभी भी पहले की तरह बाहर ड्राइंग रूम में बैठकर दिन भर बातें करते रहते थे। विवाह के बाद उनके रहन-सहन में कोई खास अंतर नहीं हुआ था, लेकिन दोनों के चेहरे पर अब प्रसन्नता झलकती थी। अविनाश को संतोष था कि उसकी माँ अब खुश हैं।

दो दिनों बाद सरस्वती ने अविनाश से कहा-

'मैं आश्रम जाकर लोगों से मिलना चाहती हूँ। मैं सेवाश्रम भी कभी नहीं गयी। तुम्हारे बाबा और तुम्हारी बड़ी अम्माँ से भी मिलना चाहती हूँ। हमें एक बार नंदिनी के घर भी जाना चाहिए। भाई साहब और भाभी जी कई बार आ चुके हैं। मुझे जाकर, उनसे तुम्हारी शादी की तैयारी के बारे में भी बात करनी है'।

अविनाश ने सरस्वती के कहे अनुसार तीनों जगह का प्रोग्राम बना दिया। पहले दिन आश्रम और सेवाश्रम और अगले दिन छुट्टी होने के कारण अविनाश के साथ नंदिनी के घर का प्रोग्राम बन गया।

अगले दिन सुबह जल्दी तैयार होकर सरस्वती और सुरेन्द्र जी आश्रम गए। वहाँ के लोगों ने उनका जबर्दस्त स्वागत किया। मदनमोहन जी ने सरस्वती से मिलकर कहा-

'काश, अविनाश जैसे लोग इस समाज में और होते तो हमें इस आश्रम की जरूरत नहीं पड़ती। आप दोनों बहुत खुशनसीब हैं, जो आपको, अविनाश जैसा बेटा मिला'।

गोपाल जी और सरला ने उनके सम्मान में दिन के खाने में कई तरह के पकवान बनवाएं थे। पहले सभी ने आँगन में बैठकर बहुत देर तक गप्पें मारीं, उसके बाद दिन का खाना हुआ। सरस्वती थोड़ी देर के लिए अपने कमरे में सरला और रेखा जी के साथ बैठीं। लगभग तीन बजे वे सेवाश्रम के लिए निकल गईं।

घनश्याम बाबू को सरस्वती और सुरेन्द्र जी के आने का पता था। उन्होंने उनके स्वागत के अच्छे इंतजाम किये थे। फूलों के गुलदस्ते के अलावा शाम के नाश्ते की अच्छी व्यवस्था हुई थी। घनश्याम बाबू ने उन्हें सेवाश्रम के सभी बच्चों से मिलवाया। सरस्वती अविनाश और नंदिनी के कमरे में भी गईं। सभी ने बाहर बरामदे में बैठ कर गणेश काका के हाथों का बना नाश्ता किया। लक्ष्मी ने अविनाश और नंदिनी के बचपन के कई किस्से सुनाये।

शाम सात बजे तक दोनों घर वापस आ गए।

रात में सरस्वती ने अविनाश से कहा-

'तुमने और मैंने, वृद्धाश्रम और अनाथालय में अनाथ की तरह जिंदगी जिया है। सेवाश्रम में तो मुझे सभी तरह की सुविधा नज़र आई, लेकिन आश्रम की स्थिति अब ठीक नहीं है। मदनमोहन जी खुद बताते नहीं हैं, लेकिन वहाँ की आर्थिक स्थिति बहुत कमजोर है। अगर संभव हो, तो तुम उन्हें कुछ आर्थिक मदद की व्यवस्था करा दो'।

अविनाश ने कहा-

'मैं बहुत दिनों से, इस तरह के वृद्धाश्रम या सरकारी अनाथालय को मदद देने की बात सोच रहा हूँ, लेकिन बात आगे नहीं बढ़ पा

रही है। कुछ समय लगेगा, लेकिन कभी न कभी, मैं यह काम जरूर करूंगा। तब तक, किसी संस्था को कहकर, मैं आश्रम की मदद करने की कोशिश करता हूँ'।

अगला दिन रविवार था। नंदिनी के घर जाने का प्रोग्राम था। निर्मला जी ने सभी को दिन के खाने पर बुला लिया था। अविनाश भी दोनों के साथ नंदिनी के घर गया। निर्मला जी फिर इस बार सरस्वती और सुरेन्द्र जी के स्वागत के लिए आरती का थाल और फूलों का गुलदस्ता लेकर नंदिनी के साथ बाहर खड़ी थीं। सरस्वती ने उनसे मिलकर कहा-

'इतने स्वागत की क्या जरूरत थी, बहन जी'।

निर्मला जी ने जवाब दिया-

'अरे बहन जी, हमारे घर पहली बार हमारे होने वाले समधी और समधन आए हैं, आपके स्वागत करने का तो हमारा फर्ज़ बनता है। साथ में जमाई बाबू भी आए हैं। हमलोगों को बहुत खुशी है कि आपलोग हमारे घर आए'।

सभी बाहर गार्डेन में बैठ कर बातें करने लगे। थोड़ी देर बाद सरस्वती ने निर्मला जी को शादी की कई रस्मों के बारे में बताया। इसके अलावा शादी की साड़ी, गहने और बाकी घर के लोगों के लिए कपड़ों के बारे में भी बात हुई।

सरस्वती ने नंदिनी को देखकर कहा-

'मैं तो बस, अपनी बहू को निहारती रहती हूँ। मेरा बस चले तो मैं आज ही इसे अपने घर बहू बनाकर ले जाऊँ'।

सरस्वती की बात सुनकर नंदिनी शर्माकर घर के अंदर चली गयी। अविनाश भी उसके पीछे-पीछे गया। दोनों ऊपर नंदिनी के कमरे

में गए। वहाँ जाकर अचानक नंदिनी अविनाश के गले लग गयी। उसने कहा-

'पता नहीं समय धीरे-धीरे क्यों निकल रहा है। अभी भी चार महीने बाकी हैं, हमारी शादी में'।

अविनाश ने कहा-

'कोई भी अच्छे काम के फल के लिए, सब्र करनी होती है। इतने दिनों हमने गुजार दिये, ये चार महीने भी चुटकियों में निकल जाएँगे'।

नंदिनी ने कहा-

'मैं तुम्हारे साथ जाकर शादी के कपड़ों की ख़रीदारी करना चाहती हूँ। किसी दिन समय निकालकर, हमें चलना चाहिए। इसके अलावा एक दिन बैठकर हमें गेस्ट लिस्ट भी फ़ाइनल करने होंगे। तुम्हारे साथ काम करने वाले या लबासना के दोस्त, मेरे चैनल के लोग, बड़ी लंबी लिस्ट होगी'।

अविनाश ने कहा-

'अगले हफ्ते मैं एक दिन यहाँ आ जाऊंगा, उसी दिन बैठ कर लिस्ट भी बना लेंगे और शॉपिंग भी कर लेंगे'।

थोड़ी देर बात करने के बाद दोनों बाहर गार्डेन में आ गए। तब तक दिन के खाने का वक़्त हो गया। अंदर डाइनिंग हाल में सभी ने खाना खाया। सरस्वती और सुरेन्द्र जी ने खाना खाकर थोड़ी देर कमरे में आराम किया। तब तक अविनाश और नंदिनी आपस में बैठ कर बातें करते रहे। शाम पाँच बजे अविनाश दोनों को लेकर वापस घर आ गया।

एक सप्ताह के बाद बिनोद ने सरस्वती को फोन कर घर आने की याद दिलाई। सरस्वती ने अविनाश से बात की। अगले दिन सुबह

अविनाश ने उनके लिए एक गाड़ी की व्यवस्था कर दी। सरस्वती वहाँ एक रात से ज्यादा नहीं रुकना चाहती थीं। उसी के हिसाब से दोनों घर से सुबह नाश्ता कर नौ बजे फुलवारीशरीफ़ के लिए निकले। इसके पहले सरस्वती ने नंदिनी के साथ जाकर बाज़ार से अपने दोनों बेटों के परिवार के लिए कपड़े खरीद लिए थे। अविनाश ने उनके साथ फलों और मिठाई की टोकरी भी रख दी थी और साथ में सरस्वती के हाथ में उसने कुछ पैसे दे दिये थे, जो उनको बच्चों को गिफ्ट खरीद कर देने के काम में आते।

सरस्वती जैसे-जैसे अपने घर के नजदीक पहुँच रही थीं, उनके दिल की धड़कन बढ़ रही थी। घर के सामने जब गाड़ी रुकी, तब उन्हें गाड़ी से बाहर निकलने में घबड़ाहट हो रही थी। बिनोद और राजेश उनकी आगवानी के लिए बाहर खड़े थे। उनके बच्चे भी बाहर थे। राजेश ने सरस्वती की तरफ का गाड़ी का गेट खोला। सरस्वती ने अपने घर को देखा। वह अचानक रो पड़ीं। सुरेन्द्र जी ने उनके कंधे पर हाथ रखकर, उन्हें समझाने की कोशिश की, लेकिन सरस्वती के आँसू नहीं रुक रहे थे। उसी स्थिति में राजेश ने उन्हें गाड़ी से बाहर उतारा। सरस्वती के पैर लड़खड़ा रहे थे। उन्होंने एक बार सिर उठाकर फिर अपने घर को देखा, उसके बाद वे राजेश से लिपट कर रोने लगीं। बिनोद भी पास में आ गया। उसने सरस्वती को शांत करने की कोशिश की। राजेश सरस्वती को लेकर घर के बाहरी गेट की तरफ बढ़ा। वहाँ सरस्वती की दोनों बहुएँ हाथ में आरती का थाल लेकर खड़ी थीं। राजेश सरस्वती को लेकर उनके पास गया। पीछे से सुरेन्द्र जी भी उनके साथ गए। दरवाजे पर दोनों बहुओं ने सरस्वती और सुरेन्द्र जी की आरती उतारी। बच्चों ने फूलों की पंखुड़ियाँ उनके ऊपर फेंकी। उस वक़्त बिनोद और राजेश की आँखों में भी आँसू थे। बिनोद ने घर में प्रवेश करते हुए कहा-

'आप, लगभग छह साल के बाद यहाँ आई हैं। यह हमलोगों की गलती थी, जिसका दंड आपने इतने सालों भुगता। हम आपके बेटे कहलाने लायक भी नहीं हैं। हो सके तो, आप हमें एक बार फिर माफ कर देंगी'।

सरस्वती के मुंह से कुछ नहीं निकला। वे सभी के साथ घर के अंदर गईं। पहले से ही नीचे राजेश का घर था और ऊपर बिनोद का। पहले दोनों का खाना अलग-अलग बनता था, लेकिन अब कुछ सालों से दोनों का खाना नीचे एक बड़ी रसोई में बनाया जाता था। राजेश सरस्वती और सुरेन्द्र जी को लेकर अपने घर के ड्राइंग रूम में ले आया। वहाँ एक दीवार पर एक सरस्वती की और दूसरी उनके पहले पति की तस्वीर टंगी थी। पति की तस्वीर पर फूलों का हार था। सरस्वती उन तस्वीरों को भी देखकर रोने लगी। वह बार-बार पूरे घर को निहारती और उसकी आँखों से आँसू बहते जाते। छोटी बहू ने उन्हें एक ग्लास पानी लाकर दिया। राजेश ने उन्हें पानी पिलाया। वे वहाँ लगे सोफ़े पर बैठ गईं। सुरेन्द्र जी भी सामने के सोफ़े पर बैठे। कुछ पल बाद सरस्वती ने कहा-

'ऐसा लगता है, जैसे कोई सपना देख रही हूँ। विश्वास नहीं होता कि फिर अपने घर वापस आई हूँ'।

दोनों लड़कों के बच्चे उनकी अगल बगल में बैठ गए। उन्होने सभी के सिर पर हाथ फेरा। थोड़ी देर बाद सरस्वती ने साथ लाये कपड़ों के पैकेट को खोलकर सबको दिया। छोटी बहू ने कहा-

'माँ, थोड़ी देर कमरे में चलकर आपलोग आराम कर लें। मैं तब तक आपलोगों के लिए चाय और नाश्ता लगा देती हूँ'।

सरस्वती ने कहा-

'मुझे इन बच्चों के बीच बैठकर ही आराम मिल रहा है। इतने सालों में ये बहुत बड़े हो गए हैं। दोनों बिटिया समझदार भी हो गयी

हैं। तुमलोग भी पास आकर बैठो। बरसों बाद हम मिले हैं, मैं तुमलोगों को जी भर देख लेना चाहती हूँ'।

दोनों बेटे और बहुएँ सरस्वती के अगल-बगल बैठ गए। उसके बाद बिनोद ने कहा-

'हम सब बहुत दिनों से आपसे मिलने को आतुर थे। आपके आश्रम जाने के कुछ साल बाद ही हमें आपकी कमी खलने लगी थी। हमने कई बार आपके पास जाने की कोशिश की। लेकिन बहुत समय बीत जाने के कारण हमें आपसे नजर मिलाने की हिम्मत नहीं हो रही थी। एक बार मैं आश्रम के गेट तक भी गया। मैंने दूर से आपको अविनाश जी के साथ देखा। आप खुश नजर आ रही थीं। मुझे अंदर जाकर आपसे मिलने की हिम्मत नहीं हुई। उस दिन जब आपको हमलोगों ने अविनाश जी के साथ स्टेज पर देखा, तब हम अपने आप को रोक नहीं पाये। अब हमसब अपने किये गए पाप का प्रायश्चित करना चाहते हैं। अब आप अकेली नहीं हैं, हमें हमारे बाबूजी भी मिल गए हैं। हम आपको अब अविनाश जी के घर से यहाँ हमेशा के लिए तो नहीं ला पाएंगे, लेकिन इसी तरह आपलोग समय-समय पर यहाँ आकर अपना आशीर्वाद दे दें, यही हमलोगों के लिए बहुत होगा। अब हम दोनों भाई का परिवार एक जुट होकर रहता है। भगवान की दया से हमारा काम भी ठीक चल रहा है। अब बाबूजी के आने से हमें उनका भी मार्गदर्शन मिलता रहेगा'।

बिनोद की बात पर सुरेन्द्र जी ने कहा-

'बेटा, अब सरस्वती जी जब यहाँ आ गयी हैं, तब उनकी नाराजगी का कोई सवाल नहीं है। देर से ही सही, अब तुम लोगों को, अपनी गलती का एहसास हो गया है। मैं इन्हें समय-समय पर यहाँ लेकर आता रहूँगा। तुम दोनों ने उस दिन अपनी फ़ैक्टरी के बारे में बताया था, मैं उसे देखना चाहूँगा'।

बिनोद तुरंत तैयार हो गया। उसने सरस्वती से कहा-

'माँ, तुम तब तक बच्चों के साथ गपशप करो, हमलोग बाबूजी को अपनी फ़ैक्टरी दिखाकर लाते हैं'।

दोनों भाई सुरेन्द्र जी के साथ अपनी गाड़ी में फ़ैक्टरी चले गए। इतने सालों में फ़ैक्टरी बहुत बड़ी हो गयी थी। सुरेन्द्र जी ने बड़े गौर से एक-एक मशीन पर रबर के समान बनते देखा। उन्होंने बैठ कर उनसे उनके बिज़नेस के बारे में पूरी जानकारी ली। कई तरह से उन्होंने दोनों भाइयों को फौज के क्षेत्र में बिज़नेस बढ़ाने का ज्ञान दिया। दोनों भाई उनके अनुभव से बहुत प्रभावित हुए। लगभग तीन घंटे के बाद वे वापस घर आ गए।

दिन के भोजन के लिए दोनों बहुओं ने कई तरह के व्यंजन बनाए थे। सरस्वती को वहाँ की एक खास दुकान की मिठाई बहुत पसंद थी। राजेश ने घर लौटते वक़्त वहाँ से मिठाई खरीदी। सभी ने एक साथ बैठकर खाना खाया। खाने के बाद सुरेन्द्र जी वहीं ड्राइंग रूम में लगी चौकी पर लेट गए। सरस्वती अंदर राकेश के कमरे में बच्चों के साथ चली गयी।

शाम में सरस्वती के कहने पर सभी कुछ दूरी पर बने नए मॉल देखने गए। सरस्वती ने वहाँ बच्चों को आइस क्रीम खिलाई और उनके लिए उनकी पसंद के गिफ्ट खरीदे। रात का खाना सभी ने वहीं मॉल में खाया। घर आकर सरस्वती को मन में बहुत शांति महसूस हुई। देर रात तक बिनोद और राजेश सरस्वती से बातें करते रहे। रात में सुरेन्द्र जी का बिस्तर ड्राइंग रूम में लगा। सरस्वती बिनोद और राजेश की बेटियों के साथ अंदर कमरे में सोई।

अगले दिन सुबह सरस्वती ऊपर बिनोद के घर चाय पीने के लिए गयी। दिनभर सभी ऊपर के ड्राइंग रूम में बैठकर बातें करते रहे। बीच में राजेश कुछ देर के लिए सुरेन्द्र जी को लेकर अपने

गोदाम में गया था, जहां से फ़ैक्टरी में बना रबर का सामान बाहर भेजा जाता था। वहाँ भी सुरेन्द्र जी ने बैठ कर रजिस्टर वगैरह देखा और राजेश को सुधार के सुझाव दिये। शाम के छह बजे सरस्वती वापस अविनाश के घर जाने के लिए तैयार हुई। बिनोद उन्हें एक दिन और रोकना चाहता था, लेकिन सरस्वती ने अगली बार फिर आने की बात कह कर उसे मना लिया। चलते वक़्त दोनों बहुओं ने सरस्वती और सुरेन्द्र जी के लिए कपड़े साथ में दिये। इसके अलावा मिठाई के पैकेट और फल भी थे। शाम साढ़े सात बजे तक सरस्वती अविनाश के घर पहुँच गयी।

दिसंबर और जनवरी के महीनों में अविनाश ने सरस्वती का खास ख्याल रखा। उन्हें डॉक्टर ने ठंड से बचने की सख्त हिदायत दी थी। सरस्वती इस बीच सिर्फ दिन के वक़्त थोड़ी देर के लिए धूप में बाहर गार्डेन में निकलती थीं। अविनाश की शादी की ख़रीदारी के लिए उन्होंने गोपाल जी और सरला को बुला लिया था। वे दोनों अविनाश के यहाँ एक सप्ताह तक रुके और सरस्वती के मार्गदर्शन में हर दिन बाजार जाकर शादी में नंदिनी के घर देने वाले कपड़ों की ख़रीदारी की। घर के लोगों, जैसे सरस्वती, सुरेन्द्र जी, गोपाल जी और सरला के लिए भी शादी के दौरान होने वाले विभिन्न कार्यक्रम के लिए कपड़े खरीदे गए। कभी-कभी अविनाश भी उनके साथ बाज़ार हो लेता था। अविनाश की दोनों से पटती भी बहुत थी। वह अपनी माँ के बाद सबसे ज्यादा सरला मौसी को मानता था। गोपाल जी को उसने शादी के लिए घर में खाने-पकाने के लिए जरूरी सामान जुगाड़ करने का जिम्मा दे दिया था।

इधर नंदिनी के घर भी शादी की तैयारी ज़ोरों पर थी। राकेश और रश्मि ने उसके घर की जिम्मेवारी ले रखी थी। नंदिनी ने अविनाश के साथ जाकर शादी के दौरान विभिन्न रस्मों में पहने जाले वाले ड्रेस की ख़रीदारी कर ली थी। कभी अविनाश नंदिनी के घर या

कभी नंदिनी अविनाश के घर आकर तैयारी करते। दोनों ने बैठ कर अपने गेस्ट की लिस्ट भी बनाई थी। अविनाश ने लबासना के दोस्तो में रवीकान्त और पूजा के अलावा चार और लोगों के नाम लिख रखे थे। इसके अलावा उसके विभाग के दो सौ से ज्यादा मेहमानों की सूची थी। नंदिनी ने भी चैनल से एक सौ नाम चुने थे। इसके अलावा खन्ना साहब के लगभग पाँच सौ गेस्ट के नाम थे। कुछ चुनिन्दा लोगों को ही रिज़ॉर्ट में शादी के दो दिन पहले की रस्मों के लिए बुलाया गया था। बाकी को शादी के दिन छह मार्च का निमंत्रण था। उस दिन आठ सौ से ज्यादा लोगों के आने की संभावना थी। रिज़ॉर्ट बड़ा होने के कारण, इतने लोगों के जुटने पर कोई दिक्कत नहीं होने वाली थी।

जनवरी महीने के मध्य में शादी के कार्ड ले लिए गए। अविनाश की तरफ से शादी के कार्ड पर सरस्वती और सुरेन्द्र जी के अलावा घनश्याम बाबू और लक्ष्मी के भी नाम थे। नंदिनी का कार्ड खन्ना साहब और निर्मला जी की तरफ से था। रिज़ॉर्ट में शादी के विभिन्न कार्यक्रम के दो दिन पहले अविनाश के घर पर तिलक का कार्यक्रम था। इसमें भी लगभग तीन सौ से ज्यादा लोगों को बुलाने की बात थी।

फरवरी महीने में अविनाश ने अपने घर का एक बार फिर से रंग- रोगन करा दिया। बाहर गार्डेन में भी जाड़ों के दिन के कारण तरह-तरह के फूल लगाए गए थे। अपने दफ्तर में व्यस्तता के कारण ये सभी काम का जिम्मा अविनाश ने गोपाल जी को दे रखा था। अब सरला और गोपाल जी अविनाश के यहाँ शादी तक के लिए शिफ्ट कर गए थे। सरस्वती को भी उनके घर में आ जाने से बहुत सहूलियत थी। हर दिन शाम में सभी ड्राइंग रूम में बैठ कर चाय पर गप्पें लड़ाते। कभी-कभी अविनाश भी उनके साथ शामिल हो जाता। रविवार को कभी नंदिनी भी आ जाती। भगवान की कृपा से इस जाड़े में

सरस्वती की तबीयत ठीक रही। अविनाश ने उन्हें एक बार डॉक्टर को भी दिखा दिया था। डॉक्टर ने उन्हें परहेज में रहने के लिए कहा था।

दो मार्च को तिलक का कार्यक्रम था। उसके दो दिन पहले गोपाल जी के निर्देश पर अविनाश के घर को दुल्हन की तरह सजा दिया गया था। बाहर गार्डेन में बड़ा शामियाना लगाया गया था। घर के बाहर बरामदे के दरवाजों को एक दिन पहले फूलों से सजाया गया था। तिलक वाले दिन कैटरर के लोग सुबह से आ गए थे। अविनाश ने अपने दफ्तर से कुछ लोगों को उनका जिम्मा संभालने के लिए लगा दिया था। सेवाश्रम से घनश्याम बाबू और लक्ष्मी भी अविनाश के घर सुबह में आ गए थे। घर के ड्राइंग रूम में तिलक की रस्म होनी थी। उस कमरे को भी गोपाल जी ने बहुत अच्छी तरह सजवा दिया था। नंदिनी के यहाँ खबर दे दी गयी थी कि तिलक के लिए खन्ना साहब अपने लोगों के साथ शाम छह बजे तक आ जाएँ। बाकी अतिथियों को शाम सात बजे का समय दिया गया था। अविनाश ने बिनोद और राजेश को भी परिवार के साथ आमंत्रित किया था।

तय कार्यक्रम के अनुसार खन्ना साहब पाँच गाड़ियों के काफिले के साथ शाम छह बजे अविनाश के घर पहुँच गए। उनके साथ उनके दूर के रिश्तेदार के कुछ लोग, चैनल के कुछ अधिकारी और उनके कुछ दोस्त साथ में थे। एक गाड़ी में भर कर सिर्फ तिलक चढ़ाने का सामान आया था। बिहार में लड़के की शादी में तिलक चढ़ाने की रस्म में लड़की वालों की तरफ से लड़की का कोई भाई होने वाले दूल्हे को तिलक लगाता है। उसके साथ लड़की पक्ष के लोग होते हैं। तिलक लगाने के साथ-साथ लड़की वालों की तरफ से लड़के और उसके परिवार वालों के लिए कपड़े, कुछ बर्तन और कुछ काम में आने वाली चीज़ें भेंट में दी जाती हैं। इसके साथ-साथ कुछ पैसे भी दिये जाते हैं। चूंकि, अविनाश ने शुरू में ही खन्ना साहब को पैसों के लिए मना कर दिया था, इसलिए उनकी तरफ से इसका ध्यान रखा गया था।

शाम सात बजे से तिलक की रस्म शुरू हुई। नंदिनी के दूर के रिश्ते के एक छोटे भाई ने अविनाश को तिलक लगाने का काम किया। अविनाश के साथ सरस्वती, सुरेन्द्र जी, घनश्याम बाबू, लक्ष्मी और सरला बैठे थे। सरस्वती बार-बार अपनी साड़ी के पल्लू से अपनी आँखें पोछ ले रही थीं। इसके अलावा वहाँ बिनोद और राजेश का परिवार भी मौजूद था। तिलक लगाने के बाद खन्ना साहब की तरफ से कुछ चाँदी के कटोरे और स्टील के बर्तन भेंट में दिये गए। इसके अलावा घर में काम आने वाले कुछ एलेक्ट्रोनिक के उपकरण थे। ड्राइंग रूम में तिलक चढ़ाते वक़्त कुछ अतिथि भी आ गए थे। गोपाल जी ने पूरे कार्यक्रम के लिए कई फॉटोग्राफर लगा दिये थे। खन्ना साहब की तरफ से भी एक-दो विडियो वाले आए थे। पूरी रस्म के दौरान सरला ने अविनाश के फोन पर विडियो कॉल से नंदिनी और निर्मला जी को वहाँ की सारी गतिविधियां दिखाईं। लगभग एक घंटे तक कार्यक्रम चला। अविनाश ने वहाँ से उठकर अपने घर के और नंदिनी के घर के सभी बड़ों के पैर छुए। तब तक लगभग सारे अतिथि भी आ चुके थे। साढ़े आठ बजे से खाने का कार्यक्रम शुरू हुआ। रात दस बजे तक समारोह सम्पन्न हो गया।

अविनाश ने शादी के लिए ऑफिस से पंद्रह दिनों की छुट्टी ले ली थी। चूंकि अविनाश ने शादी के दिन ही रिज़ॉर्ट में अपने तरफ के सभी अतिथियों को न्योता दे दिया था, इसलिए शादी के बाद घर पर रिसेप्शन नहीं रखा गया था। आठ तारीख को दोपहर बाद उन्हें पाँच दिनों के लिए हनीमून पर निकलना था। खन्ना साहब ने मनाली के अपने एक दोस्त के रिज़ॉर्ट में उनके लिए व्यवस्था करवा दी थी। उन्हें फ्लाइट से पटना से चंडीगढ़ जाना था और उसके बाद गाड़ी से मनाली।

तिलक के अगले दिन रस्म के अनुसार अविनाश को घर की औरतें से उपटन लगवाना था। सरस्वती और सरला के अलावा आश्रम

से रेखा जी भी आ गयी थीं। सेवाश्रम से लक्ष्मी को भी बुला लिया गया था। चारों औरतों ने मिलकर अविनाश को उपटन लगाया। वे साथ में शादी के गीत भी गा रही थीं। उधर नंदिनी को भी उसके घर पर उपटन लगाया गया। यह कार्यक्रम शादी के दिन तक रोज चलना था।

अगले दिन चार मार्च से अविनाश और नंदिनी के परिवार वालों को शहर के बाहर रिज़ॉर्ट में शिफ्ट होना था। वहाँ दोपहर के खाने से कार्यक्रम शुरू होना था। अविनाश ने अपनी तरफ से अपने घर के लोगों के अलावा घनश्याम बाबू, लक्ष्मी, गोपाल जी, सरला, रेखा जी, एक पंडित जी और अपने ऑफिस के कुछ लोगों को साथ ले लिया। बिनोद और राजेश के साथ उनकी बीवी और बच्चे भी थे। अतुल और वाणी को भी साथ लिया गया था। छह-सात गाड़ियों में सामान के साथ पच्चीस लोगों की बारात दिन के ग्यारह बजे तक रिज़ॉर्ट पहुँच गई। वहाँ खन्ना साहब का काफिला पहले से पहुंचा हुआ था। उन्होंने अविनाश और उसके परिवार वालों और अतिथियों का स्वागत माथे पर तिलक लगाकर और फूलों का माला पहनाकर किया। रिज़ॉर्ट बहुत बड़ा था। उसे दो भागों में बांटा गया था। दोनों भागों में पंद्रह-पंद्रह कॉटेज थे। बीच में एक दो तल्ले लंबे कॉटेज में ऊपर नीचे मिलाकर बीस रूम और थे। अविनाश, नंदिनी और खन्ना साहब के अतिथियों के दो दिन रहने के लिए भी जगह काफी थी। इसके अलावा शादी के लिए एक बहुत बड़ा हॉल, खाने के लिए एक बहुत बड़ा रेस्तरां और बहुत सुंदर गार्डेन था। पूरे रिज़ॉर्ट को लाइट और फूलों से सजाया गया था।

अविनाश ने गोपाल जी की मदद से सभी को अपने-अपने कॉटेज में व्यवस्थित किया। कुछ कॉटेज को बाद में आने वाले मेहमानों के लिए खाली रखा गया था। अविनाश के कॉटेज की एक तरफ सरस्वती और सुरेन्द्र जी का कॉटेज था और दूसरी तरफ

घनश्याम बाबू और लक्ष्मी का। सामने गोपाल जी और सरला ठहरे थे। बिनोद और राजेश की जोड़ी के लिए दो कॉटेज और उनके चार बच्चों के लिए एक कॉटेज दिया गया। इसके अलावा रेखा जी का अलग कॉटेज था, अतुल और वाणी और अविनाश के दफ्तर के लोगों का अलग।

दोनों परिवार की महिलाएं मेहंदी की रस्म के लिए दिन के बारह बजे बाहर गार्डेन में इकट्ठा हुईं। सभी के ड्रेस पीले रंग के थे। सबसे पहले नंदिनी को मेहंदी लगानी शुरू की गयी। महिलाएं उसकी चारों तरफ बैठकर शादी के गीत गा रही थीं। अविनाश भी उस वक़्त वहाँ मौजूद था। उसने भी पीले रंग का कुर्ता, पैजामा और उसके ऊपर गहरे पीले रंग की बंडी पहनी थी। नंदिनी उसे देखकर बार-बार शरमा जा रही थी। नंदिनी के दोनों हाथों में मेहंदी के बीच में अविनाश का नाम लिखा गया। उसके बाद बारी-बारी से पहले अविनाश के यहाँ से आई महिलाओं को और उसके बाद निर्मला जी के साथ की महिलाओं को मेहंदी लगाई गयी। इन सब में दिन के दो बज गए। उसके बाद सभी ने दिन का खाना खाया।

दोपहर बाद दिल्ली से स्मिता, विवेक, रविकान्त और रेणु शादी में शामिल होने के लिए रिज़ॉर्ट पहुँच गए। उनके आ जाने से अविनाश और नंदिनी भी व्यस्त हो गए। शाम में संगीत के कार्यक्रम में लोगों ने नाच-गाने का धमाल किया। अविनाश और नंदिनी ने भी स्मिता और विवेक के साथ खूब डांस किया।

अगले दिन दोपहर में गार्डेन के एक कोने में मंडप बनाया गया। डेकोरेटर ने उसे बहुत अच्छी तरह से सजा दिया। उसी मंडप में शाम में नंदिनी की हल्दी लगाई गयी। घर के सभी बड़ों ने बारी-बारी से नंदिनी को हल्दी लगाई। उसके बाद नंदिनी के परिवार की कुछ लड़कियों ने अविनाश, स्मिता और विवेक के भी मुंह और कपड़ों में

हल्दी लगा दी। अविनाश पूरे कार्यक्रम के दौरान नंदिनी के सामने मौजूद रहा। इस दौरान अगले दिन बड़ी संख्या में आने वाले मेहमानों की तैयारी भी साथ-साथ हो रही थी।

विवाह के दिन दोपहर के खाने के बाद से ही रिज़ॉर्ट में चहल-पहल शुरू हो गयी। अविनाश के सारे दोस्त पहुँच चुके थे। पूरे गार्डेन में जगह-जगह छोटे और बड़े शामियाने लगाए गए the। लगभग आठ सौ कुर्सियों की व्यवस्था की गयी थी। गार्डेन के एक तरफ कई जगह खाने के टेबल लगाए गए थे। रिज़ॉर्ट के बाहर बड़ा-सा राजसी गेट बनाया गया। गाड़ियों की पार्किंग के लिए रिज़ॉर्ट के सामने मैदान में जगह बनाई गई थी।

शाम सात बजे अविनाश को तैयार कर एक लाल रंग की लंबी सजी गाड़ी में बिठाया गया। उस गाड़ी में सरस्वती और लक्ष्मी भी बैठीं। पीछे एक और बड़ी गाड़ी में सुरेन्द्र जी और घनश्याम बाबू बैठे। बाकी लोग पैदल चलकर बारात लगाने वाले थे। बारात को पूरे रिज़ॉर्ट का एक चक्कर लगाकर गार्डेन के सामने लगे भव्य गेट पर आना था। साथ में बैंड बाजा और लाइट की भी व्यवस्था थी। स्मिता, विवेक, रवि, रेणु और अविनाश के बाकी दोस्तों के अलावा उसके विभाग के लोग बैंड की धुन पर नाच रहे थे। गोपाल जी और सरला ने भी डांस किया। बिनोद और राजेश भी अपनी पत्नियों और बच्चों के साथ खूब नाचे।

पूरे गार्डेन का चक्कर लगाकर बारात आठ बजे गार्डेन के गेट पर पहुँच गयी। खन्ना साहब और उनके साथ के लोगों ने बारात का स्वागत किया। वे सुरेन्द्र जी और घनश्याम बाबू के गले मिले। उसके बाद अविनाश को गाड़ी से उतारकर गार्डेन के बीच के स्टेज पर ले जाया गया। स्टेज की सजावट देखते बनती थी। उसपर दो बड़ी कुर्सियाँ रखी थीं। स्टेज के सामने सोफ़े की कतार लगी थी। उस पर

सारे बारातियों को बिठाया गया। खन्ना साहब खुद आगवानी कर रहे थे। इस बीच पूरे गार्डेन में अतिथियों की भीड़ बढ़ गयी थी।

थोड़ी देर में गार्डेन के पीछे के कॉटेज के पास गहमा-गहमी हुई। उसमें से नंदिनी को बाहर निकाला गया। चार लड़के उसके ऊपर जरी का काम किए हुए चादर को पकड़े थे। नंदिनी बिलकुल सधे कदमों से धीरे-धीरे स्टेज की तरफ बढ़ रही थी। नजदीक आने पर अविनाश कुर्सी से उठकर खड़ा हो गया। तब तक स्टेज पर अविनाश के दोस्त उसके पास पहुँच गए। इधर से राकेश और रश्मि के अलावा खन्ना साहब के दोस्त की लड़कियां नंदिनी के साथ स्टेज पर गईं। दोनों के हाथों में जयमाल दिये गए। स्टेज के बगल से पाँच पंडित माइक पर स्वस्तिवाचन करने लगे। अविनाश ने नंदिनी को देखा। वह सुनहरे लहंगे में बहुत सुंदर लग रही थी। अविनाश ने भी सुनहरे रंग की शेरवानी के साथ सुनहरे रंग की पगड़ी पहन रखी थी। पहले अविनाश ने नंदिनी के गले में हार डाला। उसके बाद नंदिनी ने आगे बढ़कर अविनाश के गले में माला डाली। सभी लोगों ने ताली बजाकर उनका अभिवादन किया। दोनों फॉटोग्राफ के लिए थोड़ी देर अगल-बगल खड़े रहे। थोड़ी देर बाद दोनों कुर्सी पर बैठ गए।

अविनाश ने इशारे से अपने और नंदिनी के घर के सभी बड़ों को स्टेज पर बुलाया। अविनाश की तरफ से सरस्वती, सुरेन्द्र जी, घनश्याम बाबू, लक्ष्मी, गोपाल जी, सरला, बिनोद, राजेश, उनकी पत्नियाँ और रेखा जी थीं। नंदिनी की तरफ से खन्ना साहब और निर्मला जी थे। अविनाश और नंदिनी ने सभी के पैर छुए। उसके बाद सभी के साथ दोनों की तस्वीर ली गयी। पटना के कलक्टर और पुलिस अधीक्षक के अलावा खन्ना साहब के निमंत्रण पर कुछ स्थानीय नेतागण भी अपने-अपने परिवार के साथ विवाह में शामिल हुए। उनलोगों ने भी स्टेज पर आकर फोटो खिंचाई।

विवाह का मुहूर्त रात के बारह बजे तक का ही था। जब तक बारात में आए लोग और बाकी अतिथि खाना खाते, तबतक अविनाश और नंदिनी को विवाह मंडप पर ले जाया गया। घर के लोग जल्दी से खाना खत्म कर मंडप के आस-पास आकर बैठ गए। पहले पंडित जी ने अविनाश से पूजा कराई। उसके बाद नंदिनी को उसके बगल में बिठाया गया। खन्ना साहब और निर्मला जी ने कन्यादान का रस्म निभाया। उस वक़्त निर्मला जी की आँखों में आँसू थे। कन्यादान के बाद अग्नि के फेरे लिए गए और उसके बाद सिंदूरदान की रस्म हुई। उस वक़्त भी सभी महिलाओं की आँखें नम थीं। रात साढ़े ग्यारह बजे तक विवाह सम्पन्न हो गया। अविनाश और नंदिनी ने सभी से आशीर्वाद लिया। उसके बाद दोनों ने साथ बैठ कर रात का खाना खाया। अविनाश और नंदिनी खन्ना साहब की तरफ के एक सजे हुए कॉटेज में चले गए।

अगले दिन सुबह दस बजे विदाई का समय था। अविनाश और नंदिनी तैयार हो गए। सभी का एक साथ नाश्ता हुआ। उसके बाद नंदिनी को बाहर गाड़ी के पास लाया गया। माहौल गमगीन था। निर्मला जी की आँखों के आँसू रुक नहीं रहे थे। सरस्वती और लक्ष्मी भी रो रही थीं। नंदिनी को अविनाश के साथ गाड़ी में बिठाया गया। नंदिनी लगातार रो रही थी। थोड़ी देर में बारात की विदाई हो गयी। रास्ते में अविनाश ने नंदिनी को शांत कराने की कोशिश की। सरस्वती के साथ अन्य महिलाओं को लेकर तीन गाडियाँ आगे बढ़ गयी थीं। उन्हें पहले पहुँच कर घर के दरवाजे पर नंदिनी का स्वागत करना था।

एक घंटे में अविनाश की गाड़ी घर के दरवाजे पर पहुँच गयी। सरस्वती और लक्ष्मी ने सरला और अन्य महिलाओं के साथ मिलकर पहले नंदिनी की आरती उतारी, फिर उसे और अविनाश को लेकर सभी ने घर के अंदर प्रवेश किया। अविनाश के कमरे को गोपाल जी

और सरला ने मिलकर पहले ही फूलों से बहुत अच्छी तरह सजवा दिया था। नंदिनी कमरे में आ गयी। सरस्वती और लक्ष्मी भी उसके साथ थीं। सरस्वती ने नंदिनी से कहा-

'बेटा, आज से यह भी तुम्हारा घर है। तुम पहले भी यहाँ रह चुकी हो, किसी चीज़ के लिए कोई संकोच नहीं करना। अब तुम थोड़ी देर आराम कर लो। दिन का खाना हम सब साथ खाएँगे'।

नंदिनी ने कहा-

'माँ, आराम कैसा। मैं शुरू से इसे अपना ही घर मानती हूँ। आपने अब तक अविनाश और घर का ख्याल रखा, अब आपलोगों के आराम करने का समय आ गया है। मैं अब आपलोगों का ख्याल रखूंगी। बस आप मुझे गाइड करते रहें। चलिये, मैं आपलोगों के साथ बाहर गार्डेन में बैठूँगी और वहीं सबके साथ खाना हो जाएगा'।

सभी बाहर गार्डेन में आ गए। अविनाश भी उनके साथ बैठा। घनश्याम बाबू ने नंदिनी को देखकर कहा-

'आज, मेरा सपना पूरा हो गया। मैं अविनाश को एक ऊंचे ओहदे पर और नंदिनी को उसकी जीवन साथी के रूप में देखना चाहता था। भगवान ने मेरी दोनों बातें सुन लीं'।

सभी ने दिन का खाना साथ खाया। दिल्ली से आए अविनाश के लबासना के दोस्तों की फ्लाइट थी। वे सभी एक साथ निकल गए। शाम होने तक घनश्याम बाबू, बिनोद, राजेश भी अपने परिवार के साथ अपने-अपने घर रवाना हो गए। अविनाश ने गोपाल जी और सरला को अगले एक हफ्ते के लिए रोक लिया। इस दौरान अविनाश को नंदिनी के साथ हनीमून पर मनाली भी जाना था।

रात में अविनाश ने नंदिनी से कहा-

'अब तुम भी मनाली से लौटकर चैनल का काम शुरू कर दो। मैं नहीं चाहता हूँ कि शादी के बाद यहाँ आकर तुम्हारे करियर पर कोई असर पड़े'।

नंदिनी ने जवाब दिया-

'मुझे खुशी है, तुम मेरे बारे में इतना सोचते हो, लेकिन अब मेरी जिम्मेवारी बढ़ गयी है। पापा-मम्मी के यहाँ घर का सारा जिम्मा मम्मी का था। मैं बस अपने काम पर फोकस करती थी। यहाँ की बात कुछ और है। मुझे घर के अलावा तुम्हें और माँ-पापा को भी संभालना होगा। तुम चिंता मत करो, मैं सब कुछ संभाल लूँगी'।

अविनाश ने कहा-

'समय के साथ. तुम बहुत समझदार हो गयी हो। मेरी समझ में अभी भी बहुत कुछ नहीं आता है'।

नंदिनी ने मुस्कुराते हुए कहा-

'मेरे साथ कुछ दिन रह कर सब समझ जाओगे'।

दो दिनों बाद अविनाश और नंदिनी मनाली के लिए निकल गए। घर की जिम्मेवारी अविनाश ने गोपाल जी और सरला को दे दी थी। वैसे कई बार अविनाश और नंदिनी ने पटना से बाहर की साथ-साथ यात्रा की थी, लेकिन इस बार की बात अलग थी। अविनाश नंदिनी का बहुत ख्याल रख रहा था। मनाली में अभी भी ठंढ थी। इनके जाने के एक दिन पहले पहाड़ों पर बर्फबारी भी हुई थी। दोनों एक अच्छे रिज़ॉर्ट में ठहरे थे। दिनभर वे आसपास के इलाकों में घूमते थे। नंदिनी को भी अविनाश का साथ अच्छा लग रहा था। तीन-चार दिनों तक दोनों मनाली की वादियों के अलावा एक दूसरे में भी खोये रहे।

पाँच दिनों बाद अविनाश और नंदिनी वापस घर आ गए। नंदिनी ने घर वालों को मनाली के किस्से सुनाये। अगले दिन नंदिनी से मिलने खन्ना साहब और निर्मला जी आए। गोपाल जी और सरला भी अविनाश के लौटने के एक दिन बाद आश्रम वापस चले गए। पंद्रह दिनों की छुट्टी के बाद अविनाश ने वापस अपनी ड्यूटी जॉइन कर ली। नंदिनी ने कुछ दिनों में धीरे-धीरे पूरा घर संभाल लिया। सरस्वती को नंदिनी के आ जाने से आराम मिल गया।

सोलह

अविनाश और नंदिनी की शादी के लगभग डेढ़ साल पूरे हो गए थे। इस बीच नंदिनी ने घर का पूरा जिम्मा अपने हाथों में ले लिया था। उसने घर में एक रूटीन बना दिया था। वह सुबह जल्दी उठ कर किचेन में काम करने वाले लोगों से सुबह के नाश्ते और दिन के खाने की तैयारी करा लेती थी। घर के चारों लोग नियमतः सुबह की चाय ड्राइंग रूम में साथ-साथ पीते थे। इसमें आधे घंटे की गप्पबाजी भी हो जाया करती थी। उसके बाद नहा-धोकर सुबह साढ़े नौ बजे सभी एक साथ डाइनिंग टेबल पर नाश्ता किया करते थे। दस बजे अविनाश अपने दफ्तर निकल जाता और नंदिनी भी अपने चैनल के काम से निकल जाती थी। अविनाश से पूछ कर नंदिनी ने अपने पापा के यहाँ से अपने चैनल की गाड़ी अपने पास रख ली थी। वह दफ्तर जाने के लिए उसी का इस्तेमाल करती थी। चैनल का ज़्यादातर काम अब राकेश और रश्मि ने संभाल लिया था। इस बीच नंदिनी ने दोनों का प्रमोशन कर उन्हें सीनियर रिपोर्टर के साथ-साथ डेप्युटी एडिटर भी बना दिया था।

दिन के दो बजे अविनाश और नंदिनी दिन के खाने पर आ जाते थे। फिर सभी साथ बैठकर खाना खाते। तीन बजे फिर दोनों अपने-अपने काम के लिए निकल जाते थे। अगर कोई खास काम नहीं

रहा, तब अमूमन शाम सात बजे तक दोनों घर वापस आ जाते थे। उसके बाद रात आठ से साढ़े नौ बजे तक टीवी देखना या आपस में गप्पें लड़ाना होता था। तब तक रात का खाना तैयार हो जाता था। साढ़े नौ बजे खाना खाकर, दस बजे तक नंदिनी सरस्वती और सुरेन्द्र जी को उनके कमरे में सोने के लिए भेज देती थी। उसके बाद वे भी अपने कमरे में आ जाते थे।

इस बीच सरस्वती ने छह महीने पहले एक दो बार बातचीत के क्रम में नंदिनी से कहा था-

'अब तुमलोग आगे जल्दी से अपने परिवार को बढ़ाने की सोचो। मुझे अपने पोते-पोतियों को देखने का बहुत मन करता है'।

नंदिनी उनकी बात पर बस मुस्कुराकर रह जाती। हालाकि, उसने अविनाश से एक बार दबी ज़ुबान में इसकी चर्चा की थी, पर उसने बात टाल दी थी। नंदिनी के मन में भी दुविधा थी। उसे अपने चैनल के काम की भी फिक्र थी। निर्मला जी ने भी एक बार नंदिनी से इसके बारे में बात की थी।

कुछ दिनों के बाद एक दिन अचानक सुबह उठने पर नंदिनी को महसूस हुआ कि उसका सिर घूम रहा है। वह बिस्तर पर जाकर लेट गयी। अविनाश ने बाथरूम से निकलकर उसे लेटे हुए देखा, तब उसने उससे पूछा-

'क्या बात है नंदिनी, तुम्हारी तबीयत तो ठीक है न'।

नंदिनी ने कहा-

'पता नहीं क्यों, उठने पर अचानक सिर घूम गया। उसके बाद सिर भारी लग रहा है'।

अविनाश ने कहा-

'तुम दिनभर घर और चैनल के काम में लगी रहती हो। तुम हमारे स्वास्थ्य की चिंता में, अपना ख्याल नहीं रख रही हो। कुछ दिन आराम करो। मैं तुम्हें डॉक्टर को दिखाकर, ताकत बढ़ाने की दवाई दिलवा देता हूँ'।

उसके बाद अविनाश ने फोन कर अपने मातहत काम करने वाली लेडी डॉक्टर को घर पर बुलवा लिया। नौ बजे तक डॉक्टर जांच का समान वगैरह लेकर घर पर आ गयी। उसने लगभग आधे घंटे तक बंद कमरे में नंदिनी की जांच की। तब तक अविनाश बाहर बरामदे में चहलकदमी करता रहा। जांच पूरी करने के बाद डॉक्टर बाहर निकली। अविनाश ने उससे पूछा-

'इन्हें चक्कर क्यों आ रहे हैं, डॉक्टर। सब ठीक है न'।

डॉक्टर ने मुस्कुराते हुए कहा-

'सब ठीक है सर, बस आप पिता बनने वाले हैं'।

अतिनाश थोड़ी देर तक डॉक्टर को देखता रहा। उसके बाद वह मुस्कुराया, फिर डॉक्टर को बाहर बरामदे में कुर्सी पर बिठाकर, वह अंदर रूम में गया। नंदिनी पलंग पर बैठी थी। वह उठकर अविनाश को देखकर मुस्कुराई। अविनाश ने आगे बढ़ कर उसे गले से लगा लिया और कहा-

'अरे मैडम, आपने तो अचानक बहुत बड़ा सर्प्राइज़ दे दिया। मैं बता नहीं सकता हूँ, मैं कितना खुश हूँ। खुशी के मारे मैं ठीक से बोल भी नहीं पा रहा हूँ। मैंने डॉक्टर को बाहर बरामदे में बिठा दिया है। चलो, उनसे आगे के इलाज की बात करते हैं'।

दोनों बाहर निकलकर डॉक्टर के पास आए। डॉक्टर ने अविनाश से कहा-

'सर, इनका तीसरा महीना चल रहा है। इस दौरान सुबह के वक़्त चक्कर वगैरह आते हैं। अभी कुछ ब्लड टेस्ट कराने होंगे। वैसे ऊपर से देखने पर ये कुछ कमजोर नजर आ रही हैं। इन्हें अभी मैं कुछ दवाईयाँ लिख देती हूँ। ब्लड टेस्ट के रिपोर्ट के बाद, अगर जरूरत पड़ी तो और कुछ दवा लिख दूँगी। कुछ दिनों के बाद एक बार हमारी सीनियर डॉक्टर से भी इन्हें दिखा दूँगी। अभी चिंता की कोई बात नहीं है, लेकिन इन्हें बीच-बीच में आराम की जरूरत होगी। खाने पर भी ध्यान देना होगा'।

डॉक्टर वापस चली गयी। नंदिनी भी अपने कमरे में चली गयी। अविनाश उसके पीछे-पीछे गया। वह अभी तक इस खबर को अपने अंदर पचा नहीं पा रहा था। फिर भी बच्चे की बात सोचकर वह मुस्कुरा रहा था। उसने नंदिनी को फिर गले से लगा लिया। उससे अलग होकर अविनाश ने कहा-

'मैं अपनी खुशी जाहिर नहीं कर पा रहा हूँ। अभी भी लग रहा है, जैसे कोई सपना देख रहा हूँ। मैं अभी ब्लड टेस्ट के लिए किसी को बुला लेता हूँ, लेकिन अब तुम्हें अपना खयाल रखना पड़ेगा। अब घर और चैनल के काम को हिसाब से करना होगा। तुम्हारे खाने-पीने का मैं खुद ध्यान रखूँगा'।

अविनाश ने फोन पर ब्लड सैंपल लेने वाले को घर बुला लिया। सरस्वती तब तक अपने कमरे से बाहर आ गयी थीं। नंदिनी को बाहर नहीं देख कर उन्होंने अविनाश को आवाज लगाई। अविनाश कमरे से बाहर आया। सरस्वती ने उसे देखकर कहा-

'क्या बात है अविनाश, नंदिनी आज नज़र नहीं आ रही है'।

अविनाश ने नंदिनी को आवाज़ लगाई। नंदिनी मुस्कुराती हुई कमरे से बाहर आई। अविनाश भी उसे देखकर मुस्कुराने लगा। सरस्वती ने दोनों को देख कर पूछा-

'आज दोनों बहुत खुश लग रहे हो, कोई खास बात है'।

अविनाश ने कहा-

'मां, नंदिनी की तबीयत सुबह खराब हो गयी थी। मैंने डॉक्टर को बुलाया था। उसने पूरी जांच कर बताया, सब ठीक है, थोड़ी कमजोरी है। वैसे डॉक्टर ने मुझे कहा, आप अपनी माँ को बता दें, वे जल्दी दादी बनने वाली हैं'।

सरस्वती पहली बार में अविनाश की बात नहीं समझ सकी। उन्होंने अविनाश से पूछा-

'किसकी माँ, दादी बनने वाली है'।

अविनाश ने कहा-

'मेरी माँ'।

सरस्वती थोड़ी देर सोचती रही, फिर बात को समझकर वे अचानक उठकर नंदिनी की तरफ गईं। उन्होंने उसे गले से लगा लिया और कहा-

'बड़ा बदमाश हो गया है, अविनाश। तब से पहेलियाँ बुझा रहा था। सीधा क्यों नहीं कहता, मेरी बहू माँ बनने वाली है। हे भगवान, तुमने मेरी सुन ली, तुम्हारा बहुत आभार और धन्यवाद। मैं अपनी खुशी बयां नहीं कर सकती हूँ। बेटा, तुमने इस दादी पर बहुत बड़ा उपकार किया है। वैसे मैं कई दिनों से तुम्हें देखकर, तुमसे पूछना चाहती थी कि तुम्हारी तबीयत ठीक है या नहीं। तुम कुछ दिनों से मुझे थोड़ी कमजोर नजर आ रही थी। अब तुम्हें आराम करना है। अब से इस घर की और खासकर तुम्हारा ख्याल रखने की जिम्मेवारी मेरी। अब मैं तुम्हारी एक नहीं सुनूंगी'।

नंदिनी बस मुस्कुराते हुए सरस्वती की बात सुन रही थी। तब तक सुरेन्द्र जी भी अपने कमरे से बाहर आ गए। सरस्वती ने उन्हें कहा-

'सुना आपने, आप दादा बनने वाले हैं'।

सुरेन्द्र जी ने सरस्वती की बात सुनकर कहा-

'वाह, आपने सुबह-सुबह इतनी अच्छी खबर सुना दी, मन खुश हो गया। अब आपको बहू का पूरा ध्यान रखना है'।

सरस्वती ने कहा-

'मैंने इससे कह दिया है'।

तब तक ब्लड सैंपल लेने वाला आदमी आ गया था। नंदिनी ने सैंपल दिया। उसके बाद सरस्वती उसे साथ लेकर उसके कमरे में गईं। उन्होंने नंदिनी से कहा-

'बेटा, अब तुम आराम करो। इस समय तुम्हें चक्कर भी आएंगे और तुम्हारा जी भी मिचलाएगा। ऐसे में आराम की जरूरत होती है। मैं तुम्हारा नाश्ता यहीं लगवा देती हूँ'।

नंदिनी ने कहा-

'मां, डॉक्टर ने पूरा आराम करने के लिए नहीं कहा है। मैं अब ठीक हूँ। सब साथ बैठकर नाश्ता करेंगे'।

अविनाश भी इस बीच ऑफिस जाने के लिए तैयार हो गया। सभी ने डाइनिंग टेबल पर साथ बैठकर नाश्ता किया। थोड़ी देर बाद अविनाश नंदिनी से बात कर अपने दफ्तर के लिए निकल गया। नंदिनी अपने कमरे में चली गयी। उसने निर्मला जी को फोन किया। उसने अविनाश के अंदाज़ में अपनी मम्मी को कहा-

'मां, आज सुबह मेरी तबीयत थोड़ी खराब हो गयी थी। अचानक बहुत चक्कर आने लगे। अविनाश ने डॉक्टर को बुलाया था। उसने जांच कर बताया कि आप जल्द नानी बनने वाली हैं'।

निर्मला जी, नंदिनी की बात सुनकर ज़ोर से बोलीं-

'अरे वाह, बधाई हो बेटा, बहुत अच्छी खबर सुनाई। अब कैसी तबीयत है, तुम्हारी। ऐसे समय में इस तरह की परेशानी होती है। हमलोग शाम में तुमसे मिलने आ जाएँगे। तुम अपना ख्याल रखो'।

नंदिनी नहा-धोकर रसोई में गयी। वहाँ पहले से सरस्वती मौजूद थीं। नंदिनी को देखते ही उन्होंने कहा-

'बेटा, मैंने इन्हें खाने का सब कुछ बता दिया है। तुम परेशान मत हो, जाकर आराम करो'।

नंदिनी ने कहा-

'माँ, ऐसे लेटे रहना अच्छा नहीं लगता है। चलिये हमलोग बाहर बरामदे में बैठकर बातें करते हैं'।

दोनों बाहर कुर्सी लगाकर बैठ गईं। नंदिनी ने सरस्वती से पूछा-

'माँ, मुझे थोड़ी देर के लिए ही सही, अपने ऑफिस तो जाना होगा। इस तरह सिर्फ लेटे रहने से, काम नहीं चलेगा'।

सरस्वती ने कहा-

'बेटा, अभी तुम्हारी ब्लड रिपोर्ट आ जाये, उसके बाद किसी अच्छे डॉक्टर से चेक अप करा लो, तब ही ऑफिस जाने की सोचना। वैसे भी पहले तीन और आखिरी तीन महीनों में सावधानी की जरूरत होती है'।

दोनों बहुत देर तक आपस में गप्पें लड़ाती रहीं। अविनाश लंच में घर आ गया। सबने साथ में बैठकर खाना खाया। अविनाश ने बाहर निकलते हुए नंदिनी से कहा-

'मैंने शाम में छह बजे का एक सीनियर लेडी डॉक्टर से टाइम ले लिया है। तब तक ब्लड रिपोर्ट भी आ जाएगा। तुम तैयार रहना'।

शाम में अविनाश नंदिनी को लेकर डॉक्टर के यहाँ गया। डॉक्टर ने उसकी पूरी जांच कर कहा-

'सबसे पहली बात है कि इनके पेट में जुड़वां बच्चा है। ब्लड रिपोर्ट में इन्हें खून की कमी है। इन्हें दवा के साथ-साथ पौष्टिक चीज़ें खाने में लेनी होंगी। अभी तो अंदर सब ठीक लग रहा है, लेकिन एक-दो महीने के बाद मुझे इनके गर्भाशय की स्थिति देखनी होगी। ऐसा लग रहा है, आगे के महीनों में दोनों बच्चे की साइज़ बढ़ने पर, इन्हें कुछ परेशानी हो सकती है। मैं इन सब के लिए दवाएं लिख देती हूँ। इन्हें ज्यादा से ज्यादा रेस्ट में रहना होगा। कुछ भी परेशानी होने पर, तुरंत मेरे पास लाना होगा'।

डॉक्टर की बात सुनकर अविनाश घबड़ा गया। उसने डॉक्टर से पूछा-

'ज्यादा चिंता की कोई बात तो नहीं है, डॉक्टर'।

डॉक्टर ने कहा-

'फिलहाल, कोई परेशानी नहीं है, लेकिन जैसा मैंने कहा, इस तरह के केस होते हैं, जहां बच्चेदानी छोटी या कमजोर रहने पर आगे चलकर मुश्किल होती है। उसमें भी जुड़वां बच्चे में खतरा और भी बढ़ जाता है। कभी-कभी हमलोग आखिरी के तीन महीने मरीज को हॉस्पिटल में रख कर मॉनिटर करते हैं। मैंने अभी दवा दे दी है। इससे फायदा होनी चाहिए। आगे जब कोई दिक्कत होगी, तब देखेंगे'।

नंदिनी ने अविनाश से कहा-

'तुम ज्यादा चिंता मत करो, सब ठीक होगा'।

अविनाश नंदिनी को लेकर घर आ गया। इस बीच खन्ना साहब और निर्मला जी आ चुके थे। अविनाश ने सबको डॉक्टर की बात बताई। खन्ना साहब ने अविनाश से कहा-

'बेटे, अगर जरूरत है, तो हम नंदिनी को लेकर दिल्ली भी जा सकते हैं। वहाँ बड़े अस्पताल में किसी एक्सपर्ट से इसे दिखला दें। वैसे यहाँ भी मेरी पहचान की एक अच्छी एक्सपर्ट लेडी डॉक्टर हैं, मैं उनसे भी राय ले लेता हूँ। मैं अभी उनसे फोनकर पूछ लेता हूँ। वे अगर फ्री होंगी, तब हम अभी नंदिनी को लेकर वहाँ जा सकते हैं'।

खन्ना साहब ने फोन पर डॉक्टर से बात की। वे नंदिनी को देखने के लिए तैयार हो गईं। खन्ना साहब अविनाश और नंदिनी को लेकर तुरंत निकल गए। वहाँ जाकर अविनाश ने एक्सपर्ट डॉक्टर को पिछली लेडी डॉक्टर के कागज दिखाये। डॉक्टर ने फिर से नंदिनी का मुआयना किया। उसके बाद उन्होंने कहा-

'जिस लेडी डॉक्टर ने इन्हें देखा है, वे सही हैं। हमें कुछ हफ्ता इंतज़ार करना होगा। वैसे इसके लिए इन्हें दिल्ली ले जाने की जरूरत नहीं है। ऐसे केस में हवाई यात्रा करना भी उचित नहीं होगा। बस इन्हें ज्यादा से ज्यादा आराम करना है और दवा लेनी है। उम्मीद है सब सही रहेगा'।

सभी घर वापस आ गए। निर्मला जी ने अविनाश से कहा-

'बेटा, अगर तुमलोग उचित समझो, तो हमलोग नंदिनी को अपने घर ले जाते हैं। वहाँ इसे आराम करने में ज्यादा सहूलियत होगी। मैं इसका पूरा ख्याल रखूंगी। यहाँ बहन जी को अकेले दिक्कत होगी'।

नंदिनी ने कहा-

'नहीं मम्मी, मैं यहाँ ठीक से आराम कर लूँगी। वैसे भी माँ मेरा बहुत ख्याल रख रही हैं और फिर वहाँ रहने पर अविनाश मेरी ज्यादा चिंता करेगा। वह पता नहीं क्यों, मुझसे ज्यादा घबड़ाया हुआ है। आपलोग बीच-बीच में आकर, मुझसे मिल लेना। वैसे और किसी चीज की जरूरत होने पर, मैं फोन पर बता दिया करूंगी'।

खन्ना साहब और निर्मला जी थोड़ी देर बैठने के बाद अपने घर चले गए। सरस्वती ने नंदिनी को उसके कमरे में आराम करने के लिए भेज दिया।

एक सप्ताह के बाद ही एक दिन कलक्टर ने अविनाश को बुला कर कहा कि अविनाश के अच्छे काम के लिए उसे आगे अतिरिक्त जिला मजिस्ट्रेट के पद पर प्रमोशन देने की बात चल रही है। चूंकि यह पद पटना जिला में खाली नहीं था, इसलिए अविनाश को पटना के बगल के वैशाली जिला भेजने की बात हो रही है। कलक्टर की बात सुनकर, जहां अविनाश को एक तरफ प्रमोशन की खबर की खुशी हुई, वहीं उसे नंदिनी को इस हालत में छोड़कर पटना से बाहर जाने में डर लगा। वहाँ चिकित्सा की अच्छी सुविधा भी नहीं होगी। अविनाश ने कलक्टर को नंदिनी के हाल के बारे में बताया। कलक्टर ने उसकी बात सुनी, फिर कहा-

'देखो अविनाश, अभी तुम जिस पद पर हो, उसपर पाँच साल काम करने के बाद ही आगे प्रमोशन होता है। मैंने तुम्हारे अच्छे काम की अनुसंशा की थी। सरकार उसके कारण तुम्हें तीन साल में ही प्रोन्नति देने का फैसला कर रही है। इससे संबन्धित फ़ाइल आगे बढ़ चुकी है। यह बहुत कम ऑफिसर के साथ होता है। इससे तुम्हारे आगे के करियर में दो साल का फायदा हो जाएगा। वहाँ कलक्टर के बाद, तुम ही सबसे सीनियर अधिकारी रहोगे। वैशाली का मुख्यालय

हाजीपुर पटना से सबसे नजदीक शहर है। तुम अभी फिलहाल एक-दो महीने यहाँ से आना-जाना कर सकते हो, लेकिन कुछ दिनों के बाद तुम्हें वहाँ शिफ्ट करना होगा। उस समय रविवार या छुट्टी के दिन यहाँ आकर अपनी पत्नी को देख सकते हो। मैं तुम्हारे और नंदिनी के परिवार को जानता हूँ। उस वक़्त तुम नंदिनी को खन्ना साहब की निगरानी में भी उनके घर पर रख सकते हो। हाजीपुर में तुम्हें बड़ा बंगला मिलेगा और यहाँ से ज्यादा सुविधा भी। तुम अपने पैरेंट्स को वहाँ ले जाकर और अच्छी सुविधा दे सकते हो। मुझे लगता है, तुम्हें इस प्रमोशन के लिए ना नहीं कहना चाहिए। एक बार ना कहने पर फिर तुम्हें दो साल बाद ही मौका मिलेगा। हो सकता है, उस समय तुम्हारी पोस्टिंग किसी दूर के जिले में हो। वैसे एक रास्ता है। अगले एक साल में पटना जिले में तुम्हारा पोस्ट खाली होने वाला है। मैं तुम्हारे पटना पोस्टिंग की सिफ़ारिश कर सकता हूँ, लेकिन सभी कुछ सरकार के हाथ में है। उस वक़्त इसके लिए कोई पैरवी की जरूरत पड़ी, तब मैं तुम्हें बता दूँगा'।

अविनाश ने कलक्टर की बात ध्यान से सुनी। उसने कहा-

'मैं आपकी बात समझ सकता हूँ, सर। नॉर्मल समय होता, तब मुझे कोई परेशानी नहीं होती। चूंकि हाजीपुर नजदीक है और अभी जरूरत के समय मैं यहाँ से आ जा सकता हूँ, तब, मुझे कोई दिक्कत नहीं होनी चाहिए'।

कलक्टर से मिलकर अविनाश घर आ गया। उसने घर पर सभी को प्रमोशन की बात बताई। नंदिनी ने अविनाश की बात सुनकर कहा-

'ये तो बड़ी अच्छी खबर है। तुम मेरे बारे में चिंता मत करो। अभी एक-दो महीने तो तुम रोज शाम में यहाँ आ जाओगे। बाद में वैसे भी मम्मी-पापा ने मुझे अपने यहाँ रखने के लिए कहा है। मैं

उनसे बात कर, वहाँ चली जाऊँगी। तुम हर सप्ताह तो मुझसे मिलते ही रहोगे। वैसे भी हाजीपुर कोई ज्यादा दूर नहीं है'।

अविनाश ने कहा-

'वह सब ठीक है नंदी, लेकिन इस हालत में मैं तुम्हें हमेशा अपनी आँखों के सामने रखना चाहता था। यहाँ मेरा दफ्तर बिलकुल बगल में था। मैं दिन में खाने के लिए भी आ जाया करता था। अब मैं दिनभर उतनी दूर रहूँगा, तुम्हारी हमेशा चिंता लगी रहेगी'।

नंदिनी ने जवाब दिया-

'तुम कुछ ज्यादा चिंता कर रहे हो। सब ठीक रहेगा। वैसे भी मैं बिलकुल ठीक हूँ। कोई परेशानी नहीं होगी'।

सरस्वती ने अविनाश से कहा-

'बेहतर होगा, तुम दो महीने के बाद भी वहाँ अकेले जाकर रहो। नंदिनी अपने पापा के यहाँ चली जाएगी। हमलोग यहाँ रहकर उससे रोज मिलते रहेंगे'।

अविनाश ने कहा-

'मेरे वहाँ चले जाने के बाद, यहाँ आपलोगों को अकेले परेशानी होगी। फिर मेरी जगह आने वाले को भी इस बंगले की जरूरत पड़ेगी। मैं ज्यादा दिन इस घर को अपने नाम से नहीं रख सकूँगा'।

नंदिनी ने सरस्वती से कहा-

'माँ, अविनाश ठीक कह रहा है। वहाँ का बंगला मिलते ही, इस बंगले को जल्दी छोड़ना होगा। इसमें कोई परेशानी की बात नहीं है। मैं अपने आप को संभाल लूँगी। वैसे भी मैंने सुना है, पहला बच्चा ज़्यादातर मायके में होता है'।

सात दिन बाद अविनाश का प्रमोशन के साथ ट्रान्सफर ऑर्डर आ गया। उसे अपने विभाग से विदाई दी गयी। अगले दिन सुबह अविनाश हाजीपुर जॉइन करने के लिए चला गया। जाते समय उसने नंदिनी को आराम करने की हिदायत दी।

सबसे पहले अविनाश हाजीपुर के जिला कलक्टर से जाकर मिला। वहाँ के कलक्टर बिहार सर्विस के थे, जिन्हें प्रोन्नत कर आईएएस बनाया गया था। उनकी सेवानिवृति में ढाई साल बचे थे। वे वैशाली जिला के ही रहने वाले थे। अविनाश ने उन्हें अपने बारे में बताया, साथ में उन्हें नंदिनी की हालत के बारे में भी कहा। कलक्टर ने अविनाश से कहा-

'इसमें कोई चिंता की बात नहीं है। पटना यहाँ से आधे घंटे की दूरी पर है। जबतक तुम्हारे घर में परेशानी है, तुम वहीं से रोज आना-जाना कर सकते हो। वैसे भी फोन पर तुम हमेशा उपलब्ध रहोगे। इस बीच मैं तुम्हारे बंगले को ठीक करा देता हूँ। एक-दो महीने में तैयार हो जाएगा। उसके बाद अपनी सुविधा के हिसाब से यहाँ शिफ्ट करना। मेरी तरफ से तुम्हारे ऊपर कोई दबाव नहीं होगा। मैंने तुम्हारे बारे में सुना है। एक बार पटना शहर संभालने के बाद, यहाँ का काम तुम्हें आसान लगेगा। यहाँ ज़्यादातर काम आस-पास के कस्बों में होना है। वैसे पटना से नजदीक होने के कारण हाजीपुर शहर भी अब बहुत विकसित हो गया है। यहाँ अच्छे अस्पताल खुल गए हैं। तुम्हें अपने माता-पिता को भी यहाँ साथ रखने में कोई परेशानी नहीं होगी'।

अविनाश ने अपने दफ्तर का काम संभाला। उसने जिले के सारे इलाके की जानकारी ली। उसके अधीन एसडीएम, नया आईएएस ऑफिसर था। अविनाश ने उसे सारे काम समझा दिये। वह वहाँ के अपने बंगले को भी देखने गया। वहाँ उसके पूर्व के एडीएम का पास के कस्बे में अपना मकान था। वे वहीं रहते थे, इसलिए ये

बंगला खाली था। पटना वाले घर से वहाँ का बंगला दुगुना बड़ा था। दरअसल, वह एक कोठीनुमा दो तल्ले का विशाल मकान था। उसके चारों तरफ बहुत जमीन थी। उस जिले के कलक्टर और अतिरिक्त जिला मजिस्ट्रेट का बंगला लगभग एक ही तरह का था। दोनों बंगले आमने-सामने थे। चूंकि, कलक्टर अपने घर में रहते थे, इसलिए उनका बंगला भी खाली था।

दिनभर ऑफिस का काम निपटाकर अविनाश शाम में वापस पटना अपने घर आ गया। उसे अपने दफ्तर से पहुँचने में पैंतालिस मिनट का समय लगा। वह संतुष्ट था कि किसी भी परिस्थिति में वह जल्दी से जल्दी अपने घर पहुँच सकता है।

घर आकर उसने नंदिनी और सरस्वती को हाजीपुर में अपने पहले दिन के काम का अनुभव बताया। उसने वहाँ के घर के बारे में भी बताया। नंदिनी ठीक थी। सरस्वती उसका अच्छी तरह से देखभाल कर रही थीं।

अविनाश को हाजीपुर में जॉइन किये दो महीना हो गया था। उसने इस बीच अपने सारे इलाके का दौरा कर लिया था। उसके अधीन काम करने वाला एसडीएम बहुत तेज था। उसके रहने से अविनाश निश्चिंत रहता था। वैसे वैशाली इलाका कानून और व्यवस्था की नज़र से पटना से बेहतर था, फिर भी पटना से सटे होने के कारण वहाँ भी बीच-बीच में आपराधिक मामले हो जाया करते थे।

नंदिनी को एक बार फिर डॉक्टर से दिखाया गया। अब उसका छठा महीना शुरू होने वाला था। डॉक्टर ने जांच कर कहा था-

'जुड़वां बच्चों के बढ़ने के कारण, अब इन्हें ज्यादा सतर्क रहना पड़ेगा। ज्यादा मेहनत का काम नहीं करना है और किसी तरह की भारी चीज नहीं उठानी है, जितना हो सके ज्यादा से ज्यादा आराम करना है'।

अविनाश ने गोपाल जी और सरला को कुछ दिनों के लिए फिर अपने घर बुला लिया था। खन्ना साहब और निर्मला जी भी हर दूसरे दिन आकर नंदिनी का हालचाल ले लिया करते थे। इसके बावजूद अविनाश जब भी हाजीपुर जाता, उसे नंदिनी की चिंता लगी रहती। वह दिन में दो-तीन बार फोन कर उससे बात कर लेता था।

रात में दोनों बैठकर बच्चों के बारे में बात किया करते थे। अविनाश ने कमरे में छोटे बच्चों के कई पोस्टर लगा दिये थे। दोनों आपस में बच्चों के नाम के बारे में भी सोचते थे। नंदिनी लड़की का नाम अविनाश के नाम से जोड़कर अवंतिका कहती थी और अविनाश लड़के का नाम नंदिनी से जोड़ कर अनादि कहता था। अविनाश खुश तो बहुत था, लेकिन बीच-बीच में उसे डॉक्टर की चेतावनी याद आ जाती थी।

एक सप्ताह के बाद एक दिन अविनाश दिन के वक़्त अपने इलाके के दौरे पर था। हाजीपुर से लगभग पच्चीस किलोमीटर की दूरी पर महुआ ब्लॉक के एक गाँव में कुछ कानून-व्यवस्था का मसला था। अविनाश उसी के लिए वहाँ गया था। दिन के एक बजे का वक़्त था। अविनाश ने खाना नहीं खाया था। वह अब थोड़ी देर में हाजीपुर के लिए निकलने ही वाला था, इसी बीच उसे गोपाल जी का फोन आया। अविनाश फोन देखकर सतर्क हो गया। उसने जल्दी से फोन उठाया। उधर से गोपाल जी ने कहा-

'बेटा, तुम जल्दी से यहाँ आ जाओ, हमलोग नंदिनी को लेकर, डॉक्टर के पास जा रहे हैं'।

अविनाश ने पूछा-

'क्या बात है'।

उधर से गोपाल जी ने कहा-

'अभी थोड़ी देर पहले, नंदिनी बाथरूम में पैर फिसलने के कारण गिर गयी है। उसके पेट में दर्द हो रहा है। डॉक्टर को फोन किया था। उसने नंदिनी को तुरंत बुलाया है'।

अविनाश वहाँ से सीधे पटना के लिए निकल गया। उसे डॉक्टर के यहाँ पहुँचने में लगभग डेढ़ घंटे लग गए। रास्ते भर वह लगातार गोपाल जी के साथ फोन से संपर्क में था। वे लोग डॉक्टर के यहाँ पहुँच गए थे और अंदर नंदिनी की जांच चल रही थी। वहाँ तब तक खन्ना साहब और निर्मला जी भी आ चुके थे। सरस्वती भी मौजूद थीं। अविनाश जब तक वहाँ पहुंचा, डॉक्टर ने नंदिनी की जांच कर ली थी। उन्होंने अविनाश को अलग बुलाकर कहा-

'ऐसा लगता है, ये पेट के बल गिरी हैं। मैंने सोनोग्राम करके देखा है, अंदर भी असर हुआ है। वैसे ही इनकी बच्चेदानी छोटी है और उसपर जुड़वां बच्चे और गिरने का प्रेशर पड़ा है। इन्हें तुरंत अस्पपताल में भर्ती करना होगा और अगले कुछ घंटों के लिए निगरानी में रखना होगा। अभी मैंने इन्हें दवा दे दी है, लेकिन अगर फिर से दर्द हुआ, तब हमें कुछ दूसरा सोचना होगा'।

अविनाश ने डॉक्टर की बात सबको बताई। नंदिनी को डॉक्टर के बताए अस्पताल में दाखिल किया गया। उसे एक डीलक्स रूम में रखा गया। नर्स ने आकर उसके ब्लडप्रेशर की जांच की और उसके हाथ में ड्रिप लगा दिया। थोड़ी देर के बाद नंदिनी को नींद आ गयी। अविनाश उसके कमरे में ही बैठा रहा। बाहर बाकी लोग बैठे थे। बीच-बीच में सरस्वती और निर्मला जी नंदिनी को आकर देख जाती थीं।

शाम के वक़्त नंदिनी को कुछ बेहतर महसूस हुआ। उसे सूप के साथ कुछ खाने के लिए दिया गया। अविनाश ने सरस्वती और गोपाल जी को घर भेज दिया। उसने खन्ना साहब को भी घर जाने के लिए कहा। निर्मला जी ने रुकने की जिद कर दी। तब खन्ना साहब

अकेले घर वापस गए और अविनाश के साथ अस्पताल में निर्मला जी रात के लिए रुक गईं। खाना खाकर नंदिनी करीब साढ़े नौ बजे तक सो गयी। अविनाश ने निर्मला जी को बगल के पतले सोफा वाले बेड पर सोने के लिए कहा। वह खुद एक कुर्सी पर पैर पसार कर लेट गया। करीब आधा घंटे के बाद अविनाश को झपकी आ गयी।

रात के करीब दो बजे अचानक अविनाश की नींद नंदिनी के कराहने की आवाज से खुली। उसने उठकर देखा, नंदिनी पेट पकड़ कर कराह रही थी। निर्मला जी भी तब तक उठ चुकी थीं। अविनाश ने दौड़कर नर्स को बुलाया। उसने आकर नंदिनी को देखा, फिर वह बाहर चली गयी। अविनाश उसके पीछे-पीछे गया। नर्स बाहर निकलकर डॉक्टर को फोन कर रही थी। अविनाश को आभास हो गया कि कहीं कुछ ठीक नहीं है। वह वापस कमरे में आया। नंदिनी अब ज़ोर से कराह रही थी। निर्मला जी उसका सिर सहला रही थीं। कुछ मिनट में नर्स फिर कमरे में आई और उसने अविनाश से कहा-

'डॉक्टर ने इन्हें ऑपरेशन थिएटर में ले जाने के लिए कहा है। उनके आने के पहले, हमें इनकी तैयारी करनी पड़ेगी'।

नंदिनी को स्ट्रेचर पर लिटाया गया और दो लोग उसे लेकर गए। अविनाश और निर्मला जी उनके पीछे-पीछे गए। अविनाश की घबड़ाहट के मारे बोली नहीं निकल रही थी। उसे नंदिनी की बहुत चिंता थी। इस बीच उसने खन्ना साहब को फोन कर दिया। वे बीस मिनट में अस्पताल पहुँच गए। अविनाश ने इतनी रात में सरस्वती को जगाना उचित नहीं समझा।

लगभग आधे घंटे में डॉक्टर आ गईं। वे सीधे ऑपरेशन थिएटर में गईं। अविनाश और बाकी सब बाहर खड़े रहे। लगभग पंद्रह मिनट के बाद डॉक्टर बाहर आयीं। उन्होंने अविनाश से कहा-

'हमलोग अब इंतज़ार नहीं कर सकते। हमें तुरंत ऑपरेशन कर बच्चे को बाहर निकालना होगा, वरना मरीज की जान को खतरा हो सकता है। आप जल्दी से फार्म भर दें, मैं अंदर जा रही हूँ'।

डॉक्टर की बात सुनकर अविनाश थोड़ी देर के लिए अवाक रह गया। वह वहीं कुर्सी पर बैठ गया। नर्स फार्म लेकर आई। खन्ना साहब ने अविनाश से उस पर साइन करने के लिए कहा। नर्स फार्म लेकर अंदर चली गयी।

ऑपरेशन में एक घंटा से ज्यादा का समय लग गया। तब तक अविनाश बाहर चिंता के मारे चहलकदमी करता रहा। खन्ना साहब ने उसे कई बार समझाया। निर्मला जी कुर्सी पर बैठकर रो रही थीं।

डॉक्टर ऑपरेशन थिएटर से बाहर आयीं। उन्होंने अविनाश को बताया-

'दोनों बच्चे चूंकि छह महीने से भी कम के थे, इसलिए उन्हें बचाना मुश्किल था, लेकिन मरीज ठीक हैं। ऑपरेशन में कुछ ज्यादा खून निकलने के कारण, उन्हें अभी खून चढ़ाया जा रहा है। थोड़ी देर में हमलोग उन्हें कमरे में भेज देंगे'।

डॉक्टर ने उसके बाद अविनाश और खन्ना साहब को अलग ले जाकर कहा-

'देखिये अविनाश जी, मुझे कहने में तो अच्छा नहीं लग रहा है, लेकिन अब इसके बाद आपकी पत्नी कभी गर्भ धारण नहीं कर सकती हैं। अगली बार यदि ऐसा हुआ, तब इनका बचना मुश्किल होगा। कुछ दिनों के बाद मैं एक छोटा-सा फैमिली प्लानिंग का ऑपरेशन कर दूँगी। अभी इन्हें दो दिन यहाँ अस्पताल में रहना होगा, उसके बाद, आप इन्हें घर ले जा सकते हैं। अभी आपको दोनों बच्चों को अस्पताल के पीछे की जमीन में जाकर दफनाना होगा'।

डॉक्टर की बात से अविनाश सदमे में आ गया। वह वहीं कुर्सी पर बैठ गया। उसकी आँखों में आँसू थे। वह बार-बार खन्ना साहब को देख रहा था। खन्ना साहब की भी आँखों में आँसू थे। तब तक खन्ना साहब ने निर्मला जी को भी डॉक्टर की बात बता दी। निर्मला जी ज़ोर-ज़ोर से रोने लगीं। थोड़ी देर बाद अविनाश अपने आँसू पोछकर उठा। नंदिनी को तब तक ऑपरेशन थिएटर से बाहर निकाल लिया गया था और उसे कमरे में ले जाया गया। वह अब भी बेहोश थी। उसे खून चढ़ाया जा रहा था। नंदिनी को देख अविनाश भी ज़ोर-ज़ोर से रोने लगा। वह उसके पास उसके हाथ पकड़कर बैठ गया। अब तक सुबह के पाँच बज चुके थे।

इस बीच खन्ना साहब ने अविनाश को कमरे से बाहर ले जाकर कहा-

'देखो बेटा, अभी हिम्मत नहीं हारनी है। हमलोग एक बार नंदिनी को दिल्ली जाकर किसी बड़े अस्पताल में दिखाएंगे। हो सकता है आगे कोई रास्ता निकल जाये। आजकल मेडिकल साइन्स ने बहुत तरक्की कर ली है'।

थोड़ी देर में नर्स ने एक सफ़ेद कपड़े में लिपटाकर बच्चों को अविनाश के हाथों में दे दिया। उसके साथ अस्पताल का एक स्वीपर भी था। कपड़े में लिपटे हुए बच्चों को देखकर अविनाश फिर रोने लगा। खन्ना साहब उसके साथ गए। अस्पताल के पीछे की जमीन में स्वीपर ने कुदाल से जमीन खोदी। पंद्रह मिनट के बाद गड्ढा तैयार हो गया था। नीचे डालने के पहले अविनाश ने एक बार बच्चों के मुंह से कपड़ा उठा कर देखा। बिलकुल लाल रंग में बच्चों का चेहरा कुछ हद तक नजर आ रहा था। उनकी आँखें और मुंह सही थे। उनमें एक लड़की और दूसरा लड़का था। अविनाश ने उन्हें गले से लगा लिया और ज़ोर-ज़ोर से रोने लगा। खन्ना साहब ने उसे समझाया। बड़ी

मुश्किल से अविनाश चुप हुआ। थोड़ी देर में दोनों बच्चों को गड्ढे में डाल दिया गया। स्वीपर ने उनके ऊपर मिट्टी डाल दी। अविनाश बहुत देर वहाँ खड़ा रहा। कुछ देर बाद खन्ना साहब उसे समझाकर वहाँ से अस्पताल के अंदर ले आए।

एक घंटे के बाद नंदिनी को होश आ गया। उसने अविनाश को इशारे से पास बुलाया फिर धीरे से कहा-

'क्या हुआ, अविनाश। बच्चे कहाँ है'।

अविनाश के मुंह से आवाज नहीं निकल पा रही थी। वह रोने लगा। फिर भी उसने नंदिनी से कहा-

'हमारे बच्चों को जाना पड़ा नंदी, वे बचने की स्थिति में नहीं थे'।

नंदिनी ने पहले अविनाश के चेहरे को गौर से देखा, उसके बाद अचानक उसका कालर पकड़ कर ज़ोर से रोने लगी। अविनाश भी उसके सिर पर अपना सिर रखकर रोने लगा। खन्ना साहब ने आगे बढ़कर अविनाश को संभाला। निर्मला जी ने नंदिनी को संभाला। उन्होंने कहा-

'बेटा, वे अभी छह महीने के भी नहीं हो पाये थे। उनके आगे रहने से तुम्हारी जान को खतरा था'।

नंदिनी बहुत देर तक रोती रही। अविनाश को अभी उसे डॉक्टर की बात बताने की हिम्मत नहीं पड़ी। सुबह सात बजे सरस्वती का फोन आया। अविनाश ने उन्हें सारी बात बता दी। वे भी फोन पर ही रोने लगीं। अविनाश ने उन्हें समझाया।

दिन के दस बजे तक नंदिनी को पूरा होश आ गया था। उसे निर्मला जी ने उठाकर बिठाया। अभी भी उसकी आँखों में आँसू थे। उसे किसी तरह नाश्ता कराया गया। वह बार-बार अविनाश को देख

कर रोने लगती। थोड़ी देर के बाद सरस्वती गोपाल जी के साथ अस्पताल आ गईं। अविनाश ने खन्ना साहब और निर्मला जी को घर जाने के लिए कहा। सरस्वती नंदिनी के पास बैठ कर लगातार उसके सिर को सहलाती रहीं। नंदिनी बीच-बीच में सिसकियाँ लेती रहती थी।

दोपहर बाद एक बार फिर खन्ना साहब और निर्मला जी अस्पताल आ गए। अविनाश ने बड़ी हिम्मत कर शाम में नंदिनी को डॉक्टर की बात बताई। उसे यह भी बताया कि अभी उसे एक बार दिल्ली ले जाकर दिखाना है। नंदिनी अविनाश की बात सुनकर अचानक शांत हो गयी और एक टक अविनाश को देखती रही। अविनाश ने उससे कहा-

'हमें हिम्मत से काम लेना है नंदी, आज के समय में हर रोग का इलाज है। तुम चिंता मत करो, हम बढ़िया से बढ़िया डॉक्टर से तुम्हारा इलाज कराएंगे'।

नंदिनी ने अविनाश से पूछा-

'क्या तुमने बच्चों को देखा'।

नंदिनी की बात सुनकर अविनाश रो पड़ा। उसने उसी हालत में नंदिनी को सारी बात बताई। दोनों एक दूसरे को पकड़ कर थोड़ी देर तक रोते रहे। निर्मला जी ने दोनों को समझाकर शांत किया।

दो दिनों के बाद नंदिनी को अस्पताल से छुट्टी मिल गयी। अविनाश उसे लेकर घर आ गया। डॉक्टर ने अभी कुछ दिन उसे पूरी तरह आराम करने की सलाह दी थी। सरला ने उसकी देखभाल का पूरा जिम्मा ले लिया। अविनाश ने इस परिस्थिति में ज्यादा से ज्यादा समय नंदिनी के साथ बिताने के लिए ऑफिस से एक सप्ताह की छुट्टी ले ली थी। वह दिनभर नंदिनी के साथ रहता। यहाँ-वहाँ की बातें कर वह उसका मन बहलाने की कोशिश करता, लेकिन

बीच-बीच में नंदिनी रो पड़ती थी। अविनाश भी कभी-कभी अकेले में बैठकर रोता था। उसे जब भी बच्चे का चेहरा याद आता, उसके दिल में ज़ोर की टीस उठती। हालाकि, अविनाश नंदिनी के सामने नहीं रो पाता था।

जैसे-तैसे एक सप्ताह बीता। इस दौरान खबर सुनकर घनश्याम बाबू और लक्ष्मी भी नंदिनी से मिलने घर आए थे। अविनाश का ऑफिस शुरू हो गया था। वह शाम में जल्दी घर आ जाया करता था। वह ज्यादा से ज्यादा समय नंदिनी के साथ बिताता था। धीरे-धीरे नंदिनी सामान्य हो रही थी। बीच में डॉक्टर ने उसे घर में ही आकर देख लिया था। उन्होंने नंदिनी को थोड़ा बहुत चलने-फिरने की छूट दे दी थी। नंदिनी अब सबके साथ डाइनिंग टेबल पर खाना खाने लगी थी।

इस हादसे से नंदिनी तो धीरे-धीरे उबरने लगी थी, लेकिन सरस्वती को इस बात का बहुत सदमा लगा था। वह बिलकुल चुप हो गयी थीं। कभी-कभी वे अचानक रोने लगती थीं। ज़्यादातर वह अपने कमरे में बिस्तर पर लेटी रहतीं। कुछ दिन पहले उन्होंने नंदिनी के बच्चे की सोच कर, उनका स्वेटर बुनना शुरू किया था। वह अब भी स्वेटर बुना करती थीं। अविनाश ने उन्हें कई बार समझाया था, लेकिन उनपर कोई खास असर नहीं हुआ था। वैसे भी जाड़ों का समय होने के कारण उन्हें खांसी थी और सांस भी फूलती थी। सरला अब उनकी देखभाल भी करती थी।

एक महीने के बाद जब नंदिनी बिलकुल ठीक हो गयी, तब खन्ना साहब ने अविनाश को दिल्ली जाकर नंदिनी की जांच कराने की याद दिलाई। उन्होंने दिल्ली के मैक्स हॉस्पिटल में बात कर ली थी। अविनाश ने ऑफिस से फिर तीन दिन की छुट्टी ली। खन्ना साहब और निर्मला जी ने भी साथ में जाने का प्रोग्राम बना लिया।

वहाँ सभी के रुकने का इंतजाम खन्ना साहब ने अपने चैनल के गेस्ट हाउस में किया था।

एक दिन शुक्रवार को सुबह की फ्लाइट से सभी दिल्ली के लिए निकल गए। नंदिनी को मैक्स हॉस्पिटल के एक बड़े डॉक्टर से दिखाया गया। पहले दिन उसका ब्लड टेस्ट, स्कैन वगैरह किया गया। अगले दिन डॉक्टर ने उसकी पूरी जांच की। उसके बाद डॉक्टर ने अविनाश को बताया-

'मैंने इनकी पूरी जांच की है। ऐसे केस देखे गए हैं, लेकिन अमूमन, कम होते हैं। इनकी बच्चेदानी उम्र के साथ-साथ बढ़ नहीं पायी। ऐसे में पूरे नौ महीने बच्चे को संभालना संभव नहीं है। इसमें सर्जरी से कुछ सुधार किया जा सकता है, लेकिन वह अबतक बहुत सफल नहीं रहा है। मेरे हिसाब से पटना में जो डॉक्टर ने जांचकर कहा था, वह सही है। इन्हें आगे यह रिस्क नहीं लेनी चाहिए। इससे इनके लिए भी खतरा हो सकता है। आपलोग सरोगेसी से बच्चे के लिए सोच सकते हैं। आजकल यह बहुत हो रहा है'।

डॉक्टर की बात नंदिनी ने भी सुनी। उसे पहले से यह आभास था कि उसका इलाज संभव नहीं होगा। इसलिए उसपर डॉक्टर की बात का ज्यादा असर नहीं हुआ। अविनाश थोड़ा भावुक हुआ। अगले दिन सभी वापस पटना आ गए। नंदिनी को मन में तकलीफ तो हुई, लेकिन उसने इसे भाग्य का लिखा समझ कर छोड़ दिया। उसके दिमाग में डॉक्टर की कही सरोगेसी की बात भी कहीं न कहीं थी।

दो महीने का वक़्त गुजर गया। नंदिनी ने ऑफिस जाना शुरू कर दिया था। सरस्वती भी अब पहले से ठीक थीं। गोपाल जी और सरला आश्रम जा चुके थे। अविनाश का हाजीपुर का घर तैयार हो गया था। उसे पटना वाले मकान को छोड़ने का समय आ गया था। उसने घर में सभी से बात की। वह सभी को लेकर वहाँ शिफ्ट होना

चाहता था, सिर्फ नंदिनी के ऑफिस की दिक्कत थी। एक दिन नंदिनी ने अविनाश से कहा-

'वहाँ शिफ्ट करने के पहले एक बार जाकर देखते हैं, मकान कैसा है और वहाँ से आने-जाने में कितना वक़्त लगता है'।

अगले दिन सभी अविनाश के साथ एक अलग गाड़ी से हाजीपुर गए। अविनाश को मिलने वाला बंगला पूरी तरह तैयार था। सभी ने घर को देखा। सभी को बहुत पसंद आया। नंदिनी ने तब अविनाश से कहा-

'देखो अविनाश। वैसे भी मैं रोज ऑफिस जाती नहीं हूँ, घर से भी मेरा काम हो जाता है। अगर हफ्ते में तीन दिन भी जाना पड़ा, तब यहाँ से ज्यादा से ज्यादा एक घंटा का समय लगेगा। उसमें मुझे कोई परेशानी नहीं है। जब भी ऑफिस जाऊँगी, मम्मी-पापा से भी मिल लिया करूंगी। मुझे यह घर बहुत पसंद है। वैसे भी मुझे उस घर में बच्चे की याद आती रहती थी। हमलोग अगले चार-पाँच दिनों में यहाँ शिफ्ट कर सकते हैं'।

शाम में सभी एक साथ पटना वापस आ गए। अगले दिन से घर के सामान की पैकिंग शुरू हो गयी। अविनाश ने शिफ्ट करने के लिए रविवार का दिन चुना था। नंदिनी और सरस्वती ने मिलकर पैकर के साथ दो दिनों में सारा सामान लपेट लिया था।

रविवार को घर में प्रवेश के समय अविनाश ने वहाँ गृह प्रवेश की पूजा की व्यवस्था करा दी थी। घर के सभी लोग सुबह दस बजे तक वहाँ पहुँच गए। सामान का ट्रक भी उनके साथ-साथ निकला था। पंडित जी ने वृहत पूजा का इंतजाम किया था। लगभग दो घंटे की पूजा के बाद सभी ने विधिवत गृह प्रवेश किया। इस दौरान सामान का ट्रक भी आ गया था। वहाँ के लोगों ने समान उतारने का काम

किया। नंदिनी सभी को सामान रखने की जगह बता रही थी। अगले दो घंटे में सभी सामान घर में आ गया।

अविनाश के इस बंगले में नीचे ड्राइंग रूम के अलावा डाइनिंग रूम, रसोई, ऑफिस रूम और दो बड़े बेडरूम थे। ऊपर के तल्ले में तीन बेडरूम और एक छोटा लाउंज भी था। अविनाश ने सरस्वती को नीचे वाला एक कमरा दिया। नीचे वाला दूसरा कमरा उसने गेस्ट के लिए छोड़ दिया। उसने अपने और नंदिनी के लिए ऊपर का बड़ा कमरा लिया। घर में काम करने वालों की कमी नहीं थी। गेट पर गार्ड को मिलाकर काम करने वाले कुल बारह स्टाफ थे, जिसमें माली, स्वीपर, घर की सफाई वाले, दो खाना बनाने वाले शामिल थे। रात के समय घर में रहने के लिए चार स्टाफ थे, जिनका घर बंगले के पीछे था। घर के सामने बड़ा-सा गार्डेन था। इसके अलावा आगे और पीछे बहुत जमीन थी, जिसमें आम, लीची, केले आदि के पेड़ लगे थे।

अगले दो सप्ताह में घर पूरी तरह व्यवस्थित हो गया। नंदिनी दो दिन पटना जाकर ऑफिस भी हो आई। उसे अपनी गाड़ी से आने-जाने में कोई दिक्कत नहीं हुई। अविनाश भी अब अपने काम पर ज्यादा ध्यान देने लगा था। बीच में खन्ना साहब और निर्मला जी भी पटना से मिलने आए थे। एक बार अविनाश ने घनश्याम बाबू और लक्ष्मी को भी गाड़ी भेजकर बुलवा लिया था। गोपाल जी और सरला दो बार आकर जा चुके थे।

सत्रह

अविनाश को हाजीपुर में रहते हुए अब लगभग दो वर्ष होने जा रहे थे। वहाँ एक वर्ष बीतने पर पटना के कलक्टर ने अविनाश से पटना की पोस्टिंग के बारे में पूछा था, लेकिन हाजीपुर के घर में व्यवस्थित हो जाने के कारण अविनाश ने उन्हें मना कर दिया था। इस बीच नंदिनी का हफ्ते में दो से तीन दिन पटना जाकर ऑफिस का काम करना जारी रहा। वह बीच में दो बार दस-दस दिनों के लिए अपनी माँ के घर भी रह आई थी। उसी दौरान पटना के एक नर्सिंग होम में उसका फैमिली प्लानिंग का ऑपरेशन भी हुआ था। अविनाश उस दौरान दो दिनों के लिए खन्ना साहब के यहाँ जाकर रहा था।

सरस्वती की तबीयत पिछले जाड़ों में फिर खराब हुई थी। उन्हें एक बार फिर से हाजीपुर के अस्पताल में दो दिन रहना पड़ा था। उसके बाद से उनकी तबीयत में ज्यादा सुधार नहीं हो पाया था। अविनाश ने उन्हें पटना में भी उनके पुराने डॉक्टर को दिखाया था। डॉक्टर ने कहा था, उन्हें अब दमे की भी बीमारी हो गयी है, इसलिए इनकी तबीयत में अब ज्यादा सुधार संभव नहीं है। इन्हें दवा पर ही चलना होगा। अब उन्हें बीच-बीच में सांस लेने में तकलीफ भी होने लगी थी। कभी-कभी उन्हें ऑक्सिजन देना पड़ता था। ज्यादा तबीयत खराब होने पर, वह नींद में भी पोते-पोतियों को देखने की रट लगाने लगती थीं। वह अक्सर अविनाश को कहती थीं-

'मैं मरने के पहले, तुम्हारे बच्चे का मुंह देखना चाहती हूँ। तुमलोग कोई भी उपाय करो'।

अविनाश उन्हें समझाता कि डॉक्टर के कहने पर नंदिनी ने फैमिली प्लानिंग का ऑपरेशन करा लिया है। अब वह माँ नहीं बन सकती। कुछ दिनों के लिए सरस्वती समझ जाती थीं, लेकिन थोड़े दिनों के बाद वे नंदिनी से भी बच्चे का जिक्र करने लगती थीं। अविनाश ने उन्हें एक बार इसके लिए डॉक्टर को भी दिखाया था। डॉक्टर ने कहा था कि इन्हें नंदिनी की घटना के कारण मानसिक आघात लगा था, जिससे ये अभी तक उबर नहीं पा रही हैं। उसने यह भी कहा था कि सरस्वती का ज्यादा बीमार रहने के कारण अब उनपर जल्दी उम्र का भी असर शुरू हो गया था। वे अब ज्यादा बिस्तर पर ही रहती थीं। ज्यादा चलने पर उनका दम फूलने लगता था। सुरेन्द्र जी उनकी देखभाल किया करते थे। उन्हें कभी-कभी बिस्तर पर ही खाना खिलाया करते थे। अविनाश को सरस्वती की बराबर चिंता लगी रहती थी। बिनोद और राजेश भी एक-दो बार आकर सरस्वती को देख गए थे। कुछ दिनों के बाद सरस्वती की सेवा के लिए अविनाश ने एक बार फिर से गोपाल जी और सरला को अपने यहाँ रहने के लिए बुला लिया था। सरला के आने से सरस्वती की देखभाल करने में सुविधा हुई।

अविनाश सरला से कहता था-

'मौसी, आपके और मौसा जी के आ जाने से मुझे लगता है, जैसे घर में कोई बड़ा आ गया है। मैं आपलोगों के रहने से निश्चिंत रहता हूँ। वैसे, आपलोगों को बार-बार यहाँ आने में दिक्कत होती होगी'।

सरला ने कहा था-

'बेटा, मौसी भी कहता है और दिक्कत की भी बात करता है। हमलोग तो वहाँ यूं ही खाली बैठे रहते हैं। यहाँ आने पर दीदी का फिर से साथ हो जाता है, तुम जैसा होनहार बेटा मिलता है और नंदिनी जैसी सुशील और समझदार बहू के साथ रहना होता है। हमें यहाँ आना अपने घर जैसा लगता है। तुम हमलोगों की चिंता मत किया करो। दीदी ने हमें हमारे कष्ट के दिनों में सहारा दिया था। हमें उनकी सेवा कर खुशी मिलती है'।

अविनाश वाकई गोपाल जी और सरला के आने से सरस्वती की तरफ से थोड़ा निश्चिंत हो गया था। उसने हमेशा दोनों को अपने अभिभावक के रूप में देखा था।

इधर नंदिनी ने एक बार अविनाश से सरोगेसी के बारे में बात की थी। अविनाश ने कहा था-

'नंदी, यह काम इतना आसान नहीं है। उसमें पहले किसी स्वस्थ महिला को ढूँढना होगा, जो अच्छे घर की भी हो। वैसे भी पटना शहर या हाजीपुर में इस तरह के गर्भ धारण का ज्यादा प्रचलन नहीं है। इसके लिए मेट्रो सिटी जाना होगा और उसे अगले नौ महीने तक मॉनिटर करना होगा। मैं एक बार तुम्हारे पापा से बात करूंगा। शायद दिल्ली में कोई अच्छा डॉक्टर या कोई अस्पताल मिल जाये, जो यह काम आसानी से कर सके'।

हालाकि, उसके बाद सरस्वती की तबीयत में व्यस्त हो जाने के कारण यह बात आई-गई हो गयी थी। नंदिनी भी कुछ दिनों के बाद इस बात को भूल गयी।

अविनाश का काम ज्यादा बढ़ गया था। हाजीपुर जिले के कलक्टर को अब रिटायर होने में कुछ ही महीने बचे थे। इस कारण से वे ज़्यादातर छुट्टी पर रहते थे। उनके बाद जिले में सबसे सीनियर होने के कारण, उनकी गैरहाजिरी में अविनाश को कलक्टर का चार्ज

दे दिया जाता था। ऐसे में उसकी जिम्मेवारी बढ़ जा रही थी। इसके ऊपर अगले एक महीने में राज्य में चुनाव की घोषणा हो गयी थी। इसके लिए जिले में हर तरह की व्यवस्था करनी थी। अविनाश दिन-रात काम में व्यस्त हो गया था। कभी-कभी देर रात उसे काम से बाहर जाना होता था। पटना में भी मीटिंग का सिलसिला जारी होने के कारण उसे हफ्ते में दो दिन पटना जाना पड़ता था।

नंदिनी चुनाव के माहौल के कारण अपने चैनल के काम में ज्यादा व्यस्त हो गयी थी। वह कई दिन पटना में अपनी माँ के यहाँ रहकर काम पूरा करती थी। उसने अविनाश के जिले की भी चुनावी खबर कई बार अपने चैनल पर दिखाई थी। राकेश और रश्मि के रहने से नंदिनी को बहुत सहारा था। उन दोनों ने चैनल की तरफ से चुनाव की खबरों की पूरी जिम्मेवारी संभाल ली थी। हालाकि, चुनाव का संवेदनशील मामला होने के कारण टीवी पर कुछ खास चुनावी खबर दिखाने के पहले उन्हें नंदिनी या खन्ना साहब से बात करनी होती थी। घर पर गोपाल जी और सरला के होने के कारण अविनाश और नंदिनी निश्चिंत रहते थे।

एक महीने के बाद चुनाव हुए। अविनाश के जिले में छिटपुट घटना के अलावा मतदान और मतगणना का काम शांतिपूर्ण ढंग से सम्पन्न हो गया। नंदिनी ने अपने चैनल के माध्यम से अविनाश की बहुत मदद की। अविनाश के अच्छे काम के कारण उसे चुनाव आयोग से पत्र के माध्यम से सराहना भी मिली।

दिसम्बर का अंतिम सप्ताह चल रहा था। इस बार पटना और उसके आस-पास के इलाकों में कड़ाके की ठंढ पड़ी थी। रोज सुबह गहरी धुंध के कारण सूर्य भगवान के दर्शन दोपहर तक ही हो पाते थे। ठंढ से बहुत बचाने के बावजूद सरस्वती की तबीयत फिर से खराब चल रही थी। उनकी खांसी ठीक नहीं हो पा रही थी। वे बिस्तर से

कम उठ पाती थीं। अविनाश भी अपने ऑफिस के काम में ज्यादा व्यस्त हो गया था। पिछले कलक्टर के रिटायर होने के बाद जिले के नए कलक्टर आ गए थे। ये भी राज्य प्रशासनिक सेवा के थे। इनकी दो वर्ष की नौकरी बची थी। चुनाव सम्पन्न हो जाने के कारण नंदिनी का काम कुछ हल्का हो गया था। वह अब हफ्ते में तीन दिन अपने ऑफिस जाया करती थी। गोपाल जी और सरला अभी भी अविनाश के यहाँ सरस्वती की देखभाल के लिए रह रहे थे।

एक दिन अविनाश की कलक्टर के ऑफिस में बैठक थी। पूरे जिले के पंचायत स्तर तक काम करने वाले लोगों को बुलाया गया था। नए कलक्टर, जिले के विकास की रूपरेखा पर बात करना चाहते थे। बैठक सुबह दस बजे से शुरू हो गयी थी। जिले में कलक्टर के बाद सबसे सीनियर होने के कारण, अविनाश भी अपनी तरफ से लोगों को नए काम के बारे में बता रहा था। लगभग एक घंटे की बैठक हो चुकी थी। तभी अविनाश का फोन बजा। उसने देखा, बिनोद का फोन था। अविनाश ने उस वक़्त उससे बात करना उचित नहीं समझा। दो मिनट के बाद फिर फोन आया। इस बार अविनाश फोन लेकर कमरे से बाहर चला गया। उधर से बिनोद ने घबड़ाई हुई आवाज में कहा-

'सर, राजेश का एक्सिडेंट हो गया है। उसे गंभीर हालत में लेकर हमलोग पटना के अस्पताल में आए हैं। डॉक्टर ने बचने की कम उम्मीद बताई है। वह बेहोशी की हालत में भी माँ को याद कर रहा है। आप माँ को लेकर जल्दी से आ जाएँ'।

अविनाश ने पूछा-

'एक्सिडेंट कैसे हुआ है'।

बिनोद ने कहा-

'सुबह वह फ़ैक्टरी के कुछ काम से अकेले गाड़ी से पटना के लिए निकला था। रास्ते में धुंध बहुत थी। आधे रास्ते पर एक ट्रक ने उसकी गाड़ी को धक्का मारा। उसकी गाड़ी रोड के डिवाइडर से टकरा कर पलट गयी। राकेश उसी के अंदर दब गया। उसके सिर और कलेजे में गंभीर चोट लगी है। वहाँ कोई उसकी पहचान वाला था, उसने मुझे फोन किया। मैंने जाकर उसे पास के एक बड़े अस्पताल में भर्ती कर दिया है। डॉक्टर ने उसकी जांच की है, लेकिन सिर पर ज्यादा चोट के कारण, उसे खून की उल्टियाँ हो रही हैं। डॉक्टर बचने की कम उम्मीद बता रहे हैं'।

अविनाश ने फोन बंद कर दिया। वह सोचने लगा, इतनी महत्वपूर्ण बैठक को बीच में छोड़ कर वह कैसे जा सकता है। इसके अलावा सरस्वती को इस हालत में लेकर जाना भी मुश्किल था। उसने नंदिनी को फोन कर सारी बात बताई। नंदिनी ने कहा-

'देखो अविनाश, यह किसी के जीने-मरने का मामला है। मुझे लगता है, तुम्हें तुरंत जाना चाहिए। मैं माँ को तैयार करती हूँ। तुम अपने साथ मौसा जी को भी ले जाओ'।

अविनाश ने कहा-

'ठीक है, मैं घर आ रहा हूँ'।

अविनाश ने कमरे के अंदर जाकर कलक्टर को कान में सारी बात बताई। कलक्टर ने उसे जाने के लिए कहा। अविनाश तुरंत घर आ गया। तब तक नंदिनी ने सरस्वती को एक्सिडेंट की बात बता दी थी, लेकिन यह नहीं बताया था कि मामला गंभीर है। सरस्वती रो रही थीं। नंदिनी ने एक बैग में उनका सामान रखा। इस बीच अविनाश ने सुरेन्द्र जी को सारी बात सही-सही बता दी। अब सुरेन्द्र जी भी सरस्वती के साथ जाने के लिए तैयार हो गए। पंद्रह मिनट के अंदर

दो गाड़ियों में अविनाश सभी को लेकर बिनोद के बताए अस्पताल के लिए निकल गया।

लगभग एक घंटे में अविनाश सभी को लेकर अस्पताल पहुँच गया। बिनोद से रास्ते में अविनाश की बात हो गयी थी। वह बाहर अस्पताल की गेट पर ही खड़ा था। बिनोद को देखकर सरस्वती फिर रोने लगीं। उन्हें लेकर वह अंदर गया। राजेश का आईसीयू में इलाज चल रहा था। वहाँ सिर्फ एक व्यक्ति को अंदर जाने की इजाजत थी। बिनोद ने सरस्वती को राजेश को दूर से देखने के लिए अंदर भेजा। अंदर आईसीयू में कई मरीज थे। एक कोने में राजेश बेड पर था और कई डॉक्टर उसके पास थे। सरस्वती राजेश का चेहरा नहीं देख पायी। वह बस रोये जा रही थी। उसके ज़ोर से रोने के कारण नर्स ने उन्हें बाहर जाने के लिए कहा। वह बाहर आ गईं। बाहर वह बिनोद को पकड़कर ज़ोर-ज़ोर से रोने लगीं। अविनाश ने उन्हें सहारा देकर कुर्सी पर बिठाया।

बिनोद ने कहा-

'थोड़ी देर पहले डॉक्टर ने बाहर आकर कहा था, राजेश पर किसी भी इलाज का असर नहीं हो रहा है। वह लगभग कोमा में चला गया है। उसे डॉक्टर ने वेंटिलेटर पर रखा है। हालत बहुत ज्यादा खराब है'।

सभी वहाँ बाहर कुर्सी पर बैठ कर इंतज़ार करने लगे। अविनाश इस बीच उठकर अस्पताल के किसी और डॉक्टर से मिलने गया। वहाँ के सुपरिंटेंडेंट से उसकी बात हुई। उन्होंने भीतर आईसीयू में किसी को पता करने के लिए भेजा। इस बीच बिनोद का फोन आया, वह रो रहा था। उसने अविनाश को जल्दी से बुलाया। अविनाश भाग कर आईसीयू के पास पहुंचा। वहाँ उसने देखा सरस्वती जमीन पर गिरकर रो रही थीं। बिनोद भी रो रहा था। अविनाश को देख कर उसने

अपना सिर ना में हिलाया। अविनाश समझ गया, राजेश नहीं रहा। उसने आगे बढ़ कर सरस्वती को संभाला। उन्हें कुर्सी पर बिठाया। वह लगभग बेहोशी की हालत में थीं। अविनाश ने बिनोद से पानी की बोतल लेकर उन्हें पिलाया। सरस्वती ने अचानक चिल्ला कर राजेश का नाम लिया और ज़ोर से रोने लगीं। अविनाश की भी आँखों में आँसू थे। उधर सुरेन्द्र जी और गोपाल जी भी रो रहे थे।

थोड़ी देर में अंदर से स्ट्रेचर पर राजेश को लेकर दो नर्स आई। उसे देखकर सरस्वती उसके पास भागीं। राजेश का चेहरा खुला हुआ था। सरस्वती उसके चेहरे को अपनी आँचल से पोंछने लगीं। वे रोती जा रही थीं। राजेश को देखकर बिनोद भी अपने आप को नहीं संभाल पा रहा था। अविनाश ने दोनों को सहारा देकर कुर्सी पर बिठाया। तब तक बिनोद के पहचान वाले कई लोग वहाँ आ चुके थे। अविनाश ने उनसे जाकर बात की। राजेश के शव को लेकर पहले घर जाना था। अविनाश ने फोन कर अस्पताल के ही एम्ब्युलेन्स की व्यवस्था करवाई।

अगले एक घंटे में सभी बिनोद के घर पहुँच गए। वहाँ की हालत और भी ज्यादा खराब थी। बाहर सड़क पर ही राजेश की पत्नी जमीन पर बैठकर ज़ोर-ज़ोर से रो रही थी। मुहल्ले के बहुत सारे लोग वहाँ इकट्ठे हो गए थे। किसी तरह राजेश के शव को घर के अंदर ले जाया गया। माहौल बहुत ज्यादा गमगीन था। राजेश की पत्नी को संभालना मुश्किल हो रहा था। उसके बच्चे भी उसके कलेजे पर सिर रखकर रो रहे थे। सरस्वती बार-बार बेहोश हो जा रही थीं। उन्हें सुरेन्द्र जी और गोपाल जी संभाल रहे थे। इस बीच अविनाश ने बिनोद से बात की। चूंकि अभी दोपहर का ही वक़्त था, इसलिए उसी वक़्त दाह-संस्कार करने का फैसला लिया गया। अविनाश ने दो लोगों को पटना में गंगा नदी के किनारे बांस घाट पर क्रियाकर्म की व्यवस्था के लिए आगे भेज दिया।

दो घंटे में घर में सभी चीज़ें व्यवस्थित कर अविनाश बिनोद और लगभग तीस और लोगों के साथ गाड़ी से बांस घाट के लिए निकला। सरस्वती की देखभाल के लिए सुरेन्द्र जी घर पर ही रह गए। थोड़ी देर बाद घाट पर बिनोद ने अपने छोटे भाई को मुखाग्नि दी। वहाँ दो घंटे रुकने के बाद रात आठ बजे तक सभी घर वापस आ गए।

अविनाश ने घर के अंदर जाकर सरस्वती को देखा। वह बाहर के कमरे में बिस्तर पर लेटी थीं। तब बिनोद ने अविनाश से कहा-

'आप माँ और बाबूजी को यहीं छोड़ दीजिये, पूरे कर्म हो जाने के बाद, मैं माँ को लेकर आ जाऊंगा'।

अविनाश ने सरस्वती की तरफ देखा। उन्होंने रोते हुए जवाब दिया-

'बेटा, मैं अभी इन्हें छोड़कर नहीं जा सकती, तुम लोग वापस चले जाओ'।

अविनाश ने बिनोद से कहा-

'माँ की तबीयत खुद खराब है, ठंढ भी बहुत ज्यादा है। डॉक्टर ने इन्हें ठंढ से बचने की हिदायत दी है, आपलोगों को इनका ध्यान रखना होगा'।

बिनोद ने कहा-

'आप चिंता मत करें, ये बस बिस्तर पर लेट कर, हमें सभी कर्मों के बारे में बताती रहेंगी। इन सब काम में घर में बड़ों के रहने से बल मिलता है'।

अविनाश बिनोद और सरस्वती की बात मान कर वहाँ से अपने घर चला आया। बिनोद ने पूरे बारह दिन के कर्म का भार उठा लिया। सरस्वती ज़्यादातर बिस्तर पर ही रहती थीं। उन्हें अभी भी सांस लेने में तकलीफ होती थी। उन्हें राजेश के जाने का बहुत सदमा लगा था।

बिनोद के घर में रह जाने और राजेश के चले जाने के कारण फ़ैक्टरी के काम को देखने वाला कोई नहीं था। अगले दिन सुरेन्द्र जी ने बिनोद से कहा-

'बेटा, मैं सारा दिन घर में बैठकर क्या करूंगा। तुम किसी तरह मुझे फ़ैक्टरी पहुंचा दो, मैं दिनभर वहाँ रह कर, तुम्हारा काम कर दूँगा'।

बिनोद को सुरेन्द्र जी की बात अच्छी लगी, लेकिन बिनोद की गाड़ी नहीं थी। राजेश के एक्सिडेंट में गाड़ी पूरी तरह टूट गयी थी। उसको क्रेन से उठाकर कारखाने भेजा गया था। अभी उसके पूरी तरह ठीक होकर आने में बहुत वक़्त था। बिनोद ने एक कैब बुला लिया। सुरेन्द्र जी उसी से फ़ैक्टरी चले गए। यह सिलसिला अगले दस दिनों तक चलता रहा। सुरेन्द्र जी ने फ़ैक्टरी और गोदाम का काम पूरी तरह संभाल लिया था। हालाकि, उनके दिनभर घर में नहीं रहने के कारण सरस्वती को दिक्कत हो गयी थी। उन्हें इस बीच बुखार भी रहने लगा था। उनकी खांसी और बढ़ गयी थी।

बारहवीं के ब्रह्मभोज के दिन अविनाश बिनोद के यहाँ आया। सरस्वती को देखकर वह चिंतित हुआ। उनका बुखार नहीं उतर रहा था। कभी-कभी खाँसते-खाँसते बेहोशी की हालत हो जाती थी। अविनाश ने उन्हें अस्पताल में भर्ती करने की सोची। उसने बिनोद से बात की। अगले दिन खन्ना साहब की मदद से सरस्वती को पटना के एक बड़े अस्पताल में भर्ती किया गया। वहाँ की जांच के बाद पता चला, उन्हें फिर से निमोनिया हुआ है और अब उनके दोनों फेफड़ों पर असर हुआ है। डॉक्टर ने बताया, ऐसी स्थिति में पूरी तरह ठीक होना संभव नहीं होगा। फिर भी कुछ दिन अस्पताल में रखकर, इनका इलाज करना होगा।

अविनाश का ज्यादा दिनों तक काम छोड़कर पूरे दिन पटना में रहना मुश्किल था। उसने सुरेन्द्र जी के साथ गोपाल जी और सरला

को भी अस्पताल में सरस्वती के साथ रहने के लिए भेज दिया। वह रोज एक बार ऑफिस के बाद शाम में अस्पताल आकर सरस्वती को देख जाता था। बिनोद भी हर दिन सरस्वती को देखने अस्पताल आता था।

पाँच दिन बीतने पर भी सरस्वती की हालत में ज्यादा सुधार नहीं हुआ था। सांस कम ले पाने के कारण उनके सिर में ऑक्सिजन कम जा रहा था। इसके अलावा उनके खून में सोडियम का भी स्तर कम होने लगा था। इसके कारण अब वे चीजों को भूलने लग जा रही थीं। अविनाश ने डॉक्टर से बात की थी। उसने बताया-

'इन्हें लंबे समय तक अस्पताल में रखना होगा। हो सकता है, इन्हें ठीक होने में पंद्रह दिन से ज्यादा का समय लग जाये। वैसे भी अब इनकी हालत में बहुत ज्यादा सुधार नहीं हो पाएगा। थोड़ी ठीक होकर ये घर जा पाएँगी। बेहतर होगा, आप इन्हें हमारे हाजीपुर के अस्पताल में भर्ती करा दें, वहाँ आपको भी इन्हें देखने में सुविधा होगी। वह हमारे ग्रुप का ही अस्पताल है। वहाँ भी अच्छे डॉक्टर हैं और हमलोग यहाँ से इनकी पूरी केस हिस्ट्री बना कर भेजेंगे'।

अविनाश को डॉक्टर की बात सही लगी। उसने सरस्वती को उसी दिन हाजीपुर के अस्पताल में शिफ्ट कर दिया। संयोग से अस्पताल अविनाश के घर के बिलकुल पास था। अब अविनाश वहां फुर्सत में किसी भी वक़्त जाकर सरस्वती से मिल लेता था। नंदिनी भी अब वहाँ ज्यादा टाइम दे पा रही थी। अब जब नंदिनी की सरस्वती से भेंट होती, तब एक बार फिर से वे बच्चे की बात करती थीं। कभी-कभी भूलने के कारण उन्हें लगता जैसे नंदिनी अभी भी गर्भवती है। वे अचानक कह देतीं-

'बेटा, ऐसे समय में अपना ज्यादा ख्याल रखो। जल्द ही मुझे मेरे पोते का मुंह दिखाओ'।

नंदिनी उन्हें बैठकर समझाती, लेकिन उन्हें एक ही रट लगी रहती थी। एक दिन उन्होंने अविनाश को बुलाकर कहा-

'देखो बेटा, मेरे आश्रम की हालत अच्छी नहीं है, तुम अभी ऊंचे ओहदे पर हो, वहाँ के लोगों के जीवन को सुधारने के लिए, कुछ करो'।

अविनाश की समझ में नहीं आता था कि वह हाजीपुर में रहकर पटना के आश्रम के लिए क्या करे। फिर भी वह सरस्वती को कहता था कि वह जल्दी कुछ करेगा।

सरस्वती को हाजीपुर के अस्पताल में रहते हुए पंद्रह दिन से ज्यादा हो गए थे। सरस्वती की हालत में थोड़ा सुधार हुआ था। अविनाश ने डॉक्टर से बात की थी। उसने सरस्वती को घर ले जाकर उनकी सेवा करने के लिए कहा था। अविनाश उन्हें घर ले आया था। अब सभी मिलकर उनकी देखभाल करते थे। उन्हें दो लोगों से पकड़ा कर बाथरूम ले जाया जाता था। वे खाना बिस्तर पर ही खाती थीं। सुरेन्द्र जी हमेशा उनके पास बैठे रहते थे। कभी-कभी सरस्वती सुरेन्द्र जी को कुछ लिखने के लिए कहती। वे बोलती जातीं और सुरेन्द्र जी उन्हीं की डायरी में लिखते रहते थे। सरस्वती उन्हें अपने बेटों की कहानियाँ सुनाती थी। सुरेन्द्र जी भी उन्हें अपने परिवार के बारे में बताते थे। इस तरह दोनों घंटों बातें किया करते थे। बिनोद हर तीन दिन के बाद सरस्वती को आकर देख जाता था। वह सुरेन्द्र जी से बैठकर अपने बिज़नेस की भी बात किया करता था।

अविनाश और नंदिनी दोनों अपने-अपने काम में मशगूल हो गए थे। गोपाल जी और सरला घर संभाल रहे थे। एक दिन घनश्याम बाबू और लक्ष्मी सरस्वती को देखने आए। उनके सामने भी सरस्वती ने नंदिनी के बच्चे की बात की। घनश्याम बाबू ने कमरे से बाहर निकलकर अविनाश से कहा-

'देखो बेटा, मुझे तुम्हारे और नंदिनी के निजी जीवन में दखल नहीं देना है, लेकिन क्या तुमलोगों ने अपने परिवार को बढ़ाने की बात सोची है। अब इस घर में सही में बच्चे की जरूरत है। मुझे लगता है, बहन जी उसी से ठीक भी हो जाएंगी। तुमने क्या सोचा है'।

अविनाश ने कहा-

'बाबा, हम दोनों भी इसके बारे में सोचते हैं, लेकिन डॉक्टर ने जिस सरोगेसी की बात कही है, उसमें बहुत तरह की परेशानियाँ हैं। इसके लिए, हमें बहुत दिनों तक दिल्ली या किसी और शहर में जाकर रहना होगा, अभी माँ की इस हालत में, उसके बारे में कैसे सोच सकते हैं'।

घनश्याम बाबू ने कहा-

'तुम दोनों, बच्चे को गोद लेने की भी सोच सकते हो'।

अविनाश ने कहा-

'आपका सुझाव अच्छा है बाबा, मैंने भी एक बार इसके बारे में सोचा था, लेकिन कहीं ढंग का कोई अनाथालय मिले, तभी आगे कुछ किया जा सकता है। फिर भी मैं इसके बारे में नंदिनी से बात कर पता करूंगा'।

घनश्याम बाबू ने कहा-

'मैं भी पटना में पता करता हूँ। हमारे सेवाश्रम में तो अभी सभी बड़े बच्चे हैं'।

अविनाश ने घनश्याम बाबू से बात करने के बाद इस विषय के बारे में नंदिनी से भी बात की। नंदिनी को भी बच्चे को गोद लेने का सुझाव अच्छा लगा। अविनाश ने पटना में वाणी से संपर्क कर उसे पटना के अनाथालय में बच्चे के बारे में पता करने के लिए कहा।

जनवरी महीने का अंत हो रहा था, लेकिन ठंढ में कोई कमी नहीं आई थी। ठंढ के अलावा धूप भी कम निकलती थी और साथ में तेज हवा चलती थी। इससे दिन के वक़्त भी शीतलहर की तरह महसूस होता था। सरस्वती के कमरे में लगातार ब्लोअर चलता रहता था। सरला उनकी गरम तेल से दिन में और रात के सोते वक़्त मालिश किया करती थी।

गोपाल जी और सरला के इतने दिनों तक घर में रहने से, वे परिवार के सदस्य की तरह हो गए थे। अविनाश गोपाल जी से अक्सर राय-मशविरा करता रहता था। गोपाल जी और सरला भी अविनाश और सरला को अपने बेटे-बहू की तरह मानते थे। नंदिनी और सरला में बहुत बनती थी।

पाँच दिनों के बाद एक दिन सुबह पाँच बजे के लगभग सुरेन्द्र जी की नींद सरस्वती की खांसी और कराहने की आवाज से खुली। उन्होंने जल्दी से उठकर कमरे की बत्ती जलायी और सरस्वती के नजदीक गए। सरस्वती कलेजे को पकड़ कर खाँस रही थीं। उनकी सांसें तेज चल रही थीं। ऐसा पिछले एक महीने पहले भी हो चुका था। उसके लिए डॉक्टर ने दवा दी थी। सुरेन्द्र जी ने सरस्वती को तुरंत दवा पिलाई। वैसे, दवा से सरस्वती को तुरंत आराम हो जाता था, लेकिन, इस बार बीस मिनट बीतने के बाद भी कोई असर नहीं हुआ। सुरेन्द्र जी ने बगल के कमरे से गोपाल जी और सरला को उठाया। दोनों दौड़ कर कमरे के अंदर आए। तब तक सरस्वती की सांसें और ज़ोर से चलने लगी थीं। वे अपने कलेजे को बार-बार दबा रही थीं। गोपाल जी ने अविनाश को उठाना उचित समझा। उन्होंने उसे फोन कर उठाया। अविनाश और नंदिनी ऊपर से तुरंत उतर कर आ गए। अविनाश ने सरस्वती को देखा। उसे उनकी हालत देख कर कुछ ठीक नहीं लगा। उसने उन्हें अस्पताल ले जाने की सोची। तुरंत गोपाल जी और सरला की मदद से उसने सरस्वती को उठाया और

बाहर लाकर गाड़ी की पीछे की सीट पर लिटा दिया। साथ में गोपाल जी और सरला को लेकर वह अस्पताल भागा। अस्पताल आते-आते सरस्वती की सांसें उखड़ने लगी थीं। रास्ते से अविनाश ने अस्पताल में फोन कर दिया था।

अस्पताल में डॉक्टर तैयार खड़े थे। सरस्वती को वे तुरंत अंदर आईसीयू में ले गए। अविनाश भी उनके साथ गया। दो डॉक्टर ने पहले सरस्वती को ऑक्सिजन लगाया। उसके बाद उन्होंने उन्हें दो सुई लगाई। उन्हें मॉनिटर पर रखा गया। लगभग पाँच मिनट के बाद अचानक सरस्वती के गले से ज़ोर की आवाज निकली। वे पहले छटपटायीं, फिर धीरे-धीरे शिथिल हो गईं। एक डॉक्टर ने उनकी छाती को ज़ोर-ज़ोर से दबाना शुरू किया। उनके कलेजे में बिजली का झटका भी दिया गया, लेकिन कोई फायदा नहीं हुआ। मॉनिटर में सरस्वती का पल्स शून्य हो गया था। वे जा चुकी थीं।

डॉक्टर ने मुड़कर अविनाश से कहा-

'यह हार्ट अटैक था, साथ में निमोनिया और दमे के कारण कोई दवा काम नहीं आई। हमें बहुत अफसोस है'।

अविनाश सरस्वती के नजदीक गया। उनका चेहरा शांत लग रहा था। अविनाश अपने आपको रोक नहीं पाया। वह सरस्वती के कलेजे पर सिर रखकर ज़ोर से रोने लगा। वह बार-बार कह रहा था-

'उठो न माँ, एक बार आँखें खोलो'।

डॉक्टर ने सरस्वती के शरीर को स्ट्रेचर पर डालकर आईसीयू से बाहर निकाला। गोपाल जी, सरला और नंदिनी रो रहे थे। उन्हें बीच में नर्स ने आकर बता दिया था। अविनाश बाहर निकलकर भी लगातार रो रहा था।

थोड़ी देर में सभी सरस्वती के शव को लेकर घर चले गए। तब तक सुबह के आठ बज चुके थे। अब तक सरस्वती के जाने का सुरेन्द्र जी को नहीं मालूम हुआ था। उन्होंने जब सरस्वती को सफ़ेद कपड़े में लिपटा देखा, तो वे भी अपने आप को रोक नहीं सके। वे वहीं जमीन पर बैठकर रोने लगे। उन्हें रोता देख सभी रोने लगे। थोड़ी देर बाद गोपाल जी ने सभी को शांत कराया। सरस्वती के शव को ड्राइंग रूम में जमीन पर रखा गया। गोपाल जी ने अविनाश को सभी को फोन से बताने के लिए कहा। अविनाश ने सबसे पहले बिनोद को फोन पर बताया। वह फोन पर ही रोने लगा। उसके बाद अविनाश ने घनश्याम बाबू और खन्ना साहब को फोन किया।

दस बजते-बजते तक सभी अविनाश के घर पहुँच गए। अविनाश के विभाग के भी बहुत सारे लोग जमा हो गए थे। खुद कलक्टर भी मौजूद थे। बिनोद लगातार सरस्वती के पास बैठा था। वह बीच-बीच में रोने लगता। सरला भी लगातार रो रही थी। सुरेन्द्र जी सरस्वती के सिरहाने बैठकर एकटक उन्हें देख रहे थे। उनकी आँखों के आँसू रुक नहीं रहे थे।

सभी महिलाओं ने मिलकर सरस्वती को पहले नहलाया, फिर उनका शृंगार किया। अविनाश ने बिनोद से जाकर कहा-

'अंतिम क्रिया करने का फर्ज़, आपका बनता है'।

बिनोद ने कहा-

'आपने जो माँ के लिए किया है, वह क्या कम है। आप मुझे ऐसा कहकर लज्जित न करें। दाह-संस्कार आप ही करेंगे। वैसे भी माँ पर सबसे छोटे बेटे का ज्यादा हक होता है'।

सरस्वती के शव को ले जाने के लिए अविनाश के विभाग वालों ने एक छोटे वैन को फूलों से सजा दिया था। बारह बजे यात्रा

निकली। शव यात्रा में करीब पाँच सौ लोग जुट गए थे। थोड़ी दूर तक शव को चार कंधों पर ले जाया गया, उसके बाद वैन में रखा गया। सुरेन्द्र जी को वैन में आगे बिठाया गया और अविनाश, बिनोद, गोपाल जी पीछे बैठे। लगभग पाँच किलोमीटर की दूरी पर गंगा नदी के किनारे श्मशान घाट था। वहाँ पहले से व्यवस्था कर ली गयी थी। वहीं सरस्वती की अंतिम क्रिया की गयी। अविनाश ने मुखाग्नि दी। अंतिम समय में उसकी आँखों से लगातार आँसू निकल रहे थे। अगले दो घंटे तक सभी घाट पर मौजूद रहे। दाह-संस्कार के बाद अविनाश को सरस्वती की अस्थि, एक मटके में बंद करके दे दी गयी। शाम पाँच बजे तक अविनाश सभी के साथ घर लौट आया।

सुरेन्द्र जी को सरस्वती के जाने का गहरा सदमा लगा था। वे बिलकुल चुपचाप कमरे में बैठकर सरस्वती की डायरी खोलकर पढ़ा करते थे। सरस्वती ने अंतिम समय में जो भी बातें उनसे कही थीं, वह सब सुरेन्द्र जी ने उस डायरी में लिख ली थीं। बिनोद उनसे आकर मिलता रहता था।

अगले बारह दिन तक अविनाश ने सारे कर्म को निष्ठा के साथ पूरा किया। वह रोज गंगा घाट पर जाकर सरस्वती की आत्मा की शांति के लिए जल और भोजन डालता था। इस बीच बिनोद ने बनारस जाकर सरस्वती की अस्थि का विसर्जन किया। दशमी के दिन अविनाश, सुरेन्द्र जी, बिनोद और गोपाल जी ने अपने पूरे बाल का मुंडन कराया। ग्यारहवें और बारहवें दिन गंगा घाट पर बृहत पूजा और दान का काम हुआ।

बारहवीं के दिन दोपहर बाद अविनाश ने ब्रह्मभोज में बहुत लोगों को बुलाया था। पहले सरस्वती के पसंद की चीजों का दान किया गया। इक्कीस पंडितों को ब्राह्मण भोजन कराया गया और उसके बाद सभी ने भोजन ग्रहण किया।

सरस्वती के जाने से अविनाश को भी गहरा सदमा लगा था। वह शाम में उनके कमरे में जाकर उनके पलंग पर थोड़ी देर बैठा करता था। हर बार उसकी आँखों में आँसू आ जाते थे। सुरेन्द्र जी ने सरस्वती के कपड़ों को दान में देने की बात कही थी, लेकिन सरला ने अविनाश से कहा था-

'आपलोग दीदी के सारे कपड़े, मुझे दे दीजिये। दीदी की याद में, मैं उन्हें पहनूँगी'।

कर्म खत्म होने के बाद से अविनाश के मन में एक बात की बेचैनी थी। सरस्वती को गेंदे का फूल बहुत पसंद था। अविनाश ने एक दिन दोपहर बाद अपनी गाड़ी में एक छोटी टोकरी में गेंदे का फूल रखवाया और अकेले पटना निकल गया। वह सीधे उसी गंगा घाट पर गया, जहां उसकी सरस्वती से पहली मुलाक़ात हुई थी। उसने सरस्वती को याद कर प्रणाम किया और सारे गेंदा के फूल गंगा में प्रवाहित कर दिये। उसके बाद वह सीढ़ियों से ऊपर आकर उसी बेंच पर बैठा, जहां वह अक्सर सरस्वती के साथ बैठा करता था। उसकी आँखों में आँसू थे। उसने अपनी आँखें बंद कीं। थोड़ी देर में उसे महसूस हुआ, जैसे सरस्वती उसके बगल में आकर बैठ गयी हैं। उसने जल्दी से अपनी आँखें खोलीं। वहाँ कोई नहीं था। अविनाश रोने लगा। उसने इस बार फिर आँखें बंद कर ध्यान लगाने की कोशिश की। दस मिनट के बाद उसे लगा जैसे किसी ने बेटा पुकारा और उसके सिर पर एक हल्की थपकी महसूस हुई। उसने आँखें खोल दीं। वह अभी भी रो रहा था। उसने हाथ जोड़कर सरस्वती को याद कर प्रणाम किया। उसे सुकून महसूस हुआ।

थोड़ी देर के बाद वह वहाँ से उठ कर बाहर आ गया। वह वहाँ से सीधे आश्रम गया। उसे सरस्वती की आश्रम के बारे में कही बात याद थी। वहाँ वह मदनमोहन जी से मिला। उनसे आश्रम के संचालन

की सारी जानकारी ली। वह अंदर जाकर सभी कमरों में लोगों से मिला। वहाँ की हालत पहले से खराब हो गयी थी। आश्रम के भवन की भी हालत अच्छी नहीं थी।

अगले रविवार को अविनाश नंदिनी के साथ खन्ना साहब के घर गया। वहाँ उसने अतुल और वाणी को भी बुला लिया। अविनाश ने खन्ना साहब से कहा-

'पापा, मैंने आजतक आपसे अपने लिए कुछ नहीं मांगा, लेकिन आज कुछ मांगने आया हूँ। मैंने और नंदिनी ने अपनी शुरू की जिंदगी अनाथालय में बिताई। हमलोग भाग्यशाली थे कि हमें सेवाश्रम जैसा घर मिला, बाबा मिले, बड़ी अम्माँ मिलीं। लेकिन बहुत से सरकारी अनाथालयों की स्थिति, आज भी बहुत खराब है। उसी तरह वृद्धाश्रम में लोग अपनी जिंदगी के आखिरी समय में आते हैं, लेकिन उन्हें सेवाश्रम जैसी सुविधा नहीं मिल पाती है। मैं चाहता हूँ, एक संस्था बनाकर ऐसे कुछ बहुत खराब स्थिति के अनाथालय और वृद्धाश्रम को सहायता दी जाये। आप यदि अपनी तरफ से इसमें कुछ रकम दान के रूप में देते हैं, तब हम सेवाश्रम की तरह एक ट्रस्ट बना कर कुछ लोगों की मदद कर सकते हैं। मेरी बड़े दिनों से ऐसा करने की इच्छा थी, लेकिन मैं कर नहीं पा रहा था। इस काम में वाणी हमारी मदद करेगी। उसके एनजीओ को भी हम इस ट्रस्ट के साथ जोड़ सकते हैं। मैं भी अपनी तरफ से इस ट्रस्ट के लिए बड़े बिज़नेस हाउस से आर्थिक सहायता देने के लिए कह सकता हूँ'।

खन्ना साहब ने कहा-

'ये तो तुम्हारी बहुत अच्छी सोच है, बेटा। मुझे इस ट्रस्ट के लिए दान देने में खुशी होगी। मैं आज ही एक करोड़ रुपये की राशि देकर शुरुआत करता हूँ। मैं भी अपने दोस्तों से इसमें मदद के लिए कहूँगा। अभी हम शुरू में वृद्धाश्रम के लिए सरस्वती जी का आश्रम

को और वाणी के सुझाव से एक अनाथालय का काम हाथ में लेंगे। ट्रस्ट में आगे चलकर ज्यादा पैसे जमा होने पर, हम इनकी संख्या बढ़ाते जाएँगे। मैं कल ही से इस ट्रस्ट के गठन और इसके रजिस्ट्रेशन काम शुरू करता हूँ'।

अविनाश ने वहीं से वाणी से बात की। उसने सेवाश्रम के पास के एक अनाथालय का नाम बताया, जिसकी हालत बहुत खराब थी। अविनाश ने उस अनाथालय को देखने की इच्छा जताई। सभी कुछ देर में अनाथालय पहुँच गए। जैसा वाणी ने बताया था, उस अनाथालय की हालत वाकई बहुत खराब थी। कुल चार कमरों के एक जर्जर घर में, बीस बच्चे रहते थे। बहुत से बच्चे छोटी उम्र के थे। अविनाश को वहाँ की हालत देख कर मन में एक विचार आया। वह सबको लेकर सेवाश्रम गया। वहाँ वह घनश्याम बाबू से मिला और उनसे कहा-

'बाबा, सेवाश्रम के बिलकुल पास में एक अनाथालय है, जिसकी हालत अच्छी नहीं है। मुझे याद है, इसी तरह के अनाथालय से आपलोग मुझे और नंदिनी जैसे बच्चों को अपने सेवाश्रम लेकर आए थे। आज फिर उसकी जरूरत आन पड़ी है। यदि आपके यहाँ जगह हो तो हम कुछ बच्चों को यहाँ सेवाश्रम में शिफ्ट कर सकते हैं। इनकी परवरिश का खर्च यदि सेवाश्रम अपने ट्रस्ट से उठा ले, तो अच्छा रहेगा। इस बीच हमलोग अपनी संस्थान के पैसों से उस अनाथालय के भवन की मरम्मत करा देंगे और उसमें कुछ और कमरे जोड़ देंगे। तब उसमें भी ज्यादा बच्चों को रखा जा सकेगा'।

घनश्याम बाबू को अविनाश की बात अच्छी लगी। उन्होंने तुरंत फोन पर इस बारे में डॉक्टर साहब से बात की। अविनाश ने भी डॉक्टर साहब से निवेदन किया। उन्होंने कहा-

'अभी कुछ बच्चों को हमलोग अपने ट्रस्ट के खर्चे पर ला सकते हैं। आगे चलकर यदि दोनों ट्रस्ट साथ काम करें, तब हम ऐसे कई अनाथालय और वृद्धाश्रम की मदद कर पाएंगे। हमलोग ट्रस्ट की तरफ से अभी सेवाश्रम के अलावा पाँच अनाथालयों की मदद कर रहे हैं। मैं बहुत दिनों से कुछ वृद्धाश्रम की भी मदद करने की सोच रहा था'।

अविनाश ने उन्हें धन्यवाद दिया। घनश्याम बाबू ने कहा-

'बेटा, तुम वाकई बहुत नेक काम कर रहे हो'।

अविनाश ने कहा-

'बाबा, मैं कहीं न कहीं अपना और अपनी माँ का कर्ज उतार रहा हूँ'।

अविनाश ने वाणी और अतुल को अनाथालय से छोटे बच्चों को चुनकर सेवाश्रम भेजने का काम दिया। अगले दो दिनों में सेवाश्रम में दूसरे अनाथालय से आठ बच्चे आ गए। अविनाश के मन को शांति मिली।

एक महीने का वक़्त निकल गया। अविनाश और नंदिनी अपने-अपने काम में व्यस्त हो गए थे। गोपाल जी और सरला वापस आश्रम चले गए थे। अविनाश उन्हें जाने नहीं देना चाहता था, लेकिन उन लोगों ने जिद कर, कुछ दिन आश्रम में रहने की बात की। अविनाश ने उनसे जल्दी वापस आने का अनुरोध किया।

इस बीच घर खाली हो जाने के कारण सुरेन्द्र जी और भी अकेले हो गए थे। वे या तो अंदर अपने कमरे में, या बाहर बरामदे में गुमसुम बैठे रहते थे। एक दिन अविनाश दिन के खाने के लिए घर आया। उसने देखा, बिनोद सुरेन्द्र जी के साथ बैठकर बातें कर रहा था। अविनाश को देखकर बिनोद उसके पास आया और कहा-

'मैं आज आपसे कुछ मांगने आया हूँ। समझ में नहीं आ रहा है, कैसे कहूँ'।

अविनाश ने कहा-

'अरे आप संकोच क्यों कर रहे हैं, आप मेरे बड़े भाई है, आदेश करिए, लेकिन मुझे आप-आप कह कर शर्मिंदा मत किया करें, मैं आपसे उम्र में छोटा हूँ। मुझे अविनाश या भाई कहा करिए'।

बिनोद ने झिझकते हुए कहा-

'अविनाश, राजेश के जाने के बाद मैं बिलकुल अकेला पड़ गया हूँ। दोनों परिवार को देखना और साथ में बिज़नेस संभालना मुश्किल हो रहा है। अब तो माँ भी चली गईं। हमलोगों ने जो उनके साथ किया था, उसके लिए तो भगवान हमें कभी माफ नहीं करेगा। उन्हें हमलोग अपने घर रहने के लिए नहीं ले जा सके, लेकिन हमलोगों का मन है, बाबूजी को अब हमलोग अपने घर ले जाकर, अपने साथ रखें। ये घर का बिज़नेस भी संभाल लेंगे, जिससे इन का मन भी लगता रहेगा और हमें हमारे पिता भी वापस मिल जाएँगे'।

अविनाश ने सुरेन्द्र जी से पूछा-

'आपका क्या मन है'।

सुरेन्द्र जी ने कहा-

'बेटा, मुझे यहाँ बहुत आराम है, लेकिन यहाँ रहकर मुझे सरस्वती जी की बहुत याद आती है। एक साथी थी, वह भी चली गयी। इसके अलावा मुझे खाली बैठना भी अच्छा नहीं लगता है। वहाँ रहूँगा तो इसकी फ़ैक्टरी में भी मदद कर दिया करूंगा। मेरा भी समय कट जाएगा। मैं समझता हूँ, तुम्हें बिनोद की बात मान लेनी चाहिए। मैं वैसे भी तुमलोगों से दूर नहीं जा रहा हूँ। जब चाहोगे, तब मुलाक़ात हो जाएगी'।

अविनाश ने सुरेन्द्र जी की बात सुनी। उसे सरस्वती के जाने के बाद इस तरह सुरेन्द्र जी को हमेशा के लिए भेजना अच्छा नहीं लग रहा था, लेकिन सुरेन्द्र जी और बिनोद की बात पर वह तैयार हो गया। उसने नंदिनी को भी बुला लिया। नंदिनी ने सुरेन्द्र जी से कहा-

'वैसे ही माँ के जाने के बाद घर सूना हो गया है, अब आप भी चले जाएँगे, हम दोनों बिलकुल अकेले हो जाएँगे'।

सुरेन्द्र जी ने कहा-

'बेटा, मैं तुमलोगों की बात समझ रहा हूँ, लेकिन अब मेरी जरूरत बिनोद के यहाँ ज्यादा है। अब सरस्वती जी के बाद मुझे ही इन लोगों को देखना है। मैं वादा करता हूँ, मैं हमेशा तुम लोगों से आकर मिलता रहूँगा'।

नंदिनी ने सुरेन्द्र जी का समान ठीक किया। बहुत ही भारी मन से अविनाश और नंदिनी ने सुरेन्द्र जी को बिनोद के साथ विदा किया। विदा करते समय अविनाश की आंखे नम हो गयी थीं।

अगले दिन खन्ना साहब ने अविनाश को फोन कर पूछा-

'ट्रस्ट का नाम क्या रखा जाये'।

अविनाश ने जवाब दिया-

'माँ की बहुत इच्छा थी, आश्रम को मदद करने की। उन्हें अनाथालयों से भी मोह था। मैं चाहता हूँ, उनकी याद में ट्रस्ट का नाम "सरस्वती सेवा संस्थान" रखा जाये। आपकी क्या राय है'।

खन्ना साहब ने कहा-

'बहुत अच्छा नाम है। अब दो-चार दिनों में रजिस्ट्रेशन का काम हो जाएगा'।

लगभग एक हफ्ते के बाद खन्ना साहब ने फोन कर बताया कि ट्रस्ट के रजिस्ट्रेशन का काम पूरा हो गया है। वे चाहते हैं, इसकी शुरुआत, पटना में एक बड़े समारोह के साथ की जाये, जिसमें समाज के प्रबुद्ध लोगों को बुलाया जाये। इससे उनमें वृद्धाश्रम और अनाथालय को बेहतर बनाने के प्रति जागरूकता आएगी।

चार दिनों बाद रविवार के दिन में संस्थान के उद्घाटन का कार्यक्रम रखा गया था। पटना के एक बड़े सभागार को ठीक किया गया था। खन्ना साहब और अविनाश की तरफ से लोगों को निमंत्रण भेज दिया गया था। समारोह में खासकर सेवाश्रम और आश्रम के लोगों को भी बुलाया गया था। अतुल और वाणी भी आमंत्रित थे। डॉक्टर साहब को अविनाश ने खास तौर पर आने के लिए कहा था। इस प्रोग्राम को ज्यादा लोगों तक पहुंचाने के लिए खन्ना साहब के चैनल ने जिम्मा उठाया था। इसके लिए राकेश और रश्मि को जिम्मेवारी दी गयी थी।

दो दिन पहले, शुक्रवार की शाम में अविनाश को घनश्याम बाबू का फोन आया। उन्होंने कहा-

'क्या तुम और नंदिनी, कल सुबह यहाँ सेवाश्रम आ सकते हो'।

अविनाश ने पूछा-

'कोई खास बात है बाबा'

घनश्याम बाबू ने कहा-

'कल आने पर बताऊंगा'।

अविनाश ने नंदिनी को घनश्याम बाबू की बात बताई। दोनों की समझ में नहीं आया, घनश्याम बाबू अचानक दोनों को क्यों बुला रहे हैं।

अगले दिन सुबह दोनों सेवाश्रम गए। घनश्याम बाबू और लक्ष्मी ने हमेशा की तरह उनका स्वागत किया। अविनाश ने उत्सुकता में उनसे पूछा-

'क्या बात करनी है, बाबा'।

घनश्याम बाबू ने लक्ष्मी की तरफ देखा। दोनों मुस्कुराने लगे। तब घनश्याम बाबू ने कहा-

'हमलोगों के पास, तुम्हारे लिए सेवाश्रम की तरफ से दो तोहफा है'।

अविनाश ने अपनी चारों तरफ नज़र दौड़ाई, आस-पास कुछ भी नहीं रखा था। अविनाश को उत्सुक देखकर घनश्याम बाबू उठ खड़े हुए और कहा-

'अंदर चलो, तुम्हें तुम्हारा तोहफा दिखाता हूँ'।

अविनाश और नंदिनी उनके पीछे-पीछे घर के अंदर गए। बगल के कमरे में जाने पर नंदिनी को किसी बच्चे के रोने की आवाज सुनाई पड़ी। उसने देखा वहाँ पलंग पर गंगा काकी दो छोटे बच्चों को अपनी गोद में लेकर बैठी थीं। नंदिनी ने अविनाश को देखा। तब तक घनश्याम बाबू ने कहा-

'ये है, तुम दोनों का तोहफा। दो दिन पहले बगल के अनाथालय से इन्हें यहाँ भेजा गया है। ये दोनों शायद जुड़वा हैं। इनमें एक लड़की और दूसरा लड़का है। इनकी उम्र दो महीने से ज्यादा की नहीं लगती है। बगल के अनाथालय में कोई इन्हें चार दिन पहले छोड़ गया था'।

नंदिनी ने आगे बढ़कर लपक कर एक बच्चे को गोद में उठा लिया। उसने उसे अपने कलेजे से चिपका लिया। उसकी आँखों से आँसू निकलने लगे थे। अविनाश अवाक होकर बच्चों को देख रहा था। उसने दोनों बच्चों को ध्यान से देखा। उसे अपने दोनों बच्चों की

याद आ गयी। उसकी आँखें भी नम हो गईं। नंदिनी ने दूसरे बच्चे को भी गोद में उठा लिया। वह दोनों को अपने से चिपका कर रो रही थी। लक्ष्मी और गंगा काकी ने उसे संभाला। नंदिनी ने रोते-रोते अविनाश से कहा-

'देखो अविनाश, हमें हमारे अवंतिका और अनादि मिल गए। वे हमसे दूर नहीं गए थे। भगवान ने उन्हें हमसे इस रूप में मिला दिया'।

अविनाश ने कहा-

'सच कहती हो नंदी, ये कुदरत का चमत्कार ही है। हमने जुड़वां बच्चे खोये और आज ऊपर वाले ने हमें उन्हीं जुडवों को वापस तुम्हारे आँचल में दे दिया। बाबा, हमारे जीवन में इससे बड़ा तोहफा और कुछ नहीं हो सकता है। आप अब जल्दी से इनके गोद लेने की प्रक्रिया पूरी करा दें। हम इन्हें कल दिन में लेने आएंगे'।

घनश्याम बाबू ने कहा-

'मैंने पहले से ही इसकी व्यवस्था कर ली है। आज दिन भर में सारी प्रक्रिया पूरी हो जाएगी'।

अविनाश और नंदिनी ने घनश्याम बाबू और लक्ष्मी के पैर छुए। थोड़ी देर में वे वापस घर की ओर निकल गए। रास्ते भर अविनाश और नंदिनी की खुशी का ठिकाना नहीं था। लौटते वक़्त नंदिनी और अविनाश ने गोद लिए जाने वाले बच्चों के लिए मॉल से कुछ अच्छे कपड़े खरीदे। नंदिनी ने घर आकर अपनी माँ को बच्चों के बारे में बताया। वे भी उन्हें देखने को उत्सुक हुईं। रात भर नंदिनी को उत्सुकता के मारे नींद नहीं आई।

अगले दिन ग्यारह बजे से समारोह था। अविनाश और नंदिनी साढ़े आठ बजे तक पटना के लिए निकल गए। वे सीधे सेवाश्रम

पहुंचे। घनश्याम बाबू ने बच्चों के गोद लेने की प्रक्रिया पूरी करवा दी थी। नंदिनी ने गंगा काकी और लक्ष्मी की सहायता से दोनों बच्चों के कपड़े बदले। थोड़ी देर में अविनाश और नंदिनी बच्चों को लेकर घनश्याम बाबू और लक्ष्मी के साथ समारोह के लिए निकले।

साढ़े दस बजे दिन तक बहुत से अतिथि आ चुके थे। आश्रम से गोपाल जी और सरला के अलावा, रेखा जी भी आई थीं। इसके अलावा खन्ना साहब के शहर के लगभग सारे परिचित मौजूद थे। करीब पाँच सौ लोग वहाँ इकट्ठे हो गए थे। कुछ देर में डॉक्टर साहब भी आ गए। सुरेन्द्र जी बिनोद के परिवार के साथ मौजूद थे। अतुल और वाणी भी आए थे। चैनल की तरफ से राकेश और रश्मि के अलावा कई और लोग थे। सभागार में कई कैमरे लगाए गए थे।

नंदिनी ने लक्ष्मी के साथ अंदर प्रवेश किया। एक बच्चा नंदिनी की गोद में और दूसरा लक्ष्मी की गोद में था। निर्मला जी उन्हें देख कर तेजी से आगे बढ़ीं। उन्होंने नंदिनी की गोद से बच्चे को अपनी गोद में लिया और कहा-

'बधाई हो बेटा, मैं नानी बन गयी। बहुत सुंदर हैं दोनों'।

सभी अपनी-अपनी जगह बैठ गए। अचानक राकेश ने अविनाश के कान में आकर कुछ कहा। अविनाश ने अवाक होकर उसकी तरफ देखा। उसने पलट कर देखा गोपालजी, सरला और रेखा जी दूसरी पंक्ति की शुरुआत में साथ बैठे थे। वह उठकर उनके पास गया और उन्हें आगे वाली पंक्ति में घनश्याम बाबू और लक्ष्मी के साथ बिठा दिया। मंच के पीछे पर्दे पर सरस्वती की बहुत बड़ी तस्वीर लगी थी, जिसके नीचे ट्रस्ट का नाम लिखा था "सरस्वती सेवा संस्थान"।

कार्यक्रम की शुरुआत हुई। मंच पर खन्ना साहब और डॉक्टर साहब के अलावा अविनाश और वाणी को बिठाया गया। खन्ना साहब ने अपने वक्तव्य में ट्रस्ट के बारे में बताया। उन्होंने उसी वक़्त एक

करोड़ रुपये का चेक वाणी के हाथों में दिया। लोगों ने तालियाँ बजाईं। खन्ना साहब ने लोगों से इस नेक काम में आर्थिक मदद करने की अपील की। डॉक्टर साहब ने अपने भाषण में सेवाश्रम ट्रस्ट और सरस्वती सेवा संस्थान को साथ मिलकर काम करने की बात कही। वाणी ने एनजीओ की तरफ से संस्थान को मदद करने की बात कही। अब अविनाश के बोलने की बारी थी। उसने कहा-

'मैं मंच पर बैठे लोगों का आभारी हूँ, आप लोगों ने मेरी माँ की याद में बनाए गए ट्रस्ट को मदद करने की पहल की है। मैंने अनाथालय और वृद्धाश्रम को बड़े नजदीक से देखा है। सेवाश्रम में पलते-बढ़ते हमें हमारे बाबा और हमारी बड़ी अम्माँ मिलीं। उसके बाद आश्रम से जब संपर्क हुआ, तब हमें हमारी माँ मिली, बाद में हमारे बाबूजी भी मिल गए। लेकिन अभी भी अनाथालयों में कितने बच्चे अपने माता-पिता की बाट जोह रहे हैं। उसी तरह वृद्धाश्रम में कितने माता-पिता अपने बच्चों के इंतज़ार में हैं। हमें जागरूकता लानी है कि नई पीढ़ी बच्चों को पैदाकर अनाथ हालत में नहीं छोड़े। ये पीढ़ी अपने बूढ़े माता पिता को भी यूं ही किसी वृदधाश्रम के हवाले नहीं कर दें। ये चाहे बच्चे हों या बुजुर्ग, मैंने इनकी तकलीफ देखी है, ये अंदर से बिलकुल टूट जाते हैं। हमें शिक्षा और प्रचार के माध्यम से लोगों को जागरूक करना होगा, जिससे आने वाले वर्षों में कोई भी बेटा अपने माता-पिता को अनाथ न होने दे। वैसे ही कोई भी अपने कलेजे के टुकड़े को यूं अनाथालय के हवाले न कर दे। उसके अलावा इन अनाथालयों और वृद्धाश्रम की माली हालत भी ठीक नहीं है। इन्हीं सब के लिए इस ट्रस्ट के बारे में सोचा गया और आज से इसकी शुरुआत हो रही है। हमारी कोशिश होगी कि आप सब के सहयोग से हम अपने समाज में ज्यादा से ज्यादा जागरूकता लाएँगे, जिससे भविष्य में इन अनाथालय और वृद्धाश्रम की संख्या कम हो। हमें आगे बढ़ कर इन अनाथ लोगों का हाथ पकड़ना है, इनके जीवन में

खुशियाँ देनी हैं। इस ट्रस्ट की संचालिका वाणी जी होंगी। इन्होंने भी सेवाश्रम से एक बच्चे को गोद लिया था। खन्ना साहब, डॉक्टर साहब, बाबा और हमारे बाबूजी इस ट्रस्ट के ट्रस्टी होंगे।

अविनाश ने आगे कहा-

'मैं आज इस अवसर पर, मंच से कुछ घोषणा करना चाहता हूँ। मैंने और नंदिनी ने आज ही अनाथालय जाकर जुड़वां बच्चों को गोद लिया है। हमने उनका नाम अवन्तिका और अनादि रखा है। अब मुझे दो मिनट का समय दें'।

अविनाश अचानक स्टेज से नीचे उतरा। लोग उसे देखने लगे। उसने आगे बढ़ कर गोपाल जी, सरला और रेखा जी को स्टेज पर चलने के लिए कहा। तीनों अवाक थे। स्टेज पर लाकर अविनाश ने गोपाल जी का हाथ पकड़ कर कहा-

'आश्रम में मेरी माँ के कारण मेरा इनसे भी रिश्ता बन गया। ये गोपाल जी हैं और मैं इन्हें मौसा कहता हूँ। उनके बगल में सरला जी हैं, ये इनकी पत्नी हैं और मैं इन्हें मौसी कहता हूँ। मौसी का मतलब होता है, माँ जैसी। मैं आज अपने मौसा और मौसी को हमेशा के लिए अपने घर ले जाने आया हूँ। ये अब जीवन भर हमारे अभिभावक बन कर रहेंगे। इसके अलावा मेरे बचपन का दोस्त, राकेश को मैं मंच पर बुलाना चाहूँगा। राकेश ने अभी-अभी मुझे बताया कि उसने भी आश्रम में रहने वाली रेखा जी को अपनी माँ मान लिया है। आज के बाद वे राकेश के घर उसकी माँ बनकर रहेंगी'।

राकेश मंच पर आया और उसने रेखा जी का हाथ पकड़ लिया। पूरे हॉल के लोग खड़े होकर तालियाँ बजाने लगे।

खन्ना साहब ने माइक पर आकर कहा-

'साथियों, हमें समाज में इन जैसे अविनाश और राकेश की जरूरत है। आपलोग भी आगे आइये और इन अनाथ लोगों की मदद कीजिये'।

समारोह सम्पन्न हुआ। अविनाश ने गोपाल जी और सरला का हाथ पकड़ा और राकेश ने रेखा जी को हाथ पकड़ कर मंच से उतारा।

अविनाश और नंदिनी के साथ गोपाल जी और सरला घर आ गए। सरला ने नंदिनी को बाहर के दरवाजे पर रोका। उसने आरती की थाल लेकर दोनों बच्चों और नंदिनी की आरती उतारी। सभी घर के अंदर आ गए। अविनाश और नंदिनी ने गोपाल जी और सरला के पैर छुए। दोनों की आँखों में आँसू थे। सरला ने अविनाश से कहा-

'पता नहीं, हमलोगों का तुमसे कोई पूर्व जन्म का रिश्ता रहा होगा। आज हमें भी हमारा बेटा मिल गया, उसके साथ इतनी अच्छी बहू और साथ में दो सुंदर पोता-पोती। मैं भगवान से इससे ज्यादा खुशी नहीं मांग सकती हूँ'।

गोपाल जी और सरला को रहने के लिए सरस्वती का कमरा दिया गया। दो दिनों बाद उनका सामान आश्रम से मंगा लिया गया।

दोनों बच्चों को नंदिनी को अकेले संभालना मुश्किल था। अविनाश ने कुछ दिनों के लिए एक नर्स को बच्चों की देखभाल और नंदिनी की मदद के लिए बुला लिया। सरला भी उनके साथ लगी रहती थी। दोनों बच्चों के लिए दो पालने खरीद कर मंगाए गए। नंदिनी इन दिनों इस स्थिति में थी कि वह दोनों बच्चों को अपना दूध पिला सकती थी। घर में फिर से खुशियाँ आ गयी थीं। नंदिनी इस बीच बच्चों को लेकर अपने मायके भी हो आई थी।

समारोह के दस दिन बाद वाणी ने फोन कर अविनाश को बताया कि ट्रस्ट में अब तक बाहर के लोगों ने मिलकर पचास लाख

रुपये की राशि जमा की है। अविनाश ने तुरंत संस्थान के सभी ट्रस्टी को खन्ना साहब के यहाँ बैठक में बुलाया। वहाँ वाणी और बच्चों के साथ नंदिनी भी मौजूद थी। बैठक में तय हुआ कि अगले तीन महीनों में आश्रम की मरम्मत का काम पूरा किया जाएगा। इसके अलावा आश्रम के सुचारु रूप से संचालन के लिए हर महीने दो लाख रुपये की राशि दी जाएगी। सेवाश्रम के बगल के अनाथालय में भी कुछ कमरों के जोड़ने और पूरे भवन को ठीक करने का काम, अगले छह महीने में पूरा करने का निर्णय लिया गया।

बच्चों को लेकर अविनाश की अब एक और इच्छा थी। एक दिन दोपहर बाद वह नंदिनी और बच्चों को लेकर एक बार फिर पटना के उसी गंगा घाट गया। वहाँ पेड़ के नीचे उसी बेंच पर वह नंदिनी और बच्चों के साथ जाकर बैठा। एक बच्चा नंदिनी की गोद में और दूसरा अविनाश की गोद में था। अविनाश ने अपनी आँखें बंद कीं। उसने सरस्वती का ध्यान किया। थोड़ी देर में उसे दिखा, सरस्वती उनके पास आकर, दोनों बच्चों के सिर सहलाकर आशीर्वाद दे रही हैं। वे मुस्कुरा भी रही थीं और उनकी आँखों से आँसू भी निकल रहे थे। अविनाश उनसे कुछ कह पाता, तभी अचानक बच्चे की किलकारी से उसका ध्यान टूटा। उसने आँखें खोलीं। सरस्वती वहाँ नहीं थीं, लेकिन अविनाश को हवा की एक बयार के साथ फूलों की खुशबू महसूस हुई। वह समझ गया, माँ आई थीं और बच्चों को देखकर उन्हें अब खुशी मिल गयी थी। वह समझ गया था, माँ की आँखों में खुशी के ही आँसू थे। अविनाश की आँखें भी नम हो गयी थीं।

माँ-बेटे का यह भी एक अजीब रिश्ता था। शायद पिछले जन्म के खून का रिश्ता या फिर इस जन्म में मन का रिश्ता.......।

लेखक

राजीव रंजन मिश्र (राजीव रंजन), कोल इंडिया लिमिटेड की सहयोगी कंपनी, वेस्टर्न कोलफील्ड्स लिमिटेड (वेकोलि), नागपुर के सीएमडी रहे हैं। इस पद से उनकी सेवानिवृति दिसम्बर, 2020 में हुई।

उसके बाद श्री मिश्र गुरुग्राम आकर बस गए। वे अगले एक वर्ष तक कोयला मंत्रालय, भारत सरकार के वरीय सलाहकार रहे। संप्रति वे वर्ल्ड बैंक के वरीय ऊर्जा सलाहकार के रूप में फरवरी, 2022 से कार्यरत हैं।

वेकोलि के सीएमडी के रूप में अपने छह वर्ष के कार्यकाल के दौरान उन्होंने एक बीमार कंपनी को शिखर पर ले जाने का अद्भुत कार्य किया। मानव संसाधन के विशेषज्ञ और एक कुशल रणनीतिकार, श्री मिश्र ने अपने कार्यकाल के दौरान कोयला उद्योग के कर्मियों को मानव पूंजी की तरह सहेज कर रखा, उनके साथ-साथ चल कर उद्योग में रिश्तों की एक नयी परिभाषा लिखी। उन्होंने वेकोलि में मानव पूंजी प्रबंधन की सकारात्मक विचारधारा को लागू कर वेकोलि

को पहले 'टीम वेकोलि' और फिर 'वेकोलि परिवार' में परिवर्तित कर दिया।

श्री मिश्र को कई राष्ट्रीय एवं अंतर्राष्ट्रीय पुरस्कारों से सम्मानित किया गया है। श्री मिश्र एक अच्छे वक्ता और एक अच्छे लेखक भी हैं।

श्री मिश्र ने वेकोलि की अपनी यात्रा पर 2021 की शुरुआत में अपनी पहली किताब 'असंभव संभव' लिखी, जो अत्यंत लोकप्रिय हुई। उसे अमेज़न के बेस्टसेलर में स्थान मिला। कोयला उद्योग के कर्मियों पर लिखी 'आसमां में सुराख', उनकी अगली कृति हुई, जो अगस्त, 2021 में प्रकाशित हुई। इस किताब को भी अमेज़न का बेस्टसेलर होने का गौरव प्राप्त है। कोयला उद्योग विषय पर तीन किताबों की आखिरी कड़ी के रूप में श्री मिश्र ने 'अंधेरा उजाला' लिखी, जिसका प्रकाशन अप्रैल, 2022 में हुआ। कोयला कर्मवीरों और कोयला उद्योग के इतिहास पर आधारित यह किताब भी अमेज़न की बेस्टसेलर बनी।

कोयला उद्योग शृंखला के बाद श्री मिश्र ने अपनी रुचि उपन्यास लेखन में दिखाई। वर्ष 2023 के अंत में प्रकाशित 'कमली' उनका पहला उपन्यास था, जो एक सच्ची कहानी से प्रेरित था। इस उपन्यास में एक लड़की की अनेक उतार-चढ़ाव वाली जीवन यात्रा की कहानी थी। इस उपन्यास को श्री मिश्र ने हमारे देश की बेटियों को समर्पित किया। यह उपन्यास भी अमेज़न पर बेस्टसेलर बना।

पहले उपन्यास की सफलता के बाद श्री मिश्र ने अनाथालय और वृद्धाश्रम की एक और सच्ची घटना से प्रेरित होकर 'मन के रिश्ते' उपन्यास लिखा है। यह उपन्यास एक अनाथालय से जुड़े बच्चों और एक वृद्धाश्रम से जुड़े बुजुर्गों के बीच मन के रिश्ते की कहानी है।

www.ingramcontent.com/pod-product-compliance
Lightning Source LLC
LaVergne TN
LVHW100844071026
849525LV00024B/115